KB068373

聖なる黒夜 ——上

SEINARU KOKUYA 1

ⓒ Yoshiki SHIBATA 2002
First published in Japan in 2006 by KADOKAWA CORPORATION, Tokyo.
Korean translation rights arranged with KADOKAWA CORPORATION
through THE SAKAI AGENCY and ERIC YANG AGENCY.

이 책의 한국어판 저작권은 THE SAKAI AGENCY와 ERIC YANG AGENCY를 통해
KADOKAWA CORPORATION와 독점계약한 '㈜알에이치코리아'에 있습니다.
저작권법에 의하여 한국 내에서 보호를 받는 저작물이므로 무단전재와 무단복제를 금합니다.

성스러운 검은 밤 _上

聖 な る 黒 夜

시바타 요시키 지음 · 김은모 옮김

RHK
알에이치코리아

차 례

〈上〉

〈下〉

*내용 이해를 돕기 위해 상, 하권의 차례를 함께 수록하였습니다.

주요 인물 소개

아소 류타로 경시청 수사1과 계장. 뛰어난 실적으로 마흔도 되기 전에 경감으로 승진했다.

야마우치 렌 이스트흥업의 사장. 니라사키 세이치의 사업 파트너이자 애인 관계였다.

조직원 및 관계자 ────────────────────

가스가 다이조 동일본연합회 가스가 파의 총장.

니라사키 세이치 가스가 파의 핵심 간부. 차기 총장으로 가장 유력한 인물이었으나 누군가에게 살해당했다.

스와 가스가 파의 부총장. 총장의 딸과 결혼했다.

무토 슌스케 가스가 파의 분가 무토 파의 보스. 니라사키와 견원지간이며 스와를 지지한다.

다무라 무토의 부하. 야마우치와 교도소에서 같은 방을 썼다.

하세가와 다마키 야마우치의 비서. 미모가 뛰어나며 머리가 좋다.

다카야스 하루오미 가스가 파의 고문변호사.

가케카와 준이치 대형 연예기획사 가케카와 에이전시 대표이자 니라사키의 고등학교 동창.

기타무라 가즈요시 가스가 파와 대립하던 유카와 파의 이인자. 이나무라 예능을 운영했으며 교도소에서 야마우치와 같은 방을 썼다.

우에다 요스케 가스가 파와 대립 중인 간자키 파의 삼인자.

경찰 ────────────────────

오이카와 경시청 수사4과(조직폭력반)의 경감. 검도로 세계선수권 대회에서 준우승을 거둔 무도의 달인이며 아소의 대학 시절 검도부 선배이다.

야마세 아소와 같은 수사반에서 일하는 동료이자 믿음직스러운 형사.

미야지마 시즈카	수사1과의 유일한 여성. 사격 올림픽 국가대표 후보였으며, 예쁜 외모로 남자 경찰들의 관심을 한몸에 받고 있다.
야마시타	아소의 부하. 동료인 미야지마 시즈카를 좋아한다.
아이카와 다모쓰	수사1과에서 시즈카 다음으로 젊은 형사.
이노우에 신고	아소 수사반의 주임. 곰돌이라는 별명이 있다.
쓰부라야	신주쿠 서 형사과장. 신사적인 얼굴을 하고 있지만 끈질긴 성미의 소유자다.
에노모토 이치로	마치다 서 수사2과장. 과거 세타가야에서 아소와 함께 근무했다.

니라사키의 애인들

가네무라 사쓰키	니라사키의 본처 격인 여자. 과거 재즈 가수로 활동했으며 현재는 재즈클럽을 경영하고 있다.
노조에 나미	두 번째 아내 격인 여자. 작은 내과를 운영하는 의사이다.
미나가와 사치코	과거 시노하라 유키라는 이름의 아이돌 가수로 활동했다.
에자키 다쓰야	18살의 남자 애인. 고등학교 중퇴 후 업소에서 일하다 니라사키를 만났다.
이쿠타 사키코	과거 아이돌 가수. 소속사 사장을 통해 니라사키를 만났다.

기타

마키	아소의 애인. 일식 요릿집을 운영하고 있다.
모치즈키 쇼고	교수. 딸을 잃고 얼마 지나지 않아 세상을 떠났다.
모치즈키 미치코	모치즈키 쇼고의 부인. 교통사고로 딸 마코를 잃었다.
쓰카하라 도미코	모치즈키 쇼고의 소꿉친구이자 이웃.
후지우라 가쓰토	10년 전 세타가야 사건 당시 야마우치의 변호사.
야마우치 소	야마우치 렌의 형.
고다 히나코	야마우치 렌의 누나.

1989. 2

"야, 뭐하는 거야?"

암흑 속에서 목소리가 들렸다.
눈을 뜨자 이상하리만치 밝은 달이 보였다. 달은 이미 서쪽 하늘 낮은 곳에 있었다.
하얀 달빛 속에 사람이 서 있었다.

"여기서 뭐 하느냐고."
목소리는 그 남자의 것이었다.

"첫차를 기다리는데."
대답하기 귀찮았다. 하지만 그런 말이 입을 타고 흘러나왔다.

뒤통수에 싸늘한 냉기가 느껴졌다. 2월, 새벽공기는 얼어붙었고 선로는 얼음보다 차가웠다.

드디어 냉기 저 멀리서 기다리던 진동이 다가왔다.

첫 전철이 온다.

"일어나."

남자가 말했다.

쓸데없는 참견이다.

"일어나라고 하잖아."

갑자기 옆구리에 충격이 느껴졌다. 남자의 구둣발이 옆구리에 꽂혔다.

"그냥 내버려둬."

옆구리를 감싸 안고 옆으로 누워 몸을 웅크렸다.

"날 그냥 놔두란 말이야."

느닷없이 머리가 뜨거워졌다. 남자가 머리를 움켜잡았다. 그대로 질질 끌려 몸을 일으켰다.

"이거 놔. 놓으라고."

"일어서."

남자가 머리를 잡아당겼다.

첫 전철이 온다. 하지만 몸은 이미 선로에서 벗어났다.

기분이 시들해졌다.

일어서자 남자가 또 걷어찼다.

"꾸물거리지 말고 빨리 걸어."

대항할 기력도 없었다. 남자에게 떠밀려 선로 밖으로 나왔다.

"따라와."

남자는 앞장서서 익숙하게 둑을 기어올랐다.

흙에 손을 짚었을 때 뒤에서 바람이 휘몰아쳤다.

전철은 가버렸다.

남자를 따라 걸었다. 낯선 동네를 걸었다.

끝내지 못했다. 또 끝낼 기회를 놓쳤다.

긴 밤.

언제까지나 계속되는, 밤.

남자는 낡은 맨션으로 들어갔다.

엘리베이터에서 내리자 상야등이 켜진 복도는 지저분하고 을씨년
스러웠다.

초인종에 응답하듯 문이 열렸다.

여자. 긴 머리, 빨갛게 칠한 입술과 손톱. 지쳐 보이는 얼굴.

"걔, 뭐야?"

여자가 물었다.

"주웠어."

남자가 대답했다.

"주웠다고? 어디서?"

"오다큐 선 선로. 자빠져 자고 있더라고."

"어휴, 술 먹고 뻗은 거야?"

“아니. 세상 하직하려는데 내가 훼방을 놓은 거지.”

“흐음.”

여자가 턱을 잡았다.

“아직 어린애 아니야?”

“아니.”

남자는 웃었다.

“그렇게 어리지 않아. 목소리를 들어보면 알지.”

“아무래도 상관없지만, 너, 신발은 벗고 들어와.”

농구화 끈이 잘 풀리지 않아서 애를 먹었다.

“풀지도 못하면서 왜 그렇게 꽉 묶었어?”

여자도 웃었다.

모두 웃는다.

이제 익숙해졌다. 익숙해졌는데 왜 울컥하는 거지?

“얘, 어떻게 할 거야? 세이 씨, 세이 씨!”

“뭐라도 좀 먹여.”

“먹일 만한 게 뭐가 있다고 그래, 세이 씨 안줏거리라면 있지만. 겨
된장.”

“그거면 되지. 찻물에 밥이라도 말아서 그거랑 줘.”

“어머나, 엄청 착하게 구네. 죽으려던 애를 데려와서 뭘 어쩌려고?”

“줄게.”

“준다고? 뭔 소리야!”

“얼굴이 딱 네 취향이잖아.”

"보자 보자 하니까, 점점. 그만해, 주워온 걸 떠맡기다니 이만저만 민폐가 아니라고."

"필요 없어?"

"필요 없어."

"그럼 네가 다시 버리고 와. 오다큐 선 선로에 눠두면 돼."

"그걸 왜 나한테 시켜?"

"이제 네 거니까. 너한테 줬잖아."

"실없는 소리 좀 적당히 하셔."

"빨리 밥 줘. 나도 먹을래."

"정말 자기 멋대로라니까. 세이 씨가 주웠으니 세이 씨가 데려가서 같이 놀면 되잖아."

"내 취향 아니야."

"어휴! 진짜 변덕이 죽 끓듯 하네."

"가마타를 죽였어."

"뭐?"

"가마타 말이야."

"하지만…… 그 사람, 아이가…….."

"어쩔 수 없지. 다 자업자득이야. 걱정 마, 아이는 보호시설에 갈 테니 객사하지야 않겠지. 남에게 맡긴 건 너도 마찬가지잖아."

여자는 아무 말도 없었다. 아무 말도 없이 오이 절임과 쌀밥을 테이블에 차렸다.

먹었다. 그제야 배가 몹시 고팠다는 것을 깨달았다.

"죗값을 갚겠다는 거야? 아니면 벌충할 생각으로?"

"누구한테 벌충하는데?"

"누구냐니…… 그야 신이지."

남자는 웃었다.

"이 녀석을 구했다고 가마타가 되살아나는 건 아니야. 가마타하고는 상관없어."

"하지만 가마타 씨 이야기를 꺼낸 건 세이 씨잖아."

여자는 그렇게만 말하고 차를 홀짝였다.

"너, 이름이 뭐니?"

대답하기 귀찮았다. 늘 그렇다.

"세상을 등질 작정이었어도 이름 정도는 있을 거 아니야."

"렌."

한마디로 답하고 다시 밥을 입에 밀어 넣었다.

밥공기 저편으로 창밖이 희붐해지는 것이 보였다.

동이 텄다.

1995. 10 (1)

1

금목서 향기인가.

열린 창으로 불어드는 밤바람에 아주 달콤한 향기가 섞여 있었다.

아니면 이 아가씨가 뿌린 향수 냄새인가?

아소는 한 번 더 냄새를 맡았다. 역시 달콤하지만 방금 전과는 다른 냄새가 났다. 이게 이 아가씨에게서 나는 향기이리라. 술을 꽤 많이 마셔서 그냥 내버려두었는데, 아무래도 미야지마 시즈카는 아소의 품에 머리를 맡긴 채 잠들어버린 모양이다.

"이봐."

아소는 시즈카의 머리를 살짝 흔들었다.

"그만 일어나. 이제 너희 집에 다 와 가."

시즈카는 눈꺼풀을 몇 번 움찔하다가 몸을 일으켰다.

"죄송해요, 잠들어버렸네요."

"보고 안 해도 알아. 날 계속 베개로 썼으니까."

"죄송합니다, 계장님."

"그건 됐고, 얼굴 좀 어떻게 해."

"이상한가요?"

"화장이 다 번졌어."

시즈카는 허둥지둥 숄더백을 열고 거울을 꺼냈다. 아소는 키홀더에 달린 미니라이트로 거울을 비추어주었다.

"계장님, 집에 들렀다 가시지 않을래요?"

"벌써 자정 다 됐는데."

"그러니까요…… 계장님과 같이 있었다고 하면 혼나지 않을 테니까요."

"십대 여자애 같은 소리 하지 마. 너도 벌써 스물다섯이잖아."

"스물넷인데요."

"어쨌거나 어엿한 성인이야. 술 마시다 새벽에야 들어가는 변명은 알아서 생각해."

"아직 새벽 아니에요. 하지만 어머니가 걱정이 많으셔서요."

"나랑 이런 시간에 집에 가면 더 걱정하실걸. 중년 이혼남에게 속아 넘어갔다고 가슴을 치실 거다."

시즈카는 입술을 오므리고 어린아이 같은 얼굴로 아소를 보았다. 삐친 걸까, 삐친 척하는 걸까. 아소는 젊은 여자가 이렇게 무의식적으로 밀고 당기기를 시작하면 당황스러웠다. 마치 소녀 같은 이런 여자도 총을 쥐면 자기보다 정확하게 과녁을 명중시킨다. 여자는 그 내면에 품은 것의 정체를 결코 쉽게 보여주지 않는다.

"여기서 세워주세요."

"집 앞까지 가지. 이 부근은 지나다니는 사람이 별로 없어서 위험해."

"하지만 저희 집 앞까지 가면 일방통행인걸요. 하쿠산 길로 돌아가려면 빙 둘러가야 해요."

"괜찮아. 그렇게 멀지도 않은데 뭐. 기사님, 거기 모퉁이에서 우회전해주세요."

전에도 두 번 시즈카를 집까지 바래다준 적이 있었다. 무슨 책략인지 아니면 우연인지, 시즈카는 술자리가 파할 무렵에는 꼭 아소 곁에 있다.

어떤 의미에서는 다행스러운 일이었다. 시즈카는 그냥 직장 동료로 지내기에는 너무 예쁘다. 아직 미혼인 남자 부하들이 정신을 못 차리고 설레발을 치는 것도 이해는 간다. 다 착한 놈들이지만 술김에 시즈카와 사고라도 치면 직장이 풍비박산 날 것은 불 보듯 뻔했다.

요컨대 시즈카 입장에서도 내가 안전해 보이는 거겠지. 아소는 마음속으로 쓴웃음을 지었다.

"감사합니다."

시즈카가 감사를 표하고 열린 문으로 내렸다.

"내일, 지각하지 마."

"계장님 걱정이나 하세요. 아침에 전화 드릴까요?"

"됐어. 나이가 들면 아침잠이 없어지니까. 그럼 쉬어."

"안녕히 가세요."

시즈카가 닫힌 문 너머에서 정중하게 고개 숙여 인사했다.

예의 바른 아가씨다.

"손님, 이제 어디로 갈까요?"

운전기사의 물음에 아소는 시계를 보았다. 아직 지하철 막차를 탈 수 있을 것 같다. 경비로 처리할 수 없는 택시비는 최대한 아끼고 싶었다.

"여기서 어느 지하철역이 가깝죠?"

"하쿠산 역이 가까울 겁니다."

"그럼 거기까지."

아소는 숨을 후 내쉬었다. 오지마의 집까지 택시로 돌아가지 않아도 돼서 다행이었다.

시즈카의 경호원 노릇도 돈이 제법 많이 든다.

* * *

아파트 단지 건물은 왜 죄다 이렇게 비슷하게 생긴 걸까.

지하철역을 나서서 걷던 아소는 눈앞에 솟은 무미건조한 건물 숲을 보며 한숨을 쉬었다.

나는 평생 이런 모양의 건물에서 벗어날 수 없을 거라는 생각이 한순간 머리를 스쳤다.

철도 나기 전부터 도쿄 서민 동네의 목조 연립주택에 살았다. 다다미 여섯 장짜리와 넉 장 반짜리 방에 부엌과 화장실이 딸려 있고, 물론 욕실은 없었다. 그래도 그 당시는 그런 집이 대부분이었으므로 4인 가족이 살면서 부족함을 느낀 적은 없었다. 아버지는 관공서 공무원이었지만 고졸이라 출세와는 거리가 멀었고, 어머니는 근처 꽃집에서 점원으로 일하느라 늘 손이 갈라지고 부르텄다. 두 살 아래 남동생은 툭하면 벋대는 성격이라 고집이 그렇게 세지 않았던 아소는 무슨 일이든 동생에게 주도권을 빼앗겼다.

중학교에 입학하여 검도부에 들어갔다. 특별한 이유는 없었다. 운동을 중시하는 학교였으므로 신입생은 무슨 운동부든 들어가는 것이 당연하게 여겨졌다. 성장기에 접어든 아소는 중학교 1학년치고는 키가 제법 큰 편이라 동아리 설명회 때 농구부에 들어오라는 제안을 받았다. 아소는 지금도 농구를 했다면 인생이 어떻게 달라졌을까 가끔 생각한다.

농구부 연습을 견학하다가 체육관 구석에서 초등학교 친구를 보았다. 그는 5학년 때부터 근처 신사의 신관이 가르치는 소년 검도 교실에 다니며 검도를 배웠다. 그래서 망설임 없이 검도부에 들어갔다. 그 친구가 호구와 죽도를 산더미만큼 끌어안고 체육관 가장자리를 천천히 가로질러 갔다. 도대체 몇 명의 도구를 들고 가는 걸까. 그때 아소는 알았다. 검도부 신입생은 분명 저 녀석 하나뿐이다.

그게 입부 동기였다. 곤경에 빠진 친구를 그냥 두고 볼 수가 없었다. 안 그래도 운동부에서 선배들이 1학년에게 악랄하게 군다는 소문을 들었기 때문이다.

사람이 좋은 걸까, 오지랖이 넓은 걸까. 분명 둘 다일 것이다. 그러한 성격은 지금도 기본적으로는 달라지지 않았다. 하지만 이제는 최대한 눈을 감고 못 본 척하는 데 익숙해졌다. 사회에서는 누군가를 보살펴준다고 해서 득을 보는 일이 거의 없다는 것을 깨달았으니까.

결국 검도부에는 친구와 아소 말고도 1학년이 세 명 더 들어왔으므로, 아소의 조그마한 의협심은 별다른 도움이 되지 못했다. 하지만 소문으로 들었던 악랄한 짓은 당하지 않았고, 그저 연습이 혹독하여 처음 한동안 몸이 피곤했을 뿐이다. 얼마 지나지 않아 아소는 검도라는 운동 그 자체의 매력에 푹 빠졌다. 1년도 채 지나기 전에 검도가 생활의 기반이 되었고, 검도와 관련된 일 이외에는 흥미를 잃었다. 좋아하면 실력이 는다는 말대로 아소의 검도 실력은 일취월장하여 중학교 2학년 봄에 구내 신인전에서 준우승을 차지했고, 도 대회에서도 개인 종합 7위에 올랐다. 그리고 그 시점에서 아소 인생의 많은 것이 결정되었다.

고등학교도 물론 검도를 기준으로 골랐다. 고교 전국체전에서 검도로는 늘 상위에 드는 사립대학 부속 고교였다. 그런 만큼 중학교와는 비교도 되지 않을 정도로 훈련의 강도가 높았고, 체벌도 있었다. 하지만 그 무엇도 큰 문제로 여기지 않을 만큼 아소는 검도의 포로가 된 뒤였다. 나중에 돌이켜보아도 무슨 공부를 했는지 기억이 나지 않을 만큼 죽어라 검도만 팠다.

3학년 여름, 고교 전국체전에서 개인 종합 3위에 올랐고 그 실적 덕분에 특별전형으로 무사히 부속 대학교에 입학했다.

대학교 검도부는 아소가 모르는 신비한 세계였다. 거기서 그 남자와 만났다…….

낡은 계단을 올라가는 도중에 옛 생각에서 깨어났다. 집은 3층이므로 보통은 엘리베이터를 기다리기보다 계단으로 올라가는 편이 더 빠르다.

복도를 비추는 형광등 수명이 다 되었는지 불빛이 짜증나게 깜박거렸다. 누군가 이미 관리인에게 알렸을까.

지은 지 12년. 철근 콘크리트 건물이므로 결코 오래된 편은 아니다. 하지만 신축 건물에서 느껴지는 청결하고 화사한 느낌은 이미 사라졌다. 6년쯤 전에 구입한 집이다. 거품경제가 한창일 때라 모두들 부동산 가격이 영원히 상승할 것이라 믿었다. 아소 부부에게 이 건물을 추천한 부동산 중개업자도 가슴을 펴고 그렇게 말했다. 절대로 가격이 떨어지지 않을 테니 사는 게 이득이라고.

지금 이 집의 매매가는 샀을 때보다 아마 천만 엔은 떨어졌을 것이다. 그리고 융자금은 앞으로도 29년이나 더 변제해야 한다.

열쇠를 꽂고 문을 열자 하품이 났다. 완전히 조건반사다. 아소에게 이 집은 이미 잠만 자는 공간이라고 해도 무방했다. 이 집을 샀을 때 곁에 있었던 아내는 이제 아소가 돌아오기를 기다리지 않는다.

일단 불부터 켠 후, 들고 온 우편물과 석간신문을 부엌 테이블에 팽개쳤다. 습관처럼 무의식적으로 현관홀의 우편함에서 우편물을 꺼내오기는 하지만, 요즘은 더 이상 기대를 담아 우편물을 살펴보지 않는다. 도대체 얼마나 오랫동안 레이코가 소식을 주기를 고대하며 봉투와 엽서를 꼼꼼히 살폈던가. 1년? 아니면 2년? 뭐, 그 정도다. 그리고 이제 체념했다. 레이코는 아소의 인생에서 완전히 사라졌다. 그 사실을 받아들이려면 시간이 많이 걸릴 것이다. 하지만 아소는 가능한 한 생각하지 않기로 했다. 레이코가 서명하고 도장을 찍은 이혼신청서는 책상 서랍 속에 계속 처박아두었지만, 결국 작년 초에 이름을 쓰고 도장을 찍어 관청에 제출했다.

석간신문은 펼치지 않았다. 사건이 없을 때는 대개 읽지만, 오늘
밤은 피곤해서 자잘한 글자를 좇을 기분이 아니었다. 냉장고에서 차
가운 우롱차를 꺼내서 한 컵 마시고 넥타이를 늦추어 목에서 풀었다.
그제야 자동응답기가 깜빡이고 있다는 것을 알았다.

버튼을 누르자 부드러운 여자 목소리가 흘러나왔다.

"아소 씨, 마키야. 어젯밤에 가게에 종이봉투 놔두고 갔지? 미안해,
바로 알아차렸어야 했는데 어제 문 닫기 전에 손님이 워낙 많이 와서
가게 마치고 나서야 알았네. 잘 보관해둘 테니 언제든지 시간 날 때
찾으러 와. 바쁠 텐데 건강에 유의하고."

종이봉투. 분명 어제 마키 가게에 가기 전에 서점에 들러 눈에 띈
문고본을 두어 권 샀다.

아소는 웃으면서 셔츠를 벗었다.

만약 내일, 도쿄에서 아무도 살해당하지 않는다면 깜박한 책을 찾
으러 마키 가게에 갈 수 있다. 그리고 또 마키의 얼굴을 보며 술을 조
금 마실 수 있으리라.

도쿄에서 아무도 살해당하지 않는다면.

샤워를 마친 후 후줄근한 잠옷으로 갈아입고 몇 날 며칠이나 그냥
깔아둔 이부자리에 눕자 반쯤 걷어둔 커튼 사이로 밤하늘의 달이 보
였다. 레이코가 이 아파트 단지를 마음에 들어 한 가장 큰 이유는 건
물 앞에 있는 공원이었다. 그 공원 덕분에 3층 창문으로도 밤하늘이
충분히 잘 보였다.

시즈카는 잠들었을까? 가정교육을 잘 받은 여자니까 목욕을 하고

청결한 침대에서 책이라도 읽다가 잠자리에 들겠지. 왜 그런 여자가 형사질을 하는 걸까. 세상에는 신기한 일이 참 많다. 부하 야마시타는 시즈카에게 홀딱 반했다. 아무래도 요즘 시즈카 곁에 있는 녀석들이 집중력을 상실한 것 같다. 성차별이라고 뭇매를 맞을 법한 말이지만, 역시 여자가 형사실에 있는 건 그리 바람직하지 않다. 야마시타에게 주의를 기울이지 않으면 조만간 엄청난 실수를 저지를지도 모른다. 하기야 내가 일일이 말하지 않더라도 야마 씨가 잘 살펴보겠지만.

송치된 피의자가 검찰에서 공술을 마치고 무사히 기소됐다. 한 달 반이 걸린 사건도 오늘부로 전부 마무리됐다. 8계는 내일부터 다른 사건을 담당할 준비가 됐다. 하지만 내일은 마키 가게에 갈 거다. 아소는 무심코 다시 웃었다. 그래, 갈 거다. 요컨대 도민이 아무도 살해, 강간, 강도당하지 않고 행복하게 지내기만 하면 만사 오케이다. 나는 서류에 도장을 찍으며 하루를 보내고, 하품을 참으며 회의를 마친 후 정시에 형사실을 나서서 지하철을 탄다. 그리고 마키의 웃는 얼굴을 보며 맥주 한 병과 청주를 조금 마시고, 찻물에 밥을 말아 마키가 만들어준 고기감자조림과 함께 먹고, 마키가 살짝 윙크하면 고개를 끄덕이고 가게를 나선다. 지하철을 타고 두 정거장만 가면 마키의 집에 도착한다. 여벌 열쇠는 가지고 있다. 안에 들어가서 기다리면 된다. 몸을 깨끗이 씻고 이도 닦고 얌전하게 텔레비전이라도 보면서 기다리면 된다.

자신이 과연 마키를 사랑하는지 어떤지 아소는 잘 모른다. 다만 마키가 자신을 이 세상에서 제일 사랑하지는 않는다는 것은 대충 짐작이 간다. 마키는 따로 좋아하는 남자가 있을지도 모른다. 마키는 가끔 눈앞에 아소가 있다는 것을 잊어버린 듯이 건성으로 대한다. 마키의 마음속에 누군지 모를 다른 남자가 깊이 새겨져 있어 그 환영에서 달아날 수가 없는 걸까. 그런 여자는 처음이 아니다. 어째서인지 아소에게 다가오는 여자는 대부분 마음속에 환상과도 같은 남자를 키우고 있다. 분명 유유상종일 것이다.

별로 상관없다. 오히려 고마울 정도였다.

마키와 이런 관계가 된 지 반년 째다.

좋은 여자다. 빼어난 미인은 아니지만, 머릿결이 곱다.

창밖의 달은 몹시 밝았다.

아소는 일어나서 커튼을 쳤다.

문득 한 남자의 얼굴이 떠올랐다.

남자는 취조를 담당한 부하 형사 이야마의 얼굴을 물어뜯을 듯이 고개를 쑥 내밀고 말했다.

"내가 뭘 잘못했는데? 마누라를 죽인 게 잘못이야? 나는 그년을 위해 인생을 다 바쳐서 일했고, 월급도 몽땅 맡겼어. 그야말로 담배 한 갑 살 때도 손을 벌벌 떨 정도로 구차하게 살았다고. 그런데 그년은 날 배신했어. 아주 지독하게 배신했지. 장모님 치료비가 필요하다며 상여금까지 싹싹 긁어가더니만, 그 돈으로 전화방에서 만난 놈팡이랑 여행을 갔다고. 어이, 형사 양반. 내가 나쁜 놈이야? 그럼 죽은 그년은 천사라도 돼? 당신 같으면 어떻게 하겠어? 말 좀 해봐, 당신이라면 어떻게 할 거냐고, 응!"

아소는 벽에서 몸을 떼고 취조실에서 나왔으므로 이야마가 뭐라고 대답했는지 듣지 못했다.

나라면 뭐라고 대답했을까.

달.

그 남자는 실형을 선고받을까. 그렇다면 그 남자가 앞으로 몇 년을
지내야 할 교도소 창문으로도 저 달은 보일까?

2

택시에서 내리자 아소는 고개를 한껏 쳐들어 건물을 올려다보았
다. 하지만 꼭대기는 보이지 않았다. 너무나도 압도적이고 몹시 비인
간적으로 높았다. 이런 건물에서 사람이 잠든다는 것 자체가 잘 믿기
지 않았다.

밤이 다 끝나간다. 슬슬 동녘이 하얗게 밝아올 것이다. 오전 4시
25분.

로비에도 수사원이 몇 명 있었다. 안면이 있는 관할서 형사에게 한
손을 들어 인사하자 그가 부리나케 다가왔다.

"몇 층이지?"

"32층입니다. 안내하겠습니다."

인상이 좋은 남자다. 이름이 아오키라고 했던가. 전에 모텔에서 연
쇄 살인 사건이 발생했을 때, 신주쿠에 수사본부가 설치되어 함께 일
한 적이 있다. 다른 사건으로도 두어 번 신주쿠에 수사본부가 설치된
적이 있는데, 그때도 이 남자와 함께 수사했는지는 기억나지 않았다.
아소는 관할서 형사의 얼굴을 기억하는 데 서툴렀다.

"본부, 설치될까요?"

엘리베이터에서 아오키가 불쑥 말을 꺼냈다.

"글쎄."

아소는 호주머니에 한 손을 넣은 채 고개를 살짝 저었다.

"수사4과가 담당하지 않으려나."

"그렇겠죠."

아오키는 어쩐지 안심한 것 같았다.

"피해자가 그 녀석이니……."

32층은 아주 난리법석이었다. 감식과와 검정색 점퍼를 입은 기동수사대(평소 담당구역을 순찰하다가 중요 사건이 발생하면 출동하여 사건 초동수사를 맡는다－옮긴이 주)가 살짝 구부러진 긴 복도를 뛰어다녔고, 투숙객이 문을 열고 상황을 살피다가 경찰관에게 제지당해 문을 닫았다. 하지만 금방 다른 문이 열리고 눈이 휘둥그레진 사람이 고개를 내밀었다.

현장은 3224호실. 로프가 쳐져 있고, 사람들이 드나들어서 알려주지 않아도 바로 알아차렸다.

"계장님."

야마세가 아소의 얼굴을 보고 한 손을 들었다. 평소와 다름없이 믿음직스러워 보였다. 이런 시간에 연락을 받고 불려나왔는데도 눈곱 하나 없이 말끔한 얼굴이다. 형사다운 형사. 야마세는 이 일을 하기 위해 태어난 듯한 남자였다.

"야마 씨. 다 모였어?"

"시계랑 다모쓰는 왔어. 시즈카는 아직이고. 부랑 형님은 이쪽으로 향하는 중이라는데. 다른 사람들한테는 아직 연락이 안 됐고."

"굳이 다 부를 필요는 없겠지."

나는 주변을 휙 둘러보았다.

"특별수사본부가 설치될 만한 사건은 아닌 것 같아. 오이카와는?"

야마세가 엄지손가락으로 방 안을 가리켰다. 아소는 고개를 끄덕이고 열린 문으로 들어갔다.

넓은 방이었다. 이른바 세미스위트룸으로, 문 안쪽은 거실이었다. 오이카와는 커다란 소파에 떡하니 앉아 천장을 올려다보고 있었다.

"당신 엉덩이 때문에 중요한 지문이 지워졌다고 감식과가 난감해 하던데."

아소는 오이카와 앞에 섰다. 오이카와는 성가시다는 듯이 고개를 내렸다.

"이런 천 소파에서 지문이 나오겠냐. 그것보다 무슨 용건이야, 류. 오늘 밤 메뉴는 수사1과에게는 안 맞아. 좀 어른 입맛이라고."

"그럴지도 모르지. 그럼 철수할까. 난 여자랑 침대에 있다가 나왔다고. 볼일이 없으면 다시 여자 배 위로 돌아가고 싶어."

아소가 웃자 오이카와는 코웃음 쳤다.

"꼴값 떨기는. 어차피 신오쿠보 부근에서 호객하는 매춘부겠지. 지금쯤 네 지갑에서 돈을 빼내서 기둥서방한테 달아났을걸. 뭐, 그것보다 내 스위트하트나 만나봐. 몰라보게 변했지만 아직도 끝내준다고."

오이카와는 턱으로 문을 가리켰다. 욕실로 통하는 문이다. 반쯤 열린 문 너머에서 인기척이 났다.

다가가서 들여다보자 감식과원 두 명이 바삐 움직이고 있었다.

"들어가도 될까?"

"예. 다 끝났습니다."

아소는 그래도 두 사람이 나올 때까지 문밖에 서서 잠시 기다렸다.

"검시는?"

"벌써 마쳤어."

오이카와가 앉은 채 대답했다.

"최대한 빨리 옮기고 싶대. 즉시 사법부검을 실시할 거야. 사진도 다 찍었으니 물건을 옮겨도 상관없어."

욕실은 아주 넓었다. 바닥은 대리석이고, 물 받는 곳이 두 개인 거대한 세면대와 거울이 있었다. 오른편은 투명한 통유리 샤워부스였다. 세면대에는 소형 텔레비전이 놓여 있었다.

왼편에 욕조가 있었다.

순간 정말 예쁘다고 생각했다. 그는 루비 빛깔로 물든 투명한 물속에 누워 있었다.

시체라고 믿기지 않을 만큼 평온한 얼굴이었다. 어쩌면 이 남자는 지금, 평생을 통틀어 가장 편안한 잠에 빠진 건지도 모른다.

니라사키 세이치.

동일본연합회 가스가 파 핵심 간부.

"참 뭣같이 됐다니까."

어느 틈엔가 뒤로 다가온 오이카와가 한숨을 푹 쉬듯 숨을 내뱉었다.

"언젠가 이 새끼를 붙잡아서 벽에 똥칠할 때까지 큰집에 처박아 놓으려고 지금까지 몸이 부서져라 일했는데…… 이렇게 끝날 줄 알았으면 나도 벌써 다른 수를 썼을 거야."

"뭐, 자리에 편히 누워서 죽음을 맞이할 만한 삶은 아니었으니까."

"그래도 그렇지…… 욕조에서 목을 베이다니."

"……권총이 아니야?"

"아니야. 보면 알잖아. 욕조 안에 있는데 권총으로 쐈으면 핏빛 목욕물이 좀 더 사방으로 튀었겠지. 경동맥을 정확하게 싹 그어서 니라사키는 분명 끽소리도 못했을 거야. 순식간에 과다출혈로 의식을 잃고 괴로워할 틈도 없이 저세상으로 갔겠지. 이런 악당을 그렇게 편안하게 보내주다니, 범인은 정말 자비로운 녀석이야."

"흉기는 뭐래?"

"실물이 없으니 단정은 못하지만 검시관 말로는 상당히 잘 드는 얇은 날붙이일 거래. 면도칼 같은 게 아닐까 싶은데."

"별난 흉기로군…… 놈들 바닥에서는."

"하지만 솜씨로 보건대 아마추어는 아니야. 니라사키 정도 되는 놈이 아무 저항도 못하고 골로 갔다고. 신종 킬러일지도 모르지. 총을 싫어해서 칼을 사용하는 프로 살인 청부업자도 있으니까."

"어느 조직이 그랬든 니라사키쯤 되는 거물을 칠 때 킬러를 사용할까? 그런 건 당신이 더 잘 알 텐데? 놈들은 이럴 때 뒤를 봐주기로 약속하고 젊은 조직원을 쓰잖아."

"그런 식으로 처치할 수 있는 상대라면 그러겠지. 하지만 니라사키는 달라. 지금까지 몇 번 습격당했지만 한 번도 상처다운 상처를 입은 적이 없어. 생초짜로는 처리할 수 없다는 걸 알고 돈을 써서 프로를 고용했겠지. 어쨌거나 류, 이건 조직 간의 항쟁 사건이야. 수사1과가 나설 자리는 없어."

아소는 오이카와의 얼굴을 찬찬히 들여다보았다. 그가 반신반의하고 있다는 것을 금방 눈치챘다.

그렇다, 뭔가 조금 이상하다. 폭력단 사이에서 벌어진 항쟁 사건치고는 어쩐지 묘하다. 어디가 이상하다고 구체적으로 딱 짚을 수는 없지만 아소의 감이 "이건 네 사건이야, 류타로." 하고 알렸다.

폭력단의 항쟁 사건이 일어났을 때는 설령 사망자가 나오더라도 보통 살인 사건과 달리 수사본부를 설치하지 않는 경우가 많다. 일반인 중에서 희생자가 나온다면 별개의 문제지만, 조폭끼리 서로 죽인 사건을 수사할 때는 보통의 살인 사건처럼 범인 체포만이 수사의 목적이 아니다. 다양한 각도에서 사건 전체를 시야에 넣고 작전을 세워, 폭력단 자체를 약화시키거나 괴멸시킨다는 커다란 목표를 향해 나아가야 하므로 조직범죄 수사의 프로인 수사4과가 주도권을 쥐고 수사를 지휘하여 독자적인 방법으로 진행하는 편이 낫다. 그리고 조직범죄자들은 정도의 차이만 있을 뿐 대부분 무장하고 있으므로 수사 자체에 위험이 동반될 확률도 높아진다. 제복경관과는 달리 일일이 휴대 허가를 받지 않으면 총기를 가지고 다닐 수 없는 1과 형사에게 항쟁 사건 수사는 솔직히 버거운 일이다.

도쿄에서 최대 규모를 자랑하는 폭력단의 간부가 피해자니까 평범하게 생각하면 이 사건도 항쟁 사건이라 결론 내릴 수 있으리라. 필요하면 인력을 차출하여 돕겠지만 어디까지나 수사의 중심은 4과다. 관할서인 신주쿠 서에 수사본부가 설치될 일도 없다. 일반인이 사건에 말려들어 피해를 입은 것도 아니니까. 니라사키를 죽인 범인을 체포하는 것은 니라사키의 한을 풀어주기 위해서가 아니라 복수전으로 항쟁이 격화되는 것을 막고, 살해를 지시한 조직의 우두머리와 그 상부조직을 형사재판으로 끌어내 조직을 약체화시키는 발판으로 삼기 위해서다.

하지만 혹시 이게 항쟁 사건이 아니라면?

니라사키가 폭력단 간부라서 살해당한 것이 아니라 다른 이유로 살해당했다면? 예를 들어 별다른 동기가 없는 묻지마 살인범이나 금품을 강탈할 목적으로 침입한 강도에게 살해당했다면 설령 피해자가 니라사키더라도 사건은 어디까지나 수사1과가 맡아야 한다.

오이카와는 강경했다. 이 사건은 자신의 것이라고 선언했다. 그 기분은 이해가 간다. 오이카와에게 니라사키는 원수 같은 존재다. 실은 산 채로 붙잡아서 재판에 넘기고 싶었으리라. 그런데 누군가가 죽여버렸다. 자신들 손으로 범인을 찾아내고 싶은 마음이 굴뚝같을 것이다. 오이카와는 경시청에 들어온 이래 지금까지 폭력단 관련 수사에 대부분의 시간을 들여왔다. 폭력단 하면 자다가도 벌떡 일어날 남자였다.

하지만 바로 그렇기 때문에 이 사건이 뭔가 좀 이상하다는 사실을 모를 리 없었다.

"좀 더 보고 갈 테냐, 명탐정?"

오이카와가 아소의 어깨를 두드리고 욕실에서 나갔다. 오이카와는 나를 잘 안다고 아소는 새삼 느꼈다. 정말로 보고 싶은 것이 있을 때는 혼자가 편하다.

아소는 욕조 옆에 무릎을 꿇고 시체의 얼굴을 살펴보았다.

오이카와 말대로 고통스러워 한 표정은 남아 있지 않았다. 예리한 날붙이로 단번에 그으면 보통은 아무 감각도 없다가 훨씬 나중에야 통증을 느낀다. 따뜻한 물속에서 순간적으로 경동맥이 절단됐다면 통증은 거의 없었을 테고, 무슨 일이 생겼다고 자각했을 쯤에는 과다출혈로 의식이 멀어졌을 것이다. 심장이 멈출 때까지 몇 분 걸렸을까. 심장 박동이 멎은 후에도 이미 혈관으로 내보내진 피는 한동안 계속 흘러나왔을 테니 물에 니라사키의 피가 아주 많이 섞여들었을 것이다. 하지만 물은 그다지 뜨겁지 않았던 모양이다. 수온이 높으면 피가 응고하므로 색깔이 이렇게 예쁘지는 않겠지.

섬뜩하리만큼 잘생긴 얼굴이었다.

오뚝한 코끝은 아주 가녀려서 살짝만 눌러도 뭉그러질 것처럼 보인다. 감은 두 눈매도 더할 나위 없이 단정하고, 얼굴 윤곽도 매끈한 계란형이다. 수사1과 일로 니라사키와 만날 기회는 없었으므로 그가 살아 있을 때 얼굴을 직접 본 적은 없지만, 사진으로는 몇 번 보았다. 니라사키의 아버지이자 쇼와 시대(1926~1989 - 옮긴이 주) 폭력단의 역사에 이름을 남긴 니라사키 세이타로의 얼굴도 어쩌다 사진으로 본 적이 있는데, 이 남자와는 전혀 닮지 않았다. 니라사키는 어머니를 닮았는지도 모르겠다.

손을 대지 않고 몸을 잔뜩 낮추어 상처를 밑에서 들여다보았다. 심장이 요동쳤다.

아주 멋진 솜씨였다. 오이카와가 프로의 짓이라고 단정한 것도 이해가 갔다. 조금의 망설임도 없이 일직선으로 쭉 그었다. 근조직이 한눈에 들어올 만큼 깊은 상처가 쩍 벌어져 있어서 마치 부검된 시체 같이 느껴졌다. 하지만 상처의 길이는 결코 필요 이상으로 길지 않았다.

아소는 일어서서 욕실을 천천히 둘러보았다.

니라사키는 머리를 욕실 입구 쪽으로 두고 욕조에 누워 있었다. 마지막 순간에 니라사키는 도대체 뭘 봤을까.

아소는 니라사키와 같은 자세가 되도록 욕조 옆에 다리를 뻗고 앉았다. 커다란 거울이 비스듬히 정면에 있어서 욕실이 거의 다 눈에 들어왔다. 입구 문도, 안쪽 화장실 문도, 샤워 부스도.

세면대 위에는 목욕용품이 든 바구니가 하나. 잘 개어진 수건 두 장과 포장을 뜯지 않은 일회용 면도기가 두 개, 역시 포장을 뜯지 않은 칫솔 세트 두 개와 비누가 하나. 비누에는 페이스 소프라고 적혀 있다. 통에 호텔 로고가 들어간 세련된 샴푸와 린스. 그리고 액체가 든 작고 투명한 비닐 케이스가 하나 있었는데, 여기에도 호텔 로고가 찍혀 있었다. 얼굴을 가까이 가져가자 거기에는 거품 입욕제라고 적혀 있었다. 외국인들처럼 거품목욕을 하고 싶을 때 사용하는 입욕제로, 보디샴푸 역할도 하는 것이리라. 같은 케이스가 바구니에 두 개 더 들어 있었다. 아소는 몸을 일으켜 다시 욕조 속을 보았다. 그리고 샤워부스로 다가갔다. 샤워부스 바닥에는 물방울이 잔뜩 남아 있었다. 비누 받침대에는 큼지막한 하얀색 비누가 얹혀 있었다.

"실례합니다."

감식과원이 들어왔다.

"증거품을 압수하려고 하는데요."

"알았어, 그렇게 해."

감식과원은 고개를 끄덕이고 아소 눈앞에서 샤워부스의 비누를 집어 비닐봉투에 넣었다. 세면대 아래 쓰레기통에 든 것도 다른 비닐봉투에 담았다. 아소는 쓰레기통에 뭐가 들었는지 주의 깊게 관찰했다. 비누 포장지 하나뿐이었다.

"지문은 나왔나?"

아소가 묻자 감식과원은 고개를 저었다.

"뚜렷하게 남아 있는 지문은 전부 피해자의 것으로 추정됩니다. 확실한 건 조회해봐야 알겠지만요."

"샤워를 했어."

"예. 특히 신경 써서 머리카락을 찾아봤습니다만, 샤워부스 안에는 없었습니다. 하지만 샤워는 범인이 했겠죠."

"피가 튄 걸까?"

"경우에 따라 다르겠죠. 목이 물속에 있었다면 튀지 않았겠지만, 밖에 나와 있었다면 피가 분수처럼 뿜어져 나왔을 테니까요."

"배수구 속의 머리카락도 잘 부탁해."

감식과원은 눈으로만 웃었다. 당연하다는 말을 하고 싶은 것이리라. 잘 개어진 목욕수건 세 장이 욕조 위 선반에 쌓여 있었다. 얼굴 닦는 수건은 거울 옆에 두 장이 걸려 있었고, 한 장은 목욕수건과 함께 선반에 놓여 있었다.

문 밖에 인기척이 나더니 들것과 사람 몇 명이 들어왔다.

"이제 시체를 옮겨 가도 될까요?"

감식과원이 묻기에 아소는 밖에다 대고 외쳤다.

"당신이 현장 책임자야?"

"몰라. 너 아니냐?"

아소는 혀를 찼다. 사건은 자기 것이라고 선언해놓고 자잘한 잡무는 이쪽에 떠넘길 생각이다.

"그렇게 해."

아소가 말하자 감식과원들은 욕조에 잠겨 영원한 잠을 즐기던 니라사키에게 일제히 손을 뻗었다. 욕실에서 나온 아소는 불을 붙이지 않은 담배를 물고 천장을 노려보는 오이카와 옆으로 돌아갔다.

"류, 말해두겠는데."

오이카와가 진지한 표정으로 말했다.

"밀실살인 아니니까 탐정 놀이는 꿈도 꾸지 마라."

아소는 웃었다.

"당신의 서부극을 방해할 생각 없어. 빨리 범인을 체포해서 교수형에 처하도록 해. 난 돌아가서 잘 거야."

"이런 망할. 네 부하들이 벌써 여기저기 쏘다니며 사방을 들쑤시고 있다고. 너희 수사반은 너 말고는 죄다 성미가 급해."

"살인 사건은 시간과의 승부니까. 범인도 필사적이겠지. 1분 늦으면 그만큼 증거가 사라져."

"그런데 넌 왜 그렇게 느긋하냐?"

"경감 나리는 떡하니 앉아 보고만 들으면 된다는군. 지난주에도 경감이 너무 나서지 말라고 관리관(경시청의 관리관은 각 과의 관리직으로서 과장, 이사관에 이어 세 번째로 높은 직위이며 보통 서너 개의 계를 총괄한다—옮긴이 주)한테 한소리 들었어."

"뭘 어쨌기에?"

"한가해서 시간도 때울 겸 피해자 남편 회사에 가서 잡담을 나눴을 뿐인데."

오이카와가 아소를 흘겨보았다.

"……그래서."

"그래서고 뭐고 그게 다야."

오이카와가 갑자기 팔꿈치를 내밀어 아소의 명치를 쿡 질렀다.

"시치미 떼기는. 그 자식, 마누라를 살해한 혐의로 체포됐잖아."

"우연히 그렇게 됐어. 잡담을 나누다가 멋대로 자백하더라고."

"이번에는 그렇게 안 될 거다."

"알아. 그러니까 이번 사건은 당신이 정리해."

아소는 천천히 기지개를 켰다.

"니라사키가 죽어서 우는 놈보다 기뻐하는 놈이 많아. 그런 일은 당신한테 맡길게."

"본부가 설치되면 그렇게는 안 돼."

"본부가 설치될까?"

오이카와는 숨을 크게 내쉬었다.

"설치되겠지…… 여기는 장소가 너무 안 좋아. 수사를 어떻게 하든 일반인을 끌어들이지 않기는 불가능하다고. 끌어들이는 이상은 특별 수사본부가 있어야지. 그런데 어때? 담당 관리관은 누구래?"

"아마 이치조 씨일걸."

"너희 관리관이 그대로 전임하는 거야?"

"현재 아무 본부에도 속하지 않은 건 우리 수사반뿐이거든. 이틀 전에 하나 해산해서 몇 시간 전에 회식하고 고작 두 시간도 못 잤는데 이 꼴이야. 정말이지 도쿄는 흉흉한 곳이라니까. 아무도 살해당하지 않는 날이 단 하루도 없다니."

"생각하기에 따라 다르지. 세상에는 폭탄이 날아와 눈앞에서 부모 형제가 죽는 모습을 보면서 살아가는 사람도 있으니까. 그에 비하면 조직폭력배를 저세상으로 보내주신 사회의 은인을 굳이 붙잡아서 재 판에 넘겨야 할 만큼 이 나라의 경찰은 할 일이 없는 셈이야. 그런데

이치조는 어떤 인간이야?"

"딱히 별다를 것 없는데. 출세밖에 생각지 않는다는 점에서는 다른 작자들이랑 똑같지. 다만 소심해서 기본적으로 우리 일에 잔소리는 안 하니까 좀 편하기는 해."

"도쿄대 출신 파벌?"

아소는 고개를 끄덕였다.

"이대로 신주쿠에 본부가 설치되면 오랜만에 너희들과 같이 일할 수 있겠군."

"그다지 기뻐 보이지는 않은데?"

"기뻐. 기뻐서 눈물이 날 지경이야."

아소는 크게 하품을 했다.

"젠장, 정말 졸리네. 술을 어중간하게 마셔서 잠을 설쳤어. 2시 넘어서 겨우 잠들었는데 4시 전에 일어나서 나왔으니 피곤할 수밖에. 그건 그렇고 어쩌다 이런 시간에 시체가 발견된 거야?"

"아까 네 부하가 첫 번째 발견자를 신문했으니 나중에 물어봐. 그것보다 류. 너, 야마우치라는 놈 알아?"

"야마우치? 어느 야마우치?"

"니라사키의 파트너였던 놈."

"가스가 파 조직원이야?"

오이카와는 고개를 저었다.

"맹세의 잔을 받고 정식으로 조직에 몸을 담은 건 아닐 거야. 그렇다고 니라사키와 형님아우 하는 사이도 아니었고. 좋게 말하자면 사업 파트너라고 할까."

"폭력단이 뒤를 봐주는 대신 상납하는?"

"뭐 그런 부류겠지. 4, 5년쯤 전에 느닷없이 니라사키 옆에 나타나서 이스트흥업이라는 회사를 차렸어. 그게 순식간에 성장해서 지금은 가스가 파와 관련된 회사 중에서 제일 돈벌이가 쏠쏠하지. 부동산과 윤락업소를 굴리는 게 주된 사업이지만, 내부정보를 이용해 주식을 사고팔거나 어쩐지 수상한 그림을 매매하기도 해. 아무튼 돈 냄새가 나는 곳에는 어디든지 고개를 들이미는가 봐. 거품경제가 붕괴돼서 부동산을 굴리던 조직은 죄다 작살이 났는데, 어찌된 일인지 혼자서만 계속 이익을 냈다는군. 2과가 사기 혐의로 찔러보는 중이고, 국세청도 탈세 증거를 찾으려고 여러모로 애를 쓰고 있는 모양이지만 꼬리를 잡을 수가 없어."

"머리가 좋은가 보군."

"악마처럼 말이지. 게다가 그 자식, 재미있게도 정신적으로 키메라야."

"뭐라고?"

아소는 오이카와의 옆얼굴을 보았다. 오이카와는 정면에 시선을 고정한 채 씩 웃었다.

"니라사키가 우리랑 동류라는 건 알아?"

아소는 대답 없이 때마침 들것에 실려 욕실을 빠져나오는 니라사키의 시체와, 들것을 들고 가는 감식과원 두 명을 바라보았다. 니라사키의 시체는 이불과 비닐시트에 감싸여 그 잘생긴 얼굴은 더 이상 보이지 않았다.

일행이 나가고 문이 닫힌 후에야 아소는 입을 열었다.

"몰랐는데. 조폭 중에도 그런 인간이 있나?"

"많지."

오이카와는 킥킥 웃었다.

"놈들은 숨기지만 말이야. 니라사키는 숨기지 않았지만 여자도 몇 명 거느리고 있었어. 그런 의미에서 니라사키는 잡식성이었지. 놈의 남자 애인은 두 명이었어. 하나는 아직 어려. 고등학생쯤 됐을걸. 아마도 신주쿠 2초메의 우리센(남자를 상대로 몸을 파는 남자 매춘부-옮긴이주) 바에서 일하던 남창을 빼내온 게 아닐까 싶은데, 히가시나카노에 아담한 맨션을 마련해주고 차도 사주면서 귀여워했지. 나머지 하나가 문제의 야마우치야. 니라사키가 이 녀석한테는 땡전 한 푼도 내놓지 않은 것 같아. 뭐, 현재는 니라사키의 개인자산보다 야마우치의 자산이 더 많을 테니 당연한지도 모르겠지만. 그런 의미에서 보면 이 녀석과 니라사키는 평범한 애인 관계가 아닐 수도 있어. 어쨌거나 단순한 사업 파트너를 넘어선 복잡한 감정으로 얽혀 있었을 거야."

"복잡한 감정으로…… 얽혀 있었다고?"

"소문이지만 니라사키가 야마우치를 죽이려고 한 적이 몇 번 있었대."

오이카와는 불을 붙이지 않고 만지작거리기만 하던 담배를 호주머니에 쑤셔넣었다.

"이봐, 그 녀석을 점찍은 거야?"

"글쎄다. 아직 아무 것도 모르겠어. 다만…… 솔직히 말해봐. 현장을 보니까 어때?"

"부자연스러웠어."

아소가 그렇게 말하자 오이카와는 힘주어 고개를 끄덕였다.

"그래, 부자연스럽지. 무작정 돌격할 줄밖에 모르는 뎃포다마(체포나 죽음을 각오하고 조직이 지정한 표적을 살해하러 가는 자객을 뜻하는 말-옮긴이 주)가 도대체 어떻게 알몸으로 목욕 중인 니라사키에게 접근했을까? 무리야. 니라사키는 그렇게 얼빠진 놈이 아니라고. 지금까지 세번 습격당했지만 세 번 다 살아남았어. 우리가 모를 뿐 죽음의 위기에서 목숨을 건진 적이 몇 번이나 더 있었겠지. 아무튼 니라사키보다 조심스러운 놈은 이 세상에 없었을걸."

"안면이 있는 사람, 그것도 아주 가까운 사람의 범행이겠군."

"그래. 앞으로 침대에서 거사를 치를 예정이었을까, 아니면 거사를 치른 후였을까. 침대가 흐트러지지 않았으니 거사를 앞두고 있었을 거야. 어쨌거나 재미를 보려고 구해온 뜨내기는 아니야. 신원이 확실해서 다른 조직에 고용된 킬러일 가능성이 없다고 니라사키가 판단한 상대였어. 보통은 이럴 때 여자가 범인이라고 단정하겠지만."

오이카와는 건조한 목소리로 킬킬 웃었다.

"정말 골치 아파. 그래서 호모는 미움 받는 거야."

아소는 일어섰다. 오이카와도 인정했다.

이건 항쟁 사건이 아니다. 개인적 이유로 일어난 살인이다.

3

"즉, 니라사키는 경호원을 달고 있었다 그건가?"

야마세는 고개를 끄덕였다.

"그렇습니다. 그 녀석이 시체를 제일 먼저 발견했죠."

야마세는 곁에 누가 있을 때는 아소에게 존댓말을 쓴다. 그럴 필요 없다고 아소가 몇 번 말했지만, 야마세는 계급이 다른 이상 그게 예의라고 우겼다. 야마세와 아소는 동기는 아니지만, 옛날부터 마음이 잘 맞았고 같은 수사반에서 고생한 사이였다. 우연히 아소가 한 발 먼저 경감으로 승진했지만, 야마세도 조만간 승진하리라. 그러면 딱딱한 태도를 버리고 누구 앞에서든 편하게 말을 놓는 사이로 다시 되돌아갈 수 있을 것이다.

"첫 번째 발견자의 성명은 사와키 다쿠지, 나이는 27세. 가스가 파 조직원으로 니라사키의 직속 부하입니다. 그 녀석 말을 들어보니 오늘 밤은 아주 사적인 볼일로 사람을 만나기로 해서 다른 층에 방을 잡고 대기하도록 지시받았다고 합니다."

"보통은 어떻게 하는데?"

"사와키 말에 따르면 니라사키가 호텔에서 여자와 만나는 일은 없었다고 합니다. 그래서 오늘 밤도 상대가 여자라고는 생각지 않았다는군요. 사업 이야기 같은 건 줄 알았답니다. 니라사키가 여자와 만날 때는 대부분 상대 여자의 집에 간대요. 아, 그러니까."

야마세는 머리를 긁적이는 시늉을 했다.

"지금 여자라고 했는데, 말이 그렇다는 거고, 그게."

"알아. 성별은 문제 삼지 말자고. 어쨌거나 니라사키는 관계를 가질 목적으로 일부러 호텔 방을 잡는 인간은 아니었다. 그런 뜻이지?"

"예. 그래서 사와키는 다카시마라는 젊은 조직원과 함께 호텔 17층에 방을 잡고 대기했다고 합니다. 사업 이야기를 할 때 니라사키는 한 시간에 한 번씩 연락을 준답니다. 그리고 예정 시간보다 연락이 30분 이상 늦으면 앞뒤 가리지 말고 방에 뛰어들라는 지시를 내렸고요."

"과연 조심스럽기 그지없었군."

"예, 그런데 오늘 밤은 니라사키가 평소와 달랐던 모양입니다. 사와키에게 오늘 밤은 별다른 일이 없으면 연락하지 않을 테니 그냥 대기하라고 했답니다."

아소는 주먹으로 이마를 툭툭 두드렸다.

"그렇단 말이지…… 하필 오늘 밤만. 그런데 사와키는 왜 새벽 3시 반경에 니라사키의 방에 올라간 거야?"

"그게, 어쩐지 종잡을 수 없는 이야기라서요. 이봐, 다모쓰. 네가 들은 대로 설명해봐."

수사반에서 시즈카 다음으로 젊은 아이카와가 펼친 수첩에 시선을 고정한 채 고개를 끄덕였다.

"예. 어, 사와키 말로는 자기가 요즘 운세풀이에 푹 빠졌답니다."

"뭐라고?"

"운세풀이요. 별자리로 보는 운세풀이."

주위에서 웃음이 터졌다. 아이카와는 자기 탓이 아니라는 표정으로 웃은 사람을 보고 나서 말을 이었다.

"아무튼 사와키는 매주 주간지의 운세풀이 코너를 읽는답니다. 자기 운세랑 니라사키의 운세를 찾아본대요."

"니라사키 것도? 착실한 녀석이로군."

"사와키에게 니라사키는 목숨보다 소중하니까요."

야마세가 세상에 그런 등신은 또 없다는 투로 말했다.

"그래서 사와키는 오늘 밤도 운세를 찾아봤답니다. 그런데 오늘, 그러니까 자정 너머의 운세가 몹시 마음에 걸렸대요. 자신도 니라사키도 운세가 나쁜 액일이었고, 특히나 니라사키는 최악이었답니다. 게다가 자기 운세에 무슨 일이든 시기를 놓치기 쉽다, 망설임이 치명

041

적인 결과를 초래한다, 신경이 쓰이면 바로 행동에 옮겨라, 라고 적혀 있었대요."

이번 웃음소리는 좀처럼 멎지 않았다. 하지만 아소는 무심코 따라 웃으면서도 운명의 신비함을 느꼈다. 결국 그 운세풀이는 들어맞았다. 그리고 사와키가 운세풀이를 믿지 않았다면 시체는 훨씬 늦게야 발견됐으리라. 발견이 늦으면 늦을수록 범인은 유리해진다. 반대로 생각하면 범인은 아침까지 시체가 발견되지 않기를 바랐는지도 모른다. 그 바람을 운세풀이가 망친 셈이다.

"아무튼 사와키는 운세풀이가 너무 마음에 걸려서 니라사키의 지시가 없었는데도 방에 올라간 거로군."

"그런 셈이죠. 시간이 흐를수록 점점 걱정됐다고 합니다. 그래서 결국 새벽 3시에 니라사키 방에 전화를 걸었죠. 그런데 아무도 안 받았습니다. 니라사키의 휴대전화에도 걸어보았지만 결과는 마찬가지였고요. 몇 번 전화를 한 끝에 프런트에 연락해 급병으로 쓰러졌을 가능성이 있으니 문을 열어달라고 했답니다."

"시체 발견 시각은 오전 3시 22분이었습니다. 문을 연 호텔 직원이 자기 손목시계를 보고 시각을 기억해뒀습니다."

"꽤나 센스 있는 직원이로군."

시체 발견 시각을 보고한 시즈카는 약간 홍조된 얼굴로 고개를 끄덕였다.

"확인해보니 이런 일이 생기면 시각을 확인하여 기억하도록 교육받았다고 하더군요."

"그러고 보니 옛날에 이 호텔에서."

아이카와가 작은 목소리로 말했다.

"유명한 모 배우가 자살했잖아요."

"문에는 오토록 자물쇠가 달렸군."
몇 명이 일제히 고개를 끄덕였다.
"열쇠는 카드키인가?"
"전자키입니다만, 카드는 아닙니다. 체크인할 때 보통은 숙박인 수에 관계없이 방마다 키를 하나만 준다는군요. 그 키는 실내에 있었습니다. 침대 옆 테이블 위에요."
"체크인은 니라사키 본인이 했습니다만, 가명을 사용했습니다. 주소는 니라사키의 회사 중 한 곳이고요. 프런트 기록을 살펴보니 오후 3시가 지나서 체크인했더군요. 외출할 때 손님이 희망하면 프런트에서 키를 맡아줍니다만, 대부분은 소지한 채 나가므로 체크인하고 나서 언제 호텔을 드나들었는지 정확하게 파악하기는 어려울 것으로 추정됩니다. 객실에서 프런트를 지나지 않고 식당가로 나가거나, 주차장으로 내려갈 수도 있거든요."
"현재까지 니라사키와 한 방에 투숙했다고 추정되는 인물의 신원에 대해서는 아무 것도 알아내지 못했습니다. 체크인할 때 니라사키는 젊은 여자와 같이 있었고, 숙박명부에도 이름이 적혀 있습니다만 가명일 가능성이 높겠죠."
"젊은 여자라…… 프런트 직원이 기억하고 있었나?"
"아니요, 그 시간대 담당자는 이미 귀가했습니다. 짐을 옮긴 벨보이가 기억하고 있었어요. 어제 오후 2시부터 심야까지 근무였다는데, 오늘 아침 9시부터 또 근무라서 어제 일을 마친 후 수면실에서 잤답니다."

"교대근무 시간이 뭐 그래?"

"자세한 사정은 매니저가 설명하겠지만, 벨보이 이야기로는 요즘 연달아 퇴직자가 나왔는데 아직 인원이 보충되지 않아서 교대근무 시간표가 꼬였답니다."

"그 벨보이를 데려가서 여자 초상화를 그려봐. 신주쿠 서에 전문가 있지?"

"예."

"그 밖에 보고는?"

일동은 아무 대답도 없었다. 아소는 시계를 보았다. 오전 6시가 다 됐다. 시체가 발견된 지 두 시간 반, 일단 급한 일은 마쳤다.

"계장님."

아이카와가 물었다.

"특별수사본부가 설치됩니까? 아니면 4과가 담당합니까?"

"7시 전에 결정되겠지. 뭐, 7대3의 확률로 본부가 설치될 거야. 미안하다, 유급휴가는 잠시 보류야."

소리 없는 아우성이 실망을 대변했다. 익숙하다고는 하나 겨우 얼마 전에 한 건 마무리한 참이다. 하루 정도는 느긋하게 보내고 싶었다.

"관할서 책임자는 누구지?"

"지금 형사과장은 쓰부라야 씨입니다."

야마세 말을 듣자 아소는 몇 년 전까지 같은 수사1과에 있었던 쓰부라야의 온화한 얼굴이 떠올랐다. 얼핏 보면 아주 온후한 신사로 보이지만, 실은 일단 물었다 하면 놓지 않는 자라 같은 남자다. 그의 밑에서 일한 경험은 없지만 우직한 형사 근성을 지닌 사람이었다. 동료로서 도리만 잘 지키면 쓸데없이 경쟁자 의식을 불태워 이쪽 일을 방

해하는 덜떨어진 짓은 하지 않겠지만, 예의를 어기면 협력은 물 건너
간다.

"야마 씨, 나중에 인사 좀 해줘."

"알겠습니다."

"본부가 설치될 때까지는 독자적으로 수사한다. 지난번과 똑같이
조를 짜서 행동해. 그리고 아리타."

"예."

"야마 씨가 나와 움직일 때는 네가 인원을 통제해."

"알겠습니다. 저, 야마시타는 어떻게 할까요? 아직 연락이 안 되는
데요."

"내버려둬."

아소는 그렇게 말하고 턱짓으로 해산하라고 지시했다. 일동은 일
제히 방을 빠져나갔다. 호텔이 준비해준 트윈룸의 깔끔하게 정돈된
침대가 참으로 매혹적이었다. 지금 당장 문을 걸어 잠그고 이 침대에
누워 자연스레 눈이 떠질 때까지 잘 수 있다면 얼마나 행복할까.

하지만 아소는 유혹을 뿌리치고 야마세에게 말을 걸었다.

"야마 씨, 상의할 일이 있는데."

야마세는 방에 남았다.

"야마시타 일입니까?"

야마세는 침대 발치에 있는 소파에 앉았다. 아소는 침대에 걸터앉
는 김에 벌렁 드러누웠다. 등을 쭉 펴자 아주 기분이 좋았다.

"졸리면 좀 주무시죠, 계장님."

"존댓말 좀 그만둬. 아무도 없잖아."

"스위치가 달린 것도 아닌데 재깍재깍 바꾸기가 쉽겠어?"

야마세는 웃었다.

"아무튼 정말로 좀 자, 류 씨. 잠이 부족한지 얼굴이 많이 상했어."

"시즈카를 집까지 바래다준 게 잘못이야. 들떠서 잠을 설쳤어."

"류 씨까지 미야지마에게 빠져서 정신을 못 차리면 곤란해. 그나저나 왜 그런 애를 느닷없이 수사1과에 배속시킨 걸까. 윗전은 도대체 무슨 생각인지 원."

"경시청 최고의 아이돌이었으니까. 그건 그렇고 참 안됐어, 올림픽. 분명 국가대표가 될 거라고 했었는데 말이야."

"그러게. 심사에서 미끄러졌다면서. 하지만 아직 젊으니까 다음에도 기회가 있었을 텐데."

"5년 후까지 긴장을 유지하기는 힘들겠지. 걔도 지쳤을 거야. 엘리트에게는 엘리트 나름의 고뇌가 있겠지. 그런데 야마시타는 어쩌지? 잠시 빼놓을까?"

"아직 그렇게 해야 할 정도로 중증은 아닐 텐데. 기회를 주는 게 어때?"

"야마 씨가 괜찮다면 나도 괜찮아. 다만 오늘 밤도 문제를 일으켰잖아. 언제든지 연락이 되도록 해두는 건 기본 중의 기본이라고. 어디서 술을 퍼마시고 뻗었는지 모르겠지만, 관리관 귀에 들어가면 관할서로 전출될 거야."

"최대한 빨리 찾아서 따끔하게 혼낼게."

"결국 시즈카한테 차인 건가?"

"넌지시 미야지마의 속을 떠봤는데 잘 모르겠어. 뭐, 원래부터 아주 결벽한 구석이 있는 애니까 에두르지 않고 딱 잘라 교제를 거절했겠지. 야마시타는 그래보여도 제법 순정파니까 본격적인 실연은 처음 경험했는지도 몰라."

벨이 울렸다. 끈덕지게 연이어 세 번.

"아마 오이카와일 거야. 열어줘."

야마세가 문을 열자 오이카와가 바쁘게 뛰어 들어왔다.

"여자가 같이 체크인했다면서! 사실이야?"

"소리 지르지 마. 누가 들으면 역사상의 큰 비밀이라도 밝혀진 줄 알겠네. 수면실에 있던 벨보이가 기억하고 있었을 뿐이야."

"제기랄!"

오이카와는 아소가 누워 있던 침대 다리를 걷어찼다.

"내 부하는 왜 이렇게 탐문에 서투른 거야!"

"상사의 교육이 문제지."

오이카와는 침대를 한 번 더 걷어찼다.

"니라사키의 여자에 대한 정보라면 가지고 있어. 교환하자."

"당신이랑 경쟁할 생각 없는데."

아소는 천천히 몸을 일으켰다.

"벨보이를 신주쿠 서에 데려가서 초상화를 그리라고 했어."

"몽타주 사진을 만들어."

"초상화가 빨라. 신주쿠 서에 전문가가 있어. 그 그림을 보고 아는 여자라면 신원을 알려줘."

오이카와는 콧방귀를 흥 뀌었다.

"류, 잠깐 같이 가자."

"어디에?"

"아까 이야기한 놈한테. 야마우치 말이야."

"내가 가서 뭘 어쩌라고? 당신이 점찍었으니 당신이 쫓으면 되잖아."

"너한테 보여주고 싶어서 그래."

아소는 야마세와 시선을 마주쳤다. 야마세도 의아한 표정이었다.

"야마세도 같이 가도 될까?"

"상관없어."

"그런데 왜 나한테 보여주려는 건데?"

"아는 사람이거든."

"누가?"

"너."

아소는 오이카와가 무슨 말을 하는지 종잡을 수가 없었다. 니라사키의 애인이자 사업 파트너였던 남자와 알고 지낸 기억은 없다.

"뭔가 착각했겠지. 난 몰라."

"아니, 착각 아니야. 야마우치의 과거와 관계가 있어."

"과거라니……."

"별. 야마우치는 별을 하나 달았어. 하기야 지금 놈이 손대고 있는 악독한 장사에 비하면 아주 귀여운 건으로 걸렸지만. 85년도야."

"제법 오래됐는데."

"너, 그때 어디에 있었어?"

"어디라니?"

아소는 기억을 돌이켜보았다. 분명 여름까지 세타가야 서에 있다가 8월경에 본청으로 돌아왔다.

"7월까지 세타가야에 있었는데."

"정답. 네가 7월에 세타가야에서 잡아넣었지. 당시 대학원생이었던 걸로 기록되어 있어. 여름철이라 지나가는 여자들을 보니 아랫도리가 불끈불끈한 모양이야. 여대생을 강간하려다 미수에 그쳤지. 칼로 얼굴에 상처를 입히는 바람에 상해죄가 추가되어 결국 실형을 받았어. 실형이라니 좀 딱하더군. 어때, 10년 만에 만나보지 않겠어?"

아소는 그 사건을 기억해내려 했다. 하지만 85년에 다른 강렬한 추억이 있기 때문인지 아무리 애를 써도 생각이 나지 않았다. 그해 8월, 본청에 돌아온 직후 수사에 참가한 살인 사건은 진범이 현직 경찰관이라서 충격을 안겨주었을 뿐 아니라, 진범이 체포되기 전에 억울하게 오인체포당한 사람이 자살하고 말았다. 도저히 잊을 수 없는 사건이었다. 지금도 가끔 트라우마처럼 그때 일이 떠올라서 체포영장을 청구하려는 결심이 둔해지고는 한다.

하지만 그 이전 사건이라면…….

2년 가까이 세타가야 서에서 연수를 받는 동안 특별히 큰 사건도 없이 담담하게 하루하루를 보낸 듯한 기억이 난다. 7월에 발생한 여대생 강간 미수 사건. 확실히 그런 사건이 본청에 돌아오기 직전에 일어난 것 같기는 한데…….

갑자기 귓속에서 매미가 울었다.

아소는 무심결에 주변을 둘러보았지만, 매미가 자신의 기억 속에서 울었음을 바로 깨달았다.

그렇다…… 그해 여름, 세타가야 서 에어컨 상태가 안 좋았다. 형사실이 찌는 듯이 더워서 창문을 열어두었다. 경찰서 밖 나무에 붙어 있던 매미가 하루 종일 울었다. 일에 집중할 수 없을 정도로 시끄러워서 짜증이 가라앉지 않았다.

기억이 점차 되살아났다.

사건은 밤 11시가 지났을 무렵에 발생했다. 마침 당직이었던 아소는 야식으로 컵라면을 먹으며 신문을 읽고 있었다. 110번으로 신고가 들어오자 통신지령센터에서 제1보가 날아들었다.

현장이 서에서 너무 가까워서 일단 놀랐다. 달려가면 몇 분 만에 도착할 거리였다. 국도 246호선을 따라 가미우마 방면으로 나아가다가 세타가야 길 쪽으로 한 구획 들어간 곳에 있는 빌딩 건설 현장이었다.

경찰차에서 내리자 구급차도 이미 도착한 뒤였다. 신고한 사람은 우연히 현장을 지나가다 피해자를 구한 청년이었다. 피해자가 피를 흘리고 있었으므로 일단 구급차에 태웠다. 청년에게 사정을 들어보니 집에 돌아가는 길에 현장 앞을 지나칠 때 비명이 들려서 호기심에 건설 현장에 들어갔다가 범인이 피해자를 덮치는 장면을 목격했다고 한다. 현장에 쇠파이프 따위의 건설자재가 있었으므로 청년은 그중 하나를 들고 피해자를 구하려고 했다. 범인은 큼지막한 빨간색 커터 칼을 소지하고 있었다. 싸움이 벌어지자 범인은 청년을 폭행하고 재빨리 달아났다. 범인이 달아났는데도 피해자가 제자리에 웅크리고만 있어서 허둥지둥 근처 공중전화로 달려가 경찰에 신고하고 구급차를 불렀다.

청년도 다쳤지만 얼굴에 멍이 한두 개 생긴 게 다였다. 청년을 경찰서로 데려가서 범인의 초상화를 그렸다. 현장에 불빛이 없어서 어두웠지만 다행히 아직 벽이 완성되지 않은 덕분에 가로등 불빛이 비쳐들어 운 좋게도 범인 얼굴이 몇 번 보였다고 한다.

뺨을 길게 베인 피해자는 전치 3주 진단을 받았다. 상처가 나아도 흉이 질 가능성이 있어 큰 충격을 받았다. 불행 중 다행으로 성폭행은 당하지 않았지만, 입고 있던 옷이 무참하게 찢어진 것으로 보아 범인은 상당히 흉포한 인간으로 짐작됐다.

피해자는 혼신의 힘을 다해 저항하느라 범인의 얼굴까지는 기억하지 못했다. 하지만 목격자 청년의 기억을 바탕으로 그린 초상화를 보자 짚이는 바가 있는 모양이었다. 피해자는 산겐자야 역 근처 빵집에서 아르바이트를 했는데, 거기에 가끔 빵을 사러 오는 학생 같은 남자와 생김새가 비슷하다고 했다. 그런데 피해자가 이전부터 그 남자에게 몰래 호감을 품고 있었으며 자신이 먼저 몇 번 말을 건 적이 있다고 해서 아소는 다소 당황스러웠다. 그때 나눈 대화를 토대로 범인의 신원을 밝히는 데 주력했다. 대화 내용은 단편적이었지만 그 남자가 근처에 사는 T공대 대학원생임은 알아냈다. 바로 T공대 대학원에서 학생명부를 입수해서 산겐자야와 가미우마, 고마자와 부근에 사는 학생을 추려냈다. 목록이 완성되자 대학이 얼굴 사진을 제공해준 사람부터 피해자와 목격자 청년에게 확인시켰다. 그 중에서 피해자도 목격자도 범인과 닮았다고 증언한 남자가 한 명 있었다. 상대가 학생이라는 점을 고려하여 참고인으로 부를 때도 만전을 기했다. 사전에 몰래 그 남자 사진을 찍어 피해자와 목격자에게 보여준 후에야 임의동행을 요청했다.

아직 더위가 기승을 부리기 전인 오전 8시였다.

날림공사로 대충 지은 2층짜리 연립주택 바깥 계단을 올라 앞쪽에서 두 번째 문을 두드리자 이제 막 잠에서 깼는지 흐리멍덩한 얼굴의 청년이 나왔다. 머리에는 까치집을 지었고, 어젯밤에 늦게 잠들었는지 연신 눈을 비볐다. 위에는 티셔츠, 아래는 사각팬티만 입고 있었는데, 아주 앳되어 보였다. 경찰서까지 같이 가자고 요청해도 어리둥절

한 표정으로 아소를 쳐다볼 뿐이었다. 시치미를 떼는 것이라면 상당히 강심장이라고 그때 아소는 생각했다. 그렇지 않다면 세상을 만만하게 본 걸까.

청바지만 입히고 바로 경찰서로 데려갔다. 취조실에 들여보낸 후 피해자와 목격자 두 사람에게 매직미러로 확인시켰다. 그 결과 둘 다 범인이 틀림없다고 증언했다. 즉시 체포영장을 청구했다. 체포영장은 오후에 발부됐다. 체포 절차는 취조실에서 밟았다. 권리를 들려주자 청년은 자신이 어떤 입장에 처했는지 이해했는지 갑자기 발끈했다.

"도대체 무슨 소리야!"

청년은 소리를 질렀다.

"난 아무 짓도 안 했어! 난 모르는 일이라고!"

그것이 선전포고였다. 그 후로 오랫동안, 지긋지긋하도록 오랫동안 아소는 청년과 인내심을 겨루어야 했다.

하지만 물리적인 시간으로 따지면 그리 길지는 않았다. 예정대로, 규정시간 내에 송치했다. 즉 규정시간이 지나기 전에 청년은 '불었다'. 다만 에어컨이 없는 좁은 방에서 그 청년과 지낸 수십 시간은 아소의 머릿속에 몹시 넌더리 나는 기억으로 남았다. 어째서인지 생각해내려고 하자 목이 말랐다.

청년은 울보였다. 아소는 그게 무엇보다도 힘들었다. 운동부 체질이 몸에 밴 아소의 감성으로는 남자가 훌쩍훌쩍 우는 상황을 도무지 견딜 수가 없었다. 게다가 청년은 울보인데도 믿기지 않을 만큼 완고했다. 이 세상에서 아무 저항도 없이 그저 훌쩍훌쩍 울기만 할뿐 이쪽 말을 듣지도 않고, 이쪽 생각대로 움직이지도 않는 존재만큼 골치 아픈 것은 또 없다. 청년은 변명하지 않았다. 피의자가 오만가지 거짓말을 늘어놓아도 깨부술 자신이 있었지만, 청년은 내내 단 한 가지 **거짓말**로 일관했다. 자신은 범인이 아니다. 안 그랬다. 그는 그 말밖에 하지 않았다. 하지만 형사 입장에서 그만큼 단순한 사건은 없었다. 목격자가 범인의 얼굴을 기억하고 있었으니까. 게다가 피해자는 범인이 누구인지도 알고 있었다. 물론 증언의 신빙성은 어느 정도 확인했다. 피해자와 목격자는 피의자와 아무런 접점도 없었으며 일부러 거짓 증언을 하여 피의자에게 누명을 씌울 동기도 없었다. 게다가 결정적 증거는 그뿐만이 아니었다.

일단 청년의 집에서 커다란 빨간색 커터칼이 발견됐다. 혈흔은 남아 있지 않았지만 감식과에서 검사한 결과 루미놀 반응이 약간 나왔다. 아주 미세한 반응이었지만 사건을 저지른 후에 피가 묻은 부분을 부러뜨려서 버렸을 것으로 추정되는 만큼 조금이나마 반응이 나왔으니 요행이었다. 다음으로 현장에 범인의 발자국이 남아 있었다. 빌딩을 건설하는 중인지라 현장에는 흙먼지와 건축자재 찌꺼기가 사방에 깔려 있었다. 거기서 격투가 벌어졌으므로 발자국이 난잡하게 찍혀 있었다. 그중에서 피해자의 것도 목격자의 것도 아닌 운동화 발자국을 간신히 찾아냈다. 운동화 밑창 모양으로 어느 제조사에서 만든 물건인지 확인했다. 그리고 피의자 청년은 그것과 똑같은 운동화를 가지고 있었다. 운 나쁘게도 운동화를 빨아버려서 혹시 묻어 있었을지도 모르는 건설현장의 건축자재 찌꺼기를 검출하는 데는 실패했지만.

아무튼 이제 자백만 받으면 마무리되는 사건이었다.

그 청년. 그때의. 그.

"기억났어?"

오이카와의 목소리를 듣고 아소는 옛 생각에서 깨어났다.

"야, 표정이 왜 그래? 엄청 찔리나보다?"

"찔리다니?"

"괴롭혔을 거 아니야."

오이카와는 웃었다.

"관할서 녀석들이 어떻게 취조했을지 대충 상상이 가. 대학원에 다니는 엘리트 도련님이 불끈불끈하는 아랫도리를 주체하지 못하고 여자를 강간하려다가 실패했다, 평소의 콤플렉스를 폭발시키기에 안성맞춤인 희생양이잖아. 나도 네 입장이었으면 분명 괴롭혔을 거야."

"난 선배랑 달라. 사디스트가 아니라고."

하지만 그렇게 말하는 도중에 아소는 생각났다. 당시 함께 사건을 담당한 세타가야 서 형사의 얼굴이. 이름은 다마모토였던가. 아직 젊은 형사로, 고졸이었다. 학력 콤플렉스가 이만저만 아니라서 사립대학을 졸업한 아소에게도 비굴한 투쟁심을 드러내고는 했다. 그런데 그 당시 용의자는 T공대 대학원생이었다. 다마모토가 희희낙락 금단의 기술을 쓰려는 것을 말리느라 고생했다. 그렇다고 고지식하게 일일이 다 말리면 다마모토와 아소의 관계까지 안 좋아진다. 관할서 연수 기간은 얼마 지나지 않아 끝난다. 그 후로 언제 어디서 관할서 형사와 만나 팀을 이룰지 모르는 일이다. 쓸데없는 마찰은 피하고 싶었다. 아소는 내심 양심의 가책과 가벼운 구역질을 느끼면서도 다마모토가 변호사에게 들켰다가는 문제가 될 법한 작업에 들어갈 때마다 체념하고 복도로 나와서 잠시 쉬었다.

취조실로 돌아가면 다마모토는 속이 시원하다는 표정으로 잡담을 늘어놓고 있지만, 청년은 늘 고개를 푹 숙이고 흐느껴 울 뿐이었다.

무슨 짓을 당했는지는 대강 상상이 갔다. 멀쩡했던 책상 위의 볼펜이 부러진 적도 있었고, 재떨이에 끝부분만 떨어져나간 담배가 몇 개비 쌓여 있던 적도 있었다. 한 번은 청년이 청바지 단추가 풀리고, 지퍼도 내려가고, 엉덩이 부분이 반쯤 벗겨진 상태로 앉아 있던 적도 있었다. 죄다 당시 관할서 취조실에서는 드물지 않은 광경이었다. 물론 대개는 폭력단원 또는 별이 대여섯 개 달린 개망나니들에게나 그렇게 군다. 아소가 알기로 학교를 다니는 학생에게 그런 짓을 하는 형사는 다마모토뿐이었다.

그래도 다마모토에게 인상을 좀 쓰면서 "너무 지나치잖아." 하고 중얼거리는 것 말고는 어쩔 방법이 없었다. 형사 생활을 시작한 지 얼마 되지 않아 본청으로 이동한 아소는 관할서에 연수를 갈 때마다 절감했다. 같은 경시청 조직이지만 관할서와 본청은 전혀 다른 세상임을. 그게 좋다 나쁘다의 문제는 아니고, 누구의 탓인지 따질 문제도 아니다. 그저 그것이 사실이며, 그러한 사실을 자기 나름대로 받아들여 살아가는 방법을 찾아내는 것이 고작이었다.

청년이 불었다고 들었을 때 다마모토는 한순간 놀라더니 의기양양한 표정으로 아소에게 고개를 끄덕였다. 자신이 저지른 잔학한 짓이 마침내 승리를 이끌어냈다고 아소에게 자랑하고 싶었으리라. 하지만 아소는 그때 다마모토가 진심으로 싫었다.

청년은 고통을 견디지 못하고 '분' 것이 아니었다.

청년이 왜 혐의를 인정했을까. 그건…….

"가자."

오이카와가 다시 발길질을 해서 침대가 흔들리자 아소는 반사적으로 일어섰다.

"감상에 젖을 거면 본인 앞에서 폭 젖으라고. 하지만 놈을 만만히 봤다가는 된통 당할 거다. 그 점만은 유념해둬. 놈은 더 이상 10년 전의 어린 양이 아니니까."

4

"방향은 반대지만 히가시나카노에 들렀다 가자."

오이카와가 운전하던 부하에게 말했다. 조수석에도 덩치 큰 남자가 탔다. 조직폭력반에는 체격이 좋은 형사가 많다. 오이카와는 그중에서 예외에 해당될 것이다. 키는 아소와 마찬가지로 180센티미터를 훌쩍 넘지만, 얼핏 보면 가냘프게 느껴질 만큼 옆으로는 벌어지지 않았다.

하지만 오이카와는 무도의 달인이었다. 특히 검도는 세계선수권 대회에서 준우승을 거두었을 정도다.

차창 밖의 아침 거리는 활기로 가득했다. 오우메 가도의 교통량도 점점 늘어났고, 역에서는 사람들이 삼삼오오 걸어 나왔다. 아직 오전 7시도 되지 않았는데 사람들의 일상은 벌써 시작됐다.

불야성이라고 일컬어지는 신주쿠도 잠깐 졸 때가 있다. 첫 전철이 출발하고 통근시간이 될 때까지 약 한두 시간 동안 거리에서 인기척이 사라진다. 밤새 놀던 사람들은 첫 전철을 타고 집에 돌아가고, 이른 아침부터 일하는 사람들도 아직 집 현관에 있다.

하지만 6시쯤 되면 거리는 졸음에서 깨어난다.

이 아침을 니라사키는 맞이하지 못했다.

아소는 차창으로 밖을 바라보다 하늘로 눈을 돌렸다. 니라사키는 이 하늘을 영원히 보지 못한다. 하지만 24시간 전에는 니라사키도 자기가 이렇게 될 줄은 꿈에도 몰랐을 것이다. 인간의 운명은 그런 법이다. 아소 역시 24시간 후에 다시 하늘을 바라볼 수 있다는 보장은 어디에도 없다.

오우메 가도에서 야마테 길로 들어가서 히가시나카노 역이 가까워지자 차는 주택가로 꺾어들었다.

"어디쯤이야?"

오이카와가 묻자 조수석에 앉은 남자가 지도를 들여다보았다.

"히가시나카노 1초메니까 이 부근입니다…… 아, 간다가와 강 쪽이네."

"그럼 법원 앞에서 꺾는 편이 나았을 텐데."

운전하던 남자가 투덜거렸다.

"쵸 씨의 길 안내는 아무 도움도 안 된다니까."

"시끄러. 이제 곧 도착할 테니 닥치고 운전이나 해."

쵸 씨라고 불린 남자의 말대로 잠시 후 차는 목적지인 맨션에 당도했다. 외관은 그렇게 호화로워 보이지 않았지만, 스무 살도 되지 않은 소년 혼자 살기에는 지나치게 사치스럽다고 할 수 있었다. 오이카와의 말로는 분양건물이지만 니라사키가 임대로 계약하여 집세를 내주었다고 한다.

"한 달에 27만 엔이래, 27만. 대졸 신입사원 중에 뗄 거 다 떼고 월급을 그만큼 받는 사람이 얼마나 되겠냐?"

"적어도 경찰관 중에는 없겠죠."

운전하던 가도타라는 형사가 어깨를 으쓱했다.

"남자 첩질이나 하다니 벼락 맞아 뒈질 놈이라고 생각했는데, 저걸 보니 저도 심란해지네요."

가도타가 턱으로 가리킨 방향에 빨간색 차가 있었다. 맨션 주차장이다. 그 차가 페라리임은 아소도 알고 있었다.

"대단한데. 니라사키 차인가?"

"소유권은 니라사키한테 있지. 하지만 애인 생일 때 선물로 사준 거래. 그 녀석이 자기 것처럼 타고 다녀."

오이카와가 이를 앓는 듯한 소리를 내며 말했다.

"저걸 마음대로 탈 수 있다면 엉덩이 정도야 얼마든지 대주겠다고 할 놈이 쌔고 쌨을걸."

"대형이지만 뒷좌석에 남자 세 명이 앉으니 좁네."

야마세가 기지개를 펴면서 작게 말했다.

"따라오라고 해서 미안해."

"아니야, 나도 야마우치라는 녀석을 꼭 만나보고 싶었거든. 오이카와 나리께서는 그놈을 진범으로 찍은 거지?"

"글쎄." 아소는 고개를 살짝 저었다. "대학생 때부터 알고 지낸 사이지만, 지금도 머릿속을 전혀 모르겠어. 진짜로 그 녀석을 범인으로 찍었다면 왜 우리랑 대면시키려는 걸까."

"낚시질 떡밥일까?"

"그런 술수를 부릴 사람은 아니야. 뭐, 됐어. 잠깐 오이카와의 손안에서 놀아나보자고. 그건 그렇고 슬슬 결론이 날 때가 되지 않았나?"

"났다면 연락이 오겠지. 류 씨, 하나 부탁해도 될까?"

"뭔데?"

"다음에 누군가와 잡담을 하고 싶어지면 나도 불러. 넌 이제 경감 님이잖아. 자기 손발을 움직여선 안 돼. 내가 네 수족이 되어 움직일 테니 넌 머리만 써."

야마세가 웃는 얼굴로 말하자 아소는 쓴웃음을 지으며 고개를 끄덕였다.

"경감 자리는 참 재미없군."

"출세란 그런 법이야. 출세하면 재미있는 일이 생기니까 출세하려 는 게 아니야. 출세 그 자체가 재미있으니까 출세하려는 거지."

"하나도 재미없어."

"그렇지? 그런 사람은 출세에 맞지 않는다는 뜻이야."

야마세는 아소의 등을 탁 두드렸다.

"뭐, 류 씨는 형사질을 하는 것 자체가 무슨 잘못 아닐까 싶을 때도 있으니까. 그래도 출세하는 게 너라는 사람이야."

오토록이 맨션 입구에 달려 있었지만, 문제의 소년이 집에 있었으 므로 별다른 어려움 없이 들어갈 수 있었다.

소년은 잠이 부족한 얼굴이었다. 니라사키가 죽었다는 연락을 한 시간쯤 전에 받았다고 했다.

"이노 씨한테 전화로 들었어요."

"이노?"

"회사의 이노 씨요."

니라사키는 몇몇 회사를 경영했다.

소년은 익살스럽게 생긴 고양이가 그려진 반소매 티셔츠에 무릎 아래를 잘라낸 청바지 차림이었다. 10월도 중순이라 이 시간에는 으스스 추운데, 역시 젊다.

"이름은 뭐니?"

쵸 씨가 소년이 앉은 소파 맞은편에 앉아 꽤 상냥한 목소리로 물었다. 오이카와는 그 옆에 앉았지만, 아소를 포함한 나머지 세 명은 그냥 서 있었다.

"에자키 다쓰야."

"나이는?"

소년은 머뭇머뭇하다가 작은 목소리로 대답했다.

"열여덟 살."

"학교는 안 다니니?"

"작년에 고등학교를 중퇴했어요."

널찍하고 살기 좋아 보이는 집이었다. 방이 세 개에 거실과 식당, 주방이 딸려 있고, 히가시나카노 역에서 걸어서 10분도 걸리지 않는데다 남향이다. 집세가 27만 엔이니 싼 편은 아니지만, 원래 분양건물이라 그런지 생활하기 편하도록 이곳저곳을 꼼꼼하게 만들어놓았다.

"언제부터 여기에 살았니?"

"작년 말부터요."

"니라사키를 알고 나서 바로 여기에?"

"어, 아니요. 니라사키 씨하고는 작년 여름부터 만났어요."

"어디서 처음 알게 됐니?"

"2초메에 있는 엔젤이라는 가게에서요."

"우리센 바?"

소년은 대답하지 않았지만 난감한 듯한 표정으로 고개를 끄덕였다.

"그 가게에서 일했지? 니라사키는 가게 손님이었니?"

"아니요…… 출장을 나갔어요."

"아아." 쵸 씨는 고개를 끄덕끄덕했다. "그 가게는 출장 영업도 하는구나. 그러다 니라사키의 마음에 든 거고."

"몇 번 출장을 나갔어요. 팁을 엄청 많이 주는 손님이라 가게에서 아주 인기가 많았죠."

"조직폭력배라는 건 알고 있었니?"

소년은 고개를 힘차게 저었다.

"언제 알았어?"

"아…… 가게를 그만두지 않겠느냐고 했을 때…… 조직 사람인데 괜찮겠느냐고 물었어요."

"뭐라고 대답했는데?"

"뭐라니…… 그때는 이미 결심이 섰으니까요."

"낙적시키는 데 얼마나 들었으려나?"

"니라사키 씨가 제 몸값으로 가게에 얼마나 지불했느냐는 뜻인가요?"

"응."

"자세하게는 몰라요. 하지만 저는 아주 잘 나가는 편이 아니었으니까 돈을 그렇게 많이 내지는 않았을 거예요."

"계약 내용은? 한 달에 얼마나 받았어?"

"……집세는 니라사키 씨가 직접 냈고…… 생활비와 용돈으로…… 한 달에 50만 엔이요."

야마세가 인상을 찌푸렸다. 그 기분은 이해가 갔다.

"물건 같은 것도 받았어?"

"원하는 게 있으면 말하라고 했어요."

이번에는 오이카와가 소리 없이 한숨을 내쉬었다.

"니라사키는 여기 얼마나 자주 왔니? 한 주에 두 번 정도?"

"아니요, 더 가끔 왔어요."

"더 가끔."

"예…… 한 달에 두세 번쯤."

"확실히 자주 오지는 않았군. 그런데 용돈을 50만 엔이나…… 니
라사키는 다정한 편이었어?"

"예."

소년은 망설임 없이 대답했다.

"그럼 니라사키가 그렇게 돼서 슬프겠구나."

"예…… 하지만…… 가끔 이렇게 말했어요. 하는 일의 성격상 천수
를 누리고 편안히 눈을 감기는 힘들 거라고……."

소년은 양손으로 얼굴을 덮었다.

"그런데…… 이제 어쩌죠? 여기서 당장 나가야 하나요, 형사님?"

"글쎄다. 그건 경찰이 관여할 일이 아니라서 말이야. 아마 여기 집
세는 니라사키의 회사에서 내고 있을 테니 이노라는 사람과 상의하
는 게 어떨까. 하지만 넌 아직 열여덟 살밖에 안 됐잖아. 좋은 기회야.
이런 생활에서 손을 씻고 제대로 일하렴. 너도 신문 정도는 읽지? 지
금 세상은 불경기라 살기가 점점 어려워지고 있어. 네가 니라사키에
게 받았던 용돈 50만 엔은 우리에게도 큰돈이야. 그렇게 많이 버는
회사원은 찾아보기 어려워."

쵸 씨의 설교가 효과를 거둔 것 같지는 않았다. 소년의 머릿속은 어떻게 해야 지금처럼 아주 편하고 사치스러운 생활을 계속할 수 있을까, 하는 생각으로 가득할 것이다.

"아무튼 빠른 시일 안에 부모님께 돌아가렴. 아, 일단 네 본가 주소도 좀 말해다오. 그리고 이번 사건이 해결될 때까지는 해외든 국내든 여행은 삼가줬으면 하는데, 괜찮겠지?"

"그건 강제인가요?"

"아니야. 부탁이지. 꼭 가야 할 때는 여기로 전화 줘."

쵸 씨는 명함을 내려놓았다. 형사의 명함이 신기한지 소년은 반짝이는 눈으로 바라보았다.

"일단 이 집도 가택 수색이라는 걸 해야 하는데, 괜찮지? 여기에 있어도 상관없으니까 경찰이 오면 최대한 협력해줘. 니라사키의 개인물품이 뭔지 가르쳐주면 돼."

소년이 고개를 끄덕이는 것을 보고 서 있던 오이카와의 부하가 휴대전화를 꺼내서 누군가에게 뭔가 지시했다.

소년의 집을 나서서 차로 돌아오자 잠시 아무도 입을 열지 않았다. 한 달에 50만 엔의 용돈과 빨간 페라리의 위력은 그만큼 컸다.

"그런데 저런 애도 전부 호모입니까?"

5분이나 지나서야 쵸 씨가 그렇게 물었지만, 도대체 누구한테 한 질문인지 알 수 없었다.

"아니겠죠."

뜻밖에도 야마세가 대답했다.

"우에노 서에 있었을 때였나, 호모를 사냥하는 소동이 벌어져서 수사에 나선 적이 있습니다. 피해자는 핫텐바(남성 동성애자들이 모여서 만남을 가지는 곳을 지칭한다-옮긴이 주)라고, 호모들이 모여서 서로 짝을 찾는 공원에 있다가 습격당했어요. 사망자가 한 명 나왔죠. 네오나치 같은 놈들이 범인이었는데, 호모는 에이즈를 퍼뜨리는 해충이니까 퇴치했다면서 입에 거품을 물고 떠들더라고요. 참 찜찜한 사건이었습니다. 부랑자 사냥도 그렇지만, 자신만의 정의를 앞세우는 놈들이 세상에서 제일 골치 아파요. 뭐, 아무튼 그때 그런 사람들도 좀 조사했는데요. 놀랍게도 가게에서 몸을 파는 사람들 대부분이 일반이랍니다."

"믿기지 않는군. 도대체 뭐가 아쉬워서 그런 짓을."

"일반이 취향이 까다롭지 않아서 좋대요. 손님을 가려 받지 않는다는 뜻인가 보더라고요."

"그런 것보다 난 조폭임을 알면서 애인이 된 그 정신 상태가 더 이해가 안 돼."

오이카와가 끙, 하고 앓는 소리를 냈다.

"니라사키가 그 집에 있을 때 습격받으면 자기도 죽는다는 걸 모르나?"

"한 달에 두세 번 찾아오고 50만, 빨간 페라리를 마음대로 탈 수 있고 집세도 공짜니까요."

"아아, 젠장. 왜 차가 밀리고 지랄이야!"

오쿠보 길은 상당히 혼잡했다.

"계장님, 어떻게 할까요? 이러면 시간이 제법 걸릴 텐데요."

"괜찮아."

오이카와는 크게 하품을 하고 말했다.

"야마우치는 도망 안 가. 그리고 놈의 맨션 주변에 인원을 배치해

났어."

"오랜만에 그 망할 놈 낯짝을 보겠군."

쵸 씨가 속이 부글부글 끓는다는 투로 말했다.

"사람 알기를 정말 우습게 아는 놈이야. 그놈을 보고 있으면 흠씬 두드려 패고 싶어진다니까."

"넌 쓸데없는 소리만 하니까 녀석한테 되로 주고 말로 받는 거야. 머리 회전 속도가 다르니까 야마우치한테 말발로 이길 생각하지 마."

"하지만 계장님, 생각 같아서는 그 자식 입을 펜치로 한 번 비틀어 놔야 분이 풀릴 것 같습니다!"

"그렇게 입이 험한가?"

아소는 뜻밖이었다. 옛날에 그 청년은 입이 험하고 곱고를 떠나서, 말을 제대로 할 줄은 아는지 의문스러울 정도로 말주변이 없었다.

"험한 데다 잘 나불거리지. 그리고 에도 토박이 말씨를 써."

"에도 토박이 말씨? 옛날에는…… 아니었는데."

"그 자식, 간사이 지방 출신이었지. 10년 전에는 간사이 사투리를 썼나?"

"아니…… 귀에 쏙 들어오도록 사투리를 쓰지는 않았는데. 아마 간사이 사투리가 나오지 않도록 신경 쓰며 살았겠지. 하지만 억양이 부분적으로 좀 별났던 것 같기는 해."

"기억이 제법 많이 되살아났네."

오이카와가 묘한 웃음을 지었다.

"이제 금방이겠어."

"오이카와." 아소는 나지막한 목소리로 물었다. "당신, 도대체 무슨 꿍꿍이야?"

"뭔 소린지."

오이카와는 아소의 시선을 피했다.

"뭐, 본인이랑 이야기해봐. 하기야 오늘은 제대로 이야기할 수 있으려나 모르겠다만. 그 자식 아마 지금쯤 혼자서 니라사키의 죽음을 애도하고 있을 거야. 독한 술을 퍼마시면서 말이야."

"그놈, 벌써 술에 절었을까요?"

쵸 씨가 혀를 찼다.

"술이 깰 때까지 찬물에 담가놓을까."

"너무 막 다루면 변호사가 시끄럽게 찍찍거릴 거야."

"어차피 맛이 갔으니 뭘 했는지 모를 거 아닙니까. 그러지 말고 조의도 표할 겸 한 번씩 박아주는 게 어떨까요? 녀석도 니라사키가 죽어서 쓸쓸할 테니까요."

천박한 웃음소리가 좁은 차 안에 울려 퍼졌다.

아소는 스위치를 눌러 차창을 조금 내렸다.

금목서 향기가 났다. 도로 옆 어딘가에 꽃이 핀 것이리라.

레이코는 향기가 강한 꽃을 좋아했다. 서향에 치자나무, 금목서. 눈을 감아도 꽃이 피었음을 알 수 있기 때문이라고, 아소는 이해가 잘 가지 않는 말을 한 적이 있다.

"눈을 뜨고 보면 안 돼?"

아소가 묻자 레이코는 고개를 살짝 저었다.

"눈이 보이지 않게 됐을 때를 상상해봐. 향기가 있으면 외롭지 않잖아?"

아소는 가끔 레이코의 말이 뜻 모를 시처럼 느껴졌다.

별일이군.

왜 지금 이런 곳에서 레이코가 생각난 걸까. 한동안 낮에 일을 하다 레이코가 생각난 적은 없었는데.

차는 신주쿠로 돌아왔다. 거리는 더욱 활기가 넘쳤고, 지하철역 입구에서는 이제 헤아릴 수 없을 만큼 많은 사람들이 쏟아져 나왔다.

"메이지 길도 막힐 텐데요."

"아까 그냥 야마테 길로 가는 편이 낫지 않았을까?"

"쵸 씨, 그렇게 생각했을 때 바로 말했어야죠. 쵸 씨의 길 안내는 진짜 아무 도움도 안 된다니까."

형사들이 만담꾼들처럼 경쾌하게 이야기를 늘어놓는 동안 차는 조금씩 신주쿠를 벗어나 아오야마로 향했다. 야마우치의 집은 미나미 아오야마에 있다고 한다.

집. 옛날에 그 청년은 다다미 여섯 장짜리 연립주택에 살았다. 에어컨도 욕실도 없는 방 한가운데에 당시로서는 보기 드물었던 컴퓨터가 놓여 있었다. 그 밖에 비싼 물건은 하나도 없었다. 텔레비전은 조그마한 구형이었고, 각양각색의 그릇은 전부 덤이나 경품으로 받을 법한 싸구려였다. 그래도 유일하게 옷에는 자신만의 기준이 있는지 몇 벌 안 되는 덩거리 셔츠와 청바지의 상표가 모두 리바이스였던 것이 기억났다. 그리고 농구화만 세 켤레. 캔버스의 별 로고가 들어가 있었다.

동물이 딱 한 마리 있었다. 작은 새끼 거북이였다. 플라스틱 수조에 든 돌 위에 올라가 다리를 움츠리고 있었다.

그러고 보니 그 새끼 거북이는 어떻게 됐을까? 청년의 친척이 방을 뺄 때 가지고 갔을까?

아소의 휴대전화와 야마세의 휴대전화가 동시에 울렸다.

"아소냐?"

형사과장 목소리였다.

"지금 어디야?"

"참고인 집에 가는 중입니다."

"한 시간 안에 돌아올 수 있나?"

"예."

"특별수사본부가 설치됐어. 신주쿠로 가기 전에 협의하고 싶으니 이쪽으로 돌아와."

"예."

"수사회의는 9시에 소집할게. 그럼 되겠나?"

"예."

전화를 끊자 야마세와 눈이 마주쳤다. 야마세한테도 같은 연락이 왔으리라.

"오이카와. 특별수사본부가 설치됐대."

"응."

오이카와는 고개를 끄덕였다.

"그렇겠지…… 하지만 항쟁 사건이 아니라고 단정할 수는 없어. 무엇보다 가스가 파가 수긍하지 않겠지."

"항쟁이 격화될 가능성도 있을까?"

"그럼."

오이카와는 훗, 웃었다.

"우리가 이번 사건을 제대로 마무리하지 못하면 도쿄는 전쟁터가 될 거야."

5

그 맨션은 미나미아오야마의 일등지에 있었다. 하지만 외관은 그렇게 위압적이지 않았고, 높이도 도쿄 맨션치고는 낮은 축에 들 것이다. 떠들썩한 큰길에서 안쪽으로 들어가서 아직 평온한 주택가 분위기가 어느 정도 남은 구획이라 그런지 일단 오토록 자물쇠이기는 했지만 최신식 방범 설비가 완비된 것은 아닌 듯했다. 하지만 세세한 부분은 호사로웠다. 맨션 입구는 몽땅 대리석으로 만들었으며 우편함과 그 옆에 설치된 택배함은 문까지 반짝반짝하게 닦아놓았다. 청소를 아주 철저하게 하는 모양이었다. 관리실에는 제복을 입은 관리인이 있었다. 경비회사에서 파견된 직원인 듯했다.

오이카와는 그 직원에게 자기 경찰수첩을 보여주고 방문 목적을 설명했다. 아소는 그 모습을 보며 쓴웃음을 지었다. 나서서 설치는 경감 나리는 자신뿐만이 아닌 모양이다.

하지만 바로 올라갈 수 있으리라 예상한 아소는 오이카와가 그냥 돌아와서 당황했다. 오이카와는 히죽히죽 웃으며 고개를 저었다.

"그 자식, 몸이 아파서 아무도 못 만난대."

"경비원에게 겁을 줘서 오토록을 열라고 하죠. 올라가서 문을 작살내면 됩니다."

"오, 네가 할 거면 말리지는 않을게."

오이카와는 코웃음을 흥 쳤다.

"하지만 한 시간도 지나기 전에 놈의 변호사 다카야스가 헐레벌떡 뛰어올 거야. 그리고 영장이 없다는 걸 알면 사복에서 다시 제복으로 갈아입고 경찰 생활 해야겠지."

"자기 입으로 그래? 몸이 아프다고?"

아소가 물었다. 오이카와는 다시 코웃음을 쳤다.

"경비원이 집에 연락했더니 여자가 받았어. 대화 내용은 스피커로 직접 들었고. 젊은 여자더라. 사장님은 몸이 안 좋으셔서 못 일어나십니다, 나중에 회복되시면 저희가 연락드리겠습니다. 이러던데. 목소리가 아주 예쁘더라고."

"비서입니까, 그 뭐라더라."

"응, 하세가와라는 그 여자겠지. 나도 얼굴만 몇 번 봤을 뿐이지만."

"야마우치의 여자입니까?"

"그건 모르겠군."

오이카와는 뭉친 곳이라도 풀 듯이 목을 빙글 돌렸다.

"오히려 야마우치가 다른 남자를 들여놓지 못하도록 니라사키가 붙인 감시인 아닐까."

오이카와의 부하가 귀에 거슬리는 목소리로 웃었다. 하지만 오이카와의 눈에는 웃음기 하나 없었다.

"좋아, 직접 교섭해보자."

오이카와는 관리인실에서 물러나 외부인이 입주자와 이야기를 나눌 수 있는 인터컴 앞에 섰다.

"예."

집 호수를 누르자 바로 응답이 있었다.

"야마우치 씨?"

"누구세요?"

"지금 당장 여쭙고 싶은 게 있어서요."

"경찰이시군요…… 죄송합니다. 사장님은 정말로 몸이 안 좋으세요. 쾌차하시면 바로 연락드릴게요. 신주쿠 서에서 나오셨죠?"

"본청 수사4과다."

오이카와가 으름장을 놓듯이 말했다.

"잔말 말고 빨리 오토록 열어."

상대는 잠깐 말이 없었다.

"몸이 아프시다는 거 거짓말 아니에요."

젊은 나이에 비해 차분한 목소리였다.

"알아."

오이카와는 약간 부드러운 투로 말했다.

"그래서 병문안 온 거잖아. 아무튼 얼굴 좀 보게 해줘. 당신도 우리랑 문제를 일으키고 싶지는 않잖아, 그렇지? 걱정 마, 나중에 당신이 혼날 일 없도록 행동할게. 사장한테 오이카와가 왔다고 전해. 그렇게 말하면 녀석도 당신 탓이 아니라는 걸 알겠지."

"말씀은 전하겠지만…… 아마 이해 못하실 거예요."

"뭐라고?"

"상태가 몹시 안 좋으세요. 제 말을 못 알아들으실 거예요."

"그럼 구급차를 불러야 하는 거 아니야? 이봐, 설마."

오이카와는 인터컴을 물어뜯을 듯이 얼굴을 바짝 갖다 댔다.

"그 자식, 자살이라도 꾀한 건 아니겠지!"

"그런 건 아니에요…… 아무튼 올라오세요, 오이카와 경감님."

여자는 오이카와의 계급을 말했다. 오이카와가 어떤 인물인지 아는 것이다.

아무튼 여자는 오토록을 열었다. 엘리베이터 앞에 있는 유리문에서 찰칵, 하고 큰 소리가 났다. 일행이 그 앞에 서자 문이 슥 열렸다.

"더럽게 성가시게 구네."

오이카와의 부하가 투덜거렸다.

야마우치의 집은 꼭대기 층이었다. 그 층에 다른 집은 없는 모양이었다. 집이 상당히 넓을 듯했다. 엘리베이터에서 내리자마자 이채로운 광경이 눈에 들어왔다. 문 앞에 남자 네 명이 등을 복도 벽에 붙이고 서 있었다. 풍기는 분위기로 보건대 그쪽 바닥에 몸담은 사람이 분명했다. 일단 양복을 입긴 했지만 단정한 느낌과는 거리가 멀었고, 셔츠 색깔이 아주 눈꼴사나웠다. 오이카와 일행을 보고 남자들은 일제히 긴장했다. 지금 그들을 몸수색하면 총포 도검류 소지 등 단속법 위반으로 몽땅 유치장에 처넣을 수 있을 것이다. 하지만 물론 오이카와는 그런 짓을 하지 않는다. 그런 짓을 할 때와 하지 않을 때를 잘 가리지 않으면 들어올 정보도 들어오지 않고, 얻을 수 있는 협력도 못 얻는 것이 4과 업무의 어려운 점이다. 마구잡이로 법률을 휘둘러봤자 도마뱀 꼬리만 수집품 목록에 추가될 뿐이다.

"야, 너희들 뭐하냐?"

쵸 씨가 웃으며 네 사람의 얼굴을 차례대로 보았다.

"등신들."

오이카와는 개의치 않고 초인종을 눌렀다. 바로 문이 열렸다.

"들어오세요."

차갑게 느껴질 만큼 차분한, 하지만 젊은 여자 목소리였다. 그리고 여자의 단정한 이목구비가 그 목소리와 아주 잘 어울렸다. 누군가와 닮았다고 생각한 순간 마키 얼굴이 떠올랐다. 아소는 내심 쓸쓸하게 웃었다. 마키하고는 하나도 안 닮았는데, 왜 생각이 난 거지? 나 지금 엄청 하고 싶은 건가.

"신발 신은 채로 들어오세요."

여자는 신발을 벗을 현관 바닥이 없어서 당황한 아소와 야마세에게 말했다. 오이카와와 그의 부하는 여기 몇 번 와봤는지 구두를 신은 채 성큼성큼 걸어 들어갔다.

현관홀을 지나치자마자 복도가 직각으로 꺾여서 또 놀랐다. 참으로 기묘한 구조였다. 아마도 복도가 주거공간을 둘러싸도록 배치된 것이리라. 하지만 합리적이기는 하다. 이렇게 해두면 침입자가 집 안쪽에 다다르기까지 시간이 꽤 많이 걸린다. 그리고, 하고 아소는 걸음을 옮기면서 현관홀 정면에 해당하는 벽에 걸린 거대한 그림을 힐끗 보고 생각했다. 만약 저 그림 뒤에 비밀문이 있다면 침입자가 복도를 돌아서 오는 사이에 달아날 수 있다. 아소는 홀로 피식 웃었다. 이런 생각만 하니까 오이카와한테 명탐정이라는 둥 탐정 놀이나 한다는 둥 놀림을 받는 것이다.

여자는 꺾인 복도의 끝에 있는 문을 열고 일동을 안내했다. 그 문 너머에 있는 방 또한 기묘했다. 카펫이 빨갛다. 약간 어두운 빛을 띠기는 했지만 너무나도 빨개서 한순간 피바다에 발을 들여놓은 듯한 착각에 빠졌다. 방이라기보다 마치 복도가 옆으로 넓어진 것 같은 인상이었는데, 화랑처럼 그림이 몇 장 걸려 있었다. 아소는 그림에는 문외한이므로 그림을 보아도 누구 작품인지는 몰랐지만, 전부 화집이나 사진에서 본 적 있는 그림들이었다. 야마우치의 회사인 이스트흥업은 그림도 거래한다는 오이카와의 말이 생각났다. 이 방에는 유럽 귀족의 저택에 어울릴 법한 자수가 들어간 소파도 있었다.

여자는 빨간 방을 통과해 문을 하나 더 열었다.

무심코 휘파람을 불 뻔했다. 이번에는 분위기가 확 바뀌어 단순함을 그림으로 그린 듯하면서도 탁월한 센스가 발휘된 공간이 나왔다. 게다가 몹시 넓었다. 다다미를 40장도 넘게 깔 수 있을 것 같았다. 가구다운 가구는 하나도 없었다. 분위기에 맞추어 엄선한 관엽식물 화분과 드문드문 놓인 소파 몇 개만 눈에 띄었다. 소파 모양이 각각 다른데도 공간 전체에 조화가 느껴졌다. 방은 아주 밝았지만 창문은 없었다. 벽 한 면과 천장이 두꺼운 유리블록으로 되어 있었다. 빛은 들지만 아무 것도 보이지 않는다. 그리고 이런 유리라면 산탄총을 쏴도 뚫리지 않을 것이다. 유리블록 벽 중간에 박힌 거대한 수조에서 형형색색의 열대어가 헤엄치고 있었다.

10년의 세월. 그 세월이 컴퓨터 말고는 아무 것도 없었던 목조 연립주택을 이 집으로 바꾸고, 작은 새끼 거북이를 열대어로 바꾼 걸까.

아소는 감동보다는 전율에 가까운 감정을 느꼈다.

"앉아계세요. 사장님이 일어나실 수 있는지 보고 올게요."

여자가 걸음을 옮기자 오이카와가 뒤따라갔다.

"그럴 필요 없어. 내가 깨워줄게. 류, 너도 따라와."

아소는 순순히 따르기로 했다. 오이카와는 뭔가 꿍꿍이속이 있다.

이 휑뎅그렁한 방에는 문이 다섯 개 있었다. 하나는 방금 들어온

문. 그밖에 네 개가 더 있다. 전부 상당히 두꺼워 보이는 나무문이었다. 다른 공간으로 통하는 듯한 복도 입구도 보였다. 문을 달지 않았으니 그 안쪽은 주방이나 욕실 같은 공간이리라. 여자는 그 복도에 가까운 문을 열었다.

호텔 세미스위트룸과 비슷한 형태의 방이었다. 창문 대신 유리블록을 끼워둔 건 방금 전 거실과 똑같았지만 퀸 사이즈 침대와 아담한 소파, 발 받침대가 달린 안락의자, 그리고 작은 테이블이 있었다. 지나치게 넓고 썰렁하던 거실에 비해 훨씬 편안한 느낌의 방이었다. 벽에는 그림 대신 도어즈의 보컬 짐 모리슨의 확대 사진이 붙어 있었다. 소파 위에 기타가 하나. 아소가 보기에 이 방의 분위기는 어쩐지 그 옛날 연립주택과 비슷했다.

"술 냄새가 진동을 하는군."

아소는 인상을 찌푸렸다. 독한 술 냄새와, 술을 잔뜩 마신 인간의 체취가 방에 가득했다.

오이카와가 침대로 다가갔다. 하얀 이불이 두두룩하게 솟아 있었다. 사람이 이불을 덮어쓰고 누워 있는 것이다.

"일어나."

오이카와가 한마디 하고 구둣발로 두두룩한 이불을 찼다. 사정없는 발길질이었다. 이불 속에서 신음소리가 들렸다. 하지만 이불은 더욱 웅크러졌다.

"이 자식."

오이카와가 몸을 구부려 술병을 하나 집었다.

"정말로 죽을 생각이었나 봐. 이것 좀 봐."

아소는 오이카와가 느닷없이 던진 병을 간신히 받아냈다. 론리코

병이었다. 알코올 도수가 70도를 넘는, 아주 독한 술이다.

"어쩔 수 없군. 야."

오이카와가 이불을 단숨에 제쳤다.

"아무리 훌쩍훌쩍 울어봤자 네 달링은 안 돌아와. 이제 그만하고 우리한테 협력해. 자, 착하지."

"썩 꺼져, 망할 짭새야!"

이불 밑에 있던 남자는 몸을 빙글 돌려 엎드리더니 고함을 질렀다.

"네놈들 얼굴을 보니까 또 구역질이 나."

"이 새끼가 보자보자 하니까."

오이카와는 구둣발로 남자의 머리를 밟고는 담배를 끄듯이 비벼 댔다.

"야, 한 번 더 입을 놀려봐."

"망할 짭새, 망할 짭새, 발기불능 짭새!"

베개에 얼굴을 처박고도 욕만은 끊임없이 계속했다. 오이카와는 구두를 벗어서 남자의 머리를 때렸다. 상당히 큰 소리가 났는데도 개의치 않고 때렸다. 그 모습이 상당히 우스꽝스러워서 아소는 저도 모르게 웃음을 터뜨릴 뻔했다. 하지만 정작 오이카와는 그러다 욱했는지 구두를 신은 발로 남자의 등과 옆구리를 짓밟기 시작했다. 내장이 파열되지는 않을까 조마조마할 정도로 힘껏 발을 내질렀다. 밟힌 남자가 뭐라고 소리쳤지만 얼굴이 베개에 파묻혀 있어서 잘 안 들렸다.

"뭐 하시는 거예요!"

문이 열리고 방금 전 여자가 얼굴을 들이밀었다.

"류, 문 닫고 자물쇠 잠가!"

아소는 움직이지 않았다. 학창시절도 아닌데 오이카와의 명령에 따를 이유는 없다.

"자자, 아가씨. 신경 *끄고* 우리랑 이야기나 합시다."

오이카와의 부하가 장난스럽게 웃으며 여자를 끌어안다시피 하여 밖으로 데려갔다. 오이카와는 구두를 든 채 문으로 가더니 아소가 보는 앞에서 문을 잠갔다.

"뭐하는 거야, 오이카와. 이제 그만둬."

"지금 이 새끼가 뭐라고 했는지 들었어?"

"안 들렸어."

"날 보고 공짜 밥이나 처먹으면서 똥구멍이나 벌릴 줄 아는 세금 도둑놈이라고 하잖아."

오이카와는 다시 구두로 남자의 머리를 후려갈겼다.

"네 똥구멍은 어떤데, 이 공중변소 같은 새끼야!"

"오이카와, 구두 망가지겠어."

오이카와는 손을 멈추고 자기 구두를 힐끗하더니 남자가 얼굴을 처박은 베개를 휙 빼냈다. 그 기세를 못 이겨 남자의 얼굴이 위를 향했다. 아소가 그 얼굴을 확인하기도 전에 오이카와가 남자 위에 올라타서 베개로 얼굴을 꽉 눌렀다.

"그러다 죽겠어!"

"뒈져라, 뒈져! 너 같은 새끼는 죽는 게 이 세상을 위하는 길이야."

남자는 다리를 버둥거리다가 베개를 누르고 있는 오이카와의 팔을 떼어내려고 했다. 믿기지 않게도 오이카와의 두 팔이 점점 밀려나 베개에서 떨어졌다. 오이카와는 결코 완력이 약하지 않다. 팔씨름이라면 아소도 이길 자신이 있었지만, 주먹다짐으로 이길 수 있을지는 장담할 수 없었다. 그런데 어린아이 같은 소동을 일으킨 이 남자가 오이카와의 팔을 불리한 자세에서 밀어낸 것이다.

남자가 상반신을 일으켰다. 오이카와가 남자의 머리를 다시 침대로 내리 눌렀지만, 베개가 튕겨 날아갔으므로 남자의 얼굴이 겨우 보였다.

"인권침해야."

남자가 불쑥 말했다.

"특별공무원의 폭행 및 모욕죄에 해당해."

"지랄하네."

오이카와는 자세를 그대로 유지한 채 가슴 호주머니에서 담배를 꺼내 불을 붙였다.

"그건 착실한 일반시민을 위한 법률이다. 공중변소 같은 사기꾼 남창한테는 적용 안 돼."

남자가 크게 숨을 내쉬었다. 방안에서 다시 술 냄새가 풍기는 기분이 들었다.

"니라사키가 죽은 거 언제 알았어?"

"오늘 아침."

"몇 시쯤에."

"5시인가 그쯤에."

"누구한테 들었어?"

"조직에서 연락이 왔어."

"그리고 지금까지 마신 건가?"

"울면서."

"오호." 오이카와는 남자의 머리카락을 움켜쥐고 얼굴을 조금 들어 올렸다가 난폭하게 손을 놓았다. "과연, 토끼 눈처럼 빨갛군. 그래서

착하게도 후회하고 자수할 마음이 생겼나?"

"내가 안 그랬어."

"그럼 누군데?"

"내가 어떻게 알아."

아소는 침대로 다가갔다. 오이카와가 깔고 앉은 남자는 아소가 뭘 하든 안중에 두지 않는 것 같았다.

머리카락 색깔이 눈에 익었다. 밤색보다 검지만 암갈색은 아니다. 검은데 빛이 비치면 금색으로 보이는 색깔이다. 그것만은 달라지지 않았다. 당시도 이 녀석한테는 백인의 피가 섞인 게 아닐까 생각한 적이 있다. 감촉도 떠올랐다. 오이카와처럼 난폭하게는 아니지만 머리카락을 잡은 적이 있다. 너무 부드러워서 놀랐다. 지금도 그때처럼 부드러울까.

아소가 좀 더 다가가자 그제야 남자는 아소에게 눈을 돌렸다. 상당히 멍한 눈이다. 흰자위는 새빨갛게 충혈됐고, 눈꺼풀은 부었다. 그래도 갸름하고 시원스럽게 큰 눈이라 인상적이었다. 하지만 눈의 초점은 맞지 않았다. 아소는 또 생각났다. 이 남자는 근시였다. 당시는 은테 안경을 꼈다.

기억 밑바닥에 잠들어 있던 얼굴이 되살아났다. 틀림없다. 당시 그 대학원생이 눈앞에 있었다. 하지만 세월은 그 얼굴에 뚜렷한 흔적을 남겼다. 그때는 여자처럼 매끈매끈하고 뽀얗던 뺨이 연갈색에 가까운 색으로 변했고, 뺨 아래에서 턱으로는 수염이 거뭇거뭇했다. 남자 수염은 밤에 잘 자란다. 어제 아침부터 면도를 하지 않았다고 치면 그래도 옅은 편이지만, 10년 전에는 몇 십 시간을 같이 있으면서도 수염이 자라는 줄도 몰랐다. 남자는 서른 살을 경계로 수염이 짙어진다더니만 정말이구나, 하고 아소는 생각했다. 제일 많이 변한 부분은 뺨에서 턱으로 이어지는 윤곽이었다. 당시는 말랐지만 뾰족하지는 않았다. 지금은 살이 붙었는데도 날카로운 느낌이 들었다. 매서움이 깃들었다. 그래도 속눈썹은 변하지 않았다. 남자인데도 속눈썹이 아주 길다. 하지만 우스꽝스럽도록 짙지는 않아서 만화 등장인물 같은 얼굴은 아니다. 입술은 얇아진 것 같았다. 적어도 기억속의 그 얼굴보다는.

아소는 상대가 자신과 마찬가지로 열심히 이쪽을 보고 있음을 깨닫고 쑥스러워졌다.

"오랜만이로군."

쑥스러움을 지우고자 아소는 입을 열어 말했다.

"나, 기억나나?"

"네가 만나고 싶어 할 것 같아서 데려왔지."

오이카와가 웃었다.

"야, 뭐하냐. 오랜만입니다, 그때 신세 많이 졌습니다, 형사님, 하고 인사해야지."

야마우치는 여전히 초점이 맞지 않는 눈으로 아소를 계속 쳐다보았다. 도대체 무슨 생각을 하는지 전혀 모를 표정이었다.

"욱."

야마우치의 목에서 이상한 소리가 새어나왔다. 동시에 야마우치가 배를 깔고 앉은 오이카와를 밀쳐내고 몸을 일으켰다.

"우왓!"

오이카와도 펄쩍 물러났다.

"내 옷에 뿜지 마, 오늘 아침에 꺼내 입었단 말이야! 류, 거기 비켜.

이 자식 토하려고 그런다!"

아소가 반사적으로 물러서자 야마우치는 마치 총알처럼 재빠르게 침대 발치와 일직선상에 있는 문으로 뛰어들었다. 즉시 웩웩 토하는 소리가 들려왔다. 단말마 같이 심상치 않은 소리였다.

"힘든가보군."

"저렇게 독한 술을 벌컥벌컥 처마시니까 그렇지. 역시 알코올 중독자는 구제할 길이 없어."

"당신이 배 위에 올라타니까 그런 거잖아. 알코올 중독자가 아까운 술을 토하겠어?"

아소는 활짝 열린 문으로 들어갔다. 넓은 화장실이었다. 야마우치는 엎드려서 변기에 얼굴을 처박은 모습이었다. 움직임이 없기에 불안해져서 등에 손을 댔다. 델 것처럼 뜨거웠다. 열이 나는 건지도 모른다.

"이봐, 괜찮나?"

손바닥을 움직여 등을 위아래로 살짝 쓸어주자 신음소리를 내며 또 토했다. 하지만 뱃속은 이미 텅 비었는지 위액밖에 나오지 않았다. 이 상태가 죽을 만큼 괴롭다.

"오이카와, 아까 그 여자한테 물 좀 갖다 달라고 해."

"그 자식은 응석을 받아주면 기어오르는 놈이야."

"이 상태로는 아무 것도 못 물어봐. 정신을 좀 차려야지."

오이카와는 코웃음을 흥 치더니 잠근 문을 열고 여자에게 물을 가져오라고 시켰다. 마치 그럴 줄 알았다는 듯이 여자가 재빨리 작은 생수병과 컵을 들고 달려왔다.

"그냥 통째로 마시는 게 편할 거야."

아소는 페트병을 받아서 야마우치의 입에 갖다 댔다. 물을 약간 마시고 또 조금 토했다. 두 번쯤 되풀이하자 욕지기가 가라앉았는지 스스로 페트병을 잡고 마시기 시작했다.

"적당히 마셔. 너무 많이 마시면 또 올라올걸."

"그냥 물에 담그자. 그럼 물을 마시는 것보다 술이 빨리 깰 거야."

오이카와의 말을 듣고 여자가 쏘아보았다. 꽤나 박력 넘치는 얼굴이라고 아소는 감탄했다. 〈조폭의 아내들〉(1986년부터 상영된 조폭 영화 시리즈-옮긴이 주)에 출연해도 좋은 연기를 펼칠 것 같았다. 오이카와는 재미있다는 듯이 여자의 눈빛을 받아내다가 메롱하고 놀리는 듯이 눈가에 웃음을 지었다.

"좀 괜찮아?"

아소는 변기 앞에 주저앉은 야마우치의 겨드랑이 밑에 손을 넣었다.

"저쪽에서 이야기하자."

팔에 힘을 주자 의외로 순순히 일어섰다. 손바닥에 야마우치의 가슴 근육이 느껴져서 아소는 놀랐다. 아주 많이 단련한 몸이었다. 10년 전과는 딴판이다. 10년 전, 야마우치는 근육이라고는 없이 삐쩍 말라서 전형적인 공부벌레, 지금으로 말하자면 오타쿠 같은 몸매였다. 운동과는 담을 쌓은 몸이었다. 어깨도 볼품없이 축 쳐졌고 등도 구부정했다. 지금은 가슴팍도 두텁고, 전체적으로 탄력 있는 근육이 붙었다. 하지만 보디빌더처럼 감상용으로 크게 불린 근육은 일절 없었다. 옷 위로 보면 마른 것처럼 느껴질 정도다. 아소가 알기로 이런 체격의 남자들은 어김없이 복싱으로 몸을 단련하는 사람들이다.

침실 소파에 앉히자 야마우치는 머리를 끌어안고 상체를 구부렸다. 자꾸 몸을 웅크리는 것은 정신적으로 강한 충격을 받았다는 증거다. 적의가 담긴 외부의 공격을 제대로 처리하지 못했을 때 사람은 자연스레 태아 같은 자세를 취한다.

아소는 야마우치 옆에 앉았다. 오이카와는 침대 가장자리에 걸터앉아 다리를 꼬았다. 다리가 길다. 아소는 그러고 보니 이 녀석의 다리도 길다고 생각했다. 그런 생각이 든 순간 야마우치가 10년 전과 같은 모습임을 깨달았다. 사각팬티와 티셔츠 차림. 정강이에 털이 거의 없다. 남자치고는 기적적으로 몸에 털이 적다. 그래서 소년처럼 보였다.

오이카와가 야마우치에게 담뱃갑을 던졌다. 빈 갑을 던진 줄 알았는데 담배가 들어 있었다. 야마우치는 고개를 숙이고 있는데도 머리에 뭐가 부딪친 줄 아는지 얼굴도 들지 않고 손만 뻗어 테이블 위로 떨어진 담뱃갑을 집었다. 오이카와는 옛날부터 윈스턴만 피운다. 하지만 그 담배는 던힐, 그것도 멘솔이었다. 야마우치는 잠자코 한 개비 뽑아서 테이블 위의 탁상용 라이터로 불을 붙였다.

야마우치가 담배 한 대를 다 피울 때까지 아무도 입을 열지 않았다. 문간에 서서 대기하던 여자는 사태가 진정되었다고 여겼는지 밖으로 나갔다. 참으로 냉정하고 유능한 여자였다.

"네놈도 이만 물러날 때가 됐어."

오이카와가 말했다.

"그 정도면 충분하잖아. 포기하고 고향으로 돌아가."

"포기해?" 아소는 오이카와의 얼굴을 보았다. "그게 무슨 소리야?"

"이 녀석은 야망이 있거든, 그렇지?"

오이카와가 메마른 목소리로 웃었다.

"오이카와 씨, 당신은 너무 시끄러워."

아까 전에 비하면 조금 양호한 말투였지만, 오이카와에게 이런 식으로 말하는 조폭 관계자가 있다니 놀랐다.

"날 좀 내버려둬."

"내버려두고 싶은 마음이야 굴뚝같지. 그런데 내버려두지 못하도록 네가 자꾸 나쁜 짓을 하니까 그렇잖아."

"난 일반시민이야. 사업도 법적으로 아무 문제가 없어. 당신한테 이러쿵저러쿵 잔소리를 들을 이유는 없는데."

"그래, 계속 깝쳐봐라."

오이카와가 입을 일그러뜨려 웃었다.

"조만간 증거를 갖추어서 다시 큰집에 처박아줄 테니까. 큰집에 가면 같은 방을 쓰는 놈들이 좋아서 춤을 추겠네. 네 구멍은 쓸 만한 모양이니까 말이야."

"시험해볼래? 값은 싸게 쳐줄게."

야마우치는 변함없이 고개를 숙인 자세로 킥킥 웃었다.

"그것보다."

야마우치가 갑자기 얼굴을 들고 옆을 보았다.

"당신이 왜 여기에 있는 거야?"

충혈된 눈이 아소를 노려보았다. 아소는 잠시 후에야 질문의 뜻을 제대로 이해했다.

"이봐." 아소는 천천히 말했다. "날 기억하는 거야?"

"당신은 어떤데?"

야마우치의 눈에는 웃음기가 전혀 없었다.

"날 기억하고 있었어?"

마치 도발하는 듯한 눈빛이었다. 아소는 대답이 나오지 않았다. 잊어버리고 있었다. 그것이 솔직한 답변이었다.

"사건을 맡았어."

아소는 첫 번째 질문에 대답하기로 했다.

"우리 수사반도 니라사키 살해 사건 담당이야."

그 순간 야마우치의 눈이 휘둥그레졌다. 그리고 그 눈동자에 똑똑히 증오가 깃들었다. 하지만 다음 순간 증오는 사라지고, 대신에 귀청이 떨어질 듯한 웃음이 쏟아져 나왔다.

야마우치는 몸을 뒤로 젖히고 믿기지 않을 만큼 크게 웃음을 터뜨렸다.

"당……신이…… 세이치…… 죽인 놈…… 담당한다고…… 하하하하하하하하하……."

야마우치는 소파에서 방바닥에 떨어지고 나서도 계속 웃었다. 웃는다기보다 경기를 일으킨 것처럼 보였다. 심상치 않은 웃음이었다.

"이런, 발작이야!"

아소는 무릎을 꿇고 앉아 데굴데굴 구르며 웃는 야마우치를 진정시키려고 애썼다.

"오이카와, 큰일이야. 구급차를 부르는 게 좋겠어."

"물이라도 끼얹으면 괜찮아지겠지."

"아니야."

아소는 웃으면서 발버둥 치는 야마우치를 방바닥에 꽉 눌렀다.

"젠장, 이러다 호흡곤란에 빠질지도 모르겠는데. 인공호흡기가 필요해."

"쌍."

오이카와가 일어서서 문밖으로 뛰쳐나갔다. 아소는 딸꾹질하듯이 부자연스럽게 웃기 시작한 야마우치의 몸을 단단히 누른 채 바지 호주머니에 대충 넣어둔 손수건을 꺼냈다. 그리고 손수건을 뭉쳐서 야마우치의 입속에 밀어 넣으려고 했다. 발작을 일으켜 이렇게 웃던 끝에 혀를 깨물어 죽은 여자를 본 적이 있었다.

으.

손가락을 깨물릴까 봐 손끝을 오므렸는데도 이에 걸려서 엄지손가락이 야마우치의 입속에 남았다. 엄지손가락에 묘한 감각이 전해져 왔다. 아픔에 가깝지만 격통은 아니다. 뜨거우면서 축축한, 신기한 감촉이었다.

야마우치가 엄지손가락을 빨고 있었다.

아기가 젖을 빨듯이 힘껏, 열심히, 마치 목구멍으로 삼키려고 하는 것처럼 빨았다. 정신없이, 무아몽중으로.

아소의 손목에 뜨거운 물방울이 떨어졌다.

야마우치는 울면서 엄지손가락을 빨았다. 언제까지고.

죽은 니라사키의 얼굴이 눈앞에 되살아났다.

아소는 드디어 이해했다. 이 녀석은 슬픈 거다. 슬퍼서 미쳐버릴 것 같은 심정이다. 사랑하던 사람이 죽어서.

니라사키의 죽음이 이제야 비로소 실감으로 다가왔다.

1986. 4

다무라는 기분이 언짢았다. 렌은 다무라의 기분이 언짢으면 우울
했다. 그래서 다무라의 몸에 닿지 않도록 조심해서 무릎을 한 팔로 꼭
끌어안고 무릎 위에 펼친 책을 읽었다. 여기저기 얼룩진 문고본으로,
내용은 시시한 추리소설이었다. 도대체 원래는 누구 물건이었는지도
이제 모른다.

"재미있냐?"

다무라가 고개도 돌리지 않고 물었다. 렌이 대답하지 않자 갑자기
팔을 꼬집었다. 엉겁결에 목소리가 새어나올 만큼 아팠다.

"대답 좀 해라. 재미있느냐고 물었잖아."

"재미없어."

"그럼 왜 읽는 거야?"

다무라는 화가 났다. 무엇에 화가 났는지는 짐작도 가지 않지만 다

무라가 화나면 렌은 슬펐다.

"미안해."

렌은 사과하고 책을 덮었다.

"왜 사과하는 건데?"

대답하지 않자 또 꼬집었다. 이번에는 멍이 뚜렷하게 들 만큼 세게.

"왜 사과하느냐고 묻잖아!"

렌은 더 이상 반응하지 않기로 했다. 무릎 사이에 머리를 파묻고 몸을 웅크렸다. 다무라의 언짢은 기분은 그리 오래가지 않는다. 늘 그렇다. 잠깐만 참으면 폭풍은 지나간다.

"또 웅크리고 앉았네."

어처구니없다는 듯한 다무라의 목소리가 들렸다.

"넌 늘 그래. 그러고 있으면 전부 다 해결될 거다 그거지? 등신."

다무라가 등신이라고 하면 몹시 비참한 기분이 들었다. 묘한 억양을 붙여서 등과 신을 강조한다. 더러운 뭔가의 이름이라도 부르듯이.

다무라는 렌의 몸 여기저기를 꼬집기 시작했다. 원래부터 약한 자를 괴롭히길 즐기는 남자다. 기분이 좋을 때는 상냥하지만.

렌은 웅크린 몸을 최대한 더 구부렸다. 다무라가 마지막으로 꼬집는 곳은 늘 똑같은데, 거기는 특히나 아파서 저절로 비명이 새어나온다. 하지만 거기를 꼬집기 전까지는 끈덕진 괴롭힘이 끝나지 않으므로 각오하고 견디는 수밖에 없다. 작업복 단추 틈새로 들어온 다무라의 손끝이 젖꼭지에 닿았다. 온몸에 좁쌀 같은 것이 돋았다. 손톱이 젖꼭지를 파고들자 이를 악물어도 비명이 새어나왔다. 오랫동안 꼬집혀서 결국 눈물이 뚝 떨어져 내렸다.

다무라는 그제야 손을 떼고 개운한 얼굴로 웃었다.

"뭐하는 거야, 다무라."

기타무라 목소리가 들렸다.

"또 막내를 울렸지?"

"울리기는요. 그렇지?"

다무라가 어깨를 끌어안고 흔들었다.

"얼마나 사이가 좋은데요."

렌은 숨을 내뱉었다. 다무라도 울분이 쌓인 것이다. 이 방에서는 렌 다음으로 젊은 탓에 들어온 지 2년 가까이 지났는데도 기타무라 패거리에게 똘마니 취급을 당하며 갖은 고생을 하고 있다. 렌이 들어오기 전에는 다무라가 놈들의 성욕까지 처리해주었다. 하지만 밖에서는 기타무라가 소속된 조직보다 다무라가 소속된 조직의 규모가 더 크다고 한다. 렌은 그쪽 바닥의 물정은 전혀 몰랐지만, 다무라가 불만이 잔뜩 쌓였다는 것만은 잘 알고 있었다.

"이제 책 읽어도 돼?"

렌이 작은 목소리로 묻자 다무라는 큭큭 웃었다.

"넌 역시 대가리가 이상해."

다무라는 렌의 무릎에 억지로 머리를 얹었다. 렌은 하는 수 없이 다리를 펴서 무릎베개를 해주었다.

"낮아. 무릎을 구부리고 옆으로 비스듬히 앉아봐."

렌이 시키는 대로 하자 다무라는 무릎을 베고 작게 하품을 했다.

"여기에서 나가면 고향으로 돌아갈 거야?"

"안 가."

렌은 대답하고 책을 펼쳤다. 여자가 목을 졸려 살해당하는 도중이었다.

"어디 갈 데는 있고?"

"없어."

"너, 엄청 엘리트였다던데 진짜야?"

"아니야."

"그럼 이상하잖아. 왜 너 같은 초범이 B급에 들어가는 건데?"

"몰라. 내가 정한 거 아니야."

"과격파는 초범이라도 B급이래. 너도 폭탄을 만들었어?"

"안 만들었어."

"만들 줄은 알아?"

렌은 어떻게 대답할지 망설이다가 입을 열었다.

"알아."

"대단하다! 진짜야?"

"응. 단순한 건 만들기 쉬워."

다무라가 목소리를 낮추었다.

"만들어본 적 있어?"

"없어."

"역시 넌 과격파구나."

"아니야."

렌은 넌더리가 나서 말했다.

"절대로 아니야."

"하지만 대학교 나왔잖아."

"나왔지."

"무슨 공부 했어?"

"저기, 다무라."

렌은 책에서 눈을 떼고 다무라의 얼굴을 들여다보았다.

"그런 걸 왜 알고 싶은데?"

"나도 대학교 가고 싶었거든."

렌은 조금 놀랐다. 고등학교도 중퇴했다고 들었는데.

"형은 갔어. 우리 집은 나 혼자만 돌대가리고 나머지는 다 똑똑하거든. 너 혼자 왜 그렇게 멍청하냐는 말을 들으면서 자란 탓인지 열네 살 때부터 문제아가 됐지."

다무라는 거기서 다시 화제를 바꾸었다.

"야, 과격파도 아닌데 왜 여기 들어온 거야? 여자를 강간했다는 소문이 있던데, 아니지? 네가 왜 그러겠냐."

다무라는 또 큭큭 웃었다.

"진짜배기 호모인데 말이야."

렌은 다시 책으로 눈을 돌렸다.

"몰라."

"뭐라고?"

"모른다고. 내가 왜 여기에 들어왔는지도, 무슨 죄로 체포됐는지도."

"그게 뭔 소리야."

"정말로 몰라. 아무 것도 기억 안 나."

"……기억상실?"

"그럴지도 모르지."

렌은 책 읽기를 포기하고 자세를 바꾸어 다무라의 머리를 가슴에 얹었다.

"기억이 안 나…… 왤까. 모두 내가 그랬다고 하지만, 기억이 없어."

"사람을 죽인 놈이랑 같은 방을 쓴 적이 있어."

다무라가 마침 생각났다는 듯이 말했다.

"소년원에 있을 때. 그런데 걔도 너랑 똑같은 말을 하더라. 쑤셨을 때가 전혀 생각이 안 난대. 정신이 들고 보니 피 묻은 식칼을 쥐고 있고, 앞에 사람이 쓰러져 있었다던데. 한참 지나서야 쓰러진 사람이 자기 아버지라는 걸 알아차렸다나 봐. 그런데 왜 싸움을 벌였는지는 기억하고 있으니 희한하지. 왜 싸웠게? 아버지는 야구 중계방송을 보려고 했고, 걔는 〈태양에 짖어라!〉(1972년에서 1986년까지 방송된 형사 드라마 시리즈 – 옮긴이 주)를 보려다가 그랬대."

다무라가 낄낄 웃었다. 렌도 상당히 재미있었다. 웃을 정도는 아니었지만.

"야, 너랑 기타무라가 할 때 이토 영감이 계속 자기 물건을 문지르고 있었던 거 알아?"

"정말?"

"그럼, 그럼."

다무라는 턱만 들어 방구석에서 다른 남자와 장기를 두고 있는 나이 먹은 남자를 가리켰다.

"네 덕분에 영감님의 거기가 부활했어. 다음에 빨 때는 일부러 소리를 크게 내줘. 이제 영감님도 얼마 안 남았어. 가기 전에 즐거움을 누려야지."

이토는 도대체 인생의 몇 퍼센트를 교도소에서 보냈을까. 전과가 얼마나 많은지 이토 본인도 더 이상 헤아리지 않는다고 했다. 죄목은 별것 아니었다. 강도가 많지만 사람을 죽인 적은 없다. 왜 빈집털이를 하지 않느냐고 물으면 강도여야 들어와서 오래 지낼 수 있기 때문이라고 대답한다. 공원에서 박스 집에 살기보다는 교도소가 훨씬 낫다면서.

"말하면 자줄 텐데."

"그건 아니지." 다무라는 손가락을 흔들었다. "영감님은 사내놈 엉덩이에는 흥미가 없어. 감방에 40년 가까이 드나들면서 똥구멍에 박힌 적도, 똥구멍에 박은 적도 없다고 으스댔다고. 하지만 널 보면 선다 그거지. 그게 네 대단한 점이야."

렌은 화가 나서 일부러 몸을 틀어 다무라의 머리를 떨어뜨렸다.

"아야."

다무라는 소리를 질렀지만 이미 기분이 풀렸으므로 그냥 렌의 옆구리에 다시 머리를 얹었다.

"다카오라고 있잖아. 그 자식도 호모인 거 알아?"

교도관 중 한 명인 다카오는 약간 뚱뚱하고 눈초리가 사나운 남자였다.

"그 자식이 구슬 검사를 하면, 박지 않았다는 게 뻔히 보이는데도 자꾸 만지작거린다니까. 일부러 문질러서 선 놈도 있어. 그나저나 구슬을 박다니 생각만 해도 오싹하다. 도대체 그걸 왜 박는 거야?"

"기타무라 씨 말로는 여자가 뿅 간다던데."

기타무라의 성기에도 모두가 진주라고 부르는 구슬이 몇 개 박혀 있다. 수감되기 전에 박은 것은 그냥 넘어가지만, 교도소에 수감된 후 부러뜨린 칫솔 자루를 갈아서 만든 구슬을 박는 것은 물론 규칙 위반이다. 그러한 이물질을 새로이 삽입하지는 않는지 부정기적으로 성기를 검사한다. 항생물질이 들어간 소독약을 바르지 않고 그런 짓을 하면 곪아서 열이 날 때도 있다고 한다. 렌이 보기에는 너무나 어리석은 짓이었지만 교도소에서 구슬을 박는 사람은 제법 많다. 재소자들은 대부분 출소하면 제일 먼저 여자랑 자고 싶어 한다. 그때 여자가 뿅 가는 모습을 상상하며 칫솔 자루를 가는 것은 심심풀이에 제격일지도 모른다.

"뿅 가는 여자도 있기는 있겠지만 경험이 적으면 아무래도 무리지. 출장업소에서 일하는 년들 중에도 구슬이 들어간 걸 알면 기겁하고 내빼는 것들이 있어."

"그런 걸 어떻게 알아?"

"여자로 장사를 했으니 당연히 알지. 야, 기타무라의 구슬은 기분 좋디?"

"그럴 리가."

"그렇겠지. 내 생각에도 장난 아니게 아플 것 같아…… 여자는 둔감하고 고통에 강하니까 그나마 버티는 거지."

"그런가."

"당연하지. 생각해봐, 거기로 아기를 낳잖아. 아기 머리는 이만큼 크다고."

다무라가 양손 손가락으로 원을 만들어서 들어올렸다. 이번에는 우스웠다. 우스웠으므로 무심코 웃음을 지었다.

"어, 너 지금 웃었어?"

"응."

"배가 움직였어. 야, 왜 소리 내서 안 웃는 거야?"

"웃긴 일이 별로 없어."

"넌 참 어둡다니까. 나, 실은 네가 왜 후추 교도소에 있는지 알아."

"가르쳐줘."

"너 구치소에서 자살하려고 했지? 두 번."

어떻게 그런 정보까지 재소자에게 새어나갔을까. 렌은 교도소라는 곳이 정말로 신기했다. 재소자의 죄목과 과거는 절대 비밀인데도, 누가 무슨 죄로 감방에 들어왔는지 그가 예전에 무슨 일을 했는지 어느 틈엔가 소문이 난다. 그리고 그 소문은 대부분 진실이다. 작업을 할 때 가끔 마주치는 중년 남자는 재소자들에게 심한 괴롭힘을 당했는데, 예전에 형사여서 그렇다고 다무라가 가르쳐주었다. 다무라는 여중생을 강간하고 죽인 남자가 누구인지도 가르쳐주었다. 그도 제대로 된 대접은 못 받았다. 세상 사람들 눈에는 다 똑같은 악당으로 보이는 재소자들 사이에도 계층은 존재한다. 그리고 존경받는 악당과 경멸당하는 악당 또한 존재했다.

렌도 처음 한동안은 같은 방 사람들에게 무시당했다. 강간 미수에 여자 얼굴을 커터칼로 그었다는 이야기가 널리 퍼졌으므로 비겁하고 더러운 놈이라고 여겼는지도 모른다. 또한 렌은 입도 열지 않고 그저 방구석에 웅크리고 앉아 있기만 했으니 그럴 만도 하다. 만약 다무라가 곁에 없었다면 열흘도 버티지 못하고 정신이 이상해져서 다시 독방 신세를 졌을 것이다. 다무라는 처음부터 친절하게 굴며 거의 하루 종일 렌 곁을 떠나지 않았다. 물론 다무라에게는 속셈이 있었다. 렌이 온 덕분에 다무라는 매일 밤의 의무에서 해방되어 편안히 잠을 청할 수 있다. 또한 교도관이 다무라에게 렌이 자살하지 못하도록 감시하는 역할을 맡긴 것이 틀림없었다. 다무라는 눈치가 빠른데다 인간관계가 원만했고, 참을성도 좋은 성격이어서 교도관들이 예뻐했다.

"자살 습성이 있는 놈은 교도관 수가 많고 독방에도 여유가 있는 곳으로 보내거든. 그래서 네가 여기로 온 거야. 원래는 계속 독방에 처박아놓는 게 보통이지만 넌 독방에서도 저질렀잖아."

능동적으로 저질렀다는 느낌은 딱히 없었다. 그냥 식욕이 없었고, 먹어도 토해서 밥을 먹지 않았을 뿐이다. 그러자 교도관이 하루 종일 바른 자세로 무릎을 꿇고 있으라고 호통을 치기에 그대로 했더니 이번에는 의식이 흐려졌다. 정신이 들자 벽에 머리를 찧고 있었다. 확고한 의지를 품고 죽으려고 한 것은 아니다.

재소자들 중에는 자살하는 사람이 많지만, 그 숫자가 세간에 들통나지 않도록 쉬쉬한다. 대개는 병으로 죽었다고 발표된다. 하지만 자살자가 나오면 정도의 차이는 있을지언정 결국 누군가가 책임져야 하므로 자살할 만큼 정신 상태가 악화된 재소자는 의료교도소로 보내는 것이 보통이다.

자신이 왜 의료교도소로 이감되지 않았는지는 렌도 모른다. 어쩌면 외로워서 자꾸 자살을 시도한다는 판단이 내려졌을 수도 있다. 그래서 자살을 방지하고자 사람과 함께 지내도록 한 걸까. 아니면, 하고 렌은 비꼬아 생각해보기도 했다. 다무라가 비교적 친하게 지내는 교도관에게 자기보다 연약하고 여자 같은 놈을 하나 넣어달라고 부탁했는지도 모른다. 다무라는 기타무라를 몹시 싫어했으므로, 그에게 몸이 더럽혀지는 현실을 도무지 견딜 수가 없었으리라. 다무라도 렌도 이런 일반 교도소에서는 제일 나이가 어린 축에 속한다. 그보다 어리면 젊은이들만 따로 모아놓는 Y급 교도소로 보내진다. 젊다고 해서 반드시 하위계층에 속하지는 않지만, 젊다는 이유 하나만으로 피부와 얼굴이 좀 더 여자에 가깝게 느껴진다. 다무라가 젊다 한들 바깥 세상에서는 절대 여자로 보이지 않겠지만, 여자가 전혀 없는 공간에서는 다른 남자들에 비해 '여자에 가까워' 보인다.

여기는 신기한 세계다. 여기 있는 남자들은 대부분 바깥에 나가면 동성을 성욕의 대상으로 삼지 않는 극히 평범한 사람들이지만, 안에 들어오면 동성에게 그다지 저항감을 느끼지 않는다. 아주 가끔은 기타무라처럼 조금이라도 젊고 싱싱한 육체는 무조건 맛을 봐야 직성이 풀리는 사람까지 나타난다. 남자의 성욕은 거의가 환상의 산물이다. 그래서 남자는 멍청하게 입을 벌린 비닐 인형이나 때로는 데운 곤약을 상대로도 발기한다. 머릿속으로 애써 환영을 그리고, 그 환상 속 여자를 알몸으로 만들어 범하는 상상을 하면 곤약에 생긴 틈새도 여자 성기로 보인다. 하물며 젊은 남자는 진짜 살결과 체온을 지니고 있으니 마음만 먹으면 충분히 성욕의 대상으로 삼는 것이 가능하다.

렌은 소리 없이 웃었다. 아마도 인간만이 이렇게 우스꽝스러운 성욕을 품고 있지 않을까. 아니면 원숭이도 비슷한 짓을 할까. 고양이과 동물은 동성애 행위를 한다고 무슨 책에서 읽었다. 맞다, 고래는 그러한 경향이 더 현저하다. 젊은 수컷 고래는 유사 성행위를 해서 사정한다는 내용을 분명 읽은 것 같다.

"또 웃었다."

다무라가 아주 기쁜 듯이 말했다.

"너, 요즘 들어 조금 정상이 된 것 같아."

다무라는 천성적으로 오지랖이 넓다. 하지만 렌은 역시 다무라가 있어서 다행이었다고 생각한다. 다무라의 기분이 좋다면 기타무라의 성기를 빼는 정도는 아무 일도 아니다.

"여기서 나가면 큰형님이 날 주임 자리에 앉혀주겠다고 하셨어."

"주임?"

"그렇게 불러. 그러면 회사 같아서 듣기에 좋잖아? 뭐, 따지자면 젊은 애들을 총괄하는 역할 같은 거야."

"잘됐네."

"글쎄. 요즘 어쩐지 불안해. 나가도 데리러 오는 사람도 없고, 조직에 돌아가도 모두 시치미를 뚝 떼고 모르는 척할까 봐."

"걱정 마. 반드시 누가 데리러 올 거야."

"그럴까?"

"그럼."

"넌 좋겠다. 어머니가 데리러 올 거 아니야. 난 정식으로 조직원이 됐을 때 의절당했거든."

"아무도 안 와."

"응?"

"날 데리러 아무도 안 온다고."

렌은 크게 심호흡을 한 번 했다. 가슴이 오르락내리락하자 다무라의 머리도 올라갔다가 내려갔다.

"왜? 어머니가 고향에 계시잖아."

"있지만 안 와…… 형이 나 때문에 죽었으니까. 아버지도 어머니도 날 미워해."

다무라는 입을 다물었다. 이럴 때 무슨 말을 해도 공허하게 들릴 뿐이라는 것을 다무라 같은 인간은 안다.

"너 말할 때 간사이 사투리가 조금씩 나오잖아. 고향이 어디랬지?"

"시가 현."

"거기가 어딘데?"

설명하려니 어쩐지 귀찮았다.

"나고야 서쪽."

"흐음."

다무라가 하품을 했다. 렌은 다무라의 머리에 손을 뻗었다. 모두 까까머리지만, 그래도 각자 머릿결에 차이가 있으므로 감촉도 각각 다르다. 기타무라의 머리는 바늘산 같아서 만지면 아프다. 머리털이 뻣뻣해서 그렇다. 다무라의 머릿결은 렌과 비슷하게 부드러웠다. 쓰다듬고 있자니 갑자기 다무라가 깨물었다. 힘은 주지 않고 이 사이에 렌의 손을 끼워서 잡아당겼다. 개 흉내. 다무라는 가끔 개를 흉내 내어 렌의 몸을 문다. 렌은 그 놀이가 좋았다. 두 사람은 방구석에서 잠시 장난을 쳤다. 다른 사람들은 신경도 쓰지 않는다. 미야타가 자는지 코 고는 소리가 들렸다. 미야타는 늘 잠만 잔다. 여덟 명이 수감된 방에서 렌의 몸에 흥미를 보이지 않는 사람은 미야타와 다카오카라는 남자뿐이었다. 둘 다 폭력단원은 아니지만 전과는 여러 개였다. 다카오카는 싸움을 벌여 폭행 혐의로 여기 수감됐는데, 렌을 싫어했다. 남색질이나 하는 울보는 역겹다고 대놓고 말했다. 하지만 그래놓고 기타무라에게는 쪽도 못 쓴다. 그리고 잡지에 실린 여자 얼굴을 보면서 당당하게 자위행위를 한다. 렌은 그를 천박하고 하찮은 놈으로 여겼다. 미야타는 얌전하다. 소문으로는 자물쇠 따기의 프로라고 한다. 아직 쉰 살 정도지만 여자 이야기도 하지 않고, 자위행위를 하는 것도 본 적이 없다. 이토는 비슬비슬하는 것이 분명 일흔 살을 훨씬 넘었으리라. 작업에 나갈 기력이 없으니 배식을 담당한다. 그런 이토가 자신과 기타무라의 성행위에 흥분했다니 놀랐다. 기타무라 외에 오바나와 이노라는 남자가 렌을 원하지만, 기타무라의 성미를 건드릴까 봐 겁나는지 그가 잠든 후에 이불 속으로 들어온다. 둘 다 어느 조직의 조직원이다. 오바나는 밖에 나가서 갈 곳이 없으면 자신을 찾아와도 된다고 입버릇처럼 말한다. 얼마 안 있으면 출소다. 조직폭력배가 될 생각은 없어서 어느 조직인지 확실히 물어보지는 않았다.

하지만 조직폭력배가 아니라면 여기서 나간 후에 뭘 해야 할까.

렌은 다무라가 부러웠다. 기타무라도 오바나도 이노도 부러웠다. 미야타도 친구 정도는 있으리라. 아무도 없는 건 렌과 이토뿐이다. 그래서 이토의 마음은 이해가 간다.

여기서 나가면 자신도 박스로 만든 집에서 살게 될까.

1995. 10 (2)

1

수사회의는 처음부터 분위기가 평소와 달랐다. 평소는 본청 수사 1과가 회의의 중심이지만, 이번에는 오이카와가 이끄는 수사4과가 여봐란듯이 앞쪽 자리를 점령했다. 그게 불만인지 아소의 부하들은 하나같이 기분이 나빠 보였다.

아소는 방심하면 터져 나올 것 같은 웃음을 꾹 참느라 고생했다. 4과 수사원은 왜 생긴 게 조직폭력배를 닮았을까. 오이카와 한 명을 제외하면 나머지는 모두 당장이라도 조직에 몸담을 수 있을 법한 풍모다. 부부는 오래 같이 살면 닮는다는데, 4과도 폭력단과 오랜 시간을 함께하는 동안 생김새가 비슷해진 모양이다. 그래도 오이카와만은 변함없이 멋쟁이였다. 옛날부터 그랬다. 오이카와는 대학생 때부터

옷과 차림새에 까다롭게 굴며 남들보다 더 꾸미고 다녔다. 게이 중에 신경질적이거나 복장에 몹시 신경을 쓰는 사람이 많다고 들은 적이 있는데, 오이카와는 그 전형적인 예일지도 모르겠다. 실제로 오이카와는 쓸데없이 예민하다. 예를 들어 손수건 없이는 전철 손잡이를 못 잡는다. 그런 반면에 말씨는 깜짝 놀랄 만큼 난폭하고 상스럽다. 늘 스리피스 슈트를 단정하게 차려입고 양복에 맞추어 엄선한 넥타이를 매고 다니는 오이카와가 아주 상스러운 말을 남발하면, 그것만으로도 묘한 박력이 느껴진다.

니라사키의 시체가 발견된 지 아홉 시간 가까이 지났다. 피해자 니라사키 세이치에 대한 정보는 벌써 지나칠 정도로 많이 모였다. 정확히 말하자면 4과가 가지고 있는 정보만 해도 보통 살인 사건에서 1과 수사원이 몇 년간 모으는 정보보다 많다. 니라사키의 성장 과정부터 생활, 취미, 응원하는 프로야구팀, 좋아하는 술까지 모르는 점이 더 적을 지경이다. 당연히 그러한 정보 가운데서 가스가 파 간부로 활동하면서 얻은 '적'과 개인적으로 원한이 있을 법한 사람에 대한 정보가 특히 중요시되었지만, 니라사키에게는 '적'이 너무나 많았고 니라사키의 지시 때문에 연인이나 아들을 잃은 유족의 수도 어마어마했으므로 원한이 있는 사람만 짚고 넘어가려고 해도 정신이 아득해질 정도였다. 그러한 정보에 대해 4과 수사원이 설명하는 데만 두 시간이나 걸렸다. 하지만 아소 생각에 그러한 정보가 큰 도움이 될 것 같지는 않았다. 니라사키는 면식범에게 살해당했다. 그것만은 확실하다. 그리고 니라사키는 그답지 않게 그 인물을 맹목적으로 신뢰했다. 경호원까지 떼어놓고 그 인물 앞에서 알몸으로 목욕을 할 만큼. 니라사키를 둘러싼 인간관계 속에서 그만큼 신뢰를 얻은 인물이 과연 몇 명이나 될까?

오이카와도 그 점을 중시하는 듯 부하의 입을 빌려 니라사키의 애인 관계를 특히 중점적으로 수사할 필요성을 느낀다고 발언했다.

니라사키에게는 남자 두 명 말고도 애인이 세 명이나 더 있었다. 한 명은 롯폰기에서 재즈클럽을 경영하는 가네무라 사쓰키라는 여자인데 니라사키보다 나이가 몇 살 많다. 이 여자는 애인이라기보다 본처라고 해야 할 관계로, 상당히 오래 사귀었다고 한다. 니라사키와 처음 만났을 때 남편과 자식이 있었지만 니라사키와 관계를 유지하기 위해 이혼까지 한 여자다. 옛날에는 구도 사쓰키라는 이름으로 재즈 가수 활동을 했다는 보고를 듣고 아소는 내심 놀랐다. 집에 구도 사쓰키의 음반이 몇 장 있고, 그녀의 노래를 들으러 롯폰기의 재즈클럽에 드나들기도 했다. 아주 허스키한 목소리로 노래하는 가수로, 아소는 그 목소리의 매력에 푹 빠졌다.

다음은 두 번째 부인이라 할 만한 사람인데, 재미있게도 의사였다. 니라사키는 조직폭력배치고는 뜻밖에도 자립한 전문직 여성이 취향이었는지도 모르겠다. 노조에 나미라는 이름의 이 의사는 구청 거리에 위치한 빌딩에서 작은 내과를 운영 중이다. 가스가 파 조직원이 권총 등의 흉기에 부상을 당했을 때 노조에가 경찰에 신고할 의무를 무시하고 치료하는 것이 아닌가 신주쿠 서에서 의심하고 있지만 증거는 아직 잡지 못했다는 발언이 나왔다. 만약 그게 사실이라면 니라사키는 일석이조를 거두었다고 할 수 있으리라. 두 여자의 사진이 비디오 프로젝트에 비치자 수사원들은 누가 먼저랄 것도 없이 감탄의 한숨을 내쉬었다. 둘 다 괜찮은 여자였다. 얼굴과 큰 가슴 말고는 자랑할 구석이 없는 풋내 나는 아가씨들과는 달라도 한참 달랐다.

그렇지만 감탄의 한숨은 세 번째 여자의 사진이 비쳤을 때 제일 크게 새어나왔다.

세 번째 여자의 이름은 미나가와 사치코. 극히 평범한 이름이지만, 수사원들은 그녀의 또 다른 이름에 동요했다. 시노하라 유키. 10년쯤 전만 해도 인기가 좀 있었던 아이돌 가수였다. 완전히 어른이 된 최근 사진 속의 시노하라 유키에게서 옛날의 광채는 찾아볼 수 없었지만, 그래도 옛날 모습이 그대로 남아 있어 응석을 부리듯 혀짤배기소리로 노래하는 시노하라 유키의 목소리가 아소의 귓속에서 금방 되살아났다. 연예계를 잘 몰라서 확실히 기억나지는 않지만 분명 아이돌로서 수명이 다한 후에 영화에서 누드 연기를 감행하여 화제를 불러일으켰으나 그 다음에 자살 미수 소동을 일으키고 소리 소문도 없이 사라지지 않았던가.

"……이상이 저희가 파악하고 있는 애인 관계입니다. 하지만 나라사키 세이치는 바의 호스티스와 일시적으로 관계를 맺거나, 가끔은 출장업소를 이용해 소년과 성매매를 할 때도 있었습니다. 그런 사람들 중에서 피해자와 비교적 빈번하게 만난 사람이 있는지 없는지 수사를 통해 알아내는 것이 중요합니다."

"아주 정력가셨네."

옆자리에 앉은 오이카와가 작게 중얼거렸다. 동감이었다. 나라사키가 자신과 동년배임을 고려하면 믿기지 않을 정도였다. 성관계 횟수의 문제가 아니다. 그만큼 많은 사람에게 애정을 쏟고 그에 부수되는 인간관계를 유지한 그 기력에 혀를 내둘렀다. 아소는 이제 마키 하나만으로도 깊은 인간관계는 버겁다. 누군가를 사랑하면 결국 상처를 입는다. 상처 없는 사랑을 아소는 더 이상 믿지 않는다.

"애인 말고 니라사키 세이치가 경계심을 품지 않고 호텔 방에 들여놓을 만한 여성이라는 관점에서도 일단 보고 드리겠습니다."

오이카와의 부하는 진지한 표정으로 말을 이었다.

"니라사키 세이치에게는 누나와 여동생이 있습니다."

실소가 흘러나왔다. 낫살이나 먹고 남매 앞에서 알몸으로 목욕하는 니라사키, 라는 그림은 확실히 이상하다.

"둘 다 니라사키 세이치와는 배다른, 즉 어머니가 다른 남매입니다. 누나는 니라사키보다 다섯 살이 많고, 이름은 히무로 사와코. 히무로 무역의 사장 부인입니다. 여동생은 니라사키보다 세 살이 어리고 이름은 오니즈카 아쓰코. 오니즈카 교지의 아내입니다."

이번에는 다들 동요했다. 오니즈카 교지, 정계와도 관계가 깊다는 거물 총회꾼이다. 설마 니라사키가 오니즈카를 화나게 해서……?

"덧붙여 이 두 사람은 어젯밤부터 오늘 새벽까지 알리바이가 있습니다. 히무로 사와코는 현재 스페인 마드리드에 있습니다. 호텔에서 소재를 확인했어요. 동성 친구 세 명과 여행 중이랍니다. 오니즈카 아쓰코는 어젯밤부터 남편과 함께 후쿠오카에 있었습니다. 오늘 새벽 12시 반경에 호텔방으로 룸서비스를 부탁했을 때 요리를 가져간 직원이 아쓰코를 확인했고요. 또한 오늘 아침 8시 반경에 후쿠오카의 호텔에 있는 아쓰코 본인과 연락이 닿았습니다. 비행기를 타지 않는 한 도쿄와 후쿠오카를 여덟 시간 만에 왕복하기는 힘들겠죠."

당연하다면 당연하지만 이 회의 참석자들 중에 니라사키의 누나와 여동생을 범인으로 의심하는 사람은 아무도 없을 것이다. 오니즈카 교지가 무슨 이유로 손위처남과 대립하여 목숨을 노렸다고 해도 굳이 아내에게 살인을 사주할 리 없다.

　"니라사키의 가족 중에 살아 있는 사람은 이 둘뿐입니다. 물론 친척도 있기는 합니다만, 니라사키는 가스가 파와 관계가 없는 친척하고는 연을 끊었으므로 경계도 않고 호텔방에 들여놓을 만큼 믿었던 친척은 없었을 것으로 추정됩니다."

　"……다음으로 니라사키의 개인 자산에 대해 보고 드리겠습니다."

　오이카와의 다른 부하가 일어섰다.

　"예금액을 정확하게 파악하지는 못했습니다만, 주거래 은행인 다이토 은행 보통예금 계좌에 7백만 엔 이상, 당좌예금 계좌에 천만 엔이 예금되어 있고 정기예금이 7천만 엔 이상이라는 것은 판명됐습니다. 하지만 다른 은행에도 계좌를 다수 개설한 것으로 추정되므로 고문세무사에게 정확한 자료를 제출해달라고 요청했습니다. 그 밖에 보유하고 있던 주식 마흔 몇 종목의 시가총액은 5억 엔 정도, 또한 가부키 초의 잡거빌딩 및 이즈 고원의 별장 등 부동산 열 군데의 시가총액은 7억 엔에 상당할 것으로 추정됩니다. 이상은 전부 개인명의 자산이며, 이 밖에도 회사 명의의 동산과 부동산이 다수 있습니다. 또한 니라사키 본인이 그 모든 회사의 대표로 있었습니다. 개인 자산 상속권은 가족에게 있는데요. 일단 니라사키의 아버지이자 가스가 파 간부였던 니라사키 세이타로는 19년 전에 사망했고, 어머니는 8년 전에 병사했습니다. 아내와 자식은 없고, 친자임이 확인된 혼외자도 없으므로 일단 법정 상속인은 방금 전에 언급된 누나와 여동생 두 명입니다. 또한 유서는 작성해두었습니다. 니라사키의 고문변호사 다카야스 하루오미가 이르면 내일이라도 개봉할 예정입니다. 유서 내용에 따라서는 누나와 여동생 외에 상속인이 추가될 가능성이 있습니다."

"피해자 개인에 관한 정보를 보충할 사람 있습니까?"

사회를 맡은 1과장이 마이크에 대고 말했지만 아무도 손을 들지 않았다.

"그럼 이어서 사건 현장인 호텔 그랑클레어 도쿄에 대해서. 개요부터 시작할까요, 아니면 오늘 아침 탐문 결과부터?"

"개요부터 부탁드립니다."

아소가 대답하자 1과장은 고개를 끄덕이고 신주쿠 서에서 먼저 보고하라고 말했다. 야마세가 쓴웃음을 짓는 모습이 아소의 눈에 들어왔다.

"그랑클레어 도쿄는 지상 40층 건물로, 객실 수는 780개이며 어제 10월 16일에는 총 874명이 숙박했습니다."

아소는 한숨을 쉴 뻔했다. 874명. 현재로서는 아무도 함부로 용의 선상에서 제외할 수 없으므로 진저리가 난다.

"이 중 피해자와 같은 32층에 숙박한 손님은 23명입니다. 호텔 시설은 지하 1층부터 3층까지가 주차장이고 1층은 다이토 은행의 니시신주쿠 지점, 2층이 호텔 로비와 커피숍, 음식점, 꽃집 등이며 3층부터 5층까지가 쇼핑몰과 음식점, 4층부터 7층까지가 연회장과 사진관, 의상 임대점, 미용실, 이발소 등입니다. 점포는 모두 임차영업자입니다. 8층에는 테라스 형식의 반 옥외 풀장이 있는데 7월 10일부터 9월 5일까지 개장합니다. 9층과 10층에는 호텔 종업원 전용 시설과 사무소 등이 있으므로 일반 손님은 출입불가입니다. 11층부터 위층이 객실인데 명칭상 13층은 없습니다. 35층까지가 객실이며 36층에 피트니스센터와 피부 관리실, 호텔 진료소, 37층에 실내 풀장, 스파 등의 휴양시설, 38층부터 꼭대기 층에는 레스토랑과 전망대 바 등 호텔 직영 음식시설이 있습니다."

이 긴 설명으로 도쿄의 모든 사람이 누구에게도 의심받지 않고 32층에 갈 수 있었음이 확실해졌다. 그것도 아주 쉽사리. 아소가 또다시 진저리를 치려고 했을 때 수사원이 "다만." 하고 한층 크게 말했다.

"다만, 피해자가 숙박한 32층부터 위쪽 객실층은 특별한 키가 없으면 엘리베이터가 멈추지 않도록 되어 있습니다."

"좀 더 자세히 설명해주십시오."

아소가 입을 열자 신주쿠 서의 젊은 형사는 의기양양한 표정을 잠깐 짓고 나서 헛기침을 한 번 했다.

"이 호텔 32층과 33층은 이그제큐티브룸입니다. 또한 34층과 35층은 스위트룸 전용이고요. 이 객실층에 숙박하는 손님이 체크인할 때 받은 룸 키를 엘리베이터 열쇠 구멍에 꽂고 층수 버튼을 누르면 엘리베이터가 지정된 층에 정지합니다. 하지만 다른 객실층의 키를 꽂으면 엘리베이터가 정지하지 않습니다. 하지만 이그제큐티브룸도 스위트룸도 회원제는 아니므로 예약하면 누구나 숙박은 가능합니다."

"즉, 32층에 가려면 그 층의 룸키가 필요하다는 거군요?"

"일단은 그렇습니다. 하지만 피난용 비상계단을 사용하면 비상구로 32층에 드나들 수 있고, 호텔 직원은 그러한 특별층에 엘리베이터를 정지시킬 수 있는 키를 소지하고 있습니다."

"거기서 탈 때는 어떤가요?"

아소가 묻자 신주쿠 서 수사원은 눈을 몇 번 깜박이고 나서 겨우 이해하고 대답했다.

"아, 로비로 돌아가거나 다른 층으로 갈 때 말씀이시군요. 그럴 때는 키가 필요 없습니다. 해당하는 층수를 누르면 엘리베이터가 정지합니다."

"감사합니다."

아소가 감사 인사를 하자 수사원은 또 눈을 끔뻑끔뻑했다.

"그럼 다음으로 오늘 아침 호텔에서 탐문한 결과 판명된 사실을 보고해주십시오."

1과장의 말을 받아 아소가 고개를 끄덕이자 시즈카가 일어섰다. 야마세가 시즈카에게 보고를 시키자는 아이디어를 냈는데, 제법 자극이 강했는지 넓은 회의실에 아주 작은 동요가 퍼져나갔다.

"피해자가 숙박한 32층에서 탐문한 결과 판명된 사실을 보고 드리겠습니다. 방금 전 보고에서도 언급했듯이 어젯밤 32층에는 23명이 열두 팀으로 나뉘어 숙박했습니다. 혼자 체크인한 사람이 7명, 둘이서 체크인한 사람이 다섯 팀 10명, 셋이서 체크인한 사람이 두 팀 여섯 명입니다. 다만 이 층의 객실은 기본적으로는 전부 트윈룸이므로, 규칙을 어기고 혼자 체크인한 방에 다른 사람과 함께 숙박할 수도 있습니다. 23명 중 14명은 숙박명부에 성명이 있었습니다만, 나머지 9명은 성별밖에 적혀 있지 않았습니다. 또한 명부에는 함께 체크인하는 사람의 성명을 기입하는 란도 있습니다만, 호텔 측 설명으로는 보통 함께 체크인하는 사람의 성명까지 제대로 적는 이용자는 얼마 없다고 합니다. 성별은 비품을 선택하는 데 필요하므로 예약을 받을 때

혹은 체크인을 담당한 프런트 직원이 가능한 한 기입한다고 합니다. 하지만 피해자와 같은 방에 있었다고 추정되는 인물을 제외한 21명에 대해서는 오늘 아침부터 차례대로 진술을 받아 성명 및 나이, 성별, 주소 등을 서둘러 확인 중입니다. 확인 작업을 마친 후, 목록을 작성해 오후에는 나누어드릴 수 있을 것 같습니다. 피해자 본인은 숙박명부에 '가와세 세이치'라는 가명을 적었지만 연락처는 본인의 것이었습니다. 피해자는 신주쿠에서 영업하는 호텔이 폭력단 관계자의 성명 목록을 서로 공유하는 것을 알고 가명을 쓴 것으로 추정됩니다. 다만 가와세는 피해자가 니라사키 세이타로의 친아들임을 인정받고 그의 호적에 들어가기 전에 쓰던 본명으로 친어머니의 성씨입니다. 그러므로 피해자 본인은 신원을 숨길 생각이 크게 없었던 것으로 보입니다. 체크인할 때 피해자는 20대 후반으로 추정되는 여자 한 명과 같이 있었는데, 예약할 때도 둘이서 숙박하겠다고 했습니다. 체크인 시각은 어제 오후 3시 17분, 이때 벨보이가 두 사람을 방까지 안내했습니다. 그 후로는 방에서 아무 요청도 없었고 룸서비스도 이용하지 않았습니다. 외선전화를 건 기록은 없으며 외부에서 전화가 걸려온 기록도 없습니다. 피해자를 경호하고자 따로 호텔에 체크인한 첫 번째 발견자 두 명은 피해자보다 20분쯤 먼저, 3시가 되기 조금 전에 나타났습니다. 이들은 외선전화를 네 번 썼고, 실내 냉장고의 음료, 룸서비스도 이용했습니다. 성명은 사와키 다쿠지와 다카시마 노리오, 각각 27세와 22세입니다. 둘 다 가스가 파 조직원으로 피해자의 직속 부하였습니다."

4과가 제공한 두 사람의 사진이 프로젝터에 비쳤다. 성명과 나이도 들어가 있었다. 시즈카가 보고를 끝내고 앉자 또 소리 없는 한숨이 실내에 흘렀다. 넋 놓고 시즈카를 보다가 메모를 못한 수사원이 있었을지도 모르겠다고 아소는 생각했다.

"두 명의 진술을 요약하면 다음과 같습니다."

아소의 수사반에서 제일 덩치가 크며 털이 많고 피부도 시커멓지만, 동안이고 눈이 동글동글하여 당연하다는 듯이 곰돌이라는 별명으로 불리는 이노우에 신고 주임이 다음으로 일어섰다. 야마세가 신뢰하는 부하이기도 하다. 시즈카 다음에 곰돌이라니 상당히 인상적인 조합이라고 아소는 생각했다.

"사와키는 피해자에게 3시 전에 호텔에 체크인하여 대기하라는 지시를 받았다고 합니다. 그런데 4시경에 피해자가 휴대전화로 연락하여 조직 사무소에 돌아가 8시까지 평소대로 일하라는 지시를 내렸다는군요. 그래서 두 사람은 일단 조직 사무소로 돌아갔습니다만, 피해자는 사무소에 없었습니다. 8시가 되자 두 사람은 호텔로 되돌아가 룸서비스로 식사를 하며 피해자의 지시를 기다렸습니다. 9시가 다 돼서야 몇 시가 될지는 모르지만 반드시 호텔에 갈 테니 오늘 밤은 그대로 방에 있으라는 지시를 받았다고 합니다. 그래서 두 사람은 호텔방에 틀어박혀 술을 마시고 있었는데, 날짜가 바뀔 무렵에 피해자에게 다시 연락이 왔습니다. 지금 3224호실로 돌아왔다, 오늘 밤은 그냥 방에 있을 거다, 별다른 일이 없는 한 연락하지 않을 테니 걱정하지 말라고 했답니다. 이 전화가 그들이 마지막으로 들은 피해자의 목소리입니다. 즉, 피해자는 호텔에 체크인한 후 바로 외출하여 자정이 다 되어서야 방에 돌아왔다고 봐도 될 겁니다."

곰돌이가 수첩을 덮고 자리에 앉자 마치 미리 연습한 것처럼 아이카와 다모쓰가 일어섰다.

"이 점에는 보충할 사실이 있습니다. 피해자는 평소 아주 조심스럽기 그지없어서 호텔 등 폐쇄된 공간에 남과 함께 들어갈 때는 반드시 경호원을 가까운 방에 대기시켰습니다. 그리고 한 시간에 한 번씩 경호원에게 연락하여 자신이 무사하다는 걸 알렸죠. 연락이 30분 이상 늦으면 이유를 불문하고 방에 뛰어들어 구출하라고 했답니다. 그런데 어째서인지 어젯밤에는 안전 확인 전화를 하지 않았죠. 이 사실을 유의해야 합니다."

"즉, 범인은 피해자와 그저 안면이 있었던 사이가 아니라 피해자가 절대적으로 신뢰한 인물이었다고 봐도 되겠군?"

오이카와가 다모쓰에게 물었지만 물론 그냥 확인 절차다. 현장을 보면 오이카와뿐만 아니라 누구나 다 니라사키와 아주 친한 인물이 범인이라 짐작할 것이다. 아소가 가볍게 고개를 끄덕이자 다모쓰는 큰 소리로 대답했다.

"그렇게 받아들이는 게 타당하겠죠."

수사 방향은 정해졌다. 무슨 일이 있어도 자신에게 칼을 들이대지 않을 것이라고 니라사키가 신뢰한 인물, 그 인물이 범인이다.

호텔 직원에게 실시한 탐문조사에서는 별다른 정보를 얻지 못했다. 니라사키도, 그리고 체크인할 때 같이 있었던 젊은 여자도 직원이 기억하고 있는 범위에서는 목격되지 않았다. 하지만 그랑클레어 도쿄의 구조상 호텔 직원에게 들키지 않고 드나드는 것은 조금도 어려운 일이 아니다. 니라사키는 실내에서도 휴대전화만 사용한 듯 통화기록에서는 아무 것도 건지지 못했다. 수사회의를 진행하는 동안에도 호텔 회의실을 빌려 32층에 숙박한 손님들의 진술을 들었지만, 현재까지 수사에 크게 도움이 될 만큼 중요한 증언은 나오지 않았다. 신주쿠 서 수사원과 아소의 수사반에서 차출한 세 명이 계속해서 진술을 받기로 했다.

기동수사대에서 호텔 주변과 주차장을 중심으로 살해 시각 전후에 수상한 행동을 한 인물과 차량에 관해 수사한 결과를 보고했지만, 이렇다 할 정보는 없었다. 하지만 아소가 보기에 이 수사는 중요했다. 범인이 호텔 투숙객이 아니라면 한밤중에 니시신주쿠에서 다른 곳으로 달아나야 했을 것이다. 택시를 탔다면 만만세지만, 그렇게 쉽게 풀리지는 않을 것이다.

수사4과 덕택에 첫 번째 수사회의치고는 이례적일 만큼 정보가 많이 입수됐다. 수사본부장의 격려사를 끝으로 회의가 종료되자 야마세는 순식간에 신주쿠 서와 8계가 어떻게 수사를 분담할지 정했다. 사람을 부리는 능력은 틀림없이 야마세가 자기보다 낫다고 아소는 생각했다. 두 번째 수사회의는 밤 8시. 아소가 이끄는 수사반은 시즈카를 제외하고 신주쿠 서에 묵는다. 시즈카는 자신도 신주쿠 서에 묵겠다고 주장했지만 아소는 허락하지 않았다. 여성 차별이라 규탄당해도 할 수 없다. 시즈카가 옆에서 자는데 잠을 설치지 않을 남자 수사원은 그리 흔치 않다. 안 그래도 부족한 수면 시간을 빼앗기는 피해자를 속출시키고 싶지는 않았다. 하지만 시즈카의 행동력은 아소의 예상을 웃돌았다. 시즈카는 회의를 도우러 온 신주쿠 서 교통과의 여자 순경에게 부탁하여 안전한 취침 장소를 확보했다.

"저도 여기서 잘 거예요, 계장님."

시즈카는 똑 부러지게 말했다.

2

"자네 말은 알겠는데."

지난달에 관할서 형사과장에서 경시청 수사1과장으로 취임한 아오미즈는 머리를 긁적이는 시늉을 하며 쓴웃음을 지었다.

"미야지마를 현장에서 단련시키라는 게 위쪽 방침이야. 여기에 두려면 자네 수사반밖에 없잖아? 누가 보더라도 자네가 제일, 그 뭐냐, 젠틀맨이니까."

아오미즈가 뜬금없이 그런 말을 꺼내서 아소도 쓴웃음을 지었다.

"하지만 과장님, 솔직히 말씀드리자면 저희 젊은 녀석들이 정신을 못 차립니다."

"앞으로는 형사실에 젊고 예쁜 여형사가 있는 게 당연한 시대가 될 거야. 익숙해지는 수밖에. 그리고 그렇게 오래 있지도 않을 텐데 뭐. 몇 년 1과에 놔뒀다가 새 프로젝트의 주축으로 삼을 생각이겠지, 위쪽도. 오사카 부경이나 가나가와 현경은 한참 앞서 나가고 있으니까. 성범죄를 전담하는 여성 수사대를 조직하고 강화하는 건 경시청 입장에서도 조급한 문제야."

아소는 어깨를 한 번 으쓱하고 과장되게 한숨을 쉰 후 물러나기로 했다.

"그것보다 니라사키 살해 사건은 어때? 정말 항쟁 사건이 아니야?"

"아직 확실하게는 모르겠습니다. 단순한 킬러나 뎃포다마 짓이 아니라는 건 분명하지만, 그렇다고 항쟁 사건이 아니라고 단언할 수는 없으니까요."

"4과에서는 오이카와가 나서겠지?"

"당연하죠. 전국에서 가스가 파에 관해 오이카와만큼 잘 아는 사람은 없으니까요."

"하지만 그 녀석과 함께 수사하려면 공을 전부 빼앗길 각오를 해야 해."

"어쩔 수 없죠."

아소는 고개를 끄덕였다.

"저쪽에서도 할 말은 있을 테니까요. 니라사키에 관한 정보를 몽땅 제공했으니 수사 성과로 대금을 치르라고요."

"아무튼 자네가 담당이라 살았어. 오이카와랑 잡음 없이 일할 수 있는 사람은 본부 빌딩을 샅샅이 뒤져도 고작 두세 명밖에 없으니까. 뭐, 잘 부탁하네. 어떻게든 빨리 해결해. 폭력단 간부가 죽었다고 뭐가 어떻게 되는 건 아니지만, 혹시 항쟁이 격화되기라도 했다간 경시청 전체의 위신에 문제가 생기니까."

* * *

병실 앞 복도에 다모쓰가 앉아 있었다. 팔짱을 낀 채 눈을 감고 있어서 조는 줄 알았는데 아소가 다가가자 즉시 반응했다.

"계장님."

"감시 중이야? 야마 씨가 있으래?"

"오이카와 씨가요. 깨어나면 즉시 신주쿠 서로 끌고 오랍니다."

"왜 네가 오이카와의 명령을 들어?"

"죄송합니다."

"아니, 사과할 필요는 없어."

아소는 웃었다.

"으름장을 놨겠지."

"으름장을 놓지는 않았는데, 위세에 눌렸습니다."

다모쓰는 겸연쩍은 듯이 웃었다.

"너무 당연한 표정으로 시켜서 뭐라고 대꾸를 못하겠더라고요. 오이카와 씨는 역시 위압감이 대단합니다."

"이제 됐으니까 가서 네 할 일 해."

"괜찮겠습니까?"

"괜찮아. 그것보다 다모쓰. 부탁이 있는데."

"뭡니까?"

"야마시타 좀 챙겨줘야겠다. 아무래도 일을 건성으로 하는 것 같아서 걱정이야. 지금은 어디 있지?"

"관할서 사람과 함께 니라사키의 여자들이 댄 알리바이를 확인하고 있을 텐데요."

"야마 씨한테 이야기해둘 테니까 내일부터 녀석이랑 같이 행동해."

"알겠습니다."

다모쓰는 복도를 성큼성큼 걸어 사라졌다.

병실 문을 가볍게 두드리자 바로 비서라는 여자가 얼굴을 내밀었다. 아소를 보고 한쪽 눈썹만 실룩했다.

"아까 전에는 정말 고마웠어요."

비꼬는 것은 아닌 모양인지 가시 없는 말투였다.

"혀를 깨물지 않도록 조치해주셨다면서요."

"마치 그 남자의 아내나 어머니인 양 말하는군."

"그럼 안 되나요?"

"아니, 그런 건 아니고."

"버릇이니까 신경 쓰지 마세요."

"알았어. 그런데 당신 이름을 들었던가?"

"오이카와 경감님이 아시는데요."

"오이카와는 알겠지만 난 몰라. 가르쳐주겠나?"

"하세가와 다마키."

"다마키 씨라."

"성으로 불러주시겠어요?"

"하세가와 씨. 안에 들어가도 될까?"

"신문인가요?"

"아니."

아소는 눈을 가늘게 떴다.

"개인적인 용무야."

다마키는 아무 말 없이 경계하는 눈빛으로 잠깐 쳐다보다가 몸을 틀어서 아소가 지나갈 길을 만들어주었다.

병실은 냉장고에 텔레비전까지 완비된 사치스러운 독실이었다. 구급차에 실려 왔는데 준비성도 좋다.

야마우치는 상체를 일으켜 창밖을 보고 있었다. 아소가 다가가도 고개를 돌리지 않았다.

"이제 괜찮나?"

말을 걸었지만 대답은 없었다.

"술은 적당히 마셔. 나도 몇 년 전에 술독에 빠졌다가 간이 상했어."

아소는 침대 옆 의자에 앉았다. 방금 전까지 다마키가 앉아 있었는지 의자에서 희미한 온기가 느껴졌다.

"정말 오랜만이야. 이렇게 다시 만나다니 예상 외였어."

"예상은 하지도 않았을 텐데."

야마우치는 여전히 창밖만 바라봤다.

"잊어버린 주제에."

"그래, 잊어버렸지."

아소는 숨을 내쉬었다.

"평생 기억이 안 났으면 좋았을 텐데. 이런 식으로 기억해 내다니 최악이야. 실망했어."

"실망했다고?"

"그래. 도대체 이게 뭐야? 그때 너한테 말했을 텐데. 이게 끝이 아니라고. 네 인생은 아직 기니까 얼마든지 다시 시작할 수 있다고."

야마우치는 그제야 아소를 돌아보았다. 웃음을 터뜨릴 듯한 표정이었다.

"그런 말을 했었어?"

"했어."

"미안해, 잊어버렸어."

"실형을 받다니…… 솔직히 놀랐어. 그런 사건이라면 집행유예를 받을 줄 알았거든. 재판에서 무슨 일 있었어?"

"특별히는."

야마우치는 하품을 했다.

"흥미 있으면 직접 알아봐."

"그래, 시간 나면 그러지. 몇 년 살았지?"

"2년."

아소는 저도 모르게 자세를 바로 했다.

"그렇게 오래? ……그렇군…… 힘들었겠어. 하지만 그렇다고 출소해서 조폭이 되다니 너무한 거 아니야?"

"조폭이라니 뭔 소리야. 난 일반인이라고."

"니라사키 같은 인간과 손잡고 사업을 했는데 일반인은 무슨 일반인. 도대체 어디서 니라사키와 알았어?"

"꼬치꼬치 캐묻기는."

야마우치는 웃었다.

"혹시 나 용의자야?"

"그럴지도 모르지."

아소는 웃옷을 벗었다. 병실은 난방이 잘 되어 있어서 몹시 더웠다.

"지금으로서는 도쿄 시민, 아니 전 국민이 용의자니까. 아, 전할 말이 있어. 오이카와가 깨어나면 신주쿠 서로 오라던데."

"갈게. 당신이 돌아가면."

"니라사키와 어떤 관계였지?"

"오이카와 경감 나리께 물어보시지."

"너한테 듣고 싶어."

"악취미로군."

"기본이야."

"뭐의?"

"살인 수사의."

아소는 야마우치의 눈을 똑바로 쳐다보았다. 아소는 내심 자신만만했다. 이 단계에서 거짓말을 꿰뚫어보는 데는 자신이 있었다.

"사업 파트너였어."

"그건 알아."

"알면 묻지 마."

"성관계는 가졌나?"

"노골적이로군."

"수줍어할 나이도 아니니까."

야마우치는 웃음을 터뜨렸다.

"이봐, 문제의 본질에서 빗나간 거 아니야?"

"왜?"

"수줍고 말고가 대수야? 당신 지금 나한테 호모냐고 물어봤다고."

"아니야."

아소는 관찰을 계속했다. 녀석이 죽였다면 분명 알 수 있을 것이다…… 분명.

"그렇게 안 물었어. 호모라고 전부 니라사키와 자는 건 아니잖아?"

"그건 순 억지야."

"미안하다. 난 머리가 나쁘거든. 난 그저 네가 니라사키와 어떤 관계였는지 알고 싶을 뿐이야."

"사랑하는 사이였어."

야마우치는 자기 이름이라도 대듯이 덤덤하게 말했다.

"정말 좋아했어."

"그렇군."

알아내지 못했다. 아소는 가벼운 충격을 받았다. 모르겠다. 왜지?

이 녀석이 니라사키를 죽였는지 죽이지 않았는지 모르겠다.

"몇 번이나 잤는지도 듣고 싶어?"

"기억하고 있다면 알려줘."

야마우치는 다시 웃었다.

"당신은 변함없군."

"그런가."

"옛날 그대로야. 둔감하고 잔인해. 옛날에는 덤으로 비겁하기까지
했지만."

"비겁하다니, 기분이 그다지 좋지는 않은데."

"그럼 내 말을 부정할 수 있어?"

"아니."

아소는 관찰을 멈췄다.

"부정은 못하겠지…… 계속 미워했나?"

"누구를…… 당신을?"

"응."

"생긴 것과 다르게 자아도취가 대단하네."

"그럴지도 모르지. 하지만 내 착각이 아니라면 넌 지금 나한테 시
비를 걸고 있어."

"시비를 거는 건 당신이지."

야마우치는 이제 지겹다는 듯한 표정을 지었다.

"옷 갈아입고 오이카와 경감 나리를 보러 갈 거야. 이만 돌아가."

아소는 의자에서 일어섰다.

"저기, 야마우치."

"뭐야?"

"손을 씻는 게 어때? 이제 니라사키는 돌아오지 않아. 오이카와도

그랬잖아. 물러날 때가 됐다고."

야마우치가 아소의 얼굴을 가만히 쳐다보았다.

"쓸데없는 참견이야."

"알아. 나도 어지간해서는 이런 소리 안 해. 하지만…… 난 아직 믿기지가 않아. 왜 네가 조폭 따위가 됐는지."

"이유를 알고 싶어?"

"응."

"간단해. 세이치가 조폭이었으니까, 그뿐이야."

"그렇구나."

아소는 문을 열고 병실을 나섰다.

하세가와 다마키가 복도에 서 있었다.

"고마워."

아소는 다마키에게 말했다.

"걱정 많았겠군."

"용건은 다 마치셨나요?"

"응."

"알리바이라면 있어요."

아소는 다마키의 얼굴을 돌아보았다.

"무슨 소리야?"

"사장님을 의심하시는 거죠? 사장님께는 알리바이가 있어요."

"재미있군."

아소는 복도에 놓인 소파를 턱으로 가리켰다.

"앉아서 이야기할까."

다마키는 순순히 소파에 앉았다.

"야마우치 사장의 알리바이를 당신이 증명할 수 있다는 뜻이지?"

"예. 니라사키 씨는 자정부터 오전 3시 사이에 살해당했죠."

"누구한테 들었어?"

"사와키 씨가 사무소에 연락할 때 그렇게 말하는 걸 들었는데 아닌 가요?"

"그런 건 아니고." 아소는 고개를 기웃했다. "뭐, 그렇다고 치지. 그래서?"

"제가 같이 있었어요. 어젯밤 내내 사장님과 함께 있었죠. 사장님은 아무데도 안 나가셨고요."

아소는 수첩을 꺼냈다. 수첩에 메모를 하는 것은 참 오랜만이었다.

"정확하게 짚어볼까. 어젯밤 몇 시부터 몇 시까지 야마우치 사장과 함께 있었지?"

"일은 5시 반에 끝났어요. 사장님이 회식 때문에 나가셔서 일단 집에 돌아갔죠. 9시에 친구가 불러내서 롯폰기에 갔어요. 가게를 몇 집 돌아다니다가 11시 반에 친구와 헤어져 사장님 댁에 갔죠."

"왜?"

"그냥요."

다마키는 아무렇지도 않게 대답했다. 농담이 아닌 듯 얼굴에 웃음기 하나 없었다.

"술을 꽤 많이 마셨지만 집에 가도 잠이 올 것 같지 않더라고요. 댁에 전화를 했더니 사장님이 와도 된다고 하셨어요. 그래서 갔죠. 자정이 되기 전에 미나미아오야마의 맨션에 도착했어요. 그때부터 니라사키 씨가 돌아가셨다는 연락이 있을 때까지 계속 같이 있었고요. 전화를 받은 후 사장님이 폭음하고 드러누우시는 바람에 집에 못 가고 옆에 붙어 있었던 거예요."

"실례되는 일을 하나 물어봐도 될까."

"상관없어요. 사장님과 잤는지 궁금하신 거죠? 안 잤어요."

"그럼 뭘 했어?"

"사장님이요? 아니면 저?"

"둘이서 뭔가 했을 거 아니야."

"아니요. 사장님은 방에서 일을 하셨고, 저는 거실에 있었어요. 텔레비전을 봤죠. 케이블 방송에서 인디밴드의 라이브 무대가 나오더라고요. 술도 좀 마셨고요."

아소는 수첩을 덮었다.

"하세가와 씨, 당신 가끔 그렇게 사장 집에 놀러가나?"

"예."

"뭐 때문에?"

다마키는 신비한 웃음을 지었다.

"사장님을 좋아하니까요. 짝사랑이지만. 제 진술로는 알리바이가 증명되지 않는 건가요?"

"그렇겠지……."

"저는 사장님의 혈연이 아닌데요."

"맞아. 하지만 생판 남도 아니지. 하나 일러두겠는데, 재판에서 거짓 증언을 하면 위증죄로 처벌받아. 그리고 재판이 아니더라도 고의로 거짓말을 해서 수사에 혼란을 주면 수사방해죄에 해당해."

"거짓말 아니니까 아무 문제도 없잖아요."

"거짓말이 아니라면 그렇겠지. 아무튼 몇 가지 확인해야겠어. 롯폰기에서 만난 친구의 이름과 연락처, 그리고 롯폰기에서 간 가게 이름과 장소를 신주쿠 서에 있는 내 부하에게 알려줘."

"알겠어요."

"어차피 야마우치 사장도 오이카와한테 갈 거니까 같이 오도록 해. 본청의 아소가 불러서 왔다고 하면 알아듣도록 수사본부에 말해둘게."

"예. 하지만 알리바이가 있든 없든 사장님이 니라사키 씨를 죽였을 리 없어요."

"어째서? 사장이 니라사키를 사랑했으니까?"

"사랑?"

다마키는 눈을 한 번 동그랗게 뜨더니 큰 소리로 웃음을 터뜨렸다.

"그런 거랑은 상관없어요. 사랑을 핑계로 사람을 죽이기는 해도, 그 반대의 경우는 없잖아요."

다마키의 말이 맞다고 아소는 생각했다. 지금까지 형사 생활을 하면서 사랑한다는 이유로 살인을 저지른 사람을 여럿 봤다.

"그런 게 아니에요. 사장님이 굳이 니라사키 씨를 죽일 이유가 없었다는 뜻이죠. 사장님은 모든 점에서 니라사키 씨보다 우월했어요. 그런데 왜 굳이 니라사키 씨를 죽여야 하죠? 니라사키 씨가 사장님을 죽이려고 했다면 또 모를까."

아소는 오이카와의 말이 떠올랐다.

"과거에 그런 적이 있었나?"

다마키는 찌르는 듯한 시선을 아소에게 던졌다. 하지만 그 눈 안쪽에는 웃음이 배어 있었다.

"글쎄요, 모르겠네요. 하지만 니라사키는 자기 뜻대로 되지 않으면 무슨 짓이든 하는 사람이었어요. 사장님은 니라사키 뜻대로 되지 않았고요. 니라사키는 그런 걸 못 참는 놈이에요. 그러니 사장님을 죽이려 한 적이 있었을지도 모르죠."

"당신은 니라사키가 싫었던 모양이군."

다마키는 입술 가장자리를 살짝 끌어올렸다. 웃은 건지 아니면 불쾌해서 그런 건지는 알 수 없었다.

"예, 싫었어요. 그렇다고 놈을 죽인 건 아니고요."

다마키는 다리를 바꿔 꼬고 턱을 조금 내밀었다. 그러한 자세를 취하자 밤의 세계에 사는 여자 같아 보이기도 했다.

"어차피 조사하면 다 밝혀질 일이니 말해도 상관없겠죠. 듣고 싶어요?"

"수사에 도움이 되는 이야기라면."

"수사에 도움이 되든지 말든지 알 게 뭐예요. 전 니라사키를 죽여준 사람에게 감사장을 보내고 싶은 심정이라고요, 알겠어요? 범인이 영원히 체포되지 않으면 좋겠다고요. 하지만 그러면 당신들은 사장님을 걸고넘어지겠죠. 특히 오이카와는 절대로 이 기회를 놓치지 않을 거예요. 니라사키를 죽인 범인이 무사히 달아나면 좋겠지만, 그 대신에 사장님이 누명을 쓰고 체포당하는 건 피해야겠죠. 니라사키에게 앙심을 품은 사람은 그야말로 넘쳐날 만큼 많아요. 저도 그렇고요. 만약 그럴 기회만 있었다면 제가 그 남자를 죽였을지도 몰라요."

"니라사키하고 무슨 일이 있었던 거야?"

"흔한 이야기예요. 부모의 빚 대신 여동생과 함께 나락으로 끌려갔어요. 무슨 말인지 알죠?"

다마키는 표정에 아무런 변화도 없이 말했다.

"윤락업소에 팔렸죠. 간사이 지방에서 5년간 죽도록 일했어요. 거기가 너덜너덜해져서 의사가 1년은 남자와 자지 말라고 했을 정도예요. 하지만 평생 거기서 썩을 수는 없으니 죽을힘을 다해 돈을 모아 빚을 갚았죠. 그리고 니라사키에게 복수하려고 도쿄로 돌아왔어요. 칼로 찔러 죽일 생각이었죠. 그 후에 죽어도 상관없다고 각오했어요. 왜냐하면…… 동생이 죽었거든요. 자살했어요."

다마키의 눈동자가 이상하리만치 번뜩였다. 마치 육식동물 같다고 아소는 생각했다.

"니라사키가 자주 드나드는 아카사카의 바에서 호스티스로 일하면서 그와 하룻밤을 보낼 날이 오기만을 기다렸죠. 마침내 기회가 왔어요. 하지만 호텔방에서 칼을 꺼내자마자 반격당해 쓰러졌죠. 놈은 제 얼굴을 기억하고 있었던 거예요. 5년이나 전에 딱 한 번밖에 본 적이 없는데 말이죠."

다마키는 재미있다는 듯이 웃었다.

"원래 얼굴을 못 알아볼 만큼 얻어맞고 나서 대여섯 명에게 돌림빵을 당했어요. 정말 뭣 같았죠. 당할 만큼 당한 후에 죽음을 각오했는데 이스트홍업에서 일하라지 뭐예요. 너같이 악바리 같은 년이라면 렌과 잘 해나갈 수 있을 거라면서요. 괴물처럼 얼굴이 붓고 거기에서 피를 흘리며 제대로 걷지도 못하는 저한테 바로 이스트홍업에 가서 면접을 받으랬어요."

다마키가 너무 웃긴다는 듯이 웃기에 아소도 따라 웃었다.

"니라사키는 당신을 용서했군."

"글쎄요. 자극이 되겠다고 여긴 것 아닐까요?"

"자극?"

"죽이고 싶을 만큼 자신을 증오하는 사람이 늘 곁에서 얼쩡거리다니, 자극적이잖아요? 니라사키는 변태였거든요. 그 자식, 사장님을 묶어놓고 범하는 비디오도 가지고 있었어요. 아무튼 그때 날 죽이지 않은 걸 반드시 후회하게 해주겠다고 말했어요. 하지만 놈은 실실 웃을 뿐이었죠…… 정말이지 누가 니라사키를 죽였는지 모르지만, 어차피 죽일 거면 더 괴롭히다 죽였어야지. 저였다면 피아노선 같은 걸로 목을 졸랐을 거예요. 그것도 조금씩, 아주 조금씩. 그러니."

다마키가 소파에서 일어섰다.

"이제 저도 용의자인가요?"

"어려운 문제로군. 당신은 야마우치 사장의 알리바이를 증명했어. 그런 당신이 용의선상에 오른다면 야마우치 사장의 알리바이도 자동으로 없어지는 셈이야."

"어젯밤 이야기는 진짜예요. 사장님은 범인이 아니에요."

"당신도?"

"예, 저도요. 그것만은 정말이에요. 하지만."

"하지만 뭐?"

"방금 전에 들려드린 제 과거 이야기는 전부 거짓말."

다마키는 소리 높여 웃고서 병실로 돌아갔다.

3

"네 탓이 아니야."

아소는 몹시 언짢은 표정으로 머리를 긁적이는 야마세를 위로했다.

"시즈카도 아마추어는 아니잖아. 경찰에 협력적인 증인만 있는 게 아니라는 걸 알았으니 의미 있는 경험이었어."

"하지만 상대가 안 좋았어."

야마세는 크게 한숨을 쉬었다.

"설마 그렇게 입이 험한 여자일 줄이야. 역시 사람은 겉모습만 보고는 모르는 법이로군. 아니, 상당히 기가 세 보이기는 했는데."

"기만 센 게 아니야. 그 여자는 낯빛 하나 변하지 않고 거짓말을 한다고."

아소는 병원에서 다마키가 자신을 놀렸을 때의 얼굴을 떠올렸다.

"나한테도 눈물 절절한 과거를 들려줬지. 철석같이 믿었는데 전부 거짓말이라고 하더군."

"거짓말이었어?"

"모르겠어."

아소는 웃었다.

"뭐, 만일을 위해 조사해두는 편이 낫겠지. 그 이야기가 진실이라면 그 여자는 죽고 싶을 만큼 니라사키를 미워한 셈이니까. 하지만 느낌상 역시 거짓말이겠지."

"망할 년. 이런 상황에서 잘도 그런 거짓말을 하는군."

"그만큼 우리 수사 능력을 믿는다는 거겠지. 거짓말이라면 바로 들통 난다. 들통 나면 의혹도 풀린다."

"유들유들하기 짝이 없어."

"정말 그래." 아소는 고개를 끄덕였다. "그러니까 이스트흥업에서 일하는 거겠지만. 그런데 시즈카는?"

"마음이 진정될 때까지 단순한 작업을 시키는 편이 나을 것 같아서 호텔 투숙객의 신원 확인으로 돌렸는데, 잘한 걸까?"

"아무튼 개에 관한 일은 야마 씨한테 맡길게. 난 아무래도 젊은 여자는 다루기가 힘들어서 말이야."

"난 잘 다룬다는 거야?"

야마세는 과장되게 어깨를 으쓱하더니 방에서 나갔다.

확실히 야마세도 젊은 여자를 잘 다루는 편은 아니다. 아소는 씩 웃으면서 수사본부가 설치된 회의실로 향했다.

오이카와와 신주쿠 서 형사과장이 회의실에 앉아 무슨 이야기를 나누고 있었다. 아소가 문간에서 주저하자 오이카와가 손짓했다.

"경비 배치를 검토 중이야."

아소는 고개를 끄덕였다.

"골치 좀 썩겠군."

"시민에게는 범인이 누구인가보다 이쪽이 더 중요하지. 그건 그렇고 신주쿠에는 폭력단 사무소가 왜 이렇게 많은 거야?"

신주쿠 서 형사과장 쓰부라야가 메마른 웃음소리를 흘려냈다.

"뭐, 니라사키가 죽었다는 이유만으로 당장 전쟁이 벌어지지는 않겠지만."

"쓰부라야 씨, 오랜만입니다."

아소는 고개를 숙였다. 쓰부라야와 수사 1과에서 같은 수사반이었던 적이 있었다.

"돌다리의 류 씨와 또 함께 할 수 있다니 기쁘군."

"그 별명은."

아소는 쓴웃음을 지었다.

"화가 나나?"

"아니요, 뭐랄까 제가 아닌 것 같아서요."

"돌다리를 두드리고도 건너가지 않는 남자. 완전히 틀린 평가는 아닐 텐데. 자네는 자네 부하를 포함해 1과 전원이 범인이라고 믿는 용의자조차 체포하기를 주저하니까."

"겁이 많을 따름입니다."

"완벽주의자겠지. 자백에 의존하지 않는 게 자네의 자존심이니까."

"추리소설에 물들어서 그렇지 뭘."

오이카와가 웃었다.

"쓰부라야 씨, 이 녀석을 과대평가하지 말아요. 사실 이 녀석은 탐정놀이를 좋아하고 경찰은 싫어하거든요."

아소는 부정하지 않았다. 경찰을 싫어한다는 지적은, 맞지는 않지만 크게 빗나가지도 않는다는 기분이 들었다.

"아무튼 니라사키의 장례식이 치러진 후에 고비가 올 겁니다."

오이카와는 진지한 표정으로 말했다.

"가스가 파의 움직임에 따라 전쟁 여부가 결정되겠죠."

"이쪽에서 장례식에 관해 뭔가 요청할 건가?"

"일단은. 경비 문제도 있고, 전국에서 새끼손가락 없는 놈들이 우르르 밀려들면 그것만으로도 골머리가 아플 테니까요. 장례식은 가능한 한 내부 사람들끼리 소규모로 치러주십사 가스가 파 총장에게 부탁해야겠죠."

"가스가 다이조가 승낙할까? 니라사키는 다이조가 제일 아끼던 놈인데."

"승낙이고 자시고 따질 때가 아니에요. 만약 필요 이상으로 장례식을 크게 치러서 혼란이 벌어지면, 장례식이고 뭐고 사정없이 불심검문과 소지품 검사를 실시해서 닥치는 대로 유치장에 처박아버릴 겁니다. 다이조는 멍청하지 않아요. 제가 얼마나 진심인지 정도는 알 겁니다."

고작 하루도 지나지 않았는데 오이카와의 옆얼굴에는 깊은 피로가 새겨졌다. 변함없이 험하고 가벼운 말투였지만, 니라사키의 죽음은 도쿄 폭력단의 판도를 바꿀 가능성까지 있는 대사건이다.

"저녁은 먹었어?"

아소가 묻자 오이카와는 고개를 살짝 적었다.

"쓰부라야 씨, 같이 저녁이나 드시죠."

"난 됐어. 아까 배달 도시락으로 때웠거든. 둘이서 다녀와. 수사회의가 끝날 때까지 기다렸다가는 굶어 죽을 거야."

아소는 고개를 끄덕이고 턱을 까딱하여 오이카와에게 신호했다.

"수염 좀 깎아."

아소가 말하자 오이카와는 자기 턱을 쓰다듬었다.

"어, 꽤 많이 자랐네. 넌 말끔한데?"

"아까 쓰부라야 씨 부하한테 전기면도기 빌려서 면도했어. 뭐 먹을래?"

"아무거나. 하지만 밖에 나가자."

두 사람은 역 방향으로 어슬렁어슬렁 걸었다. 멀리까지 갈 생각은 아니었지만 암묵적으로 합의하고 신주쿠 서 사람이 없는 가게를 찾았다. 신주쿠 역 부근에서 발견한 작은 메밀국숫집을 들여다보자 저녁 먹을 때인데도 의외로 자리가 많았다.

아소는 닭고기계란덮밥을 주문하고 물수건으로 얼굴을 닦았다. 얼굴이 개운해서 기분이 좋았다. 쓸데없이 예민한 오이카와는 더러워진 아소의 물수건을 보고 살짝 인상을 쓰더니 눈을 돌렸다.

"진전은 좀 있었어?"

오이카와의 물음에 아소는 고개를 저었다.

"그저 그래. 오늘 밤 회의 때 보고할 만한 건수는 아직 못 잡았어. 어젯밤 니라사키의 행동은 제법 윤곽이 잡혔지만."

"묘하게 느껴지던데."

"응." 아소는 고개를 끄덕이고 차를 후루룩 마셨다. "어젯밤에 니라사키와 호텔에서 밀회한 상대는 꽤 특별한 사람이었을 거야. 호텔에 미리 예약을 했고, 조직원들에게는 이름이고 뭐고 일절 밝히지 않았어."

"아무래도 이해가 안 가…… 니라사키는 왜 그렇게 조심스레 밀회 상대의 정체를 숨겼고, 왜 전혀 경계하지 않았을까. 니라사키가 가스가 다이조를 배신하고 적대 조직 사람과 내밀하게 만났다고 볼 수도 있지만, 그렇다면 평소보다 더 신경질적으로 굴었을 거야."

"사적으로 만난 걸까."

"……아직 모르겠어……."

오이카와는 숨을 후 내쉬었다.

"그렇다고 해도 단순한 치정 사건은 아니겠지. 그건 그렇고 올림픽 국가대표 후보였다는 너희 수사반의 귀염둥이는 좀 어때? 꽤나 힘든 모양이던데. 야마우치의 비서랑 머리끄덩이를 잡고 싸웠다면서?"

"머리끄덩이를 잡았다니 과장이 심한데. 그 비서한테 몹쓸 소리를 듣고 분해서 울면서 취조실에서 돌아왔대. 구체적으로 무슨 말을 들었는지는 모르겠어. 하세가와라는 그 여자, 도대체 어떤 여자야?"

오이카와가 주문한 튀김 메밀국수가 먼저 나왔다. 메밀국수 하면 사족을 못 쓰는 오이카와는 메밀국수가 눈앞에 있을 때는 다른 생각을 하지 않는다. 아소는 하는 수없이 오이카와가 메밀국수를 다 먹을 때까지 기다리기로 했다. 닭고기계란덮밥이 5분이나 늦게 나왔지만 빨리 먹는 데는 자신이 있다. 두 사람은 거의 동시에 식사를 마쳤다.

"류, 그러다 속 버린다."

오이카와가 순식간에 텅 빈 아소의 덮밥 그릇을 보며 인상을 찌푸렸다.

"하세가와 다마키의 신원에 관해서는 표면적인 것밖에 모르지만 적어도 별은 안 달았어. 장난삼아 그 여자 지문을 조회해본 적이 있는데 아무 것도 안 나오더라고."

"들키면 인권 침해니 뭐니 시끄러울 거야."

"남이 들으면 오해하겠네. 그 여자가 화장품이 덕지덕지한 손으로 내 라이터를 만졌어. 속여서 지문을 채취한 게 아니라고. 뭐, 어쨌거나 별은 안 달았으니까 아무 문제도 없어."

오이카와는 코웃음을 쳤다.

"조사를 마친 범위에서 말하자면 하세가와 다마키는 교토 부 우지 시 출신이야."

"간사이 지방이로군."

"응. 뭔가 마음에 걸리는 거라도 있어?"

"니라사키 때문에 간사이 지방의 윤락업소에 팔렸다고 했어. 여동생이랑 같이 팔렸는데 여동생은 끝내 자살했지. 그래서 죽이고 싶을 만큼 니라사키를 증오했대."

오이카와는 소리 내어 웃었다.

"내가 들은 것만 해도 그 여자 과거가 일곱 가지는 돼. 어머니는 기온(교토의 대표적인 번화가이자 환락가 – 옮긴이 주)에서 무희로 활동했고, 자기는 어느 정치가의 사생아라는 이야기가 제일 걸작이었지."

"니라사키를 증오한다는 것도 거짓말이야?"

"글쎄. 알고 있는 바로는 이래. 하세가와 다마키는 2년 전에 아카사카의 클럽에서 야마우치와 안면을 텄어. 아무래도 긴자에서 흘러들어온 것 같아. 내막은 모르지만 야마우치는 그 여자를 클럽에서 빼내서 비서로 삼았지."

"애인인가?"

"야마우치는 게이야."

아소는 나무젓가락을 부러뜨렸다.

"그렇다고 100퍼센트 여자가 없는 건 아닐 텐데."

"뭐, 그렇겠지. 하지만 촉감상 그렇게 찐득거리는 관계는 아닌 것 같아. 야마우치는 머리가 아주 좋은 만큼 사람 보는 눈도 나름 탁월할 거야. 그 여자는 면도칼처럼 예리해. 그게 마음에 들어서 발탁한 게 아닐까 싶은데."

"몇 살이야?"

"호적을 확인하지 않았으니 정확하게는 모르지만, 본인 말로는 스물일곱 살이래. 뭐, 고등학교를 때려치우고 나서부터 내내 물장사로 먹고산 모양이니 너희 귀염둥이는 상대가 안 되겠지."

"야마우치의 어머니라도 되는 것처럼 말하더라고."

"딱히 부자연스러운 일은 아니야. 여자는 다들 그렇잖아, 아니냐? 자기 옆에 있는 남자는 죄다 아들 취급을 하고 싶어 해. 자기보다 나이가 많든 적든 상관없이 말이야. 생각해보면 그게 자연의 섭리인지도 몰라. 어떤 남자든지 어릴 때는 어머니가 기저귀를 갈아주니까, 여자는 그러한 본능을 지니고 남자는 그래주기를 바라는 본능을 지니는 거겠지…… 그런데 류, 결혼은 내가 아니라 네가 해봤잖아. 왜 내가 너한테 여자의 본질을 가르쳐줘야 하는 건데."

"결혼을 해봤다고 해서 여자의 본질을 이해할 수 있는 건 아니니까."

"이제야 알겠다."

오이카와가 자리에서 일어섰다.

"이해를 못해서 버려진 거야."

아소가 오이카와를 쏘아보자 그는 냉소를 머금었다.

"그런데 왜?"

"왜라니 뭐가?"

"하세가와 다마키한테 왜 흥미를 가진 거지? 그 여자가 범인이야?"

"알리바이가 있어."

"야마우치와 함께 있었다는 그거? 그딴 건 알리바이고 나발이고 아무 것도 아니야."

아소도 일어섰다. 계산서는 아소가 집었다.

"난 아직 의혹을 품을 만큼 그 여자에 관해서 몰라."

"모르면 일단 의심해라. 그게 우리 철칙이야."

오이카와는 먼저 가게를 나섰다.

"하지만 가령 그 여자가 범인이라면 니라사키가 왜 일부러 예약까지 하면서 그 여자를 호텔로 데려갔느냐는 문제가 남지."

아소는 말없이 고개를 끄덕였다. 하지만 애당초 그건 큰 문제가 아니라는 기분이 들었다. 오이카와는 당연하게 생각하지만, 아소가 보기에는 니라사키가 밀회하려 한 상대가 범인이라는 의견도 아직 입증된 사실이 아니라 한 가지 추측에 지나지 않는다.

아무튼 범인을 지목하기 위해 필요한 재료가 너무 적다. 앞으로 가야 할 길이 멀다.

"자."

오이카와가 자기 밥값을 내밀었다. 아소는 고개를 저어 거절했다.

"가끔은 살게."

"무리하지 마라. 융자금 때문에 낑낑대는 주제에."

그래도 고개를 젓자 오이카와는 돈을 도로 집어넣었다.

"그런데 어땠어?"

"어땠냐니 뭐가?"

"야마우치랑 이야기했잖아, 병원에서."

"조금."

"고분고분하디?"

"특별히 벋대지는 않았어. 나도 딱히 물어본 건 없었지만…… 저기, 오이카와. 녀석에 대해 하나도 몰라서 묻는 건데, 정말로 녀석이 니라사키를 죽였을 가능성이 있다고 생각해?"

"가능성 이야기는 집어치워. 지구상의 모든 인간은 살인자가 될 가능성이 있다는 게 네 지론이었을 텐데."

아소는 웃었다.

"곡해하지 마. 그렇게 악질적인 지론은 편 적 없어."

"악질적이기는. 그냥 사실인데."

"그 둘이 복잡한 감정으로 얽혀 있었다고 했지?"

"사람이란 약간이라도 연애감정이 생기면 반드시 감정적으로 얽히고설키는 법이야. 그리고 거기서 살의가 싹틀 가능성이 있지."

오이카와는 아주 조용한 목소리로 말했다. 아소는 거의 무의식적으로 오이카와와 거리를 재며 걸었다.

"니라사키는 분명 생전에 야마우치를 죽이려 한 적이 있었을 거야. 내가 아는 바로는 그래. 하지만 입증이 가능했던 건 아니고. 객관적인 사실만 따지자면 야마우치는 생사를 넘나들 만큼 크게 다쳐서 입원한 적이 두 번 있었어. 한 번은 전신에 타박상을 입고 뼈가 여덟 군데나 부러진 데다 하마터면 파열될 만큼 비장이 퉁퉁 부은 상태로 석 달이나 입원했지."

"린치를 당했나."

오이카와는 고개를 끄덕였다.

"야마우치는 술에 취해 걷다가 싸움이 붙었다고 주장했지만 말이야. 하지만 놈은 그래보여도 복싱을 했거든, 싸움 실력이 굉장해. 그렇게 일방적으로 당하다니 말도 안 되지. 의사 말로는 손목에 찰과상이 있는 것으로 보아 뭔가에 묶여 있었을 가능성이 높다더군. 집안싸움이라고 해도 상해는 상해야. 니라사키를 때려잡을 절호의 기회다 싶어서 매일 병원에 들러 진술을 받으려고 했지만, 야마우치는 입을 꾹 다물었어. 지금으로부터 2년 반쯤 전의 일이었지. 그리고 1년쯤 전에 또 다쳤어. 요쓰야의 길거리에서 뺑소니를 당했지. 목격자 이야기로는 브레이크도 밟지 않고 분명히 야마우치를 노리고서 치었다는 거야. 그때도 전치 8주의 중상을 입었고, 한때는 위독한 상태까지 갔어. 처음에는 항쟁 사건으로 추정됐지. 요쓰야 서와 함께 살인 미수로 수사했는데 밀고가 들어왔어. 니라사키가 야마우치를 죽이라는 지시를 내렸다는 거지. 두 번이나 죽을 뻔했으니 야마우치도 생각이 바뀔 만하잖아. 그래서 나도 매일 병원을 찾아가서 야마우치를 설득했어. 걱정 말고 니라사키를 팔아라, 신변의 안전은 보장하겠다. 그런 말까지 했다니까."

"뺑소니라면 범인을 알아낼 수 있을 텐데."

"응. 보름 후에 알아냈지. 하지만 한 발 늦었어…… 유서를 쓰고 자살했더라고. 왜 야마우치를 노렸는지는 불명, 다만 그 녀석의 처자식에게 총액 7천만 엔의 보험금이 지불됐지. 캐고 또 캤지만 니라사키와 무슨 관계인지 밝혀내지 못했고, 야마우치는 또 입을 다물었지. 믿기지 않게도 야마우치는 퇴원하자 아무 일도 없었다는 듯한 얼굴로 니라사키와 예전처럼 지냈어."

"니라사키를 사랑했다고 했어."

야마우치는 코웃음을 쳤다.

"두 번이나 죽을 뻔했는데 사랑했다고? 그게 사실이라면 야마우치는 궁극의 마조히스트로군…… 솔직히 말해 그 두 놈의 관계는 내 이해력을 초월했어. 내가 아는 건 단 하나야. 야마우치가 느닷없이 나타나서 니라사키를 돕기 시작한 후로 가스가 파의 주머니 사정이 이상하리만치 좋아졌다는 것. 가스가 파에게 야마우치는 황금알을 낳는 거위야."

"내가 듣기로 니라사키는 전형적인 경제형 조폭이라고 하던데."

"의리보다는 돈을 중시했다는 의미에서는 그렇겠지. 애당초 형님 아우를 따지며 이 바닥에서 굴러먹던 녀석도 아니야. 우연히 친아버지가 이름을 날린 조폭이었고, 그놈한테 다른 사내자식이 없어서 첩의 자식인데도 후계자로 임명된 거지. 본인은 성가셨을지도 몰라. 어쨌거나 니라사키의 주된 관심사가 돈이었음은 틀림없어. 하기야 그런 의미에서 보면 요즘 일본 조폭은 다 비슷하지만."

"그런 돈의 망자가 왜 황금알을 낳는 거위를 때려죽이려고 했을까?"

"이유야 다양하게 상상할 수 있겠지. 예를 들어 거위가 명령대로 황금알을 낳지 않게 됐다. 어때?"

"하지만 실제로는 낳았잖아."

"목숨이 위험해서 하는 수 없이 순순히 낳기는 했지만, 실은 낳고 싶지 않았을지도 모르지."

"두 번이나 죽을 뻔했으니 거위가 아무리 얼간이라고 해도 달아날 텐데."

"그건 반대야. 진짜 얼간이라면 모를까 조금이라도 지혜가 있는 거위라면 죽기보다야 얌전히 알을 낳는 걸 선택하겠지…… 그리고 언젠가 다시 한 번 달아날 기회를 엿볼 거야. 그런데 거위 주인이 몹시 끈덕진 데다 부하까지 많이 거느리고 있다면 아무리 달아난들 허사라고 여길지도 모르잖아?"

"……그래서 빈틈을 노려 주인을 죽이기로 했다?"

"그냥 그럴 가능성도 있다는 거지. 아무튼 충고 하나 할게. 사랑했다느니 어쨌느니 하는 헛소리에 놀아나지 마. 크리스마스가 가까워지면 영리한 거위는 주인의 애정보다 식욕을 걱정하는 법이야."

"크리스마스 때 먹는 건 칠면조잖아."

"영국에서는 거위일걸. 칠면조를 먹는 건 미국 관습 아니었나? 뭐, 어쨌든 간에 알코올 중독에 걸린 그 거위는 이제 들새가 됐어. 자, 이제 어떻게 할까."

"가스가 파를 떠날 가능성도 있을까."

"글쎄다."

오이카와는 고개를 저었다.

"지금 야마우치와 찢어지면 가스가 파는 경제적으로 몹시 곤란해져. 가스가와 간자키는 조만간 전쟁을 벌일 거야. 그러면 권총을 얼마나 입수할 수 있느냐, 거리의 놈팡이들을 돈으로 얼마나 포섭할 수 있느냐가 승부를 결정짓겠지. 즉 문제는 돈이야. 보통은 야마우치와 이스트흥업이 가스가 쪽에 꼭 남아주길 바라겠지. 하지만 야마우치가 가스가에 남는 걸 내심 아니꼽게 여기는 세력도 있어. 가스가 파 현 부총장 스와, 그리고 어릴 적부터 가스가 다이조에게 귀여움을 받으며 자란 무토라는 놈이야."

"무토 파의 무토 슌스케?"

"응. 가스가 패밀리 최고의 주전파로 알려진 놈인데, 다혈질인 데다 옛날 조폭 기질이 다분해. 의리와 인정에 약하고, 돈이 전부인 놈들을 경멸하지. 쉽게 말하자면 시대에 뒤떨어진 놈이야. 이 녀석은 이를테면 니라사키의 천적이었어. 아니, 누가 누구의 천적이었는지는 모르겠지만, 하여튼 견원지간이었던 모양이야. 그러니 당연히 니라사키의 한 팔이었던 야마우치에게 좋은 감정을 품을 리 만무하지. 니라사키가 죽은 이참에 야마우치를 쳐내고 싶어 한다 해도 이상할 것 없어. 엄밀하게 말하자면 야마우치는 가스가 파와 직접적인 연관이 없어. 니라사키의 친구라는 입장에서 가스가에 금전적으로 이익이 될 만한 거래를 했던 것은 확실하지만, 솔직히 말하자면 이스트흥업의 돈이 구체적으로 어떻게 가스가의 금고에 흘러들어 갔는지 아직 파악하지 못했어. 아무래도 통상적인 기업형 조폭과는 달랐던 것 같고, 상납금 형태로 가스가에 돈을 바친 흔적도 없거든. 야마우치가 만든 돈은 일단 니라사키의 품에 들어갔다가 조직으로 흘러들어 갔다고 보는 게 타당할 거야. 니라사키가 죽었으니 이제 야마우치 입장에서도 자기 돈을 반드시 가스가에게 갖다 바칠 이유는 없어진 셈이지. 물론 그렇게 쉽게 마무리될 문제는 아니겠다만."

오이카와는 턱으로 가볍게 육교를 가리켰다. 아소는 고개를 끄덕이고 오이카와를 따라 육교를 올라갔다.

신주쿠 서를 눈앞에 두고 고층빌딩 사이의 어둑한 틈새로 빌딩풍이 불어왔다. 담배를 꺼내 불을 붙인 후 눈 아래 도로를 내려다보는 오이카와의 옆얼굴을 보고 아소는 옛날 그대로라고 생각했다. 눈꼬리에 주름이 좀 생긴 것 말고는 20대 때와 거의 달라지지 않았다.

"거위의 황금알을 하나 가지고 있는 놈이 있다고 치자. 그걸 포기한다면 손해는 알 하나뿐이야. 하지만 그 알을 누군가에게 빼앗긴다면 실제로는 알 두 개를 손해 보는 셈이지."

"야마우치가 만약 간자키에게 붙기라도 하면 가스가 입장에서는 돈줄 하나 잃는 정도로는 끝나지 않는다는 뜻이로군."

"응. 매일 황금알을 두 개씩 손해 본다면 차라리 황금알을 낳는 거위가 이 세상에 존재하지 않는 편이 낫겠지. 포기해서 남의 손에 넘어갈 바에야 목을 비틀어서 거위구이를 하는 편이 훨씬 이득이야."

"즉, 야마우치가 떠나려 하면 가스가가 녀석을 죽인다는 건가?"

"그렇게 하려는 인간이 가스가 파에 있어도 이상할 것 없다는 이야기야."

"야마우치에게는 선택지가 없어?"

"없지는 않지."

오이카와는 어깨를 한 번 으쓱했다.

"이스트흥업을 해체하고 손을 싹 씻은 후 건실하게 살면 돼. 이제 두 번 다시 알을 낳지 않겠다고 울면서 맹세하면 설마하니 가스가도 반드시 구워서 접시에 담아내겠다고 벼르지는 않겠지. 손을 씻었는데도 끈질기게 노리면 가스가의 체면이 뭐가 되겠냐. 이제 전통도 형식밖에 남지 않았다고는 하지만, 건실한 일반인을 건드리는 건 놈들의 세계에서 여전히 수치스러운 짓으로 통해. 그러니 어지간하면 그냥 놔두겠지."

오이카와는 담배 연기를 위세 좋게 뿜어냈다.

"뭐, 이것도 어차피 희망적인 관측에 불과하다만. 손을 씻었으니 야마우치의 익사체가 도쿄만을 떠다닐 걱정은 없다고 누가 100퍼센트 장담할 수 있겠냐. 일단 암흑가에 발을 들여놓고 나면 수명을 절반은 포기하고 살아야 해. 뭐, 내가 놈의 친구라면 그래도 일단 이 기회를 놓치지 말고 손을 씻으라고 충고하겠지. 가스가 다이조는 심장병이 상당히 악화돼서 이제 살날이 얼마 안 남았어. 다이조가 죽으면 후계자 문제로 일대 파란이 일겠지. 거기 휘말리면 야마우치도 볼 장 다 보는 거야."

"본인은 어쩔 생각일까."

"내가 어떻게 아냐."

오이카와가 담배를 내던졌다. 아소는 바람에 날려 발 앞으로 굴러온 꽁초를 밟아서 담뱃불을 껐다.

"내가 놈의 친구도 아닌데. 하지만 놈의 동향에는 나름대로 관심이 있지. 야마우치가 이대로 가스가 패밀리에 남느냐 가스가 패밀리를 떠나느냐가 가스가 파의 장래에 큰 영향을 미칠 거다. 류, 어떤 의미에서 그놈은 니라사키보다 훨씬 질이 안 좋아."

"……무슨 뜻이야?"

오이카와는 잠시 침묵을 지켰다. 그리고 갑자기 육교를 건너가기 시작했다.

"그게 무슨 뜻인데?"

아소는 다시 한 번 물었다.

"니라사키는 아버지 뒤를 이은 걸 자기 운명으로 받아들였어. 주어진 운명을 살고자 조폭이 된 거야. 단지 그뿐이었지. 니라사키는 인생과 사회를 원망한 적이 없다고. 하지만 놈은 달라. 야마우치는…… 사회를 증오하고, 운명을 저주하고, 그리고 무엇보다도 자기 자신에게 더 이상 애착을 갖고 있지 않아. 니라사키는 과격하고 위험한 놈이었지만 파멸을 바라지는 않았지. 잃을 걸 분명 가지고 있었어. 하지만 야마우치에게는 아무 것도 없어…… 놈은 언제든지 자폭할 생각이야. 그리고 주변까지 몽땅 폭발에 끌어들여 파괴하겠지."

바람이 오이카와가 내던진 담배꽁초를 아소의 바지자락으로 밀어 올렸다. 아소는 몸을 구부려 담배꽁초를 주웠다. 고개를 들자 오이카와는 이미 육교를 건너서 신주쿠 서 쪽으로 바삐 걸어가고 있었다.

아소는 담배꽁초를 쥔 채 그 뒷모습을 바라보았다.

쫓아가서 물어보고 싶은 게 많았지만 발이 떨어지지 않았다.

1986. 7

"······열일곱 살인가."

미야타는 손가락을 꼽으며 헤아렸다.

"열여섯 살인가? 어쨌거나 고등학생이야. 돈이 쪼들리지는 않는지 걱정인데······ 어차피 내 돈은 받아주지 않을 테지만."

"어디 사는지는 알아요?"

"아니······ 친정이 어딘지 아니까 알아보면 찾을 수는 있겠지. 하지만 내가 뻔뻔스레 나타나면 그쪽도 달가워하지 않을 거야."

"기다릴지도 모르잖아요."

미야타는 희미하게 웃으며 고개를 저었다.

"벌써 오만 정이 다 떨어졌을 거야······ 당연하지. 이제 두 번 다시 안 그러겠다고 그만큼 약속하고서 간신히 결혼했는데 이 꼬라지인걸. 그야말로 업보지. 손가락이 나쁜 짓을 기억하고 나니까 머리로 아무리 억눌러도 손가락이 멋대로 움직여. 자물쇠를 따고 싶어서 미칠 지경이라니까. 이상하게 들리겠지만 난 어렸을 때부터 자물쇠를 만지작거리는 게 너무 즐거워서 자물쇠 생각만 하면서 자랐어. 그러니 열쇠집이라도 하면 좋았을 텐데 가업인 미장공 일을 잇기로 한 게 애당초 실수였지. 하지만 아버지가 미장공은 기술직이니까 제대로 배워두면 평생 돈 걱정은 없다고 해서 깜빡 속아 넘어간 거야."

"맞잖아요. 돈을 많이 받는다고 들은 적 있어요."

"그래, 많이 받지. 그게 문제야…… 높은 인건비를 들이면서까지 벽을 고급스럽게 미장하는 건 일본건축뿐이잖아. 요즘은 돈이 왕창 들어가는 순 전통식 건축은 수요가 그다지 없어. 투 바이 포 공법인가 뭔가를 쓰면 미장공이 손 댈 필요 없이 훌륭한 벽이 달린 집을 간단히 세울 수 있거든. 그래서 나처럼 미장밖에 할 줄 모르는 사람은 점점 일이 줄어들고, 결국 일당 얼마에 싸구려 흙벽 바르기 아르바이트나 하러 나가게 되지. 수입이 많고 적고를 떠나 그런 어중간한 일만 하다 보니 의욕이 확 꺾이더라고. 그때 술집에서 우연히 만난 남자가 자물쇠 따는 이야기를 꺼냈어. 그게 시작이었지…… 그런데 정신을 차려보니 어느새 별을 네 개나 달고 어디서 어떻게 봐도 범죄자로 보이는 인간이 되어 있더구나. 뭐, 이왕 그렇게 됐으니 평범한 행복은 바라지 않았으면 좋았을 것을, 어느 날 정식집에서 일하는 여자에게 홀딱 반하는 바람에…… 두 번 다시 자물쇠는 따지 않겠다, 부탁이니 나랑 같이 살자고 애원해서 결혼했지. 아이가 태어날 때까지는 착실하게 지냈지. 죽어라 일하면 그럭저럭 먹고살 만했거든. 아이도 얼마나 귀여웠는지 몰라. 그런데 이제 나도 드디어 햇볕 아래를 당당히 돌아다닐 수 있게 됐구나 싶어 한시름 놓자마자 옛날 동료랑 딱 마주쳤지 뭐야. 인생은 그런 법이더라…… 다 자기 분수에 맞게 사는 거지. 결국 자물쇠를 따고 싶다는 유혹을 이기지 못하고, 아이 시치고산(아이가 3세, 5세, 7세가 되었을 때 성장을 축하하기 위해 신사나 절을 참배하는 행사 – 옮긴이 주) 때 예쁜 옷을 입히고 싶다는 핑계로…… 체포돼서 2년 살았어. 나왔더니 놀랍게도 마누라가 도망가지 않고 기다렸더라고. 마누라가 여신으로 보였어…… 울면서 사과하고 처음부터 다시 시작했지. 하지만 4년 후에 도로아미타불이 됐지. 그때는 일이 워낙 잘 풀려서 그만 우쭐해서 설친 게 화근이었어. 일고여덟 집의 금고를 털어서 돈을 좀 만졌을 때 그만뒀어야 했는데…… 이번에는 4년을 살았어. 마누라도 기가 막혔는지 구치소에 면회도 안 오고 이혼신청서만 보내더라…… 이름을 써서 변호사에게 맡겼지. 그걸로 끝."

미야타는 숨을 길게 후우 내쉬고 헤헤헤 웃었다.

"뭐 그래도 짧은 시간이었지만 홀딱 반한 여자와 살았고 아이까지 얻었어. 나 같은 놈한테는 과분한 행복이었지."

"여기서 나가면 또 금고를 털 거예요?"

"글쎄…… 솔직히 말해 나이가 나이다 보니 이제 큰집 생활은 버거워. 자물쇠를 따고 싶어서 손가락이 근질근질하지만 않는다면 떳떳한 일을 하며 조용히 살고 싶어."

"자물쇠 제조사에 팔면 되겠네요."

미야타는 별 희한한 소리를 다 듣는다는 표정으로 렌을 보았다.

"뭘 파는데?"

"아저씨 실력이요. 자물쇠를 개발하는 회사에서 금고털이범 전과가 있는 사람을 고용해서 새로 개발한 자물쇠의 안전성을 확인한다는 이야기를 들은 적 있어요. 먹고살 수 있을 만큼 돈을 버는지는 모

르지만, 자물쇠를 따서 돈을 벌 수 있으니까 욕구불만은 해소할 수 있
지 않을까요?"

미야타의 표정이 조금 밝아진 것 같았다. 미야타는 지금까지 그런
방향으로 생각해본 적이 없었는지도 모른다.

미야타가 너무 과한 기대를 품는 것도 좋지는 않을 것 같아서 렌은
작은 목소리로 덧붙여 말했다.

"하지만 저는 전문가가 아니니까 자세한 건 몰라요. 지금은 전자자
물쇠가 대세니까 구식 자물쇠는 수요가 적을지도 모르고……."

"자식."

미야타가 렌의 머리를 쓱쓱 쓰다듬었다.

"넌 좋은 녀석이야. 그래, 지금까지 그런 생각은 한 번도 못해봤
네…… 난 금고 속에 뭐가 들었는지는 별로 흥미가 없어. 그냥 자물쇠
를 따고 싶을 뿐이야."

미야타는 진심으로 기쁜 듯이 웃었다. 렌은 고개를 약간 움츠린 채
문고본을 들고 미야타 곁을 떠났다.

"아저씨랑 무슨 이야기 했어?"

다무라가 골프 교본을 보며 물었다.

"별것 아니야. 다무라, 골프도 쳐?"

"아직 쳐본 적 없지만, 나가면 큰형님이랑 함께 코스를 돌 테니 규
칙 정도는 알아둬야지."

"조폭도 골프를 치는구나."

"돈을 박아놓고 치지."

"공 대신 돈을?"

"돈을 걸고 내기를 한다고. 회사원들도 다들 그러지만. 그건 그렇고 이렇게 답답하고 지루한 공놀이의 뭐가 그렇게 재미있는 거지?"

다무라는 드러누운 채 크게 하품을 했다.

"미야타 아저씨도 이제 곧 가석방이네. 너도 이제 나갈 때 되지 않았냐?"

"잘 모르겠어. 다무라는?"

"나한테 가석방 같은 건 없어."

"왜?"

"조직에 돌아갈 생각이라면 형기를 끝까지 살아야 하거든. 우리한테 징역은 일이나 매한가지니까. 요컨대 경찰이란 우리에게 세상 사람들의 대표나 마찬가지야. 그런 경찰에게 폐를 끼쳤으니 형기를 끝까지 살고 오라는 말을 듣고 들어오지."

"자기모순이네. 아니, 자기기만인가."

"어려운 말 쓰면 때린다."

"미안해."

"아아 젠장…… 야, 진통제 없어?"

"왜 그래?"

"충치가 아파서…… 치료해달라고 신청은 했지만 충치 치료는 제일 뒤로 밀리거든. 생명에 지장 없다는 이유로. 하지만 이가 아프면 얼마나 고통스러운지는 놈들도 잘 안다고. 충치 치료를 뒤로 미루는 건 심술이랄까, 사디스트적인 발상이야."

렌은 뭉쳐서 놓아둔 얼마 안 되는 소지품에 손을 찔러 넣어 개켜놓은 수건 사이에 숨겨둔 알약을 하나 꺼냈다.

"정말 주는 거야?"

"응. 또 받을 거니까."

수감자에게 약품과 담배는 보물이다. 물론 발각되면 몰수당하고 징벌방에 보내지지만.

"기타무라는 약을 구할 구멍이 있는 모양이네. 7, 8년이나 있었으니 이런저런 연줄이 생길 만도 하지."

"이건 기타무라 씨한테 받은 거 아니야. 오바나 씨한테 받았어. 물 줄까?"

"그냥 먹을게."

다무라는 알약을 입에 넣고 재빨리 삼켰다.

"오바나 씨도 연줄이 있나. 쳇, 그럼 네가 들어오기 전에 한 번 대줄 걸 그랬네."

"기타무라 씨 것보다 커서 힘들어."

다무라는 소리 죽여 웃었다.

"그 사람이 있는 조직은 우리 큰형님의 조직과 같은 그룹이야."

"조폭에도 그룹이 있구나."

"응. 동일본연합회라고, 쭉쭉 성장하는 중이지. 우리 큰형님은 동일본연합회의 부회장이셔."

"높은 사람이네."

"그럼."

다무라는 의기양양해 보였다. 렌은 그저 고용주에 지나지 않는 인물을 진짜 큰형님처럼 존경하는 다무라의 마음이 이해가 되지 않았다. 이해는 되지 않았지만 누군가를 존경하고 믿을 수 있는 다무라가 행복한 인간임은 알았다. 적어도 자신보다는 그렇다.

"야, 너 나가면 정말로 어쩔 거야. 고향에는 진짜 안 돌아가려고?"

"돌아오지 말라는 편지를 받았어."

렌은 문고본을 소지품과 함께 정리하고 다무라 옆에 벌렁 드러누웠다.

"어머니가 써서 보냈어. 부탁이니 돌아오지 말래. 생활비는 어떻게든 마련해주겠다더라."

"너무하네."

다무라가 내뱉듯이 말했다. 렌은 어머니의 초췌해진 얼굴을 떠올렸다. 불쌍한 여자라고 또 한 번 생각했다.

"고작 사고 한 번 쳤다고 아들을 내쫓다니."

"다무라네 어머니는?"

"우리 집은 사정이 다르지. 난 조폭이 된 데다가 지금까지도 소년원이니 감별소를 들락날락했으니까. 하지만 넌 엘리트였잖아. 그러니까……"

"내 얼굴을 보면 아버지가 화를 낼 거야. 아버지는 형을 정말 아꼈거든. 형을 자랑거리로 삼았고, 형에게 인생을 바쳤어…… 형은 나랑 다르게 뭐든지 잘했고, 머리도 좋았고, 남자다웠거든."

"너도 머리 좋잖아."

"하지만 약해빠졌고 계집애 같잖아. 아버지는 그런 점을 아주 싫어했어. 형은 내가 괴롭힘을 당하면 화를 내며 싸우러 달려오는 사람이었지. 아버지는 그런 형을 이상적인 아들로 생각했어…… 형은 얼마 안 있어서 정치가가 될 예정이었어."

"못 됐어?"

"죽었거든."

렌은 심장이 꽉 쪼그라드는 듯한 고통을 견뎠다.

다무라는 아무 말 없이 작게 휘파람을 불었다. 다무라는 신기한 녀석이라고 렌은 생각했다. 정말로 하고 싶지 않은 이야기를 억지로 캐묻지는 않는다. 마치 렌의 심장이 어떤지 다 알고 있다는 것처럼.

"이 아픈 건 가라앉았어?"

"응, 약발 끝내주네."

"다행이다."

"오바나 씨가 또 약을 주려나?"

"부탁해둘게."

다무라가 조금 미안한 표정을 지었다.

"미안해…… 싫다면 내가 대신 할게."

"그렇게 싫은 건 아니고." 렌도 하품을 했다. "그 사람은 끈덕지지 않으니까."

렌은 수면부족이었다. 취침과 기상 시각을 제대로 지키면 일곱 시간은 잘 수 있고, 일단 작업이 몸에 익으면 그다지 피곤하지 않은 날도 많다. 하지만 만성적인 운동 부족이다. 작업 노동도 육체적으로 고되기는 하지만, 스포츠처럼 온몸을 움직이거나 효과적인 유산소운동을 할 기회가 별로 없으니 근육이 둔해진다. 게다가 소등을 해도 경비문제로 방에 늘 취침등을 켜두어서 눈이 익숙해지면 글자도 읽을 수있을 만큼 밝다. 조금이라도 쓸데없는 생각을 하면 불빛이 방해를 해서 좀처럼 잠이 안 온다.

매일 밤 성행위를 하는 것은 아니었지만 상대가 세 명이나 되므로 대략 하루걸러 한 번씩은 누군가가 이불 속으로 들어왔다. 어차피 바로 잠들지는 않으니까 상대해주어도 죽을 만큼 피곤하지는 않지만, 오래 끌면 수면 시간이 모자라서 다음날은 확실히 힘들다. 기타무라는 성욕은 강하지만 나이 탓인지 지루인데다 발기 강도도 어쩐지 좀 약하다. 언제까지고 지루하게 넣었다 뺐다 할 뿐이라 도중에 잠들 뻔한 적도 있다. 그에 비하면 오바나의 몸은 훨씬 젊어서 알기 쉬웠다. 감방 안에서는 기타무라의 권력이 크므로 아무도 대놓고 그에게 거역하지는 못한다. 하지만 기타무라는 오바나와 이노가 렌과 자더라도 관대하게 봐주었다. 기타무라 말로는 특정 상대를 독점하려 들면 예상치도 못한 대립이 생긴다는 것을 경험으로 학습했기 때문이라고 한다. 과거에 젊고 곱상하게 생긴 남자를 둘러싸고 서로 죽일 듯이 싸운 적도 있었던 모양이다.

"그래도 여자들보다는 뒤끝 없이 깔끔한 편이지만."

기타무라는 음탕하게 눈을 반짝이며 가르쳐주었다.

"여자 교도소에서 살다 나온 여자한테 들었는데, 어느 날 남녀추니(남자와 여자의 생식기를 둘 다 가지고 있는 사람 — 옮긴이 주)에 가까운 여자가 들어와서 소동이 벌어진 적이 있대. 그 여자는 공알이 조그마한 자지만큼 컸다는 거야. 순식간에 그 여자를 둘러싸고 처절한 싸움이 벌어졌지. 다친 사람도 있고 자살하려는 사람까지 나와서 이만저만 난리가 아니었다더라."

렌은 아주 천박한 웃음이 맺힌 기타무라의 얼굴을 보면서, 그렇게 성기가 작은데도 남자가 상상된다는 것만으로 엄청난 위력을 발휘했다는 사실에 흥미를 느꼈다. 인간의 성욕이란 상상의 산물이다. 머릿속으로 만들어낸 이미지야말로 욕망의 원천이며, 이미 생식 본능과 유리되어 존재하는 그 욕망은 뒤죽박죽 난장판 그 자체다.

그날 밤은 스스로 오바나를 유혹했다. 다무라를 위해 진통제를 좀 더 얻고 싶었고, 가능하면 다무라가 치과 치료를 받을 수 있도록 그가 힘을 써주었으면 했다. 오바나도 몇몇 교도관과 비교적 사이가 좋은 데, 진통제를 정기적으로 입수하는 것도 분명 그 덕분이다.

목욕 시간이 주어진 날이어서 오바나도 깔끔하게 면도를 했다. 자유 시간에 집게손가락으로 면도한 자국을 콕 찌르자 단순한 오바나답게 바로 들뜬 표정으로 손끝을 잡았다.

"부탁이 있는데."

렌이 속삭이자 오바나는 고개를 끄덕이고 나중에, 하고 답했다.

성행위는 물론 금지다. 자위행위조차 표면상은 금지이므로 심술궂은 교도관에게 들키면 징벌 대상이다. 하지만 자위는 생리적 현상의 일환이니 너무 난리법석만 치지 않으면 보고도 못 본 척해주었다. 하지만 남의 이불 속에 숨어들었다가 들키면 그냥 넘어가지 않는다. 교도관은 정시에 순찰하므로 안전한 시간대에 재빨리 해치우는 게 최고다.

첫 번째 순찰 직후에 오바나가 이불 속으로 기어들어 왔다.

렌이 먼저 유혹하는 일은 별로 없으므로 오바나는 몹시 흥분했다. 거침없이 삽입하도록 내버려두면 내일 아침에 일어날 수도 없다. 동정 고교생처럼 조바심을 내는 오바나의 얼굴을 양손으로 꽉 누르고 좀 더 부드럽게, 하고 속삭였다. 오바나는 은박지로 싼 조그마한 정육면체 모양의 마가린을 가지고 왔는데, 움켜쥐고 있었는지 녹아서 뭉그러졌다. 이런 걸 써야 하지만 손장난으로 정액을 뽑아내는 수고를 하지 않아도 되는 건 고맙다.

"부탁이 있어."

오바나는 응, 그래, 뭐든지 말해, 하고 대답했지만 이미 렌의 말은 귀에 들어오지 않는 것 같았다.

"다무라가, 충치가 아프대."

"약이 필요해? 알았어. 알았어."

허리를 비틀어 오바나의 세찬 공세를 피하고 나서 미끈미끈한 식물유 덩어리를 윤활제 대신 발랐다.

"치료는 안 해주려나."

오바나는 여자를 안을 때처럼 정면에서 렌의 얼굴을 보며 하는 것을 좋아했다. 다리를 상대의 허리에 감으면 깊이 들어와서 고통스러우므로 발바닥에 힘을 주어 저항하며 발을 요에 댄 채 허리만 들었다.

"어렵겠지만…… 부탁해볼게."

렌은 재빨리 숨을 가슴 한가득 들이마신 후 조금씩 내쉬며 하반신에서 힘을 뺐다. 본인이 늘 자랑하는 것처럼 오바나의 귀두는 몹시 커서 그 부분이 안에 들어올 때까지가 고역이다.

오바나가 오우, 하고 신음을 흘려내며 가라앉듯이 렌의 가슴에 자기 가슴을 포갰다. 희미한 불빛 속에서 눈을 감고 쾌감을 즐기는 남자의 얼굴이 아주 우스꽝스러워 보였다.

"오바나 씨."

렌은 오바나의 귀에 살짝 숨을 내쉬며 물었다.

"사람을 죽여본 적 있다면서. 정말이야?"

"응."

오바나는 천천히 움직이며 황홀한 표정으로 눈을 감은 채 대답했다.

"죽였지…… 뎃포다마로 12년을 살았어…… 10년이 지나서야 겨우 나갔지…… 나가자마자 간부가 됐어……."

오바나가 히히히 웃었다. 기분이 좋아서 웃은 걸까, 옛날 생각이 나서 웃은 걸까.

"이제 위험한 짓은 그만둘 생각이었어…… 이번에는 실수해서 들어온 거야…… 재수 꽝이었지. 아아…… 진짜, 너 왜 이런 냄새가 나는 거야?"

냄새. 냄새가 난다고 말한 사람은 오바나뿐만이 아니다. 기타무라와 이노도 말했고, 다무라도 그랬다. 정작 렌은 몰랐다. 자기 체취에 무슨 특징이 있는지.

달콤한 냄새. 다무라는 수박이 생각난다고 했다. 이노는 백단향 냄새라고 했다. 남자 몸에서는 백단향, 여자 몸에서는 사향 냄새가 나는 게 최고라고 한다. 이노는 잡학이 풍부했다. 백단향은 여자를 끌어들이는 냄새라고 한다. 그 이야기를 들었을 때 렌은 무심코 웃었다. 말을 꺼낸 이노도 웃었다. 교도소에서는 남자도 백단향 냄새에 끌린다.

오바나의 숨소리가 거칠어졌다. 렌의 몸속에도 쾌락의 불이 느릿하게 지펴졌다. 고통의 벽 너머에 커다란 쾌감이 숨어 있음을 깨닫는 데 시간이 제법 걸렸지만, 다무라 말대로 잘만 받아들이면 다리가 풀릴 만큼 엄청난 쾌감과 함께 대량의 사정을 경험할 수 있다. 지금까지 살면서 정액을 그렇게 많이 방출한 적은 없었으므로 처음 경험했을 때는 몸이 어딘가 망가진 게 아닐까 겁을 먹었을 정도다. 모두 전립선의 장난이라는 것을 안 지금도 고개를 갸우뚱할 만큼 남자의 신체구조는 이해가 가지 않는다. 남자에게 그렇게 강한 성적 쾌락을 주는 부분이 왜 보통은 찾아낼 수 없는 곳에 꽁꽁 숨어 있는 걸까. 신의 변덕스러운 성격은 설명이 불가능할 때가 많다.

쿵쿵대던 코가 기억 속에 되살아났다.

무슨 냄새가 신경 쓰여서 그러는지 그때는 몰랐지만 지금은 백단향 냄새 때문이라는 것을 안다.

7월인데 냉방도 되지 않는 좁은 취조실에 세 남자의 체취가 탁한 공기처럼 감돌았다. 하지만 그때는 그런 냄새를 신경 쓸 여유가 없었다. 자신에게 닥친 일을 제대로 파악하지 못한 렌은 기억과 정신의 혼란이 무슨 병의 조짐일지도 모른다고 의심하며 그저 모든 것이 악몽이기만을 빌었다.

쾌감이 고조되어 가는 가운데, 눈앞에 여러 얼굴이 어른거리기 시작했다. 늘 그렇지만, 어째서인지 렌은 사정할 때가 가까워지면 사람 얼굴과 목소리가 차례차례 떠올랐다.

오늘 밤은 웬일로 여자가 떠올랐다. 이름도 기억나지 않지만 분명히 아는 여자였다. 대학교 학부 동기다.

대면식을 겸한 오리엔테이션 때부터 렌의 얼굴만 보고 있었으므로 관심이 있는 줄은 알고 있었다. 외모는 딱히 싫지는 않았지만 그렇다고 특별히 좋아하는 축에 드는 것도 아니었다. 그래서 상대의 마음을 모르는 척 시치미를 뗐다. 그렇지만 여자 나이 스무 살이면 활발하고 자신감이 넘치고 적극적일 때다. 공대라서 여자가 적었던 것도 그녀의 자신감에 힘을 실어주었는지도 모르겠다. 그녀는 먼저 고백했는데 거절하는 남자가 있으리라는 생각은 해본 적도 없었을 것이다.

그리고 렌도 거절하지 않았다. 거절하려니 귀찮았고, 여자의 몸에 흥미가 전혀 없지는 않았으므로.

고등학생 때 누드 극장에서 스트립쇼를 본 적이 있다. 홍보 문구에 젊은 여자 댄서만 출연한다고 적혀 있었는데, 젊은 여자는 옷을 벗기는 했지만 느긋하게 보여주지는 않았다. 힘차게 춤추다가 무대에서 사라진다. 각도에 따라서는 잘 보일 테지만, 렌과 친구가 앉아 있던 위치에서는 잘 안 보였다. 불만이 차오를 때쯤 아줌마 한 명이 나왔다. 아무리 좋게 쳐도 렌의 이모 정도 나이로 보였지만, 여자는 묘기 같은 자세를 취하며 아주 친절하게 잘 보여주었다. 친구는 할망구라고 떠들며 놀렸지만, 렌은 재미있었다. 사진으로 본 적은 있지만, 여자의 그 부분을 실제로 그렇게 자세히 본 것은 난생 처음이었다.

여자 동기가 고백했을 때 스트립쇼가 생각났다. 잘하면 그때처럼 자세히 볼 수 있을지도 모른다. 그런 기대를 품고 고백을 받아들였다. 욕망이라기보다는 탐구심에 가까운 충동이었다. 그저 보고 싶었다.

그녀는 가슴이 작았지만 모양은 아주 예뻤다. 밥공기에 밥을 가득 담아서 거꾸로 놓으면 안쪽의 밥이 딱 그런 모양으로 봉긋해질 것이다. 아주 옛날에 케첩을 뿌린 치킨라이스를 그런 식으로 봉긋하게 접시에 담고 위에다 깃발을 꽂아서 먹은 기억이 있다. 분명 누군가의 생일이었다. 누구 생일이었더라…… 누나, 아니면 형?

결국 그녀의 몸을 유심히 관찰하는 데는 실패했다. 속옷을 벗기자 제발 불을 꺼달라고 부탁했다. 아쉬웠지만 어쩔 수 없었다. 커튼을 쳐 놓은 탓에 바깥 가로등 불빛도 거의 비쳐들지 않아, 어둠 속에서 손을 더듬더듬하여 그녀의 몸을 만졌다. 부드럽고 향수 냄새가 나서 만지고 있자니 기분이 좋았지만 별로 흥분은 하지 않았다. 여자애 혼자 멋대로 흥분하여 숨소리가 거칠어져서 기분이라도 나쁜 것 아닌가 걱정했을 정도다.

머릿속에 지식은 있었지만, 여자의 알몸을 실제로 눈앞에 두자 순서고 뭐고 다 잊어버려서 그저 마구잡이로 몸을 주물거리기만 하는 자신이 한심했다. 그래도 그녀는 이미 받아들일 준비가 된 것 같았다······ 몸에서 힘을 뺐고, 숨결은 달콤했다. 그런데.

드디어 그녀의 몸 위로 올라가서 다리를 끌어안으려고 하자 그녀는 결연한 투로 말했다. 안 돼. 끝까지 가는 건 싫어.

렌은 오바나가 사정할 때가 다 되었음을 알아차리고서 단단히 죄고 있던 근육을 풀고 그의 가슴을 밀어냈다. 왠지 오늘 밤은 좀 더 즐기고 싶었다.

"아직 안 돼." 렌은 속삭였다. "참아."

아아, 으, 하고 오바나가 애절한 콧소리를 흘려냈다. 오바나는 이제 곧 마흔 줄에 들어서는 나이지만, 체력적으로는 아직 더 못 버틸 것도 없으리라.

결국, 하고 렌은 생각했다.

누가 주도권을 쥐느냐는 마음먹기에 달렸다.

그때 그녀와 똑같다. 그녀가 마지막 선을 넘기를 거절한 것은 그 선을 거래의 재료로 삼고 싶었기 때문이다.

"혹시."

렌은 울상으로 폭발을 참고 있는 오바나의 목에 팔을 둘러 그의 몸을 끌어당기고 허리를 조금 움직였다.

"혹시 밖에 나가서 만나러 가면."

"와."

오바나는 허락이 떨어진 것을 기뻐하며 다시 기운차게 움직이기 시작했다.

"언제든지 조직으로 와. 난 앞으로 3년은 더 있어야 나가겠지만, 네가 오면 환영할게."

"정말로?"

"난 거짓말 안 해. 은혜는 잊지 않아."

이것도 일종의 은혜일까. 렌은 터져 나올 것 같은 웃음을 참았다.

"때려주고 싶은 녀석이 있어."

"이야."

오바나가 즐거운 듯이 눈을 반짝였다.

"너한테도 그런 놈이 있어? 좋아, 흠씬 두드려 패줄게. 때리는 걸로 되겠어? 죽여줄 수도 있는데."

죽인다. 렌은 그 남자의 얼굴을 떠올렸다. 과연 죽이고 싶은 만큼 미운지 확인하고 싶었다. 하지만 당장은 답이 나오지 않았다. 그저 녀석이 얻어맞아 얼굴이 팅팅 부은 꼴을 보고 싶었다. 지금은 그뿐이었다.

렌은 팔을 힘껏 끌어당겨 오바나의 입술을 빨았다. 조그마하게나마 상을 줄 생각이었다. 오바나는 단순히 기뻐하며 짐승 같은 목소리를 억누르고 세차게 몸을 움직이다가 절정에 달했다.

움직임을 멈춘 오바나의 목 언저리에서 달콤한 향기가 풍겨왔다. 렌의 몸에서 옮아간 향기였다.

백단향이라기보다는 수박. 렌도 그렇게 생각했다.

1995. 10 (3)

1

10시가 다 되어서야 수사회의가 끝났다. 수사의 자잘한 절차에 대해서는 야마세에게 일임했으므로 아소는 보고를 듣기만 했다. 야마세와는 방법론이 다르다고 느낄 때도 많지만 현장을 맡기기로 한 이상 쓸데없는 참견은 하지 않는 편이 좋다. 아소가 아내를 죽인 용의자를 직접 만나러 가서 야마세도 내심 화가 났으리라. 하지만 그때는 정말로 남편이 범인이라는 확신은 없었다. 그저 사실을 대조하다가 그럴 가능성이 있음을 깨달은 김에 훌쩍 피해자 남편의 회사에 가보았다. 다른 용의자를 기소하기로 하여 사건이 마무리되는 방향으로 움직이고 있었기 때문에 야마세는 데리고 가지 않았다. 결과적으로 남편이 범행을 자백했지만, 아소는 후회했다. 야마세와 의논하지 않고 움직인 것은 역시 실수였다.

아소가 거느린 수사원들은 모두 신주쿠 서에 머물고 있다. 사실 오후 11시가 지나서 할 수 있는 수사는 별로 없으므로 집에 돌아가서 아침까지 푹 쉬다 와도 상관없지만, 살인 사건 특별수사본부는 독특한 분위기를 띠고 있다. 어쨌거나 첫 일주일은 수면도 휴식도 없이 일하는 것이 일종의 공통적인 미의식이다. 아소가 경험한 바로도 살인 사건은 분명 처음 일주일이 무엇보다 중요하다. 일주일이 지나도록 범인을 가려내지 못하면 대개 수사가 길어진다. 증거는 매분 매초마다 사라져가는 법이다.

수사회의에서 개요만 설명된 호텔 투숙객의 진술 청취 보고서가 눈앞에 뭉텅이로 쌓여 있다. 읽어보겠다고 자청하기는 했지만 너무 두꺼워서 잠시 기가 눌렸다. 하지만 훑어보자 놀랄 만큼 내용이 공허하다는 것을 금방 알았다. 요컨대 니라사키와 그가 동반한 여자에 대해 도움이 되는 정보를 가진 손님이나 종업원은 현재 한 명도 없다는 뜻이다. 심야에 범행이 발생했다고는 하나 도시에 위치한 큰 호텔이니 그 시간대에 니라사키가 숙박한 층을 드나든 손님이 한 명은 있을 법도 한데, 어찌된 일인지 그 층의 다른 손님들은 하나같이 품행이 방정하여 오전 1시 전에 다들 자기 방에 틀어박혔다. 다소나마 기대를 품었던 사건 현장 옆방의 손님은 과음하고 곯아떨어져 아무 소리도 못 들었다고 한다. 물론 오늘 하루 만에 진술 청취가 끝난 것은 아니다. 내일도, 분명 모레도 지긋지긋한 작업은 계속된다⋯⋯ 묻는 쪽도 대답하는 쪽도 넌더리가 날 것이다.

기대했던 지문에서도 큰 성과는 나오지 않았다. 니라사키의 것 말고도 지문이 몇 개 채취됐지만 조회가 가능할 만큼 선명한 것은 없었다. 누가 그 방에서 뭘 했든 간에 방안 물건을 마구 만지지 않은 것이 확실했다.

그리고 범인도 물론 장갑 정도는 꼈으리라.

"계장님."

아소가 고개를 들자 미야지마 시즈카가 서 있었다.

"오늘 일은 죄송합니다. 제가…… 어린애처럼……."

"경찰관도 인간이야. 말 때문에 화가 날 때도, 말 때문에 상처 입을 때도 있지. 하지만 말에 휘둘려서 냉정함을 잃으면 판단력이 흐려져서 큰 실수를 할 가능성이 생겨."

"예…… 앞으로 조심하겠습니다."

"그런데 도대체 하세가와 다마키가 뭐라고 한 거야?"

"별말 아닌데요."

"별말 아닌데 울었어?"

시즈카는 아소 옆에 앉았다. 의지가 강해 보이는 얼굴이라고 아소는 생각했다.

"변명을 할 생각은 아니지만…… 그 사람 앞에서는 이성을 잃거나 울지 않았어요. 냉정함을 유지했죠. 잘못된 소문이 퍼진 것 같아서 걱정이네요."

"그렇군." 아소는 담배를 꺼냈다. "소문은 그것보다 좀 더 거창해. 하지만 나랑 야마 씨가 사실을 똑바로 알고 있다면 소문에 신경 쓸 필요는 없겠지."

"예. 그러니까 말씀드릴게요. 제가 할 일은 제대로 했어요. 복도에 나오고 나서 울었죠."

"응. 그건 믿을게. 그런데 뭐가 그렇게 분해서 운 거야?"

"그 사람은 저를 알고 있었어요."

아소는 시즈카의 말에 조금 놀라서 눈썹을 움찔했다.

"알고 있었다니, 무슨 소리야?"

"제가 하치오지 서에 있었을 때 올림픽 국가대표 후보였다는 걸 알고 있었어요. 선발전을 겸한 대회에서 실수해서 5위에 그쳤고 대표 자리를 놓친 것도요."

"뭐야." 아소는 쓴웃음을 지었다. "그런 뜻이었구나. 하지만 그다지 신기할 건 없는데. 주간지에도 네 사진이 실린 적이 있고, 국가대표 후보로 다큐멘터리 방송에도 나왔잖아? 그 여자는 기억력이 좋아. 그래서 네 얼굴을 기억하고 있었겠지.

"그 사람은 더 많이 알고 있었어요."

"더 많이 안다고? 뭘 아는데?"

"제가 대회에서 실수한 이유요. 그 대회는 텔레비전으로 방송되지 않았죠. 견학자는 있었지만 사격은 비인기 종목이라 재미삼아 아무나 구경하러 오지는 않아요. 매스컴은 왔지만 저는 실수했으니까 신문에도 이름만 났을 뿐이었죠. 그런데 그 사람은 제가 어떤 실수를 했는지 알고 있었어요."

"어떤 실수를 했는데?"

"집중력이 흐트러져서 마지막 총알이 과녁에서 크게 빗나갔어요."

"스포츠에는 어련히 그런 실수가 따르기 마련이지. 나도 검도를 하는데 이유도 없이 갑자기 긴장의 끈이 뚝 끊어지는 바람에 빈틈이 생겨서 진 적이 몇 번이나 있어."

"그런 게 아니에요…… 저…… 그때 갑자기 현기증이 났어요. 이유는 모르겠고요. 가벼운 빈혈이었는지도 모르겠네요. 그런데 그 사람은 그걸 믿지 않았어요. 제가 일부러 빗나가게 쏴서 졌다고 했어요."

"이해가 안 되는군. 왜 너랑 아무 관계도 없는 하세가와 다마키가 그런 생트집을 잡지?"

시즈카는 말을 얼버무리듯이 아래를 내려다보았지만 바로 고개를 들었다.

"그 사람은…… 제가…… 남녀 관계에 실패하고 그 앙갚음을 했다고 했어요."

아소는 무슨 말인지 몰라서 고개를 기울인 채 기다렸다. 시즈카는 입술을 천천히 핥고 나서 말을 이었다.

"제가…… 당시 코치였던 분과 그런 관계였는데…… 그분에게 가정이 있어서 버림받고…… 화풀이로 일부러 실수를 해서 대표에서 미끄러졌다고요."

"사실이야?"

아소는 최대한 아무렇지도 않다는 표정으로 물었다. 시즈카는 고개를 저었다.

"일부러 실수를 하다니, 절대로 아니에요! 저도…… 저도…… 올림픽에 나가고 싶었다고요……."

시즈카가 흐느껴 울기 시작했다. 아소는 어떻게 해야 하나 내심 동요했다. 여자가 울면 난감하기 그지없었다.

"올림픽에 나가려고…… 올림픽에 나가려고 연습을 얼마나 많이 했는데…… 하고 싶은 일도 포기하고…… 얼마나 많은 시간을 희생했는데. 그런데 차여서 화풀이 삼아 일부러 실수를 했다니…… 너무

해요……"

"사실이 아니라면 마음에 담아둘 필요 없잖아. 그런 억측이나 비방에 귀를 기울이고 화를 내는 거야말로 시간 낭비야. 네가 올림픽에 얼마나 큰 열정을 품었는지는 너밖에 몰라. 아무 상관도 없는 하세가와 다마키가 뭐라고 하든 네가 해온 일과 네가 이룬 일은 아무도 더럽히지 못해."

"하지만."

시즈카가 한층 크게 훌쩍훌쩍 울었다.

"……코치님과의 관계는……"

"그만 됐어."

아소는 담배에 불을 붙였다.

"네가 이야기하고 싶다면 들어는 주겠지만 네 연애 문제를 내가 어쩔 수 있는 것도 아니고, 무엇보다 그거야말로 하세가와 다마키든 누구든 함부로 개입할 권리가 없는 문제야. 넌 화풀이를 하려고 일부러 진 게 아니야. 그게 제일 중요해, 아니야? 그 부분만 당당하게 해명할 수 있으면 될 것 같은데."

아소는 담배를 문 채 일어섰다.

"오늘 밤은 서에서 자나?"

"예."

"그럼 잠깐 따라와. 수사라고 할 정도의 일은 아니다만."

"계장님이 직접 가시게요?"

시즈카가 눈을 깜빡이며 뭔가 하고 싶은 말이 있는 듯 입술을 달싹였다. 잔소리를 꺼내기 직전의 어머니와 똑같았다.

"또 야단맞겠네."

"······그게······."

"경감한테도 수사권은 있는데 왜 책상에 얌전히 앉아 보고만 기다리라는 건지, 원 참."

아소는 웃으며 담배를 껐다.

"걱정 마, 수사하러 가는 거 아니니까. 야마 씨한테는 허가받을게."

"어, 허가라니요."

"됐어, 나랑 야마 씨는 원래 상사와 부하 관계가 아니야. 우연히 내가 좀 더 일찍 경감이 됐지만, 내년에는 야마 씨도 분명 승진하겠지. 솔직히 빨리 승진하면 좋겠어. 야마 씨는 성격이 그러니까 모두들 앞에서는 나한테 존댓말을 쓰잖아. 진짜 숨이 막힐 지경이야. 어, 야마 씨 지금 어디 있지."

"니라사키가 어젯밤에 호텔로 돌아오기 전에 들른 요정과 클럽에 가셨을 거예요. 회의를 마치고 간다고 하셨거든요. 시게타 씨와 다카키 씨, 아이카와 씨와 같이 갔을 겁니다."

그렇다면 야마세한테는 내일 말해도 상관없겠다고 아소는 생각했다. 어쨌거나 수사를 한다기보다는 감상(感傷)에 젖는 것에 가까운 일이니까.

시즈카와 함께 신주쿠 서를 나서서 택시를 잡았다. 아직 지하철도 다니겠지만 롯폰기로 가려면 갈아타야 하므로 번거롭다.

그 가게는 롯폰기 교차로에서 시부야 방향으로 조금 더 가야 있다. 아자부 서 앞을 지나쳐서 갔다. 한 발짝 내디딜 때마다 그리움이 솟아올랐다.

"옛날에 여기 근무한 적이 있어."

턱으로 아자부 서를 가리켜서 시즈카에게 알려주었다.

"처음으로 관할서 연수를 받았을 때니까 벌써 15년이나 지났네. 그 당시부터 외국인과 마약 문제로 제법 바쁘게 돌아갔지."

두 번째 모퉁이를 돌아서 심야의 거리를 걸었다. 가게 이름이 싹 바뀐 탓에 두세 집밖에 기억나지 않았지만, 기본적인 지형은 그대로였으므로 길을 헤매지는 않았다.

〈블루문 클럽〉이라는 검정색 글자가 조그마한 스포트라이트 속에 떠 있었다. 알파벳으로 적지 않은 점이 가게 주인답다는 생각이 문득 들었다.

"이 가게는."

아무래도 시즈카는 수사 자료에서 이 가게의 이름을 본 것이 기억난 모양이다.

"혹시 니라사키의……."

아소는 고개만 끄덕이고 아무 말 없이 지하로 이어지는 계단을 내려갔다. 나무문을 열자 칙 코리아의 곡이 나지막하게 흘러나왔다.

가게는 한산했다. 가벼운 요리가 나오는 가게이므로 심야 영업 허가를 받았을 테지만, 새벽 2시에는 문을 닫는다. 아소의 기억으로는 오후 10시에 라이브 무대가 끝나고 나면 늘 한산했다.

테이블에 앉자 바로 하얀 셔츠에 가느다란 넥타이, 양복바지 차림의 남자가 주문을 받으러 왔다. 옛날부터 이런 스타일이었다.

"뭐 좀 먹을래?"

"어…… 아니요."

"밥 먹은 지 한참 됐잖아. 나는 배가 출출해…… 메뉴도 옛날 그대로네. 콘비프 샌드위치, 이거 먹어야겠다. 그거랑 일단 맥주. 생으로.

시즈카, 이제 업무 시간 아니니까 술 마셔도 괜찮아."

"저기." 시즈카도 메뉴를 흘끗 보았다.

"파나셰 주세요."

"밥은? 가볍게 먹고 싶으면 라이스샐러드가 괜찮아."

"그럼, 그걸로."

"그거랑 마담이 한가하면 좀 불러주지 않겠어. 옛날 단골이야."

남자는 고개를 끄덕이고 물러갔다.

"……마담이라면 재즈가수 가네무라 사쓰키잖아요."

"응. 난 구도 사쓰키라는 이름이 훨씬 친숙하지만…… 아자부 서에
있었을 적에 종종 여기 왔었어. 한 주에 몇 번인가 구도 사쓰키의 노
래를 듣는 게 낙이었거든. CD도 몇 장 있어."

"니라사키의 애인이라는 걸 알고 계셨어요?"

아소는 천천히 고개를 저었다.

"알 턱이 있나. 당시는 마담에게 남편이 있었어…… 분명 아이도.
아침 수사회의에서 구도 사쓰키의 이름이 나왔을 때 깜짝 놀랐다고."

음식과 술은 금방 나왔다. 샌드위치를 한 입 맛본 아소는 맛도 만
드는 방식도 옛날과 똑같다는 것을 알고 살짝 감동했다. 조폭의 정부
가 됐든 말든 구도 사쓰키는 구도 사쓰키다. 그녀의 이 가게 또한 언
제까지나 〈블루문〉이었다.

"어머나, 이게 웬일이야!"

허스키한 목소리가 들려서 샌드위치에서 고개를 들자 눈앞에 가
네무라 사쓰키가 서 있었다.

"몇 년 만이지?"

"날 기억하는군."

"음." 사쓰키는 허리에 손을 대고 장난스럽게 웃었다. "사실은 잊어버렸어. 하지만 지금 여기로 걸어오다가 생각났지. 아소 씨, 맞지?"

"너무 오랜만이라 미안해, 마담. 15, 6년 만이네."

"지금은 어디에 있어?"

사쓰키는 아소의 맞은편 자리에 앉았다.

"본청에 있어."

"여전히 살인과?"

"살인만 다루는 건 아니야. 아, 이쪽은 내 동료 미야지마 씨."

"동료……라면 형사가 쌍으로 온 거네."

사쓰키는 작게 한숨을 쉬었다.

"일이구나. 니라사키 때문에?"

"마담, 내가 마시는 건 뭐지?"

"맥주는 청량음료야."

아소는 웃었다.

"당신 말고도 그런 농담을 하는 사람을 알아. 아무튼 지금은 개인적으로 왔어. 거짓말 아니야. 다만 수사 자료에서 당신 이름을 보고 놀라서 와볼 마음이 생긴 건 맞아."

"니라사키에 대해서는 몰랐던가?"

"그 당시는 당신한테 남편이 있었지. 뚱뚱하고 쾌활한…… 피아노 연주자였지."

미소를 띤 사쓰키의 얼굴은 몹시 쓸쓸해 보였다.

"그랬지…… 남편과는 헤어졌어. 82년인가 83년, 그때쯤? 니라사키와 눈이 맞은 것도 그 무렵이고. 하지만 낮에 찾아온 형사에게도 말했다시피 이 가게는 내 거야. 니라사키의 돈은 한 푼도 안 들어갔어. 그러니까 돈에 눈이 멀어서 사귄 것처럼 이야기하면 좀 성질 나."

"그 점은 아무도 의심 안 해. 조사하면 금방 드러날 일이니까. 다만 오늘 밤 가게가 열려 있어서 좀 놀랐어."

"니라사키가 살해당했는데 슬퍼하는 낌새도 없이 태연하게 가게를 열다니, 역시 이상한가?"

"아니."

아소는 맥주잔을 비웠다.

"어쩐지 마담다워. 오늘 밤은 열창했겠군…… 듣고 싶었는데."

"두 시간 내내 니라사키가 좋아했던 노래만 불렀지…… 나도 뭐 좀 마실까. 아소 씨, 맥주로 되겠어? 좀 더 독한 거 어때?"

"그럼, 스카치위스키로 할게. 온더록을 더블로."

"밸런타인이면 되지? 그쪽 형사님은?"

"아, 저는 이걸 아직……."

사쓰키는 일어서서 직접 술을 주문하러 갔다.

"계장님, 이거 맛있네요."

"그렇지? 요리 맛은 옛날 그대로야. 레시피는 전부 마담이 만들지."

"자주 오셨어요?"

"우리처럼 박봉을 받는 월급쟁이가 매일 드나들 만한 곳은 아니지만, 구도 사쓰키가 노래하는 밤에는 자주 왔어. 물론 일이 없을 때만."

"멋진 여자네요."

"노래할 때는 더 멋져. 하지만…… 나이가 들었군."

아소는 살짝 웃었다.

"피차일반이지만."

"누가 늙었다고?"

사쓰키가 직접 쟁반을 들고 돌아왔다.

"실례도 이만저만 아니네. 15년이나 흘렀는데 하나도 안 변했으면 그게 더 소름 끼치잖아."

"아니, 마담은 하나도 안 변했어."

"형사는 입에 발린 소리를 정말 못한다니까."

사쓰키가 자기 앞에 내려놓은 잔에는 투명한 술이 들어 있었다.

"진?"

"요즘은 이것만 마셔. 술은 참 신기해. 어느 정도 나이가 들면 외도하고 싶다는 생각이 사라져서 하나만 마시게 되지. 옛날에는 송진 냄새가 심해서 진은 입에도 못 댔는데 말이야. 자, 이제 본론으로 들어갈까?"

"본론이라니?"

"니라사키 이야기를 들으러 온 거 아니야?"

"개인적으로 왔다고 했잖아. 술을 마시면서 어떻게 살인 사건 수사를 하겠어."

"그럼 니라사키 이야기는 한마디도 안 해도 되지?"

"마담이 이야기하고 싶지 않다면. 하지만 이야기하고 싶다면 들어줄게."

"저는 듣고 싶어요."

시즈카가 갑자기 입을 열었다. 아소가 시즈카를 보았지만 취한 얼굴은 아니었다. 도전적인 빛이 깃든 눈으로 사쓰키를 가만히 쳐다보고 있었다.

"들려주지 않으시겠어요?"

"흥미 있어?"

"예."

"업무적으로?"

"아니요."

시즈카는 의연한 태도를 유지했다.

"같은 여자 입장에서 들어보고 싶어요. 이렇게 멋진 가게 주인이고, 실력 있는 가수인데다, 남편까지 있었는데 어째서⋯⋯."

"어째서 조폭의 정부가 되었느냐?"

"예."

아소는 속으로 혀를 내둘렀다. 자신은 도저히 이렇듯 긴박한 '거래'를 성립시킬 수 없을 것 같았다.

사쓰키는 잔에 담긴 투명한 술을 마신 후 얼음 부딪히는 소리를 즐기듯이 잔을 흔들며 시즈카의 얼굴을 잠시 바라보았다. 그리고 느릿하게 고개를 끄덕였다.

"좋아, 이야기해줄게. 별것 아니야⋯⋯ 어느 날 밤, 니라사키가 우리 가게에 왔어. 그리고⋯⋯ 음, 저 자리에." 사쓰키는 손가락으로 가리켰다.

"앉아서 내 노래를 들었지. 나도 노래하면서 니라사키의 얼굴을 봤어. 그리고 니라사키에게 반했지. 그뿐이야⋯⋯ 그날 같이 하룻밤을 보냈고, 석 달 후에 남편과 아이를 버렸지."

"⋯⋯아이까지⋯⋯."

"데려갈 수는 없잖아. 니라사키는 조폭, 게다가 아무리 생각해도 명이 길지는 않을 것 같은 입장이었어. 그런 남자 곁에서 아이랑 함께 지닐 수 있겠어? 남편은 좋은 사람이었지…… 주변머리는 없었지만 아이에게는 좋은 아빠였어. 남편이 키워야 아이가 행복해질 수 있을 것 같아서 남편한테 보낸 거야. 니라사키는 남편에게 나름대로 대가를 치렀어. 하기야 그 돈은 분할해서 니라사키에게 갚았지만. 내가 갚겠다고 고집을 부렸지."

"아이를 포기하면서까지 니라사키 세이치의 곁에 있고 싶었나요?"

"그래."

사쓰키는 빙긋 웃었다.

"말했잖아, 반했다고. 누군가한테 죽을 만큼 반했는데, 뭐가 그 사람보다 소중하겠어? 아무 것도 못 당해…… 아이도 무리야. 어머니에서 여자로 돌아간 이상 아이보다 남자가 우선이야. 남자도 그렇잖아? 진심으로 여자한테 반하면 처자식은 안중에도 없지 않나?"

"그야 사람에 따라 다르겠죠."

시즈카는 주눅 들지 않고 말했다.

"사랑에 빠져도 아이를 버리지 않는 사람도 많아요."

"내 생각은 다른데. 그건 상대에게 덜 빠져들어서 그런 것 아닐까. 목숨을 걸고 진심으로 빠져들면 아이보다 뭐가 더 소중한지 알 거야. 한 인간으로서 살아가는 길을 선택한다면 말이지."

"인간이니까 아이는 버릴 수 없다는 사고방식도 있는데요."

"어머 그래? 그렇다면 나는 한참 전에 인간에서 벗어난 거겠지."

사쓰키는 건조한 웃음소리와 함께 잔을 비웠다.

"뭐, 됐어. 어쨌거나 니라사키는 이미 죽었으니까…… 그건 그렇고 신기하네. 언젠가 니라사키와 이런 식으로 헤어질 때가 올 거라고 스스로를 타이르며 살아서 그런가…… 지금은 어쩐지 홀가분한 기분이야. 오늘 아침에 소식을 들었을 때도 슬프다기보다 그냥…… 아아, 마침내 그날이 왔구나 싶었다니까. 니라사키의 죽음을 진심으로 애도하려면 시간이 좀 지나야 할지도 모르겠어."

"니라사키 씨에게는 다른 여자도 있었죠. 그건 어떻게 생각하세요?"

"그것도 당신의 개인적인 질문?"

"예."

"보자…… 난 니라사키가 여자를 100명 더 두고 있었다고 해도 분명 아무 감정도 없었을 거야. 나, 니라사키의 다른 여자에 대해서는 아무 것도 몰라. 아, 여자 의사 이야기는 들었지만, 다른 여자들은 계속해서 바뀌었거든. 여자를 몇 명이나 끼고 있는지도 못 들었고, 흥미도 없었어. 그리고 니라사키는 여자만 좋아한 게 아니잖아."

사쓰키는 쿡쿡 웃었다.

"어린애처럼 앳된 남자도 좋아했지. 하지만 나한테는 그것도 아무 상관없었어. 나한테 왔을 때 니라사키는 내 생각만 했거든. 난 그걸 알아…… 니라사키는 그런 사람이었어. 여자와 남자를 몇 명 상대하든 그때마다 늘 진심이야. 그래서 여자도 진심으로 반하는 거지. 자기 눈앞에 있을 때는 자기만 봐주니까. 그런 남자가 있는데 다른 일로 번민하다니 바보가 따로 없잖아? 이 세상에 한 여자 앞에서 진심으로 진지하게 그 여자만 생각하는 남자가 얼마나 되겠어? 남자는 대부분 여자와 잘 때 다른 여자를 생각해. 나한테는 이 정도 여자가 고작이구나, 아아 좀 더 예쁜 여자와 자고 싶어, 이딴 생각을 한다고. 여배우 얼굴이라도 떠올리며 관계를 맺는 게 현실이지. 니라사키는 그런 남자들과는 달랐어…… 니라사키는 진심으로 대할 수 없는 상대하고는 사귀지 않았어. 자신이 진심으로 대할 수 없다고 생각하면 헤어졌지.

타성적으로 성욕을 채우는 남자가 아니었다고."

"하지만."

시즈카는 항의라도 하듯이 목소리를 높였다.

"그렇게 수많은 사람들을 모두 진심으로 대했다고요? 실례지만 니라사키 씨가 자신을 진심으로 대했다고 믿고 싶은 마음에 그렇게 왜곡해서 생각하시는 것 아닌가요?"

사쓰키는 관찰하는 듯한 눈으로 시즈카를 보고 나서 후후 웃었다.

"당신…… 행복하게 연애한 경험이 별로 없구나. 잘 들어. 남이 아무리 그릇된 믿음이니, 착각이니 옆에서 부르짖어도 진정한 연애에는 아무런 영향도 못 끼쳐. 누군가에게 완전히 푹 빠져서 모든 것을 걸 때는 자신의 느낌과 생각만이 진실인 거야. 그거면 돼. 연애는 그런 법이라고. 연애에 객관적 상황은 존재하지 않아. 연애는 원래 주관적이야. 어떤 의미에서는 착각이 연애의 본질이지. 당신은 속고 있으니 제발 눈을 뜨라고 아무리 떠들어도 여자가 남자에게 푹 빠져 있으면 착각 또한 진실이 되는 거야."

"하지만 그러다 만약 불행해지면……."

"행복이 뭔지 당신이 정의할 수 있어?"

사쓰키는 잔 속 얼음을 달칵달칵 흔들었다.

"행복과 불행 역시 주관적인 문제야. 객관적으로 보아 행복한 상황은 존재하지 않아. 여자가 그걸로 됐다고 하면 그걸로 된 거지. 내가 행복하다고 생각하면 그게 행복이야."

"그래서는 어쩐지…… 여자를 뜯어먹는 남자를 옹호하는 것처럼 들리는데요."

"연애는 자기 책임이잖아? 어린애를 속였다면 모를까, 다 큰 어른

이 남자에게 속았느니 어쩌니 하는 것도 웃긴 일 아니야? 세상에는 분명 여자를 뜯어먹는 남자도 있겠지. 하지만 그런 남자에게 착취당하는 여자는 모조리 불행하다고 도대체 누가 그래?"

"……저는…… 도저히 납득할 수 없는 말씀이네요. 누가 누굴 속였을 때 속은 쪽이 잘못됐다는 사고방식은 받아들일 수 없어요."

"어련하시려고. 그러니까 경찰관 생활을 할 수 있는 거겠지."

사쓰키는 후후 웃으며 아소를 보았다.

"잘됐네, 아소 씨. 아무래도 당신 부하는 성격도 올곧고 정의감이 넘치는 것 같아. 이런 아가씨라면 불상사하고는 인연이 없을 테니 걱정 안 해도 되겠어. 하지만 아소 씨, 경찰 일이라는 게 아주 정직하고 올곧은 사람이 할 수 있는 거였나? 난 그게 걱정인데."

"미야지마는 경찰에 반했거든. 그러니까 분명 속아서 뜯어먹혀도 행복할 거야."

시즈카가 화난 눈으로 쳐다보았으므로 아소는 헛기침을 하며 그 시선을 피했다.

"뭐, 그건 농담이고. 마담, 이제부터 반쯤은 일인데 질문해도 괜찮을까?"

"술 마시고 있으니까 일 아니라고 그래놓고는."

"응, 업무상 질문은 아니야. 다만 마담에게 들은 정보가 니라사키 살해 사건 수사에 도움이 될 수도 있다는 뜻이지."

"빙빙 둘러말한다고 애쓴다."

사쓰키는 아하하 웃었다.

"알았어, 뭐든지 물어봐. 내 노래에 반해서 박봉의 절반이나 우리 가게에 쏟아부은 형사님의 질문이니 제대로 대답해줘야지."

"절반 이상이었어. 그때는 기숙사에 살아서 생활비가 얼마 안 든 덕분에 그래도 입에 풀칠은 했지."

아소는 손가락으로 턱 끝을 만졌다. 저녁에 깎았는데 벌써 수염이 올라오기 시작했다.

"마담이 아는 범위 안에서 대답하면 돼."

"당연하지. 모르는 걸 어떻게 대답해?"

"음. 어젯밤에 니라사키가 어떤 상황에서 죽었는지는 들었어?"

"대충은."

사쓰키는 시선을 떨어뜨렸다.

"욕조 안에서 목을 베였다며. 물이 새빨갰다고 들었어."

"니라사키는 어젯밤에 누군가와 호텔방에서 밀회했어. 그런데 상대가 누구인지 전혀 짐작이 가지 않아. 니라사키는 꽤 예전부터 그 상대와 밀회할 계획을 세웠는지 호텔방을 예약하고 갔지. 즉, 어젯밤 어디선가 낚은 여자를 데려간 건 아니야. 그리고 니라사키는 평소와 달리 어젯밤에는 전혀 조심성이 없었어. 직속 부하 두 명을 다른 방에 대기시키기는 했지만 평소에는 한 시간에 한 번씩 하는 연락을 걸렀고, 연락이 없어도 그냥 있으라고 일부러 지시까지 내렸지. 요컨대 니라사키는 어젯밤 밀회할 예정이었던 상대를 아주 신뢰했다는 뜻이야."

"그런데 그 자가 목에 칼침을 놓은 거네."

"그런 셈이야. 이상하지?"

"뭐, 이상하다면 이상하지만…… 하지만 아소 씨, 난 정말 니라사키가 무슨 일을 어떤 방법으로 했는지 거의 몰라. 그야 니라사키가 마음이 느슨해졌을 때 가끔 일 이야기를 해준 적이 없지는 않아. 지금이니까 말하지만 불법적인 일을 한 이야기도 들은 적이 있어. 하지만 늘 그러지는 않았다고. 특히 최근은…… 실은 요 석 달간 니라사키와 한 두 번밖에 못 만났어. 이제 둘 다 젊은 나이는 아니잖아. 매일 찰싹 붙어서 틈만 나면 하는 나이는 아니라고. 뭐라고 할까…… 결혼한 지 10년 넘게 지나면 어떤 부부든지 그렇잖아?"

"즉, 애정이 식지는 않았지만 그렇게 자주 만난 건 아니다?"

"응. 싸우거나 무슨 일이 있었던 건 아니지만, 서로 바쁘면 연락이 없어도 그러려니 하고 넘어가는 거지. 알다시피 니라사키는 나 말고도 밤을 함께 보내는 상대가 있었고…… 미안하지만 니라사키가 그렇게 믿었는데 남의 눈을 피해 호텔에서 밀회해야 사람이 누군지는 도통 짐작이 안 가."

"그 남자는 어때…… 니라사키의 한쪽 팔이라는 이스트흥업 대표."

"렌 짱?"

"알아?"

"아느냐고?"

사쓰키는 놀란 표정을 짓고 나서 큰 소리로 웃었다.

"그야 알고말고. 걔 원래 내 남자였는걸."

"무슨 뜻이야?"

"무슨이고 자시고, 그런 의미야 형사님."

사쓰키는 계속 웃다가 목이 메었는지 잔의 얼음을 아득아득 씹어 삼켰다.

"걔는 세이 씨가 주워왔어."

"주워왔다고?"

"응. 어느 날 밤, 동틀 녘이 다 되었을 쯤에 세이 씨가 전화를 걸어서 지금 가겠다고 하더라고. 너무 졸려서 짜증을 내면서도 기다렸지.

그런데 걔를 데리고 온 거야. 좀 멍한 애라서 처음에는 머리가 좀 모자란 게 아닌가 싶었다니까."

"니라사키는 왜 야마우치를 당신 집에?"

"모르겠어. 변덕이겠지, 변덕. 술에 취했는지 약이라도 먹고 맛이 갔는지…… 선로에 누워서 자고 있더래."

"……선로!"

시즈카가 입을 열었다.

"그건……."

"세이 씨도 그러더라. 세상 하직하려고 하는데 훼방을 놓았다고. 하지만 과연 어떨까. 그냥 자고 있었던 거 아닐까? 술김에 선로를 걸어본 사람 제법 많지 않나? 우리 가게 손님 중에 한 명도 취해서 선로를 걷다가 노선 점검용 전철이 와서 죽을 뻔했대. 아무튼 걔는 그렇게 해서 우리 집에 온 거지. 아무데도 갈 데가 없는 모양이었고 돈도 없었어. 뭐, 무슨 일이 있었는지는 모르지만 청소와 빨래를 할 줄 알면 놔둬도 되겠다 싶어서 두 달쯤 같이 살았어."

"니라사키를 배신하고 야마우치와 관계를 가진 거야?"

"배신하다니."

사쓰키는 또 웃음을 터뜨렸다.

"니라사키가 주워서 날 줬다니까, 너 좋을 대로 하라면서. 니라사키는 가끔 그런 짓을 했어. 내가 성가셔하는 모습을 보는 게 재미있었겠지. 자신이 끼고 있는 남자애를 데려와서 마음에 들면 주겠다고 해. 보통은 화를 내며 쫓아내지만 렌 짱은 정말로 갈 데가 없는 것 같아서 쫓아내려니 불쌍하더라. 그래서 잠시 두고 봤지. 깔끔한 걸 좋아하는지 청소는 곧잘 했고, 빨래도 요리도 조금 가르쳐주니까 바로 비결을 습득하더라고. 아, 얘는 생각보다 훨씬 머리 회전이 빠르구나 했지. 같이 산 지 얼마 지나지 않아 생활이 편해져서 가게 일도 가르쳐볼까 싶었어. 그런데 어느 날 개가 날 위해서 요리를 만드는 걸 보고 세이 씨가 애들처럼 질투하더라고."

옛날 생각이 났는지 사쓰키는 웃음을 그치지 않았다.

"그러더니 자기가 일을 시키겠다면서 느닷없이 데려갔어."

"너무하네요. 완전히 제멋대로예요."

"그렇지?"

사쓰키는 시즈카를 보고 고개를 크게 끄덕였다.

"그때 얼마나 삐쳤는지 몰라. 렌 짱을 돌려주지 않으면 당신하고도 끝이라고 난리를 쳤지. 하지만 세이 씨는 돌려주지 않겠다고 완고하게 버텼고. 그리고 얼마 안 가서 깨달았어."

사쓰키는 발작 같던 웃음을 멈추고 맥이 풀린 듯한 얼굴로 말했다.

"세이 씨…… 개한테 뿅 간 거야. 내가 착각했지. 날 위해 요리를 만들고 바지런히 일하는 개에게 내 마음이 기운 줄 알고 질투한 거라고 자아도취에 빠졌는데 그게 아니었어. 세이 씨는 우리 집에서 개를 몇 번 보고 홀딱 빠진 거야…… 첫눈에 반한다는 말이 있는데, 세이 씨는 두 번째나 세 번째 만에 반했다고 할까…… 내가 알기로 세이 씨는 미소년을 좋아해. 그런데 렌 짱은 우리 집에 왔을 때 20대 중반은 넘어 보였거든. 세이 씨의 기준에서 벗어났어. 그런데도 몇 번 얼굴을 보다 보니 괜히 줬다고 후회가 든 거지. 뭐, 그런 연유로 렌 짱은 잘 알아. 세이 씨가 데려간 후로도 가끔 놀러왔고, 지금도 마음이 내키면 훌쩍 가게를 찾아와. 하지만 설마."

사쓰키가 미간을 찌푸렸다.

"밀회 상대가 렌 쨩 아닐까 생각하는 거야? 그럼 완전히 헛짚었어."

"왜?"

"왜냐니, 렌 쨩과 만나는데 일부러 호텔을 예약하면서까지 비밀스럽게 굴 필요가 어디 있어?"

"그건 그렇군."

아소는 빈 위스키 잔을 살짝 들어 올려 가느다란 넥타이를 맨 남자에게 한 잔 더 달라고 주문했다.

"확실히 밀회 상대가 야마우치라는 건 부자연스러워."

"부자연스러운 데도 정도가 있지, 아예 말이 안 돼."

"하지만 니라사키가 적어도 두 번, 야마우치의 목숨을 노렸다는 정보를 입수했어. 확대해석하면 정당방위로 야마우치가 니라사키를 죽일 동기는 있는 셈이지."

"당찮은 소리. 어차피 시간을 쓸 거면 다른 쪽을 쫓아보는 게 나을걸. 렌 쨩은 설령 죽는다 해도 세이 씨를 죽이지 않아."

"어째서 그렇게 확신하는 거지?"

사쓰키는 숨을 하아 내뱉고 다시 웃었다.

"설명하자면 엄청 길 테고, 잘 설명할 자신도 없으니까 그만둘래. 다만 난 알아, 그뿐이야."

"오케이."

아소는 저도 모르게 딱딱해진 표정을 풀고 새로 나온 위스키 잔을 사쓰키의 술잔에 가볍게 부딪쳐 다시 건배했다.

"마담의 확신은 소중한 정보로 취급할게. 그럼 야마우치는 논외로 두고, 정말 그 밖에는 짚이는 구석이 없어?"

"한 가지 말해두겠는데."

사쓰키는 강한 의지가 담긴 눈으로 아소와 시즈카를 번갈아 바라보았다.

"난, 고자질하기 싫어. 경찰에게든 다른 누구에게든 말이지. 물론 당신들 경찰이야 내가 뭐라고 하든 증거를 확보하고 나서 행동에 나서겠지만, 알잖아, 조직 사람들도 그렇다는 보장은 없어. 만약 내가 쓸데없는 소리를 해서 누구누구가 세이 씨를 죽였다는 정보가 조직 사람, 특히 세이 씨를 형님으로 모시는 사람들 귀에 들어가면 다짜고짜 보복할 수도 있다고. 즉, 내 부주의한 한마디 때문에 남이 목숨을 잃을지도 몰라. 그러니까 입을 함부로 놀릴 수 없어. 물론 나도 세이 씨가 죽어서 속상해…… 정말, 정말 속상하다고. 범인이 누군지 안다면 내가 직접 앙갚음하고 싶을 정도야. 하지만, 그럴수록 말을 아껴야지."

"당연해. 마담이 자중해준다면 우리로서도 고마운 일이야. 누가 오해를 받아서 니라사키의 부하들에게 살해당하기라도 한다면 우리한테도 큰일이니까."

"아소 씨, 그리고 미야지마 형사님."

사쓰키는 술잔을 내려놓더니 등을 쭉 펴고 표정을 다잡았다.

"니라사키가 죽었지만 난 울지도, 가게를 쉬지도 않았어. 두 사람은 내가 정말로 애통하기는 한지 의심스럽겠지. 하지만 목숨을 걸고 말할 수 있어. 난 정말로 슬프고 속상해. 니라사키를 죽인 범인이 누구인지 꼭 알고 싶어. 그러니까 부탁할게…… 잡아줘. 니라사키를 죽인 범인을 꼭 붙잡아줘. 그리고 죽인 이유를 나한테도 알려줘. 그걸 모르고서는 앞으로 니라사키 없는 인생을 살아갈 수 없을 것 같아. 니라사키가 왜 죽어야 했는지, 무엇에 대한 벌로 그렇게 죽어야 했는지, 그 이유도 함께 짊어지고 살고 싶어…… 니라사키의 추억과 함께."

2

"아, 기사님. 여기서 세워주세요. 먼저 내릴게요."

아소는 시즈카의 손에 만 엔짜리 한 장을 쥐어주었다.

"영수증 받아서 내 대신 경비 정산 좀 해줘."

"그럼 택시비는 제가 낼게요."

"됐어."

아소는 시즈카를 택시 뒷좌석에 남겨놓고 차에서 내렸다.

"시즈카, 서에서 잠자기 힘들면 눈치 보지 말고 집에 돌아가. 수면 부족으로 실수라도 하면 더 문제니까."

"예. 그럼 내일 뵐게요."

"아니, 나도 서로 돌아갈 거야."

아소는 시즈카의 말을 기다리지 않고 걸음을 옮겨 택시에서 멀어졌다.

어차피 아침 8시부터 수사회의다. 지금 오지마의 집에 돌아가도 기껏해야 다섯 시간밖에 못 잔다.

하지만 그것도 변명이었다. 아소는 마키 얼굴을 보고 싶었다. 가네무라 사쓰키가 애인이었던 니라사키에게 정열을 불태우는 모습을 바로 앞에서 접하여 몸속까지 후끈 달아오르는 기분이었다.

마키의 가게는 요쓰야 3초메의 지하철역에서 멀지 않다. 1년쯤 전에 요쓰야 서에 형사과장으로 있는 선배와 함께 처음으로 갔다. 카운터밖에 없는 아담한 일식요릿집이지만, 취해도 대화 내용을 딱히 가릴 필요가 없다는 것이 편해서 좋았다. 마키는 손님들이 아무리 뒤숭

숭한 이야기를 나누어도 눈썹 하나 까딱 않는 여자였다. 몇 번 다니다 보니 혼자 갈 때가 많아졌고, 마키가 따라주는 술을 마시는 횟수도 늘었다. 하지만 반년 전까지만 해도 마키와 이런 관계가 될 줄은 상상도 못했다.

마키는 유달리 미인은 아니다. 하지만 어쩐지 분위기가 있는 여자였다. 기녀 출신이라는 소문도 있지만 본인은 과거에 대해 아무 말도 하지 않는다. 마음에 드는 여자였지만 연애대상으로 생각한 적은 없었다.

반년 전 그날 밤, 아소가 우연히 영업을 마칠 때까지 가게에 있자 마키가 괜찮다면 커피라도 한 잔 하고 가지 않겠느냐고 물었다. 아소는 심야 영업을 하는 근처 카페라도 가려는 줄 알고 마키가 가게에서 나올 때까지 밖에서 기다렸다. 뒷정리를 마치고 나온 마키는 아소와 팔짱을 끼고 아주 태연한 얼굴로 말했다. 우리 집까지 택시로 금방이에요. 맛있는 커피 대접할게요.

생각해보면 나는 마키에게 유혹당했다. 지금 관계는 마키가 바라서 시작한 것이다. 내 어디가 마음에 들었을까.

아소는 가끔 자문해보았지만, 깊이 생각하지는 않기로 했다. 마키의 정확한 나이는 모르지만 아마 마흔을 좀 넘지 않았을까. 정해놓고 만나는 사람이 없다면 남자 몸이 그리운 밤도 있을 테지.

가게 앞에 도착하자 마침 마키가 포렴을 거두어들이는 참이었다.
"어머."
마키는 쪽빛으로 물들인 포렴을 개면서 웃었다.
"잘됐네, 아직 가스 불 안 껐어. 뭐 좀 먹을래?"

"아니, 밥은 먹었어."

"그렇구나."

그 말만으로도 마키는 아소의 바람을 알아차리고 고개를 끄덕였다.

"그럼 잠깐만 기다려. 금방 정리할게."

"도와줄게."

가게 이름은 〈마키〉. 아무 꾸밈도 허세도 없이 평범하다. 마키 역시 장사꾼으로서 품을 만한 욕심은 별로 없는 것 같았다. 손님이 적으면 금방 문을 닫고, 날씨가 나빠도 임시휴업이다. 하지만 가게는 제법 번창하는 것 같아 보였다. 카운터뿐이지만 디귿 자 모양 카운터에는 손님이 그럭저럭 많이 앉을 수 있고, 마키 말고도 회를 떠주는 주방장이 한 명 더 있다. 간단한 일식요리를 낸다고는 하지만 아마추어 실력은 아니고, 가격이 싸지만 맛은 좋다. 주방장은 자정에 돌아가고 마키도 보통 그쯤에 가게를 닫지만, 친한 손님이 있을 때는 2시 정도까지 상대해주기도 한다. 만사 속 편하게 해나가는 것 같았다. 어쩐지 아소는 마키의 현재 삶이 그녀의 '두 번째 인생' 아닐까 싶었다. 마키에게는 분명 파란만장한 첫 번째 인생이 있었고, 그것은 이미 과거의 유물이 되었다.

주방장이 카운터 안쪽을 꼼꼼히 청소하고 돌아가므로 마키는 가게 안을 청소한다. 가게를 열기 전에도 청소하지만, 그렇다고 문 닫기 전에 청소를 대충 하지는 않는다. 아소는 걸레로 손님이 앉은 의자 바닥을 하나씩 닦았다. 처음에는 아소가 청소를 돕겠다고 해도 절대로 시켜주지 않았지만, 요즘은 청소하겠다고 나서도 화를 내지 않는다. 그렇게 둘이서 말없이 가게를 청소하면 즐겁다. 자기에게는 경찰관보다 요릿집 주인이 어울리지 않았을까 싶기도 하다.

청소를 마치자 마키가 엽차를 따끈하게 끓여주었다. 카운터에 앉아 차를 마시자 아까 전에 사쓰키의 가게에서 겪은 일이 전부 꿈인 것처럼 느껴졌다.

"여자는 형사에 어울리지 않는다고 생각했어."

아소는 아무 맥락도 없이 그런 말을 꺼냈다. 뜬금없이 생뚱맞은 말을 꺼내는 아소의 버릇에 익숙한 마키는 잠자코 고개를 끄덕였다.

"섬세하면 형사 일은 못 해먹어. 남자가 여자보다 섬세하고 여자는 뻔뻔스럽다고 주장하는 사람이 있는데, 그건 헛소리야."

"그렇겠지."

마키는 미소 띤 얼굴로 말했다.

"섬세한 사람이 전쟁을 일으킬 리 없는걸. 남자는 걸핏하면 전쟁을 벌이고 싶어 하잖아."

신랄한 말이었지만 마키의 입에서 나오자 오늘 야간 야구 경기 결과를 말하는 것처럼 덤덤하게 들렸다.

"그래서 여자에게 형사 일은 무리라고 생각했지. 하지만 오늘 밤 내 생각이 틀렸다는 걸 깨달았어."

"여자도 섬세하지 않다는 걸 알았어?"

"아니."

아소는 웃었다.

"그게 아니라 여자에게는 여자의 방식이 있다는 걸 알고 감탄했다는 말이야."

"잘됐네."

마키는 다시 미소 지었다.

"이제부터는 여형사가 점점 늘어날 거야. 부하를 올바르게 다루는 법을 하나 더 깨쳤으니 다행이네."

"어쩐지 비아냥거리는 것처럼 들리는데."

"어머, 그래?"

마키의 웃는 얼굴은 천진난만하고 귀엽다.

"미안해. 하지만 알면 알수록 아소 씨는 형사에 어울리지 않는 사람이라는 생각이 들어서."

"그런 말을 대놓고 할 줄이야."

"상처 입었어?"

"전혀."

아소도 웃고서 찻잔을 내려놓았다.

"나도 몹시 동감이야."

"뭐 하나 물어봐도 돼?"

"얼마든지."

"왜 경찰관 채용시험을 쳤어?"

"검도를 하고 싶었거든. 검도를 계속하면서 급료를 받을 수 있는 직업은 경찰밖에 떠오르지 않더라고."

마키는 웃었다.

"그럴 줄 알았어."

"미안해."

"미안해할 것 없어. 나만 세금 내는 것도 아닌데 뭘. 하지만 너무 공공연히 떠들지 않는 게 좋을 거야, 분명."

"그렇겠지. 하지만 난 누가 물어보면 지금처럼 금방 대답할 거야."

"말을 퍼뜨리고 싶은 거구나…… 난 형사 따위는 되고 싶지 않았다고. 검도나 하면서 총무부에서 위로여행 계획이라도 세우고 싶었다고."

"심술궂기는."

마키는 혀를 쏙 내밀었다. 아소는 지금 당장 마키를 안고 싶었다. 욕정을 불러일으키는 혀 놀림이었다. 물론 마키 본인은 그런 줄 전혀 모른다.

가게를 닫고 둘이서 지하철역으로 향했다. 택시를 타면 고작 10분 거리지만, 아직 마루노우치 선 막차가 있었다. 마키는 지하철을 좋아해서 시간만 맞으면 일부러 지하철을 탄다. 역에서 맨션까지 많이 걸어야 해서 지하철을 타면 집에 가는 데 30분 넘게 걸리는데도.

지하철역은 꽤 혼잡했다. 막차 시간이 몇 분 안 남았으니까 당연한지도 모르지만, 자정이 지났는데도 도쿄 사람들은 잠도 자지 않고 전철을 타는구나 생각하자 도쿄란 참 이상한 곳이다 싶어 웃음이 나왔다. 마치 쥐나 바퀴벌레 같은 생활이다. 그리고 물론 자신도 그중 하나다.

마키는 지하철을 타면 말이 없어진다. 처음에는 왜 그런지 몰라서 괜히 신경을 썼다. 하지만 이제는 아소도 그런 마키에게 익숙해졌다. 마키는 즐기는 중이다. 전철 타기를 좋아한다. 마치 어린 남자애처럼.

아카사카미쓰케 역에서 내려 팔짱을 끼고 히토쓰기 길을 걸었다. 시끌벅적한 아카사카는 아직 초저녁이나 다름없다. 고기 굽는 냄새가 여기저기서 풍겨왔다. 히토쓰기 길에서 샛길로 들어가서 남서쪽으로 나아갔다. 술집의 활기가 더 이상 미치지 않는 곳까지 오면 맨션 건물이 눈에 띄기 시작하는데, 그중 하나에 마키의 집이 있다. 고급이라 할 정도는 아니지만 짓는 데 돈이 제법 들어갔을 듯했고, 임대도 아니다. 아무리 거품이 꺼졌다고는 하나 입지 조건만 보더라도 집값이 싸지는 않았으리라. 가게도 자기 명의이고, 큰 빚은 없는 듯하니 마키는 '첫 번째 인생'에서 다른 것은 몰라도 돈만은 많이 번 모양이다.

마키는 우편함에서 석간신문과 우편물 몇 통을 꺼내들고 엘리베이터를 탔다. 가게는 오후 6시부터 열지만 사전에 요리 재료를 준비하고 청소도 해야 하므로 2시쯤에는 집을 나선다. 석간신문은 늘 집에 돌아와서 읽는 모양이다. 그래도 생선은 주방장이 준비해줘서 편하다고 마키가 설명해주었다.

주방장 가와조에라는 남자와 마키가 도대체 어떤 관계일지 아소는 문득 궁금해졌다. 가와조에는 주방장들 가운데서 가끔 찾아볼 수 있는 몹시 무뚝뚝한 사람이다. 말을 걸면 웃음 비슷한 것을 띠고 대답하며 한 잔 하라고 맥주병을 내밀면 컵에 받아서 마시기도 하지만, 기본적으로 대화나 싹싹한 손님 대접과는 거리가 먼 듯했다. 나이는 마키보다 어려 보였지만 실력은 확실했다. 11시 반이 되면 주문받은 음식을 만들면서 주방 정리를 시작하고, 자정이 되면 재빨리 돌아간다. 아침 6시에 쓰키지 어시장에서 생선을 구입해 가게 냉장고에 넣어놓고, 휴식을 취하다가 오후 4시쯤에 다시 온다고 한다. 마키의 가게에 이상적인 남자였지만, 그런 만큼 마키가 도대체 어디서 가와조에를 구해왔는지 괜스레 캐묻고 싶어질 때도 있다. 아소는 그러한 자신의 본심에 가와조에를 질투하는 마음이 섞여 있음을 깨닫고 쓴웃음을 지었다. 사랑한다고 분명히 말할 수 있을지 없을지도 모르는 여자에게도 남자는 소유욕이 샘솟는 모양이다. 정말 성가시기 짝이 없다.

집에 들어가면 마키가 일단 커피부터 끓여준다. 처음 함께한 밤부터 계속된 두 사람의 의식이었다. 마키가 내려주는 커피는 맛있다. 아소도 한때 커피에 열중한 적이 있는데, 아무리 비싼 원두와 생수를 써서 이론상 최고의 방법으로 내려도 커피 맛은 그날그날 다른 법이다. 하지만 마키가 내려주는 커피에서는 언제나 마음이 평안해지는 친근한 향과 맛이 느껴졌다. 밤늦게 돌아와서 마시는 커피의 향이 너무 강하면 도리어 신경이 곤두서니까 단골 카페에 특별히 부탁하여 블렌드한 커피라는데, 블렌드 비율은 비밀이라며 가르쳐주지 않았다.

"그런데 오늘 밤에 올 줄은 몰랐는걸."

"책을 두고 갔잖아. 자동응답기 들었어."

"하지만 신주쿠에서 큰 사건이 터졌잖아. 마침 그 전 사건이 마무리됐으니 당신이 맡는 게 아닐까 했거든. 사건에서 빠져서 다행이야."

"빠지기는."

아소는 웃었다.

"당신 예상대로 내가 맡았어."

"정말?"

마키는 컵을 든 채 눈을 둥그렇게 떴다.

"그런데 이런 짓을 하고 있어도 돼?"

"이런 짓이라니? 커피는 일하면서도 마셔."

"그게 아니고."

"아니라고? 그럼 도대체 뭘 하면 안 되는 건데? 지금은 개인 시간이라고."

"아이, 참."

마키는 입을 삐죽 내밀었다.

"그걸 내 입으로 말해야겠어?"

"듣고 싶은데."

"못됐어."

"말해봐. 우리 이제부터 도대체 뭘 할 건데?"

"그럼 가르쳐줄게. 당신은 그걸 다 마시면 택시를 타고 돌아가. 난 화장 지우고 씻고 이 닦고 잘 거야. 알았지?"

"진짜로 간다?"

마키는 컵 위로 눈을 내밀어 아소를 보았다.

"싫어."

참기 힘들 만큼 욕정이 불끈 치밀어 올랐다. 과정이고 대화고 다 귀찮아졌다. 이대로 거실 바닥에 마키를 눕힌 다음 기모노를 걷어 올리고 마키와 하나가 되고 싶었다. 하지만 아소는 코로 숨을 쉬며 천천히 커피를 마셔 마음을 진정시켰다. 마키는 결벽증이라 샤워를 하기 전에 몸을 만지려 들면 격한 거부 반응을 보인다.

커피를 다 마신 후 마키가 시키는 대로 먼저 샤워를 했다. 아소가 샤워를 하는 동안 마키는 기모노를 벗어서 정리한다. 기모노는 자주 빨 수 있는 물건이 아니므로, 벗은 후에 제대로 손질하지 않으면 금방 상한다고 한다. 마키는 기모노를 입는 데 익숙하다. 일식요릿집 여주인이니까 당연한지도 모르지만, 어떤 손님이 마키가 기모노를 정말 맵시 있게 잘 입는다고 한 적이 있었다. 그리고 어릴 적부터 춤 같은 걸 배운 것 아니냐고도 물었다. 마키는 긍정도 부정도 하지 않았지만, 그녀의 '첫 번째 인생'은 분명 기모노와 관계가 깊었을 것이다.

샤워를 마치고 나오자 마키가 평상복으로 갈아입고 화장도 지운 얼굴로 목욕수건을 들고 있었다. 민낯에 여름드레스 같은 원피스만 입은 마키는 정말로 귀여웠다. 눈꼬리의 주름과 약간 늘어진 입가를 숨기지 않고 보여주는 것은 아소를 특별한 남자로 의식하지 않기 때문일까, 아니면 마음을 허락했기 때문일까.

어쨌거나 아소는 마키의 민낯을 아주 좋아했다. 평소에도 화장이 그리 진한 편은 아니지만, 민낯에는 독특한 정취가 있다. 무람없이 말하자면 농촌 여자 같은 정겨움이 느껴진다. 아마 마키는 지방 출신일 것이라고 아소는 짐작했다.

마키에게는 이상한 버릇이 있다. 젖은 남자의 몸을 자기가 닦아야 직성이 풀린다. 처음에 아소는 몹시 부끄러웠다. 마치 몸을 닦아주는 어머니 앞에 알몸으로 서 있는 유치원생으로 되돌아간 것 같았다. 몇 번이나 알아서 닦겠다고 했지만 마키는 고집을 부렸다. 마키는 전철을 타는 것만큼이나 남자의 젖은 몸을 닦는 것이 즐거운 모양이었다.

요즘은 아소도 단념하고 마키가 하고 싶은 대로 내버려둔다. 마키가 겨드랑이 밑으로 수건을 가져가면 시키기 전에 만세 자세를 취하고, 앞을 다 닦으면 돌아서서 등과 엉덩이를 맡긴다. 이상한 버릇이지만 마키에게는 어울리는 것 같기도 했다. 마키는 물장사를 하지 않았다면 억척스러우면서도 자상한 어머니가 됐을지도 모른다.

"자, 다 닦았다."

마키는 그렇게 말하고 한 장 더 준비한 마른 수건을 아소의 허리에 감아주었다.

"맥주라도 마실래?"

"내가 알아서 할게. 샤워하고 와."

마키는 고개를 끄덕였다. 아소는 부엌 냉장고를 열고 캔 맥주를 꺼냈다. 식사는 대부분 가게에서 하므로 여자 집 냉장고인데도 먹을 것이 별로 없었다. 그래도 편의점에서 산 듯한 달콤한 컵 디저트가 두세 개 들어 있는 것을 보자 절로 미소가 머금어졌다.

레이코도 달콤한 것을 좋아했다. 냉장고에는 늘 무슨 간식이 들어 있었다. 비번 날이면 오후에 장난삼아 레이코의 간식을 몰래 먹어치우고는 했다. 저녁을 먹고 나서 냉장고를 뒤지는 레이코에게 미안, 내가 먹었어, 하고 사과하면 레이코는 뺨을 잔뜩 부풀린 후에 명랑하게 웃었다.

왠지 가슴속이 아팠다. 이제 그럴 시기는 벌써 지났을 텐데.

정겹고 그리워서 그런 것이다. 냉장고에 달콤한 간식을 넣어놓거나 수건으로 남자의 몸을 닦기를 즐기는, 여자의 그런 버릇에서 정겨움과 그리움이 느껴져서.

캔 맥주를 들고 거실로 돌아와 텔레비전을 켰다. 제일 늦게 방송되는 뉴스도 끝나고 프로야구 결과가 나오고 있었다. 멍하니 쳐다보았지만 요즘은 야구에도 흥미가 없으므로 하나도 머리에 들어오지 않았다. 텔레비전을 끈 후 아직 펼치지 않고 그냥 놓아둔 석간신문을 집었다.

니라사키 살해 사건이 제법 크게 실려 있었다. 폭력단의 항쟁 사건으로 단정 짓는 논조였다. 뭐, 그야 그럴 것이다. 니라사키 같은 인간이 살해당했는데 폭력단이 얽혀 있지 않다고 생각하는 편이 더 이상하다.

수수께끼의 밀회 상대. 그 인물이 누구인지 알아내면 사건은 해결될 것이다, 아마도. 하지만 오늘 밤은 수사반이 수확을 거두지 못한 모양이다. 뭔가 건졌다면 휴대전화로 연락이 왔을 것이다.

알몸으로 베란다에 나가보았다. 베란다라고는 하지만 루프 테라스라서 상당히 넓다. 한여름에는 바비큐를 할 수 있을 정도다. 주변을 불투명한 플라스틱 판으로 둘러놓았으므로 알몸이 다른 집 사람의 눈에 띌까 봐 걱정하지 않아도 된다. 하지만 위쪽에는 플라스틱 판이 없다. 달은 보고 있다.

10월 중순인데 신기할 만큼 따뜻한 밤이었다. 한기를 느끼면 바로 들어갈 생각이었는데, 밤바람이 뜨거운 물에 달아오른 몸을 식혀주어 오히려 기분이 좋았다. 하지만 10분 넘게 그러고 있으면 감기에 걸릴 것 같았다. 열이라도 나서 수사 지휘에 지장이 생기면 관리관이 또 한소리 할 것이다.

니라사키는 신기한 인간이었다. 사쓰키가 한 이야기는 정말이리라. 시즈카가 빈정댄 것처럼 사쓰키의 왜곡된 믿음이 아니다…… 분명.

여러 남자와 여자를 상대하면서도 그 모두를 진심으로 대할 수 있는 남자. 한편으로 자신을 방해하는 인간을 아주 냉혹하게 이 세상에서 말살해온 남자.

사쓰키가 들려준 야마우치 렌과 니라사키의 첫 만남에 관한 이야기가 문득 마음에 걸렸다.

취해서 선로에서 잠들었을 뿐일까, 아니면…….

자살. 왜?

녀석은 어째서 자살을 하려 했을까. 도대체 언제지? 출소하고 나서
바로?

돌아갈 곳도, 돈도 없었다. 그렇다면 출소한 직후일지도 모르지만,
가석방으로 나왔다면 보호관찰사가 관리할 테니 돈이 없어도 굶어
죽지는 않는다. 그렇게 되기 전에 숙식을 제공하는 일 정도는 찾아줄
것이다. 하지만 형기가 만료되어 가석방 기간이 지나가면 보호관찰사
의 의무도 끝난다. 그 후로는 알아서 살아가야 한다. 전과라는 무거운
짐을 짊어지고.

그건 그렇고 왜 실형 판결을 받은 걸까.

아소는 이해가 가지 않았다. 이 일을 오래하다 보니 죄상과 정황을
보면 어떤 판결이 떨어질지 대충 짐작이 간다. 강간 미수와 상해죄니
까 검찰 측은 2, 3년을 구형할 것이다. 하지만 초범인데다 충동적인
범행이었고, 본인은 질질 울기나 하는 유약한 청년이다. 덧붙여 앞날
이 창창한 대학원생이며 과거에 문제를 일으킨 적도 없다. 죄송하다,
두 번 다시 그러지 않겠다고 눈물을 흘리며 사죄하면 분명 집행유예
로 마무리될 사건이었다. 아소는 야마우치가 '불었을' 때 집행유예를
받아 금방 사회에 복귀할 수 있을 것이라 믿어 의심치 않았다. 하지만
실제로는 실형 판결을 받고 복역했다······.

"뭐하는 거야!"

마키가 카랑카랑하게 소리치며 뒤에서 끌어안았다.

"감기 걸리잖아!"

"괜찮아, 오늘 밤은 따뜻해."

"괜찮기는 무슨."

마키는 아이를 야단치는 어머니처럼 단정하더니 아소의 팔을 잡아당겨 집안으로 데려갔다.

"벌써 10월도 중순이야."

"알아. 금목서 향기가 풍기더라."

"정말이지 당신은 어린애 같아."

마키는 허리에 손을 대고 아소를 쏘아보다가 풋 웃었다.

"나도 참. 낫살이나 먹은 아저씨를 상대로 무슨 소리를 하는 거람."

"아저씨라니 무슨 실례의 말씀을. 내가 아저씨면 당신도 아줌마야."

"어머, 고마워라. 난 멋진 아줌마가 되는 게 인생의 목표거든."

마키는 웃으면서 아소의 품에 머리를 댔다. 샴푸 냄새가 났다.

"별이라도 봤어?"

"아니, 생각 좀 하느라고."

"생각?"

"응."

아소는 마키의 머리를 어루만졌다.

"어떤 남자를 생각했지. 옛날에 작은 사건을 일으켜서 체포된 남자야. 집행유예가 나올 것 같아서 좀 막무가내로 불게 만들었지. 검찰에 올라가기 전에 자백해야 집행유예가 쉽게 나오거든."

"그러니까 구제해주고 싶었다는 뜻?"

마키는 신기하다는 표정으로 아래에서 올려다보았다.

"형사는 그런 것까지 생각하는구나."

"늘 그렇지는 않아. 평소는 오히려 형량에 대해서 별로 생각하지 않지. 심판은 우리 일이 아니야."

"자백하면 형이 가벼워질 거다. 드라마에서는 그러던데?"

아소는 웃었다.

"적어도 내 부하에게는 절대로 그런 소리 못하게 해. 우리에게 심판할 권리는 없어. 그걸 착각하면 큰 실수를 범하게 되지. 하지만."

아소는 마키의 등을 안고 소파에 쓰러뜨리듯이 눕혔다.

"하지만 가끔은 마가 끼어."

"마가…… 낀다고?"

"응."

목욕수건을 벗기자 눈이 아플 만큼 뽀얀 마키의 유방이 드러났다. 젊은 여자 유방처럼 마냥 탄력 있게 부풀어 오르지는 않았다. 마키의 유방은 삼가 조심하듯 아래로 조금 처졌다. 아소는 그런 마키의 유방이 좋았다. 어째서인지 탱탱하고 아주 큰 유방에는 혐오감이 들었다. 또한 겨우 봉긋해지기 시작한 소녀의 가슴에도 흥미가 없었다. 이 정도가 딱 좋다. 베이지색이었던 유두가 손안에서 자극을 받아 아주 살짝 분홍기가 도는 것이 정말로 좋다.

"마가 끼어서…… 어쨌는데?"

애무를 하면서 이야기를 나누는 것도 마키가 좋아하는 '방식'이다. 마키는 결코 묵묵한 여자가 아니다. 무뚝뚝한 주방장 가와조노 대신 손님과 재치 있게 이야기를 나누며 시간을 보내야 하니까 당연하지만. 그건 그렇고 흥분하면 마키가 평소보다 훨씬 수다쟁이가 되는 것이 재미있다. 그저 혼자 떠드는 것이 아니라 아소에게 잇달아 질문하여 대답을 시킨다. 세상 여자들은 정말로 다양하다. 레이코는 아소의 손이 몸에 닿는 순간부터 한마디도 하지 않았고, 신음소리마저 흘러

나오지 않도록 애써 참는 것 같기도 했다.

"불쌍했어."

"불쌍했다고, 왜?"

"너무 한심한 녀석이었거든."

"한심하다니, 어떻게?"

"……고학력자였어. 젊고…… 울보였지."

"울었어?"

"계속. 몸만 큰 애가 따로 없더라고. 대학원생이었는데 논문을 쓰느라 스트레스가 쌓인 것 같아. 게다가 여름이었지. 불끈불끈하는 걸 참지 못하고 여자를 덮치려다 실패했어."

"아아."

마키는 신음하면서 고개를 끄덕였다. 알겠어, 잘 알겠어, 라고 말하기라도 하는 듯했다.

"바보……로구나…… 하지만…… 불쌍해."

"응. 하지만 동정할 수만은 없지. 피해자는 커터칼에 얼굴을 베였거든."

"그럼 어쩔 수 없네…… 아윽."

"그리고."

오늘 밤 마키는 특별히 더 좋다고 아소는 생각했다. 대담하고 민감하다.

"교도소에 들어가서 무사히 지낼 수 있는 얼굴이 아니었어."

"뭐?"

무슨 말인지 이해가 되지 않았는지 마키가 턱을 당겼다. 마키의 흥분이 가라앉으면 분위기가 식으므로 아소가 바쁘게 손가락을 움직이자 마키는 다시 턱을 들었다.

"얼굴이 여자처럼 곱상하게 생겼거든. 무슨 뜻인지 알겠어?"

"아아."

마키는 살짝 웃었다.

"그런…… 뜻이구나."

"응. 감방에 들어가면 징역을 사는 것 말고 다른 일도 해야 할 유형
이었지. 아무튼 자백만 받으면 문제없을 거라고…… 생각했어. 반성
하고 있다는 말로 끝까지 밀고 나가라고 충고했지. 그런데 실형을 받
았더라고. 오랫동안 그런 줄도 모르고 살았어."

"당신…… 탓이…… 아니잖아."

"응. 하지만."

아소는 어떻게 설명해야 할지 몰라서 입을 다물었다. 분명 자기 탓
은 아니다. 하지만 야마우치의 말과 행동에는 이상한 구석이 있다. 그
리고 오이카와도 뭔가 숨기고 있다. 그저 적반하장으로 나를 미워하
는 것과는 어딘가 다르다…….

젠장!

쓸데없는 생각을 하는 바람에 정신이 흐트러졌다.

그래, 오이카와다. 녀석은 내게 뭔가를 숨기고 있다. 캐물어봐야
한다.

아소는 거기서 생각을 멈추고 다른 이야깃거리를 찾았다. 마키의
몸에 더 집중할 수 있도록 아무 생각 없이도 계속 말할 수 있는 이야
깃거리를.

* * *

"밥은 됐어."

아소가 넥타이를 매면서 사양했지만 마키는 단호하게 말했다.

"꼭 먹고 가."

아소는 하는 수 없이 테이블에 앉았다. 쌀밥과 낫토, 달걀프라이. 대파와 유부를 넣은 된장국. 채소절임에 소송채 무침. 늘 그렇지만 너무나 정성스러워서 쓴웃음이 나왔다.

"저기, 마키. 보통은 낮까지 자지? 내가 집에 왔다고 이렇게 신경 쓰면 미안해서 몸 둘 바를 모르겠어."

"착각하지 마."

마키는 잘 먹겠습니다, 하고 중얼거리고 먼저 젓가락을 들었다.

"나, 늘 7시에는 일어나. 아침은 매일 이런 식으로 먹고."

"왜?"

"왜냐고?"

마키는 윙크를 했다.

"먹고 나서 다시 자는 게 좋으니까."

아소는 자신이 이 여자를 좋아한다고 새삼 느꼈다.

마키는 자기 밥그릇에서 밥을 조금 덜어서 조그마한 접시에 담고, 식당 창가에 놓아둔 사진 앞에 공양했다. 올해 여름에 죽은 애묘의 사진이다.

"저기."

아소는 식사를 마치고 차를 마시며 말했다.

"고양이 키우고 싶으면 사러 갈까."

마키는 미소를 지으며 고개를 저었다.

"이제 동물은 됐어…… 죽으면 너무 힘드니까."

애묘의 이름은 후코다. 열여섯 살이었다. 분명 늙어 죽었을 것이다. 죽기 전날 밤, 아소의 무릎 위에서 기분 좋게 고르릉거렸는데 다음날 오후에 마키가 울면서 휴대전화에 전화를 걸었다. 후코가 눈을 뜨지 않는다며. 조용하고 평온한 최후였다.

예쁘게 생긴 암컷 치즈태비 고양이였다. 하지만 한쪽 귀 끄트머리가 조금 떨어져 나갔다. 길고양이였는데, 마키의 지인이 새끼고양이 시절에 주웠을 때부터 그랬다고 한다. 그 지인이 해외로 이주할 때 데려온 이후로 계속 마키와 함께 살았다.

후코는 마키의 첫 번째 인생을 알까.

"이제 가봐야겠다."

아소는 일어서서 윗도리를 입었다.

"오늘 밤은?"

마키가 앉아서 물었다. 별일이었다. 마키는 원래 다음에 언제 올지 아소에게 묻지 않는다.

그러고 보니 지난밤에 마키는 평소보다 격렬했다. 아소에 대한 마키의 마음이 변한 걸까, 아니면 뭔가 싫은 일이라도 생겨서 그걸 잊고 싶은 걸까. 어쩌면 그냥 스트레스 때문일지도 모른다. 여자의 마음속은 도무지 알 수가 없다.

오겠다고 대답하고 싶었지만 니라사키 살해 사건의 진전 여하에 따라 철야를 해야 할 수도 있다.

"모르겠어. 전화할게."

마키는 고개를 끄덕였다. 하지만 일어서서 아소를 배웅하지는 않고 그냥 차를 마셨다.

아소는 무거운 발걸음으로 마키의 집을 나섰다. 출근하기 싫었다.

1987. 4

1

문이 열리자 차가운 바람이 휙 불어들어 뺨을 스치고 지나갔다. 꽃샘추위가 기승을 부리는 계절이었다.

렌은 한순간 앞길이 막힌 것 같은 기분이 들어 제자리에 멈춰 섰다. 남자는 그런 렌을 재촉하듯 턱을 까딱했다.

"어서 가봐."

"그동안 감사했습니다."

배운 대로 인사한 후 머리를 숙이고 밖으로 나갔다. 그 남자에게 고마운 대접을 받은 기억은 없었지만, 그렇게 인사하고 나가는 것이 이곳의 관례라고 한다.

뒤에서 문이 닫혔다. 결국 쫓겨났다, 그런 기분마저 들었다. 하나도 기쁘지 않았다.

지금까지 두 번 가석방 기회를 놓쳤다. 물론 일부러 그랬다. 가석방이 결정되면 문제를 일으키고 징벌을 받아 석방을 연기시켰다. 그래서 형기를 다 채울 때까지 머무를 수 있을 줄 알았는데 어째서인지 또 가석방이 결정됐다. 왜 그렇게 쫓아내지 못해 안달을 하는 건지 화가 났다. 멋대로 처박아놨다가 자신들의 형편에 맞추어 내쫓는다. 세 번째는 문제를 일으킬 틈을 주지 않았다. 같은 방 동료들에게 제대로 작별 인사도 못하고 독방 생활을 하며 석방을 준비했다. 귀찮아서 단념하고 얌전히 지냈더니 눈 깜짝할 사이에 석방 날이 됐다.

외국인 재소자가 늘어나서 방도 인원도 모자란다는 소문이 있었다. 원래 렌처럼 초범인데다 죄상도 가벼운 범죄자가 후추 교도소에 수감되는 일은 드물다고 한다. 그렇다고 사방에 중범죄자와 폭력단원만 있는 것은 아니었다. 어디를 어떻게 보아도 범죄와는 인연이 없을 듯한 회사원 출신이지만 교통사범 전담 교도소가 가득 차서 임시로 후추 교도소에 들어온 사람도 있었다. 이야기를 들어보자 면허를 취소당해 무면허인 상태로 3년이나 운전을 계속하다가 아이를 치어 죽였다고 했으니 살인자는 살인자였지만.

렌은 한숨을 쉬었다.

눈앞에는 아무도 없었다. 아무도.

왜 자신이 그런 바보 같은 희망을 품었는지는 알 길이 없었지만, 렌은 그래도 자신이 기대하고 있었음을 그때 깨달았다.

아무런 근거도 없이.

기대는 이루어지지 않았다. 아무도 없었다. 보호관찰사도 일이 바빠서 맞이하러 갈 수 없다는 연락이 왔다고 한다. 될 대로 되라, 하고 죄다 내팽개치고 싶은 심정이었지만 밖에 나가면 다른 데로 새지 말고 보호관찰사한테 가라는 엄명을 받았다. 형기가 석 달 남았으니 아직 자유의 몸이 아니라는 말과 함께.

그럼 그냥 안에 놔두면 될 것을.

보호관찰사의 주소는 고가네이 시 미도리 초였다. 가본 적도 없고, 어떻게 가는지도 모른다. 렌은 어찌할 바를 모르고 하늘을 올려다보았다. 그리고 하늘이 너무 넓어서 놀랐다.

그제야 담 밖으로 나왔다는 기쁨이 조용히 솟아올랐다.

나가봤자 앞날이 캄캄하고 고향으로 돌아갈 수도 없다는 생각에 차라리 안에서 죽고 싶다고 마음먹은 적도 여러 번이었다. 가석방 기회를 두 번이나 걷어찬 것도 오로지 밖에 나가면 부랑자가 되어 떠돌다가 객사할 거라는 불안감에서 달아나고 싶어서였다.

하지만 좁은 운동장 위에 펼쳐진 하늘과 지금 올려다보고 있는 하늘은 분명 크기가 달랐다.

렌은 목이 아플 때까지 하늘을 쳐다보고, 흰 구름을 구경했다.

* * *

교도소에 수감됐을 때 맡겨둔 은행 현금카드를 돌려받았으므로 기타후추 역 앞에서 돈을 찾으려고 했지만 은행이 어디에 있는지 몰랐다. 그래도 징역을 사는 동안 모은 돈이 몇 천 엔 남아 있어서 전철을 타고 가기로 했다.

렌은 주오 선에 고가네이라는 역이 있다는 어렴풋한 지식을 길잡이 삼아 기타후추에서 무사시노 선을 타고 가다가 니시고쿠분지에서 주오 선으로 갈아탔다. 하지만 주오 선을 타고 난 뒤에야 자신의 지식이 애매했음을 깨달았다. 고가네이라는 역이 없어서, 무사시코가네이나 히가시코가네이 역 둘 중 하나에서 내려야 했다. 미도리 초가 어느 역에서 가까운지는 모른다. 어느 역이 더 크고 버스 노선이 많은지도 짐작이 가지 않았다. 에라, 모르겠다, 하고 더 가까운 무사시코가네이에서 내리자 역 앞이 제법 트여 있고 버스터미널도 있어서 안심했다.

지나가는 사람 몇 명에게 주소를 적은 종이를 보여주며 어느 버스를 타야 하는지 알아냈다. 은행에 들러 계좌에 돈이 얼마나 남았는지 확인했다. 2년 전에 얼마나 있었는지는 잊어버렸지만, 15만 엔 남짓 남아 있었다. 2만 엔만 찾아서 버스를 탔다.

옛날에는 농가였는지 보호관찰사의 집은 상당히 컸다. 근처에 고가네이 주택단지가 있어서 길은 정비되어 있었지만, 평일이라 그런지 사람은 별로 없었다.

이케다라고 적힌 문패 옆의 초인종을 누르자 바로 대답과 함께 50대 여자가 나왔다.

"야마우치 군?"

친근하게 부르자 렌은 당황했다.

"예."

"바깥양반한테 들었어요. 들어와서 기다려요."

이케다 부인은 무방비하게 렌에게 등을 돌리고 집 안으로 들어갔다. 이 부부는 분명 지금까지 감방에서 나온 사람을 몇 십 명이나 돌봐왔겠지만, 그 모두가 감사하는 마음을 품고 훌륭하게 갱생하지는 않았을 것이다. 렌은 그런 삐딱한 생각을 하며 뒤따라갔다.

"미안해요. 바깥양반도 데리러 가고 싶어 했는데, 갑자기 일이 생겨서요. 혼자서 오느라 불안했죠?"

렌은 이케다 부인이 자신의 나이를 착각했구나 싶었다. 완전히 소년원에서 나온 17세 소년을 대하는 듯한 말투였다. 그것도 모자라 접시에 과자까지 담아서 내왔다. 웃음이 나올 뻔했지만 꾹 참고 고개를 숙였다.

"배는 안 고파요?"

"예."

"편하게 있어요. 지금 바깥양반한테 전화했으니까 한 시간쯤 있으면 돌아올 거예요."

렌은 이케다 부인의 한담을 들으며 보호관찰사 이케다 유지로를 기다렸다. 이케다 부인은 렌의 과거와 죄상에 대해서는 아무 것도 묻지 않고 오로지 남편과 자기 주변의 하잘것없는 이야기만 늘어놓았다. 역시 이런 일에 익숙한지 분위기와 상대의 기분을 잘 살필 줄 알았다.

렌은 어느 정도 안도했다. 고향에 돌아오지 말라는 어머니의 연락을 받고 천애고독한 신세가 된 기분이었는데, 이케다 부부에게 의지하면 어떻게든 살아갈 수 있을지도 모른다…… 어떻게든.

이케다 유지로는 한 시간이 지나기 전에 돌아왔다. 덩치가 크고 술이라도 마셨나 싶을 만큼 얼굴이 볕에 검붉게 그은 남자였다.

"미안해, 야마우치 군."

이케다는 사람 좋아 보이는 웃음을 지었다. 하지만 눈빛은 날카롭다고 렌은 생각했다.

"별일 없었으면 데리러 갔을 텐데 말이야. 그게, 내가 고다이라 쪽에 임대 연립주택을 몇 채 가지고 있는데, 평소에는 한가해. 시간을 허비할 바에야 뭔가 세상에 도움이 되는 일이라도 하고 싶어서 보호관찰사 일을 하는 거야. 조상 대대로 땅을 부쳐 먹고 살았는데 아버지가 말년에 농사를 때려치우고 밭에 연립주택을 세워서 남겨주셨거든. 그래서 별 걱정 없이 속 편하게 살고 있어. 그런데 어젯밤에 연립주택의 한 집에서 사고가 나서 말이야."

이케다는 아내가 우려준 차를 단숨에 마셨다.

"근처 병원에서 일하는 간호사가 연애 문제로 고민하다 자살했어…… 어젯밤 늦게 시신이 발견돼서 오늘 아침에 경찰이니 뭐니 왔다 갔다 하느라 정신이 없더라니까."

"고생하셨네요."

렌은 작은 목소리로 말했다. 이케다는 렌의 언어 능력에 문제가 없는 것을 알고 안심했는지 더 활짝 웃었다.

"야마우치 군에 대해서는 대강 들었어. 뭐, 자네 일은, 그 뭐냐, 사고 같은 거였잖아. 자네처럼 순조롭게 살아가던 사람이 고난을 겪으면 오히려 더 괴로울 수도 있겠지만, 낙담하거나 초조해하지 말고 가보자고. 아참."

이케다는 거실에 있는 탁자 서랍을 열어 갈색 봉투를 꺼냈다.

"이거, 요전에 야마우치 군의 본가에서 와서 맡기신 거야."

"……어머니……가요?"

"아니, 결혼하신 누님이."

"아아…… 예."

렌은 고개를 끄덕였다. 누나 히나코는 도쿄로 시집갔다.

"본가의 부탁으로 오셨대. 내가 야마우치 군의 보호관찰사라고 본가에 연락을 드렸거든."

렌은 봉투를 뜯었다. 접힌 편지를 슬쩍 펼쳤지만 읽지는 않았다. 누나 글씨였다. 누나 성격은 잘 안다. 편지에 뭐라고 적었을지도 짐작이 간다. 어머니의 편지는 없었다. 기대한 내가 바보라고 속으로 생각했다. 누나 편지 외에도 통장과 도장 케이스가 하나씩 들어 있었다. 통장에 찍힌 액수는 3백만 엔.

렌은 고개를 들었다. 무슨 의도로 통장을 보냈는지 당장은 이해가 가지 않았다. 하지만 눈이 마주친 이케다의 표정을 보고 겨우 사태를 파악했다. 이케다는 쓴 것을 삼킨 듯한 표정을 짓고 있었다.

렌은 다시 봉투 속을 확인했다. 종이가 한 장 나왔다. 상속 포기에 관한 전권위임장이었다. 연필로 흐릿하게 도장을 찍을 위치를 지정해두었다. 인감증명서를 동봉하라는 글도 적혀 있었다.

렌은 다시 통장을 보았다.

"이 돈을 줄 테니 인연을 끊자는 건가."

렌은 자신이 소리 내어 말한 줄도 몰랐다.

"그렇게 받아들이면 안 돼."

이케다가 굵직한 목소리로 말했다.

"가족들도 여러모로 힘들었을 테고, 또한 자네 사건 때문에 부모님이 얼마나 마음이 아프셨겠나……. 그 돈도 거금이야. 자네가 새 출발 하기를 바라며 부모님이 정성을 다해주셨다고 해석해야지."

아버지가 그럴 리 없다고 생각하며 렌은 속으로 웃었다. 아니, 오히려 아버지가 이번 일을 계획하고 어머니를 윽박질렀으리라. 그딴 놈은 상속을 받을 자격이 없어, 의절이다. 아버지는 그렇게 고함을 질렀을 테지. 그리고 어머니는 그 말에 거역하지 않았다. 이 돈은 분명 어머니의 비상금이다. 외갓집도 그럭저럭 유복한 농가니까 어머니에게도 이 정도 비상금은 있었을 것이다.

어머니는 3백만 엔으로 아들과 연을 끊었다.

부탁이니 항소하지 말고 재판을 끝내라고 그 여자가 울며 사정했기에 렌은 항소를 포기했다. 어차피 연을 끊을 생각이었다면 그냥 끝까지 싸워보게 놔둬도 됐을 것을.

렌은 지금 처음으로 억울한 기분이 들었다. 눈앞의 광경이 흐릿해진 것은 알았지만, 눈물이 흘러내리느라 그렇다는 것은 몰랐다.

"야마우치 군."

이케다는 동요했다. 렌이 우는 이유를 오해한 것이리라.

"자자, 내 말 좀 들어봐. 남을 원망해서는 안 돼. 원망하면 또 길에서 벗어나. 그리고 이번에는 더욱 깊은 수렁에 빠질 거야. 누구 탓도 아니야, 자기 인생은 자기가 책임지는 법이니까. 앞으로 어떻게 하느냐에 따라 승부가 결정돼. 자네는 아직 젊으니까 잃은 걸 되찾을 수 있다고. 결코 자포자기하거나 막나가서는 안 돼. 내 말 알아들었지?"

렌은 고개를 끄덕이지 않았다. 가슴속이 싸늘하게 식었다. 머릿속에서 매미가 시끄럽게 울어댔다.

이케다는 작게 한숨을 쉬었지만 금세 마음을 다잡았는지 밝은 목소리로 입을 열었다. 마치 순순하게 굴지 않는 전과자를 다루는 데는 이골이 났다는 듯이.

"그건 그렇고 앞으로의 생활에 대해 이야기하지. 알다시피 자네는 형기가 아직 좀 남았어. 형기가 끝날 때까지는 모든 권리를 자유로이 행사할 수 없어. 일단 여행은 국내로만 갈 수 있고, 여행할 때는 여행지와 여행 목적을 내게 말해줘야 해. 자네가 언제든지 나와 연락이 가능한 상태를 유지하는 것이 가석방의 중요한 조건이니까. 형기가 끝나기 전에 골치 아픈 일을 저지르면 재수감될 수도 있어. 그러니까 경찰이 끼어들 만한 일은 절대로 일으키지 않도록 항상 조심해. 반드시 불법 행위만 문제시되는 건 아니니까 그 점을 특별히 주의하도록. 어쩌다 싸움을 벌여서 합의를 보더라도 소행에 문제가 있다고 판단되면 재수감되어 남은 형기를 살아야 해. 마음에 드는 말은 아니지만 품행방정하게 지낼 필요가 있어. 석 달이 지나 형기가 끝날 때까지는 말이야. 이해했지?"

렌은 고개를 끄덕였다.

"다음으로 이게 제일 중요한데, 일을 해야 해. 가석방 기간이라고 빈둥빈둥 놀면 안 돼. 노동에 종사하여 사회에 공헌해야 하지. 뭐, 말은 그렇지만 성실하게 일하고 평범하게 생활하면 되니까 그렇게 어렵게 생각할 건 없어. 세상 사람들이 매일 하는 대로 똑같이 하면 돼. 그런데 일할 곳은?"

렌은 고개를 저었다.

"음…… 자네는 많이 배웠으니 천천히 찾아보면 분명 좋은 직장을 찾을 수 있겠지만, 당장 할 일이 없다면 일단 내가 준비한 일을 해보겠나? 자세한 내용은 나중에 설명할게."

"잘 부탁드립니다."

렌은 머리를 숙였다. 일단 교도소에서 나오자마자 굶어 죽을 걱정은 없어졌다. 하지만 돌아갈 집이 영원히 없어진 것도 사실이었다.

4월이다. 구쓰키에 벚꽃이 피려면 좀 더 있어야겠지. 하지만 강둑에는 민들레가 피기 시작했을 테고, 쇠뜨기를 뜯기에도 딱 좋은 시기다.

돌아가고 싶었다. 이제 두 번 다시 돌아갈 수 없다는 걸 알지만 돌아가고 싶었다. 언제 마지막으로 다녀왔더라. 실험이 바쁘다는 핑계로 몇 년이나 돌아가지 않았다. 논문을 무사히 다 쓰고 나면 다녀올 생각이었다. 외자계 회사에 취직이 결정되어 1, 2년 후에 학비를 받아 미국 대학에 유학을 갈 예정이었다. 그리고 그 후에 어쩌면 본사로 전근할지도 모른다고 했다. 그러면 고향에서 또 멀어진다. 그 전에 한 번 다녀올 생각이었다. 하지만 이제 영원히 이룰 수 없는 꿈이다. 왜 다녀오지 않았을까. 이럴 줄 알았다면 한 번 다녀오는 건데.

2

다다미 여섯 장짜리 방 한 칸에 싱크대와 화장실 겸 욕실이 딸린 간소한 집이었다. 그래도 집세는 제법 비싸게 느껴졌다. 경제가 장기간 호황이라 부동산 가격이 천정부지로 뛰어오른 모양이다.

불만은 없었다. 집에도 일에도. 직장은 인쇄 공장이고 맡은 일은 종이 운반이다. 하루 종일 작업복 차림에 목장갑을 끼고 땀을 흘린다. 지게차 운전도 배웠다. 다행히 수감 중에 운전면허가 말소되지 않았기에 갱신하여 2톤 트럭도 몰고 다녔다. 사장이 이케다의 친구라서 지금까지 감방에 다녀온 사람을 몇 명 받아주었다고 한다. 동료들은 과거에 대해 시시콜콜 따지지 않았고 모두 친절했다. 이케다에 대해서도 여러 가지 정보를 얻었다. 이케다가 아주 가끔 날카로운 눈빛을 보이는 데는 이유가 있었다. 이케다는 간이 상해서 퇴직할 때까지 경찰관으로 일했다고 한다.

이케다는 애써 대학원까지 진학했으니 조만간 학력을 살릴 수 있는 직장으로 옮기라고 충고해주었다. 경기가 좋으니 찾아보면 취직할 곳은 얼마든지 있다면서. 실제로 컴퓨터를 조금이라도 다룰 줄 알면 대환영이라는 직장은 많은 듯했다. 렌은 인쇄 공장 일이 마음에 들었지만, 단순한 흥미에서 컴퓨터 관련 책을 사들였다. 자신이 담장 안쪽에 갇혀 있던 1년하고 몇 개월 동안 기술은 현격하게 진보했다.

일이 끝나면 집에서 열심히 공부했다. 하루는 순식간에 지나갔고, 매일매일 거짓말처럼 충실함을 맛보았다. 1년 몇 개월이나 교도소에 있었던 것이 마치 남의 인생처럼 느껴졌다. 석 달간 아무와도 자지 않았고, 자고 싶다는 생각도 안 들어서 스스로도 조금 놀랐다. 담장 안에 있을 때는 그 행위만이 자신이 있을 곳을 확보하고 누군가의 보호를 받기 위한 수단이었다. 그리고 분명 쾌감을 느꼈으니 자신도 그 행위를 좋아하는 거라고 믿었다. 아니면 믿으려고 했던 걸까.

아무튼 이제 내게는 그런 행위가 필요 없다. 조만간 여자에게 흥미가 생겨서 예전의 보통 '남자'로 되돌아갈 것이다.

남은 형기가 끝났다. 이케다는 자신의 집에 렌을 불러 조촐한 축하 상을 차려주었다.

"이제 자네는 명실공히 자유의 몸이야."

이케다는 기분 좋게 맥주를 마셨다.

"요 석 달간 자네가 일하고 생활하는 모습을 보고 정말로 감탄했어. 이제 걱정은 안 해도 되겠어. 분명 혼자서도 잘 해갈 테지. 하지만 힘든 일이 있으면 언제든지 상의하러 와. 형기가 끝났어도 자네의 전과 기록은 남아. 앞으로 그것 때문에 힘들지도 몰라. 하지만 처음에 말했듯이 결코 낙담해서는 안 돼. 급하게 굴면 지는 거야. 자네 인생은 길고, 무한한 가능성이 숨겨져 있으니 어쨌거나 참고 견디면서 열심히……."

술이 들어가서 말이 많아진 이케다의 언제 끝날지 모를 연설을 흘려들으면서 렌은 오랜만의 맥주를 핥듯이 맛보았다. 대학에 들어갈 때까지 장난삼아서도 마셔본 적이 없었지만, 마셔보자 자신이 센 편임을 알았다. 아버지도 형도 술은 셌다. 외가에도 술이 센 사람이 많다고 들었다. 누나도 안색 하나 변하지 않고 맥주를 한 병 비운다. 하지만 술을 좋아하지는 않는다. 학창시절 친목회 때도 주변 사람들이 취해서 흥청망청할수록 렌은 마음이 가라앉아서 점점 재미가 없어졌다. 넌 성격이 어둡다는 말을 들은 적도 있었다. 스스로는 밝은지 어두운지 생각해본 적이 없었다. 다만 어릴 적부터 넌 왜 그렇게 얌전하냐고 아버지가 짜증스럽게 호통치는 소리를 들으며 자랐다.

얌전하다. 정말로 그럴까?

렌에게는 그날 밤의 기억이 없다. 아니, 스스로는 있다고 생각한다.

확실히 꿈을 꾼 듯한 기분이 든다. 잠에서 깨자마자 어떤 꿈인지 잊어버렸지만. 어쨌거나 자신은 자고 있었다고 믿는다. 컴퓨터 앞에 앉아 있다가 피곤해서 전원을 끈 것이 몇 시였더라. 그것만 증명할 수 있다면 모든 악몽에서 해방됐을지도 모른다. 하지만 기억나지 않았다. 혼자 사는 데다 다음날 무슨 예정이 있던 것도 아니었으므로 자기 전에 시계를 볼 필요가 없었다. 그저 피곤하고 졸려서 컴퓨터를 끄고 그대로 잠자리에 들었다. 논문이 최종단계에 들어간 후로 실험하느라 학교에 머물 때말고는 언제나 이부자리를 깔아두었다. 누우면 거기에 이불이 있었다. 한여름이라 늘 사각팬티와 티셔츠만 입고 생활했기에 옷을 갈아입을 필요조차 없었다. 에어컨은 없었지만 창문을 열어놓으면 바람이 좀 들어왔다. 쓰러지듯 이부자리에 누워 그대로 곯아떨어졌다…… 렌은 그렇게 믿었다.

하지만 그렇지 않다고 모두가 합세하여 부정했다. 그렇지 않다. 넌 잠들지 않았다. 이부자리를 빠져나와 밤거리로 나가서 커터칼로 여자의 얼굴을 그었다.

기억상실인지도 모른다. 그 당시는 절대로 자신이 한 짓이 아니라고 믿었다. 무슨 착오거나 누군가의 실수라고 생각했다. 하지만 1년 몇 개월이 흐르는 사이에 스스로도 자신의 성격을 종잡을 수 없게 됐다. 나라면 그랬을지도 모른다는 생각이 들기 시작했다. 일을 저질러놓고 기억을 잃었을 뿐인지도 모른다. 나는 그저 얌전한 것과는 본질적으로 다른 성질을 지녔다. 렌은 그 사실을 자각했다.

교도소에서 지낼 때 렌을 싫어하는 남자가 있었다. 같은 방을 쓰는 사람 중에 그 남자만 걸핏하면 렌을 괴롭혔고, 창피를 주며 기뻐했다.

"너처럼 남색질 하는 새끼가 제일 싫어."

그 남자는 일부러 침을 튀기며 그렇게 말했다. 때로는 진짜 침을 뱉을 때도 있었다. 왜 그 남자가 자신을 그렇게 싫어하는지 렌은 이해가 잘 되지 않았다. 렌이 그 남자에게 무슨 실수를 한 기억은 전혀 없었고, 폐를 끼친 적도 없었다. 반항하며 말대꾸한 적조차 없었다. 결국 그 녀석은 호모포비아였으리라. 동성애자와 동성애적 행위 전반을 증오한다기보다 두려워하는 것이다. 다무라가 그런 쪽에 자세하여 이것저것 가르쳐주었다. 참 불합리한 이야기라고 렌은 생각했다.

어느 날, 별 생각 없이 기타무라 앞에서 더 이상 그 남자의 심술을 못 견디겠다고 불평했다. 딱히 어떻게 해달라고 부탁한 것은 아니다. 그저 투덜거렸을 뿐이다. 그날 밤 자유 시간에 기타무라가 웬일로 오바나랑 이노와 함께 소곤소곤 이야기를 나누었다. 세 사람은 평소 사이가 별로 좋지 않다. 그저 렌을 더치와이프 대용으로 쓰고 있다는 것만이 공통점이다. 이상하다 싶었지만 자신과는 관계없는 일로 여겼다.

다음날 작업을 하다가 렌을 싫어하는 남자, 다카오카가 크게 다쳤다. 어쩌다 그랬는지는 아무도 몰랐다. 다카오카는 방을 나가서 의료교도소에 입원했다. 기타무라, 오바나, 이노 세 사람은 아무 말도 하지 않았고 표정 변화 하나 없었다. 다무라조차 입을 다물었다. 미야타와 이토도 다카오카에 대해서는 일절 입에 올리지 않았다.

그리고 렌은 신기한 상쾌함을 느꼈다. 뭐가 어떻게 관련되었든 아니면 전부 관계가 없든 아무래도 상관없었다. 다카오카가 사라져서 속이 시원하다는 것이 렌의 솔직한 심정이었다. 관계가 있든 없든 기분이 좋았으니 세 사람에게 최대한 서비스를 해주었다. 특별히 고마움을 표시했다는 의식은 없었다. 그저 다카오카가 증오를 불태우며

엿듣고 있으리라는 걱정을 하지 않아도 되는 만큼 더 대담해졌을 뿐이다.

며칠 후 다무라가 렌의 얼굴을 보며 대뜸 중얼거린 말이 귀에 달라붙어 떨어지지 않았다.

너, 꽤나 무서운 놈일지도 모르겠다.

"야마우치 군, 좀 더 들어."

이케다는 렌의 잔에 맥주를 따랐다.

"자네는 정말 우수한 청년이야. 이야, 앞날이 기대돼. 자네는 훌륭하게 갱생할 뿐만 아니라 머지않아 크게 성공할 거야. 아무렴, 난 알아. 자네는 의지가 강한 인간이야. 눈빛이 달라. 그리고 머리도 아주 좋고. 올바르게 열심히 살기만 하면 분명 인생의 승리자가 될 수 있을 거야. 그러면 고향에도 당당하게 돌아갈 수 있지 않겠나, 응?"

렌은 못 돌아간다고 말하려다 말았다. 앞으로 렌이 성공하는지 마는지는 문제가 아니다. 눈에 흙이 들어가지 않는 한 아버지는 렌을 용서하지 않는다. 아버지에게 용서받지 못하면 렌은 절대 구쓰키에 못 돌아간다.

형의 묘는 어디다 썼을까. 조상 대대로 내려오는 야마우치 가의 묏자리에 썼다면 어딘지는 아는데.

정치가가 될 수 없다는 사실이 형에게는 죽음과도 같은 의미였을까. 형의 인생은 정치가가 될 수 없다는 걸 안 순간에 끝나도록 만들어진 걸까.

형은 늘 올발랐다. 올바르고 강하고 다정했다. 아버지처럼 기분 내키는 대로 고함을 지르지도 않았고, 아버지가 연약하고 계집애 같은 렌을 못살게 굴 때마다 잘 타일렀다. 렌이 같은 반 아이에게 괴롭힘을 당하면 반드시 복수해주었다. 성적도 뛰어나고 운동신경도 월등하여 뭘 시키든 못하는 게 없었다. 야마우치 가의 장남은 신동이라고 모두가 입을 모아 말했다. 차남은 인형 같이 생겼으니 가부키라도 시키는 게 좋겠다고 했다.

아버지에게 형은 보배였다. 아버지는 누나에게도 렌에게도 별 관심 없이 형에게만 전념했다. 단박에 도쿄대에 입학했고, 시가 현의회 사무소에서 일하다가 도쿄로 올라가서 중의원 의원의 비서가 됐다. 그 의원의 둘째 딸과 약혼하여 다음 중의원 선거 때 출마할 예정이었다. 렌의 취직이 결정됐을 때 형과 둘이서만 한잔하러 갔다. 여느 때처럼 쾌활하고 든든하고, 자신의 힘을 믿어 의심치 않는 형이었다. 그리고 렌은 그날 밤, 형의 얼굴을 마지막으로 보았다.

이케다는 거나하게 취했다. 렌이 석 달간 성실하게 일했고, 앞으로도 렌의 삶에 문제가 없을 듯하다는 것이 그렇게 기쁠까. 렌은 기분이 묘했다. 이케다는 전과자를 떠맡아 갱생시키는 것을 보람으로 느끼며 살고 있다.

어쨌거나 현재 생활에 불만은 없었다. 이대로 평온하게 좋아하는 컴퓨터 공부와 일을 계속할 수만 있다면 다른 욕심은 없었고, 앞으로 어떻게 하고 싶다는 바람도 없었다. 어디까지나 인쇄회사에 임시 고용된 처지이므로 상여금도 나오지 않고 사회보험도 지원받지 못했지만, 사장 말로는 1년간 성실하게 근무하면 정사원으로 채용하는 제도가 있다고 했다. 그때까지는 월급으로 집세와 식비를 충당하기도 빠

듯하지만, 어머니에게 받은 '돈' 덕분에 책 정도는 살 수 있다.

렌은 맥주를 마시며 드디어 인생 최악의 구렁텅이에서 벗어났는지도 모르겠다고 생각했다. 돌아갈 고향은 잃었지만, 잘 곳은 얻었다.

3

8월의 무더운 밤이었다. 그달을 끝으로 회사를 그만두는 동료의 송별회가 열렸다. 늘 보는 얼굴 외에 낯선 남자가 한 명 더 있었다. 작년까지 이 회사에 다니다가 독립하여 작은 인쇄소를 차린 터라 렌 말고 다른 사람들은 잘 아는 모양이었다. 40대 중반으로 보였는데 풍채도 좋고 목소리도 컸다. 술을 벌컥벌컥 마셨지만 얼굴이 새빨개져서 주정을 하는 모습을 보아하니 술이 그리 센 편은 아닌 듯했다. 질 나쁘게 치근치근 시비를 걸지는 않았지만 적당히 좀 마시라고 주변에서 타일러도 술잔을 손에서 놓으려 하지 않았다.

렌도 권하는 대로 제법 받아 마셨지만 취할 정도는 아니었다. 렌이 술이 세다는 것이 동료들은 꽤나 의외였던 모양이다. 처음에는 재미있어하며 권했지만 아무리 마셔도 멀쩡한 것을 보자 그냥 내버려두었다.

어느 틈엔가 작년에 퇴직했다는 남자가 렌 옆에 앉아 있었다. 이름은 무라사와라고 했다. 무라사와의 이야기는 재미가 없었다. 자신이 이 회사에서 얼마나 열심히 일해서 돈을 모아 독립했는지 아느냐며 자기 자랑만 늘어놓았다. 하지만 렌은 싫은 티를 내지 않고 고개를 끄덕이며 이야기를 들었다.

1차가 끝난 후 2차로 노래방에 가자기에 렌은 사양하고 동료들과 헤어졌다. 많이 취해서 비틀비틀하는 무라사와도 렌과 함께 역 쪽으로 갔다.

"너희 집, 어디야?"

무라사와가 친한 척하며 렌의 어깨에 손을 얹고 물었다.

"바로 근처인데요."

"걸어서 갈 수 있어?"

"10분 정도 걸려요."

"그럼 너희 집에 가서 한 잔 더 하자."

렌은 놀랐다. 무라사와의 속내를 짐작할 수가 없었다.

"저희 집에는…… 맥주 정도밖에 없는데요."

"사서 가면 되잖아. 아직 11시도 안 됐어. 자판기에서 사면 된다고."

"하지만 이제 술은……."

"술 세던데 뭘."

무라사와는 웃었다.

"엄청 잘 마셔서 놀랐어. 역시 아무리 얌전하게 생겼어도 별이 달린 놈은 뭔가 다르다니까."

렌은 무라사와의 얼굴을 훔쳐보았다. 교활한 웃음을 띠고 있었다.

"걱정할 것 없어. 아무한테도 말 안 할게. 나도 같은 처지거든."

무라사와는 큰 소리로 웃었다.

"돈도 쥐꼬리만 하게 주는 저딴 엿 같은 회사에서 잘도 10년이나 버텼다니까. 울며 겨자 먹기였지. 경기가 아무리 좋다 한들 별이 달린 걸 알고서도 고용해주는 회사는 좀처럼 없거든. 그래도 어떻게든 독립해서 한숨 놨어. 야, 괜찮으면 우리 회사에 안 올래? 하나부터 열까지 혼자서 다 하려니 몸이 열 개라도 모자랄 지경이야. 어차피 지금 받는 월급으로는 여자를 사러 갈 수도 없잖아. 우리 회사에 오면 조금 더 쳐줄게."

무라사와는 렌과 헤어져 집에 돌아갈 생각이 없는 듯했다. 이런 남자 밑에서 일할 생각은 전혀 없었지만, 렌은 하는 수 없이 무라사와를 자기 집에 데려갔다.

도중에 사온 술을 주접스레 마시면서 무라사와는 또 자랑을 늘어놓았다. 그러다 자기가 먼저 질리자 이번에는 교도소에 들어간 이유를 어린 시절까지 거슬러 올라가서 떠들어대기 시작했다. 지긋지긋했지만 전과를 숨기고 생활하느라 그런 이야기를 공공연히 꺼낼 기회가 없었을 테니 입이 근질근질했겠지 싶어서 꾹 참았다. 다만 너는 어땠느냐, 너는 무슨 짓을 저질렀느냐는 질문이 날아들까 봐 걱정스러웠다. 렌은 그러한 질문에 어찌 답해야 할지 몰랐다.

하지만 무라사와는 자기 이야기만 늘어놓을 뿐 렌에게는 아무 질문도 하지 않았다. 이윽고 술이 다 떨어지자 무라사와는 금세 코를 드르렁드르렁 골며 잠에 빠졌다.

렌은 술을 어중간하게 마신 데다 무라사와가 품은 독기 같은 것을 접한 탓에 잠이 오지 않아 방바닥에 드러누운 무라사와에게 홑이불을 덮어주고 그 옆에 드러누워 스탠드를 켜고 책을 읽었다. 더위, 그리고 무라사와의 입에서 풍기는 술 냄새와 체온 때문에 창문을 활짝 열어놓아도 숨이 막힐 것 같았다.

드디어 잠이 와서 꾸벅꾸벅 졸기 시작했을 때 등에 기척이 느껴졌다. 렌은 무라사와가 몸을 뒤척인 줄 알았다. 하지만 아니었다. 술내가 몹시 풍기는 입김이 귀 뒤쪽에 뿜어졌다. 반사적으로 기어서 달아나려고 했지만 등을 짓눌렸다. 무라사와가 꽤나 무거워서 가슴이 답답했다.

"괜찮지?"

무라사와는 렌을 달래는 듯한 목소리로 속삭였다.

"그렇지? 괜찮지? 어차피 따먹혔을 거 아니야. 얼굴이 이렇게 곱상한걸. 분명 익숙할 거야."

렌은 말없이 몸부림쳤다. 무라사와라는 남자가 싫었다. 이런 놈에게 몸을 허락할 이유는 없었다. 몹시 화가 났다.

"조용히 끝내자."

무라사와는 웃으면서 말했다.

"아니면 네가 감방에 다녀왔다고 다 까발릴까? 다 들었어, 후추였다면서. 무슨 짓을 했는지는 모르지만 후추라면 가벼운 죄는 아니겠지. 뭐, 어때. 닳는 것도 아니잖아. 난 4년 동안 있으면서 젊은 놈들을 차례차례 다 따먹었어. 나오고 나자 한동안은 여자 생각밖에 안 나서 여자만 쫓아다녔지만, 요즘은 그것도 질려서 말이야. 네 얼굴을 보니까 오랜만에 거기로 해보고 싶더라고. 자, 얌전히 대. 어서."

좌우지간 무라사와가 웃는 것이 마음에 들지 않았다. 오바나와 이노는 이렇게 사람을 업신여기듯이 웃지 않았고, 기타무라도 무라사와보다는 나았다.

몸부림을 치다가 전기스탠드에 손이 닿았다. 정신없이 붙잡고 몸을 비틀어서 위에 올라탄 무라사와의 이마를 내리쳤다.

전구가 빠직 깨졌다. 켁, 하고 소리를 지르며 무라사와가 이마를 눌렀다. 렌은 벌떡 일어나서 무라사와의 얼굴을 정통으로 걷어찼다.

"이, 이 새끼가!"

코피가 줄줄 흘렀다. 스탠드가 꺼져 창문으로 비쳐드는 달빛 속에서 검은 액체를 흘리는 무라사와의 얼굴이 희미하게 보였다.

"이, 이런 짓을 하고도 무사할 것 같아! 내가 사장한테 일러바치면 넌 당장 모가지야. 별 달린 놈을 고용해줄 회사를 쉽게 찾을 수 있다고 생각하면 큰 오산이야!"

참으로 좀스럽고 비열한 남자였다. 혐오스러워서 토할 것만 같았다. 렌은 자신이 뭘 하는지도 모르는 채 무라사와의 얼굴을 한 번 더 걷어찬 후 나동그라진 무라사와의 머리끄덩이를 움켜잡았다.

"꺼져."

그렇게만 말하고 문 밖에 내팽개쳤다. 문을 닫고 자물쇠를 잠그자 무라사와가 고함을 지르며 문을 걷어차는 소리가 몇 번 울려 퍼졌다. 하지만 얼마 지나지 않아 질질 끄는 듯한 발소리가 멀어지고 정적이 되돌아왔다.

동이 틀 때까지 렌은 방 한가운데 앉아 있었다.

무척 비참하고 피로했지만, 몹시 무섭기도 했다. 역시 자신의 가슴 속 깊은 곳에는 엄청나게 흉포한 것이 숨어 있었다.

놈들의 말이 옳았다. 세타가야 서의 그 형사 말대로 내가 여자를 덮치고 상처를 입혔다…… 분명.

팔 힘과 손아귀 힘이 또래 아이들보다 세다는 것은 어릴 적부터 알고 있었다. 철봉은 장기 중의 장기인지라 체력 측정을 하면 교사가 놀랄 정도였다. 하지만 그 힘을 싸움에 써먹겠다는 생각은 없었고, 어떻게 써야 할지도 몰라서 싸움에는 완전 숙맥이었다. 뿐만 아니라 렌은 폭력을 아주 싫어했다. 폭력을 휘두르는 것도 폭력을 당하는 것도 그저 무서웠다. 아버지가 계집애 같다고 경멸해도, 용서를 구하면서 도망 다니는 편이 마음 편했다. 그게 자신의 성격이라고 믿었다. 그 밑바닥에 야수처럼 남을 차고 때릴 수 있는 자신이 숨어 있을 줄은 상상도 못했다.

렌은 손으로 얼굴을 덮었다. 동틀 녘이 되어 방 안이 연보랏빛으로 물들자 자신의 양손은 죽은 사람의 그것처럼 창백해 보였다.

이케다 앞으로 짧은 편지를 썼다. 돌봐주어서 감사하며 집과 직장의 뒷정리를 떠맡겨서 미안하다는 내용이었다. 그리고 통장과 도장을 놓고 가니 받아달라고 덧붙였다.

아무 것도 가지고 나오지 않았다. 가져갈 필요가 없었다. 자신의 정체를 깨달은 이상, 한시라도 빨리 모든 것을 끝내고 싶었다.

1995. 10 (4)

1

오랜 시간 회의를 했지만 두드러진 결론은 하나도 나오지 않았다. 밤을 새워 불야성을 돌아다닌 수사원도 있었지만 이렇다 할 수확은 없었다. 하지만 니라사키가 사건 당일 살해당하기 전까지 어떻게 행동했는지는 꽤 상세하게 파악했다.

니라사키는 오후 6시에 가스가 파 사무소를 나섰다. 그 전에 수수께끼의 젊은 여자와 호텔에 체크인했지만 조직원들은 아무도 그런 줄 몰랐다고 진술했다. 부하가 운전하는 차로 오후 7시경에 아카사카의 요정 〈쓰카사〉에 도착했다. 회식 상대는 무토 파 보스와 행동대장을 비롯한, 동일본연합회에 소속된 몇몇 조직의 최고 간부들이었다. 니라사키는 9시 반에 먼저 일어나서 〈쓰카사〉를 나섰다. 이미 중요한 이야기는 다 끝나고 친목회 같은 분위기였으므로 나머지 참가자들도 10시경에는 아카사카의 다른 클럽으로 자리를 옮겼다. 니라사키만 부하와 함께 롯폰기의 클럽 〈하나자〉로 향했다. 그리고 거기서 야마우치와 만났다. 니라사키는 〈하나자〉에 고작 30분쯤 있다가 야마우치와 함께 가게를 나섰다. 이때 니라사키를 모시던 부하는 조직으로 돌아갔다. 니라사키는 야마우치와 둘이서 만날 때 곁에 누가 있는 걸 싫어했다고 한다. 그 후 두 사람은 야마우치의 차를 타고 야마우치의 집으로 향한 모양이다. 적어도 니라사키는 부하에게 그렇게 말했다. 그러나 현재로서는 목격자가 아무도 없으므로 입증된 사실은 아니다. 하지만 니라사키는 11시 55분 전에 신주쿠의 호텔에 나타났다. 아니, 나타난 듯하다. 11시 55분에 니라사키가 체크인한 방에서 경호원 사와키와 다카시마가 머무는 방으로 내선전화를 건 기록이 남아 있다. 또한 사와키와 다카시마도 날짜가 바뀔 무렵에 니라사키의 전화를 받았다고 진술했다. 만약 정말로 니라사키가 내선으로 이 전화를 걸었다면 니라사키는 적어도 11시 55분 전에는 호텔에 들어온 셈이며, 역산하면 야마우치의 집에는 한 시간도 머무르지 않은 셈이다. 이 내선전화가 무슨 공작일 가능성도 있지만 지금 현재 단계까지 공작의 이유로 볼 수 있을 만한 사항은 발견되지 않았다. 한편 야마우치의 비서인 하세가와 다마키는 11시 50분에 야마우치의 집에 가서 아침까지 그와 함께 있었다고 진술했다. 이 진술이 사실이라면 니라사키는 적어도 그 시각에는 야마우치의 집에 없었다. 지금까지 진술한 관계자들이 거짓말을 하지 않았다고 가정하면 좀 미묘하기는 하지만 니라사키는 날짜가 바뀌기 전에 호텔로 돌아온 셈이다.

야마우치는 결국 어제 병원에서 나오지 않았다. 오늘 오후에 퇴원

하고 신주쿠 서에 들르겠다고 비서를 통해 오이카와에게 연락했다고
한다.

　니라사키의 장례식이 이틀 후로 정해졌다고 수사4과가 보고했다.
수사당국의 요청에도 불구하고 장례식을 아주 성대하게 치를 것이라
는 정보가 있었다. 당일 간사이 지방과 규슈 지방에서 유명한 조폭 보
스와 간부들이 대거 밀려올 가능성이 있어 특별대책팀이 하네다와
도쿄 역의 경비를 맡기로 했다.
　하지만 뭐, 우리랑은 상관없지. 아소의 내심은 그랬다.
　현재 니라사키를 죽인 범인의 정체에 대해서는 내실 없는 소문만
무성할 뿐이다. 그것이 오늘 아침 수사4과가 내린 결론이었다. 조직
간의 항쟁 때문에 살인 사건이 벌어지면 어느 조직의 누가 명령을 내
렸는지 자연스레 전해지는 법이라고 한다. 하지만 이번에는 가스가
파와 대립 중인 승룡회와 간자키 파 양쪽 다 니라사키의 돌연한 죽음
에 상당히 동요하고 있는 모양이다.

　수사1과와 관할서 수사반의 보고에서는 드디어 호텔 투숙객 중에
서 니라사키 일행을 보았다는 사람을 찾아냈다는 점만 어느 정도 좋
은 평가를 받았다. 한 목격자는 니라사키가 젊은 여자와 체크인한 지
20분 후에 호텔 카페테라스에서 그 두 사람을 보았다. 이때 카페테라
스는 한산하여 니라사키 일행과 목격자를 포함해 손님이 몇 팀밖에
없었던 모양이지만, 종업원은 니라사키와 젊은 여자를 기억해내지 못
했다. 두 사람은 그만큼 눈에 띄지 않게 수수한 커플이었으리라. 하지
만 목격자가 된 손님은 니라사키의 사진에 바로 반응했다. 또한 오늘

오후에 니라사키와 함께 있던 여자의 초상화를 그리는 데 협력해주기로 했다. 아소는 자기도 그 목격자를 만나보기로 결심했다.

또 다른 목격자는 호텔 지하주차장에서 니라사키 같은 남자를 보았다. 주차장에서 호텔로 올라가는 엘리베이터 앞에서 니라사키 같은 남자가 엘리베이터가 오기를 기다리고 있었다고 한다. 목격자는 그때 차를 막 주차장에 댄 참이었다. 마침 엘리베이터가 잘 보이는 곳에 주차한 터라 시동을 끄고 짐을 내리는 동안 자꾸 눈에 들어왔다고 한다. 하지만 목격자가 짐을 들고 엘리베이터로 갔을 때 니라사키 같은 남자는 먼저 올라간 뒤였다.

목격자는 시계를 보지 않았으므로 몇 시였는지는 모른다고 했지만, 주차장 티켓을 끊은 시각을 기준으로 대충 짐작할 수 있다. 주차장에 들어온 시각이 오후 11시 44분이니 빈 공간을 찾아 주차하는 데 3분 걸렸다고 치면 47, 8분쯤에 니라사키 같은 남자가 엘리베이터 앞에 서 있는 모습을 보았을 것이다. 만약 그 남자가 정말 니라사키였다면 그대로 자기 방에 직행하여 11시 55분에 내선으로 사와키에게 연락을 취할 수 있다. 다만 이 목격자가 그 남자의 등밖에 보지 못했으니 정말로 니라사키가 맞는지 장담은 할 수 없다고 하는 것이 문제였다.

니라사키의 행동이 확실해짐에 따라 호텔 안에서 목격자를 찾아봤자 별 도움은 되지 않는다는 것 또한 확실해졌다. 아무튼 니라사키의 체크인을 '도운' 젊은 여자의 신원을 규명하는 것이 급선무였다. 그렇다, 그 여자는 물론 한밤중에 니라사키와 함께 호텔에 있던 인물이 아니다. 그저 체크인하다가 누군가에게 목격당했을 때를 대비해 니라사키가 데려온 여자일 뿐이다. 하지만 그 여자가 누구인지 알면 니라사키가 그 여자에게 어떤 변명을 했는지 알아낼 수 있다.

　니라사키 애인들의 알리바이는 철저하게 조사하여 입증을 마쳤다. 일단 사쓰키는 오전 2시가 되기 조금 전에 롯폰기의 가게를 나섰음이 종업원의 진술로 확인되었다. 가게를 나서서 택시를 타고 바로 집에 돌아갔다고 한다. 그녀는 늘 콜택시를 부르므로 그날 밤 사쓰키를 태운 택시와 운전기사는 금방 찾을 수 있었다. 사쓰키는 오전 2시 20분이 될락 말락 할 때 택시에서 내렸다고 한다. 사쓰키가 사는 맨션은 오다큐 선의 요요기하치만 역에서 그리 멀지 않다. 니라사키의 시체는 오전 3시가 좀 지나서 발견되었고, 차를 타면 요요기하치만에서 니시신주쿠까지 5분 정도 만에 주파할 수 있으니까 범행은 가능하다. 하지만 너무 황망한 감이 있다.

　애인 중에서 두 번째 위치를 차지하는 의사 노조에 나미에게는 일단 알리바이가 있었다. 그날 밤 노조에는 의사 친구의 부탁으로 그 의사가 경영하는 세타가야 구의 개인 병원에서 야근 아르바이트를 했다. 근무 시간은 오후 9시부터 다음날 아침 8시까지로, 구급환자가 없으면 잠깐 눈을 붙일 수 있지만 간호사에게 입원환자 야간순회 결과를 보고받아야 하므로 오후 10시, 오전 1시, 오전 4시, 이렇게 세 시간에 한 번씩 총 세 번 담당 간호사와 이야기를 나누어야 한다. 또한 그 사이에 병원을 빠져나갔다가 혹시 구급환자라도 실려 오면 몽땅 발각될 위험이 있으니 굳이 그렇게 바쁜 틈을 타서 사람을 죽이러 가지는 않을 것이다. 뿐만 아니라 그날 밤 노조에는 다양한 시간대에 여러 사람에게 목격됐으므로 아무래도 병원을 빠져나가서 니시신주쿠까지 다녀왔다고 보기는 힘들다.

세 번째 여자 미나가와 사치코, 예명 시노하라 유키는 알리바이가 확실치 않다. 미나가와 사치코는 혼자 산다. 출퇴근하는 가정부가 있는데, 그 가정부 말로는 외출도 거의 하지 않고 하루 종일 집에 있을 때가 많다고 한다. 본인이 말하기로는 쇼핑은 좋아하지만 대부분 백화점 외판원에게 구입하므로 나갈 필요가 없다는 것이다. 하지만 일주일에 한 번은 정기적으로 피부 관리실에 다니며. 니라사키가 살해당한 날 오후에도 거기에 갔다. 집에는 오후 5시가 지나서 돌아왔고 가정부는 6시까지 맨션에 있다가 퇴근했다. 그 후로는 한 번도 밖에 나가지 않고 평소와 다름없이 가정부가 차려놓은 저녁을 먹고 비디오를 보다가 11시에는 잠자리에 들었다고 진술했다. 다음날 아침 7시에 일어나서 자동응답기에 녹음된 사와키의 연락을 듣고서야 니라사키가 죽은 것을 알았다고 한다. 전화는 니라사키의 지시로 하루 종일 자동응답 상태로 설정해둔다고 한다.

결국 미나가와 사치코는 알리바이가 성립하지 않는다. 하지만 평소와 같은 시각에 잠들어 평소와 같은 시각에 일어났다는 진술이 거짓말임을 증명하기는 상당히 어렵다.

남자 애인 중 아소가 오이카와 일행과 함께 신문한 에자키 다쓰야의 진술에 모순은 없었다. 그도 미나가와 사치코와 마찬가지로 알리바이가 성립되지 않지만, 그렇다고 수상해 보이지는 않았다.

한편 야마우치의 진술은 아직 받지 못했지만, 그의 행동에 대해서는 아주 소상하게 조사했다.

야마우치는 오전 10시 반에 신주쿠 1초메에 있는 이스트흥업에 출근했다. 내객은 많았지만 외출은 하지 않다가 비서 하세가와 다마

231

키가 퇴근하는 시간에 맞추어 5시 반에 외출했다. 그리고 6시 반경부터 신바시의 활어 요릿집 〈사와노〉 2층 방에서 모임을 가졌다. 모임 상대는 아직 밝혀지지 않았지만 가게 사람 이야기로는 야마우치 말고 방에 두 명이 더 있었다고 한다. 예약은 하세가와로 되어 있었는데 이는 하세가와 다마키가 자기 이름으로 예약한 것이리라. 야마우치는 회사를 나설 때 직접 차를 몰고 갔고, 신바시에서는 유료주차장에 주차했다.

모임은 9시 조금 전에 끝났다. 차를 몰고 롯폰기로 간 야마우치는 〈하나자〉에서 니라사키와 만났다. 아마도 모임의 '성과'를 니라사키에게 보고할 목적이 아니었을까 아소는 추측했다. 야마우치가 누구와 만났는지는 니라사키 살해 사건과 관계없을지도 모르지만 수사4과와 수사2과에게는 흥미로운 이야기임이 틀림없다.

야마우치의 행동에도 딱히 부자연스러운 점은 없었다. 〈하나자〉를 나선 후 야마우치는 어쩌면 니라사키를 니시신주쿠까지 바래다줄 작정이었는지도 모른다. 하지만 시간이 남아 야마우치의 집에 들러 술이라도 한잔한 걸까⋯⋯ 그렇다면 야마우치는 혹시 니라사키가 니시신주쿠의 호텔에서 누구와 만날지 알고 있었을까⋯⋯.

2

"정말이야, 야마 씨?"

아소는 야마세의 보고에 놀랐다.

"증거는 확보했어?"

"아직입니다."

야마세는 경찰서 안이라서 그런지 존댓말로 대답했다.

"조금만 더 저희들끼리 쩔러보고 싶습니다. 회의에서 언급하면 수사4과가 휘저을 우려가 있습니다."

아소는 팔짱을 꼈다.

"하지만 숨겨놨다가 들키면 나중에 길길이 뛸 텐데."

"문제가 될까요?"

"아니." 아소는 씩 웃었다. "상관없어. 오이카와가 울고불고 난리를 치든 말든 니라사키 살해 사건은 원래 우리 일이야."

"수사회의 때 4과 녀석들이 앞쪽에 진을 치고 있어서 다들 불만입니다."

"자리는 아무래도 상관없어. 그건 그렇고 미나가와 사치코에게 남자가 있다니, 그런 대어를 잘도 낚았군 그래."

"야마시타의 공입니다. 그 녀석, 시즈카에게 차인 일로 계속 멍 때리고 있어서 한마디 단단히 해주려고 하자마자 홈런을 치네요. 이것 참 뭐라고 할 수도 없고."

미나가와 사치코에게 사건 당일 밤 알리바이를 물으러 갔던 야마시타는 함께 간 아이카와가 사치코에게 질문하는 동안 집 안을 돌아다녔다. 이는 아소 수사반의 독특한 수사법으로, 한 명이 질문하는 사이에 한 명이 돌아다님으로써 거짓말을 할 가능성이 있는 상대에게 정신적인 압박을 가한다. 뭔가 켕기는 인간이나 비밀이 있는 인간은 사소한 일에도 초조함을 느낀다. 초조해하는 모습을 보고 상대가 얼마나 동요했는지 헤아릴 수 있으며, 또한 초조함을 느끼게 해서 거짓말이 어설퍼지도록 유도할 수도 있다.

미나가와 사치코는 아이카와의 질문에 막힘없이 대답하기는 했지만, 야마시타가 집안을 어슬렁거리며 사진 액자를 들고 바라보거나 벽에 걸린 그림의 서명을 살펴보는 동안 안절부절못해 하며 계속 야마시타 쪽에 시선을 주었다고 한다. 그렇지만 굳이 무시하는 모습이 아이카와의 후각을 자극했다. 켕기는 일이 없다면 왜 집안을 둘러보느냐는 둥 함부로 만지지 말라는 둥 좀 더 확실한 반응을 보였을 것이다. 아이카와는 야마시타에게 신호를 보냈다. 야마시타는 연기가 아니라 진심으로 집 안 물건을 관찰하기 시작했다. 그리고 발견했다. 달력이 두 개였다. 하나는 천으로 만든 세련된 벽걸이 만년달력으로, 해외여행 기념품인 듯했다. 또 하나는 고양이 사진이 들어간 탁상달력이다. 그런데 자세히 보자 이상하게도 탁상달력은 올해 것이 아니고 작년 것이었다. 야마시타가 사치코에게 왜 작년 달력을 놓아두었느냐고 묻자 사치코는 고양이 사진이 귀여워서 놔뒀다고 대답했다.

"야마시타 녀석, 직감으로 거짓말임을 알아차렸습니다, 하고 의기양양하게 말하더군요."

야마세가 나지막하게 웃었다.

"뭐, 소 뒷걸음질 치다 쥐 잡은 격이라고 해도 잡기는 잡았으니까요. 그 탁상달력의 날짜에 작은 동그라미가 몇 개 쳐져 있었습니다. 야마시타는 아무렇지도 않게 이 표시는 뭐냐고 물어봤답니다."

"간도 크군. 성희롱 문제로 발전할 수도 있어."

"여자는 흔히 생리일을 달력에 표시해둔다는 걸 아예 몰랐겠죠. 그건 그렇고 아쉽네요. 그 미인 연예인이 어떤 표정으로 대답했는지 봤어야 했는데."

아소는 쓴웃음을 지었다.

"야마 씨까지 위험한 소리 하지 마. 그래서?"

"뭐, 미나가와 사치코도 10대 소녀는 아니니까 당당하게 대답했답니다. 임신은 피하고 싶으니까 기록한 거라고요. 야마시타는 그제야 무슨 표시인지 알아차리고 미안해하면서 탁상달력을 제자리에 돌려놓으려고 했습니다. 그때 문득 궁금해져서 사치코가 모르도록 달력을 몇 장 넘겨봤습니다. 작년 달력이니까 당연히 12월까지 생리일이 표시되어 있어야 할 텐데 11월과 12월에는 동그라미가 없었죠. 그래서 감이 딱 왔답니다. 하지만 날짜를 메모할 수는 없잖습니까. 수사하러 왔다면서 여자 생리일이나 메모하면 변태 형사 취급을 당할 테니까요. 그래서 열심히 외울 수 있는 만큼 외웠답니다."

"그 날짜를 올해 날짜에 대입해봤다?"

"예. 그리고 가정부에게 확인했죠. 빙고였습니다. 사치코는 한 달에 한 번 쇼핑을 하러 간다면서 외출한답니다. 평소에는 외판원에게 사지만 명품은 직영점에서 사고 싶다면서 긴자나 아오야마로 간다든가. 그날이 바로 작년 탁상달력에 생리가 시작됐다고 표시한 그 날짜였습니다. 즉 탁상달력은 남자와 밀회하는 날을 표시하기 위한 도구죠. 일부러 작년 달력을 사서 니라사키를 속인 겁니다. 수첩 같은 데 메모하면 오히려 위험하다고 생각했겠죠. 머리를 참 잘 굴렸습니다."

"하지만 그것만으로는 남자가 있다는 걸 입증할 수 없어."

"물론입니다."

야마세는 코 옆을 긁적였다.

"게다가 사치코는 혼자 외출하지 않습니다. 가스가 파에서 심부름을 하는 다쓰오라는 젊은 놈이 사치코의 운전기사예요. 사치코는 어디에 가든 다쓰오가 모는 벤츠를 타고 나간답니다. 그래서 다쓰오, 본명은 뭐더라, 아, 호소카와 다쓰오에게 물어봤는데 한 달에 한 번 있는 쇼핑 날이면 사치코가 긴자나 아오야마의 길에 차를 세워놓고 기다리라고 한답니다. 짧아도 두 시간, 길면 세 시간은 기다렸대요. 뭐, 두 시간이면 어디 숨어서 할 일을 하기에는 충분한 시간이죠."

"상당히 바쁘겠지만."

"그렇지도 않습니다. 불륜을 저지르는 회사원은 점심시간 한 시간 만에 그 짓을 끝마치기도 한다니까요. 어쨌거나 사치코는 한 달에 한 번, 두세 시간의 비밀 시간을 가졌습니다. 그리고 달력을 위장한 것으로 보건대 그 비밀 시간에 분명 니라사키에게는 들키고 싶지 않은 짓을 했을 겁니다."

"찔러볼까?"

"찔러볼 가치는 있습니다. 적어도 회의에서 보고하기 전에 당첨일지 꽝일지 저희들끼리 한 번 찔러보고 싶네요. 정말로 남자가 있었다면 사치코는 목숨을 걸었던 셈입니다. 아무 부족함 없는 생활을 시켜주는데도 다른 남자와 붙어먹었다는 사실이 들통나면 니라사키 같은 인간이 가만히 놔둘 리 없겠죠."

"니라사키를 살해할 동기로서는 좀 엉뚱하다는 감도 들지만."

아소는 손바닥으로 턱을 문질렀다.

"내버려두기는 아깝군. 좋아, 야마 씨. 회의에서 보고하지 않아도 되니까 한번 파봐."

야마세는 기쁜 듯이 고개를 끄덕였다.

＊＊＊

　호텔 카페에서 니라사키와 젊은 여자를 목격한 증인, 마에카와 유이치는 영업사원을 그림으로 그린 듯한 분위기의 남자였다. 머리를 단정하게 정리했고, 두 벌에 얼마, 갈아입을 바지를 더해서 얼마라는 식으로 판매하는 양판점의 양복을 입었다. 넥타이만 조금 화려했다. 기름종이라도 가지고 다니는지 30대 남자치고는 얼굴이 몹시 뽀송뽀송했다.

　아소는 질문하는 시즈카에게 방해가 되지 않도록 시즈카에게서 좀 떨어진 곳에 의자를 두고 앉았다.

　"바쁘실 텐데 협조해주셔서 감사합니다."

　시즈카가 정중하게 머리를 숙이자 마에카와는 쩔쩔맸다. 이렇게 젊은 미인 형사가 이만큼 정중하게 대해줄 줄은 예상치 못했으리라.

　"아, 아니요. 그, 나온 김에 뵙는 거니까요."

　시즈카의 환심이라도 사려는 듯이 헤실헤실 웃었다.

　"회사도 가까워요."

　"그저께는 무슨 용건으로 그랑클레어에?"

　"아, 사람을 만날 일이 있었습니다. 업무적으로요. 거기 카페는 넓어서 기분이 좋잖아요. 그래서 자주 갑니다."

　"먼저 수사본부로 전화를 주셨다던데, 피해자 니라사키 세이치 씨의 얼굴은 신문에서 보셨죠?"

　"신(新)스포츠 도쿄요. 조폭의 핵심 간부라고 해서 얼마나 놀랐는지 몰라요. 그때는 전혀 그렇게 안 보였거든요. 아무튼 경찰이 정보 제공을 필요로 한다고 적혀 있어서요."

"정말로 큰 도움이 됐습니다. 실은 니라사키 씨를 호텔 안에서 본 목격자가 거의 없어서 난감했거든요. 감사합니다."

시즈카가 다시 머리를 숙였다. 아무리 그래도 너무 정중하다 싶었지만 마에카와에게는 효과적이었던 모양이다. 마에카와의 눈에 시즈카를 찬미하는 빛이 서렸고, 시즈카를 위해서라면 무슨 짓이든지 할 것처럼 보였다.

"그런데 어떻게 니라사키 씨를 기억하고 계신 거죠? 카페 종업원은 손님 두 명이 온 것까지는 기억하지만, 그 사람이 니라사키 씨인지는 모르겠답니다. 마에카와 씨는 기억력이 참 좋으신가 봐요."

"아니요, 그게." 마에카와는 칠칠치 못하게 웃었다. "기억력은 안 좋아요. 암기력은 별로죠. 다만 그때 같이 있었던 여자가 몹시 인상적이었거든요."

"어떻게 인상적이었죠? 예뻤나요?"

"미인이었죠."

마에카와는 바로 고개를 끄덕였다.

"하지만 평범한 미인이 아니었어요. 판박이더라고요."

"판박이? 누구랑요?"

"이름을 말해도 형사님은 모르실 것 같은데, 이쿠타 사키코요."

"이쿠타 사키코? 연예인인가요?"

"아이돌이에요. 하지만 데뷔한 지 2년 만에 사라졌다고 할까, 결국 뜨지 못한 채 끝났다고 할까. 좀 부끄럽지만 저, 대학생 때 아이돌 연구회에 있었어요. 선물(先物) 매입 전문이었죠."

"선물…… 매입?"

시즈카는 몇 번이나 눈을 깜박였다.

"데뷔한 지 얼마 안 돼서 완전히 무명인 여자 아이돌을 쫓아다니는 거예요. 그 무렵은 방송에 출연하기가 거의 불가능해서 백화점 옥상 같은 데서 공연하거든요. 거기 모두 함께 몰려가서 응원을 하는 거죠. 함성을 지르고, 사진을 찍어대고, 악수도 하고요. 인기가 없을 때는 소속사의 제지도 그렇게 심하지 않아서 아이돌과 둘이서 사진을 찍게 해주기도 해요."

"즉, 선행투자 같은 개념이로군요? 만약 그 아이돌이 떠서 인기를 얻으면 으쓱해진다거나?"

"그런 것도 있죠. 엄청 떠서 거물이 돼도 우리는 데뷔 시절을 안다, 우리가 띄워준 거다, 같은 우월감이 든다고 할까요. 하지만 그런 예는 적어요. 대부분은 그냥 사라지죠. 연예계는 그런 곳인가 보더라고요. 그러니까 딱히 나중에 유명해지지 않아도 상관없어요. 아직 존재감이 없는 아이돌을 쫓아다닌다, 우리가 첫 번째 팬이다. 그런 게 즐거운 거죠."

시즈카는 감탄한 듯이 고개를 끄덕였다. 순진한 애라서 정말 감탄 했는지도 모른다. 시즈카와는 인연이 없는 세계다.

"그럼 니라사키 씨와 함께 있던 여자가 그, 이쿠타 사키코 씨라는 사람과?"

"판박이였죠. 이쿠타 사키코를 1년쯤 쫓아다녔으니까 얼굴은 잘 알아요. 처음에는 그야말로 본인인 줄 알았을 만큼 닮았더군요. 그래서 말을 걸까 말까 했지만 남자가 같이 있어서 망설였죠. 그러다 무심 코 남자도 유심히 본 거고요. 그래서 신문을 본 순간 어, 하고 놀란 거예요."

"하지만 결국 말은 안 거셨죠?"

"안 걸렸습니다. 자세히 보니 다른 사람이더라고요. 이쿠타 사키코
는 눈물점이 있어요. 왼쪽 눈 아래에. 그리고 눈 아래의 이 부분이 통
통하거든요."

"애교살 말씀이로군요."

"예. 통통해서 귀여웠는데 그것도 없더라고요. 어쩐지 턱 모양도
다른 것 같았고요. 그래서 다른 사람이라고 결론을 내렸습니다. 아주
닮았지만 다른 사람이라고요.

물론 점 같은 건 금방 제거할 수 있다. 턱도 애교살도 성형수술로
해결할 수 있는 문제다.

아소는 그 여자가 이쿠타 사키코라는 예전 아이돌과 동인인물일 것
이라 추측했다. 니라사키 주변에는 이미 아이돌이었던 여자가 있다.

한 명 더 있어도 전혀 이상할 것 없다.

3

이쿠타 사키코의 소식은 금방 알아냈다. 마에카와가 이쿠타 사키
코가 소속되어 있던 기획사 이름을 기억하고 있었다. 어떤 때라도 오
타쿠는 정보원으로서 상당히 유용한 법이다.

이쿠타 사키코는 원래 호리모토 프로덕션이라는 대형 기획사가
매년 실시하는 신인 오디션으로 배출된 연예인이었다. 호리모토 프로
덕션에 연락을 취하자 이쿠타 사키코는 2년 전까지 소속되어 있다가
가케카와 에이전시라는 대형 기획사로 이적했다고 바로 가르쳐주었

다. 가케카와 에이전시는 이런저런 소문이 도는 기획사로, 그룹사운드 시절에 한몫 단단히 챙긴 록 기타리스트 출신 가케카와 준이치가 대표로 있다. 암흑가와도 깊은 연관이 있는 듯하지만, 건전하게 경영하고 있으며 소속 연예인 수도 많다. 하지만 아소는 가케카와 에이전시라는 이름을 듣자마자 이어졌다고 생각했다. 가케카와 준이치와 니라사키 세이치가 고교시절 같은 반이라는 이야기를 아주 예전에 어디서 들은 기억이 있었다. 만약을 위해 니라사키의 경력과 가케카와 에이전시에 전화를 걸어 사무원에게 알아낸 가케카와 준이치의 경력을 대조하자 같은 학교에 다녔음이 확인되었다.

"명문 도립 고교로군요."

야마세는 놀란 듯이 학교 이름을 읊었다.

"여기를 졸업하고 가케카와는 그룹사운드에, 니라사키는 도쿄대에 들어갔단 말이지."

"예? 니라사키가 도쿄대를 나왔어요?"

곁에서 듣고 있던 아이카와가 요란스럽게 놀랐다.

"자료를 보니 문학부였네요. 전공은 프랑스 문학…… 놀랄 노 자네!"

"그렇게 놀랄 일은 아니야." 야마세가 아이카와의 어깨를 두드렸다. "폭력단 간부와 보스의 2세 중에 도쿄대 출신은 제법 많다고. 벤츠를 타고 명문 사립 초등학교에 다니는 애들도 많고. 돈만 있으면 귀신도 부릴 수 있다잖아. 교육도 마찬가지야. 돈만 있으면 머리가 좀 나빠도 가정교사를 붙여가며 철저하게 공부를 가르쳐서 도쿄대에 집어넣을 수 있는 법이거든."

"어쩐지 심정적으로 용서가 안 되네요."

"네가 울컥할 일은 아니야." 아소는 말했다. "나든 너든 아무리 돈을 쏟아부어도 도쿄대는 못 들어갈 테니까. 그것보다 다모쓰, 가케카와 에이전시에 가서 이쿠타 사키코의 소식을 직접 물어보고 와."

"전화가 아니고요? 전화가 빠른데⋯⋯."

"계장님이 가라면 닥치고 가!"

야마세가 엄한 목소리로 지시했다.

"경찰수첩 꺼내서 보여주고 니라사키 세이치 살해 사건 수사 때문에 왔다고 똑똑히 말해. 그리고 야마시타를 데려가. 오늘 녀석은 운이 있어."

아이카와는 허둥지둥 회의실을 나섰다. 아소 수사반을 위해 신주쿠 서에서 빌려준 제일 작은 회의실이었다.

"저 얼빠진 녀석이 뭐 좀 건져 오겠습니까?"

"니라사키 살해 사건 수사본부에서 직접 탐문하러 가면 그쪽도 섣불리 거짓말은 하지 않겠지."

"돌다리의 류가 자랑하는 압박 전술이냐."

아소는 들어온 남자를 보고 노골적으로 인상을 썼다.

"여기는 우리 수사반 회의실이야, 오이카와."

"입실금지라고는 안 써 있던데. 그것보다 류, 이쿠타 사키코에 대해 왜 우리한테 말 안 했어?"

"오늘 밤 회의 때 보고할 거야. 그 전까지 사실 관계를 좀 확인하려고."

"지랄하고 있네."

오이카와는 웃었다.

"너희들, 아직 뭔가 숨기는 게 있지? 너희 아가씨는 어디 있어?"

"당연히 탐문하러 나갔지."

"배짱 한 번 좋구나."

오이카와는 아소의 멱살을 잡았다가 금방 놓았다.

"4과를 얕봐줘서 고맙다, 류."

"천만의 말씀. 잘됐네. 당신한테 할 말이 있었어. 야마 씨, 잠깐 나갔다올게."

아소는 오이카와의 팔을 잡고 회의실을 나섰다.

"좀 더 그럴싸한 곳에서 이야기하지 않겠어? 맛있는 커피가 나오는 카페 같은 데."

"여기면 충분해."

아소는 담배를 꺼냈다. 신주쿠 서 지하주차장, 공용차 안이었다.

"좁은 곳에 있어야 치고 박고 싸워도 눈에 띄지 않겠지."

"어쩐지 험악한걸. 류, 내가 뭘 어쨌다고 이래? 말해봐."

"뭔가 숨기고 있잖아."

"그건 피장파장이야."

"아니, 수사에 관해서 말고. 이봐, 왜 날 야마우치에게 데려갔어?"

"왜냐니, 당연히 사건의 중요참고인 중 한 명이니까."

"녀석은 날 미워해. 난 알아."

"지나친 생각이야. 그 자식은 이제 그런 어린애 같은 감정에 휘둘려서 움직이지 않는다고. 네가 처넣지 않았어도 어차피 다른 놈이 처넣었을 거야. 그딴 일로 원망이나 하고 있을 만큼 놈도 한가하지는 않을걸."

"오이카와 선배."

아소는 말투를 바꿨다.

"선배는 지금도 제가 미우세요? 제가 파멸하기를 기대하고 계시냐고요?"

오이카와는 대답하지 않았다. 말없이 자기도 담배를 꺼냈다. 하지만 불을 붙이지 않고 그냥 입에 물고만 있었다.

"선배가 그러셨죠. 제가 결혼하겠다고 했을 때 똑똑히 말씀하셨어요. 언젠가 반드시 널 파멸시키겠다고."

"······사과했잖아."

오이카와는 시트를 뒤로 젖히고 몸을 눕혔다.

"널 자유롭게 풀어주겠다고 했을 텐데······ 애당초 내가 졸업했을 때부터 넌 자유였어. ······그 후의 10년은 다 부질없었어."

"왜 마음이 바뀌셨는데요?"

"특별히 억지로 마음을 바꾼 건 아니야. 너무나 생기가 넘치고 행복해하는 널 보고 있자니 그냥 맥이 탁 풀리더라고. 우리 관계는 학창 시절에 부린 객기의 연장선상에 있었지. 나도 언제까지고 젊지만은 않아. 그걸 깨달았어······ 저기 류, 무슨 말을 하고 싶은 건데? 이제 와서 그 이야기를 꺼내서 어쩌자고? 이런 건 규칙위반 아닌가?"

"당신은 뭔가 숨기고 있어."

아소는 운전대에 이마를 댔다.

"당신의 악의가 느껴져. 당신은 재미있어했어. 나와 야마우치가 재회하는 모습을 즐겁게 지켜봤다고. 뭔가 일어나길 기대했겠지······ 왜 야마우치는 실형을 받은 거야? 오이카와, 그 일에 관해 뭔가 알고 있는 거 아니야?"

"직접 알아보면 되겠네."

오이카와는 짐짓 하품을 했다.

"그렇게 마음에 걸리면 알아봐. 아니면 알아보기가 겁나?"

"어째서 그런 말을 하는 거야? 내가 왜 겁을 내?"

"그냥." 오이카와는 웃었다. "네가 하도 연연하니까 10년 전 수사에 구린 구석이라도 있었나 싶어서 말이야."

"그건 간단한 사건이었어."

아소는 옛날을 돌이켜보며 말했다.

"범인의 얼굴을 본 피해자가 매직미러로 야마우치를 보고 범인이 틀림없다고 증언했어. 그 다음에야 체포했다고. 그 전까지는 임의동행이었으니 법적으로도 문제없어. 상황증거도 있었지. 마지막에는 자백도 받아냈어."

"그럼 뭘 그렇게 쪼는 건데?"

"안 쫄았어?"

"쫄았어."

오이카와는 몸을 다시 일으켰다.

"넌 이상해, 류. 야마우치가 널 어쩌기라도 했어? 그냥 술 처마시고 자빠져 있다가 웩웩 토했을 뿐이잖아. 느닷없이 칼로 배라도 찌르려고 했다면 또 모를까 옷에 좀 토했을 뿐인데 자기를 미워한다고 구시렁대다니, 야마우치가 불쌍하다."

아소는 오이카와의 웃음소리가 귀에 거슬렸다. 하지만 오이카와는 끝끝내 대답을 주지 않았다. 이 녀석이 뭘 숨기고 있든 간에 농담으로 넘어갈 문제는 아닌 모양이었다.

"알았어." 아소는 작게 한숨을 쉬었다. "직접 알아볼게. 당신한테는 더 이상 묻지 않겠어."

"멋대로 이런 곳에 데려와서 옛날 일까지 꺼내놓더니만, 결국 당신한테 더 이상 볼일은 없다?"

오이카와의 목소리는 차가웠다.

"마누라가 달아난 뒤로 넌 형편없어졌어. 그렇게 달아난 마누라가 그리우면 차라리 경찰을 때려치우고 전국을 찾아다니든가."

"그거야말로 상관없는 이야기야. 왜 끄집어내는 거야?"

"네가 먼저 쓸데없는 이야기를 꺼냈잖아."

오이카와는 그제야 담배에 불을 붙였다.

"잘 들어, 류. 야마우치가 널 미워한다고 느끼는 건 너한테 찔리는 구석이 있기 때문이야. 범죄자들의 앙심은 우리 일에 따라붙는 덤이지. 일일이 다 신경 쓰다가는 형사질 못해. 평소 같았다면 너도 신경 쓰지 않았겠지. 하지만 이번에는 달라. 넌 묘하게 연연하고 있어…… 바로 너한테 그럴 만한 이유가 있는 거야…… 분명."

"수사에 문제는 없었어."

"그렇게 단언할 수 있다면 그만 잊어버려. 놈은 니라사키 살해 사건의 용의자 중 하나야. 감정적인 응어리를 품고 수사하면 판단력이 흐려져."

"……왜 안 가르쳐주는 거야?"

"정말 염치없는 녀석일세."

오이카와는 건조한 목소리로 웃었다.

"내가 너한테 친절하게 대해야 할 의무라도 있냐? 방금 전 질문에 대답해줄 테니 잘 들어, 류."

오이카와가 고개를 돌린 것 같은 순간, 그가 문 담배가 아소의 뺨 바로 앞에 있었다. 담뱃불이 바싹 다가들자 뺨이 타는 것처럼 뜨거웠다. 아소는 고통으로 얼굴을 찡그리며 몸을 피하려고 했지만 오이카와가 어깨를 눌러서 제지했다.

"널 죽일 생각이었어. 지금도 기회가 있으면 그러고 싶어. 아소."

오이카와의 목소리가 먼 옛날의 그 목소리로 변했다.

"재떨이."

아소는 견뎠다. 머나먼 기억의 저편에 걸린 주문이 아직도 효력을 발휘하고 있다. 아소의 얼굴은 굴욕으로 벌겋게 물들었다. 하지만 이성과는 별개의 뭔가가 오이카와의 명령을 들으라고 머릿속에서 속삭였다.

"안 들려? 재떨이 꺼내, 아소."

아소는 머리가 마비됐다. 아무 생각도 할 수 없었다. 생각하지 않는 편이 편했다. 자신은 그러길 바랐는지도 모른다. 그래서 오이카와와 둘이서만 이런 곳에 온 것이다.

레이코를 잃은 후 아소는 레이코를 몰랐던 시절로 되돌아가고 싶었다. 레이코를 잊기 위해 시간을 되감고 싶었다.

침을 최대한 많이 모은 후 입을 벌리고 혀를 살짝 내밀었다. 침이 흘러내리지 않도록 혀를 위로 구부리고 숨을 참았다. 믿는 수밖에 없다. 오이카와가 그럴 생각만 있으면 침이 고이지 않은 부분을 담뱃불로 지질 수 있다. 눈을 감았다. 오이카와의 잔인한 눈을 보고 싶지 않았다. 쉭, 하고 작은 소리가 나더니 구부린 혀에서 열기가 약간 느껴졌다. 그게 다였다. 아소는 그대로 입을 다물었다. 혀 위에 담배꽁초를 얹은 채. 삼키면 죽을지도 모른다. 하지만 재떨이가 담배꽁초를 뱉는

것은 용납되지 않는다. 상급생이 하급생이라는 이름의 노예를 못살게
굴 때 하는 장난이었다. 상급생이 허락할 때까지 담배꽁초를 입안에
머금고 있어야 한다. 노예는 종이가 녹고, 담뱃잎이 빠져나와 니코틴
이 몸속에 흡수될 것이라는 공포에 떨면서 오로지 기다린다. 뱉어도
된다는 허락이 떨어지기만을.

오이카와는 허락하지 않았다. 말없이 조수석 문을 열고 나갔다.

아소는 담배꽁초를 뱉었다.

신기하게도 기분이 상쾌했다. 오이카와에게 괴롭힘을 당하는 건
과거로 되돌아간다는 뜻이다. 머나먼 과거로. 인생의 어디에도 레이
코라는 존재가 없었던 그 시절로.

1987. 8

1

엉덩이가 아팠다.

여기에 주저앉은 지 얼마나 지났을까? 시계가 없어서 몇 시인지는 짐작이 가지 않았다.

왜 신주쿠 역에서 내렸는지는 잘 모르겠다. 같은 칸에 타고 있던 승객이 대부분 우르르 내리기에 따라 내렸을 뿐이리라. 인파에 몸을 맡기고 걷다가 문득 정신을 차리자 지하 통로였다. 이번에는 인파를 조금 거슬러서 조용한 쪽으로 더듬더듬 걸어갔다. 목적이 있었던 것도, 무슨 생각이 있었던 것도 아니다. 자신이 뭘 하고 싶은지도 잘 몰랐다.

그저 그 조그만 연립주택에는 두 번 다시 돌아갈 수 없다, 자신이 이 구렁텅이에서 기어나갈 기회는 사라졌다는 막연한 체념만이 들 뿐이었다. 죽을 작정으로 전철을 탄 것 같기도 하지만 이제는 죽든지 말든지 아무래도 상관없다는 기분이었다. 이 도시의 지하 통로 안쪽에는 도대체 뭐가 있을까? 단순한 호기심이 발동하여 렌은 걸었다. 아무도 가지 않는 쪽으로 계속 나아갔다.

그런데 그러다 보니 주변 분위기가 변했다. 조금씩 늘어난 사람들이 불빛에 모여드는 날벌레처럼 한군데 모여 있었다.

신기한 곳이었다. 사람이라도 기다리는 건지, 렌보다 어려 보이는 젊은 남자들이 띄엄띄엄 벽에 기대어 서 있거나 쪼그리고 앉아 있었다. 조금 떨어진 곳에 공동화장실이 있었다. 렌은 아무 생각 없이 주변 사람들과 똑같이 벽에 기대섰다가 이윽고 지쳐서 주저앉았다. 그대로 벽에 등을 맡기고 공동화장실을 멍하니 쳐다보았다.

이상한 화장실이었다. 남자에 비해 여자가 극단적으로 적게 드나들었다. 그렇다기보다 남자가 너무 자주 드나들었다.

무슨 법칙이 있는 것 같기도 했다. 가끔 벽에 기대선 젊은 남자 앞에 다른 남자가 서더니, 그대로 둘이 함께 화장실로 들어간다. 동시에 들어가지는 않지만, 1분도 지나지 않아서 뒤따라가니까 부자연스럽다면 부자연스럽다. 그리고 주저앉은 렌 앞에도 남자 몇 명이 섰다. 하지만 아무 말도 하지 않았고, 렌도 입을 열지 않았다. 그러자 남자들은 렌 앞을 지나쳐 다른 젊은 남자에게 갔다. 그런 일이 몇 번 되풀이된 후에 나이 먹고 왜소한 남자 하나가 렌 앞에 섰다.

남자는 이가 몹시 추잡했다. 담뱃진으로 누렇게 물든 데다 위쪽 한가운데 이가 비스듬히 깨졌다. 남자가 씩 웃자 깨진 앞니가 고스란히 드러났다.

　특별한 이유가 있어서 일어선 것은 아니었다. 다른 남자들은 무표정했는데 그 노인만은 웃었다. 그저 그게 재미있었다. 남자는 기쁜 듯이 헤벌쭉거리면서 화장실로 걸어갔다. 도대체 몇 살쯤 먹었을까. 예순? 일흔? 입은 옷이 그다지 지저분하지 않으니 부랑자는 아닌 모양이지만, 그렇다고 유복하지도 않을 것이다. 자식이 독립하고 공단주택에서 아내와 함께 연금으로 근근이 생활하는 느낌이랄까. 렌은 남자를 따라서 화장실로 들어갔다.

　화장실 안도 이상했다. 남자 화장실의 칸막이실은 보통 비어 있는 법인데, 여기서는 사람들이 칸막이실 앞에 줄을 서 있었다. 문이 열리면 안에서 남자가 두 명 나오고, 두 명이 들어간다. 앞니가 깨진 남자가 칸막이실로 들어가자 렌도 따라 들어갔다. 그제야 여기서 무슨 일이 벌어지는지 짐작이 갔다. 렌에게는 일종의 충격이었다. 그런 일은 교도소 안에서만 벌어지는 법이라고 단순하게 믿었었다. 그건 그렇고 이렇게 좁은 공간에서 도대체 어떤 식으로 하는 걸까. 벽에 손을 짚고 서서 하면 될까. 하지만 예상과는 다른 일이 벌어졌다. 렌이 벽에 손을 짚을까 말까 망설이는 사이에 나이든 남자가 렌의 바지 지퍼를 내리더니, 조급하게 손을 움직여 좀 끼는 청바지를 억지로 끌어내렸다. 어중간하게 벗긴 탓에 다리를 움직일 수가 없었다. 그 다음은 그저 어안이 벙벙할 뿐이었다. 남자는 마치 뼈다귀를 본 굶주린 개처럼 렌의 성기를 빨고 핥았다. 너무 세게 빨아서 발기하기 전에 아픔이 느껴졌다. 이게 도대체 무슨 일인지 생각을 정리할 틈도 없이 남자의 혀 놀림에 흥분하여 절정에 달했다. 남자는 마지막 한 방울까지 빨아들일 것 같은 기세로 정액을 삼키더니 입을 떼지 않고 계속해서 요도 구멍을 핥았다.

"이, 이제 됐어요."

렌은 남자의 머리를 손바닥으로 밀쳐냈다. 남자는 그제야 얼굴을 떼고 일어섰다. 그리고 히죽히죽 웃으면서 이번에는 자기 바지 지퍼를 내렸다. 이런 식이구나. 렌은 그제야 규칙을 이해하고 안도했다. 서로 해준다면 돈은 지불하지 않아도 될 것이다. 아까 해줬으니 돈을 내라고 해도 지갑에는 천 엔짜리 두 장밖에 없다.

칸막이실은 몹시 좁고 냄새가 심했다. 다리 사이에 변기가 오도록 가랑이를 벌리고 선 남자 앞에 무릎을 구부리고 앉기는 꽤나 힘들다. 남자는 왜소하니까 괜찮겠지만 렌은 키가 173센티미터다. 바지를 다시 입고 지퍼를 올린 후에 작업에 들어갔다. 걱정했던 것만큼 불결한 냄새는 나지 않았다. 일단 씻고 온 듯했지만, 어쩌면 벌써 다른 남자들이 빨았기 때문에 깨끗해진 건지도 모른다. 그렇게 생각하자 오히려 역겨웠지만 돈을 요구당하는 것보다는 낫다고 생각을 고쳐먹었다.

노인이라 시간이 걸릴 줄 알았는데 렌의 물건을 먼저 빨아서 흥분했는지 싱거울 만큼 금방 끝났다.

화장실에서 나오기 전에 남자가 속삭였다.

"형씨, 처음 왔나본데."

렌은 고개를 끄덕였다.

"또 여기서 만나자고."

남자가 렌의 손에 뭔가를 쥐어주었다. 그리고 콧노래를 부르며 걸어갔다. 오늘 밤은 이제 그만하려는 모양이다. 몇 시인지는 모르지만 슬슬 동이 틀 무렵이리라. 이제 첫 전철을 타고 아내가 기다리는 공단 주택의 집으로 돌아가는 걸까.

손을 펼치자 구깃구깃한 천 엔짜리가 석 장 있었다. 어쩐지 미안한 기분마저 들었다. 서로 해줘서 퉁치는 줄로만 알았는데 3천 엔을 받았다.

이 녀석들은 모두 호모다.

벽에 기대서거나 쪼그리고 앉은 남자들의 얼굴을 새삼스레 바라보았다. 묘한 안도감이 들었다. 세상에는 이런 장소도 있었다. 담장으로 둘러싸인 이질적인 세계가 아니라, 이렇게 가까우면서 자유로이 트여 있어 언제든지 시끌벅적한 거리로 돌아갈 수 있는 곳에 이런 장소가 있었다.

문득 시선이 느껴져서 고개를 돌렸다. 피부가 허옇고 살집이 좋은 남자가 렌을 가만히 보고 있었다. 젊다. 분명 렌보다 다섯 살은 어리다. 눈이 마주치자 남자는 빙긋 웃었다. 귀여워 보이는 얼굴이었다. 천진난만한 초등학생처럼 구김살이 없었다. 통통하니 동그란 얼굴 속에서 가느다란 눈이 몹시 반짝반짝 빛났다.

남자가 다가왔다. 좀 난처했다. 이 바닥의 관습은 모르지만 상대는 연하다. 이번에는 렌이 어느 정도 쥐어주어야 할지도 모른다.

"돈 없는데."

렌은 재빨리 말했다.

"그리고 이제 돌아갈 생각이었어…… 배가 고파서."

"응." 남자의 목소리는 높았다. "나도. 괜찮은 라면집 알아. 맛있어."

"이런 시간에도 장사해?"

"24시간 영업이야."

남자는 들뜬 듯이 웃었다.

"내가 쏠게. 오늘 아르바이트비 받았어."

"아르바이트, 뭐 하는데?"

남자에게 딱히 흥미가 있는 것은 아니었다. 그저 남과 제대로 된 이야기를 나누는 게 즐거웠다.

"과선."

"응?" 못 알아들었다. "뭐라고?"

"과선 말이야. 과외 선생."

"아아." 이상하게 줄여서 말하니까 모르지. "나도 해본 적 있어."
……체포당하기 전이지만.

"대학생이야?"

"대학원생."

"석사 과정?"

남자는 이야기가 통해서 기쁜 것 같았다.

"2년차."

"전공은 뭐야?"

"비교문학."

남자는 한숨을 후 쉬었다.

"취직자리가 없어. 문학부에서 공부한 건 사회에서 아무 쓸모도 없거든. 그러니 위로 올라갈 수밖에. 하지만 대학원에 진학해도 일류대학 강사 자리를 꿰차려면 국비유학을 다녀와야 해. 그런데 국비유학도 경쟁률이 대단하단 말씀이야. 결국 지방의 이류 사립대학에 자리를 잡는 수밖에 없을 것 같아서 엄청 우울해."

"고향에 돌아가고 싶지는 않아?"

"전혀. 고향으로 돌아가면 이런 것도 못하는걸."

"매일 밤 와?"

"아니. 사실 핫텐바는 별로 안 좋아해. 하지만 오늘은 그냥 어슬렁어슬렁 와봤지. 당신을 만났으니 운이 좋네."

뭔가 기대하는 걸까. 라면 한 그릇을 사주고 뭘 요구할 작정일까. 뭐, 상관없나. 렌은 웃음을 씹어 삼켰다. 이 녀석은 청결해 보이고, 성욕도 그리 강할 것 같지 않다.

남자는 겐지라고 자신을 소개했다. 성은 말하지 않았고 렌도 묻지 않았다. 렌 역시 그저 렌이라고만 가르쳐주었다. 무슨 한자를 쓰느냐고 묻기에 연습을 싫어하는(練習嫌い) 렌(練)이라고 말하자, 겐지는 포복절도했다.

"나도 연습하는 거 엄청 싫어했어. 그래서 탁구부에서는 늘 후보 선수였지."

지하도에서 지상으로 나왔지만 상상과 달리 이른 아침 분위기는 느껴지지 않았고, 세상은 아직 어둠에 감싸여 있었다. 지나다니는 사람은 좀 적은 편이었지만, 그래도 차는 많았고 비틀거리는 취객이 제법 눈에 띄었다. 신주쿠를 왜 불야성이라고 부르는지 알 것 같았다.

겐지가 데리고 간 라면집은 신주쿠 2초메 변두리에 있었다. 24시간 영업은 과장된 표현으로 아침 5시에 영업을 마치고 오후 6시에 다시 문을 연다. 가게에 들어가서야 몇 시인지 알았다. 오전 4시 5분, 생각했던 것보다 조금 이른 시간이었다.

렌의 입에는 라면이 조금 텁텁했다. 진한 돼지뼈 국물을 썼고 면발도 굵었다. 그래도 밤새 깨어 있던 탓에 배가 고파서 그런지 맛있었다. 겐지는 뚱뚱한 것치고는 천천히 먹었다. 젓가락질하는 품도 어쩐지 고상한 것이 가정교육을 잘 받은 모양이었다.

다 먹고 나자 약속대로 겐지가 계산했다. 겐지의 지갑에 만 엔짜리가 몇 장 들어 있었으므로 사양은 하지 않았다.

"저기." 겐지가 걸으면서 렌의 손을 잡았다. "호텔비도 있어…… 만약 아직 졸리지 않다면 말이야."

어디에 호텔이 있는지 몰라 겐지와 보폭을 맞추어 걸어갔다. 겐지는 여자처럼 뺨이 발그레하게 물들었다. 대담하게 유혹하여 라면 한 그릇으로 남자를 산 것치고는 부끄럼쟁이다.

남자 커플을 태연하게 받아주는 러브호텔이 있다는 것을 알고 렌은 다시 한 번 놀랐다. 하기야 러브호텔이라고는 어디에도 쓰여 있지 않다. 그 대신 비즈니스호텔이라는 글자를 몹시 강조해놓았다.

신주쿠 2초메의 소문은 들어서 알고 있었다. 하지만 도쿄에 살고 있어도 와본 적은 없었다. 신주쿠는 모교와 거리가 있어서 모임을 가질 때도 들를 일이 별로 없었다.

호텔비는 그다지 비싸지 않은 듯했지만, 오전 2시 이후에는 숙박요금을 받습니다, 라고 적혀 있었다. 렌은 그대로 아침까지 여기서 잘수 있다는 것을 알고 솔직히 기뻤다.

한 가지 당혹스러운 점이 있었다. 겐지는 수비 취향이었다. 렌은 공격해본 경험이 없었다. 관계를 가지기 일보 직전에 여자에게 거부당한 경험이 있을 뿐이다. 하는 수 없이 머릿속으로 지금까지의 경험을 차근차근 거꾸로 뒤집어서 순서를 세웠다. 다행스럽게도 겐지는 항문성교를 싫어했다. 겐지의 말투로 미루어보건대 담장 밖의 호모들은 항문성교를 하지 않는 사람이 많은 듯했다. 담장 안에 있는 가짜 호모들은 모두 넣고 싶어 하는데. 이 세상은 우스갯소리 같은 사실로 가득하다.

희극의 한 장면처럼 어설프고 야단스럽게 겐지와 서로를 애무하며 시간을 보냈다. 렌은 몸을 조금만 만져도 여자 같은 신음소리를 내는 겐지가 재미있었다. 허옇고 푸둥푸둥했지만 남자 냄새가 거의 나지 않았다. 아주 뚱뚱한 천사 같은 녀석이라고 렌은 생각했다. 천사는 양성구유라고 하니까.

마무리는 69자세였다. 겐지는 예상했던 것보다 정력이 강했다. 한번 사정했는데도 무심코 계속 물고 있자 금방 입속에서 다시 단단해졌다. 렌은 겐지가 자신보다 젊다는 것을 새삼 실감했다. 라면 한 그릇과 호텔비를 갚는 셈치고 겐지가 항복할 때까지 어울려주었다.

"힘 좋네."

겐지가 어깨를 들썩이며 숨을 헐떡이더니 눈꼬리에서 눈물을 흘리면서 감탄한 목소리로 말했다.

"몸은 홀쭉한데."

"둔감할 뿐이야. 아까 화장실에서 한 번 쥐어짜내져서 그런 것도 있고."

"봤어. 영감전문인 줄 알았어."

"뭐라고?"

"영감쟁이 전문. 나이 많은 사람을 좋아한다는 뜻. 그런 영감쟁이랑 들어가기에. 렌, 이 동네는 처음이야?"

"응."

냉장고에서 캔 맥주를 꺼냈다. 맥주 값도 겐지가 내주는 걸까.

"호모는 이상해." 겐지가 유쾌하게 웃었다. "영감전문, 외전문, 영계전문, 뚱땡전문, 아무전문 등등 종류도 다양하다니까."

"겐지 너도 호모잖아. 외전문이랑 아무전문은 또 무슨 뜻인지 모르겠네."

"외전문은 외국인을 좋아한다는 뜻이야. 그중에서도 백인 취향, 흑인 취향, 라틴 취향으로 나누어지지. 아무전문은 아무나 상관없다는 뜻. 일반처럼 아무나 상대하면 절조 없다는 평가를 받아서 가볍게 취급당해."

"겐지도 아무전문이야?"

"아니." 겐지는 하품을 크게 한 번 했다. "난 렌처럼 얼굴이 곱상하고 난폭하게 굴지 않는 연상이 좋아. 이건 제법 보기 드문 취향이라고. 2초메에서는 보통 뚱땡이나 곰 같이 우락부락한 사람이 인기 있거든. 렌은? 실은 어떤 사람이 좋아?"

"겐지 같은 사람이 좋아. 청결하고 냄새나지 않는 사람."

"거짓말." 겐지는 또 포복절도했다.

"어쩐지 알 것 같아. 렌은 사실 수비전문이지? 아까 좀 헤매는 것 같더라."

"그러고 보니 아까 돈을 받았어, 3천 엔."

렌은 생각나서 물어보았다.

"원래 돈을 주는 거야?"

"핫텐바에서는 보통 못 받아. 빨고 싶은 걸 참을 수가 없어서 모이는 거니까. 상부상조하는 셈이지. 그 영감쟁이는 분명 렌이 좋아진 거야. 렌, 돈 벌고 싶어? 그럼 쌀집 앞에 서 있든지, 영업을 시켜주는 가게에 가야 해."

"쌀집?"

"나카 길에 있어. 저녁때가 되면 그 쌀집 앞에 몸을 파는 사람들이 모여. 우리센 바에서 밀려난 애들이지. 우리센 바는 스무 살이 넘어가면 잘 안 써주거든. 쌀집 앞에 있으니까 쌀집아이라고 불러. 렌은 얼굴이 예쁘장하니까 어쩌면 아직 우리센 바에서 써줄지도 모르지만. 스물두 살이라고 속이고 아직 우리센 바에서 일하는 녀석을 알아. 그 녀석 실은 스물여덟 살이야.

"아슬아슬하네." 렌은 웃었다. "나도 이제 곧 서른 살이거든."

"말도 안 돼." 겐지는 여중생처럼 소리를 질렀다. "전혀 그렇게 안 보이는데! 나보다 두 살쯤 많은 줄 알았어. 하지만 쌀집 앞 녀석들은 반은 직업, 반은 놀이 삼아 하는 거라 그런지 영역 의식은 없지만 그렇게 돈을 많이 벌지는 못하는 모양이더라고. 진심으로 벌 생각이면 영업을 시켜주는 가게에 가야지."

"영업을 못 하게 하는 가게도 있는 모양이네."

"그런 쪽이 더 많아. 손님끼리 자유로이 연애하는 건 환영이지만, 보통 돈을 주고받는 매매는 사양해. 렌, 돈이 궁해?"

"으음."

궁하다는 게 뭔지 잘 몰랐다. 수중에 돈이 거의 없는 것은 사실이지만 없어서 궁한지 어떤지 전혀 모르겠다. 원래 전부 다 끝낼 작정으로 연립주택을 나왔다. 돈이 다 떨어지면, 플랫폼에서 전철 앞으로 뛰어들면 그만일 것도 같았다.

"할 일이 없기는 해."

"영업을 할 거면 〈후〉라는·가게가 안심이라고 들은 적이 있어."

"후?"

"영어로 후(WHO)."

"아아, 그 후. 어디 있는데?"

겐지는 호텔 메모지에다 약도를 자세하게 그려주었다.

"배후에 이상한 조직 같은 건 안 붙어 있대. 하기야 2초메에는 조직이 뒤를 봐주지 않는 가게가 더 많은 모양이지만. 거기는 영계 말고 성인 남자를 사고 싶어 하는 손님이 와. 하지만 렌, 요즘은 찾아보면 일거리가 많다고 하니까 몸은 안 파는 편이 나아. 에이즈 겁나잖아."

"역시 그런 사람이 많은가보지?"

"그렇대. 바에서 마시다보면 누구누구가 양성이었다는 이야기가 심심치 않게 들려와."

겐지는 정말로 몸을 부르르 떨었다. 이 거리에서 에이즈는 더 이상 남의 일이 아닌 것이다.

겐지는 캔 맥주를 한 캔 다 마시고 먼저 돌아갔다. 호텔비와 캔 맥주 값을 머리맡에 놓아두고. 오후부터 대학원 강의가 있다고 한다. 렌은 그리운 심정으로 겐지의 이야기를 들었다. 고작 2년 전만 해도 렌역시 겐지와 같은 세계에 있었다. 겐지는 또 만나자는 말은 하지 않았다. 몇 번 만나면 푹 빠지는 성격이므로 가능하면 하룻밤으로 끝낸다고 한다. 얼마 전에 뼈아픈 실연을 하는 바람에 당분간 연애라는 말은 듣기도 싫은 모양이다. 어쩐지 좀 쓸쓸했다. 잠깐이나마 친구가 된 듯한 기분이었는데.

10시가 체크아웃 시간이니 9시 50분에 알람을 맞춘 후 완전히 흐트러지고 군데군데 비린내가 밴 시트에 드러누웠다. 탄력 있는 매트

리스가 깔린 더블베드. 침대에 누워 잠을 청하기는 정말 오랜만이다.

눈을 감자 어째서인지 다무라 얼굴이 떠올랐다. 다무라는 지금쯤 어떻게 지낼까. 자신이 먼저 출소하는 바람에 또 기타무라를 상대하느라 침울해지지는 않았을까.

다무라가 소속된 조직도 신주쿠에 있다고 했다. 신주쿠에 있다면 언젠가 다무라를 만날 수 있을까.

다무라를 만날 때까지 전철에 뛰어드는 건 보류할까. 그때까지 돈이 떨어지지 않는다면 말이지만.

2

작은 은색 글씨로 〈WHO〉라고 새겨진 나무문은 상당히 묵직했다. 문을 밀고 들어가자 들어본 적 있는 재즈 선율이 흐르고 있었다. 상상했던 것처럼 문란하고 불결한 느낌이 아니라서 렌은 조금 안도했다. 개점 시간인 5시에서 아직 3분밖에 지나지 않았으므로 손님은 아무도 없었다.

"어서 오세요."

남자의 굵직한 목소리가 들렸다. 긴 머리를 뒤로 묶고 턱수염을 기른 남자가 카운터 안쪽에서 술잔을 닦고 있었다. 렌은 카운터에 앉았다.

"저기." 천 엔짜리를 한 장 내려놓았다. "이걸로 뭘 마실 수 있나요?"

카운터 안쪽 남자가 훗 웃었다.

"작은 맥주 한 병."

"그걸로 주세요."

남자는 작은 외국 맥주 한 병과 컵을 내주었다. 렌은 맥주를 컵에 따라서 반쯤 마셨다.

"돈이 없다 그건가?"

카운터 안쪽 남자가 쓴웃음을 지었다.

"누구한테 듣고 왔어?"

"겐지라는 애한테요."

"여기서 영업을 시켜준대?"

"안전하게 할 수 있다고…… 들었어요."

"그냥 묵인할 뿐이야. 말썽이 생기는 건 싫으니까…… 연애하는 건 그쪽 자유다 그거지."

"그게 다인가요?"

"그게 다냐니, 무슨 뜻이야?"

"그러니까…… 자릿세는."

"말했잖아, 자유연애를 묵인할 뿐이라고. 다만 몇 시간이나 죽치고 있으면 곤란해. 보다시피 가게가 좁거든. 한 시간에 뭔가 한 잔은 마셔줘."

그건 가혹한 조건일지도 모른다. 이 맥주 값을 내고 나면 남은 돈은 3천 엔이 안 된다. 세 시간 안에 상대를 찾지 못하면 끝이다.

"후불로 해줄게."

남자는 렌의 안색을 읽고서 웃었다.

"짧은 밤을 마치고 돌아와서 술값 내."

짧은 밤의 의미는 상상이 갔다. 아마 숙박 없이 성관계만 끝내고 바로 돌아온다는 뜻이리라. 렌은 고개를 끄덕이고 남은 맥주를 조금

씩 홀짝였다. 꿀꺽꿀꺽 다 마신 후 빈 잔을 앞에 두고 가만히 앉아 있
으면 뻘쭘할 것 같았다.

　6시가 지나자 손님이 들기 시작했다. 하지만 남자들은 렌의 얼굴
을 흘끔 보고 말없이 카운터에 앉을 뿐이었다. 아무도 말을 걸지 않았
다. 겐지가 말했듯이 담장 밖에서는 렌 같은 얼굴이 인기가 없는지도
모른다. 맥주 한 병을 더 시키고 운을 하늘에 맡겼다. 7시가 가까워지
자 사는 쪽이 아니라 파는 쪽으로 보이는 사람들도 들어왔다. 퇴근하
고 돌아가는 분위기의 차림새가 아니었고, 카운터 안쪽의 수염 난 남
자에게 아는 척 눈짓하는 것으로 보아 확실했다. 파는 쪽은 그 부류가
다양했다. 꽃무늬 셔츠를 입은 한량풍. 흰 티셔츠에 청바지 차림의 학
생풍. 머리를 빨갛게 물들이고 검은 셔츠에 공단바지를 입은 바텐더
풍. 사는 쪽은 대부분이 퇴근하고 돌아가는 회사원풍이었다. 이들이
이 가게를 지탱하는 손님들이리라.
　7시. 맥주를 한 병 더 시키려고 했을 때 양복을 입은 중년 남자가
옆자리에 앉았다.
　"뭐 마셔?"
　드디어 말을 거는 사람이 나타났다.
　"맥주? 좀 더 독한 거 어때?"
　"감사합니다."
　렌이 작게 말하자 남자는 스카치위스키를 더블로 두 잔 주문했다.
카운터 안쪽의 수염 난 남자가 렌에게 눈짓했다. 공치지 않아서 다행
이라는 듯 눈으로만 웃었다.
　위스키를 마시면서 잠시 자기소개를 겸한 잡담을 나누었다. 렌은

적당히 거짓말을 했고, 남자도 반 이상은 거짓말일 것이다. 술잔을 비우고 나자 남자는 그럼 갈까, 하고 일어섰다. 고맙게도 술값을 전부 내주었다.

어젯밤과 같은 호텔로 갔으므로 렌은 약간 주저했다. 역시 이런 곳은 별로 없는 모양이다. 하지만 프런트 직원은 전혀 신경 쓰지 않는 듯했다. 하룻밤에 몇 번이나 드나드는 손님도 많은 것이 틀림없다.

남자는 사이토라고 했지만 본명일 리 없었다. 렌은 속이지 않고 렌이라고 밝혔지만 남자는 애칭으로 여기는 듯했다.

사이토는 이런 일에 익숙한 듯 냉장고의 캔 맥주를 렌에게 권하더니 느닷없이 교섭에 들어갔다.

"삽입해도 돼? 해준다면 만 엔 줄게."

아무런 흥취도 없이 단도직입적이었다. 겐지와 나눈 한때가 그리웠다. 자신이 이제부터 매춘을 한다는 사실을 절감하자 목구멍에 생선 가시가 박혔을 때처럼 가슴이 뜨끔뜨끔 아팠다.

"콘돔을 낀다면요."

렌은 그렇게 말했다. 허세를 부리려니 스스로가 처량하게 느껴졌다. 익숙한 프로처럼 보이고 싶은 것이다. 애써도 금방 들통 날 테지만.

그래도 사이토는 첫 상대로서는 좋은 손님이었다. 난폭하게 굴지 않았고 무엇보다 물건이 빈약해서 편했다.

반듯이 누워 다리를 높게 쳐든 탓에, 몸을 반쯤 젖히고 허리를 움직이는 사이토의 콧구멍만 잘 보였다. 렌은 다무라가 신주쿠에 돌아올 때까지 과연 손님 몇 명과 자게 될까 생각했다. 계속 살아가고 싶으면 이 일 말고 다른 일을 해도 될 것이다. 죽고 싶다면 냉큼 죽으면 된다. 결국 렌 스스로도 모른다. 죽고 싶은지, 죽고 싶지 않은지. 다무라를 기다린다는 것은 핑계였다. 그저 결론을 뒤로 미뤘을 뿐이다.

"향수라도 뿌렸어?"

사이토가 갑자기 물었다. 뜬금없이 무슨 소린가 싶었지만 바로 체취를 맡았음을 알아차렸다.

"아니요…… 날 때부터 그랬어요."

사이토가 느닷없이 상반신을 밀착시키더니 렌의 겨드랑이에 코를 처박았다.

"굉장해."

사이토가 웃었다.

"진짜로 있구나."

"뭐가요?"

"들어본 적 없어? 몸에서 달콤한 냄새가 나는 남자는 위험해."

"……위험?"

"머리가 아주 좋고, 세계를 정복할 수 있을 만큼 용기도 있어. 하지만 성격이 급하고 흉포해서 조금만 삐끗하면 폭군이 돼. 오다 노부나가가 그랬던 걸로 유명하지. 몸에서 꿀처럼 달콤한 냄새가 났대."

1995. 10 (5)

1

배수구에 걸린 머리카락을 보고 다마키는 깜짝 놀랐다. 요즘 왜 이렇게 머리가 많이 빠지는 걸까. 역시 정신적인 압박이 심해서 그런 걸까.

보디소프 거품을 다 씻어낸 후 다마키는 샤워부스를 나서서 알몸으로 거울 앞에 섰다. 자기가 보기에도 유방 모양이 아주 예뻐서 만족스러웠다. 비싼 수술비를 치른 보람이 있다. 통신 판매로 산 크림을 잊지 않고 유두에 발랐다. 침착된 색소를 제거하여 갈색 유두도 분홍색으로 되돌아온다고 적혀 있었는데 정말 효과가 있는 걸까. 벌써 보름이나 사용했는데.

큼지막한 목욕수건은 다마키가 부탁한 것이었다. 부탁했다기보다 멋대로 백화점 외판원에게 주문해서 배달시켰다. 아주 비싼 영국제 수건이다. 고작 목욕수건 한 장에 2만 5천 엔이나 줬다. 자기 돈으로는 절대로 못 산다.

목욕수건 한 장만 두르고 방을 가로질러 튼튼한 나무문을 두드렸다. 대답은 없었지만 거절하지도 않았으니 들어가도 상관없으리라.

야마우치는 또 컴퓨터와 눈싸움 중이었다. 이 남자는 틈만 나면 컴퓨터를 들여다본다. 머릿속에 돈 벌 생각밖에 없는 걸까.

"사장님."

다마키는 비장의 콧소리로 말했다.

"욕실 비었어요. 목욕하실래요?"

"됐어."

야마우치는 고개도 돌리지 않고 한마디 툭 내뱉었다. 다마키는 발끈했다. 무시당하는 건 정말로 싫다.

목욕수건 한 장만 두른 채 다마키는 야마우치 옆에 섰다. 그래도 아무 말도 없자 억지로 무릎 위에 앉았다.

"방해하지 마."

야마우치는 귀찮다는 듯이 다마키의 머리를 자기 얼굴 앞에서 치웠다. 다마키는 기죽지 않았다. 늘 이러니까 신경 쓸 것 없다. 셔츠 단추를 풀자 평소처럼 속옷은 입지 않았다. 유두를 빨며 혀로 애무하자 복근이 움찔움찔 반응했다.

"이제 그만해. 일하는 거 안 보여?"

느끼면서 폼 잡기는. 어차피 성감대는 다들 비슷해. 엄청 자극당해서 유두가 빨딱 섰잖아.

"다마키." 야마우치의 목소리가 날카로워졌다. "내려와."

너무 지나치면 폭발하므로 적당할 때 물러나야 한다. 야마우치가
화나면 니라사키조차 두 손 들 정도다.

"심심하니까 그러지."

다마키는 토라진 듯한 목소리로 말했다.

"사장님, 밖에도 안 나가고 답답하지 않아?"

"나가고 싶으면 아무데나 다녀와."

"어딜 가도 형사가 따라붙잖아. 그놈들 언제까지 그렇게 감시할 작
정일까."

"세이치를 죽인 놈이 붙잡힐 때까지 그러겠지."

야마우치의 얼굴에 고통이 서렸다.

"빨리 좀 붙잡아라, 젠장."

"오이카와한테 그렇게 말하지 그래?"

"말할 거야."

야마우치는 갑자기 키보드에서 손을 떼더니, 거의 무의식중에 그
런 것처럼 들고 있던 연필을 한 손으로 뚝 부러뜨려 내던졌다.

"하고 싶어?"

야마우치가 그제야 다마키의 얼굴을 보았다.

"응."

야마우치가 일어섰다. 다마키는 종종걸음 쳐서 먼저 침실로 뛰어
들었다.

"기분 좋아."

다마키는 만족스러웠다. 거울에 적나라하게 비치는 자신의 모습이 정말 예뻐 보였다. 네발로 엎드린 자세라서 자랑으로 여기는 유방이 아주 균형 있게 늘어지고, 뒤에서 야마우치가 허리를 움직일 때마다 유방이 흔들리는 것이 좋았다.

완벽한 육체다. 이렇게까지 완벽하게 만드는 데 돈을 얼마나 쏟아 부었는지 생각하자 한숨이 나올 것 같았다. 하지만 후회는 하지 않았다.

"아아…… 좋아, 좋아!!"

소리를 지르며 고개를 흔들자 유방이 한층 격하게 흔들렸다.

야마우치는 정력이 아주 절륜하다. 마음만 먹으면 한 번도 사정하지 않고 하룻밤 내내 피스톤 운동을 할 수 있지 않을까 싶을 정도로. 분명 경험이 풍부한 에로배우처럼 성적 흥분을 머리로 제어할 수 있는 것이리라. 니라사키가 데려오기 전에는 상당히 과격한 윤락업소에서 일했다는 소문도 있는데 정말일까. 하지만 야마우치의 섹스는 차갑다. 마음이 없다. 기술도 있고 정력도 강하니까 그와 하는 건 좋아하지만 끝나면 좀 허무한 기분이 든다. 니라사키에게 장난감 취급당할 때는 여자 같은 목소리로 신음하면서 아주 음란하게 굴었으면서.

아아…… 음. 음…….
오늘은 엄청 빠른데. 어떻게 된 걸까?

"사장님?"
"미안."

야마우치는 침대에 벌렁 드러누웠다.

"방심했어."

"에이."

다마키는 입술을 뾰로통히 내밀었다.

"나 아직 끝까지 못 갔단 말이야."

"알아서 해."

"싫어. 한 번 더 해."

"머리가 피곤해. 오늘은 이만하자."

다마키는 침대에 책상다리를 하고 앉아 담배를 물었다.

"일이 잘 안 돼?"

"뭐, 그렇지."

"주가 조작은 힘들구나."

"간단하면 온 세상이 부자 천지겠지."

"사장님은 이제 돈 충분하지 않아? 왜 그렇게 돈이 많이 필요해?"

"내가 필요해서 그러는 게 아니야."

"왜 고생해서 번 돈을 모조리 가스가한테 주는 건데? 니라사키는 이제 없잖아. 의리를 지킨답시고 가스가한테 돈을 보내주지 않아도 될 텐데."

"돈을 만들지 못하면 죽일걸."

"설마." 다마키는 웃었다. "가스가가 사장님에게 감사하면 또 모를 까 죽이다니 말도 안 돼. 지금까지 돈을 얼마나 많이 벌어다줬는데."

"그러니까."

야마우치는 다마키의 입술에서 담배를 낚아챘다.

"지금까지 벌어다줬으니 앞으로도 벌어다줘야 해."

"이상해."

"다마키, 이제 내 곁을 떠나도 돼."

"5년 계약이었는데."

"그딴 건 상관없어. 차용증 돌려줄게. 어디든지 가고 싶은 데로 가."

"그렇게는 안 되지. 나, 지금 생활이 제법 만족스럽거든. 요즘은 그 일을 시켜주지 않으니까 심심하지만."

"네 얼굴은 너무 많이 알려졌어. 너무 요란하게 굴면 조만간 수사 2과에서 점찍을 거야."

"경찰이 참견할 문제는 아니잖아. 자유연애 끝의 교섭이니까."

"고소당하면 끝장이야."

"쪽팔려 죽을 텐데 잘도 고소하겠다."

"경찰이 설득하면 될 대로 되라는 식으로 고소하는 사람이 나올 수 도 있어. 아무튼 넌 지금까지 충분히 일했어."

"사장님, 내가 질렸어?"

"그런 이야기가 아니잖아."

"난 사장님이 좋아. 떼어내기가 쉽지는 않을걸."

"아무래도 상관없다만."

야마우치가 다마키의 유방에 손을 뻗었다.

"실리콘은 어디쯤에 든 거야?"

야마우치는 순수한 흥미가 생긴 듯 유방을 이리저리 만지작거렸다.

"실리콘 아니야. 생리식염수 팩이지. 그게 최신기술이거든. 실리콘 과 달리 언제든지 원할 때 꺼낼 수 있고, 만에 하나 팩이 터져도 부작 용이 없어. 촉감도 괜찮지?"

"비쌌을 텐데."

"뭐, 그렇지. 하지만 만족스러워. 역시 거기는 실력이 좋아. 다음에는 코도 한 번 해볼까 싶어. 봐봐, 나 코가 좀 낮지 않아?"

"다마키 넌 성형만 하는구나. 자기 얼굴이 그렇게 마음에 안 들어?"

"안 들어."

다마키는 내뱉듯이 말했다.

"부모한테 물려받은 건 전부 싫어. 싹 다 바꾸고 싶다고. 부모와 닮은 부분은 한 군데도 남겨두고 싶지 않아. 사장님도 그렇잖아? 부모님이 싫지? 나 다 알아."

야마우치는 웃었다.

"부모를 아주 좋아한다는 녀석은 못 믿어."

"맞아, 맞아. 나 어제 정말로 성질났어. 왜, 니라사키 살인 사건 수사본부에 여자가 하나 있잖아. 그야말로 양갓집 규수 같이 생겨가지고 왜 형사질이나 하고 있는 거야? 참나 진짜 어이가 없더라니까. 얼굴만 봐도 화가 울컥 치밀어서 한 방 먹여줬지."

"어떻게?"

"불륜을 저질렀다는 걸 폭로했지."

다마키는 유쾌하기 그지없었다.

"주간지에서 얼핏 읽은 게 생각나서 쏘아붙였어. 그 여자 권총 사격 국가대표로 올림픽에 출전할 뻔했는데 심사에서 미끄러졌거든. 그래서 올림픽을 내년으로 앞두고 은퇴했지. 처자식 있는 코치와 눈이 맞은 끝에 치정 문제로 확대되어 은퇴한 것이 아니겠느냐고 주간지에 적혀 있기에 그 여자의 동료가 있는 앞에서 다 까발렸어. 그랬더니."

다마키는 너무 웃긴 나머지 벌렁 드러누워서 웃음을 터뜨렸다.

"눈물을 글썽이더라고. 진짜 웃겨 죽는 줄 알았네."

"형사를 놀리는 건 그만둬."

야마우치가 담배 연기를 동그랗게 만들어서 다마키에게 내뿜었다.

"녀석들은 집념이 대단해. 섣불리 건드리다가는 앙갚음당할 거야."

"어휴, 무서워라. 앙갚음할 수 있으면 해보라지."

"나까지 끌어들이지는 마."

"사장님은 의외로 권력에 약하구나."

"맘대로 떠들어. 난 경찰과 필요 없는 싸움은 하지 않는 주의야."

"사장님." 다마키는 야마우치의 가슴에 머리를 얹었다. "오이카와랑 잔 거 아니야? 그 자식 아무리 봐도 게이잖아. 그렇게 깔끔을 떠는 형사는 절대 없어. 언제든지 수염은 말끔하게 깎고 다니고, 게다가 맨손으로는 전철 손잡이도 안 잡잖아. 손수건으로 감싸서 잡는대, 웃기다니까."

"그래보여도 한때는 세계 제일의 자리에 선 적도 있는 남자야."

"세계 제일이라니?"

"검도 세계선수권. 우승한 경험이 있대."

"뭐야, 시시하게. 그래서 뭐 어쩌라고. 그것보다 한 번 더 하자. 응? 빨리!"

"밝히기는."

"사장님한테 그런 소리 듣고 싶지 않은데. 자기는 남창이었으면서. 아직 기운 있잖아. 아까 전에는 너무했어. 생각 좀 하고 있는데 끝났단 말이야."

다마키는 야마우치의 다리 사이로 미끄러져 들어갔다. 얼굴과 마찬가지로 성기에는 그 사람의 개성이 잘 나타난다. 야마우치의 성기는 표본으로 삼고 싶을 만큼 모양이 반듯했다. 또한 그동안 수도 없이

희롱당했을 텐데도 발기하면 끝부분이 부러울 만큼 풋풋한 연분홍색
이다.

2

"이런 데서 이야기를 나누자고요?"

이쿠타 사키코는 신기하다는 듯한 표정으로 형사과 응접실을 둘
러보았다.

"취조실이라는 곳에 갈 줄 알았어요."

너무 순진무구하게 말하기에 아소는 무심코 웃었다.

"취조하자는 게 아니라 이쿠타 씨한테 이야기를 좀 듣고 싶을 뿐이
니까요."

야마세가 상냥한 목소리로 말했다. 야마세가 이런 목소리로 말하
면 오래 전부터 알고 지내는 사람들은 재수 없어하지만, 가족드라마
의 아버지 캐릭터처럼 느껴지는지 대화 상대는 경계심을 많이 푼다.
아소는 자신에게는 불가능한 재주라며 새삼 감탄했다.

"아무튼 여기까지 와주신 것만으로도 정말 감사합니다."

"아니요…… 어차피 한가하니까 상관없어요. 하지만 그건 정말이
에요!"

이쿠타 사키코가 갑자기 큰 소리로 외쳤다.

"저, 니라사키 씨가 죽은 줄 정말로 몰랐어요. 알고 있었다면 더 일
찍 왔겠죠. 진짜예요!"

물론 거짓말이다. 이 여자가 허둥지둥 신주쿠 서로 달려온 것은 아

이카와랑 야마시타가 가케카와 에이전시에 직접 가서 압력을 가했기 때문이다. 가케카와 에이전시에서는 이쿠타 사키코가 이미 연예계를 은퇴하고 기획사를 그만둬서 어디 있는지 모른다고 설명했지만, 이렇듯 본인과 제대로 연락이 되는 상태였다.

"정말로 여행을 갔었어요. 혼자 여행 가는 걸 좋아하거든요. 여행 생각이 날 때 차로 훌쩍 떠나죠. 여행지에서는 신문도 텔레비전도 안 보니까 오늘 아침까지 정말로 몰랐어요."

"이제 더 이상 마음에 담아두실 것 없습니다. 이렇게 달려와 주셨으니 그걸로 된 거죠. 그것보다 그저께 낮에 있었던 일에 대해 듣고 싶은데요. 이쿠타 씨는 니라사키 세이치 씨와 함께 호텔에 체크인하셨어요. 그건 틀림없죠?"

"예, 체크인은 했어요. 했지만 묵지는 않았고요. 정말이에요."

"묵지도 않을 텐데 왜 함께 체크인을 하셨습니까?"

"니라사키 씨가 부탁했거든요. 전화로 미안하지만 호텔에 체크인만 함께 해달라고 했어요."

"그게 언제였죠?"

"그저께 점심때쯤이요. 오랜만에 연락을 줘서 어쩐 일인가 싶었는데 같이 호텔에 가자고 하더라고요. 정말 기뻤는데 체크인만 하면 된다고 해서 실망했어요."

즉, 이 아가씨는 니라사키와 그렇고 그런 사이였다는 뜻이다. 니라사키는 정말로 색을 밝히는 남자다.

"상식적으로 봤을 때는 아주 별난 의뢰 같은데요. 이쿠타 씨는 어떻게 느끼셨습니까?"

"별로 이상하지는 않았는데요. 니라사키 씨는 중요한 사업 이야기

를 호텔에서 할 때가 많았던 모양이니까요. 만났다는 걸 숨기고 싶은
상대와 사업 이야기를 해야 하니까 눈가림하는 걸 도와달라고 해서
그냥 그런 줄만 알았죠. 알았으니 대신에 뭐 좀 사달라고 졸랐더니 케
이크와 커피를 사줬어요."

"그뿐입니까? 니라사키 씨가 케이크와 커피만 사주고 치웠나요?"

"그게."

이쿠타 사키코는 혀로 입술을 핥았다.

"용돈도 좀 받았죠."

사키코가 애교 섞인 웃음을 지었다. 야마세도 따라서 웃었지만 눈
에는 웃음기가 없었다.

"단도직입적으로 여쭤봐도 될까요?"

야마세가 음색을 조금 바꾸었다.

"당신과 니라사키 씨의 관계 말인데요. 당신이 니라사키 씨의 정부
였다고 이해해도 되겠습니까?"

"니라사키 씨는 독신이었잖아요. 그러니까 이왕이면 연인이라고
해줘요."

"확실히 그렇군요. 실례했습니다."

야마세는 다시 보고 있으면 무심코 믿어버릴 듯한 웃음을 지었다.

"하지만 니라사키 씨에게는 연인이 참 많았죠."

"전 그런 데 흥미 없어요."

"질투는 느끼지 않으셨습니까?"

이쿠타 사키코는 매혹적인 미소를 지었다. 자신 있는 여자의 미소
였다.

"니라사키 씨는 함께 있을 때 다른 여자의 존재가 느껴지는 사람이

아니었어요. 부자겠다, 잘생겼겠다, 독차지할 수 있다는 생각은 처음부터 없었죠. 다른 여자만 신경 쓰이지 않으면 즐겁게 지낼 수 있어요. 그거면 되는 거 아닌가요?"

"니라사키 씨와는 언제 어디서 알게 되셨습니까?"

"그 사람 저희 기획사 사장님과 친구였어요. 그래서 가끔 함께 식사를 하다가 얼마 지나지 않아 그렇게 됐죠. 하지만 저는 연예계 일이 잘 안 맞았어요. 작년에 기획사를 그만두고 지금은 연예계에서 발을 뺐죠."

"사생활에 관련된 질문을 또 드려야 하는데요."

"뭐든지 물어보세요. 남의 사생활을 파고드는 게 경찰 업무잖아요."

"오해가 있으신 것 같군요. 저희 경찰은 민사에는 개입하지 않는 것이 원칙입니다. 본래 사생활 침해는 극력 피하고자 노력하죠. 하지만 사생활이 형사 사건 해결에 관계하는 경우에는 입장이 좀 미묘해지거든요."

"서론은 그만 됐어요. 뭘 알고 싶으신데요?"

"현재, 무슨 일로 생계를 꾸려나가시는지 궁금합니다."

"아무 일도 안 해요. 백수예요."

이쿠타 사키코는 쾌활하게 깔깔 웃었다.

"저, 이래봬도 제법 견실해요. 그래서 연예계에 있을 때 성실하게 저금했죠. 뭐 잘 나가지는 못했지만, 행사 도우미보다는 많이 벌었죠. 평평 낭비하지만 않으면 그럭저럭 먹고살 만해요. 형사님, 절 명품만 밝히느라 돈을 물 쓰듯이 쓰는 여자라고 오해하셨죠? 사람은 정말이지 겉보기만으로는 알 수가 없다니까요. 거짓말 아니에요. 저금통장 보여드릴까요? 허리띠를 졸라매면 앞으로 2년은 생활할 수 있을 정도예요."

"2년 후에는 어쩌시려고요?"

"글쎄요." 이쿠타 사키코는 천연덕스레 말했다. "결혼이라도 할까. 저기, 경시청 형사 중에서 장래에 출세할 만한 사람 한 명 소개해주시지 않을래요? 저 요리도 제법 잘하니까 좋은 아내가 될 수 있을 거예요."

"그거 괜찮군요. 부하에게 말해보겠습니다. 당신이 상대라면 기뻐할 녀석이 많을 겁니다."

야마세가 아소에게 눈짓했다. 아소가 가볍게 고개를 끄덕이자 야마세는 본론으로 들어갔다.

"자, 이제부터는 조금 진지하게 생각하시고 나서 답해주시기 바랍니다."

"뭔가 마음에 걸리는 말씀이네요. 지금까지도 진지하게 대답했는걸요."

"죄송합니다. 그럼 한층 진지하게 생각해주십시오. 니라사키 세이치 씨가 그날 사업 이야기를 하기로 한 사람이 누구인지 이름을 밝혔습니까?"

"아니요. 여자에게 함부로 그런 이야기를 하는 사람은 아니었거든요."

"뭔가 암시를 주지도 않던가요?"

"안타깝지만 전혀요."

"그날 밤 일정에 관해서는요? 사업 이야기가 몇 시쯤 끝나니까 놀러와도 된다는 등 그런 말은 나오지 않았습니까?"

"기대는 했죠."

사키코는 약간 섭섭한 듯한 표정을 지었다.

"휴대전화도 새로 샀겠다, 전화가 오지 않을까 한밤중까지 기다렸어요. 하지만 새벽 1시가 되도록 아무 연락이 없기에 포기하고 드라이브하러 갔죠. 그대로 이즈까지 달려서 친구 별장에 갔어요. 정말이에요. 별장에는 새벽 4시쯤 도착했고요. 관리인이 알고 있으니까 알리바이가 의심스러우면 조사해보세요."

이쿠타 사키코는 아소도 이름을 아는 남자 연예인이 별장 주인이라고 했고, 이즈 어디쯤에 별장이 있는지도 자세하게 설명했다.

"하지만 제 알리바이를 의심할 여유가 있거든 다른 사람을 수사하시는 편이 나을 텐데요."

사키코는 장난을 꾸미는 어린아이 같은 표정으로 아소를 힐끗 보았다. 입을 거의 열지 않는 아소가 상사임을 알아본 것이리라. 아소는 흥미를 억누르고 조용히 말했다.

"뭔가 좋은 생각이 있는 것 같군요. 부디 지혜를 빌려주시기 바랍니다."

"그건 괜찮지만, 고자질쟁이 취급받기는 싫은데요."

"물론 당신이 정보원이라는 사실은 절대로 새어나가지 않도록 하겠습니다. 당신도 멋진 연인이었던 니라사키 씨를 죽인 범인이 미울 텐데요. 그 범인을 체포할 수 있을지도 모를 정보를 가지고 있다면, 저희한테 제공하는 것이 니라사키 씨를 공양하는 길 아닐까요?"

"그렇겠죠."

사키코는 처음으로 가련한 표정을 지었다.

"그러고 보니 그 사람 죽었죠…… 이제 못 만나네요. 정말 열 받는 이야기예요. 알았어요, 말씀드릴게요. 그날 실은 밤에 그 호텔에 한 번 돌아갔어요."

야마세가 한쪽 눈썹을 휙 추켜올렸다. 아소도 무심코 몸을 좀 내밀었다.

"혹시 니라사키 씨를 만날 수 있지 않을까 하는 기대도 조금 있기는 있었고, 사실은 낮에 카페테라스에 손수건을 두고 왔다는 걸 밤에야 알았거든요. 호텔에 전화했더니 프런트에 맡겨진 분실물은 보관하고 있으니 확인하러 오라는 거예요. 손수건을 잃어버리는 사람이 제법 많은지 전화만으로는 제 건지 아닌지 확인할 수가 없었어요."

"시각은?"

"9시쯤? 거짓말 아니니까 호텔에 물어보세요. 분실물을 관리하는 벨캡틴에게 제 손수건이 있는지 없는지 찾아달라고 했죠. 있더라고요. 기껏해야 손수건 한 장이지만 에르메스인걸요. 포기하기는 아깝잖아요. 뭐, 아무튼 찾았으니까 다행이다 싶어 돌아가려는데 그 여자를 봤어요."

"그 여자라니, 알 만한 사람은 다 아는 귀부인입니까?"

"귀부인이라뇨."

사키코는 못마땅하다는 듯이 입술을 일그러뜨렸다.

"그렇게 고상한 여자가 아니에요. 사치코였다고요, 미나가와 사치코. 아시죠? 남의 첩살이나 하던 것이 뻔뻔스럽게도 맨션을 하나 얻어서 살고 있다고요. 뭐야, 원래는 가케카와 사장의 여자였으면서. 니라사키 씨도 그래요. 아무리 친구라지만 남이 먹다가 준 거에다가 돈을 퍼붓다니 남자는 정말 칠칠맞지 못하다니까요. 남자는 그렇게 우수에 차 보이는 여자한테 약하잖아요. 하지만 실은 그런 년이 요물이에요. 정말이지 방심은 금물이라고요. 그날 밤도 남자랑 같이 있었어요. 형사님, 어차피 사치코는 부정하겠지만 제대로 수사해서 그년이 니라사키 씨를 배신했다는 증거를 면전에 들이대주세요."

"즉, 이쿠타 씨는 미나가와 사치코 씨가 니라사키 씨를 죽였을 가능성이 있다고 보시는 거로군요."

"가능성이 있고 없고 나는 모르겠어요."

사키코는 갈 곳 없는 분노를 아소에게 내뿜었다.

"그런 건 경찰이 생각할 일이죠. 난 그저 그날 밤 9시에 그년이 그 호텔에 있는 걸 봤을 뿐이에요. 내가 그년이 범인이라고 말했다고 멋대로 해석하지 마세요. 하지만 남자와 함께 있었던 것만은 분명해요. 사치코가 암만 부정해도 그 정도는 확인할 수 있겠죠, 일본 경찰은 우수하니까!"

1989. 5

"미치코 씨, 있어?"

쓰카하라 도미코는 조림이 든 그릇을 들고 현관 앞에서 미치코를 불렀다. 부주의하게도 문을 잠가놓지 않았지만 현관에 미치코가 늘 신고 다니는 샌들이 놓여 있었으므로 틀림없이 집 안에 있는 것 같았다.

"미치코 씨, 미치코 씨."

몇 번 불러보았지만 대답은 없었다.

"에이 참, 할 수 없지."

도미코는 한숨을 폭 쉰 후 미안해, 들어갈게, 하고 큰 소리로 말하고 실외용 슬리퍼를 벗었다. 도미코는 마치 자기 집처럼 안쪽으로 성큼성큼 들어가서 맹장지문을 열었다. 미치코는 거기 있었다. 평소처럼 조그마한 마당에 면한 툇마루에 앉아 멍하니 마당을 바라보고 있었다.

"조림을 좀 많이 했거든." 도미코는 일부러 밝고 큰 소리로 말했다. "좀 나눠 먹을까 해서. 오징어토란조림, 바깥양반도 좋아하잖아."

미치코가 그제야 시선을 도미코에게 돌렸다.

"아, 도미코 씨."

"오늘은 안색이 좋네. 날씨도 완전히 푸근해졌으니 가끔은 산책도 할 겸 쇼핑이라도 다녀오는 게 어때? 지금 신주쿠 미쓰코시 백화점에서 여성복 바겐세일 중이거든. 광고지를 봤는데 유명 여성복이 반값이래, 반값."

도미코는 조림을 부엌으로 가지고 가서 냉장고에 넣었다. 그리고 다시 안쪽 방으로 돌아가서 불단 앞에 앉아 선향을 피우고 위패에 합장을 했다.

새 위패 옆에는 작은 사진도 놓여 있다. 티 없이 밝게 웃는 어린아이 사진이다.

도미코는 코가 찡하고 또 눈물이 날 것 같았다. 정말로 귀여운 애였는데, 정말로. 왜 신은 이렇게 가혹한 짓을 하시는 걸까.

"그 심정 다 이해한다고 가볍게 말할 생각은 없지만."

도미코는 미치코 옆에 살짝 다가앉았다.

"아무리 한탄하고 슬퍼해도 마코 짱은 돌아오지 않아. 미치코 씨가 계속 그러고 있으면 천국의 마코 짱도 슬퍼서 이 세상에 미련이 남을 거야."

"저기, 도미코 씨…… 알아요?"

"뭘?"

"오늘 아침에 변호사가 왔었어요."

"변호사?"

"놈들이 고용한 변호사요."

"아아…… 그렇구나. 그래서 뭐래?"

"민사소송을 걸지 않으면 3천만 엔을 주겠대요."

도미코는 아무 말도 하지 않았다. 속이 뒤집어지는 심정이었지만 고작 생후 9개월 난 여자아이의 목숨 값으로 3천만 엔이라면 아무리 생각해도 높은 금액이다. 가령 민사소송을 걸어서 손해배상을 청구해도 그렇게 많이 받아내지는 못할 것이다. 누가 뭐라 해도 교통사고는 교통사고다. 게다가 아무리 호의적으로 보아도 미치코에게 과실이 전혀 없다고는 할 수 없는 상황이었다. 상대가 조폭이라고 해서 소송을 걸면 무조건 유리하지만은 않을 것이다. 미치코의 남편인 모치즈키 쇼고도 그 사실은 충분히 잘 이해하고 있는 듯했다.

하지만 눈에 넣어도 아프지 않을 딸을 잃은 미치코의 머릿속은 그저 증오로 가득할 것이 분명했다.

아직 봉오리도 맺히지 않은 수국 잎사귀 위에 달팽이가 한 마리 앉아 있었다.

니시신주쿠의 고층빌딩이 이렇게 가까이 보이는 도쿄 한복판인데도, 이 부근은 정말로 태평스럽고 아무리 시간이 흘러도 때를 벗지 못한다. 그렇지만 거품경제 탓에 땅값이 믿기지 않을 만큼 폭등하여 고정자산세를 감당하지 못해 집과 땅을 팔고 이사 가는 이웃이 끊이지 않는다. 다행히 도미코는 셋집에 살고 있으므로 고정자산세가 얼마나

오르든 전혀 상관없었다. 집주인이 집을 팔아치워도 임차인의 권리로 이 집에 계속 살 수 있으니까 당분간은 퇴거할 일이 없을 것이다. 하지만 언제까지 그렇게 지낼 수 있을까. 어느 대기업이 이 부근 땅을 모조리 매수하여 큰 빌딩을 세울 테니 나가달라고 하면 과연 언제까지 저항할 수 있을지 불안했다.

모치즈키네 집과는 아주 옛날부터 알고 지낸 사이다. 도미코와 쇼고는 초등학교 동급생이었다. 쇼고는 성적이 좋고 사내다워서 반에서 인기가 많았다. 도미코도 좋아한 적이 있었다. 중학교를 졸업한 후 도미코는 인근 공립고교에 들어갔고. 쇼고는 놀랍게도 국립에 진학했다. 근처 어른들도 대단하다고 다들 감탄했다. 그리고 쇼고는 지금 대학교수다. 공립대학교라서 월급은 많이 나오지 않는 모양이지만, 학자님이니까 정말로 대단하다.

하지만 그런 모치즈키 쇼고도 순풍에 돛 단 듯이 인생을 순조롭게 살아온 것만은 아니다. 일단 부모님이 연이어 돌아가셔서 외동아들이었던 쇼고는 대학생 때부터 이 집에 혼자 살았다. 그리고 서른 살이 넘어서 겨우 결혼했지만, 결혼한 지 2년도 지나기 전에 가엾게도 아내가 독감에 걸려 세상에 떠났다. 그로부터 15년간 쇼고는 혼자 이 집에 살며 묵묵히 연구하고, 담담히 대학을 다녔다.

도미코는 친정에서 몇 백 미터도 떨어지지 않은 소꿉친구 집에 시집갔고, 아이 네 명도 다 키워냈다. 그런 만큼 근처에 외톨이로 적적하게 지내는 옛날 친구가 있는데 신경이 쓰이지 않을 리 없었다. 반찬 하나라도 나누어 먹었고, 연말에는 대청소도 도와주었다. 그런 쇼고가 재작년에 마침내 재혼했다.

쇼고가 미치코를 이 동네로 데려왔을 때 이웃사람들은 웅성거렸다. 미치코는 쇼고보다 상당히 어려서 아직 서른다섯 살이 될까 말까할 정도였다. 게다가 제 나이보다 훨씬 앳되어 보였다. 아무튼 때를 벗지 못한 이 동네에는 아까울 만큼 아름다운 여자였다.

소문을 퍼뜨리는 사람들도 있었다. 저건 보통 여자가 아니다, 분명 물장사 출신이 틀림없다고.

그래서 뭐 어쩌라고. 도미코는 그런 소문을 퍼뜨리는 사람들에게 화가 났다. 과거에 물장사를 했든지 말든지 관계없지 않은가. 지금은 어엿한 남의 부인이다. 쇼고의 행복한 얼굴을 한 번 보란 말이다.

작년에 마코가 태어나자 모치즈키네는 행복의 절정에 달했다. 곁에서 보고 있으면 부러워질 만큼 쇼고와 미치코는 사이가 좋았다. 그리고 마코는 제 엄마를 닮아 천사처럼 귀여웠다. 막내까지 성인식을 마치고, 손자가 셋이나 되는 도미코는 쇼고의 딸 마코도 자기 손녀처럼 느껴졌다. 도미코는 산후에 가벼운 감염증에 걸려서 한동안 드러누운 미치코를 아무 대가도 없이 돌보아주었고, 마코의 기저귀도 갈아주었다.

신은 정말로 잔혹한 짓을 하신다.

도미코는 흘러내리려는 눈물을 꾹 참았다. 아무리 그래도 자기가 울 수는 없었다. 미치코를 격려해서 어떻게든 살아갈 수 있는 힘을 되찾아주어야 한다.

"조림만 먹을 수는 없잖아. 미치코 씨, 어때? 나랑 슈퍼에 장 보러 가지 않을래?"

"죄송해요."

미치코는 힘없이 미소 지었다.

"……머리가 좀 아파서요. 저녁은 그이가 오면 나가서 먹을게요."

"나가서 먹겠다니, 마루타니 식당도 지난달에 문 닫았는데 변변한 식당이 어디 있다고 그래. 알았어, 그럼 내가 장 보러 가는 김에 적당히 사다줄게. 요리는 하기 귀찮을 테니 바로 먹을 수 있는 걸로 사올게. 회같은 게 좋으려나."

"……죄송해요."

미치코는 앉은 자세로 이마가 바닥에 닿을 만큼 깊이 머리를 숙였다. 그대로 쓰러지지는 않을까 싶어 도미코는 가슴이 조마조마했다.

돈은 자기가 내고 나중에 쇼고에게 받으면 된다. 도미코는 슬리퍼를 신고 저녁 골목길로 나섰다.

슈퍼에 가자 장어를 할인판매 중이었다. 장어를 알루미늄 호일로 싸서 밥솥에 넣어두면 쇼고가 돌아온 후에도 맛있게 먹을 수 있을 것이다. 이것저것 사기가 귀찮아서 남편 그리고 함께 사는 차남 부부와 손자에게도 저녁에는 장어를 먹이기로 했다. 물론 장어구이를 한 마리씩 하려면 돈이 모자라므로 적당히 밥에다 섞어서 장어밥을 짓기로 했다. 거기다 노란 지단을 곁들이면 모양이 난다. 거기에 조림을 반찬으로 먹고, 된장국 건더기는 미역과 두부면 되겠지…….

"저기, 실례합니다만."

누가 불러서 돌아보자 처음 보는 남자가 서 있었다. 반백 머리를 단정하게 손질하고 안경을 쓴 중년 남자. 상당히 고급스러워 보이는 옷을 입었다.

"쓰카하라 씨 맞으시죠?"

"그런데요. 누구세요?"

"이런 사람입니다."

참 오랜만에 남의 명함을 받았다.

다카야스 법률사무소 변호사 신도 요지로

"변호사라면, 당신 설마 그 폭력단의……."

"드릴 말씀이 있는데 잠시 시간을 좀 내주시겠습니까? 30분이면 됩니다."

"나한테 할 말이 있다고요? 혹시 착각했는지도 몰라서 말씀드리는 데, 나는 모치즈키 씨의 집안사람이 아니에요. 그냥 친하게 지내는 사이라서 대신 장을 봐주러 왔을 뿐이에요."

"압니다. 특별히 쓰카하라 씨께 상의 드리고 싶은 일이 있어서 찾아뵈었습니다. 댁에 갔더니 따님이 장을 보러 갔다고 하셔서요."

"걔는 딸이 아니라 며늘아기에요. 아무튼 나는 법률에 대해 전혀 모르니까 이야기해봤자 아무 도움도 안 될걸요. 모치즈키 씨가 소송을 포기하길 원하면 그쪽에 직접 이야기하세요."

"오전에 찾아뵈었습니다만."

신도는 교활해 보이는 얼굴로 쓴웃음을 지었다.

"아무래도 저희 진의를 오해하시는 것 같더라고요. 저희는 결코 책임을 회피하려는 게 아닙니다. 돈을 지불하여 입막음할 생각은 털끝만큼도 없습니다."

"그야 딸을 잃은 엄마한테 그딴 소리를 해봤자 통할 리가 없겠죠."

도미코는 차갑게 말했다.

"돈을 많이 찔러줄 테니 민사소송을 하지 말라는 게 책임 회피가 아니면 뭔가요?"

"저희 입장에서는 재판까지 가서 모치즈키 씨 부인을 더 괴롭히고 싶지는 않습니다. 그래서 그 전에 원만하게 해결을 보려는 거죠."

"뭐라고요? 왜 재판이 열리면 미치코 씨가 더 괴로워지는데요?"

"설명 드리겠습니다. 그러니 부디 시간을 내주십시오."

신도가 고개를 깊이 숙였다. 성가셨지만 신도의 말이 마음에 걸렸다. 도미코는 승낙하고 신도와 함께 슈퍼 옆 카페로 들어갔다.

"고생 많으셨습니다."

다무라는 머리를 깊이 숙인 후 손을 뻗어 다쓰오카가 들고 있던 가방을 받아들었다.

"뭐야, 너희 둘뿐이야? 서운하네."

"죄송합니다. 요즘 말이 좀 많아져서 마중은 둘이서만 나가라는 지시가 있었거든요. 다들 저쪽에 있습니다."

"그러냐."

교도소에서 3년 반을 생활했는데도 다쓰오카의 거만한 태도는 전혀 바뀌지 않았다.

"넌 언제 나왔어?"

"1년 전에 나왔습니다. 간사이 지방에 가 있다가 지난주에야 신주쿠로 돌아왔습니다."

"간사이 지방 어디?"

"오사카의 시모다 씨에게 신세졌습니다. 조용해질 때까지 그쪽에 있기로 했는데, 큰형님께서 이치쿠라 놈들과 화해하셔서 겨우 돌아왔습니다."

"손님 대우를 받으면서 1년이라. 아주 팔자가 늘어졌었겠네."

"다들 고생할 때 혼자 편하게 지내서 죄송합니다."

정문에서 2분쯤 걸어간 곳에 검정색 차 세 대가 있었다. 양복을 단정하게 차려입은 조직원 일곱 명이 다쓰오카를 기다리고 있다가 일제히 머리를 숙였다. 다쓰오카는 턱짓으로 인사를 받고 다무라가 열어준 문으로 뒷좌석에 올라탔다.

"간자키는 여전히 잘 나가는 모양이군."

다쓰오카는 다무라가 불을 붙여준 담배를 느긋하게 피웠다.

"저 안에서까지 간자키 놈들이 으스대는 꼴을 봐야 했다고. 큰형님, 혈압이 내려갈 날이 없겠어."

"정말 큰일입니다."

다무라는 고개를 설설 흔들었다.

"큰형님은 경제에 약해."

다쓰오카가 목소리를 낮추었다.

"그게 우리의 가장 큰 약점이지. 거품이 빵빵한 이 시기에 부동산을 제대로 다루지 못하는 곳은 우리 정도밖에 없다고."

다무라는 다쓰오카가 뿜어낸 담배 연기를 내보내기 위해 창문을 조금 열었다.

"본가 쪽은 어때?"

"다들 본가는 이제 니라사키 씨의 독무대랍니다. 후계자 자리도 스와 씨가 아니라 니라사키 씨가 차지할 거라던데요."

"어째 뒤숭숭하네. 스와 씨의 아내는 총장님 딸이잖아. 그런데 세이치 씨가 후계자가 되면 일대 소동이 벌어지겠는걸. 총장님 몸 상태는?"

"그다지 좋은 것 같지는 않습니다. 최근에는 슈젠지 온천에 계실 때가 많으신 모양입니다. 형님, 오늘 밤은 큰형님이 형님 위로회를 열어주신다니까 회포를 나누시기 바랍니다."

"그것 참." 다쓰오카는 웃었다. "조직에 인사만 마치고 후딱 집에 돌아가서 마누라 가랑이 사이를 파고들 생각이었는데."

"그럼 일단 집에 가셔서 형수님부터 뵈시죠. 제가 7시에 모시러 가겠습니다."

"그럴까?"

다쓰오카는 맛있다는 듯이 연기를 내뿜었다.

다쓰오카의 아내는 레이싱모델 출신으로, 결혼 전에는 신주쿠의 고급 클럽에서 매출 넘버원을 달리던 여자였다. 3년 반이나 떨어져 있었으니 가랑이 사이가 그리워지는 것도 무리는 아니다.

* * *

3차쯤 가자 다쓰오카도 보스도 얼큰하게 취했다. 이 가게는 보스가 어지간해서는 데리고 오지 않는 고급 술집이므로 다무라는 호화로운 인테리어와 돈을 얼마나 처발라서 성형했을지 상상도 가지 않을 만큼 예쁜 여자들에게 눈을 빼앗겼고, 기분도 잔뜩 들떴다. 평소 같으면 자기 같은 말단은 밖에서 대기해야겠지만 다쓰오카가 오늘은 특별히 계속 곁에 데리고 있었다. 다쓰오카가 돌아와서 다무라는 안도했다. 보스의 명령이었다고는 하나 1년이나 간사이 지방에 머무는 동안 젊은 녀석들과 완전히 서먹서먹해졌다. 그 전에 2년 6개월간 교도소에 있었으므로 합쳐서 4년 가까이나 조직을 떠난 셈이니 어쩔 수 없는 일이지만.

이제 자신도 젊지는 않다. 언제까지 말단에서 놀 수는 없다. 슬슬 무슨 자리를 얻어서 젊은 녀석들을 부리는 입장이 되고 싶었다. 하지만 조직을 둘러싼 정세는 결코 낙관적이지 않았다. 보스 무토는 협기가 넘치는 사람이지만 감각이 시대에 좀 뒤떨어진다. 본가를 좌지우지한다는 니라사키 세이치와 걸핏하면 대립각을 세우지만, 경제에 강하고 기회를 보는 눈이 뛰어난 니라사키에 비하면 상당히 불리하다.

그래도 다무라는 보스를 흠모했다. 큰형님이 가시는 곳이라면 어디든지 따라가겠다고 굳게 다짐했다.

술자리가 한순간 조용해져서 다무라는 고개를 들었다. 큰형님이 가게 입구를 노려보고 있었다. 다쓰오카가 놀란 표정으로 일어섰다.

"세이치 씨."

"다쓰오카 형님, 격조했습니다."

니라사키 세이치가 뒤에 남자를 하나 거느리고 나타났다.

"오랫동안 고생 많았습니다."

니라사키는 허리를 구부리고 머리를 깊이 숙였다.

"건강해 보여서 다행입니다."

"그쪽도 건강해 보이는군. 소문은 들었어. 역시 세이치 씨는 큰 어르신 피를 이어받아서 그런지 대담하고 치밀해서 본가는 이제 세이치 씨 손아귀에 든 거나 마찬가지라던데."

"칭찬이 과하십니다. 총장님 귀에 들어가면 야단맞습니다. 오늘 밤 편히 쉬시는데 방해해서 죄송합니다. 우연히 들렀는데 형님과 무토 형님이 계시다고 들어서요. 무토 형님."

보스는 여전히 한 손을 들고 있었다.

"왜 멀거니 서서 이야기야. 자, 앉아."

"마침 좋은 기회이니 무토 형님께도 소개해드리겠습니다."

니라사키는 뒤에 있는 남자에게 앞으로 나서라고 턱짓했다.

다무라는 입이 떡 벌어졌다.

"요즘 제 파트너로 함께 일하고 있는 녀석입니다. 이름은 들어보셨을 겁니다."

니라사키가 신호하자 남자는 머리 숙여 인사하고 명함을 보스와 다쓰오카에게 건넸다.

"이스트흥업의 야마우치라고 합니다."

"댁이 야마우치 씨인가."

보스가 고개를 들었다.

"실력이 대단하다면서? 얼마 전에도 시나가와의 땅에 투자해서 큰 이득을 얻었다고 들었는데."

"운이 좋았을 뿐입니다."

니라사키와 야마우치는 다무라의 대각선 앞쪽에 앉았다.

"땅값이 언제까지 이런 상태로 계속 상승할지는 모르는 법입니다."

"호오?"

다쓰오카가 놀란 표정을 지었다.

"경제 전문가도 일본에는 땅이 없으니까 땅값만은 떨어지지 않을 거라고 하던데."

"그건 착각입니다. 한 사람에게 필요한 땅은 그렇게 넓지 않으니까요."

야마우치는 머리를 길러서 깔끔하게 정리했다. 다무라는 그 단정한 얼굴을 멍하니 바라보았다.

"그럼 땅값이 떨어진다고?"

"당분간은 올라가겠지만 결국 떨어집니다. 현 상태로는 길게 봐도 5년 정도겠죠. 땅을 굴려서 돈을 벌 거면 최대한 빨리 처분하는 편이 낫습니다. 욕심을 부려서 오래 붙잡고 있으면 다칩니다."

"재미있는 소리를 하는 사람이로군."

다쓰오카는 웃었다.

"세이치 씨, 당신은 어떻게 생각해?"

"이 녀석의 말은 신탁이나 마찬가집니다, 형님."

니라사키도 웃었다.

"아니, 예언인가. 그것도 어두운 예언. 이 녀석은 인간이 아니에요. 악마입니다."

다무라는 야마우치가 자신을 보고 있음을 알아차렸다. 이유도 없이 무릎이 떨렸다. 어째서인지 야마우치가 무서웠다. 왜 이 녀석이 이런 곳에 있는 걸까? 도대체 어째서 니라사키 세이치와 함께 나타난 걸까……

"죄송합니다, 화장실 좀 다녀오겠습니다."

다무라는 자리에서 일어나 달아나듯이 화장실로 뛰어들었다. 술에 취한 것도 아닌데 구역질이 났다. 세면대에 얼굴을 처박자 위액이 밀려 올라왔다.

"다무라."

뒤쪽에서 목소리가 들렸다. 고개를 들자 거울 속에 야마우치가 있었다.

"역시 다무라 맞네."

"너, 너…… 왜…… 어째서……."

"다무라."

야마우치가 긴 팔로 뒤에서 다무라를 끌어안았다.

"이제야 만났네. 신주쿠에 있으면 언젠가 만날 수 있을 줄 알았어."

"대답해." 다무라는 떨리려고 하는 목소리를 가다듬었다. "왜 네가 니라사키 씨와 함께 있는 거야!"

"그게 그렇게 중요해?"

야마우치가 다무라를 뒤로 돌려세웠다.

"그런 건 아무래도 상관없어. 사소한 일이야."

갑자기 눈앞이 깜깜해졌다. 야마우치가 손으로 두 눈을 가렸다. 손을 치우기도 전에 이번에는 숨을 쉴 수가 없어졌다.

불타오르는 조그마한 화염 같은 혀가 다무라의 입속에서 힘차게 날뛰었다.

1995. 10 (6)

1

신문 기사를 다시 읽고 나서 쓰카하라 도미코는 크게 한숨을 내쉬었다.

"그 일은 몇 년도에 있었더라……."

"분명 89년이야."

집 안에는 도미코 말고 아무도 없으니 어디까지나 혼잣말에 스스로 대답했을 뿐이지만, 도미코는 남편이 대답하는 목소리를 들은 듯한 기분이었다. 남편 유키오는 묘한 부분에서 기억력이 좋았다. 2년 전에 심근경색으로 덧없이 가버렸지만 좋은 사람이었다. 그렇게 생각할 때마다 참 안타까웠다. 검은 머리가 파뿌리가 되도록 같이 살고 싶었는데.

그래, 89년이다. 그때는 정말 마음이 아팠다.

천벌을 받았네. 도미코는 신문을 접고 천천히 일어섰다.

어쩌겠어. 이 남자는 천수를 누리고 편안히 누워서 죽을 수 있는 처지가 아니었어. 어차피 조폭끼리 싸우다가 죽었겠지. 본인도 각오했을 거야.

"도미코 씨."

현관에서 야마다 노리코가 부르는 소리가 들렸다. 변함없이 탁한 목소리다. 오랫동안 물장사를 하다 보니 술과 담배에 찌들어 그렇다는 건 이해하지만, 익숙하지 않은 사람에게는 화가 나서 고함을 지르는 것으로밖에 들리지 않으므로 현관에서 이렇게 큰 소리로 부르면 싸움이라도 벌어진 것 아니냐고 이웃들이 오해할까 봐 창피하다.

"도미코 씨, 도미코 씨. 없어?"

쓰카하라 도미코는 허둥지둥 현관으로 나갔다. 노리코는 성격이 급하다.

"뭐하고 있었어? 집을 비운 줄 알았네."

미닫이문을 열자 노리코는 성큼성큼 들어와서 현관 턱에 떡하니 앉았다.

"자, 회람판."

노리코의 손에서 회람판을 받아들었다. 주민회에서 주최하는 가을 축제에 대해서, 라고 적혀 있었다.

"축제 때 신여 메는 거 남편이 좋아했는데."

도미코는 또 남편 생각이 나서 한숨을 쉬었다.

"그래보여도 에도 토박이였거든."

"간다부터 동쪽 지방에 3대 이상 산 사람만 에도 토박이라고 부른 다던데. 요 부근은 에도시대 때 에도가 아니었대."

"뭘 그리 따지고 그래. 마음가짐이 중요한 거지, 마음가짐이. 그나 저나 올해 축제 때 어린이 신여도 나오나?"

"올해는 대축제니까. 도미코 씨네 손자는 어떻게 할 거야? 신여 맬 거면 핫피(옛날에 무가의 하인이나 장인이 입던 작업복. 요즘은 축제 때도 많이 입는다 - 옮긴이 주) 새로 한 벌 마련하지 그래? 다카마쓰네 가게에서 우 리 손자 핫피를 한 벌 살 건데, 도미코 씨네 꼬맹이 것도 봐줄까? 거기 는 잘 아는 곳이니까 가격을 좀 깎을 수 있어."

"그냥 싼 거 한 벌 사면 되지. 축제 기간에 슈퍼에서도 팔잖아. 그거 면 충분해. 요즘 세상에 손바느질한 고급 핫피를 사는 사람은 노리코 씨밖에 없을 거야."

"그런 거에 인색하게 굴면 복이 달아나."

노리코가 진지한 표정으로 말했다.

"마쓰모토 씨네가 그 좋은 예지. 그 댁 아저씨는 부자지만 옛날부 터 노랑이였잖아. 주민회 행사 때 땡전 한 푼도 지원한 적이 없다니 까. 그래서 결국 아들이랑 그렇게 된 거야."

노리코는 얼굴 앞으로 손을 들어 올려 휘휘 내저었다.

"그러고 보니 요즘 그 집 아들이 통 안 보이네."

"부인 말로는 벌써 집에 안 들어온 지 3년은 됐대. 어디서 뭘 하는 지 완전 깜깜무소식이라더라. 역시 아버지랑 엄청 싸웠나 봐. 난 그 집 아들 마음을 이해해. 아버지가 그 모양이니 가출하고 싶을 만도 하지."

"그렇게 구두쇠야?"

"구두쇠일 뿐만 아니라 편협하기 짝이 없고, 누구든지 얼간이 취급한대. 게다가 마음에 안 들면 아들이랑 아내도 마구 때린다는 거야. 하지만 남자애잖아. 아들이 고등학생만 돼도 체력적으로 못 당해. 결국 싸움이 벌어져서 아들한테 죽도록 두드려 맞고 입원했지. 미안하지만 그 이야기 듣고 얼마나 웃었는지 몰라. 꼴좋더라. 천벌이지 뭐."

"하지만 걔…… 귀엽게 생겼던데. 그렇게 난폭한 짓을 할 것처럼은 안 보였어."

"얼굴이 어떻든 남자는 다 똑같아. 오히려 그런 애가 천성은 더 흉포할지도 모를 일이지. 그건 그렇고, 신문 봤어?"

"응."

도미코는 고개를 끄덕였다.

"그 기사 말이지? 니라사키라는 조폭이 살해당했다는."

"나 기억이 가물가물한데, 니라사키라면 미치코 씨랑 사고로 얽혔던 그 사람 맞지?"

"그런 것 같은데, 친척일 수도 있으니까 장담은 못하지…… 아무튼 본인이라면 천벌을 받은 거라고 생각하던 참이었어."

"미치코 씨는 이 기사 읽었을까."

"글쎄…… 오랫동안 연락도 없으니 모르지."

"그 사람, 도미코 씨한테도 연락을 안 해? 그렇게 알뜰살뜰 돌봐줬는데 너무하네."

"어쩌겠어. 나중에 행복해진다면 수렁에 빠졌을 때 도와준 사람에게 고마움을 느끼겠지만, 수렁에서 빠져나오지 못한다면 그런 마음도 들지 않겠지. 미치코 씨는…… 앞으로 평생 웃으면서 그때 일을 추억하지 못할 거야. 자식을 먼저 떠나보낸 부모의 마음이야 본인 말고는 아무도 이해하지 못하겠지."

노리코는 얌전한 표정으로 고개를 끄덕였지만, 그래도 미치코에게
불만인 것 같았다. 어떻게 보면 그러는 것도 무리는 아니다. 당시 주
민회 사람들 모두 진심으로 미치코를 걱정해주었다. 미치코가 폭력단
을 상대로 민사소송을 걸겠다고 했을 때도 주민회장이 괜히 불똥이
튀는 것 아니냐고 몸을 사리자 노리코가 호통을 쳤다. 결국 소송을 포
기한 후에도 이웃들 모두 노리코를 걱정하며 여러모로 돌보아주었다
고 자부할 수 있다.

하지만 생각해보면 그러한 보살핌 자체가 미치코에게는 무거운
짐이었을지도 모른다. 건드리지 말았으면 싶은 상처를 자꾸 헤집으면
누구든지 마음이 울적해질 것이다. 게다가 남편 쇼고마저 그렇게 덧
없이 세상을 떠났으니.

뭐, 덧없다고 하면 우리 남편도 마찬가지였지만. 심근경색과 지주
막하출혈은 어느 쪽이 더 아플까. 모치즈키 쇼고는 도미코와 초등학
교 때 친구, 즉 동갑이었다. 자신도 언제 지주막하출혈로 덜컥 죽을지
모른다 싶어 도미코는 몸을 부르르 떨었다.

남편 쇼고가 죽은 지 얼마 지나지 않아 미치코는 자취를 감추었다.
쇼고의 생명보험금을 3천만 엔쯤 받았다는 소문이 돌았지만, 그 외의
것은 집이고 땅이고 전부 상속을 포기했다고 들었다. 그리고 미치코
는 사과장 같은 글만 몇 통 남기고 이웃에게 아무런 인사도 없이 몰래
이사를 갔다. 벌써 3, 4년 전 일이다. 그 후로 미치코는 아무런 연락도
없었다. 아직 거품경제가 꺼진 지 얼마 되지 않은 시기였으니 집과 땅
을 팔면 제법 목돈을 만질 수 있었으리라. 그 돈을 포기했을 정도니
생명보험금을 받고 눈이 뒤집어져서 떠난 것은 아니다. 도미코 생각
에 미치코는 무슨 각오를 단단히 한 것 같았다.

하지만 가령 그렇다 해도 이제 도미코가 해줄 수 있는 일은 없다.

결국 인간은 각자 자기 인생을 짊어지고 살아가는 법이다. 도미코 역시 인생이 순조롭지만은 않았다. 큰아들이 중학생 때 나쁜 친구들과 사귀어 불량배가 되는 바람에 참으로 힘들었다. 작은아들은 고등학생 때 교통사고로 오른쪽 무릎을 다쳐서 지금도 다리를 전다. 작은아들의 결혼이 결정됐을 때는 며느리가 될 아가씨가 천사로 보였을 정도다. 딸 때문에도 마음고생이 심했다. 딸이 혼전 임신을 했다는 것을 알았을 때 딸을 죽이고 자기도 죽겠다는 생각까지 했었다. 손자도 모두 됨됨이가 좋은 것은 아니며, 무엇보다 그렇게 좋은 사람이었던 남편과 사별했다.

정말 너무 일찍 갔어, 여보. 도미코는 천국에 있는 남편에게 또 불평했다. 요즘은 여든까지는 거뜬히 산다고. 앞으로 어떻게 20년이나 혼자 살란 말이야. 지루해, 여보.

어쨌거나.

도미코는 노리코가 활짝 열어놓고 간 현관문을 닫고 세면실에 가서 세수를 했다.

미치코 씨 인생은 미치코 씨 몫이지. 그 사람 스스로 견디고 받아들여서 다시 일어서야지, 남이 어떻게 해줄 수는 없어.

* * *

오랜만에 한껏 멋을 부리고 나온 탓인지 몹시 지쳤다.

도미코는 커다란 쇼핑백을 한 손에 두 개씩 합쳐서 네 개나 들고 앉을 곳이 없는지 찾고 있었다. 옛날에는 백화점에 흡연실이 많아서 돈을 내지 않고도 앉아서 쉴 수 있었지만 지금은 아니다. 관내 금연 표시만 눈에 띌 뿐이고, 화장실 근처에도 흡연실이 없다. 흡연실은커녕 잠깐 앉을 만한 벤치조차 없다. 앉고 싶으면 카페에 들어가서 커피를 사 마시라는 뜻이다. 거기도 흡연석이 과연 있을지 없을지 걱정스러웠다.

몇 번이나 진심으로 담배를 끊으려고 했다. 하지만 이 나이가 먹도록 결국 성공하지 못했다. 남편도 먼저 갔고, 자식들도 독립했으니 폐암으로 죽은들 뭐 어떠냐고 반쯤 포기했다. 만에 하나 암에 걸리면 입원비를 매일 5천 엔씩 지불해주는 보험에도 들었다. 비싼 일인실에만 들어가지 않으면 하루에 5천 엔으로 어떻게든 버틸 수 있을 것이다. 별도로 위문금 2백만 엔도 받을 수 있다고 쓰여 있었으니까.

바겐세일이고 뭐고 오지 말 걸 그랬어.

도미코는 스스로에게 화를 내면서 어정어정 걸음을 옮겨 계단을 내려갔다.

그 신문 기사 탓이다. 어제 참견쟁이 노리코가 굳이 말을 꺼내는 바람에 잊어버리려고 애썼지만 잊어버릴 수가 없었다. 그래서 어제 하루 종일 속이 답답하니 개운치가 못했다. 집안일을 해도, 텔레비전을 봐도 미치코와 쇼고, 그리고 귀여운 마코의 웃는 얼굴이 머릿속을 어른거렸다. 그것도 모자라 밤에는 꿈까지 꿨다. 마코가 태어나자 부리나케 달려와서 기쁨의 눈물을 흘리던 쇼고의 꿈이었다.

잠에서 깬 도미코는 자기 뺨에도 눈물이 흘렀음을 깨달았다. 쇼고와 함께 기뻐하며 눈물을 흘린 건지, 아니면 꿈속에서도 모치즈키 일가의 미래를 알고 있어서 딱한 나머지 눈물을 흘린 건지 스스로도 알 수 없었다. 다만 이대로 있으면 오늘 하루도 울적하고 서글플 것 같았다. 그래서 신문 속 전단지에 실린 백화점 바겐세일 광고를 보고 신주 쿠로 나왔다.

나도 참 바보라니까.

도미코는 속으로 웃었다.

세일하는 물건을 사러 오는데 한 시간이나 걸려서 화장하고, 고급 외출복을 쫙 빼입을 필요가 어디 있담.

하지만 이렇게 차려입는 건 정말로 오랜만이다. 신기하게도 남편이 살아 있을 적에는 친구와 함께 여기저기 외출하는 게 즐거웠는데, 남편이 죽자 어디에도 가고 싶지가 않았다. 10대 끝자락에 결혼한 도미코는 남편이 죽기 전까지 혼자가 되어본 적이 없었다. 혼자가 되고 나서야 그 사실을 깨달았다.

돌아갔을 때 누군가가 '어서 와' 하고 반겨주리라는 확신이 있기 때문에 어디 가고 싶고 혼자 있고 싶다는 바람이 생기는 것이다. 지금 도미코는 어디에 얼마나 나가 있든 아무도 걱정해주지 않고, 돌아간들 반겨줄 사람도 없다.

한동안 함께 살았던 작은아들 부부도 맨션을 사서 나갔고, 남편도 죽었다.

외출해도 흥이 나지 않는다.

정말 괜히 나왔네.

도미코는 앉을 곳을 찾지 못해 짜증을 내며 여성복 매장으로 들어 갔다. 무슨 목적이 있었던 것은 아니다. 옷이 진열되어 있으면 구경하고 싶은 것이 여자의 본성이다.

물론 할인 품목 말고는 살 생각이 없었지만 도미코는 엘리베이터

를 찾는 김에 유명 상표가 붙은 매장을 구경하며 돌아다녔다. 요즘은
정리해고다 뭐다 해서 백화점에도 입점 매장뿐이다. 물건을 사면 눈
에 익은 포장지로 포장해주는 대신 상품 로고가 큼지막하게 들어간
쇼핑백에 담아준다. 젊은이들은 그걸 멋있게 여길지도 모르지만 도미
코는 영 거북했다. 지나가는 사람들에게 어느 매장의 물건을 샀다고
광고하며 다니는 것 같아서 창피했다.

하지만 도미코도 동경하는 상표는 있다. 단 한 번이라도 좋으니 샤
넬에서 쇼핑을 해보고 싶었지만 남들에게는 비밀이었다. 노리코가 알
면 배꼽이 빠져라 웃을 것이 뻔했다.

뭐, 어차피 샤넬에 내가 입을 수 있는 옷은 없겠지만.

도미코는 자기 허리 사이즈를 떠올리고 쓴웃음을 지었다. 그때 누
군가가 도미코 눈에 들어왔다.

……미치코 씨……?

닮기는 했지만 남이다. 그렇다, 자세히 보니 생김새가 달랐다. 미치
코는 턱이 좀 더 둥그스름해서 상냥해 보인다. 저 여자는 턱 선이 갸
름하다. 하지만…… 하지만 정말 닮았다.

그 여자는 부티크 점원이었다. 본점이 긴자에 있는 부티크로, 도미
코가 젊을 때부터 유명한 곳이었다. 물론 고급 의류만 취급하지만 도
미코와 비슷한 나이대의 손님이 많은지 디자인은 마음에 들었다. 미
치코를 닮은 그 점원은 도미코보다 조금 젊은 부잣집 마나님 같은 손
님에게 열심히 뭔가 권하고 있었다.

보면 볼수록 비슷하다는 생각이 드는 반면, 남으로도 여겨지는 것

이 신기했다. 미치코가 자취를 감춘 지 고작 3, 4년밖에 되지 않았으니 만약 정말로 미치코라면 바로 알아봤을 것이다. 아아, 어쩌면 미치코의 언니나 여동생일 가능성도 있다.

도미코는 천천히 그 매장에 다가갔다. 점원이 한 명 더 있었는데, 그쪽은 장부에다 뭔가 한창 쓰는 중이었다.

"저기요."

도미코는 그 점원을 살그머니 불렀다.

"저기 있는 저 점원 말인데요."

"예?"

점원이 고개를 들었다.

"아는 사람을 닮았어요. 하지만 옛날 지인인 줄 알고 말을 붙였다가 착각이면 창피하잖아요. 그래서 좀 물어보려고요."

"아아, 예."

점원은 약간 수상쩍어하는 표정을 지었지만, 그래도 정중하게 말했다.

"다카야마 말씀이시군요."

"다카야마 씨…… 모치즈키가 아니라요?"

"예, 다카야마인데요."

나도 참 생각이 모자라네. 도미코는 속으로 스스로를 비웃었다. 모치즈키는 쇼고의 성이다. 미치코는 결혼해서 성이 바뀌었으니, 미치코의 가족이라면 성은 당연히 모치즈키가 아니다.

"아, 그렇지…… 저기, 저 사람한테 언니나 여동생이 있는지는 몰라요?"

점원은 도미코가 더욱 의심스러워진 듯 명백히 경계하는 눈빛을 던졌다.

"손님, 죄송합니다만 그건 점원의 개인정보라서요. 저, 그렇게 궁금하시면 다카야마를 불러드릴까요?"

"아니에요."

도미코는 바로 대답하고 싹싹하게 웃음 지었다.

"됐어요, 됐어. 개인정보를 막 캐물을 수야 있나. 이상한 걸 물어서 미안해요. 그냥 옛날에 친구였던 사람의 여동생이랑 정말 닮아서······ 하지만 됐어요. 착각했을지도 몰라요. 그리고 그 친구는 병으로 이미 죽었으니 혹시 착각이면 저 분이 괜히 찜찜할 것 아니에요. 됐어요, 됐어. 그러니까 신경 쓸 것 없어요."

도미코는 웃음을 유지하려 애쓰며 재빨리 물러났다. 그때 점원이 말했다.

"저, 다카야마한테 여동생이 있기는 한데요······ 그게······ 아주 젊습니다. 스무 살 정도일 거예요. 언니는 없을 거고요."

점원이 아주 작은 목소리로 속삭였다.

"다카야마의 여동생은 이 층에 있는 주네스라는 카페에 있을 겁니다. 10분쯤 전에 다카야마를 만나러 왔는데, 다카야마의 휴식 시간이 될 때까지 거기서 기다리겠다고 했어요."

병으로 죽었다는 거짓말이 통했나 보네.

도미코는 백화점 안내도를 보며 주네스를 찾았다.

뭐, 거짓말은 아니지. 쇼고는 분명 병으로 죽었으니까. 오빠가 아니라 남편이지만.

주네스는 여성복 매장이 있는 층의 깊숙한 곳에 있었다. 작은 카페였지만 쇼핑하다가 잠시 쉴 만한 곳이 없는 탓인지 몹시 붐볐다. 도미코는 망설였다. 미치코에게 스무 살 안짝의 여동생이 있다는 말은 들어보지 못했다. 그러니까 다카야마라는 그 점원은 분명 미치코 본인이 아니다. 그런데 왜 그 젊은 여동생의 얼굴을 보고 싶은 걸까?

뭐, 됐어. 도미코는 한숨을 쉬고 빈자리를 찾았다. 아무튼 지쳤다. 다리도 아팠고, 쇼핑백을 든 두 손이 저렸다. 커피 값은 아깝지만 한숨 돌릴 때가 됐다.

다행히 빈자리는 찾았지만 메뉴를 보고 놀랐다. 비쌌다. 제일 싼 블렌드 커피가 480엔. 터무니없는 가격이다. 게다가 도미코는 커피를 그다지 좋아하지 않는다. 커피 말고 다른 것도 비쌌다. 다음으로 싼 오렌지페코라는 홍차는 530엔이었다. 고작 홍차가 이렇게 비싸다니 믿기지가 않았다.

그래도 도미코는 오렌지페코를 마시기로 했다. 주변을 둘러보고 홍차는 티포트에 담겨 나온다는 것을 알았다. 저거라면 세 잔은 마실 수 있다. 단것도 먹고 싶었지만 홍차만으로도 지출이 예상외로 컸으므로 참았다. 지하 식품 매장에서 케이크를 사면 같은 가격으로 두 개 먹을 수 있다.

도미코는 생활이 궁핍하지는 않다. 둘째아들 부부가 독립한 후 요리 실력을 살려서 작은 반찬가게를 시작했다. 가게라고 해봤자 집의 차고를 개축하여 만든 손바닥만 한 공간에서 찜과 조림을 판 게 다지만, 단골손님들 덕분에 몸이 힘들어서 2년쯤 전에 그만둘 때까지 돈을 좀 벌었고, 죽은 남편의 생명보험금도 받았다. 그리고 올해부터 얼마 안 되지만 국민연금도 들어온다. 도미코와 같은 세대의 평균적인 생활과 비교하면 유복하다고 해도 될 것이다. 그런데도 도미코는 오랜 세월 몸에 밴 절약정신을 버리지 못했다. 같은 물건을 조금이라도 더 싸게 사는 방법을 알면서 눈앞에 있는 물건을 사지는 못하는 성격이다.

도미코는 홍차가 나올 때까지 품평하듯이 카페를 둘러보았다. 고급스러운 가게를 흉내 내어 가격만 높을 뿐 어쩐지 싸구려 티가 흐르는 가게였다. 이 백화점도 옛날에는 일류 소리를 들었으므로 남에게 줄 선물을 살 때는 일부러 여기까지 와서 물건을 고르기도 했는데, 젊은 손님을 끌어들이려고 한 탓인지 분위기가 많이 가벼워졌다. 이 카페도 그렇다. 아무리 인테리어에 공을 들인 척해도 아이스크림을 잔뜩 올린 극채색의 파르페를 메뉴에 실으면 말짱 꽝이다.

아아, 또다. 형형색색의 파르페와 맞붙은 여자가 있다. 얼굴은 꽤나 예쁘지만 아주 꼴 보기 싫게 먹는다. 왜 매번 혀를 내밀어서 크림을 핥는 건데. 저런 걸 보고 섹시하다며 치켜세우니까 못된 강간범이 근절되지 않는 것이다.

……어?

도미코는 눈을 몇 번 깜빡인 후 손수건을 꺼내 눈을 비비고 다시 그 여자를 보았다. 그리고 확신했다.

틀림없다…… 그 애다!

하지만 설마, 설마 그 애가…….

그때 새로운 충격이 도미코를 덮쳤다.

오픈형 카페라서 도미코가 앉은 자리에서도 카페로 다가오는 사람의 얼굴이 잘 보였다. 다카하시 아무개라는 여자가 다가왔다. 이렇게 정면에서 보자 더더욱 미치코가 연상됐다. 하지만 도미코는 그 사실에 놀란 것이 아니었다. 다카야마가 극채색 파르페를 보기 싫게 먹는 여자를 똑바로 보며 다가왔으며, 믿기지 않게도 카페에 들어오자마자 망설임 없이 그 여자 앞에 앉았다는 것에 충격을 받았다.

저 애가…… 다카야마 아무개의 여동생!

이런 터무니없는 일이 있나. 이건 말도 안 된다. 거짓말이다. 저 아이는 여동생이라는 거짓말로 다카야마 아무개와 만날 약속을 잡았다. 하지만…… 그렇다면 다카하시 아무개는 역시…… 미치코? 아니면 미치코와 아주 가까운 누군가…….

도미코는 혼란스러웠다. 도미코의 머릿속에 몇 가지 가설이 떠올랐다 사라지고 사라졌다가 다시 떠올랐지만, 스스로 믿음이 갈 만큼 그럴듯한 가설은 하나도 없었다. 다만 자신이 도외시된 것만은 확실했다. 그렇다…… 그만큼 친절하게 잘 돌봐줬는데, 나는 무시당했다. 미치코에게도, 그리고 저 애에게도!

저 애 주변에 저 애를 이해해주려는 어른은 한 명도 없었다. 옛날부터 별나고 이상한 아이라는 험담만 들었고, 부모까지 저 애를 매정하게 대했다. 그래도 나는 저 애를 '이해'할 수 있을 것 같았다. 별난 아이라는 생각에는 변함이 없었지만, 머리가 이상하다고 여긴 적은 없다. 머리가 이상하기는커녕 저 애는 아주 영리했다.

아줌마, 아줌마 하면서 잘 따랐는데.

도미코는 슬펐다. 그 자리에서 울음을 터뜨리고 싶을 만큼 슬펐다.

남에게 친절하게 대하는 것에 도대체 무슨 의미가 있을까. 새롭고 좀 더 좋은 인생을 손에 넣은 인간은 옛날을 떠올리고 싶어 하지 않는다. 그리고 힘들 때 친절하게 대해준 사람까지 통틀어서 잊어버리고자 한다.

저 애도 분명 그렇겠지.

지금 저 애를 보니 그러는 것도 무리는 아닐 것 같았다.

저 애는 분명 옛날에 알던 사람이 전부 죽기를 바랄 것이다…… 나도 포함해서.

도미코는 자리에서 일어섰다. 어느 틈엔가 나온 오렌지페코는 잔에 따르지도 않았다. 계산대에서 계산을 마치고 재빨리 카페를 나섰다. 등에 시선이 느껴진 것 같기도 했지만 고개를 돌려 확인할 용기는 없었다. 돌아보았을 때 자신을 탐탁지 않게 여기는 두 쌍의 눈과 눈이 마주칠까 봐 무서워서 도저히 돌아볼 수가 없었다.

남에게 미움 받는 사람만은 되지 말자. 그것이 도미코의 인생을 지탱해온 하나의 신조였다. 고맙다는 말을 듣거나 사례를 받지 못해도 크게 마음에 두지 않았다. 주변 사람들에게 친절하게 대하는 것은 도미코의 습성과도 같았다. 그래도 마치 가족처럼 친절하게 남을 돌보아주면 적어도 미움 받을 일은 없을 것이라 도미코는 믿었다.

하지만 남의 인생에 관여하는 것은 그렇게 단순한 일이 아니었다.

이 나이를 먹고서야 그걸 깨닫다니.

도미코는 손수건으로 눈물을 닦으며 엘리베이터를 찾았다.

바겐세일에 오지 말 걸 그랬다, 정말로.

2

"이야, 오랜만입니다. 아소 씨."

에노모토 이치로가 아소의 손을 잡고 위아래로 크게 흔들었다.

"이게 몇 년 만이죠?"

"85년 8월에 세타가야에서 본청으로 돌아왔으니 10년 만인가요? 아니지, 그 후에 분명 시나가와에서 뵀을 겁니다."

"그 만화가 살해 사건 말이군요. 맞습니다, 맞아요. 나는 지원차 갔을 뿐이었지만요. 그 사건도 아소 씨 팀이 해결했었죠?"

"수사본부 모두가 애쓴 덕분이었죠."

아소는 상투적인 말을 꺼내고 나서 자리에 앉았다.

에노모토 앞에는 아이스밀크로 보이는 하얀색 음료가 놓여 있었다. 위라도 아픈 걸까. 아니면 건강 대책인가. 아무튼 진한 커피에 설탕을 가득 타서 몇 잔이나 마시던 당시와는 아무래도 마음가짐이 달라진 모양이다.

아소도 그를 본받아 아이스밀크라도 주문할까 했지만, 밖은 10월 치고는 더워서 목이 바짝 말랐다. 우유가 입에 텁텁하게 남으면 목이 더 마를 것 같아서 아이스커피를 시켰다.

"그건 그렇고 니라사키 살해 사건은 어떻습니까?"

에노모토는 주변을 신경 쓰며 목소리를 낮추었다.

"항쟁사건이죠? 그런데 본부가 설치되다니, 역시 전쟁이 벌어질 것 같습니까?"

"사건 해결에 시간이 걸려서 좋은 일은 하나도 없으니까요."

아소는 물수건으로 얼굴을 닦았다. 땀이 가시자 개운해서 기분이 좋았다.

"아무튼 한시라도 빨리 마무리를 지을 생각입니다."

"범인이다 싶은 놈은 있습니까?"

"아니요, 전혀요."

아소는 웃고서 컵의 물을 마셨다.

"솔직히 말해 항쟁사건이라는 확신조차 없는 상황이에요. 뭐, 그쪽은 제 전문이 아니지만 오이카와도 상당히 초조해하더군요."

"오이카와 씨는 자기 손으로 니라사키를 처리하지 못해서 분통이 터졌겠군요."

에노모토는 하하하 웃었다.

에노모토는 학년으로 따지면 오이카와와 동기다. 대학은 달랐지만 검도 대회에서 늘 마주쳤다. 그 후에 본청 수사1과에서 관할서로 연수를 나갔을 때, 세타가야 서에서 에노모토와 재회했다. 에노모토는 당시 세타가야 서 방범과에 근무했다. 그 후로 전근을 되풀이하여 지금은 마치다 서에 수사2과장으로 있다고 한다. 어제 겨우 연락이 닿아 만날 약속을 잡았는데, 일부러 신주쿠까지 나오라고 하기가 뭣해서 마치다까지 가겠다고 했더니 가끔은 도회지 공기도 마시고 싶다며 에노모토가 신주쿠로 왔다. 전철로 한 정거장이라고는 하나 근무 중임을 아는 만큼 미안하기 그지없었다.

"그 여대생 건 말인데요."

잠시 서로의 근황을 이야기한 후 에노모토가 복사지 다발을 아소에게 내밀었다.

"나도 세타가야를 떠난 지 6년이나 되다보니 이제는 거기에 친한 사람이 없습니다. 그래도 당시 수사 자료를 열람시켜달라고 부탁할 만한 녀석은 있더라고요. 어, 강행범계의 이나무라라는 녀석입니다."

아소가 수첩을 꺼내는 것을 보고 에노모토는 이나무라, 하고 다시 말했다.

"이름은 미쓰마사. 주임이에요. 오늘 아침에 전화했더니 마침 시간이 좀 있다고 해서 그 사건에 관한 자료를 정리해달라고 부탁해뒀습니다."

"수고를 끼쳐서 정말 죄송합니다."

"아아, 괜찮아요. 이나무라는 나한테 빚이 있거든요."

에노모토가 다시 목소리를 낮추었다.

"좋은 녀석입니다만, 파친코(조그만 구슬을 발사해 게임기 속의 구멍에 넣는 게임─옮긴이 주)에 빠져서 사금융에서 돈을 빌렸다가 상부에 들통날 위기에 처해서 저한테 울며 매달렸죠. 감사가 실시된다는 소문이 있다면서요. 사금융에서 2백만 엔도 넘게 빌렸으니 큰 문제가 되기 전에 퇴직시키라는 압력이 들어올지도 모르잖습니까. 시대가 시대인 만큼 공무원을 그만두고 싶은 사람은 없을 겁니다. 그런데 마침 우리 아버지가 뇌일혈로 갑자기 돌아가셔서 가나가와의 땅을 물려받았거든요. 어떻게 할까 망설이던 참이었는데 이나무라가 울며 매달려서 결심하고 팔았습니다. 솔직히 한시름 놨어요. 땅을 팔지 않고 소유하고 있으려면 상속세를 내야 하니까요. 뭐, 2백만 엔을 전부 다 해결해주지는 못했지만 백만 엔 정도는 빌려줬습니다. 친척들을 찾아다니며 나머지 절반을 마련해 사금융에 진 빚을 싹 다 갚았죠. 이나무라의 목도 무사히 붙어 있게 됐고요."

"에노모토 씨도 사람이 참 좋으시군요."

"마누라가 바보천치 아니냐고 하더군요."

에노모토는 큰 소리로 웃었다.

"그런 돈을 갚을 리가 있냐면서요. 하지만 이 일을 계속할 텐데 상사에게 빌린 돈을 어떻게 꿀꺽하고 넘어가겠습니까. 이나무라도 자기 처지는 잘 알고 있는지 상여금이 나올 때마다 20만 엔씩 갚아나가는 중입니다."

"그거 다행이군요. 에노모토 씨 같은 사람에게 돈을 빌리고 갚지 않는다면 제가 대신 본때를 보여주려고 했어요."

아소는 웃으면서도 에노모토가 궁금한 표정을 짓고 있음을 눈치챘다. 그럴 만도 하다. 10년도 전에 일어난 사건, 그것도 그리 대단치도 않은 사건을 왜 이제 와서 조사하려고 하는 걸까. 미해결 사건이라면 또 모를까 범인은 체포되었고 재판도 받았다. 경찰 입장에서는 완전히 종결된 사건이다.

하지만 에노모토는 질문하는 대신 목소리를 더 낮추어 이렇게 말했다.

"……니라사키 살해 사건과 무슨 관계가 있습니까?"

"관계라고 하시면?"

"그게…… 이름을 정확하게 보기 전까지 저도 생각이 안 났는데, 이 야마우치란 남자 말입니다. 니라사키의 조직이 뒤를 봐주는 회사의 대표 아닙니까? 마치다로 이동하기 전에 아카사카의 수사2과에 1년쯤 있었습니다. 그 동안 이름을 참 많이 들었죠. 세타가야에 있었을 때는 그 사건에 직접 관여하지 않아서 성명을 정확하게는 몰랐어요. 야마우치라는 성은 별로 드물지 않잖습니까. 어제 아소 씨 전화를 받고 나서야 기억 속에서 두 이름이 연결되더군요."

"사건과 관계가 있는지는 아직 모르겠습니다."

아소는 신중하게 말했다.

"그저 이 남자의 과거를 조사하다보니 세타가야에서 발생한 그 사건에 다다랐을 뿐입니다. 지금은 그렇습니다."

"용의자 중 한 명입니까?"

"으음."

아소는 쓴웃음을 지었다.

"단적으로 말하자면 현재로서는 니라사키 주변에 있던 인물들 모두가 용의자죠. 알리바이의 유무조차 관계없다고 봐도 됩니다. 그 바닥에서는 사람 목숨도 돈으로 살 수 있으니까요."

"뭐, 그렇겠죠. 실행범을 찾아내는 것만으로는 니라사키 살해 사건을 해결했다고 할 수 없을지도 모르겠습니다."

"옳은 말씀입니다. 다만…… 에노모토 씨니까 말씀드리는 건데요…… 흉기가 거의 밝혀졌습니다. 그게…… 조폭의 항쟁사건에 사용된 것치고는 묘해서요."

"그래요?"

에노모토의 얼굴에 형사다운 호기심이 똑똑히 서렸다.

"권총이 아니라는 건 알고 있었지만…… 매스컴에서는 예리한 날붙이라고 보도했죠."

"어제 저녁에 과학수사연구소의 정식 보고서가 수사본부로 올라왔습니다. 상처의 세포 조직 단면과, 상처 폭, 크기 등등으로 미루어보건대 흉기는 아주 예리하고 극히 얇은 날붙이라고 합니다. 또한 세포 조직의 단면이 특징적이었대요. 불경스러운 표현이지만 실로 아름다웠다고 하더군요. 날붙이를 몇 종류 골라서 비교 검토한 결과 그것과 극히 비슷한 절단면을 만들 수 있는 날붙이가 확인됐습니다. 그 날붙이는 절단면뿐만 아니라 상처 모양과 폭 등의 조건에도 합치했어요."

"뜸을 들이는군요."

에노모토는 웃었다.

"예, 실은 저도 이걸 말씀드리는 순간을 기대하며 온 겁니다."

"이런, 이런. 아소 씨, 당신은 정말로 변함없군요. 옛날부터 수수께끼 같은 걸 좋아했죠."

"정말로 수수께끼입니다. 흉기는 의료기구, 즉 수술용 메스였을 가능성이 아주 높다고 합니다."

에노모토는 잠시 말없이 아이스밀크를 마셨다. 아소와 달리 수사 1과 경험은 없지만, 그 이외의 부서는 거의 다 경험하면서 20년이나 범죄 수사에 몸 바쳐온 사람이다. 이 사실에 흥미가 없을 리 만무하다.

"즉."

에노모토가 천천히 말했다.

"범인은 조폭이 아닌 거군요…… 오이카와 씨는 그 보고를 듣고 어떻게 했습니까?"

"의자를 집어던졌습니다."

아소의 대답에 에노모토는 무릎을 치며 웃었다. 아소는 웃지 않고 말을 이었다.

"정말 골치 아픈 인간입니다. 그 의자는 신주쿠 서 비품인데. 그렇게 규모가 큰 관할서는 안 그래도 본청에 반발이 심하거든요. 싸구려 접이식 의자지만 의자가 망가져서 관리관에게 불평을 듣는 건 결국 수사본부의 실질적 행동 부대의 책임자인 저라고요."

"뭐 어쩌겠습니까. 대학 선배는 아무리 세월이 흘러도 후배에게 누를 끼치는 존재인걸요."

에노모토는 웃음을 지으며 무릎을 내밀었다.

"조폭이라면 의료용 메스 같이 작은 칼은 사용하지 않겠죠. 무기는 허세의 상징이니까요. 허리춤에 단단히 끼울 수 있는 비수 또한 그들의 중요한 소도구입니다. 아니면 일본도죠. 아무튼 그들은 사내다움이 느껴지는 무기를 선호합니다. 메스는 무엇보다 어감부터가 사내답지 못해요(일본어로 '메스'에는 암컷이라는 뜻도 있다 - 옮긴이 주). 아소 씨, 그저 말장난이 아닙니다. 그들은 그런 것도 몹시 신경 쓰는 족속이에요. 물론 커터칼이나 아이스피크를 쓰는 놈들도 있기는 있지만, 소수파죠. 아니면 마침 있어서 사용하는 정도일 겁니다. 하지만 의료용 메스는 마침 있을 만한 물건이 아닙니다. 설마 니라사키가 호텔 의무실에서 살해당한 건 아니겠죠?"

"객실이었습니다."

에노모토는 고개를 끄덕였다.

"범인은 의도적으로 메스를 가지고 갔어요. 즉, 처음부터 의료용 메스를 살해 도구로 선택한 거죠. 그런 조폭이 어디 있겠습니까. 메스를 손에 넣을 수 있는 사람이라면 그 범위가 한정되겠군요."

"뭐, 그렇게 생각하는 게 순리겠죠. 하지만 프로 킬러가 범인일 가능성도 여전히 남아 있습니다. 사람의 피부와 혈관을 자르는 데는 의료용 메스가 가장 적절해요. 그럴 용도로 만든 거니까요. 그렇다면 프로 킬러 중에 메스를 전문으로 사용하는 놈이 있어도 이상할 건 없습니다. 지금까지도 면도칼이나 송곳을 사용하는 킬러가 있었으니까요."

"의료용 메스도 전례가?"

"아니요. 제가 파악한 바로는 없습니다. 하지만 지금까지 일본에서는 활동하지 않은 킬러일수도 있으니까요. 뭐, 이건 오이카와의 생각입니다. 오이카와 입장에서는 범인이 반드시 조폭 관계자여야 할 테니까요."

"아소 씨 생각은 어떻습니까?"

"제 생각이요?"

아소는 손가락으로 턱을 만지작거렸다. 깎이지 않은 수염이 남아 있었다.

"글쎄요…… 솔직히 말하자면 제 견해를 늘어놓기에는 아직 재료가 모자라네요."

"우리끼리 나누는 이야기인데 억측이면 어떻습니까."

"정말로 억측인데…… 범인은 아마추어입니다. 적어도 조폭은 아니에요. 현재로서 그 근거는 흉기의 문제가 아니라 니라사키가 취한 행동입니다."

에노모토는 고개를 끄덕였다.

"그렇게 적이 많았으니 평소부터 경계를 게을리하지 않았겠죠. 그런데 호텔방에 킬러를 불러들였다는 건 아무리 생각해도 말이 안 돼요."

"예. 물론 자기가 킬러임을 밝히고 니라사키에게 다가가지는 않았을 테니 상대가 킬러임을 니라사키가 꿰뚫어보지 못했다고 볼 수도 있습니다만, 그래도 둘이서만 호텔방에 있었으니 니라사키가 경계심을 풀 만한 사람이었겠죠. 뭐, 그런 연유로 저는 아마추어가 원한을 갚고자 범행을 저지른 것으로 보고 있습니다."

"드디어 아소 씨 팀이 나서겠군요. 오이카와 씨는 낙심했겠어요. 이번에는 나설 기회가 없습니까?"

"무슨 말씀을요. 오이카와는 정신없이 일하고 있습니다."

아소는 거의 입을 대지 않은 아이스커피를 마셨다. 얼음이 녹아서 완전히 밍밍해졌다.

"일단 내일이 니라사키의 장례식입니다. 오늘 밤은 경야고요. 도시 한가운데서 장례식을 치르면 일이 커지니까 오이카와를 비롯한 4과가 가스가 파 총장에게 압력을 가해서 니라사키의 아버지와 인연이 있는 하치오지 쪽 절에서 장례식을 치르기로 한 모양인데, 그래도 이만저만 난리가 아니겠죠. 오늘 밤부터 내일까지 인상이 험악한 놈들이 신칸센과 비행기를 타고 도쿄로 우르르 몰려올 겁니다. 저희가 그런 놈들을 다루기는 무리예요. 덧붙여 수사가 길어져서 범인이 검거되지 않으면 니라사키의 부하들도 얌전하게 있지는 않겠죠. 그놈들이 쓸데없는 짓을 벌이면 그에 대한 보복 또한 시작될 겁니다. 내버려두면 아주 난장판이 될 거예요. 놈들이 치고받다가 전멸하면 좋겠지만, 그렇게는 안 되겠죠. 애먼 사람이 총이라도 맞으면 우리 모두 감봉입니다."

"웃을 일이 아니로군."

에노모토는 어깨를 움츠렸다.

"아소 씨가 하루라도 빨리 사건을 해결하기를 바라겠습니다. 그리고."

에노모토가 테이블에 놓여 있는 종이 다발을 넘겼다.

"어제 연락을 받은 터라 추적조사라고 할 만한 정도는 아닙니다만. 10년 전 1985년 7월에 일어난 사건 말입니다. 야마우치는 세타가야서가 검찰에 송치한 다다음날인 7월 18일에 기소됐습니다. 재판은 1심에서 끝났고, 2년 실형을 받았습니다."

"에노모토 씨는 어떻게 생각하세요?"

아소는 에노모토의 표정에 주의하며 물었다.

"형이 너무 무겁다는 생각은 안 드십니까?"

"제가 가타부타 말할 일은 아닌 것 같군요…… 저는 이 사건 때 그저 수사를 도왔을 뿐이니까요. 각성제와 연관된 사건인지 아닌지 확인하고자 가택 수사에 동행하기는 했습니다만. 피해자가 얼마나 다쳤는지도 잘 몰라요. 죄상만 보면 강간미수에 상해입니다. 정도에 따라서는 10년을 먹어도 이상할 것 없어요…… 다만 초범에다 충동적인 범행이었다면 확실히 실형은 과하다 싶네요. 피해자는 얼마나 다쳤습니까?"

"몇 바늘 꿰맸습니다. 사건이 발생한 밤에 저는 당직이었습니다. 그래서 신고가 들어오자 현장으로 급행했죠. 서에서 가까워서 제일 먼저 도착했습니다. 피해자는 땅에 누워 있었지만 의식은 또렷했어요. 피가 꽤 많이 나서 걱정했는데, 의사 말로는 뺨만 베였다고 하더군요. 그 밖에는 범인과 몸싸움을 벌이다 팔다리에 멍이 좀 들었습니다. 부상이라고 할 정도는 아니었습니다만."

"젊은 여성의 뺨을 그었다는 게 관건이겠는데."

에노모토는 고개를 갸웃하며 중얼거렸다.

"일부러 얼굴을 노린 것이 재판에서 입증되었다면 실형이 나올 수도 있죠. 여성의 얼굴에 상처를 입혔으니 판사가 괘씸하게 여길 만도 해요. 그리고 계획성이 있었느냐 없었느냐. 충동적으로 범행을 저지른 것이 아니라 평소부터 피해자 여성, 혹은 여성 전반에게 악의를 품고 위해를 가할 작정이었음이 인정되면 이런 경우라도 실형이 나올 겁니다. 흉기를 우연히 입수했느냐, 계획적으로 입수했느냐에 따라

사건의 성질은 완전히 달라져요."

"역시 그 점이 문제군요."

아소는 팔짱을 꼈다.

"……저희는 적어도 취조 단계에서는 계획성이 없었다고 판단했습니다. 흉기인 커터칼은 분명 보통 학생이 사용하는 것보다는 상당히 컸어요. 다만 그걸 구입한 이유는 부자연스럽게 느껴지지 않았습니다. 이공계 학생이었던 야마우치는 당시로서는 아직 고가였던 컴퓨터를 가지고 있었는데요. 컴퓨터가 들었던 박스를 폐품 수거차에 맡기려다가 거절당해서 하는 수 없이 잘게 잘라서 타는 쓰레기와 함께 내놓으려고 커다란 커터칼을 샀다고 했습니다."

"컴퓨터라면 기억이 납니다."

에노모토의 얼굴에 그리움이 살짝 깃들었다.

"다다미 여섯 장짜리 좁은 방이었죠. 화장실도 부엌도 공동인 학생 연립주택이었어요. 가구다운 가구는 하나도 없는데 컴퓨터가 책상 위에 떡하니 놓여 있었죠. 이런 걸 다룰 만큼 똑똑한 놈이 왜 여자를 덮치는 멍청한 짓을 한 걸까, 하고 동행한 동료와 이야기를 나눈 게 기억납니다."

"지금은 사정이 다르겠지만, 그때는 컴퓨터가 고장 나면 박스에 넣어서 제조사의 수리 공장에 직접 보내야 했답니다. 그래서 컴퓨터를 사면 박스를 소중히 보관해뒀죠. 하지만 새 컴퓨터를 할인된 가격으로 구입하는 대신 지금까지 쓰던 본체를 제조사에서 가져가기로 해서 상자는 필요 없어졌죠. 그런데 박스가 너무 두껍고 크다며 폐품 수거차 운전기사가 받아가지 않았어요. 그래서 큼지막한 커터칼이 필요했고…… 모순은 없는 것 같았습니다."

"그 밖에도 계획성을 부정할 요소가 있었습니까?"

"굳이 따지자면 계획성이 느껴지는 요소가 적었다고 하는 편이 옳겠죠. 무엇보다 범행 자체가 너무 치졸했어요. 범행 시각은 분명 오후 11시쯤이었을 겁니다…… 아아, 여기 쓰여 있네요. 오후 11시 7분에 신고가 들어왔네요. 피해자를 구해준 남자가 경찰에 신고했습니다. 그 사람 말로는 범인을 격퇴한 후 피해자를 진정시키는 데 10분쯤 걸렸다니까 범행 시각은 오후 10시 반부터 11시 사이입니다. 신타마가와 선도 세타가야 선도 끊기려면 아직 시간이 있어요. 역에서 가미우마 쪽으로 귀가하는 사람은 제법 많을 테니, 원래는 사람이 꽤 많이 지나다녔을 겁니다. 그날 밤 그 시각에 우연히 인기척이 뚝 끊겼을 뿐이에요. 어쨌거나 등잔 밑이 어둡다고, 서에서 달려가면 5분 만에 도착하는 곳에서 벌어진 사건이라 인근 사정은 완벽하게 파악했습니다. 가령 계획적인 범행이라면 왜 사람이 자주 왕래하는 곳을 범행 현장으로 골랐는지가 도리어 수수께끼죠. 설마 일부러 붙잡히려고 그런 건 아닐 테고요. 게다가 가로등도 문제입니다. 범행 현장은 빌딩 공사 현장이라 어둡다면 어둡습니다만, 바로 앞에 가로등이 있었어요. 즉, 공사 현장으로 들어가면 어둡지만 바깥쪽은 충분히 밝았던 거죠. 사실 피해자를 구한 청년도 우연히 현장 앞을 지나가다가 여자 비명소리가 들려서 주변을 둘러봤는데, 가로등 불빛 덕분에 공사 현장이 어렴풋이 눈에 들어왔답니다. 거기서 사람이 몸싸움을 벌이고 있는 것처럼 보여서 치한이라고 직감하고 뛰어들었다고 했어요. 머리가 제대로 돌아가는 사람이라면 그런 곳에서 여자를 덮치려고 하지 않겠죠? 즉, 야마우치는 그때 흥분해서 이성을 잃었어요. 논문이 마음먹은 대로 써지지 않아 애가 탄 나머지 피가 거꾸로 솟은 상태였죠. 저희 생각에는 그랬어요. 그래서 일찌감치 자백을 받아내고 재판에서 진지하게 반성하는 모습을 보여주면 집행유예가 떨어지겠구나 싶었죠. 아니, 물론 형사가 그런 월권행위를 하면 안 되겠지만요."

"저였어도 그랬을 겁니다…… 아무래도 그만 동정이 가는 범죄자가 있는 법이니까요. 실형과 집행유예는 그야말로 하늘과 땅 차이입니다. 솔직히 말해 이런 녀석을 교도소에 넣으려니 불쌍하다는 생각이 들 때가 있습니다."

"하지만 제 생각이 물렀던 모양입니다. 실형 판결이 났으니 법원에서는 악질적이고 계획적인 범행이었다고 판단한 거겠죠."

"아니면 본인이 전혀 반성하는 빛을 보이지 않았던가요."

에노모토의 말을 듣고 아소는 고개를 들었다. 에노모토는 아소에게 말한다기보다는 스스로에게 확인하듯이 이야기했다.

"집행유예를 받느냐 마느냐의 최대 관건은 정상을 참작할 여지가 있느냐 없느냐예요. 그리고 여기서 가장 중요한 건 피고인이 반성하는 빛을 보이느냐 마느냐고요. 그렇죠? 대부분의 범죄에는 정상이 존재합니다. 그런데 솔직히 말해 그 정상을 참작할 여지가 있는지 없는지 도대체 누가 판단할 수 있겠어요? 같은 환경과 조건에서도 범죄자가 되지 않고 고생하며 견디는 사람도 있습니다. 그런 고로 정상을 일일이 다 참작해주려고 하면 한도 끝도 없어요. 사실 죄를 저질렀으면 모조리 교도소에 집어넣는 게 이치에 맞죠. 따라서 집행유예의 현실적인 의미는 진심으로 반성한다면 이번만은 봐줄 테니 다시는 죄를 짓지 마라 그겁니다. 그런데 집행유예를 받지 못했으니 법원은 아마 우치가 전혀 반성하지 않았다고 판단했다고 볼 수도 있을 것 같습니다만."

아소의 머릿속에 그때의 얼굴이 떠올랐다.

너무나도 완강하게 자신의 범행을 부인하던 그 얼굴.

그렇구나.

아소는 드디어 이해가 갔다. 야마우치는 자백을 번복했다. 그리고 무고함을 호소하며 싸웠다. 무죄라는 주장이니 반성할 필요도 이유도 없다. 그러므로 법원은 야마우치가 반성하지 않는다고 판단한 것이다. 자백을 철회하고 무죄를 주장하는 전법은 유죄라면 아무리 발버둥 쳐도 사형 판결밖에 없다고 예상될 때 선택되곤 한다. 물론 변호사는 직업윤리상 피고가 무죄를 주장하는 한 그 주장을 믿어야 마땅하지만, 실제로도 과연 그러한지 수상한 무죄 주장도 없지는 않다. 법원은 그런 무죄 주장에는 특히 더 엄하게 대응한다. 피고가 무죄를 주장했는데도 불구하고 유죄로 판결할 때는 피고가 전혀 반성하지 않는다고 보고 합리적인 범위 안에서 최대의 처벌을 내릴 때가 많다. 야마우치도 그런 경우였다면 실형을 받은 것도 이해는 간다. 하지만 그렇다면 왜 1심에서 재판을 그만뒀을까. 집행유예를 받았다면 모를까 실형을 받았다. 보통은 당연히 항소할 것이다. 하물며 무죄를 주장했으니 항소하지 않는 게 더 이상하다. 설마 판결이 떨어지자 반성하고 복역하기로 했다는 안이한 법정 드라마 같은 일이 일어났을 리는 없다.

이상했다. 아소는 말로는 형용할 수 없는 불안을 느꼈다. 야마우치의 재판과 관련해 뭔가 자신이 상상도 못할 일이 일어난 것 같았다.

3

정말 불쾌한 하루였다. 기분 전환을 하고 싶어서 모처럼 백화점에 갔는데.

사온 물건들을 늘어놓아도 기분은 전혀 풀리지 않았다. 쓸데없이 돈을 낭비했다는 후회만 샘솟았다. 평소에는 쇼핑을 하고 나면 한동안 기분이 즐거운데.

쓰카하라 도미코는 스카프와 블라우스 등을 쇼핑백에서 꺼내지도 않고 장롱에 쑤셔 박고 냉장고를 열었다. 백화점까지 갔는데 식료품을 사지 않고 돌아오다니 정말 얼빠진 짓을 했다.

하는 수 없이 냉장고에 들어 있던 것으로 저녁을 때우기로 했다. 하지만 별미는 하나도 없었다. 어제 만든 연근 무침에, 콩자반이 조금. 열빙어가 한 팩. 이거면 되겠지. 열빙어를 꺼내서 굽기로 했다.

환풍기도 낡았다. 생선을 구우면 냄새가 집안에 고인다. 바로 2층 어느 방에서 낮잠을 자고 있었을 고양이가 1층으로 내려왔다.

"좀 기다려, 꼬맹아. 아직 덜 구웠어."

꼬맹이라는 이름이 무색하게 커다란 고양이다. 재미있게도 어떤 집이든 고양이가 여러 마리면 그중 한 마리는 '꼬맹이'가 된다. 이 고양이도 그랬다. 형제자매가 다섯 마리나 있었는데, 어미 고양이의 주인은 여섯 마리를 통틀어 '꼬맹이'라고 불렀다. 하지만 입양자가 결정되어 수가 차례차례 줄자 남은 고양이에게 제대로 이름을 붙여주었다. 그렇지만 이 아이만은 끝까지 '꼬맹이'라고 불렸다. 생후 반년쯤 지나서 도미코가 데려오기로 했을 때, 꼬맹이는 이미 자기 이름을 '꼬맹이'로 받아들인 상태였다. 귀찮아서 도미코도 그냥 '꼬맹이'라고 불렀고 가족도 다들 그랬다. 아무리 크고 뚱뚱해져도 꼬맹이는 꼬맹이다. 이제 제법 나이가 들었지만 아직 팔팔하다. 암컷 치즈태비로 애교가 많아서 이웃사람들도 좋아했지만, 작년에 자전거에 치여 오른쪽 앞다리가 부러진 후로는 밖에 내보내지 않는다. 고양이도 나이가 든 암컷은 밖에 나가지 않아도 딱히 답답하지 않은 듯, 특별히 불만스러운 기색 없이 생활하고 있다. 어쩐지 나랑 똑같잖아. 도미코는 웃음을 터뜨렸다.

그리고 웃으면서 문득 머릿속에 솟아오른 어떤 생각에 사로잡혀 열빙어를 태웠다.

4

뭐하는 걸까?

미야지마 시즈카는 아까 전부터 신주쿠 서 현관 앞을 왔다 갔다 하는 인물을 계속 주시하며 육교를 걸어갔다.

중년 여자다. 아니, 젊어 보이지만 예순 살 정도는 됐을지도 모른다. 분명 통통한 체형이라 젊어 보이는 것이다.

뭘 잃어버렸나.

역까지 가면 파출소도 있지만 눈앞에 경찰서가 있으니 차라리 여기에 말해보자는 생각으로 들어가려고 했지만 어쩐지 주눅이 들었는지도 모른다. 확실히 요즘 도쿄 경찰서는 죄다 새로 지어서 종합상사본사 건물 같은 분위기를 풍기니까 가벼운 마음으로 물건을 잃어버렸다고 신고하러 들어가기는 쉽지 않을 것이다.

시즈카는 상대가 경계하지 않도록 미소 지으며 천천히 다가갔다.

"저기, 신주쿠 서에 볼일이 있으세요?"

여자가 깜짝 놀랐다.

"괜찮으시다면 도와드릴게요. 무슨 일로 오셨어요?"

"아, 아가씨, 경찰관?"

"예. 안으로 들어가시죠. 안내 데스크가 있으니까 용건을 말씀하시면 어느 과로 가야 할지 알려줄 거예요. 제가 같이 가드릴게요."

"사, 살인과도 이 안에 있나요?"

시즈카는 놀란 표정이 얼굴에 드러나지 않도록 애썼다.

"수사1과 말씀이로군요. 형사과에 있습니다만…… 혹시 뭔가 곤란한 일이라도?"

"상담을 좀 하려고요…… 저기, 니라사키라는 조폭이 살해당했잖아요. 그 일로요."

이번에는 표정 변화를 억누를 수가 없었다. 그래도 상대의 눈이 겁에 질린 것을 보고 시즈카는 최대한 상냥하게 웃는 얼굴로 말했다.

"정보를 제공하러 오셨군요? 감사합니다. 괜찮으시다면 제가 이야기를 들을게요."

시즈카는 상대를 재촉하여 서 안으로 데리고 들어가면서 수첩을 슬쩍 꺼냈다.

"신주쿠 서 소속은 아니지만, 니라사키 세이치 살해 사건의 수사본부에 있는 미야지마라고 합니다."

상대는 놀란 것 같았다. 하지만 동시에 안도한 것처럼도 보였다.

"어떤 사소한 일이라도 괜찮으니까 거리낌 없이 말씀해주세요."

시즈카는 상대를 직접 형사과 회의실로 데려가려고 했다. 사건이 발생하면 정보를 제공하겠다는 사람의 전화가 많이 걸려온다. 가끔은 직접 경찰서로 오는 사람도 있다. 하지만 그 대부분이 사건 해결과는 아무 관계도 없는 사항을 관계가 있다고 철석같이 믿고 있을 뿐이다. 그래도 그중에 진실, 즉 사건 해결로 이어지는 정보가 하나라도 있다면 반드시 붙잡아야 한다. 그리고 이 여자는 어쩐지 그 단 하나의 기적을 가지고 온 게 아닐까 싶었다. 근거는 없지만 이 여자의 눈빛이 너무 진지해서 마음에 걸렸다. 얼굴이 둥그스름하니 사람이 좋아 보였지만 눈은 겁에 질려서 어색한 인상을 자아냈다. 평소는 혈색도 더 좋겠지만 지금은 뺨이 새파랗게 질렸다. 혈압이 떨어진 것이다. 아주 큰 근심거리가 있는 것 같았다.

"자, 이쪽으로."

시즈카는 안내 데스크에 들러 빈 회의실을 찾아달라고 했다. 가능한 한 위압감이 느껴지지 않도록 작은 방이 좋다. 그렇지만 형사과 내부의 진술 청취실은 너무 좁아서 불안해질지도 모른다.

어디로 갈지 결정한 후 엘리베이터를 기다리며 상대의 이름을 물었다. 쓰카하라 도미코라고 여자는 대답했다.

지원군으로 부를 만한 사람은 아이카와밖에 없었다. 아이카와는 덩치가 커서 도미코가 겁을 먹지는 않을까 걱정이었다. 하지만 다행히 아이카와는 동안이다. 도미코는 방에 들어온 아이카와의 얼굴을 본 순간, 분명히 표정이 누그러졌다. 손자 얼굴이 생각났는지도 모른다.

"니라사키 세이치 살해 사건에 대해서 말씀하시러 오신 거죠?"

시즈카가 확인하자 도미코는 다시 불안한 듯한 표정을 지었다.

"이름이 세이치인지 아닌지는 몰라요."

도미코는 쭈뼛쭈뼛 말했다.

"저는 니라사키라는 성밖에 모르거든요. 어쩌면 죽은 사람은 제가 아는 니라사키의 아버지나 아들일 가능성도 있어요."

"니라사키 씨의 아버지는 이미 세상을 떠났어요. 또한 니라사키 씨에게 아들은 없고요."

"그럼 역시."

도미코는 입을 꾹 다물더니 머리를 살살 흔들었다.

"그놈이구나……."

"어, 성함은 쓰카하라 도미코 씨…… 도미코(富美子)는 한자로 아름다움이 넉넉한 아이라고 쓰면 되나요?"

도미코는 킥킥 웃으며 고개를 끄덕였다.

"그럼 일단 주소를 알려주시겠어요? 그리고 연락이 가능한 전화번호도 부탁드립니다."

시즈카는 진술 조서 용지에 정보제공자의 성명을 써넣고 기다렸다. 하지만 도미코는 다시 고개를 푹 숙였다.

"쓰카하라 씨, 니라사키 씨가 폭력단원이라 걱정하시는 마음은 잘 알아요. 하지만 안심하세요. 이름이 새어나갈 일은 절대로 없으니 마음 놓고 정보를 제공해주세요."

"그런 게 아니에요…… 이름이 새어나갈까 봐 걱정하는 게 아니라…… 그저, 그, 증거가 어디 있느냐고 하면 그런 건 없으니까……."

"정보를 제공해주시는 것만 해도 고마운 걸요. 증거 확인이나 보충 수사는 저희가 하겠습니다."

아이카와가 열띤 목소리로 말했다. 도미코는 아이카와의 얼굴을 보고 웃음을 조금 되찾았다. 그래도 아직은 결심이 서지 않은 것 같았다.

시간을 들이는 수밖에. 시즈카는 자리에서 일어섰다.

"마실 거 좀 갖다 드릴까요? 뭐가 좋으세요? 커피, 주스, 그리고 우롱차도 있는데요."

"차로 할게요."

도미코는 눈을 내리깔고 대답했다. 시즈카는 아이카와에게 눈짓하고 방을 나섰다.

자판기에서 뽑은 음료수를 쟁반에 담아서 돌아왔을 때, 방에는 아이카와밖에 없었다.

"화장실 갔어."

아이카와는 자리에 앉은 채 말했다.

"그 아줌마, 도대체 뭘 알고 있는 걸까."

"아이카와 씨, 그분 주소랑 전화번호는 받아두셨어요?"

"아니, 물어보려고 하는데 화장실에 가고 싶다고 해서."

시즈카는 반사적으로 방에서 뛰쳐나왔다. 여자용 화장실은 회의실 바로 근처다. 들어가 보았지만 아무도 없었다. 큰 소리로 이름을 불렀지만 칸막이실에서도 대답은 없었다.

시즈카는 부리나케 뛰어가서 엘리베이터를 타고 현관홀로 내려갔다. 이미 늦었을 것 같았지만, 그래도 도미코가 걸어서 JR 신주쿠 역으로 향했다면 찾아낼 수 있을지도 모른다. 15분 넘게 종종걸음으로 찾아다닌 끝에 시즈카는 포기했다. 신주쿠 역에는 지하도로도 갈 수 있고, 남쪽 출입구를 이용할 생각이라면 서 앞에서 오른쪽으로 꺾어서 고슈 가도를 지나갔을 가능성도 있다. 어쩌면 세이부신주쿠 역으로 갔을지도 모른다. 어쨌거나 놓쳤다.

아이카와를 탓할 생각은 없었다. 애초에 도미코가 달아날 틈을 주지 말았어야 했다. 쓰카하라 도미코는 분명 뭔가 안다. 그리고 그 뭔가는 이번 사건을 해결할 열쇠다…… 분명히.

아이카와는 창백한 얼굴로 기다리고 있었다. 시즈카는 아이카와 앞에서 머리를 숙였다.

"죄송해요…… 제 잘못이에요."

"그런 말 하지 마."

아이카와는 잠긴 목소리로 말했다.

"내 탓이야…… 내가 멍 때려서 그래. 미야지마, 그 사람 무슨 이야기를 하려고 했는지 짐작이 가?"

시즈카는 고개를 저었다.

"서 앞에서 왔다 갔다 하며 망설이는 걸 보고 데려왔을 뿐이에요. 회의실에 오기 전에 주소를 들어놨어야 했는데…… 제 생각이 얕았어요. 하지만 이름은 본명이 아닐까 싶어요. 술술 대답했으니까요."

"그렇겠지. 하지만 쓰카하라 도미코는 비교적 평범한 이름이라고. 전국에 몇 명이나 있을지……."

"그분은 근처에서 왔어요, 아이카와 씨. 적어도 도내에 살 거예요."

"그걸 어떻게 알아?"

"슬리퍼를 신고 왔거든요."

시즈카는 후후 웃었다.

"아주 허둥지둥 서둘렀겠죠. 웃옷은 괜찮은 걸 입었는데…… 아무튼 하룻밤 머물러야 할 만큼 멀리서 온 건 분명 아니에요. 도내에 사는 쓰카하라 도미코, 나이 쉰 살 이상의 여자, 거기에 인상착의를 더해서 좁혀 나가면 분명히 그분을 찾을 수 있을 거예요."

"아 참, 미야지마. 아까 회의실에 이런 게 떨어져 있던데."

아이카와는 사진 한 장을 시즈카에게 내밀었다.

"그 사람이 떨어뜨린 것 같아. 이것도 단서가 될 것 같은데."

사진에는 아기가 찍혀 있었다. 생후 몇 개월일까…… 5, 6개월 정도? 시즈카도 사촌동생이 낳은 아기를 안아본 적이 있는데, 생후 6개월이었던 조카와 크기가 비슷하게 느껴졌다.

"손자일까요?"

"아마 그렇겠지. 손자 사진을 늘 가지고 다니는 거야…… 나, 이 사람에 대해 주임님께 보고하고 올게."

"저도 갈게요."

"괜찮아, 내가 사과할게."

"그런 문제가 아니에요."

시즈카는 엄격한 목소리로 말했다.

"방침을 결정해야 해요. 쓰카하라 도미코 씨의 중요성을 어느 정도로 둘지 수사반 입장에서 결정하지 않으면 움직일 수 없어요."

5

아소는 에노모토와 헤어져 수사본부로 돌아왔다. 마음 같아서는 10년 전 야마우치의 재판에서 무슨 일이 있었는지 조사하며 돌아다니고 싶었지만, 니라사키 살해 사건과 그 일은 현재 완전히 별개의 문제이므로 야마우치 건은 이를테면 사적 용무다. 언제까지 본부를 비워둘 수는 없었다.

수사본부에서는 아이카와 시즈카가 야마세에게 한창 야단을 맞는 중이었다. 야마세는 진심으로는 화를 잘 내지 않는 사람이지만, 적당하게 훈계하는 실력은 아소보다 뛰어나다. 분명 중간관리직에 적합한 유형이리라.

자신은 그런 점에서는 완전히 글렀다고 아소는 생각했다. 애당초 경찰관이라는 직업에 적합지 않다는 생각마저 든다. 요 십여 년간 품고 지내온 위화감이 요즘 점점 더 강해지는 듯한 기분이다.

하지만 경찰을 그만두고 뭘 하면 될까. 여기까지 생각하고 나면 그다음은 귀찮으니까 생각을 그만두는 영역으로 들어간다. 실제로 아소는 정년 후의 인생이나 노후에 대해 극구 생각하지 않으려고 애쓴다.

살기 싫은지도 모르지.

설교를 끝내고 두 사람을 풀어준 야마세가 무슨 일이 있었는지 설명해주는 동안 아소는 멍하니 그런 생각을 했다.

"그러니까 쓰카하라 도미코라는 여자가 뭘 알고 있는지는 전혀 모른다?"

"단서라도 알아냈으면 좋았을 텐데 말이야. 하지만 시즈카 말로는 몹시 겁을 먹어서 조금이라도 윽박지르면 도망칠 것처럼 보였대."

"윽박지르지 않았어도 달아났으니 윽박질러서라도 이야기를 들었어야 했는데."

아소는 웃으며 말했지만 야마세는 아주 진지하게 고개를 끄덕였다.

"아까 두 사람한테 따끔하게 일러뒀어. 우리는 지금 살인 사건을 수사하고 있으며 상대는 살인자라고. 쓰카하라가 뭔가 결정적인 단서를 안다고 치고, 쓰카하라가 경찰에 갔었다는 사실을 범인이 알면 어떻게 할 거냐, 범인이 쓰카하라를 죽이려 들지 않는다는 보장이 어디 있느냐, 그게 문제라고. 뭐, 그 두 사람도 알고는 있겠지만."

아소는 팔짱을 꼈다. 야마세 말이 맞다. 진짜 문제는 정보 제공이 불발로 끝난 것이 아니라 그쪽이다.

"아무튼 쓰카하라라는 여자를 찾아내. 관할에서 누구 한 명 차출할 수 없을까. 다모쓰는 써먹을 데가 있으니까 시즈카에게 사람을 하나 붙여주자."

"쓰부라야 씨한테 부탁해볼게. 그건 그렇고 흉기 건 말인데, 4과는 니라사키의 애인이었던 의사를 점찍은 것 같아. 5시쯤에 노조에를 불러들여서 쪼아댔어."

"그 의사가 사람을 죽이는 데 메스를 썼다 그건가?"

아소는 웃었다.

"자기가 범인이라고 동네방네 떠벌리는 짓을 했다고? 설마 오이카와도 진심으로 그런 생각을 하는 건 아니겠지."

"흉기로 사용된 메스는 노조에의 내과에서 반출됐다. 노조에는 그걸 알면서도 수사본부에 사실을 숨겼다. 즉 노조에는 메스를 가져갈 기회가 있었던 사람이 누구인지 안다. 그런 줄거리를 세운 것 아닐까? 실제로 그 의사의 내과에는 수상한 놈들이 많이 드나드는 모양이야. 일반 환자가 그런 병원에 다닐 리 없어. 뭐, 단골이라고 해봤자 몸에 총알 구멍이 난 놈이나 새끼손가락 끝에서 피를 흘리며 손톱이 달린 손마디를 들고 달려오는 놈들뿐이겠지. 과연 의료기구를 제대로 관리했을지 의심스러워."

"하지만 자기가 사랑하던 남자가 살해당했잖아. 입 다물고 있는 건 이상한데."

"그게 바로 오이카와 씨의 노림수지. 만약 정말로 노조에의 병원에서 반출된 메스가 흉기라면 노조에는 범인을 감싸고 있을 가능성이 있어. 왜 그런 짓을 하는 걸까. 문제는 그거지."

"그 의사, 아직도 서에 있나?"

"있습니다. 계장님, 어떻게 하시겠습니까?"

야마세가 말투를 바꾸었다.

"저희도 편승해볼까요?"

*　*　*

아무튼 괜찮은 여자라고 아소는 생각했다.

키도 크고 당당한 체격이지만, 이목구비는 섬세하고 특히 입술이 예쁘게 생겼다. 의사라기보다는 배우 같은 분위기가 풍겼다. 헤퍼 보이는 차림새는 아니었다. 굳이 다지자면 금욕적인 느낌이 드는 반물색 정장을 입었는데, 그게 오히려 더 섹시해 보였다. 정장 가슴께는 당장이라도 단추가 튕겨 날아갈 것처럼 볼록 솟아 있었다. 참 멋진 가슴이었다. 니라사키의 수많은 애인 중에서 미모로는 미나가와 사치코와 함께 쌍벽을 이룰 것이다. 하지만 자신만만한 태도와 목소리는 사쓰키와 흡사했다. 사쓰키가 본처라면 이 여자는 두 번째 부인이라 할 만한 입장이라고 오이카와에게 들었는데, 즉 사쓰키가 정실이고 이 여자는 측실인가.

아소는 질문을 야마세에게 맡기고 자신은 벽에 등을 기대고 서 있었다. 노조에 나미는 아소를 완전히 무시하고 야마세만 노려보았다.

"과가 다르고 뭐고 같은 수사본부잖아요? 왜 자꾸 같은 질문을 하는 건데요?"

"의사소통이 잘 안 돼서요."

야마세는 과장되게 고개를 절레절레 저었다.

"실은 저희도 그래서 골치가 아픕니다. 귀찮게 해서 정말로 죄송합니다."

"전혀 그렇게 안 보이는데요."

노조에는 웃었다.

"하지만 뭐 알았어요. 당신들이 아까 전 사람들보다는 신사 같으니까 한 번만 더 대답할게요. 니라사키 세이치를 죽인 흉기가 메스든 뭐든 간에, 우리 병원에서 분실된 메스는 한 자루도 없어요. 이상 끝."

"단언하시는군요."

"사실이니까요. 당신들은 어떻게 받아들일지 모르지만, 난 아직 의사예요. 면허를 박탈당하지 않았다고요. 의사법을 엄수하고, 극약과 메스, 주사기도 철저하게 관리해요. 우리 병원은 일회용을 사용할 여유가 없어서 하나하나 열탕 소독한다고요."

"주삿바늘까지 말입니까?

"당연하죠. 당신들 지금 신주쿠에 에이즈가 얼마나 만연한 줄 알아요? 바이러스에 오염된 피가 묻은 주삿바늘을 방치했다가 혹시 어린 아이가 손가락이라도 찔리면 어떻게 할 거예요? 환자가 아무리 많이 와도 매일 주삿바늘과 메스 개수, 핀셋 개수까지 확인하고 소독한 후에 문을 닫는다고요. 아침에도 일단 개수를 확인하고 소독부터 하고요. 그게 기본이에요. 다른 의사라면 실수 한 번 정도는 용납될지도 모르지만, 나는 목이 간당간당하니까 절대로 그런 실수 안 해요."

"하지만 유감스럽게도 아침과 저녁의 메스 개수가 동일했다는 당신의 말을 입증할 방법이 없습니다. 당신 병원에는 간호사가 없죠. 객관적인 증인이 없으니 저희 입장상 무작정 믿기는 힘듭니다."

"누가 믿어달라고 했어요? 맘대로 하면 되잖아요. 난 사실대로 말하고 있을 뿐이에요. 메스와 주삿바늘 등의 의료기구를 구입한 내역은 전부 장부에 적어놨고, 폐기처분한 날짜와 개수도 기록해뒀어요. 나로서는 그걸 보라고 할 수밖에요."

"알겠습니다. 장부를 제출해주시면 확인해보겠습니다."

"그건 상관없는데, 아까 그 사람들이 가지고 갔을 거예요. 날 여기로 데려올 때 영장도 보여주지 않고 멋대로 병원을 뒤졌거든요. 예의바른 살인과와 달리 조직폭력반은 정말 양아치들이더군요."

"저희 상대는 죽은 사람이니까요."

아마세는 오싹한 웃음을 지었다.

"4과는 쌩쌩하게 살아 있는 조폭을 상대합니다. 기운이 팔팔하지 않으면 못 해먹을 짓이죠."

"당신들 상대는 죽은 사람이 아니라 죽인 사람이겠죠."

노조에는 다시 아마세를 노려보았다.

"나 화났어요. 엄청 화났다고요. 당신들이 세이치를 죽인 놈을 끝끝내 잡지 못하면 내가 찾아내서 복수할 거예요."

"호오. 뭔가 짐작 가는 구석이라도?"

"그런 게 있다면 한참 전에 뛰쳐나갔겠죠. 짐작이 안 가니까 얌전하게 집에 있는 거잖아요. 당신들이 범인을 체포했다는 뉴스가 나오기만을 이제나저제나 기다리면서요."

"짚이는 게 전혀 없습니까?"

야마세는 얼굴 앞에다 깍지를 끼고 거기다 턱을 괴었다. 야마세 본인은 모르는 버릇 중 하나였다.

"억측이든 뭐든 상관없습니다. 당신이라면 저희에게 도움이 될 정보를 가지고 계시지 않을까 기대가 됩니다만."

"세이치를 죽이고 싶어 하는 인간은 한둘이 아니에요."

노조에 나미는 사쓰키를 연상시키는 말투로 조용히 말했다.

"나도 그가 바르게 살았다고는 생각하지 않아요. 만약 세이치가 경찰에 체포됐다면 재판에서 사형 판결이 났을지도 모르고, 그에게 따끔하게 충고하지 않은 너도 같은 죄라고 한다면 나도 사형을 받는 수밖에 없겠죠…… 세이치랑 사귀는 내내 스스로를 그렇게 타일러왔어요. 하지만 그렇다고 해서 그가 살해당한 것까지 납득하고 받아들일 생각은 없어요. 난 그 정도까지 어른이 아니라고요. 그러니까 짚이는 점이 있다면 진작 말했겠죠. 세이치를 죽이고 싶어 한 사람의 이름을 대라면 얼마든지 댈 수 있어요. 하지만 경찰이 이미 파악한 이름들뿐이겠죠. 세이치는 자신이 무슨 일을 하며, 무슨 짓을 했는지 나한테 모조리 이야기해주지는 않았어요. 나도 바라지 않았고요. 전부 다 알고 나면 그를 죽이고 자살하는 것밖에 양심을 지킬 방법이 없을 테니까요. 믿기지 않을지도 모르지만 이래보여도 아직 양심이 남아 있다고요."

"그 양심을 희생하면서까지 당신은 그 남자와 자고 싶었던 거로군."

왜 그런 말을 꺼냈는지 아소 스스로도 놀랐다. 야마세는 더 놀랐는지 눈썹을 휙 추켜올렸다.

아소는 벽에 등을 댄 채 노조에 나미를 바라보았다. 나미는 그제야 아소를 보았다.

"남자에게 반하면 그렇게 되죠."

나미는 그렇게 말했다. 무미건조한 말투였다.

6

"그 의사는 관계없을 거야."

아소는 담배 연기를 가슴속 깊숙이 빨아들였다. 평소는 입담배를 피우는데 어째서인지 지금은 신경안정제라도 필요한 듯 무심코 호흡이 깊어졌다. 하지만 얼마 전에 담배를 피우면 마음이 차분해지는 것은 착각이라는 신문 기사를 읽은 기억이 났다. 니코틴은 오히려 정신을 각성시키고 짜증을 증가시킨다고 한다. 그럴지도 모르겠다고 아소는 손가락 사이에 끼운 담배를 보면서 생각했다. 뭔가에 동요했을 때는 담배가 더 빨리 떨어진다.

노조에 나미의 존재가 짜증을 유발하는 이유는 분명했다. 그 여자가 극악무도한 악당을 사랑했다는 사실을 너무나 뻔뻔하게 드러내서 괘씸했다. 그 여자는 한 남자를 완벽하게 사랑했다는 사실에 절대적인 자신감을 품고 있었다.

하지만 누가 알겠는가? 니라사키가 장수했다면 언젠가는 노조에 나미의 사랑 역시 사그라졌을지도 모를 일이다. 영원히 지속되는 연심은 없다. 사람의 마음은 변하는 법이다.

분한 걸까. 아소는 야마세에게 보이지 않도록 고개를 숙이고 소리 없이 웃었다. 그래, 분하다. 니라사키는 그 여자에게 사랑받으며 살다가 죽었다. 그 여자뿐만이 아니다. 사쓰키도 그랬다. 이것만 보더라도 니라사키의 인생은 자신의 인생보다 나았다 할 수 있을지도 모른다. 인생이 이렇게 불공평해도 되나. 아소는 지금까지 대놓고 법률을 위반한 적 없이 최소한의 사회 규칙을 준수하며 살아왔다. 남에게 폐를 끼치거나, 남을 불합리하게 괴롭힌 적도 없다. 그런데도 여자에게 배신당했다. 니라사키는 어떤가. 그렇게 제멋대로 굴며 수많은 사람들을 울려놓고도 사랑받았다.

마음에 안 든다. 왜 니라사키를 죽인 놈을 찾느라 고생해야 하지?

"근거는 있냐, 류?"

오이카와는 껌을 씹으며 말했다. 또 실패할 게 뻔한 금연을 시작했겠지. 며칠이나 갈지 궁금했다.

"없어."

아소는 지금 오이카와와 대화하고 싶은 기분이 아니었다. 하지만 오이카와는 개의치 않는다. 그는 옛날부터 그랬다. 머리도 마음도 빠르고 철저하게 전환된다. 오이카와의 검도에는 그러한 성격이 여실히 반영된다. 무슨 일이 있어도, 어디를 공격당해도 동요는 한순간에 그친다. 다음 순간에는 반격에 들어가서 상대가 잠깐의 승리에 취해 있는 사이에 승부를 결정짓는다.

"하지만 머리가 좋은 여자야. 자기 장사 도구로 살인을 저지르지는 않겠지."

"허의 허를 찔렀을 수도 있어."

"경찰이 추리소설에 나오는 탐정과 다르다는 사실 정도는 그 여자도 잘 알아. 탐정은 쓸데없는 수사를 하지 않고, 경찰은 쓸데없는 추리를 하지 않지. 허건 뭐건 흉기가 메스라면 의사부터 조사해. 그 여자가 진심으로 사람을 죽이려 했다면 절대로 의사가 의심받지 않을 만한 방법으로 죽였을 거야."

"그런 게 쓸데없는 추리야, 류."

오이카와가 웃었다.

"넌 형사보다 탐정이 어울려. 하지만 뭐 그 여자는 제쳐놔도 상관없을 것 같아. 사실 그 여자 알리바이는 거의 완벽하거든. 야근 아르바이트를 하다가 구급환자를 두 명이나 진료했어. 게다가 그 여자 성격상 니라사키를 죽이고 싶으면 제 손으로 죽일 테니까."

"알리바이가 확실한데 일부러 끌고 와서 쪼았다고?"

"병원을 수색할 시간이 필요했거든. 영장을 청구하는 것보다 끌고 오는 편이 빨라."

"막무가내로군. 그래서 뭔가 나왔어?"

"아니. 실은 찾는 물건이 거기 있을 것 같지는 않았지만."

"찾는 물건?"

"권총."

오이카와는 껌을 종이에다 뱉었다.

"니라사키의 권총이 어디 갔는지 없어…… 현장에 없어서 니라사키의 자택을 철저하게 수색했지. 하지만 나오지 않았어. 야마우치 집

말고는 니라사키 애인들 집도 싹 다 뒤졌어. 아무도 안 가지고 있더라고. 부하들도 모른다고 잡아떼던데. 뭐, 섣불리 안다고 입을 잘못 놀렸다가는 은팔찌를 찰 테니까 사실대로 털어놓지는 않겠지만. 아무튼 부하들 집도 차례차례 가택 수색에 들어갈 예정이야."

"왜 그렇게 권총에 그렇게 집착하는 거야?"

"놈의 애용품이었거든. 물론 우리는 놈이 그걸 들고 다니는 모습을 본 적이 없어. 하지만 소문으로 들었지. 스미스앤웨슨사의 45구경 리볼버야. 요즘은 리볼버를 쓰는 조폭을 보기 힘들잖아? 니라사키는 그 권총에 애착을 품고 있었어. 그런데 어디에도 없다고. 난 범인이 현장에서 가져간 게 아닌가 싶어."

"야마우치 집은 왜 빼놓는데?"

"해봤자 소용없으니까."

오이카와는 웃었다.

"우리는 몇 달에 한 번씩 이런저런 트집을 잡아서 야마우치의 보금자리를 수색해. 뭐, 그냥 괴롭히는 거지만. 아무튼 수색 결과 놈의 보금자리에서 그럴 듯한 보물을 찾아낸 적은 단 한 번도 없어. 그런데 권총처럼 위험한 걸 찾으면 나올 만한 곳에 숨겨둘 리 없잖아. 바빠 죽겠는데 장난치고 있을 시간 없어."

오이카와가 자리에서 일어섰다.

"니라사키 경야에 갈 건데 너도 갈래?"

"아니."

"가보는 게 나을걸. 누가 범인이든 간에 심적으로 알리바이를 만들고자 경야나 장례식에 참석할 확률이 높으니까."

"사람을 보낼게."

아소는 담배를 재떨이에 비벼 껐다.

"난 따로 갈 데가 있어서."

"경감 나리가 현장에서 얼쩡거리면 부하가 못마땅해 할걸."

"알아. 그러니까 부하가 가지 않는 곳에 가려고."

아소가 그렇게 말하자 오이카와는 요란하게 웃으며 방에서 나갔다.

* * *

"영광이로군."

아소는 문을 연 하세가와 다마키에게 말했다.

"일부러 초대해주다니."

"진짜로 올 줄은 몰랐네요."

다마키는 재미있다는 표정으로 아소를 보았다.

"말을 전해달라고 했지만 무시할 줄 알았어요."

"수사에 협력하겠다는 일반 시민을 어떻게 무시하겠어?"

"저는 특수 시민이에요. 형사님도 그렇게 생각하면서. 아무튼 들어와요."

다마키가 몸을 비키자 아소는 안으로 들어갔다.

수수한 집이었다. 일단 방은 두 개 같았지만, 건물도 낡았고 인테리어도 허름했다. 입지가 좋으니까 집세가 그리 싸지는 않겠지만, 한치의 빈틈도 없이 모양을 내는 다마키와 이 집은 부조화의 극치였다. 도대체 이 여자는 이스트흥업에서 월급을 얼마나 받는 걸까.

"캔 맥주밖에 없는데, 마실래요?"

"일단은 업무 중이니까 사양할게."

"저는 마실 건데요."

"얼마든지."

다마키는 냉장고에서 캔 맥주를 꺼냈다.

"아무 데나 적당히 앉아요. 거기 쿠션 써도 돼요."

아소는 마룻바닥에 놓인, 고양이 얼굴이 그려진 쿠션에 앉았다. 다마키는 맥주를 꿀꺽꿀꺽 마시면서 아소 정면에 앉았다. 맥주가 너무 맛있어 보여서 침이 꼴깍 넘어갈 지경이었다.

"할 이야기가 있다며? 뭐야?"

"성급하기는."

"시간이 아까우니까. 모처럼 당신 같은 미인이 집으로 불렀으니 오래오래 이야기를 듣고 싶은 마음은 굴뚝같지만, 내가 수사본부에 없으면 찾는 녀석이 있어."

"누군데요?"

"관리관이라고 아주 시끄러운 녀석이지. 내가 일을 제대로 하는지 늘 감시해."

"일을 제대로 안 하면 어떻게 되는데요?"

"내 상여금을 깎을 방법을 궁리하겠지."

다마키는 웃었다.

"뭐 어때요. 형사님 지금 홀몸이잖아요. 돈이 그렇게 필요해요?"

"주택 융자금이 남았거든. 거품경제가 한창일 때 집을 사서 죽을 맛이야. 그것보다 내가 홀몸인 건 어떻게 알았지?"

"척 보면 알죠. 셔츠랑 넥타이가 후줄근하고, 양말이 짝짝이에요."

책상다리를 하고 있던 아소는 자기 발을 보았다. 정말이었다. 오른쪽은 반물색이고 왼쪽은 검정색이다. 왜 잘못 신은 거지, 젠장.

"이혼했어요?"

"결혼한 적 없어."

"순 거짓말."

다마키는 깔깔 웃더니 빈 캔을 쓰레기통에 던져 넣었다.

"커리어(우리나라의 행정고시와 비슷한 국가 공무원시험 1종 합격자 중 경찰직에 지원하여 배속된 사람을 가리킨다-옮긴이 주)도 아닌데 그 나이에 경감 자리에 올랐으니 결혼했다는 뜻이잖아요. 결혼 안 하면 호모로 의심받아서 출세 못해요. 공무원 세계는 그렇다고 들은 적이 있어요."

"누구한테?"

"세무서 직원. 헌팅당해서 같이 잔 적이 있거든요."

"세간의 엉터리 소문에 넘어가지 마. 오이카와는 나보다 두 살 많고 결혼한 적도 없지만 출세했어."

"오이카와는 특별하죠. 그는 출세를 안 시켜주면 위험한걸요."

"위험하다니?"

"미친놈 같은 짓을 하잖아요. 그 인간, 경위 때 무토 파 조직원 와다라는 녀석의 부인을 두드려 패서 하마터면 고소당할 뻔했대요. 그것도 와다가 어디 있는 줄 몰라서 부인한테 물었더니 말대답을 해서 그랬다지 뭐예요. 그 인간, 이상해요. 조폭이라는 말만 들어도 흥분해서 눈이 뒤집어진다고요."

다마키의 말도 어느 정도 일리가 있다고 아소는 생각했다. 오이카와를 출세시키지 않으면 미친놈 같은 짓을 하므로 경감으로 승진시켰다니, 아주 날카로운 고찰이다.

"뭐, 아무튼 이야기를 들어보자고. 니라사키 살해 사건에 관해서 중요한 이야기가 있어요. 가능하면 오늘 밤에 전화 주세요. 뵙고 싶네요. 당신이 일부러 본청 수사1과에 전화까지 해서 내게 전해달라고 한 말이야. 자, 그 중요한 이야기가 도대체 뭐지?"

"핑계였어요. 죄송해요. 그냥 형사님과 만나고 싶었을 뿐이에요."

"심심해서 놀 사람이 필요하면 오이카와를 불러. 난 정말로 바쁘다고."

아소는 그렇게 말하며 담배를 꺼냈다. 다마키가 분홍색 알루미늄 재떨이를 원반이라도 날리듯이 아소에게 던져주었다.

"오이카와는 게이잖아요. 재미없어요. 형사님 같은 사람이 제 타입이에요."

일회용 라이터의 가스가 다 떨어졌다. 그렇게 생각한 순간, 이번에는 조그마한 여성용 라이터가 허공을 날아왔다. 참 눈치 빠른 여자다. 야마우치는 다마키의 이런 점이 마음에 들었으리라.

"당신이랑 즐기고 싶은 마음은 있어, 정말로."

아소는 담배를 가볍게 빨고 연기를 내뿜었다. 노조에 나미에 비하면 이런 애송이는 상대하기 손쉽다.

"한가할 때라면 이런 유혹이 고맙겠지. 하지만 공교롭게도 지금은 한가하지가 못해. 그러니까 당장 본론으로 들어갔으면 하는데, 아가씨. 당신 도대체 무슨 꿍꿍이야?"

"저요."

다마키도 가느다란 담배를 뽑아 들었다.

"알아요…… 누가 니라사키를 죽였는지."

아소는 다마키를 관찰했다. 거짓말을 하려고 하는 여자의 얼굴인지 아닌지 아직 판단이 서지 않았다.

"정말이에요."

"좋아. 그럼 이름을 말해줘. 이름을 말해주면 내일 당장이라도 한 가해질 거야. 그리고 다시 이 집에 오면 환대를 받을 수 있겠지? 기대되는군. 자, 빨리 일을 끝내자고. 니라사키를 죽인 자의 이름은?"

"에자키 다쓰야."

다마키는 차분한 목소리로 말하고 동그란 담배 연기를 하나 내뱉었다.

"누군지 알죠? 니라사키가 귀여워한 남창 꼬맹이."

"믿기지가 않는데."

아소는 마음의 동요가 드러나지 않도록 주의하며 말했다. 사실은 뜻밖의 이름이 나오는 바람에 놀라서 소리를 지를 뻔했다.

"걔가 니라사키를 죽여서 득 될 게 뭐가 있어? 니라사키 덕분에 그렇게 호화로운 생활을 하는 거잖아."

"걔, 실은 니라사키에게 원한을 품고 있었어요."

"어째서?"

"니라사키가 걔에게 눈독을 들였을 때 걔한테는 여자친구가 있었어요. 걔 일반이에요. 그냥 돈이 되니까 몸을 팔았을 뿐이죠. 가게를 그만두고 니라사키의 애인이 된 것도 돈이 필요해서 그랬던 거고요."

"그야 그렇겠지. 조폭의 애인은 보통 그런 법이야."

"예. 하지만 걔는 덜떨어졌거든요. 여자친구와 헤어지지 않고 니라사키 몰래 만나다가 걸렸어요."

"그래서?"

"그래서 걔한테 죽고 싶은지 살고 싶은지 확실히 정하라고 했다나 봐요. 개는 죽기 싫으니 살려달라고 했고요. 니라사키는 다쓰야를 죽이는 대신에 개 여자친구를 윤락업소에 팔아넘겼어요. 조직원들에게 돌림빵을 시킨 후에요."

아소는 가벼운 욕지기를 참으며 물었다.

"그래서, 그 여자애는 지금 어디 있는데?"

"그야 모르죠. 여기저기서 굴러먹다가 저 멀리 스스키노 같은 데라도 흘러들어갔는지. 살아 있다면 말이지만요. 어차피 뽕을 엄청 맞았을 테니까."

아소는 수첩을 꺼냈다.

"그 여자애 이름은 알아?"

"구로다 유리. 유리는 어떤 한자를 쓰는지 몰라요. 지금은 어떤 이름을 쓰는지 모르지만 옛날에는 가게에서 리리라는 이름으로 통했어요. 룸살롱에 있었죠."

"그러한 동기가 있으므로 에자키 다쓰야가 니라사키를 죽였다고 생각하는 건가? 아니면 다른 이유가 또 있어?"

"알고 있더라고요."

"뭘?"

"니라사키가 그날 밤 그 호텔에 간다는 걸요."

"당신은 그걸 어떻게 알았는데?"

"제가 롯폰기에서 놀고 돌아오다가 사장님 집에 들렀을 때, 개한테 전화가 왔어요. 니라사키 씨가 거기 있느냐고 묻기에 없다고 대답했죠. 그랬더니 개가 벌써 호텔에 갔나, 꽤 일찍 갔네, 하고 중얼거렸어요. 무슨 일인지는 몰랐지만 아무튼 여기에는 없다고 말하고 전화를 끊었죠. 저도 그때 바빴거든요."

"바빴다고?"

"텔레비전을 보느라고요. 케이블 방송의 록 채널에 테크니컬 시스터즈의 라이브 무대가 나오더라고요."

"테크니컬 시스터즈? 그게 뭔데?"

"인디밴드요. 인디밴드는 라이브 공연에 가지 않으면 좀처럼 볼 수 없으니까 그런 방송을 하면 놓치지 말고 꼭 봐줘야죠."

"여자들로 구성된 밴드가 그렇게 좋아?"

"여자 아니에요. 아주 야성적인 남자들이라고요."

"남자 밴드인데 왜 시스터즈야?"

"이름이 무슨 상관이에요. 아무튼 그때는 전화를 받고 성질이 나서 바로 끊었어요. 그런데 나중에 잘 생각해보니 걔는 그날 밤 니라사키가 호텔에 간다는 사실을 알고 있었던 거잖아요. 그런데 형사님들한테 그런 이야기를 하던가요?"

"아니, 못 들었는데."

"그것 봐요. 그게 가장 큰 증거잖아요."

"알았어. 에자키 다쓰야를 조사해볼게."

"놓치지 않도록 조심하세요. 걔 그래보여도 제법 약삭빠른 구석이 있으니까."

"한 가지 물어보고 싶은데."

아소는 수첩을 덮고 다마키의 얼굴을 가만히 쳐다보았다.

"어째서 에자키 다쓰야를 경찰에 팔려는 거지?"

"무슨 말이 그래요? 맘 상하게. 저는 시민의 의무를 다했을 뿐이라고요."

"당신은 경찰과 니라사키 둘 다 싫어하잖아. 분명 그렇게 말했어.

그런데 니라사키를 죽인 범인이 누군지 경찰에게 알려주다니 모순 아닌가?"

다마키는 일어서서 아주 자연스럽게 다가오더니 책상다리를 한 아소의 가랑이에 걸터앉았다.

"말했잖아요…… 형사님, 내 타입이라고."

거짓말쟁이 같으니라고.

아소는 다마키의 눈동자에 맺힌 교활한 눈빛과 거짓말을 하는 인간 특유의 눈 깜박임, 그리고 입술을 핥는 혀를 관찰했다. 이런 눈빛과 혀 놀림을 아소는 20년이나 봐왔다.

아소는 다마키와 눈을 맞추었다. 예상한 대로 다마키는 아소의 시선을 피해 눈을 옆으로 슥 움직였다.

도대체 이 여자는 무슨 속셈일까?

"그렇게 쳐다보지 말아요."

다마키는 머리를 아소의 어깨에 얹고 아소의 귓불을 핥았다.

"아이, 시간이 없다는 말은 하지 말고. 어차피 오늘 밤은 니라사키의 경야라서 다들 없죠? 그러니까 자고 가요."

자신의 눈길이 미치지 않는 곳에서 다마키가 어떤 표정을 짓고 있을지 아소는 상상이 갔다.

이 여자의 경력을 철저히 파헤쳐보자.

아소는 그렇게 다짐했다.

7

분향 행렬은 짧았다. 주된 참석자는 이미 돌아갔으리라.

도쿄의 패권을 다투는 거대 조직 가스가 파의 2인자로 일컬어진 남자의 경야다. 원래 같으면 음식상을 크게 차리고 이 바닥에서 유명한 인물들이 술잔을 나누는 것이 당연하다. 하지만 이번에는 병상에 있는 가스가 다이조가 오이카와를 비롯한 4과의 압력에 굴복했는지 뜻밖일 만큼 규모가 작았다. 뿐만 아니라 위치는 도심에서 벗어난 하치오지의 작은 절이었다.

아소는 상장(喪章)을 웃옷 소매에 달고 분향 행렬 끝에 섰다. 폭력단 간부라고 해도 피해자는 피해자다. 지금 아소는 그 피해자를 살해한 용의자를 체포하는 일을 하고 있다. 피해자의 영전에서 그 결의를 알리는 것이 무엇보다도 먼저임을 아소는 수사1과원이 됐을 무렵에 상사에게 배웠다.

영정 사진을 찬찬히 바라볼 여유는 없었지만, 그래도 웃고 있는 니라사키의 얼굴은 온화하게 느껴졌다. 사실 니라사키의 웃는 얼굴은 이때 처음으로 보았지만.

어쨌든 당신을 죽인 놈을 붙잡을게. 그러니까 당신도 지옥에서 당신이 죽인 사람들에게 사죄해.

니라사키는 그저 미소만 띨 뿐이었다.

야마세도, 수사반의 다른 사람들도 눈에 띄지 않았다. 4과 수사원이 탄 경찰차량 몇 대가 절 주차장에 있었지만 말을 걸 기분이 들지 않아 그대로 절을 나서서 JR역을 향해 걸음을 옮겼다.

상복을 입은 남녀 몇 명이 아소 앞을 걸어갔다. 아무리 보아도 암흑가 사람은 아닌 것 같았다. 나이가 40대 중반이나, 그보다 조금 젊어 보여서 누구일지 짐작이 갔다. 아마도 니라사키의 학창시절 친구이리라. 아무리 옛날에 친구였어도 지정폭력단(법률에 의거해 경찰이 특별히 감시하고 관리하는 폭력단 - 옮긴이 주)의 간부로 활동하다가 죽은 남자의 경야에 참석하려면 용기가 필요할 텐데. 아소는 딱히 그들을 쫓아갈 생각은 없었지만, 원래 보폭이 넓은 데다 걸음이 빨라서 결국 대화가 귀에 들어올 만큼 거리가 가까워졌다.

"……라는 거야, 요컨대?"

여자 하나가 옆의 남자에게 물었다.

"순수한 악이 실재할 리 없잖아. 그냥 사람을 죽여보고 싶어서 죽였다는 건 말도 안 돼."

"글쎄, 절대로 없다고 할 수 있을까? 실제로 그냥 훔치고 싶어서 물건을 훔치는 사람도 있으니까."

"카뮈가 그린 세계는 어디까지나 소설이야."

"니라사키는 카뮈파가 아니었을걸."

다른 남자가 말했다.

"그 녀석은 사르트르파였어."

"폴 발레리 아니었어? 내 기억으로는 발레리를 주제로 졸업 논문을 쓴 걸로 아는데."

"모리카와, 너 니라사키와 사귀었었잖아."

입안에 흐릿하게 웃음을 머금은 듯한 목소리로 또 다른 남자가 말했다.

"솔직히, 무섭지 않았어?"

"별로. 니라사키가 거물 조폭의 아들인 줄 몰랐거든. 입학했을 때는 성도 니라사키가 아니었잖아. 아버지 호적에 들어가서 성이 바뀐 건 분명 2학년 때였어. 하지만 그 일에 관해 자세한 설명을 해주지는 않았어."

"조폭의 아들이라 헤어진 거 아니었어?"

"아니야." 여자는 작게 웃었다. "차였어. 그때는 충격이었지만……지금 생각해보니 그때 헤어지지 않았다면 지금쯤 어떻게 됐으려나."

"조폭의 마누라가 됐을지도 모르지."

"대단하더라."

다른 여자가 소곤대는 목소리로 말했다.

"우리 앞에 있던 사람들, 분명히 조폭들이었을 거야. 생김새가 완전 다르더라고."

"오늘 밤 온 사람은 대부분 조폭일걸. 그건 그렇고 의외로 품위 있는 사람이 많았던 것 같아."

"분명 조폭도 높은 자리에 오르면 품위가 생기는 거겠지. 하지만 주차장 앞에는 펀치파마를 한 사람도 대여섯 명 있었잖아."

"연예인도 왔던데. 깜짝 놀랐어. 포커스나 프라이데이 같은 주간지에 실리면 어쩌려고 그러지?"

"매스컴도 죽은 사람이 조폭이니까 경야에도 가면 안 된다는 소리는 안 할 거야. 실제로 우리도 이렇게 왔잖아."

"미쓰이랑 무라타는 참석하지 않겠다고 했지만. 야마구치나 가와노 같은 여자들이야 어쩔 수 없지, 남편 눈도 있으니까. 하지만 남자들이 오지 않다니 너무 차가운 것 같아."

"어쩌겠어, 다들 조폭이 겁나서 그러는걸. 게다가 하치오지는 멀
잖아."

신나게 이야기를 나누는 그들이 마치 대학생처럼 느껴졌다. 평소
에는 분별 있는 어른 행세를 하겠지만, 학창시절 친구를 만나자 다시
그 시절 기분으로 돌아간 것이리라.

니라사키에게도 청춘은 있었다. 함께 젊은 시절을 보낸 친구가 있
었고, 연인도 있었다.

내 장례식에 학창시절 친구는 몇 명이나 올까.

아소는 괜스레 걸음을 빨리해서 니라사키의 옛날 친구들을 앞질
렀다.

내 학창시절.

검도, 검도, 검도. 동기의 얼굴도 이름도 거의 생각나지 않을 만큼
강의를 빼먹었다. 간신히 학점을 받을 수 있을 만큼만, 그것도 마구잡
이로 대리출석을 부탁해서 출석일수를 확보했다. 그렇지만 유급은 용
납되지 않았다. 3학년이 되기 전에 학점이 부족하여 유급당한 사람은
탈퇴시키는 것이 검도부 규칙이었다. 어떻게 잠잘 시간을 만들었는지
지금 생각해보아도 신기할 정도였다. 이른 아침부터 검도장에 달려가
서 청소하고 호구를 손질한 후, 아침 연습을 마치고 강의를 듣는다.
하지만 그 틈틈이 자기가 담당하는 선배를 자취방이나 하숙집에서
모셔 와야 했고 때로는 점심식사 시중도 들었다. 강의 시간에는 자유
가 허용되었지만, 강의가 끝나면 검도부실로 달려가서 잡일을 하고
검도장에서 선배 연습을 견학한다. 그러고 나서 선배의 지도를 받아
연습하고, 연습 후에는 빨래와 청소에 매달린다. 선배가 불러서 회식

에 따라갈 때도 있지만, 짐을 들고 선배를 하숙집까지 모셔다드리는 역할이므로 만취는 금물이었다.

충실했다고 하면 듣기는 좋지만 너무 바빠서 뭔가 생각할 여유가 없었다고 해야 진실에 가까울 것이다. 시험이 다가오면 진짜로 잠잘 시간도 모자랐다.

담당해서 모시는 선배의 도량에 따라 다른데, 시험 전날 밤에 일부러 잡일을 산더미처럼 떠맡겨서 후배를 괴롭히는 심술궂은 놈도 있었다. 다행이 오이카와는 그러지는 않았지만.

오이카와는 혼자 있기를 좋아하는 남자였다.

연습도 다른 사람들과는 거의 하지 않았다. 이른 아침에 아침 햇살이 비치는 검도장에서 기본 동작을 되풀이하는 오이카와를 보는 게 좋았다. 3학년 때 이미 대학 선수권을 2연패한 오이카와는 모든 면에서 각별했다. 고교 전국체전 개인 종합 3위라는 실적이 없었다면 오이카와를 모실 수 없었을 것이다. 오이카와는 아소에게 잡일보다는 연습 상대를 부탁할 때가 많았다. 입부한 동기 중에는 선배의 괴롭힘을 견디다 못해 탈퇴한 사람도 있었고, 모시고 있던 선배를 때리고 고향으로 돌아간 사람도 있었다. 그만큼 상하 관계가 엄격했다. 결코 마음 편히 대할 수 있는 상대는 아니었지만, 회식 때 알몸으로 춤을 추라고 명령하거나 먹지도 못하는 술을 억지로 먹이는 야만스러운 짓을 하지 않은 만큼 오이카와를 모신 것은 행운이었을지도 모른다. 적어도 동기들은 분명 부러워했다. 오이카와는 이유를 설명하지 않는 사람이었다. 마음에 들지 않는 일이 있으면 말없이 때린다. 예를 들면 호구를 제대로 관리하지 못해서 맞았다고 깨달을 때까지 계속 때린다. 이유를 알아차리고 사과할 때까지 오이카와는 용서하지 않았다.

그 대신에 자기 기분이 나쁘다고 해서 의미도 없이 후배를 괴롭히지는 않았다. 하지만 그렇다고 특별히 자상했던 것은 아니다. 술을 마시면 다른 상급생과 함께 하급생을 안주 삼아 가지고 놀았다.

오이카와의 검도 실력은 존경하며 동경했다. 하지만 오이카와라는 인간 자체는 잘 이해가 가지 않았다. 그 무렵 아소와 다른 하급생들 머릿속에는 단 한 가지 생각밖에 없었다. 빨리 선배들이 졸업해서 자기들이 '노예'를 부릴 수 있는 날이 오면 좋겠다는 생각이었다.

3학년이 되어 실제로 신입생의 시중을 받자 말로는 다 표현할 길 없는 우월감에 취했다. 별일도 없는데 하급생을 불러 이것저것 시켜 보고 싶기도 했다. 하지만 그런 시기는 그리 오래가지 않았다. 아소는 늘 곁에 누가 붙어 있는 상태 자체가 답답해서 하급생을 자유로이 내버려두는 시간이 길어졌다. 혼자 있는 것이 홀가분하고 편했다. 그제야 실은 오이카와도 이랬던 것 아닐까 싶었다. 오이카와도 그런 점에서는 아소와 비슷했다. 뭐니 뭐니 해도 결국 혼자가 좋다.

오이카와가 약한 모습을 보인 것은 그날 밤뿐이었다. 대학 선수권 3연패가 걸려 있던 대회 전날 밤.

오이카와는 슬럼프였다. 내내 연습을 도와준 아소는 알 수 있었다. 결코 입 밖에는 꺼내지 않았지만 오이카와가 질 수도 있을 것 같았다. 오이카와는 어떤 상황에 처해도 냉정함을 유지하며 유연하고 인내심 있게 자신만의 검도를 하는 것이 특색인데, 어쩐지 딱딱하게 긴장되어 타이밍이 좋지 않으면 부러져 버릴 듯한 검도로 바뀌었다.

오이카와가 검도장 한복판에서 좌선을 시작했다. 아소는 무릎을 꿇고 앉아 그 모습을 바라보았다.

신기한 밤이었다. 평소는 검도장에 있어도 바깥의 떠들썩한 소리가 들려오는데, 그날 밤은 세상이 정말 고요했다.

"져도 괜찮겠지?"

오이카와가 느닷없이 입을 열었다. 아소는 놀라서 고개를 들었다.

"야, 아소. 내가 지면 비웃을 거냐?"

말도 안 된다. 그래서 온 힘을 다해 고개를 저었다. 어떻게 비웃을
수 있겠는가.

오이카와는 웃었다.

"이기다 보면 결국 지는 날도 오겠지. 승부란 그런 법이야. 죽을 때
까지 계속 이기기는 불가능해."

남에게 하는 말이 아니었다. 그때 오이카와는 자기 자신에게 이야
기하고 있었다.

뒤쪽에서 들리던 목소리가 어느 틈엔가 뚝 끊겼다. 돌아보자 니라
사키의 친구들은 없었다.

길을 잘못 들었나 싶어 아소는 혀를 찼다. 역으로 가려면 요전 모
퉁이를 돌아야 하는 모양이다. 되돌아가기가 귀찮았다. 다음 모퉁이
를 돌아도 같은 길로 나가지 않을까. 하지만 모퉁이를 돌자 뜻밖에도
거기는 공터였다. 불법 투기됐는지 타이어가 없는 차 한 대가 달빛을
받고 있었다.

누군가가 차 보닛에 걸터앉아 담배를 피우고 있었다. 희미하게 피
어오른 담배 연기가 밤하늘에 녹아드는 모습이 눈에 들어왔다.

아소는 천천히 그 사람에게 다가갔다.

"야마우치."

말을 걸어도 야마우치는 고개를 돌리지 않았다.

"이런 데서 뭐 하는 거야?"

"당신, 길을 잘못 들었지?"

야마우치가 웃었다.

"나도 잘못 들었어."

"전철로 왔나?"

아소는 의외라는 생각에 물어보았다.

"차는 어쩌고?"

"그걸 몰라서 물어?"

야마우치가 담배를 휙 내던졌다.

"지금 상황에서 속도위반 같은 걸로 걸리면 옳다구나 할 거잖아."

"그렇게 야비하게 별건 체포를 하지는 않아."

아소는 웃었다.

"도로교통법 위반으로 연행하면 검사가 눈총을 줘. 이 무능한 놈들아, 좀 더 그럴듯하게 못 하냐 그거지. 그것보다 야마우치, 담배꽁초 주워서 돌아가."

"당신이 무슨 학교 선생이라도 돼?"

"친절한 마음에서 알려줘도 그러네. 그게 더 위험하다는 걸 몰라? 불이 붙은 채로 꽁초를 던졌잖아. 방화 미수야."

야마우치는 자신이 버린 담배꽁초의 불이 아직 꺼지지 않은 것을 보고 마지못해 보닛에서 내려왔다. 담배를 발로 비벼 끈 후 주워서 윗도리 호주머니에 넣었다.

"말을 잘 들어서 좋군."

아소는 턱짓을 했다.

"신주쿠까지 같이 가자."

"무슨 헛소리야 아저씨. 왜 내가 짭새랑 같이 전철을 타는데?"

"어차피 그리로 갈 거잖아. 가는 김에 너한테 물어볼 게 있어. 잔말 말고 가자."

아소가 걸어가자 야마우치는 거리를 두고 따라왔다. 하지만 얼마 지나지 않아 빠른 걸음으로 아소를 앞지르더니 흔들흔들 춤추듯이 앞으로 쭉쭉 나아갔다. 뒤에서 보자 마치 긴 다리를 주체하지 못하는 것처럼도 느껴졌다. 때때로 길가의 돌멩이를 멋지게 걷어찼다.

"네 비서가 아까 날 집으로 불러서 귀를 핥았어."

"간 사람이 잘못이지."

야마우치의 목소리는 전혀 달라지지 않았다.

"이건 알아둬. 다마키는 변태야. 밝히게 생긴 추레한 아저씨를 보면 참을 수가 없대."

"에자키 다쓰야가 니라사키를 죽였다던데."

"흐음."

"흥미 없어? 니라사키를 죽인 놈이 밉지 않아?"

"다쓰야는 그런 짓 못해."

"에자키 다쓰야를 알아?"

"당연하지."

야마우치는 웃었다.

"셋이서 같이 잔 적도 있는걸."

야마우치는 반응을 즐기듯이 잠깐 입을 다물었다. 아소는 헛기침을 삼켰다. 이 녀석의 말발에 말려들면 안 된다.

"그러고 보니 다쓰야한테 전화가 왔었어."

"뭐래?"

"계약하지 않겠느냐고 하던데. 한 달에 30만 엔이면 된다고 했어."

"어쩌려고, 애인으로 삼을 거야?"

"난 철없는 애송이는 질색이야. 그리고 다쓰야가 집착하는 건 그 페라리인걸. 다쓰야는 내가 그 차를 상속할 거라고 생각해."

"니라사키가 죽기 전에 그런 약속을 했어?"

"설마."

야마우치는 다시 웃었다.

"세이치는 내게 아무 것도 주지 않았어…… 형체가 있는 건 무엇 하나도. 죽고 나서도 마찬가지겠지."

"유언장은 내일 장례식 후에 개봉한다던데."

"나하고는 상관없어."

"하세가와 다마키는 왜 에자키 다쓰야가 범인이라고 내게 밀고한 걸까. 짚이는 거 없어?"

"말했잖아. 다마키는 변태야. 당신이랑 하고 싶어서 그랬겠지. 그래서 어쨌어? 했어?"

"나도 애송이 같은 그런 여자는 별로야."

아소는 걸으면서 담배를 꺼냈다.

"그 여자는 니라사키에게 원한이 있다고 했어. 부모가 진 빚 대신 윤락업소에 팔려갔고, 여동생은 자살했대. 그래서 니라사키를 죽이려다가 오히려 반죽음을 당했다더군."

"어이, 그걸 믿었어?"

"아니. 이야기가 너무 그럴싸하더라고. 하지만 진짜로 니라사키를 싫어하는 것 같기는 했어. 그 점에 관해서는 무슨 의견 없나?"

"딱히 없는데. 뭐, 다쓰야가 아니라 다마키가 세이치를 죽였다고 하면 그나마 좀 믿기기는 하겠지."

"니라사키가 에자키 다쓰야의 여자친구를 팔아치웠다는 건 사실이야?"

"그러고 보니 누가 그런 소리를 한 것도 같은데."

시치미를 뗀다기보다 정말로 잊어버린 듯한 말투였다.

"다쓰야는 사실 여자를 아주 좋아해서 세이치 몰래 헌팅을 하러 돌아다녔어. 그러다 들키면 죽는다고 아무리 겁을 줘도 자제가 안 됐던 모양이야."

"아무래도 이해가 안 되는군. 여자가 그렇게 좋다면 왜 호모한테 몸을 파는 거지?"

"정육점을 하는 채식주의자와 똑같아."

야마우치는 킬킬 웃었다.

"남창 중에는 이성애자가 많아. 가게에서 이성애자를 고용하고 싶어 하지."

"왜?"

"게이는 취향이 까다롭고, 손님에게 진심을 품으면 다양한 문제가 발생할 소지가 있거든. 이성애자는 일이라고 딱 잘라서 받아들이니까 어떤 손님과도 잘 수 있고, 손님과 치정 문제를 일으키지도 않아. 내가 그 거리에 있었을 때도 아는 녀석들 중에 몸을 파는 진짜 게이는 손가락으로 꼽을 정도밖에 없었어."

"정말이야?"

아소는 야마우치의 등에다 대고 말했다.

"너, 진짜로 매춘을 했어?"

야마우치가 몸을 휙 돌렸다.

"당신이 나설 일은 아닐 텐데. 남자가 몸을 파는 건 법률위반이 아니니까."

"법률을 따지자는 게 아니야."

아소는 화가 났다.

"넌 새 출발할 수 있었어. 왜 재기하려 하지 않은 거지?"

"꼰대 같은 그 말투는 여전하군."

야마우치는 어깨를 한 번 으쓱했다.

"당신이 말하는 재기, 그게 도대체 뭔데? 설마하니 아무 일도 없었던 것처럼 학교로 돌아가서 쓰다 말았던 논문을 완성하고 입사 예정이었던 회사에 들어가라는 뜻은 아니겠지, 아무리 당신이라도."

"길이 험해졌어도 나아갈 방법은 있었을 거라고 말하고 싶을 뿐이야. 나도 이 일을 하면서 온갖 인생을 다 봐왔어. 실형을 살고 나온 사람에게 세상살이가 힘들다는 건 알아. 하지만 넌 젊었고 머리도 좋았어. 고등교육도 받았잖아. 매춘 말고도 살아갈 길은 있었을 텐데."

"고견 자알 들었어. 일단 당신도 교도소에 한 번 갔다 와서 다시 이야기하자고."

"야마우치."

"시끄러."

야마우치는 발치에 있던 빈 캔을 힘껏 걷어찼다.

"웬 참견이야. 도대체 당신하고 무슨 상관인데? 자기가 붙잡은 놈이 갱생해서 건실한 사회구성원이 된 모습을 봐야겠다 그건가? 아무리 짭새라지만 너무 제멋대로 아니야? 당신은 당신 일을 했을 뿐이야. 그러고 나서 날 잊었지? 그럼 평생 잊고 살아. 이제 와서 떠올리고 참견하지 말라고! 마음 내킬 때만 떠올리는 건 민폐야. 그렇게 내가 갱생하길 바랐다면 왜 감방에서 나올 때 보러 오지 않았어? 감방에 들어간 줄도 몰랐으면서 이제 와서 은인이랍시고 생색내지 마. 길을 가다 예전에 붙잡은 놈과 마주치면 모르는 척하고 지나가는 게 짭새가 해줄 수 있는 배려 아닌가? 배려는 못해줄지언정 참견을 넘어서 심술까지 부리다니."

"심술을 부릴 생각은 없어."

아소는 야마우치를 쫓아갔다.

"내 말이 거슬렸다면 사과할게. 다만 궤도를 수정할 거면 지금밖에 없다는 뜻에서 한 말이야. 네가 무슨 사정으로 매춘을 하다가 니라사키를 만나 조폭이 되었는지 묻지 말라면 더 이상 묻지 않을게. 하지만 이 말만은 해야겠다. 니라사키의 장례식이 끝나면 손 씻는 걸 진지하게 생각해봐."

"그러니까."

야마우치는 웃으면서 말했다.

"그러니까 내가 왜 당신한테 그런 소리를 들어야 하는데? 당신한테 도대체 무슨 권리가 있어서."

"권리 문제가 아니야. 걱정돼서 그래."

"어째서."

"믿기지가 않으니까!"

아소는 속이 부글부글 끓어올라서 소리를 질렀다.

"뭔가 잘못됐다는 생각밖에 안 들어. 넌…… 넌 너무 변했어. 그야 사람이 살다보면 변할 때도 있겠지. 교도소에 갔다 왔는데 인생이 바뀌지 않는 게 더 이상해. 하지만 넌 너무 비정상적으로 변했어.”

“비정상적?”

“뭐라고 잘 표현을 못하겠어.”

아소는 걸으면서 고개를 저었다.

“난 표현력이 모자라거든. 하지만 네가 지금 몹시 무리한 자세를 취하고 있다는 것만은 알겠어.”

“혹시 케이블 TV에서 재방송하는 옛날 청춘 드라마라도 보는 거 아니야?”

“케이블 TV 안 나오는데.”

“나쁜 짓을 하는 녀석한테 사실 넌 그런 애가 아니다, 자신에게 거짓말을 해서는 안 된다며 럭비공을 던져주는 드라마.”

“안 본다니까.”

“거기 나오는 멍청한 교사랑 똑같은 소리를 하기에.”

“나쁜 짓을 한다는 자각은 있다는 거로군.”

“없어.”

야마우치는 씩 웃었다.

“난 선악의 판단에는 흥미가 없어. 내가 판단하지 않아도 법률이 판단해주잖아. 그렇지? 그럼 간단해. 체포되면 나쁜 짓을 한 거고 체포되지 않으면 나쁜 짓을 하지 않은 거야. 난 아직 사업을 하다가 체포된 적이 없어. 즉 내 사업은 나쁜 짓이 아니야.”

“하나 물어보자.”

JR역이 보였다. 아소는 걸음을 늦췄다.

"너, 사업 말고 다른 일로 니라사키에게 협력한 적 있어?"

"그 말인즉슨."

야마우치가 다시 걸음을 멈추었다.

"사람을 죽여본 적이 있느냐는 뜻인가?"

야마우치는 아래를 보며 웃었다.

"그 질문에는 아니라고 답할 수밖에 없잖아. 왜 그런 걸 묻는 건데?"

아소는 무심코 한숨을 쉬었다.

"그냥 물어보고 싶었어."

"아, 그러셔."

야마우치가 고개 숙여 인사했다.

"그럼 형사님, 저는 이만."

"전철 안 타?"

"당신은 타고 가. 그럼 간다."

"잠깐만."

아소는 야마우치의 팔을 잡았다. 예복 아래로 단단한 근육이 느껴져서 놀랐다.

"어디 가는데?"

"어딜 가든 무슨 상관이야. 난 짭새랑 사이좋게 전철을 타고 가기가 죽기보다 싫다고. 다마키에 관한 질문에는 대답해줬잖아. 이제 그만 놔주지 않겠어? 아니면 아직도 볼일이 남았습니까, 형사님?"

"어디서 한잔하고 가자."

"뭐라고?"

"경야 자리에서 한 잔도 안 마시고 그냥 나왔잖아. 따라와."

"작작 좀 해라, 이 세금 도둑놈아. 술을 마시고 싶거든 세이치를 죽인 놈을 붙잡고 나서 마셔."

"알코올 중독이라면서."

아소는 야마우치의 팔을 놓았다.

"오이카와한테 들었어. 매일 들이붓듯이 마신다던데. 그럼 나랑 술 한잔한다고 해서 뭐가 어떻게 되는 것도 아니겠네."

아소는 손목시계를 들여다보았다.

"막차 시간까지 두 시간쯤 남았어. 요 부근에서 마시자. 경비로 쏠게."

"경비도 우리가 내는 세금이잖아."

"걱정도 팔자네. 세금은 나도 낸다고. 형사랑 전철을 타고 가기는 싫어도 옆에 앉아 술 마시는 것 정도라면 참을 수 있겠지."

"이 아저씨 참 끈질기네. 하나만 물어보겠다고 해놓고."

"생각해보니 너한테 물어볼 게 조금 더 있더라고. 아아, 저기가 좋겠다."

아소는 선술집 체인점 간판을 턱으로 가리켰다.

"저기라면 코가 삐뚤어지도록 마셔도 경비로 처리할 수 있겠어."

8

"그냥 자기가 마시고 싶어서 온 거잖아."

아소가 컵술을 단숨에 반쯤 비우는 것을 보고 야마우치도 술잔의 진을 쭉 들이켰다.

"날 핑계 삼아 세금으로 술을 처마시다니 형편없는 짭새 같으니라고."

"툴툴대지 마. 너 아까 술기운이 떨어져서 짜증난 거잖아. 어때, 술이 들어가니 마음이 좀 가라앉아?"

"이딴 싸구려 술은 오줌 한 번 싸면 다 깨. 게다가 옆에 짭새가 있어서 그런지 맛도 더럽게 없어."

"사람도 변했지만 입도 험해졌구나. 그래, 그게 제일 묘해. 너, 분명 간사이 지방 출신이잖아. 왜 에도 토박이 말씨를 쓰는 거야?"

야마우치는 지나가던 종업원에게 술을 한 잔 더 주문하고 빈 잔에 남은 얼음 한 조각을 아득아득 씹어 먹었다.

"세이치가 간사이 사투리를 싫어했어."

"니라사키가 원해서 말씨까지 바꼈나?"

야마우치는 눈을 치뜨고 아소를 보았다.

"거역하면 죽을 테니 어쩔 수 없잖아."

"그럼 마지못해서?"

"아니." 야마우치는 작게 웃었다. "간사이 사투리에 그렇게 애착이 있었던 건 아니거든."

"그 몸도 니라사키의 취향이야?"

"몸?"

"근육을 키웠잖아. 특히 팔. 척 보기에는 가늘어 보이지만, 복싱을 한 팔이야."

"이야, 잘 아네."

"니라사키가 시켰어?"

야마우치는 고개를 끄덕였다.

"니라사키는 널 개조하면서 즐긴 거야. 아까 내가 무슨 말을 하고 싶었는지 겨우 알겠네. 넌 자신의 의지로 변한 게 아니야. 니라사키에게 개조당한 거지. 그래서 비정상적으로 보인 거고…… 오이카와한테 들었는데 너 니라사키한테 죽을 뻔했다면서. 그것도 두 번이나. 혹시 너, 니라사키한테서 달아나려고 한 것 아니야?"

야마우치는 아무 대답 없이 종업원이 가져온 진을 입에 댔다. 아소도 더 이상은 묻지 않았다. 침묵이 야마우치의 대답이었다.

"너랑 니라사키 사이에 무슨 일이 있었던 간에 니라사키는 이미 죽었어. 전부 다 끝난 거야."

아소도 술을 한 잔 더 시켰다.

"아까 전 이야기로 돌아갈게. 진지하게 잘 들어. 니라사키의 장례식이 끝나면 손을 씻어. 나는 그쪽 바닥의 관습은 잘 모르지만, 폭력단 대책법도 생겼겠다, 진심으로 빠져나오려고 하면 못 빠져나올 리 없어. 오이카와도 너한테 그러라고 충고했잖아."

"그런다고 치고."

야마우치는 중얼거리듯이 말했다.

"손을 씻고 나서 나더러 뭘 하라는 거야?"

"돈은 있으니 사업이든 뭐든 하고 싶은 걸 하면 되겠지."

"사업은 지금도 하고 있는데."

"그런 것 말고 제대로 된 사업 말이야. 네가 지금 이스트흥업에서 하는 짓은 사기며, 공갈이며, 경영권 탈취 같은 일뿐이잖아."

"이 아저씨, 막말이 너무 심하네."

야마우치는 술잔을 내려놓았다.

"뭐, 알았어. 하지만 그 이야기는 당신이 세이치를 죽인 놈을 잡고 나서 하고 싶어."

"니라사키를 죽인 범인을 검거하면 손을 씻을 거야?"

"고려해볼게."

야마우치는 담배를 꺼냈다. 던힐 멘솔은 역시 이 녀석이 즐겨 피우는 담배인 모양이다.

"그런데 내가 손 씻으면 당신도 짭새질 그만두지 않겠어?"

아소는 종업원이 가져온 컵술을 또 단숨에 반쯤 비웠다.

"난 돈이 없어. 경찰을 그만두면 뭐로 먹고살겠어?"

"애인으로 삼아줄게, 한 달 생활비 50만 엔에 용돈은 따로."

야마우치는 킬킬 웃으며 또 얼음 조각을 씹어 먹었다.

"당신은 다쓰야랑 달리 여자에게 인기 있는 유형이 아니니까 헌팅하러 싸돌아다니지는 않겠지."

"고마운 제안이지만 나도 취향이라는 게 있거든. 미안하지만 가슴이 안 달린 사람에게는 흥미가 없어. 게다가 현재 그쪽으로도 아쉬울 게 없고."

"말을 듣자 하니 여자가 있나 보네."

야마우치가 눈을 가늘게 뜨자 아소는 불안해졌다. 이 남자에게 마키의 존재가 알려지는 게 어쩐지 싫었다.

"없어. 그럴 여유도 돈도 없거든."

"저기, 하나 물어봐도 돼?"

야마우치가 몸을 내밀었다.

"당신 마누라, 왜 도망쳤어?"

한순간 때려눕히고 싶었다. 하지만 분노는 바로 사라지고 대신에 공포와도 비슷한 감정이 아소를 지배했다.

"……그런 걸 어떻게 알았어?"

"소문이야, 소문."

"오이카와한테 들었어?"

"왜 오이카와 경감 나리가 당신 마누라 이야기를 나한테 해?"

"너희들 묘하게 사이좋잖아."

아소는 테이블에 팔꿈치를 짚고 야마우치의 눈 속에 숨어 있는 뭔가를 찾아내려고 했다.

"녀석이랑 잤어?"

"당신 좀 이상해. 보통은 이럴 때 그런 걸 묻지는 않잖아. 내가 그렇다고 대답하면 오이카와 씨의 목이 날아갈걸."

"그 정도로 날아갈 목이 아니야."

아소는 한숨을 쉬고 컵술을 들이켰다.

"4과 녀석들이 그쪽 바다 보스의 애인과 눈이 맞았다든가, 마누라와 잤다거나 하는 이야기가 드물지 않다는 것쯤은 너도 잘 알 텐데. 조직폭력반은 일하는 방식이 우리와는 달라. 상대의 정보를 얻기 해 서로 사생활에 깊이 개입하는 경우가 많지. 결국 그 때문에 목숨을 잃을 때도 많고. 어쨌거나 나는 오이카와의 도덕관념에까지 참견할 생각은 없어. 다만 오이카와라면 니라사키의 정보를 얻고자 너랑 잘 만도 하다고 생각했을 뿐이야. 그게 사실이라도 상관없지만, 한 이불 덮고 누워서 나에 대해 수군거리는 건 못 참아."

"당신 이야기는."

야마우치는 빈 잔을 들여다보았다.

"한 번도 나온 적 없어. 혹시 자의식과잉 아니야? 아니면 오이카와 씨가 당신에게 무슨 짓이라도 할까 봐 겁먹었어? 왜, 뭔가 찜찜한 구석이라도 있나?"

"세타가야 사건 때 내가 널 체포했다는 걸 오이카와는 언제부터 알고 있었어?"

"글쎄. 난 말 안 했는데."

야마우치가 빈 잔을 머리 옆으로 들어 올려 세 잔째를 주문했다.

"너무 빨리 마시는데."

"사돈 남 말 하고 있네. 술을 물처럼 마시는 게 누군데. 그래서 나한 테 묻고 싶다는 게 뭐야? 빨리 본론으로 들어가지 않으면 막차가 끊길 거야. 난 택시 타고 가면 되지만, 당신은 그럴 돈 없잖아?"

"여차하면 너한테 바래다달라고 할 테니까 걱정하지 마. 그것보다 또 옛날 이야기인데…… 너, 재판에서 무죄를 주장했어?"

"도대체 무슨 재판? 자잘한 재판에 자주 불려나가니까 그렇게 말하면 몰라."

"물론 세타가야 사건으로 체포돼서 받은 재판 말이야."

야마우치는 입을 열지 않았다. 진이 나올 때까지.

진을 한 모금 마시고 나서 천천히 말했다.

"이제 와서 그걸 왜 묻는 건데? 재판은 끝났고 나는 형을 다 살았어. 즉, 당신이 옳았고 내가 잘못했다는 결론이 나온 거야. 그러니 됐잖아."

"자백을 받았어."

아소는 그렇게 말한 후 깍지 낀 손에 이마를 댔다.

"넌 자백했어. 조서에 서명하고 지장도 찍었지. 난 널 때리지도 않았고, 손가락을 붙잡고 지장을 찍으라고 강요한 적도 없어. 어째서 무죄를 주장했지? ……왜냐고…… 솔직하게 인정했다면 실형은 면했을 텐데."

"당신 자존심을 건드렸나?"

"뭐라고?"

"당신, 본청 수사1과에서 천재 소리를 듣는다면서. 커리어도, 일류 대학 출신도 아닌데 마흔 전에 경감이 되는 건 이례적인 출세지? 오이카와 씨는 도중에 세계선수권 대회에서 우승해서 1계급 특진했지만, 당신은 그런 포상 없이 실적만으로 올라온 거잖아."

"오이카와는 준우승이야…… 하지만 우승자가 등록 위반인가 뭔가로 실격 처리돼서 한 계단 뛰어올랐지. 그 이야기를 하면 기분 나빠하니까 아무도 입에 담지 않지만."

"그렇구나."

야마우치는 웃으며 잔을 비웠다. 그 독한 술을 마치 땅콩 한 알을 입에 던져 넣듯이 마셨다.

"뭐, 아무튼 당신은 살인과 형사로서 아주 우수하다는 평가를 받는 사람이야. 그런 당신이 자신 있게 체포한 내가 자백까지 해놓고 재판에서 무죄 주장을 했으니 자존심이 용납하지 않는다는 건가?"

"자존심 문제가 아니라…… 이해가 안 돼서 그래. 의문의 여지가 전혀 없는 사건이었어. 내가 아니라도 똑같은 결론을 내렸을 거야. 그런데 넌 완강했어. 한때는 그냥 포기하고 혐의를 부인하는 상태로 송치할까도 했지. 하지만 그러고 싶지 않았어…… 일찌감치 자백하면 검사한테 좋은 인상을 줄 수 있거든. 그럼 구형이 가벼워질 가능성이 있지. 그리고 구형이 가벼워야 집행유예를 받기 쉬워. 널 보니…… 이런 녀석을 교도소에 집어넣고 싶지는 않다는 생각이 들더라…… 아무리 봐도 그냥 마가 낀 것 같았거든. 실제로도 그랬지? 그런데 왜 무죄를 주장한 거야…… 무죄 주장은 받아들여지지 않으면 피고인이 전혀 반성하지 않는다는 근거로 작용해. 그건 네 변호사도 알고 있었을 거야. 실형을 받을 위험성이 높은데, 굳이 무죄를 주장한 이유가 뭐야? 난 그걸 모르겠어. 너랑 네 변호사에게 어떤 승산이 있었는지 가르쳐줘."

"그러니까 그걸 알고 싶어 하는 게 당신 자존심이야."

야마우치는 지금까지와는 달리 조용한 목소리로 말했다.

"당신은 일에 관해서만은 완벽주의자일 거야. 그건 좋아, 훌륭하지. 하지만 당신은 남의 마음을 헤아릴 줄 몰라. 상상도 못하겠지…… 난 더 이상 이야기하고 싶지 않아. 생각하기도 싫다고. 결과는 이미 나왔어. 나랑 내 국선변호사는 완패했고 당신은 승리했지. 그리고 난 담장 안으로 들어갔어. 쓰다가 만 논문도, 취직자리도, 회사에서 보내주겠다고 약속한 MIT 유학도 전부 물거품이 됐지. 부모에게 의절당하고 감방에서 여자 대신 따먹히다가 밖에 나왔더니 갈 곳이 없어서 나락보다 깊은 곳으로 떨어졌어. 이제 됐지? 나보고 더 이상 뭘 어쩌라는 거야? 당신이 말한 무모한 무죄 주장의 대가는 이 몸으로 다 치렀어. 왜냐고? 어째서냐고? 꼭 대답해야 해? 대답하기 싫지만 그저 당신의 자존심을 만족시키기 위해 설명해야 하는 거야? ……날 조금이라도 가엾게 여긴다면 두 번 다시 그때 이야기는 꺼내지 마. 난 당신한테는 이야기하기 싫어. 알아들었어? 이야기하기, 싫어."

술맛이 나지 않았다. 아소는 컵을 내려놓았다.

"알았어."

아소는 고개를 끄덕였다.

"미안해…… 다시는 안 물을게. 미안하다."

"말귀는 알아들으니 그나마 다행이군."

야마우치는 얼음밖에 남지 않은 술잔을 흔들어서 달그락달그락 소리를 냈다.

"귀찮아라. 병째로 가져오라고 할 걸 그랬네."

"장소를 옮길까?"

"이 아저씨, 진짜 코가 삐뚤어지도록 마시려나 본데. 마누라가 도망치고 술독에 빠진 짭새라니, 너무 전형적이라서 웃음도 안 나온다."

"너한테 그딴 소리 듣기 싫어. 술독에 빠진 건 너도 마찬가지잖아. 어차피 오늘 밤새 마실 생각 아니었어?"

"어떻게 알았어?"

"니라사키의 장례식은 내일 오전 9시부터야. 취했는데 혹시 잠이라도 들면 못 일어나잖아."

"나, 장례식에 참석 안 할 거야."

아소는 놀랐다.

"왜?"

"가족이나 정식 조직원이 아니니까. 세이치를 형님으로 부르지도 않는걸. 꼭 장례식에 참석할 필요는 없지…… 작별 인사는 아까 했어. 두 번이나 죽은 세이치의 얼굴을 보고 싶지는 않아. 작별 인사는 한 번이면 족해."

"그럼."

아소는 계산서를 집어 들었다.

"그만 집에 가서 자."

"뭐야, 장소를 바꾸는 거 아니었어?"

"이대로 계속 마시면 너 분명 울 거야. 그럴 때는 혼자 있는 편이 낫지 않겠어?"

"차갑기도 해라."

야마우치는 웃으면서 일어서더니 남은 얼음을 입에 밀어 넣었다. 얼음을 깨물어 먹는 걸 좋아하나. 어린아이 같다고 아소는 생각했다.

"남자가 우는 모습을 보는 건 영 별로라서."

"여자라면 달래주는 김에 잡수시고?"

"미인이라면."

계산대에 가서 계산했지만 영수증은 받지 않았다. 이런 술자리를 경비로 처리할 수 있을 리 없었다.

"바래다줄게. 신주쿠 서로 가면 되지?"

야마우치는 택시 승강장으로 향했다. 아소는 시계를 보았다. 지금 신주쿠 서에 돌아가도 야마세는 없을 것이다. 수사본부라고는 하지만 주임급쯤 되면 관할서에 머무르지 않고 집으로 돌아간다. 어차피 잠깐 눈을 붙일 거면 익숙한 본청 쪽이 낫겠지만, 오늘 밤은 어쩔 수 없을 것 같았다. 내일 아침 수사회의는 니라사키의 장례식이 치러지는 시각을 고려해 오전 7시에 시작하기로 했다.

"미안하군."

"어차피 가는 길이니까. 하지만."

야마우치는 씩 웃었다.

"나, 안에서 울지도 몰라."

야마우치는 울지 않았다. 대신에 계속 콧노래를 불렀다. 아소가 모르는 멜로디였다.

길은 막히지 않았지만 아무 대화도 없이 남과 함께 좁은 공간에 가만히 앉아 있는 것은 고역이었다. 야마우치는 침묵이 싫은 듯 끊임없이 콧노래를 흥얼거렸으므로 뭐라고 말을 걸면 대답은 해주었을 것이다. 하지만 야마우치는 아소가 정말로 듣고 싶은 이야기는 해주지 않는다. 세타가야 사건의 재판에서 무슨 일이 있었는지. 그리고 니라사키와 무슨 일이 있었는지. 결국 스스로 조사해봐야 할 모양이었다.

하지만 왜 그 두 가지를 이렇게나 '알고 싶은지' 그 이유를 모르겠다. 재판에서 무슨 일이 있었는지 알고 싶은 것은 야마우치가 지적한 대로 사소한 자존심 때문이다. 그건 부정할 수 없다. 자신 있게 송치한 용의자가 재판에서 자백을 번복하고 무죄를 주장했다. 오점이 남을 정도는 아니지만 작은 생채기가 난 것은 분명하다. 하지만 그뿐만이 아니라고 아소는 생각했다. 그뿐만이 아니다…… 뭔가, 몹시 불안했다. 어쩌면 나는 아주 중요한 사실을 잊어버린 것 아닐까…… 모든 일의 근원이라 할 만한 사실을…….

그리고 니라사키.

니라사키의 과거와 연관된 일은 뭐든지 그를 죽인 범인을 찾는 데 도움이 된다. 그러니 알고 싶다. 이런 식으로 무리하게 이유를 갖다 붙일 수는 있다. 하지만 그것은 스스로 생각해도 웃음이 나올 만큼 순억지였다.

차창으로 거리의 불빛이 비쳐들자 야마우치의 옆얼굴은 역광 속에 가라앉았다. 그래도 가끔 반대 차선을 달리는 차의 전조등 불빛이 앞 유리창을 핥고 지나갈 때마다 표정이 희미하게 드러났다. 내면에 무엇이 있는지 전혀 읽어낼 수 없을 만큼 공허한 얼굴이었다. 감정을 억누르고 있는 것이 분명했다. 역시 혼자 둘 걸 그랬다고 아소는 후회했다. 니라사키는 내일 재가 된다. 혼은 빠져나갔겠지만 육체는 아직 관 속에 있다. 오늘 밤은 야마우치와 니라사키가 이 세상을 함께 하는 마지막 밤이다.

신주쿠가 가까워졌다. 고층 빌딩숲이 충돌방지용 적색 램프를 깜박이며 존재를 과시했다.

전조등 불빛에 떠오른 야마우치의 얼굴이 갑자기 일그러졌다. 마침내 한계가 왔다. 야마우치의 눈꼬리에서 투명한 물방울이 흘러 떨어졌다. 그래도 콧노래는 계속됐다. 음이 떨려도 야마우치는 노래를 그만두지 않았다.

"신주쿠 서로 간다?"

야마우치가 말했다.

"기사님, 게이오 플라자 호텔 쪽으로 들어가 주세요."

"아니, 그 전에 내릴게. 적당한 곳에서 세워줘."

"서에 안 가?"

"내일 아침 7시부터 수사회의야. 신주쿠 서에서 의자를 늘어놓고 불편하게 자느니 사우나라도 가는 게 낫지."

아소는 택시에서 내려 걸어가려고 했다. 그런데 야마우치도 택시에서 내렸다.

"왜 내렸어? 집에 안 가?"

"나도 사우나나 갈까 해서."

"네가 갈 만한 곳으로는 안 갈 건데."

아소는 웃음을 터뜨렸다.

"평범한 사우나에서 잠만 잘 거야."

"왜 도망치는 거야?"

야마우치가 잔뜩 골난 표정을 지었다. 토라지자 정말 어려 보였다.

"당신 진짜 차가운 인간이야."

"혼자 있고 싶을 것 같아서 내 딴에는 신경을 써준 건데."

"그런 점, 세이치랑 닮았어."

야마우치는 호주머니에 손을 넣은 채 뾰로통한 얼굴로 아소를 따라왔다.

"배려해주는 척하지만 실은 자기가 혼자 있고 싶은 거지. 그런 사람이라 상대가 혼자 있기 싫을 수도 있다는 생각은 절대로 안 해."

"그러니까 혼자 있기 싫다는 거야? 그럼 솔직하게 말하지 그랬어."

"당신처럼 둔감한 인간은 좀처럼 없을걸. 보통은 말 안 해도 다 알 텐데."

"옛날부터 그랬어."

아소는 정처 없이 걸음을 옮기며 옆에 나란히 선 야마우치에게 말했다.

"옛날부터 둔감하다는 말을 많이 들었지. 아마도 뇌에 뭔가 기능적인 결함이 있나 봐. 난 남의 마음을 읽을 줄 몰라."

"그런데 천재 소리를 듣는다고?"

"그건 비아냥거리는 거고."

아소는 웃었다.

"본청에서 내 별명은 돌다리의 류야."

"어쩐지 멋있는데."

"돌다리를 두드리고도 건너지 않는 겁쟁이라는 뜻이야. 별건 체포는 하지 않고, 범인상을 미리 정해두고 수사하지도 않아. 일단 무작정 임의동행으로 끌고 와 놓고 나중에 수사해서 체포하는 일도 없어. 하지 않는다기보다 자신이 없어서 못하는 거지만, 난 찾아낸 증거를 하나씩 쌓아올려 결론을 내. 어설프기 짝이 없어서 다른 방법은 몰라. 그래서 수사본부가 누군가를 십중팔구 범인으로 점찍고 움직일 때도 혼자서 전혀 다른 곳을 돌아다니고는 했지. 내내 그랬어…… 그런데 우연히 내가 뒤적거린 곳에서 진범이 나왔어…… 그런 일이 몇 번 이어지자 웬 녀석이 빈정거림을 담아서 천재라고 부른 거야. 천재란 즉 보통이 아니라는 소리지. 저 놈은 괴짜다. 그런 뜻이야."

"하지만 그런 게 재능이잖아. 당신도 그렇게 생각하지 않아?"

"뭐, 그렇지."

아소는 하이라이트 담뱃갑을 꺼냈다.

"겸손을 떨 생각은 없어. 결과적으로 내 수사가 옳았다면 그건 재능이지. 하지만 그런 데 무슨 의미가 있나 싶을 때도 있어. 너 같은 예와 마주치면 말이야. 내가 그때 널 잡아넣지 않았다면 넌 석사 논문을 제출한 후 취직했을 테고, 유학을 가서 세상에 도움이 되는 물건이라도 만들었겠지. 널 보면 무심코 붙잡지 않는 편이 훨씬 낫지 않았을까 하는 생각이 들어. 니라사키 살해 사건도 그래…… 니라사키가 살아 있을 때 한 짓을 생각하면 큰 고통도 없이 그렇게 저세상으로 간 건 오히려 행운이지. 그런데 왜 군이 니라사키를 죽인 놈을 체포해야 하는지 솔직히 잘 모르겠어."

"형사로서는 최하의 마음가짐이로군."

"맞아."

아소는 담배에 불을 붙였다.

"말할 가치도 없지. 하지만 이게 내 성격이야. 요컨대 나는 형사질에 부적절해…… 최근에 그걸 깨달았어. 그러니까 니라사키를 죽인 놈을 붙잡고 나면 직장을 옮기는 것도 괜찮을 것 같아. 너한테 생활비를 받으며 애인 생활을 하는 건 절대로 사양이지만, 내게 어울리는 홀가분한 인생을 찾는 것도 그리 나쁘지는 않겠지."

"역시 여자가 있군."

야마우치는 혼자 고개를 끄덕끄덕했다.

"남자는 대개 여자가 생겼을 때 새로운 인생을 생각하는 법이거든."

"아는 체하기는. 그것보다 어쩔 거야? 정말 사우나에 따라올 거야?"

"왜 그런 데를 따라가야 하는데? 오늘 밤은 당신이 나한테 맞춰줘야지. 당신이 먼저 싫어하는 날 붙잡고 술 마시자고 제안했으니까."

"또 마시려고?"

"아니."

야마우치는 또 콧노래를 부르며 걸어갔다.

"우리끼리 경야를 하는 거야."

"경야?"

"알고 싶지? 나랑 세이치가 어디서 어떻게 만났는지. 궁금해 죽겠다는 표정인걸."

"그런 표정 안 지었어."

"그런 표정이야. 당신은 알고 싶은 거야…… 내가 그 후로 어떻게 추락해서, 어떤 바닥을 기어 다녔는지."

"그런 걸 왜 알고 싶겠어? 난 됐어."

"알아야지."

야마우치는 어서 가자는 듯이 어깨로 아소의 등을 밀었다.

"그 정도는 알아야지. 설령 그게 당신의 일이었다고 해도, 당신 손으로 내 인생을 망가뜨린 건 사실이니까."

"내 손이 아니라 네 손이겠지."

아소가 그렇게 대꾸했지만 야마우치는 그저 말없이 담배를 꺼내서 물었다.

9

오다큐 선 선로가 보였다. 신주쿠에서 제법 오래 걸은 것 같은데 심야라서 어느 부근인지는 잘 모르겠다. 산구바시 역 근처일까.

아소는 사쓰키의 말이 생각났다. 니라사키가 야마우치를 처음으로 사쓰키 집에 데려왔을 때, 그는 야마우치를 선로에서 주웠다고 했다. 죽으려는데 훼방을 놓았다며. 그렇다…… 아소는 수사 자료에 있던 사쓰키의 주소를 떠올렸다. 거기도 이 근처다.

야마우치가 어디서 니라사키의 경야를 할 생각인지 알 듯하여 아소는 잠자코 따라갔다. 야마우치는 원점으로 돌아가려는 것이다. 니라사키와 처음 만난 바로 그 장소로.

"꽤 많이 변했네…… 선로로 못 내려가겠어."

"내려갈 필요는 없잖아."

아소는 무심코 야마우치의 팔을 잡았다.

"너 설마 바보 같은 생각을 하는 건 아니겠지?"

야마우치는 웃었다.

"그 정도까지 로맨티스트는 아니야."

야마우치는 유심히 들여다보는 듯한 자세로 선로를 바라보았다.

"저 부근인가…… 첫차를 기다리고 있었어. 그런데 세이치가 와서 나를 걸어찼지. 세이치는 사쓰키 누나한테 가던 길이었어. 타고 온 재규어가 고장 나서 부하에게 뒤처리를 맡기고 설렁설렁 걸어가다가 날 본 거야."

"니라사키는 왜 널 데려간 거지?"

"몰라."

야마우치는 선로를 향해 몸을 내밀었다.

"변덕이었겠지. 그날 밤은 세이치도 기분이 별로였어. 뒷맛이 좋지 않은 일이 있었거든."

"뒷맛이 좋지 않다고?"

"누구를 죽였대…… 자세한 사정은 몰라. 내가 밥 먹을 때 사쓰키 누나에게 그런 이야기를 했어. 하지만 조사해봤자 소용없어. 세이치는 분명 자기 손을 더럽히지는 않았을 테니까."

"……알아. 분명 다른 놈이 자수해서 교도소에 갔겠지."

"……이유는 안 물어봐?"

야마우치는 아소에게 등을 돌린 채 말했다. 이유. 왜 죽으려고 했을까. 물론 알고 싶었다.

"말해준다면 듣고 싶어. 하지만 말하기 싫다면 말 안 해도 돼."

"말하고 싶은 기분이 들었어."

야마우치는 큭큭 웃었다.

"들어줄래?"

"……그래."

심장이 빨리 뛰었다. 몹시 불안해서 아소는 라이터를 꺼냈다. 하지만 이제 담배는 없다. 아까 담뱃갑에서 꺼낸 것이 마지막 한 개비였다.

"초콜릿 때문이야."

아소는 야마우치의 말이 이해가 되지 않았다.

"……뭐 때문이라고?"

"초콜릿 말이야, 초콜릿."

"……초콜릿이라면, 먹는 거?"

"그거 말고 또 뭐가 있는데?"

야마우치는 다시 웃었다.

"밸런타인이었어."

"……밸런타인."

"술 이야기가 아니야. 2월 14일, 알잖아. 당신도 의리상 주는 초콜릿 받지 않아?"

"그건 알아. 그런데 그게 뭐 어쨌기에."

"그래서야."

야마우치는 몸을 돌려 추락방지용 울타리에 등을 기댔다.

"내가 있던 가게에서도 밸런타인데이에 이것저것 했었어."

"네가 있던 가게라니?"

"퍼플이라는 가게. 유서 있는 게이 전문 SM클럽이지. 처음에는 바에서 손님을 찾았지만, 효율이 좋지 않아서…… 사실 나 같은 얼굴은 2초메에서 인기가 별로 없어. 좀 더 젊었으면 달랐겠지만. 그래서 매일 세끼 풀칠을 하는 둥 마는 둥 생활하고 있을 때 우연히 퍼플의 지배인을 손님으로 받았지. 스카우트 중이었을 거야. 개인적으로 몸을 파는 녀석들 중에서 가게에 둘 수 있을 만한 녀석을 낚아 올리는 거지. 넌 얼굴이 곱상하니까 M으로 영업하면 돈이 될 거라고 하더라. SM클럽에서도 계집애 같은 녀석을 원하는 손님은 별로 없지만, 얼굴이 곱상한 녀석을 괴롭히며 흥분하는 변태는 제법 많다면서."

담배를 사오지 않은 것을 후회했다. 그 다음은 듣고 싶지 않았다. 하지만 야마우치는 기분 좋게 웃었다. 아소는 라이터를 호주머니에 넣고 추락방지용 울타리에 등을 맡겼다.

"지배인 말대로 나는 잘 나갔어. 피만 많이 나지 않는다면 무슨 짓이든 다 하게 해줬지…… 지금 같으면 상대를 죽여서라도 거부할 만한 짓도, 그때는 태연하게 받아들였어…… 감각이 마비돼서 매일 꿈속에 있는 것 같았지. 가게 기숙사로 쓰던 맨션에서 잠을 자고, 낮에는 빈둥빈둥 놀아. 그리고 저녁에 가게로 나가서 묶이고, 얻어맞고, 밟히고, 소변을 마시고, 항문에 온갖 걸 다 집어넣고, 몇 번 기절하면 가게를 닫을 시간이지. 봉투에 든 돈을 받아 라면 먹고 맨션에 돌아와서 술을 마시며 같은 방을 쓰는 녀석이 보는 에로비디오를 함께 보다가 잠자리에 들어. 잠에서 깨면 뭐 좀 먹고 또 빈둥빈둥 놀다가 가게에 가서 묶이고, 범해진 후에 돈을 받아서 기숙사 돌아가서 술 마시고……."

"알았어."

아소는 하늘을 올려다보았다. 달이 서쪽으로 많이 기울었다.

"알았어. 그래서?"

"밸런타인데이 이야기를 하는 중이었지?"

야마우치도 하늘을 쳐다보았다.

"난 선물용 초콜릿이 됐어. 손발을 묶고 평소 같으면 촛농을 떨어뜨릴 테지만, 그날 밤은 녹인 초콜릿을 떨어뜨렸지."

"……데지 않아?"

"다 방법이 있지. 낮은 온도에서 녹도록 쇼트닝을 잔뜩 넣어. 그래서 촛농보다 편하지만 촛농이랑 달리 핥아먹을 수 있잖아."

야마우치는 담배를 꺼내 불을 붙였다.

"한 대 줘. 다 떨어졌어."

아소가 말하자 야마우치는 담뱃갑을 던져주었다. 한 대 피우자 살 것 같은 기분이 들었다.

"방이 좁아서 그런지 초콜릿 냄새가 진동을 하더라고. 달콤하면서 텁텁해서 손님을 세 명쯤 받고 나니까 구역질이 나더라. 머리카락이 끈적끈적하니 나중에 씻어낼 일이 걱정이었고, 손님이 평소와 달리 너무 핥아대서 피곤했어. 이제 그만 끝내고 싶을 때 내가 제일 싫어하던 손님이 왔어. 그 자식은 엄연한 변태 주제에 즐길 만큼 즐기고 사정하고 나면 사람이 바뀐 것처럼 새침한 얼굴로 왜 이런 더러운 곳에 왔을까, 하는 표정을 짓지. 주먹질은 금지되어 있으니 노예를 때릴 때는 반드시 손바닥으로 부탁드립니다, 라는 주의사항을 벽에 붙여놨는데도 실수한 척 주먹을 써. 그래서 가게 사람을 부르려고 하면 실실 웃으며 만 엔짜리를 꺼내는 놈이었어. 그 자식이 초콜릿에 환장을 하더라고. 서비스로 아픈 척해줬더니 결국 도를 넘어서 마지막에는 내 몸속에 초콜릿을 흘려 넣었어. 손가락으로 벌리고 주르륵. 상상이 가? 그때 허탈해지더라고…… 항문으로 초콜릿을 붓는 짓을 당하면서까지 왜 살아 있어야 하나, 그런 느낌이었지. 염증이 났어…… 그런 일 전부와 그런 일을 받아들이고 있는 나 자신에게."

서쪽 하늘로 떨어져 내린 달 옆에서 별 하나가 아주 밝게 빛났다. 아소는 왜 그 별이 이렇게 흐릿해 보이나 궁금했다.
"그래서 가게가 끝나고 기숙사에 돌아가지 않고 여기로 왔지. 나 자신과 내 인생에 정이 뚝 떨어졌거든. 첫차가 오면 다 끝난다는 생각으로 선로에 누워서 잤어."

언제쯤에야 밤이 샐까. 어쩌면 이제 영원히 동은 트지 않을지도 모른다.
아소는 그제야 자신이 울고 있다는 것을 깨달았다. 우는 얼굴을 보이기가 싫어서 쪼그리고 앉았다.

"재미있었어?"
야마우치의 목소리가 아주 먼 곳에서 들려오는 것 같았다.
"자, 감상을 말해봐. 내 이야기, 웃기지?"
"아니."
아소는 대답했지만 숨을 내뱉는 소리밖에 나지 않은 것처럼 들렸다.
"뭐야." 야마우치가 큭큭 웃었다. "재미있어할 줄 알고 전부 다 털어놨는데. 이거 비밀이었어. 세이치도 모르는 이야기야. 초콜릿을 똥구

명에 부어서 죽고 싶어지다니, 너무 등신 같아서 남한테는 말 못하지."

"……나한테는 말해줬잖아."

"당신한테는 들을 권리가 있을 것 같아서. 어쨌거나 당신이 훌륭하게 직무를 수행한 결과, MIT로 유학 가는 대신 퍼플에서 일하게 된 거니까. 이렇게 재미있는 이야기, 여간해서는 못 들을걸."

"야마우치, 하지만 난 그때."

"그만."

야마우치는 호주머니에서 새 담뱃갑을 꺼냈다.

"딱히 당신을 탓하거나 원망하는 것도 아니니까 그때 이야기는 그만하자. 그저 인생이 어느 쪽으로 어떻게 굴러갈지는 모른다는 이야기니까. 하지만."

연기가 공기 속을 흘러갔다. 약간 푸르스름해 보이는 것은 공기에 아침 기운이 좀 섞였기 때문일까.

"세이치가 죽었으니 다 끝났다. 자, 다시 시작해라. 그런 식으로 간단히 말한다면 나도 할 말이 있어. 그날 새벽에 세이치가 날 데려가지 않았다면 난 다진 고기가 돼서 이 세상에서 사라졌겠지. 당신, 그래도 내가 세이치와 만난 게 잘못이었다고 할 수 있어? 당신이 그렇게 말한다면 난 이 철망을 넘어서 선로로 내려갈 거야. 잘못됐다면 거기서부터 다시 시작해야 할 테니까, 그렇지? 첫차가 지나가고 나면 다져진 내 살과 뼈를 양동이에 주워 담고 나서 이제 니라사키와 만나기 전의 너로 돌아갔으니 참 잘됐다고 말해줘. 난 어느 쪽도 상관없어. 다만 당신 대답을 듣고 싶어. 내가 세이치와 만나지 말았어야 하는지, 아니면 만나서 다행인지. 당신 생각은 어때? 어서 대답해."

"니라사키에게."

아소는 목소리가 떨리는 것을 참았다.

"감사해."

첫 전철 소리가 들렸다. 신주쿠 역에서 출발하는 소리이리라. 바람을 타고 여기까지 들려왔다.

"나."

야마우치가 작게 말했다.

"미안하지만 역시 울 것 같아. 당신은 이만 가봐."

아소는 쪼그리고 앉은 채 고개를 저었다.

"여기에 혼자 놔두고 갈 수는 없지."

"……안 내려가. 선로에 안 내려갈게."

아소는 땅에 주저앉아 눈을 감았다.

어디선가 금목서 향기가 풍겨왔다.

달은 곧 질 것이다. 이제 저 흐릿한 별만 하늘에서 잠깐 빛나겠지.

흐느끼는 소리가 들렸다.

니라사키는 재가 된다. 하지만 니라사키가 야마우치의 목숨을 구한 사실만은 앞으로도 영원히 사라지지 않고 남는다. 니라사키의 존재를 부정하면 야마우치는 여기서 죽는 수밖에 없다.

자신이 늦은 탓이라고 아소는 생각했다. 더 일찍, 니라사키가 죽기 전에 야마우치와 재회했다면…… 야마우치를 떠올리고 찾았다면.

니라사키가 살아 있는 동안에는 야마우치를 떼어낼 수 있었을지도 모른다. 하지만 죽은 니라사키는 야마우치를 영원히 소유할 것이다.

왜 떠오르지 않았을까. 그때는 그 청년의 앞날이 그렇게나 걱정됐었는데.

자신은 야마우치가 말한 대로 차가운 인간이다.

결국은 다 업무였을 뿐이다. 체포된 사람이 그 후에 어떤 인생을 살든 형사가 관여할 바 아니라고 결론지었다. 하지만 만약 내가 더 오지랖이 넓어서 그 청년이 지금쯤 어떻게 됐나 싶어 세타가야 서에 전화 한 통만 걸었다면 실형을 받고 복역했다는 것과 출소하여 불량하게 살고 있다는 것을 금방 알아냈을 것이다. 니라사키가 죽기 전에 전화 한 통만 걸었다면.

전철이 왔다. 뒤통수에 바람이 느껴졌다.

흐느낌이 점점 커졌다. 야마우치는 소리 내어 엉엉 울었다. 철망을 양손으로 붙잡고 머리를 몇 번이고 찧으면서.

니라사키, 넌 교활한 놈이야.

혼자서만 먼저 편해지다니.

하늘이 밝아졌다. 새 아침이 왔다. 어디선가 새가 지저귀는 소리가 들렸다.

아소는 일어섰다. 철망을 양손으로 붙잡은 채 땅에 무릎을 꿇은 야마우치 뒤에 가만히 섰다.

"밤은 지나갔어…… 경야도 이만 끝내지 않겠어?"

울다 지쳐 조용해진 야마우치가 순순히 일어섰다.

"시간 있는데 바래다줄까?"

"혼자 갈 수 있어…… 어린애도 아니고."

"야마우치."

아소는 부은 눈으로 눈부신 듯이 아침 햇살을 바라보는 야마우치의 등에 대고 말했다.

"니라사키를 죽인 놈은 꼭 붙잡을게. 사건이 종결되면 또 같이 마시자."

"당신이랑."

야마우치는 한숨을 한 번 쉬었다.

"친구가 되는 건가."

"싫다면 할 수 없지만…… 술고래들끼리 친하게 지낼 수 있을 것 같은데."

"조폭이랑 술 마시고 다니다가 큰일 나는 거 아니야?"

"그러니까." 아소는 말했다. "조폭을 그만두면 되지."

"어차피 손을 씻고 보통 사람이 될 거라면."

야마우치는 방금 전까지 엉엉 울었던 것이 거짓말이었던 것처럼 유들유들하게 말했다.

"술보다는 자는 게 좋아. 당신을 안고 싶어. 넣어보고 싶어. 한 번 생각해봐."

야마우치는 웃으며 성큼성큼 걸어갔다. 아소는 쫓아가지 않았다.

농락당했다. 그것이 솔직한 감상이었다.

몹시 피곤하고 머리가 아팠다.

마키가 보고 싶었다.

10

"예비 넥타이 정도는 가지고 다니는 게 어때?"

펼쳐놓은 자료 건너편에 오이카와가 앉았다.

"엉덩이 치워. 방해돼."

"여자 집에서 바로 회의에 참석한 것치고는 꾀죄죄한데. 어디 있었어? 술 먹고 길바닥에 자빠져서 자다 왔나?"

오이카와는 아소가 읽고 있는 자료 위에 수수한 줄무늬 넥타이를 내던졌다.

"이거 매. 너희 수사반에는 젊은 아가씨가 있잖아. 여자는 이런 데 눈치가 빠르다고."

"뭐 어때서 그래. 난 독신이야. 어디서 자든 내 마음이지."

말은 그렇게 했지만 아소는 자신의 후줄근한 넥타이를 내려다보고 순순히 풀었다.

"당신 것치고는 수수하네."

"지검에 갈 때 매는 거거든. 그것보다 뭐하냐?"

"보면 알잖아. 살펴보는 중이야."

"뭘?"

"니라사키가 과거에 연관됐다고 추정되는 사건의 조서."

"아소 수사반에서는 경감 나리께서 서류 조사까지 담당하시는 모양이군."

"취미라서."

"돈 한 푼 안 드는 취미라서 참 좋겠네."

오이카와는 웃으며 책상에서 내려왔다.

"그래서, 뭐 좀 나왔어?"

"너무 많아."

아소는 기지개를 쭉 펴며 하품을 했다.

"니라사키는 정말 몹쓸 놈이었네."

"그런데 큰집에 다녀온 적은 고작 두 번이야. 그것도 긴 게 3년이었다고. 우리가 얼마나 고생하는지 이제 알겠지?"

"꼬리를 감추는 데 천재적인 소질이 있었나보군."

"무섭도록 조심성이 많았지. 잔인무도하다고 일컬어지는 것치고 빡 돌아서 사람을 죽이는 사건은 거의 일으키지 않았어. 니라사키는 누군가가 자신에게 도움이 되는지 방해가 되는지 철저하게 따져보고 나서, 방해가 된다고 판단되면 확실하게 제거했지."

오이카와는 말을 끊고 가까이에 있던 의자를 끌어당겼다. 오이카와의 표정은 험악했다. 아소는 자료를 덮었다.

"이건 네 사건이야."

오이카와가 나지막한 목소리로 말했다.

"니라사키 살해 사건은 조폭의 항쟁 사건이 아니야…… 면식범의 소행, 동기는 아마 원한일 테지."

아소는 내심 조금 놀랐다. 흉기의 정체가 밝혀진 시점에서 그렇게 결론 내리는 것이 타당하다고 생각하기는 했지만, 오이카와가 이렇게 빨리 포기할 줄은 몰랐다.

"우리는 너를 지원할 거야. 하지만 류, 시간이 별로 없어."

아소는 고개를 끄덕였다. 오이카와는 괴로워 보일 만큼 떨떠름한 얼굴로 턱을 문질렀다.

"사건이 발생한 지 사흘이 지났어. 가스가 놈들, 특히 니라사키를 형님으로 떠받들던 놈들은 속이 부글부글 끓겠지. 간자키와 승룡회를 툭툭 건드리는 놈들도 슬슬 나올 거야. 오래 끌면 누가 니라사키를 죽였는가와는 상관없이 전쟁이 시작되겠지. 이번만은 네 재능에 기대하는 수밖에 없겠어."

"문제는 니라사키가 누구를 만났느냐군."

"그러니까 그게 누구냔 말이야."

"성질부리지 말고 한 번 짚어보자."

아소는 오이카와를 달랬다.

"지금 당신도 그랬잖아. 니라사키는 조심성이 많았어. 그것도 무섭도록 조심스러운 놈이었지. 게다가 언제 어느 때든 냉정했어. 자기 목을 메스로 그을 가능성이 있는 사람과 일부러 호텔에서 만나다니, 말도 안 돼. 아마 니라사키는 그날 밤 전혀 다른 목적으로 사람을 만났을 거야. 자기 직속 부하에게도 누구와 만나는지 말하지 않았을 만큼 비밀스레 만나야 할 사람이었겠지. 알겠어, 오이카와? 직속 부하에게도 비밀이라면 조직에도 비밀이라는 뜻 아니겠어? 만약 밀회 상대가 어떤 형태로든 니라사키의 사생활에 관련된 사람이었다면 조직에 알려진들 그렇게 곤란하지는 않을 거야."

"……총장이나 부총장의 마누라나 첩과 만났다. 가능성을 따지자면 그 정도 아닐까."

"무섭도록 조심성이 많은 사람이 조직 바로 근처 호텔에서 그런 짓을 할까?"

오이카와는 턱을 계속 문질렀다.

"……안 하겠지…… 뭐, 총장의 지금 마누라는 쉰 살도 넘었지만 설령 니라사키가 정신이 왝 돌아서 총장 마누라와 눈이 맞았다고 해도 신주쿠에서 밀회하는 건 너무 무모해."

"핵심은 그거야."

아소도 턱을 문질렀다. 편의점에서 셰이빙폼과 면도기를 사서 수염을 깎았지만, 서두르는 바람에 안 깎인 곳이 꽤 있었다.

"니라사키가 일부러 조직 근처를 밀회 장소로 골라놓고, 누구와 만나는지는 직속 부하들에게도 비밀로 했다. 그게 문제야. 난 가스가 파의 내부 사정에 관해서는 잘 모르지만, 니라사키와 부총장 스와는 사이가 별로 좋지 않았다면서?"

"나빴다고 할 정도는 아니지만 분명 조직은 크게 니라사키 패와 스와 패로 나뉘어져 있다고 볼 수 있어. 수로도 실력으로도 니라사키 패가 우세하기는 하지만 스와에게는 분가의 무토가 붙어 있지. 무토 파 보스로, 스와랑 말단 때부터 함께 고생해온 사이야. 뭐, 맹우라고 할 수 있겠지. 스와가 부총장이 될 수 있도록 무토 파라는 분가를 만들어 스스로 물러났을 정도야. 이 녀석은 이른바 주전파라서 대항세력을 힘으로 박살내려는 성향이 강해. 그런 놈이니 당연히 니라사키처럼 경제를 우선시하는 현대적인 조폭에게는 저항감을 느낄 테지. 사실 스와 본인보다 무토가 니라사키를 더 싫어해. 무토 파는 분가 중에서 세력이 제일 큰 덕분에 가스가 패밀리에서도 말발이 서는 편이지. 현재 무토의 지원 덕분에 스와가 겨우 니라사키 패를 억누르고 있는 상황이라고 볼 수 있어. 스와는 니라사키에 비하면 통이 작아. 이를테면 소악당이지. 놈이 니라사키보다 먼저 출세한 건 니라사키보다 나이가 많고, 무엇보다도 아내가 총장의 딸이라서야. 하지만 총장은 원래 딸을 니라사키에게 주고 싶었다는 소문이 있어. 그런데 니라사키가 평생 독신으로 지내겠다면서 거절했다나 봐."

"어째서?"

"진짜인지 아닌지는 모르지만, 니라사키는 씨가 없었대."

오이카와는 어깨를 움츠리고 웃었다.

"니라사키는 쇼와 시대 폭력단의 역사에 남을 사내의 아들이라 그런지 묘한 부분에서 의리를 따졌어. 아이를 남길 씨가 없는데 총장의 딸과 결혼할 수는 없다, 총장의 딸을 거부한 이상 앞으로도 다른 사람과 결혼할 수는 없다. 그런 논리겠지. 뭐, 다 핑계였겠지만. 니라사키는 설령 형식에 불과하다 해도 아내라는 단 한 명의 여자에게만 얽매여 살기 싫었을 거야. 그나저나 스와랑 니라사키의 사이가 원만하지 않았던 게 이번 사건과 무슨 상관인데?"

"어디까지나 상상이라 근거는 없지만, 니라사키는 그날 밤 꼭 신주쿠에서 밀회를 해야 할 이유가 있었던 것 같아. 아까도 말했지만 그저 조직에게 비밀로 하고 싶었다면 굳이 신주쿠에서 밀회할 것 없이 어디 멀리로 가면 될 테니까. 그런데 일부러 며칠이나 전에 호텔을 예약하면서까지 신주쿠에서 만날 필요가 있었어. 그렇다면 신주쿠에서 움직일 수 없는 사람과 관계가 있는 것 아닐까?"

"……신주쿠에서 움직일 수 없는…… 사람?"

"예를 들어 자리보전 중이라 움직일 수 없다거나, 병원에 입원했다거나."

"……가스가 다이조! 하지만 다이조는 그날 밤 병원에서 나가지 않았어."

"그걸 잘 조사해보라고. 병원은 심야에 인력이 부족해. 직원 한 명만 포섭하면 기록에 남지 않는 방법으로 입원 환자를 야간에 외출시키기가 어렵지는 않겠지. 그렇게 생각하면 일단 앞뒤가 맞아. 다이조를 몰래 병원에서 빼낸다고 해도 오랫동안 병실을 비울 수는 없겠지. 그러니까 가능한 한 병원에서 가까운 곳이 좋아. 하지만 가스가의 다른 조직원이 어슬렁거릴지도 모르는 신주쿠에서는 남모르게 만날 곳이 한정돼. 게다가 밀회 장소에 드나드는 모습도 남의 눈에 띄지 않아야겠지. 그렇다면 그 호텔이 그야말로 안성맞춤 아닌가? 지하 주차장에서 객실층까지 엘리베이터로 직접 올라갈 수 있으니까 남에게 들킬 위험성을 최대한 낮출 수 있어. 그리고 병원에서 엎어지면 코 닿을 곳이야."

"그렇다면 설마 가스가 다이조가 니라사키를?"

"아니, 그건 아니겠지. 그럴 가능성이 조금이라도 있다고 생각했다면 니라사키는 그렇게 치밀하게 밀회를 계획하지 않았을 거야. 무엇보다도 지금까지 당신이 해준 이야기에 따르면 가스가 다이조에게는 동기가 없어. 그렇지?"

"……없어. 적어도 우리가 파악하고 있는 범위에서는. 다이조는 니라사키를 아꼈고, 니라사키 아버지와는 그야말로 막역한 친구였대. 니라사키 본인도 지금까지 단 한 번도 다이조의 뜻을 거스른 적이 없는 모양이고…… 딸과 결혼하라는 분부를 받아들이지 않은 걸 제외하면."

"그렇다면 가장 그럴듯한 상황은 이거 아닐까? 그날 밤 가스가 다이조는 부총장 스와도 모르게 극비로 밀회를 가졌어. 자리를 마련한 사람은 니라사키. 다이조는 스와가 아니라 니라사키에게만 밀회에 관해 상의한 거야. 니라사키가 직속 부하에게도 거짓말을 하며 다이조가 그날 밤 호텔에 있었다는 사실을 감춘 건 만에 하나라도 스와의 귀에 그 사실이 들어가면 안 되기 때문이었어. 누구와 밀회했는지는 짐작도 안 가지만, 아무튼 다이조는 무사히 밀회를 마쳤고 니라사키는 다이조를 병원에 바래다줬어. 하지만 부하들을 호텔에 대기시켜둔 이상 다시 돌아올 필요가 있지. 그래서 다시 그 호텔방으로 돌아온 거야."

"그런데 살인자가 기다리고 있었다?"

"아니…… 아마도 니라사키가 불렀겠지. 니라사키도 극비에 밀회를 계획하고 실행하느라 정신적으로 상당히 지쳤을 거야. 무사히 다 끝내고 안도하여 남의 온기가 그리워졌든지, 아니면 한바탕 하고 푹 자고 싶었든지…… 어쨌거나 그렇게 늦은 밤에 누군가를 불러들였다면, 잠자리가 목적이었다고 봐도 될 테지. 그것도 괜히 신경 쓸 필요 없도록 평소 익숙한 상대를 불렀다고 하면 모든 게 딱 들어맞아. 그래서 니라사키는 전혀 경계하지 않은 거야. 그리고 설마 네가, 하고 소리칠 틈도 없이 저세상에 갔겠지."

오이카와는 천천히 고개를 갸우뚱하며 숨을 크게 한 번 내쉬었다.

"……아무래도 방향은 맞는 것 같은데. 하지만 그렇다면 니라사키의 애인들 가운데 용의자가 있는 셈이야."

"뭐 가능성만 따지자면 니라사키가 출장 안마방이나 우리센 바에 전화해서 상대를 샀을 수도 있겠지. 하지만 그렇듯 일시적인 상대가 마침 의료용 메스를 가지고 있었고 마침 죽이고 싶을 만큼 니라사키에게 원한을 품고 있었다거나, 아무라도 상관없으니까 메스로 목을 긋고 싶어 하는 살인귀라고 추측하는 건 시간 낭비야. 현재까지 조사한 결과 니라사키의 애인 중에서 알리바이가 확고한 사람은 노조에 나미뿐이군. 그 여자는 일단 제외해도 될 것 같은데, 어때?"

"좋아." 오이카와는 고개를 끄덕였다. "마음만 먹으면 살인도 마다하지 않을 여자지만 일단 죽이고 나면 바로 자수할 유형이니까. 그런 관점에서 보면 가네무라 사쓰키도 제외해도 괜찮지 않을까 싶은데."

"알리바이가 확실과 불확실의 경계선상에 있어."

"응, 그야 그렇지만 가네무라 사쓰키는 이른바 본처야. 니라사키도 사쓰키만은 다른 애인들과 구분하여 특별하게 대한 모양이고. 일이 무사히 끝나서 마음 편히 한 판 하고 자려고 하는데 과연 일부러 본처를 호텔까지 부르겠어?"

"아마 제외해도 되겠지."

아소도 고개를 끄덕였다.

"하지만 노조에 나미와 달리 살해 가능성은 남아 있으니까 일단 보류. 나머지 애인들은 다들 알리바이가 없나."

"야마우치의 알리바이는 하세가와 다마키가 증언했지만, 그딴 건 전혀 믿을 바가 못 돼. 나머지는 알리바이가 거의 없다고 받아들여도 될 테지. 류, 그쪽을 확인하는 작업을 맡아주겠어?"

오이카와가 일어섰다.

"우리는 가스가 다이조가 극비로 누구와 밀회했는지를 알아볼게…… 어쩌면 가스가 파는 큰 승부에 나서려 했는지도 몰라."

오이카와는 재빨리 방에서 나가려고 했다. 이미 일밖에 안중에 없는 것 같았다. 아소는 다시 수사 자료로 눈길을 돌렸다. 그때 멀리서 목소리가 들렸다.

"류."

아소는 고개를 들었다.

"……미안해. 그런 짓까지 할 생각은 없었는데."

"내 잘못이야."

아소는 다시 고개를 숙였다.

"쓸데없는 소리를 했어."

"세타가야에서 일어난 사건이…… 그렇게 신경 쓰여?"

"어째서 실형을 받았는지는 알았어. 다만 왜 녀석과 녀석의 변호사
가 그렇게 멍청한 전법을 택했는지 모르겠어."

"후지우라 가쓰토. 변호사 이름이야. 이치노세 다쿠로의 사무실에
있어. 이치노세 다쿠로는 알지?"

그 이름을 곱씹자 생각이 났다. 원죄(억울하게 뒤집어쓴 죄ㅡ옮긴이 주)
의혹이 있는 사건을 주로 담당하는 것으로 유명한 인권파 변호사다.

"오이카와, 어째서 그런 것까지 알고 있는 거야?"

오이카와는 대답 없이 고개를 살짝 젓더니 방에서 나갔다.

1989. 9

1

냄비 뚜껑을 살짝 열자 김이 확 솟아올랐다. 냄새는 나쁘지 않다. 긴 젓가락으로 채소가 얼마나 익었는지 확인했다. 이 정도면 괜찮겠지.

렌은 가스레인지를 끄기 전에 호주머니에서 구부러진 담배를 꺼내서 물고 불에 얼굴을 가까이 댔다.

불을 끄고 한 모금 피우자 마음이 놓였다.

세이치는 한 주에 한 번 정도밖에 집에서 저녁을 먹지 않지만, 맛에는 까다롭다. 그래서 늘 사쓰키에게 전화해서 메뉴와 요리법을 가르쳐달라고 부탁한다. 오늘 밤은 닭고기 순무찜에 라따뚜이(프랑스 남부 지방에서 즐겨 먹는 채소 스튜-옮긴이 주), 마늘 토스트, 블루베리 소스를 뿌린 브리치즈 튀김. 그리고 갈아 으깬 블랙올리브와 리버페이스트다. 사쓰키가 자신 있게 추천하는 이 요리들을 세이치는 전부 맛있게 먹는다.

음식 준비가 끝나자 렌은 부엌 구석에 있는 낡은 소파에 드러누웠다. 이것이 렌의 침대이자, 이 4LDK(숫자는 방의 개수, LDK는 각각 거실, 식당, 부엌을 의미한다 - 옮긴이 주) 맨션에서 단 하나뿐인 '자신만의 공간'이었다. 작아서 누우면 다리가 튀어나온다. 그래도 보름 전에 비하면 천국처럼 편했다. 맨션의 대형 쓰레기 수거장에서 이 소파를 발견하기 전까지 세이치의 부하가 준 침낭 속에 들어가서 잠을 청했다.

만약 렌이 졸랐다면 세이치는 분명 방이든 침대든 깃털이불이든 다 마련해주었을 것이다. 하지만 렌은 조르지 않았다. 세이치에게는 아무 것도 받고 싶지 않았다. 렌은 사쓰키 집에서 여기로 억지로 끌려와서 화가 났다. 두 달간 사쓰키와 살면서 정말 행복했는데.

그래도 거역할 생각은 없었다. 어차피 한 번은 버린 목숨이다. 그런데 세이치가 주워왔으니 이 목숨도, 몸도 전부 세이치 것이다.

마음대로 하라지. 지지든지 볶든지 마음대로 하면 된다.

렌은 세이치의 담배케이스에서 훔친 담배를 다 피우고 컴퓨터 잡지를 펼쳤다. 사쓰키가 매달 사서 가게 아르바이트생을 통해 몰래 보내준다. 이 잡지 한 권이 렌의 한 달 치 오락거리였다. 표지부터 뒤표지까지 몇 번이고 되풀이해 읽는다. 광고문구 하나까지 꼼꼼하게 읽었다.

이제 되돌릴 수는 없으리라. 그 연립주택을 뛰쳐나왔을 때 다 끝났다. 그래도 렌은 잡지에 담긴 정보가 사랑스럽고 그립게 느껴졌다. 잠깐이나마 잡지를 읽는 동안은 마음이 편안해진다.

앞으로 어찌 될지 생각해봤자 아무 소용도 없다. 니라사키 세이치
는 조폭이다. 그가 싫증을 느끼면 렌은 분명 어딘가에 팔려갈 운명이
다. 여자와 달리 서른이 넘은 남자는 윤락업소에서 못 써먹는다. 어딘
가에 가둬놓고 쓰러질 때까지 일을 시키거나, 참치잡이 배에 태울 것
이다.

그러거나 말거나 이제 아무래도 상관없었다. 그저 하루를 버틴 후
죽지 않고 잠들면 행운이다. 그리고 두 번 다시 깨어나지 않으면 더
행운이다.

현관문이 열리는 소리가 들렸다. 렌은 잡지를 소파 아래에 숨기고
천천히 세이치를 맞이하러 갔다.

넓은 현관 바닥에 세이치의 부하 두 명이 우뚝 서 있었다. 그 중 한
명은 젊다. 겨우 스물한 살인가 그쯤 됐다. 이름은 사와키로, 렌에게
친절했다. 침낭도 이 남자가 주었고 가끔 담배와 만화책을 갖다줄 때
도 있었다. 렌은 세이치에게도 진짜 나이를 가르쳐주지 않았으므로
사와키는 렌을 자기 또래로 여기는 모양이었다. 렌이 온 뒤로 방 청소
며 요리를 하지 않아도 돼서 편하다며 웃었다.

"그만 가봐. 내일은 9시에 오고. 슈젠지에 갈 거니까 그렇게 알고
준비해서 오도록."

"알겠습니다!"

부하 두 사람은 이구동성으로 인사하고 나갔다.

"내일 슈젠지에 갈 거야. 이틀은 있다 올 거니까 짐 챙겨놔."

세이치는 넥타이를 풀고 거실 소파에 드러누웠다.

세이치가 간부로 있는 가스가 파의 총장은 요즘 몸 상태가 시원치 않아 이즈 시 슈젠지의 별장에 틀어박혀 있다. 세이치는 한 달에 한 번 총장에게 문안을 드리러 슈젠지에 간다.

렌은 세이치가 내팽개친 넥타이를 주웠다. 세이치는 눈을 감고 있었다. 얼굴이 아주 피곤해 보였다. 세이치는 피곤할 때일수록 렌을 원한다.

렌은 넥타이를 정리하는 김에 세면실 선반에서 휴대용 바셀린을 꺼내 청바지 호주머니에 넣었다. 도중에는 절대로 멈추지 않으니 미리 챙겨둬야 애를 덜 먹는다.

부엌에 들러 냄비의 요리를 손잡이 달린 그릇에 담아 오븐에 넣었다. 한 시간 안에 놓아줄지 의문이었지만, 시간상 배가 고플 테니까 아마 그럴 것이다. 타이머를 설정하고 생수와 파스티스(아니스 향이 나는 프랑스의 식전주-옮긴이 주)를 쟁반에 담아 거실로 돌아왔다.

웬일로 세이치는 텔레비전으로 뉴스를 보고 있었다. 좋아하는 프로야구 구단의 경기 결과가 궁금한 모양이다. 잔에 따른 연노란색 파스티스에 물을 섞자 색깔이 뿌옇게 탁해졌다. 세이치는 특이한 술을 좋아한다. 파스티스는 약 같은 냄새가 심하고 묘하게 달아서 렌의 취향은 아니었다.

술을 홀짝이며 스포츠뉴스가 시작되기를 기다리는 세이치는 그야말로 평범한 회사원과 다를 바 없다.

드디어 야구 경기 결과가 나왔다. 세이치가 응원하는 구단이 대패했다. 렌은 속으로 혀를 찼다.

텔레비전이 꺼졌다. 세이치는 술잔을 든 채 한 손으로 바지 벨트를 풀었다. 그 다음부터가 렌이 할 일이었다.

세이치는 무릎을 꿇고 앉은 렌의 머리에 가끔 술을 떨어뜨렸다. 왜 그런 짓을 하는지는 모른다. 렌은 차가운 술이 머리에 묻을 때마다 움찔거렸다. 움찔할 때 느껴지는 자극이 좋은 건지도 모른다. 성기를 입에 물린 채 말이나 노래를 시키기 좋아하는 손님이 있었는데 그것과 같은 이치일까. 세이치의 성기는 거대하다고 할 정도는 아니었지만 길고 단단했다. 머리를 잡고 누르자 목구멍 깊숙이 닿아서 죽을 만큼 괴로웠다. 그렇게 괴로워하는 모습을 보는 것이 제일 좋은 모양이다.

"올라와."

세이치가 머리에서 손을 뗐다. 렌은 구역질이 가라앉을 때까지 기다렸다가 청바지를 벗었다. 그때 호주머니에서 바셀린을 슬쩍 꺼내서 손안에 감추었다. 하지만 들켰다.

세이치는 웃었다.

"준비성이 좋은데. 한때 프로였던 만큼 과연 철저해."

세이치가 렌의 손을 잡았다. 포기하고 손가락을 벌리자 세이치는 바셀린을 빼앗아 거실 벽에 내던졌다.

"그냥 와. 너도 프로였으니 솜씨를 한 번 보여봐."

한순간 사과할까 싶었다. 죄송하니까 용서해달라고. 하지만 소용없으리라. 세이치는 사람이 그렇게 좋지 않다. 내일부터 집을 이틀 비울 테니 오늘 밤에 렌의 몸이 망가져도 그에게는 별다른 지장이 없다.

렌은 소파에 누운 세이치의 몸에 걸터앉았다. 포기하는 수밖에. 피해를 최소한으로 줄이려면 순종하는 것이 최고다.

그때 전화벨이 울렸다. 세이치가 혀를 차는 소리가 들렸다.

렌은 안도한 표정이 세이치 눈에 띄지 않도록 재빨리 일어서서 전화를 받으러 갔다. 가스가 파의 고문변호사 사무실에서 온 전화였다.

무선전화기를 건네자 세이치는 통화를 하면서 눈짓으로 계속하라고 명령했다. 렌은 즉시 세이치의 성기를 입에 넣었다. 세이치가 바로 머리칼을 움켜쥐고 떼어놓았지만 침을 바를 시간은 있었다.

"그건 알아!"

세이치가 무선전화기에 고함을 질렀다.

"내가 뭣 때문에 네놈들한테 비싼 돈을 내는데! 여자 하나 입막음 제대로 못 해? 아무튼 무조건 고소를 취하시켜! 알겠나!"

세이치는 목소리를 조금 낮추었다.

"하지만 지난 번 여자 때처럼 골치 아파지지 않도록 충분히 주의해. 아이를 잃은 여자는 다친 맹수보다 다루기가 힘드니까."

세이치는 통화 종료 버튼을 누르고 무선전화기를 내팽개치듯이 테이블에 내려놓았다.

"빌어 처먹을. 그년이 앞도 제대로 안 보고 도로로 튀어나와서 애새끼가 뒈진 거잖아. 그걸 왜 내 탓으로 돌리고 지랄이야. 애당초 난 아무 상관도 없다고. 왜 이런 뭣 같은 일이 자꾸 일어나는 거야!"

렌은 아픔을 참으면서 허리를 아래로 내리기 시작했다. 아무 것도 바르지 않은 것보다는 낫지만, 역시 침만으로는 괴로웠다.

세이치가 갑자기 몸을 일으켜 렌을 끌어안았다. 그리고 단숨에 렌을 아래로 밀어 내렸다.

렌은 비명을 질렀다.

"멍청한 놈."

세이치는 웃으면서 렌의 귓불을 빨았다.

"못하겠거든 못하겠다고 하면 되잖아. 너 같은 고집불통은 처음 봤어. 좀 더 귀엽게 구는 게 어때, 응? 좀 순순하게 굴면 원하는 건 뭐든지 다 해줄 텐데."

세이치는 렌을 부둥켜안고 위아래로 마구 흔들었다. 렌은 비명을 참으며 세이치를 외면했다.

* * *

"사쓰키가 왔었나?"

세이치가 순무를 한 입 먹고 물었다.

"전화로 요리법을 배웠을 뿐인데요."

렌은 고개도 들지 않고 말했다. 의자에 앉아 있기 힘들 만큼 찌릿찌릿 아팠다. 몹시 화가 났다. 세이치를 힘껏 때리면 기분이 어떨까 순무를 보면서 생각했다.

"렌, 내일 오키쿠보의 와카타 체육관에 갔다 와."

와카타 체육관은 세이치가 복싱을 배운 곳이었다. 지금도 가끔 스파링을 하러 간다.

"슈젠지에 간다면서요?"

"나는 그렇고, 체육관에는 너 혼자 가는 거야. 오후가 좋겠지. 이야기는 해놨어."

"……이야기라니."

"너도 복싱을 배워."

"싫어."

렌은 분명히 말했다. 고개는 들지 않았지만 세이치가 쏘아보고 있는 것이 느껴졌다.

"……싫어요."

"왜."

렌은 사람을 때리는 건 싫다고 말하려다 말았다. 스스로 생각하기에도 거짓말 같았다. 실제로 렌은 무라사와를 때리고 연립주택을 나왔다. 그리고 방금 전에도 세이치를 때리고 싶다고 생각했다.

"아플 것 같아서."

렌은 그렇게 중얼거렸다.

"가서 배워. 알았지?"

세이치는 그렇게만 말했다.

2

보스턴백에 속옷과 세면도구를 챙기며 렌은 별 생각 없이 세이치의 전화통화를 들었다. 여자 전화였다. 세이치에게 여자가 몇 명이나 있는지 정확하게는 모른다. 사쓰키도 헤아리다 말았다며 웃었다.

세이치는 일종의 병에 걸린 거라고 사쓰키가 설명해주었다. 한 사람에게 구속되는 걸 두려워한 나머지 여자를 차례차례 주변에 모은다. 하지만 세이치는 아직 육체가 완전히 성숙되지 않은 소년에게만 진짜로 성적 흥분을 느낀다고 한다. 렌은 그런 소년을 실제로 본 적이 없다. 세이치는 자택에 애인들을 일절 들여놓지 않았다. 유일한 예외가 사쓰키다.

세이치의 목소리에서 짜증이 묻어났다. 이번에 또 일반인 여자에게 고소당해서 골치를 앓고 있다. 얼마 전에도 비슷한 일이 있었는데 그때는 상당히 지독한 방법으로 입막음을 하려고 했다. 결국 보름쯤 전에 여자가 총을 들고 간부들을 습격하는 최악의 결과가 초래됐다. 간부의 경호원 중 한 명이 여자를 쏘아 죽여서 니라사키는 털끝 하나 다치지 않았지만, 뒤처리를 하려고 애쓴 보람도 없이 경호원이 모조리 총포 도검류 소지 등 단속법 위반으로 교도소에 수감됐다. 여론의 비난도 드세서 세이치는 책임지고 부총장 보좌 자리에서 물러났다.

렌은 어쩐지 우스웠다. 결국 폭력단에게 정말로 무서운 것은 경찰도 대항조직도 아니라 돈으로는 입막음이 안 되는 일반 시민의 궁지에 몰린 쥐가 고양이를 무는 식의 역습이다. 일반인에게는 폐를 끼치지 말라는 것이 암흑가의 원칙인 모양인데, 원칙을 어기면 어떻게 되는지 세이치는 몸소 체험한 셈이다.

세이치가 갑자기 상냥한 목소리로 말했다. 여자가 뭔가 졸랐나보다. 세이치는 복종하고 응석을 부리는 상대에게는 다정하다. 하지만 사쓰키 말로는 그런 상대에게는 금방 싫증을 낸다고 한다. 완전히 제멋대로다. 세이치와 제일 오래된 사쓰키와, 사쓰키 다음으로 세이치와 깊은 인연을 맺은 노조에 나미는 세이치에게 아무 것도 조르거나 응석을 부리지 않는다는 공통점이 있었다.

차라리 뭔가 졸라볼까. 그러면 이렇게 매몰찬 대접을 받지 않아도 되고, 금방 싫증나서 내버릴지도 모른다.

렌은 의상실로 쓰는 일본식 방 다다미에다 셔츠와 넥타이를 죽 깔아놓고 한참 망설였다. 세이치는 아주 멋쟁이다. 렌은 셔츠와 넥타이를 짝짓는 센스가 별로라서 요 몇 달간 몇 번이나 얻어터졌다. 렌은 지금까지 살면서 넥타이를 매본 적이 거의 없다. 대학교 졸업식 때 맨 것이 제일 최근 기억이다.

생각을 너무 많이 해서 그래.

렌은 혼자 납득하고 재빨리 자기 마음에 드는 셔츠와 넥타이를 골라서 가방에 넣었다. 생각해봤자 얻어맞을 때는 얻어맞는다.

짐을 다 싸고 한숨 돌리고 있을 때 세이치가 맹장지문을 열고 얼굴을 디밀었다.

"끝났어?"

렌이 고개를 끄덕이자 세이치는 위스키 병을 기분 좋게 흔들었다.

"마실까?"

고마웠다. 이 맨션에 와서 세이치의 시중을 들면서 얻은 유일한 이득은 고급술을 마실 수 있다는 것이었다.

세이치를 위해 얼음과 소다수를 준비했다. 렌은 스트레이트로 마시기를 좋아했다. 밸런타인 17년산. 세이치가 자주 마시는 스카치위스키다. 렌의 입맛에는 너무 고상하게 느껴졌지만, 맛있기는 맛있다.

평소처럼 세이치가 앉은 소파 옆, 바닥에 앉았다. 위스키를 잔에 반쯤 따라서 쭉 마셨다. 세이치는 렌이 술을 잘 마신다는 점만은 높이 평가했다. 스카치위스키는 물을 타서 마시는 편이 맛있다고 하지만, 물을 타면 취기가 오르기도 전에 배가 부르다. 세이치는 콧노래를 흥얼거리며 발로 렌의 머리를 가볍게 찼다.

"돌머리."

세이치가 웃었다.

"넌 진짜 이상한 놈이야. 성격이 삐뚤어졌어."

그건 피차일반 아닌가. 사디스트 주제에.

"하지만 힘도 있고, 반사 신경도 나쁘지 않은 것 같으니까 한 주에 두세 번 체육관에 나가면 금방 세질 거야. 강해져서 자신감이 생기면 날 때려봐."

렌은 눈을 치뜨고 세이치의 얼굴을 보았다.

"때리고 싶지? 날 때려눕히고 사쓰키와 도망칠 거야?"

세이치는 흔들고 있던 발을 뻗어 렌의 술잔에 엄지발가락을 담갔다. 웃으면서 발가락으로 술을 휘저었다.

세이치는 술잔에서 발가락을 빼더니 일그러진 웃음을 살짝 머금은 채 눈을 가느스름하게 뜨고 렌의 얼굴을 보았다. 렌은 망설임 없이 술잔을 비우고, 세이치의 발가락에 묻은 술도 핥아먹었다. 가슴속에서 아물거리던 분노가 울컥 솟아올랐다. 테이블의 술병을 들어 세이치의 발 전체에 콸콸 부었다. 그리고 발바닥을 빨고 핥았다.

마음대로 해. 죽이고 싶으면 죽여. 그렇게 해서 끝난다면 나도 속이 후련할 거야.

턱에 뭔가가 닿았다. 세이치가 발길질을 했다. 나동그라진 렌은 크게 쿵 소리가 날 만큼 테이블 다리에 머리를 세게 찧었다.

배에 충격이 왔다. 세이치가 렌의 배를 발로 내리찍었다. 배를 감쌀 틈도 없이 옆구리를 걷어찼고, 몸을 뒤집어 기어서 달아나려 하자 가랑이 사이로 급소를 찼다. 비명도 못 지르고 뒹굴며 괴로워하자 세이치가 덮쳐왔다. 융단이 깔려 있는데도 딱딱한 바닥이 느껴져 등이 아플 만큼 꽉 짓눌렸다.

"뭐 이딴 새끼가 다 있어?"

세이치는 껄껄 웃었다.

"야, 너 좀 덜떨어진 거 아니냐? 내 성미를 거스르지 말고 고분고분하면 공주님처럼 살 수 있단 말이다. 하지만 넌 최고야. 네가 그렇게 나온다면 바라는 대로 괴롭히다 죽여줄 수도 있어. 어차피 내가 주워오지 않았으면 지금쯤 무연고자 묘지에나 들어가 있을 테니까."

세이치는 취했다. 원래 술은 그렇게 세지 않다.

입김에서 술 냄새가 풍겼다. 렌은 인상을 찡그렸다. 그 순간 따귀를 맞았다.

"인상 펴!"

다시 한 번, 이번에는 반대쪽 뺨이었다.

"구린 좆물에 푹 절은 남창 새끼가 어디서! 너 그런 생활이 엿 같아서 선로에 자빠져 있었던 거잖아. 다시 그때로 돌아가고 싶어? 그럼 보내주지. 하지만 이번에는 간판을 내걸고 장사하는 가게 말고 진짜 회원제 비밀클럽에 보낼 거야, 알겠냐? 똥으로 가득한 양동이에 머리를 처박고 똥구멍에 전류를 흘리는 건 기본이지. 진짜 마조히스트가 아니면 버티지 못하는 곳이라고. 어때, 진심으로 죽어도 상관없다면 내일부터 그런 곳에서 일해볼 테냐? 어떠냐고, 응?"

세이치는 렌의 머리끄덩이를 잡고 머리를 흔들다가 바닥에 몇 번이고 쿵쿵 찧었다.

렌은 훌쩍훌쩍 울었다. 실어증이라도 걸린 것처럼 말이 나오지 않았다. 사과하고 애원하고, 용서를 구할 작정이었는데 말을 꺼낼 수가 없었다.

이대로 죽여주면 좋겠다는 생각만이 머릿속에 가득했다. 차라리 주워오지 말고 그대로 내버려뒀으면 됐을걸.

"눈 뜨고 날 봐."

세이치의 목소리가 기이하리만큼 잔잔하게 울려 퍼졌다. 렌은 눈을 떴다. 몸에 올라탄 세이치가 내려다보고 있었다.

"끝이 없군."

세이치는 관찰하듯이 렌의 눈을 들여다보았다.

"네 절망은 끝이 없어. 그저 시커멓고 무의미할 뿐이지. 과거에 무슨 일이 있었는지는 모르지만, 이대로라면 넌 싸움에 진 개새끼 꼴이 되어 이 세상에서 사라질 거야. 무저항주의냐? 그것도 나쁘지는 않겠지. 하지만 널 거기로 밀어 넣은 놈들은 지금쯤 즐겁게 만찬을 벌이고 있을지도 몰라. 분하지 않아? 아니면 네 멋대로 거기까지 떨어졌어? 아무에게도 원한은 없다는 거야?"

렌의 머릿속에 그 남자의 얼굴이 떠올랐다. 모든 것이 암전된 그날 아침에 연립주택 현관에 서 있던 그 남자의 얼굴이.

그날부터 그 얼굴은 언제나 렌의 마음속 깊은 곳을 떠돌았다. 그리고 어느 순간 갑자기 솟아올라 렌의 심장을 움켜쥐었다.

그것이 증오라고는 생각지 않았다. 증오와는 다른 뭔가였다. 굳이 이름을 붙이자면 그리움과 비슷했다.

"누구 생각해?"

세이치가 물었지만 렌은 대답하지 않았다.

세이치는 렌의 주먹을 잡았다.

"넌 이걸 쓰는 법을 익혀야 해. 잘 들어, 렌. 남자는 결국 이것밖에 없어. 방해되면 때려 부숴. 앞으로 나아가는 방법은 그것뿐이야."

세이치는 렌의 배에 걸터앉은 채 테이블로 손을 뻗어 담배케이스를 집었다. 한 개비 꺼내서 물고 탁상 라이터로 불을 붙였다.

뿜어낸 연기가 렌의 눈에 스며들었다.

"기회를 주마."

세이치가 말했다.

"한 달 안에 나를 감탄시켜봐. 뭐든지 상관없으니 내가 혀를 내두
를 만한 일을 해내. 날 때려눕혀도 되고, 사쓰키를 데리고 달아나도
돼. 다만 붙잡히면 둘 다 죽일 거야. 뭐든지 내가 널 살려두고 싶을 만
한 일을 해봐. 못하면 진짜 변태노예로 팔아치우겠어. 네 절망을 받아
주는 건 앞으로 딱 한 달뿐이야. 만약 성공하면 자유를 주겠어. 진짜
자유의 몸으로 만들어줄게."

1995. 10 (7)

1

"마침내 꼬리를 잡았네요."

아이카와는 입맛을 다시는 개 같은 얼굴로 말했다. 아소는 이 녀석 이야말로 꼬리가 달린 것 아닐까 생각하며 속으로 웃었다.

"그건 그렇고 운이 좋았어. 이제 누굴 만났는지 확인할 수 있겠군."

아이카와가 책상에 펼쳐놓은 것은 큼지막한 사진 몇 장이었다.

니라사키 세이치가 살해당한 날 오후, 요행스럽게도 어떤 여성잡 지가 특집기사를 준비하고자 그랑클레어 도쿄를 취재하러 왔다. 호텔 홍보담당자에게 그 이야기를 들은 수사본부는 여성잡지 편집부에 취 재하면서 촬영한 사진을 전부 제공해달라고 요청했다. 수사본부에 사 진이 마흔 장 남짓 도착했다. 그리고 아이카와가 그 가운데 카페에서 담소를 나누는 미나가와 사치코의 모습이 작게 찍힌 사진을 찾아냈다. 옆얼굴이기는 하지만, 미나가와 사치코와 이야기를 나누는 중년 남자의 얼굴도 또렷하게 잘 나왔다.

"이걸 들이대고 남자가 누군지 불라고 하죠."

"그건 좋은데."

아소는 사진을 가만히 내려다보았다.

"호텔 카페에서 남자와 만났다는 이유만으로 미나가와 사치코를 잡아들일 수는 없어. 만약 미나가와 사치코가 사건과 관계없이 그냥 바람을 피웠을 뿐인데, 그 사실이 조직에 들통나서 그 여자가 따끔한 맛을 본다면 꿈자리가 사나울 거야."

"압니다." 아이카와는 그제야 냉정함을 어느 정도 되찾고 말했다. "물론 신중하게 진술을 청취하겠습니다."

"그렇게 해."

아소는 사진을 봉지에 담아서 아이카와에게 던져주었다.

"솔직히 말해 니라사키가 죽었어도 난 전혀 섭섭하지 않아. 남을 불행하게 만들면서까지 니라사키의 원수를 갚아주고 싶은 생각은 없어."

"괜찮을까."

아이카와가 방에서 나가자 아소는 야마세에게 중얼거렸다.

"미나가와 사치코를 용의선상에 두는 거 말이야."

"바람피웠다는 것만으로는 좀."

야마세는 팔짱을 꼈다.

"물론 바람피우다가 니라사키에게 들키면 목숨이 달아날 테니, 니라사키를 죽일 동기로 볼 수 있을지도 모르지만…… 류 씨, 하지만 문제는 역시 흉기잖아."

아소는 고개를 끄덕였다.

"그렇지…… 의료용 메스. 미나가와 사치코와 메스가 연결되지 않으면 말짱 꽝이야."

"개인적인 감으로는 미나가와 사치코보다 구로다 유리라는 여자가 재미있을 것 같은데. 홋카이도 도경에서 무슨 답변 없었어?"

"어젯밤에 연락했으니 아직 무리지. 스스키노의 윤락녀에 관한 정보가 들어오려면 며칠 걸릴 거야. 아무튼 에자키 다쓰야는 철저하게 감시해줘."

"세 명 붙여놨어."

야마세는 웃었다.

"하지만 그렇게 따지면 제일 문제아는 역시 하세가와 다마키인데."

"어때? 그 문제아의 경력은 알아냈어?"

"알 것도 같고 모를 것도 같고."

야마세는 과장되게 어깨를 으쓱했다.

"이스트흥업에 제출한 이력서에 기재된 내용 중 현재까지 명백한 거짓말로 판명된 것은 없다. 4과에서 보여준 보고서에는 그렇게 적혀 있던데. 보고서에 따르면 고향은 교토, 현재 나이는 27세, 고등학교를 중퇴한 후 상경해서 물장사를 했대."

"아무 것도 모른다는 소리군."

"그런 셈이지. 뭐, 호적을 조사해본들 호적등본에 얼굴 사진이 붙어 있는 건 아니니까. 본인이 마음만 먹으면 생판 남으로 위장하는 것도 그리 어려운 일은 아니야. 일단 관할서 사람한테 호적부터 주민 등록 등본까지 샅샅이 추적해달라고 부탁은 해놨는데, 최종적으로 본인임을 확인하려면 수사원에게 얼굴 사진을 주고 교토로 보내야겠지.
그런데 류 씨의 감으로는 그 여자 어때?"

"엄청난 거짓말쟁이라는 건 확실해."

아소는 턱살을 손으로 비틀었다.

"그런데…… 표현을 잘 못하겠지만, 아무래도 밑도 끝도 없이 내뱉
는 거짓말은 아닌 것 같았어. 뭐라고 할까…… 뿌리가 깊은 거짓말.
거짓말로 나를 놀린 그 여자는 사실 막다른 골목에 몰린 심정 아니었
을까…… 그런 인상을 받았어."

"류 씨의 감은 신의 목소리니까."

야마세가 속삭이듯이 조용하게 말했다.

"지금까지 틀린 걸 본 적이 없어."

"비행기 태우지 마."

아소가 웃으며 말했지만 야마세의 표정은 그대로였다.

* * *

"어떤 사람이었어요?"

다카야마 하루코의 표정이 확 바뀐 것을 보고 스야마 유미는 후회
했다. 역시 아무 말도 하지 말 걸 그랬다. 누가 자신에 대해 꼬치꼬치
캐물어봤다는 것을 알고 기분 좋을 사람이 어디 있겠는가.

"그게…… 뚱뚱한 아줌마였어…… 중년이라 하기에는 나이가 조
금 많아 보였고."

"오른쪽 눈 아래에 커다란 점이 없던가요?"

하루코가 그렇게 묻자 유미는 기억해내려고 안간힘을 썼다. 그러자 확실히 그 아줌마 눈 아래에 점이 있었던 것처럼 느껴졌다.

"있었을 거야."

"그렇군요."

하루코는 알겠다는 듯한 표정을 지었다.

"아는 사람?"

"……아마도요. 그런데 그 사람 도대체 저에 관해 뭘 물어봤어요?"

"언니가 있는지 없는지 뭐 그런 거."

"언니?"

"응. 그래서 여동생이라면 있다고 들었다고 대답했는데…… 괜히 말했나?"

실은 그 정도가 아니었다. 근처 카페에서 그 여동생과 만나기로 했다는 것까지 가르쳐주었다. 하지만 유미는 그 말은 하지 않기로 했다.

"……괜히 말하기는요, 아니에요."

하루코는 그제야 웃음을 지었다.

"혹시 제가 생각하는 그 분이 맞다면 제대로 인사드리고 싶었거든요. 그래서요."

"미안해. 어쩐지 서두른다고 할까, 침착하지 못한 느낌이었어. 누굴 만나기로 했던 거 아닐까."

"분명 그렇겠죠."

하루코는 쉬고 있던 손을 다시 놀리기 시작했다.

"제가 연락해볼게요. 알려주셔서 감사해요."

하루코가 평소의 담담한 태도로 일을 다시 시작했으므로 유미는 안심했다.

10시부터 3시까지만 파트타임으로 일한다고는 하나, 하루코는 이 매장의 귀중한 일꾼이었다.

아무튼 손님을 응대하는 솜씨가 뛰어나다. 판매원 기질을 타고났는지 새로 온 손님의 마음을 순식간에 사로잡는다. 곁에서 귀 기울여 들어봐도 사탕발림을 늘어놓지는 않는다. 그런데도 어느 틈엔가 손님이 구입할 마음을 먹고 비싼 상품을 기꺼이 사 간다.

어쩌면 물장사 경험이 있는지도 모른다. 그것도 보통 스낵바 같은 데서 일한 게 아니라 좀 더 격이 높은, 예를 들면 최고급 클럽의 호스티스가 아니었을까.

하지만 그런 것치고는 여자 손님의 평판이 아주 좋아서 신기했다. 물장사 경험이 있는 여자는 분명 손님을 잘 다루지만 여자 손님 중에는 그러한 '냄새'에 민감하게 반응하고 못마땅해하는 사람도 많으므로, 물장사 경험이 있다고 해서 반드시 여성복 매장 판매원에 적합한 것은 아니다.

어쨌거나 지금 하루코가 그만두면 매상에 큰 영향이 있을 것이 뻔하다. 본사 직영매장은 아니지만 일류 백화점에 입점한 매장의 점장이 됐고, 여기서 성적을 올리면 염원하던 뉴욕 지점으로 갈 수 있을지도 모른다. 즉, 최대한 이를 악물고 버텨야 한다. 그러니 지금 하루코를 잃을 수는 없다.

그런데 어떻게 하면 하루코를 이 매장에 확실하게 묶어둘 수 있을까.

정사원이 되지 않겠느냐는 권유도 거절했고, 시급을 올려주겠다는 제안도 아직 수습기간이니 괜찮다며 받아들이지 않았다. 도대체 하루코가 무슨 생각인지 좀처럼 짐작이 가지 않는다.

　유미는 가격표를 능숙하게 갈아 붙이는 하루코의 손을 보며 부탁이니 제발 당분간은 그만두지 말라고 속으로 애원했다.

＊ ＊ ＊

　"물론 반드시 말씀해주셔야 한다는 건 아니지만요."
　아이카와라는 이 형사는 나이가 서른 살 안팎일까. 비교적 앳되고 붙임성 있게 생겼지만 그러한 얼굴과는 대조적으로 날카롭고 사나운 눈빛을 사치코에게 던졌다.
　사치코는 눈앞에 펼쳐진 사진을 바라보았다.
　운이 나쁜 것은 어제오늘 일이 아니다. 어렸을 때부터 그랬다. 사치코는 재수 없는 자신의 팔자에 체념과도 비슷한 감정을 품고 있었다.
　딱 한 번 운이 붙었다고 느낀 날이 있었다. 도토 텔레비전의 버라이어티 쇼에서 개최한 마스코트 걸 대회에서 준우승한 바로 그날. 아득히 먼 옛날이다.
　하지만 붙은 운은 바로 떨어져나갔다.
　처음에는 나쁘지 않았다. 두세 프로그램에 게스트로 나갔고, 그럭저럭 인기가 생겨서 드라마에도 출연했다. 유명한 배우와 열애설이 난 적도 있다. 하지만 진짜 사랑에는 실패했다. 거의 첫사랑이나 다름없었던 거물 영화 제작자에게 놀잇감 취급당하는 줄 알면서도 헤어지지 못했다. 진심으로 반했다. 그래서 아내가 되고 싶었다. 그게 그렇게 죽을죄였을까.

정신을 차렸을 때 주변 분위기는 이미 싸늘하게 식은 뒤였다. 한참이 지나서야 사치코를 귀찮게 여긴 그 제작자가 일을 방해하고 있다는 것을 알았다. 사면초가에 빠진 가운데 사치코는 자신의 팔자가 얼마나 사나운지 그저 막연히 재인식했을 뿐이었다.

결국 괜찮은 일은 하나도 들어오지 않게 되었다. 2년 가까이 지방유원지와 온천장에서 열리는 공연의 바람잡이 역할을 한 후에야 비디오 영화를 찍자는 제안이 들어왔다. 하지만 대사는 딱 한마디, 그후로는 거의 알몸으로 남자들에게 범해지는 장면뿐이었다. 그래도 그배역만 잘 소화하고 나면 더 괜찮은 배역이 들어올 거라는 소속사의설득에 못 이겨 출연했다. 사치코가 옷을 벗었다는 입소문이 난 덕분에 비디오는 잘 나갔다. 그렇지만 약속은 지켜지지 않았다. 다음 배역도 영화를 찍는 내내 옷을 벗고 있어야 했다. 사치코가 거절하자 매니저가 갖은 욕을 퍼부었다. 그날 밤 사치코는 욕조에서 손목을 그었다.

가케카와 에이전시로 이적한 것은 금전 트레이드 같은 뒷거래의결과였다. 사치코는 이의를 제기하지 않았지만, 가케카와 사장과 처음 면담했을 때 또 벗는 역할을 맡아야 한다면 은퇴하겠다고 선언했다. 가케카와 준이치는 벗는 것 말고 다른 연예인보다 뛰어난 점이 뭐가 있느냐고 물었다. 사치코는 패배했음을 깨달았다.

가케카와 준이치에게 서면으로 은퇴하고 싶다는 뜻을 알린 다음날, 아카사카의 클럽으로 불려 나갔다. 거기서 니라사키 세이치와 처음 만났다.

조용하고 차분한 남자였다. 술이 들어가면 쾌활하게 목청을 높이는 가케카와 사장과는 달리 전형적인 지식층 같이 보였다. 사치코에게 흥미가 있는지 없는지도 모를 만큼 담담한 태도를 유지했다. 하지만 가케카와 사장이 눈치를 준 덕분에 그 자리가 이른바 '맞선' 자리임을 알았다. 가케카와 에이전시는 예전 소속사에 상당한 이적료를 지불하고 사치코를 사들였다. 물론 아이돌 출신 배우의 누드를 최대한 팔아치울 심산이었으리라. 하지만 사치코가 은퇴하면 지불한 돈을 손해 본다. 손해를 조금이라도 줄이고자 가케카와는 사치코를 니라사키에게 애인으로 팔아넘기려고 한 것이다. 사치코에게도 선택권은 있었다. 가케카와는 막무가내로 여자를 팔아치우는 인간이 아니었고, 사치코 역시 소속사에 개인적으로 빚을 진 것은 아니다. 하지만 은퇴하고 나면 수입이 없어서 서른 살을 코앞에 두고 새로운 직장을 찾아야 하는 현실은 사치코에게 너무 버거웠다. 하물며 연예계의 말석이나마 차지하여 나름대로 화려하고 호화로운 생활이 몸에 밴 뒤였다.

결국 사치코는 승낙했다. 니라사키가 조폭이라는 말을 듣고도 그의 애인으로 살아가는 길을 선택했다.

니라사키가 미웠던 적은 한 번도 없다. 사치코에게는 언제나 정말로 다정한 남자였다. 다만 그렇게 자주 만나주지는 않았다. 한 달에 많아야 두 번 사치코 집을 찾아왔다. 때로는 석 달 넘게 연락이 없을 때도 있었다. 처음에는 니라사키가 왜 자신을 애인으로 삼았는지 이해가 잘 가지 않았다. 하지만 점차 가케카와 준이치와의 우정 때문이 아닐까 짐작이 갔다. 가케카와의 제안을 받아들임으로써 니라사키는 가케카와에게 금전적으로 도움을 준 셈이다. 액수가 얼마인지는 아무도 알려주지 않았으므로 알 길이 없었다. 다만 수백만 단위라는 것은 어렴풋이 알고 있었다.

그 사실을 깨닫고 나자 몹시 서글펐다.

아무리 기다려도 니라사키의 마음은 사치코를 향하지 않는다. 그리고 여자의 꽃다운 시기는 하루하루 하염없이 지나간다.

니라사키는 네 옆얼굴이 좋다고 말했다. 그러니까 니라사키와 함께 있을 때는 늘 옆에 앉았다.

니라사키의 눈동자에 누가 비치고 있었는지 사치코는 모른다.

"어떠세요?" 기다리다 지쳤는지 아이카와가 목소리를 높였다.

"당신과 함께 계시는 이 분이 어디의 누구시고, 두 분이 여기서 뭘 하셨는지 저희에게 솔직히 말씀해주시지 않겠습니까? 미나가와 씨, 사생활은 최대한 존중해드리겠습니다. 당신이 여기서 무슨 말씀을 하시든 밖으로 새어나가지 않도록 조치할게요. 하지만 당신이 아무 말씀도 안 해주시면 저희가 직접 알고 싶은 사항을 조사하는 수밖에 없습니다. 그때 저희가 알아낸 사항을 당신을 위해 비밀로 하기는 솔직히 말해 어렵지 않을까요? 그러니까 지금 여기서 말씀해주시기 바랍니다. 미나가와 씨, 제 말 이해하셨죠?"

이 남자는 날 협박하는 걸까.

사치코는 멍하니 생각했다.

"이 사람은."

사치코는 왠지 웃겨서 웃음을 지었다.

"남자친구예요. 사랑하는 사이죠."

2

"그럼 그렇게 알고 끊겠습니다."

전화를 끊은 후에도 아소는 잠시 수화기를 바라보았다. 후지우라 가쓰토 변호사는 무슨 영문인지 전화로는 아무 이야기도 할 수 없다는 말로 일관했다. 아무튼 만나서 이야기하고 싶으니 사무실로 오라고 했다.

그냥 야마우치가 재판을 받을 때 무슨 일이 있었는지 알려달라고 했을 뿐인데 도대체 왜 그렇게 당황하는 걸까.

뭔가 있다. 자신이 지금까지 모르고 있던 뭔가가, 자신이 체포한 용의자가 재판을 받을 때 일어났다. **자신만이** 지금까지 전혀 몰랐던 뭔가가.

혼자 끙끙 앓아도 아무 소용없다. 내일 후지우라를 만나서 직접 물어보면 해결될 일이다.

아소는 자기 뺨을 한 번 짝 때린 후 의자에서 일어섰다. 잠이 부족한 것은 그렇게 힘들지 않았지만, 수사에 전혀 진전이 없어서 기운이 나지 않았다. 매번 수사회의가 열릴 때마다 엄청난 양의 정보가 제출되지만, 그 중에서 아소의 직감을 자극하는 정보는 하나도 없었다.

하기야 아소 본인은 그러한 자신의 '감각'을 야마세가 말하는 만큼 신뢰하지 않는다. 중요한 것은 어디까지나 증거다. 그것도 정황증거로는 불충분하다. 물증이 갖추어지지 않으면 의미가 없다.

예를 들자면 흉기.

범인은 니라사키의 목을 그은 메스를 어떻게 했을까? 버렸을까. 그

426

렇다면 어디에? 아니면 애지중지 간직하고 있을까. 어떻게? 메스는
크기가 작아. 어떻게든 숨길 수 있어. 그렇다면 두 손 들어야 해. 범인
이 체포될 때까지 어디에서도 나오지 않겠지. 아니, 그렇지 않아. 그렇
다면 만만세잖아. 범인을 체포했을 때 흉기도 함께 발견된다면 그건
엄연한 물증이야!

니라사키가 묵은 호텔방에 드나드는 범인을 목격한 사람은 정말
로 없을까? 왜 없지? 투숙객이 과연 모두 진실을 말했을까?

그건 그렇고 니라사키가 그날 밤에 처음으로 만난 인물은 도대체
어디의 누구야!

가스가 다이조는 입을 열까. 아무리 오이카와라도 가스가 파의 최
고 권력자이자 쇼와 시대를 대표하는 조폭 중 한 명인 가스가 다이조
를 그리 쉽게 꺾지는 못할 것이다. 덧붙여 상대는 병으로 입원한 신세
다. 너무 다그치면 막상 재판이 벌어졌을 때, 환자를 위협하여 얻어낸
증언은 무효라고 변호사가 물고 늘어질 수도 있다.

내선전화가 울렸다. 시즈카였다.

"저기."

시즈카는 말을 꺼내기를 주저했다.

"……여자 분 전화인데요."

마키일까. 마키라면 아무렇지도 않게 직장에다 전화하지는 않을
텐데.

아소는 방 한복판쯤의 자기 자리에 앉아 있는 시즈카를 보았다. 시
즈카는 수화기를 든 채 아소를 보고 있었다.

"이름은?"

"말씀을 안 하세요."

"나를 지명했어?"

"예. 직통전화로 들어왔는데요."

"아무튼 연결해줘."

"여보세요?"

아소가 전화를 받자 수화기 안쪽에서 작게 한숨을 쉬는 듯한 소리
가 들렸다.

"여보세요, 누구십니까? 제가 1과의 아소입니다만."

"……고다라고 해요."

전혀 기억에 없는 성이었다.

"고다 히나코요."

"……죄송합니다. 어느 고다 씨이신지 잘…….

"렌의 누나예요. 10년 전에 뵈었죠…… 세타가야에서."

* * *

딱 보자마자 단숨에 모든 기억이 되살아났다. 그만큼 인상적인 얼
굴이었다.

무엇보다도 남동생과 꼭 닮았다. 하지만 비슷하면서도 다르다는
표현이 이렇게 딱 들어맞는 경우는 또 없을 만큼 달라 보이기도 했다.

솔직히 10년 전에도 이 미모에 넋을 잃은 기억이 있다. 지금 이렇
게 다시 보자 이 여자에게는 10년이라는 세월이 결코 마이너스로 작
용하지 않았으며, 오히려 예전보다 그 매력이 더 커진 것처럼 느껴지

기조차 했다.

부드러운 색깔의 머리를 보브컷으로 깔끔하게 다듬었다. 화사함을 굳이 계산하여 강조하지 않은 만큼 당당하고 시원시원한 이목구비가 더 돋보였다. 화장은 아주 옅었지만, 나이에 비해 과하지도 덜하지도 않고 딱 적당하게 느껴졌다. 긴 속눈썹이 자연스레 눈을 내리뜬 듯한 인상을 주어 애수에 잠긴 듯이 보였다. 하지만 그 속눈썹 아래의 눈동자는 강한 빛을 내뿜으며 아소를 똑바로 쳐다보고 있었다.

길쭉한데도 커 보이는 눈. 조그마하면서도 맵시 있는 코. 도톰한 입술. 갸름한 턱. 긴 목.

이렇게 닮았는데 녀석은 어디까지나 남자고, 이 사람은 어디까지나 여자다.

"10년이 지났군요."

아소는 할 말이 떠오르지 않아 그렇게 말했다.

"세월 한 번 빠르네요."

"참 긴 시간이었어요."

반박하는 느낌은 아니었지만 히나코는 똑똑히 말했다.

"저희 집안에는…… 그 아이와 저, 어머니에게는 정말로 긴 시간이었어요."

"아, 죄송합니다…… 말을 가려서 해야 했는데."

"신경 쓰실 것 없어요. 형사님들께는 수많은 사건 중 하나에 지나지 않았을 테니까요…… 동생을 잊어버리셨다고 해도 탓할 일은 아니죠."

아소는 내심 진저리를 쳤다. 이 사람은 말로는 신경 쓰지 말라고

429

하면서 은근히 책망하고 있다. 그 기분을 모르는 바는 아니지만 결국 방귀 뀐 놈이 성내는 꼴 아닌가.

"솔직히 말씀드리자면 잊어버렸습니다."

아소는 솔직히 말했다.

"하지만 기억해내야 하는 사태가 벌어지고 말았죠…… 유감입니다. 그러면 갱생해서 얼마든지 인생의 원래 궤도로 돌아올 수 있었을 텐데요."

"그럴지도 모르죠."

히나코는 고개를 끄덕였다.

"저도…… 몇 번이나 그 아이를 설득하려고 애썼는지…… 그 아이는 폭력단의 협력자 같은 역할이나 할 아이가 아니었어요. 하지만…… 지금 아소 씨와 그 이야기를 해봤자 아무 소용도 없겠죠. 제가 오늘 아소 씨를 불러낸 건 다른 부탁을 드리기 위해서예요."

"……부탁이요?"

"아까 제가 연락드리기 직전에 후지우라 선생님과 통화하셨죠?"

"아, 예."

"후지우라 선생님이 그 전화를 받으셨을 때 저도 선생님 사무실에 있었어요. 그래서 그…… 통화 상대가 아소 씨라는 걸 알고…… 꼭 부탁을 드려야 할 것 같아서요."

히나코는 주문한 홍차를 한 모금 마실 때까지 다음 말을 꺼내지 않았다. 아소도 잠자코 기다렸다.

"손을 떼주시지 않으시겠어요?"

마침내 히로코의 입에서 나온 말을 듣고 아소는 놀랐다.

"손을 떼라고요? ……뭐에서요?"

"물론 세타가야 사건이죠."

히로코는 얼굴을 들고 아소를 똑바로 바라보았다.

"그 사건의 재판에 대해 더 이상 조사하지 말아주셨으면 해요."

아소는 말없이 히나코의 시선을 받아냈다. 히나코는 아소가 아무 말도 없는 것을 보고 심호흡을 한 번 하듯이 어깨를 들썩이고 말을 이었다.

"요 10년간 한 번도 그 재판에 대해 알아보려고 하신 적 없으시죠? 왜 이제 와서 후지우라 선생님께 전화를 하신 건가요? 얼마 전에 살해당한 니라사키라는 폭력단 간부가 그 아이와 밀접한 관계에 있었다는 건 알아요. 아소 씨는 그 아이가 니라사키라는 사람을 죽였다고 의심하고, 혐의를 입증하고자 그 아이가 과거에 저지른 범죄에 관해 조사하고 계세요. 그렇게 해석해도 될까요?"

"아니요."

아소는 커피를 한 모금 마시고 나서 말했다.

"물론 수사에 관련된 사항을 함부로 말씀드릴 수는 없습니다만, 맹세하겠습니다. 후지우라 씨께 전화 드린 건 니라사키 살해 사건 수사와는 아무 상관도 없습니다."

"그렇다면."

히나코가 테이블 가장자리를 붙잡고 몸을 내밀었다.

"그렇다면 더 이상 관여하지 마세요. 부탁드릴게요. 당신은 경찰이에요. 당신이 움직이면 다른 경찰들도 알아차리겠죠. 그러면 반드시 방해하려고 할 거예요."

"방해요?"

"누구든지 한솥밥 먹는 식구는 아끼는 법이니까요."

히나코의 눈동자는 눈물에 젖어서 번들번들했다.

"비호하려 한다 해도 어쩔 수 없는 일이죠. 하지만 지금은 저희에게도 시간이 필요해요."

"고다 씨. 죄송합니다만, 무슨 말씀이신지 잘 모르겠습니다. 도대체 경찰이 당신의 뭘 방해하려 든다고 생각하시는 겁니까?"

히나코는 입을 다물고 등을 의자에 맡겼다. 아소 눈에는 히나코가 몹시 괴로워하는 것처럼 보였다. 히나코는 잠시 가만히 앉아 있다가 고개를 쳐들더니 가늘고 긴 한숨을 쉬었다.

"아소 씨…… 정말 아무 것도 모르시는군요…… 그래서 10년간 아무 것도 안 하신 거예요."

"당신이 무엇에 대해 말씀하시는지 알면 제가 뭘 알고 뭘 모르는지 스스로 판단할 수 있겠죠. 하지만 지금 상태로는 완전히 수수께끼 풀이로군요."

히나코는 자세를 바로 했다. 얼굴에 신비한 미소가 맺혔다.

"하나만 가르쳐주세요. 니라사키 살해 사건과 아무 상관도 없다면, 왜 지금에서야 그 아이의 재판에 관해 조사해야겠다는 생각이 드신 거죠?"

"이유는."

아소는 생각하며 말을 골랐다.

"두 가지입니다. 일단 그가 왜 실형을 받았는지 이해가 안 돼요."

"판결은 10년 전에 났어요. 이제 와서 왜 실형을 받았는지 이해가 안 된다니……."

"거기에 대해서는 뭐라고 드릴 말씀이 없습니다. 사실 저는 몰랐습니다. 그 사건 직후에 연수를 마치고 본청으로 돌아왔거든요. 그래도 그런 사건으로 실형을 받지는 않을 거라고 예상했죠. 그런데 실형을 받았음을 알고 왜 그렇게 무거운 벌을 받았는지 의문이 생긴 겁니다. 다음으로는 그가 너무 많이 변해서 충격을 받았습니다. 그 사건이 일어난 후 그가 어떤 인생을 살아왔는지 알고 싶어요. 뭐가 그를 그 정도로 변화시켰을까요? 그 사건의 재판이 변화의 원점이 아닐까 싶습니다."

"그 재판이…… 변화의 원점."

히나코는 아소의 말을 되풀이했다.

"……원점이……."

"아닙니까?"

아소가 묻자 히나코는 고개를 한 번 끄덕했다.

"물론 아니죠. 그 아이의 변화에 원점이 있다고 한다면, 그건 아소 씨 당신의 오인체포예요."

3

복도 저 끝에서 여자가 걸어왔다.

처음 보는 얼굴인데도 누구인지 바로 알았다.

불안한 얼굴로 올려다보는 눈에 눈물이 고여 있었다.

아소는 무슨 말을 해야 할지 몰라서 그냥 고개를 끄덕였다. 여자는 손에 든 비닐봉지를 아소에게 내밀었다.

"속옷만 가져오라고 들었는데요."

아소는 다시 한 번 고개를 끄덕이고 비닐봉지를 들여다보았다. 분명 속옷밖에 없었다.

"동생을 만날 수는 없을까요?"

누나의 목소리는 애절했다.

"무슨…… 분명 무슨 착오일 거예요. 그 아이는 그런…… 그런 짓을 할 아이가 아니에요."

"아직 취조 중이라서요."

아소는 가까스로 그렇게 말했다.

"취조가 끝날 때까지는…… 이건 보관해두겠습니다."

"체포당했다면서요?"

"예. 오후 2시 30분에 체포영장이 발급됐습니다."

"뭔가 잘못됐어요!"

누나는 반쯤 비명을 지르듯이 말했다.

"뭔가 잘못됐어요…… 분명히. 그 아이는 아니에요…… 싸움 한 번 해본 적이 없다고요. 그런데…… 그런데 여자를 덮치다니……."

아소는 여자와 계속 이야기를 나누기가 고통스러워서 대화는 이만 끝이라는 듯이 몸을 돌렸다.

"아무튼 변호사를 준비하시는 편이 좋을 겁니다…… 아마 내일은 송치될 테니까요."

뒤돌아볼 용기는 없었다.

아소 뒤에서 울음소리가 들렸다.

* * *

찰나의 회상에서 깨어나자 여전히 눈앞에 그녀가 있었다.

"오인체포라고 하셨습니까?"

아소는 목소리가 잠긴 것을 깨달았다.

"그는 자백했습니다. 판결이 내려진 후 항소도 하지 않았고요. 재판은 1심에서 끝났습니다."

"그건 알아요."

히나코의 목소리가 차갑게 들렸다.

"항소하지 않았다고 해서 죄를 전부 인정한다는 뜻은 아니에요. 항소 못 한 거죠…… 죄송해요, 그건 아소 씨 책임이 아니에요…… 저희 가족 문제죠. 어쨌거나…… 저와 후지우라 선생님은 지금도 그 아이가 무고하다고 믿어요…… 당신이 잘못 체포한 거예요."

"도저히 받아들일 수 없는 의견이로군요."

아소는 담배를 꺼냈다. 피워도 되겠느냐고 히나코에게 물어볼 마음의 여유는 없었다.

"무엇보다 피해자와 목격자가 그의 범행이라고 증언했습니다. 피해자만 그렇게 주장했다면 거짓말일 가능성도 고려해야겠지만, 그 사건 때는 피해자를 구해준 목격자가 있었어요. 물론 피해자와 목격자의 관계는 저희도 신중하게 조사했습니다. 두 사람에게는 아무런 접점도 없었어요."

"동생은 임의동행된 지 서른 시간 남짓 지나서 송치됐죠. 그렇게 짧은 시간에 뭘 얼마나 정확하게 조사했다는 건가요?"

"검찰에 송치한 후에도 보충 수사에 공을 들였습니다. 재판에서 그 점이 쟁점이 될 줄은 미리 알고 있었으니까요."

아소는 화를 억누르며 차분하게 말했다.

"피해자와 목격자 사이에 접점은 없었습니다. 그리고 그 밖에도 정황증거가 많이 나왔어요. 그가 가지고 있던 커터칼에서 루미놀 반응이 나왔고, 현장에 남아 있던 운동화 자국과 그의 집에 있던 운동화의 밑창 모양이 일치했습니다."

"그런 정황증거는 아무 의미도 없어요."

히나코는 냉소에 가까운 투로 말했다.

"커터칼도 운동화도 어디서나 살 수 있는 흔해 빠진 물건이었겠죠. 실수로 손가락을 베여서 피가 묻어도 루미놀 반응은 나와요. 실제로 동생은 재판에서 사건 전날 밤에 박스를 자르다가 손가락을 다쳤다고 증언했어요. 동생 손가락에는 분명 상처가 있었고요."

"고다 씨."

아소는 조금 딱딱하게 말했다.

"솔직히 말해 그런 걸 아무리 따져봤자 평행선을 달릴 뿐입니다. 그러니까 재판 결과를 존중하는 수밖에 없어요. 집안 사정이 어떠신지는 모릅니다만, 만약 무고하다면 항소를 해야 마땅하지 않겠습니까? 게다가 그는 형기를 마치고 출소한 후에도 재심 청구를 하지 않았어요. 물론 당신과 당신 가족 분들이 그가 무고하다고 믿는 건 자유입니다. 그걸 저희가 나무랄 권리는 없어요. 하지만 지금 저한테 그때 오인체포를 했다고 지적하셔도 저는 인정할 생각이 절대로 없습니다.

이 이야기가 진전되기를 기대하기는 힘들겠군요."

"당신이 인정하지 않으리라는 건 처음부터 알고 있었어요."

히나코는 아소의 얼굴에서 눈을 떼지 않았다.

"그러니까 이렇게 부탁드리는 거예요. 당신이 그때 실수했다고 생각하신다면 손을 떼라고 부탁드릴 필요도 없겠죠. 하지만 당신들 경찰은 결코 인정하지 않아요. 그건 알아요. 그렇다면 그걸로 됐어요. 저희는 그저 저희가 진행 중인 일을 방해받고 싶지 않을 뿐이랍니다. 저희에게는 경찰 같은 권력도 조직력도 없어요. 사실을 하나씩 찾아낸 끝에 겨우 그 사건의 진상이 보이기 시작한 참이에요. 지금 경찰이 개입하면 전부 다 끝장이라고요."

"아직 이해가 잘 안 되는데요."

아소는 담배를 한 대 더 피워 물었다.

"즉, 지금 당신이 그 사건의 진상을 파헤치고 있다고 해석해도 되겠습니까? 그리고 제가 조사에 들어가면 경찰이 움직여서 당신이 불리해질 테니 조사하지 마라 그겁니까?"

"그렇게 받아들이셔도 상관없어요. 어쨌든 부탁이니 흥미 본위로 그 사건에 손대지 마세요. 그 아이가 옛날과 달라진 이유가 당신하고 도대체 무슨 상관인가요? 10년 동안 신경도 안 쓰다가 이제 와서 후지우라 선생님을 만나면서까지 옛날 일을 조사하는 데 무슨 의미가 있어요? 분명히 말씀드릴게요. 민폐입니다. 곤혹스러워요. 저희는 진상에 다가가고자 몇 년이나 애써왔어요. 그리고 어렴풋하게나마 왜 그 아이가 체포당했는지 간신히 알아냈어요. 원죄였음이 입증되면 경찰에게 얼마나 큰 타격이 가는지는 잘 알아요. 이런 말씀은 드리고 싶지 않지만, 원죄 사건 재판에서 검찰과 경찰이 자진해서 잘못을 인정했다는 소리는 들어본 적이 없네요."

아소는 한동안 말없이 커피를 마셨다. 히나코도 입을 다문 채 아소
의 말을 기다렸다.

커피가 몹시 쓰게 느껴졌다.

"저는."

아소는 숨을 내쉬었다.

"제 일에 자존심과 자부심을 품고 있습니다. 당신이 뭐라고 말씀하
시든…… 10년 전 사건은 원죄 사건이 아니라고 믿습니다. 하지만 그
사건과 재판에 손대지 말라고 하신다면, 손대지 않겠습니다. 제 입장
에서…… 이런 표현은 귀에 거슬릴지도 모르겠습니다만, 그 사건은
오랜 옛날에 종결된 사건이니까요. 그리고 아까 흥미 본위로 손대지
말라고 하셨는데요. 예, 아무리 그럴듯하게 둘러대도 흥미 본위가 맞
겠죠. 하지만 후지우라 변호사님은 저와 만나주시기로 하셨습니다.
당신 말씀을 존중하지 않는 건 아니지만 저는 역시 변호사님을 만나
서 확인하고 싶어요. 그분도 당신과 같은 생각인지…… 혹시 그렇다
면 가장 큰 이유는 도대체 무엇인지."

"만약."

히나코의 표정이 미묘하게 변한 것 같았다.

"만약 후지우라 선생님 말씀을 듣고 납득하신다면…… 당신이 오
인체포했음을 인정할 수밖에 없는 상황이 된다면, 어떻게 하실 건가
요? ……저희 편이 돼주시겠어요?"

"같은 편이 되느냐 마느냐의 문제가 아닙니다."

아소는 담배를 재떨이에 눌러 껐다.

"진실은 단 하나뿐입니다. 제가 잘못했다면 인정해야 마땅하겠죠. 하지만 고다 씨, 저는 그 사건에서 제가 잘못했을 가능성을 상상조차 할 수가 없어요."

"상상하든 못하든."

히나코가 말했다.

"진실은 단 하나뿐이에요. 당신 말씀처럼."

1989. 11

"이러다 큰일 나."

다무라는 마치 누가 감시라도 하는 것처럼 고개를 빙 돌려 주변을 둘러보았다.

"야, 정신이 홱 돈 거 아니야? 니라사키 씨한테 들키면, 나 사이타마의 산속에 파묻힌다고."

"왜 하필 사이타마야?"

렌은 스카치위스키를 잔에 꼴꼴 따랐다.

"지금 그게 문제냐."

다무라는 잔을 들어 위스키를 꿀꺽 마신 후, 잠깐 인상을 쓰다가 물을 탔다.

"아무튼 넌 이제 니라사키 씨의 애인이잖아. 입장에 맞게 행동해야지. 잘못하면 진짜 작살난다고."

"난 세이치의 애인이 아니야. 정식으로 자유의 몸이 됐거든. 그래서 이렇게 따로 사는 거고."

렌은 캐슈넛을 던져 올려서 입으로 받아먹었다. 다무라가 옆에 있자 어쩐지 기분이 편안했다.

"그 부분을 잘 모르겠어."

다무라가 진지한 얼굴로 물었다.

"니라사키 씨가 널 애인으로 삼아서 집에 놔뒀잖아. 그런데 어떻게 해서 지금처럼 된 거야?"

"뭔가 해보라고 하더라고."

"뭔가가 뭔데?"

"뭐든지 상관없으니까 자기를 놀라게 해보랬어. 못하면 팔아치우겠다고 했지."

"확 놀래주면 되는 거야?"

"감탄시켜 보라는 뜻이었어. 내가 살았는지 죽었는지 모를 표정으로 지내서 짜증이 난 거겠지."

"그래서 뭘 했는데?"

"별거 아니야."

렌은 캐슈넛을 하나 더 던져 올렸지만 손이 삐끗해서 다무라 머리에 떨어졌다.

다무라는 렌의 말을 기다리느라 그런 줄도 몰랐다. 렌은 웃음을 참으며 입을 열었다.

"세이치가 제일 좋아하는 걸 선물해줬지."

"제일 좋아하는 거?"

"당연히 돈 말고 뭐가 있겠어?"

"돈이라니, 너 세이치 씨랑 만났을 때 땡전 한 푼도 없었던 거 아니었나?"

"돈은 만들 수 있거든."

렌은 무릎을 벤 다무라의 머리에 얼굴을 가까이 가져가서 입으로 캐슈넛을 집어 먹었다.

"세이치가 읽는 투자 잡지나 경제신문에는 전혀 흥미가 없었는데, 저걸로 돈을 벌 수 있을 것 같아서 예전 잡지와 신문까지 일주일쯤 꼼꼼히 읽었어. 승산이 있겠구나 싶어서 사쓰키 누나한테 나 대신 주식을 매매해달라고 부탁했지. 한 달이 지나자 3천만 엔이 조금 못 되게 이익이 나더라고. 그걸 고스란히 현금으로 바꿔서 세이치에게 갖다 줬어."

"쩐다."

그것이 다무라의 감상이었다.

"그런데 너 왜 몸을 판 거야? 그것도 똥을 먹어 가면서."

"안 먹었어."

렌은 다무라의 머리를 무릎에서 떨어뜨렸다.

"먹기 싫어서 돈을 만든 거야. 하지만 주식으로 돈을 벌려면 자금이 필요해. 사쓰키 누나는 날 도우려고 아무 말 없이 돈을 빌려줬어."

"그래서 니라사키 씨가 감탄했어?"

"놀란 표정은 지었지. 하지만 세이치는 지기 싫어하는 성격이거든."

렌은 웃었다.

"5천만 엔을 빌려줄 테니 석 달 안에 두 배로 불려보라고 하더라고."

"또 주식에 투자했어?"

"아니."

렌은 다무라의 머리카락 사이로 손가락을 집어넣었다. 머리가 길었는데도 그리운 감촉이 느껴졌다.

"회사를 차렸어. 부동산을 두 번 굴렸더니 2억이 됐지. 거기에다 시나가와의 땅으로 이익을 10억 더 냈고. 한 달 보름 만에 말이야. 들인 비용과 노력에 비해 어처구니없을 만큼 수지맞는 장사였어."

"그래서 자유를 얻었구나."

"약속이었으니까. 그런데 세이치는 거짓말쟁이야. 지금도 내 일에 이러니저러니 간섭하려 든다니까."

"그야 무리도 아니지. 넌 이를테면 황금알을 낳는 오리니까."

"오리가 아니라 거위."

렌은 다무라의 머리칼에 코를 묻었다. 이틀은 감지 않은 것 같았다. 그래도 다무라의 냄새가 좋았다.

"그만하라니까."

다무라는 팔을 뻗어 렌의 얼굴을 밀어냈다.

"제발 그런 짓 하지 마. 나 니라사키 씨가 진짜 무섭단 말이야."

"여기 없는데 뭘 그래."

"도청하고 있을 수도 있잖아. 넌 그 사람이 얼마나 무서운지 너무 몰라. 우리 큰형님도 사실은 니라사키 씨한테 쫄았다고. 그 사람은 안색 하나 안 변하고 사람을 태워 죽인단 말이야."

"그런 이야기는 처음 듣는데?"

"기타무라가 당했지. 너, 정말로 몰라?"

"기타무라라면 그 기타무라? 우리랑 같은 방에 있던?"

다무라는 고개를 끄덕였다.

"두 달쯤 전이었나 도네가와 강둑에서 시커멓게 탄 시체로 발견됐는데, 부검해봤더니 산 채로 휘발유를 붓고 태워 죽였다는 사실이 밝혀졌대. 신문에 났어."

"세이치가 그랬다는 증거가 있어?"

"그런 게 어디 있겠냐? 니라사키 씨는 증거 같은 거 안 남겨. 하지만 기타무라는 니라사키 씨가 탐내던 이나무라 예능이라는 회사의 대표였고, 가스가와 대립하던 유카와 파의 이인자이기도 했어. 아무래도 니라사키 씨 말고는 적이 없었다나 봐. 그래도 그렇지 니라사키 씨라면 죽이지 않고도 손바닥 뒤집듯이 쉽게 이나무라 예능을 빼앗을 수 있을 테고, 가스가에 비하면 유카와 파는 어린애처럼 덩치가 아주 작아. 굳이 왜 산 채로 태워 죽였을까. 니라사키 씨의 성미를 엄청 건드렸던지, 아니면."

다무라는 말을 끊더니 천장을 올려다보며 입을 다물었다.

"아니면?"

렌이 재촉해도 다무라는 잠깐 침묵을 지키다가 겨우 말을 꺼냈다.

"……너랑 무슨 관계가 있는 것 아닐까. 그런 생각이 살짝 들었어."

"나랑?"

"너, 감방에서 있었던 일 니라사키 씨한테 말하지 않았어?"

말한 것 같은 기분도 들지만 기억은 확실치 않았다. 세이치 집에서 지낸 몇 달간, 렌은 무기력과 체념에 푹 빠져 살았다. 누구와 무슨 이야기를 하든지 건성으로 대하며 특별히 관심을 두지 않았다. 세이치는 렌의 과거에 대해 세세하게 물어볼 때가 많았지만, 대개 식사나 잠자리 도중 혹은 취해서 정신이 알딸딸할 때였으므로 뭘 어떻게 대답했는지 잘 기억이 나지 않았다.

"말했는지도 모르지만, 왜 그거랑 관계가 있는 건데?"

"관계가 있는지 없는지는 모르겠지만."

다무라는 머리를 들고 진지한 표정으로 위스키를 마셨다.

"너, 기타무라를 싫어했잖아."

"뭐…… 좋아하지야 않았지."

"그러니까…… 널 위해서 기타무라를 죽인 것 아닐까. 그냥 그런 생각이 좀 들었어."

렌은 웃었다.

"세이치는 땡전 한 푼의 이득도 없는 일은 안 해."

"득은 봤지."

다무라는 고개를 저었다.

"기타무라가 사라져서 이나무라 예능이 손에 들어왔고, 유카와 파는 흔들흔들하거든. 다만 그 방법이 말이야. ……어쨌거나 나 너랑 이렇게 만나는 거 정말로 겁나. 야, 나에 대해 니라사키 씨에게 뭐라고 했어?"

"좋은 녀석이라고, 신세를 많이 졌다고 했는데."

"그뿐이야?"

"그뿐이냐니?"

"아니야…… 됐어."

다무라는 작게 한숨을 쉬었다.

"……하여간 난 니라사키 씨가 무서워. 정말, 진짜로. 산 채로 불태워지기는 싫어…….'

＊＊＊

"누가 왔었어?"

세이치가 냄새라도 맡듯이 코를 킁킁거렸다.

"다무라."

렌은 소파에서 꼼짝도 않고 술을 계속 마셨다.

"이런 시간에 별일이네."

"그냥 잠깐 다녀갔어."

세이치가 넥타이를 풀어서 내던졌다. 렌은 줍지 않았다. 여기는 자신의 집이다.

"간자키의 우에다라고 알아?"

"모르는데."

"얼굴을 익혀둬. 우리에게 협력할지도 모르니까. 이 녀석이야."

세이치가 던져준 사진을 렌은 딱 한 번만 보고 테이블에 내려놓았다. 조폭의 세력 다툼에는 원래부터 흥미가 없었다.

"무토 형님은 다무라와 네 사이에 대해 아나?"

"글쎄."

"그 녀석, 쓸 만한 놈이야?"

"과연 어떨까."

렌은 하품을 했다.

"멍청하지는 않지만 그렇다고 머리가 뛰어난 느낌도 아니야. 다무라를 이용해서 무토 씨를 어떻게 해보기는 힘들걸. 녀석은 무토 씨에게 충성을 맹세했으니까."

"형님 시대는 이미 끝났어. 그런 방법으로는 못 살아남아."

"하지만 그런 사람도 쓸모가 없지는 않을 텐데."

"뭐, 그렇지."

세이치는 씩 웃었다.

"사용법을 틀리지 않는다면야. 그건 그렇고 월말까지 3억 만들 수 있겠어?"

"월말이라면 두 주도 안 남았잖아."

"힘들어?"

"만들 수야 있지만."

렌은 하품을 한 번 더 했다.

"어디다 쓰려고?"

"돈은 어디에든 쓸 수 있어. 너도 돈을 벌지만 말고 쓰는 법도 배워보면 어때?"

"별로 흥미 없는데."

렌은 술잔을 비우고 소파에서 일어섰다.

"도박하듯이 땅을 사고 주식을 굴리는 건 재미있지만. 그래도 지금 경기는 그리 오래가지 않을 거야."

세이치가 렌의 얼굴을 응시했다.

"그게 무슨 소리야?"

"한계가 왔다고. 무슨 일에든 한도라는 게 있잖아. 아무리 역세권의 일등지라지만 40평방미터(약 12평 – 옮긴이 주)밖에 안 되는 맨션이 몇 억 엔이나 하다니, 그게 말이 돼? 다들 말도 안 된다는 걸 알면서도 손을 떼지 못하지만 언젠가는 누가 먼저 손을 뗄 거야. 그럼 다들 일제히 손을 뗄 테고 남은 놈들만 된서리를 맞겠지."

"그게 언제인데?"

"아직 몰라."

렌은 세이치에게 다가갔다.

"하지만 계기가 있으면 순식간에 붕괴가 찾아올 거야. 뭐, 달아날 때를 놓치지 않도록 조심하는 수밖에…… 그것보다 이거 뭐야?"

세이치의 셔츠에 빨간색 얼룩이 희미하게 묻어 있었다.

"꼴사납게."

"술집 여자가 묻힌 거야."

"아니, 프로는 손님 셔츠에 립스틱 안 묻혀. 오늘 밤은 그 젊은 애한테 갔었나보지? 그런데 뭐가 모자라서 들른 거야? 난 그런 거 싫은데."

"자식, 이제 제법 큰소리도 칠 줄 아네."

세이치가 긴 손가락으로 렌의 턱을 잡고 흔들었다.

"자신감을 가지는 건 나쁘지 않아. 하지만 너무 기어오르지는 마라. 난 성격이 그렇게 너그럽지 않으니까."

"알아."

렌은 턱을 잡힌 채 웃었다.

"하지만 당신은 날 못 죽여."

"그래?"

세이치도 웃었다.

"시험해볼까? 응?"

1995. 10 (8)

1

거기는 어두운 미로였다.

걷고 또 걸어도 어디에도 다다르지 못할 듯한 기분이 들었다. 그저 영원히 걷는 수밖에 없다.

그 자체는 고통스럽지 않았다. 아무 생각 없이 계속 걸을 수 있다면 차라리 그게 편하다.

하지만 마지막 순간은 반드시 찾아온다.

모든 일에. 모든 시간에.

또 같은 장면이라고 그녀는 생각했다. 끝은 늘 여기였다.

미로를 빠져나오자 도로가 있었다. 밤의 도로. 사람도 차도 없다.

신호등의 파란불이 무의미하게 깜박거렸다.

서둘러야 한다.
서둘러, 서둘러 건너야 한다!

팔이 아프다. 안고 있는 딸의 몸이 뜨겁다.
왜 이렇게 됐을까. 낮잠에서 깼을 때는 괜찮았는데. 갑자기 이렇게
열이 펄펄 끓다니.
독감일까.
머릿속 생각마저 그때로 되돌아갔다.
매번 똑같다. 똑같은 생각을 하며 길을 건넌다. 아이를 안고.
차가 다가오는 기척이 났다.
차는 멈출 거다. 멈춘다…… 멈춘다…… 멈출 거다…….

충격이 되살아났다.
몸이 허공에 뜨는 감각이 되돌아왔다.
다음에 뭐가 찾아올지도 안다.

절규.
그리고 공포와 절망과……

그녀는 눈을 떴다.
똑같은 꿈을 몇 번이나 꾼 걸까. 도대체 몇 번이나.
고개를 옆으로 돌리자 뺨에 차갑게 젖은 베개가 닿았다.
얼마나 울면 슬픔이 사라질까.

일어난 그녀는 커튼 너머에 밝은 햇살이 비치는 것을 느꼈다. 피곤해서 침대에 누웠다가 그대로 잠든 모양이다. 시계를 보자 아직 4시 반이었다.

시간으로 치면 고작 30분. 그런데 영원한 지옥을 본 듯한 기분이었다.

그래…… 그건 내게 영원한 지옥이다…… 그 어두운 미로 끝의 깜박이는 신호등.

전화벨이 울렸다.

수화기에서 새된 목소리가 들렸다.

"알았어요."

그녀는 대답했다.

"알겠다고요."

수화기에서 흘러나오는 목소리는 가차 없었다. 그녀는 화가 났다.

"못 만들어!"

그녀는 결국 소리를 질렀다.

"그런 돈을 어떻게 만들라고! 말하고 싶으면 멋대로 말하든가! 맘대로 해!"

그녀는 내동댕이치듯이 수화기를 내려놓았다.

한숨. 그리고 또 한숨.

어떻게든 해야 한다.

이대로 가면 목적을 달성하지 못한다. 도중에 멈추면 아무 의미도 없다.

무슨 일이 있어도 끝까지 해내야 한다.

그녀는 머릿속에 어렴풋이 존재하던 '계획'을 실행에 옮기기로 결심했다.

"여보세요? 방금 전 일은 미안해요."
망설임 없이 수화기에 대고 말했다.
"그만 신경이 곤두서서. 알아요, 당신에게 그 돈이 필요하다는 거. 예…… 그렇게 할게요. 그래요…… 그런데 언제가 좋겠어요? 어디서 만날까요?"

2

"난 괜찮아."
일찍이 나카조 다쓰야라는 예명을 사용했던 그 남자는 도전적인 눈으로 아이카와를 노려보았다.
"하지만 당신들도 알지? 이 일이 겉으로 드러나면 그녀가 무슨 짓을 당할지……."
"그 점은 미나가와 씨와도 상의했습니다."
아이카와는 일부러 감정을 억누른 어조로 말했다.
"결론부터 먼저 말씀드리자면, 당신이 기꺼이 진술을 해주실 경우 이 일이 겉으로 드러날 확률은 그렇게 높지 않습니다. 하지만 진술해주시지 않는다면 상당히 높은 확률로 관계자의 귀에 당신 이야기가 들어가겠죠."

"경찰이 시민을 협박하는 건가."

나카조는 입술을 일그러뜨려 웃었다.

"그것 참 대단들 하시네."

"그야 사람이 한 명 죽었으니까요."

아소는 벽에 기댄 채 말했다.

"그리고 범인을 붙잡지 못하면 더 많은 사람들이 죽는 사태로 발전할지도 모르는 상황입니다. 그러니 저희로서는 할 일을 해야겠죠. 당신이 입을 다문다면 저희 손으로 사실을 파헤치는 수밖에 없습니다."

"협박에 굴복했다는 인상을 주기는 싫으니 미리 말해두는데."

나카조는 팔짱을 끼고 거만하게 몸을 뒤로 젖혔다.

"난 켕기는 짓은 하나도 안 했고, 설령 이 일이 드러나서 가스가 파 놈들에게 죽는다 해도 별 상관없어. 하지만 그녀에게까지 위해가 미친다면 이야기는 별개야."

"저희도 공수표를 날릴 수는 없으니 확실히 말씀드리겠습니다."

아이카와는 아소의 눈짓을 받고 말했다.

"니라사키 씨와 애인 관계였던 미나가와 씨가 당신과도 그, 남녀 관계였다는 사실이 드러났을 때 니라사키 씨의 부하들과 가스가 파가 어떻게 반응할지는 저희도 예측이 불가능합니다. 이른바 보복이나 본때를 보여주기 위한 처벌에 나서지 않을까 걱정하셨는데, 그렇지 않을 거라는 보장은 못 드립니다. 하지만 저희에게는 범죄를 미연에 방지하기 위해 최선을 다할 의무가 있으니, 이것만은 약속드리겠습니다. 두 분이 알고 있는 사실을 숨김없이 말씀해주신다면, 니라사키 씨를 살해한 범인이 체포될 때까지 두 분을 철저히 경호해드리겠습니다. 저희 자존심을 걸고 놈들이 습격하지 못하도록 하겠습니다."

"그건 경호가 아니라."

나카조는 또 빈정거리는 듯한 독특한 웃음을 지었다.

"미행이잖소. 하지만 물론 나도 그녀도 니라사키 씨 살해 사건과는 관계가 없어요."

"어떻게 해석하셔도 무방합니다. 결과적으로 두 분의 안전을 확보할 수 있다면 되는 거니까요. 아무튼 어떻게 하시겠습니까? 이 또한 거래라고 받아들이셔도 상관없습니다. 현재 저희가 당신과 미나가와 씨를 구속해둘 정당한 이유는 없습니다. 뭘 말씀하시고 뭘 숨기시든지 완전히 자유죠. 하지만 뭔가 숨기려고 하신다면 저희는 저희 방식으로 찾아낼 겁니다. 반대로 모조리 말씀해주신다면 최대한 두 분의 안전을 확보하겠습니다."

나카조는 팔짱을 낀 채 잠시 침묵을 지켰다. 아이카와도 아소도 참을성 있게 기다렸다.

"그녀는 뭐라고 합디까?"

마침내 나카조가 입을 열었다.

"전부 말하겠대요?"

아이카와는 고개를 끄덕였지만 대답은 하지 않았다. 다시 침묵이 흘렀다.

"즉, 그녀와 내 이야기를 비교하겠다 그거요?"

아이카와는 그래도 묵묵부답이었다.

"그렇군요."

나카조는 납득했다는 듯이 고개를 끄덕였다.

"역시나. 이러니저러니 해도 나랑 그녀 둘 다 용의자라는 뜻이로
군. 뭐, 좋습니다. 미행인지 경호인지 모르겠지만 이 사건이 마무리될
때까지 그녀를 안전하게 지켜주겠다고 약속한다면 말하죠. 내가 알고
있는 걸 모조리 다."

"감사합니다."

아이카와는 담담하게 말했다. 몇 년 전이었다면 나카조의 거만한
태도에 열을 받은 것은 물론, 그 기분이 얼굴에도 노골적으로 드러났
으리라. 성장했구나 싶어 아소는 감탄했다. 감정을 통제할 수 있느냐
없느냐가 형사의 중요한 자질 중 하나임을 머리로는 이해해도 인간
인 이상 감정을 통제하기가 쉽지만은 않다.

나카조는 담배 한 대를 맛있게 피우고 나서 이야기를 시작했다.

"이미 조사해봤겠지만, 나는 3년 전까지 나카조 다쓰야라는 예명
으로 연예계 생활을 했습니다. 엔카 가수로 데뷔해서 그냥저냥 지내
다가 기회가 생겨서 드라마에 출연했는데 평이 좋았죠. 그 후로는 연
기자와 가수 두 길을 동시에 걸었어요. 스무 살 때 데뷔했으니 20년
이나 연예계에 있었네요. 그동안 먹고 사는 데 지장이 없을 정도로는
돈을 벌었습니다. 미나가와 씨랑은 자잘한 일을 몇 번 함께했어요. 꽤
옛날부터 아는 사이였죠. 하지만 물론 연애 관계였던 건 아니고요. 나
는 서른 살 때 결혼해서 처자식이 있었거든요."

"잘 나가고 계셨던 것 같은데 왜 연예계를 은퇴하셨습니까?"

"그것까지는 모르나 봐요?"

"오늘 미나가와 씨께 나카조 씨 이름을 들었습니다. 일단 경력은
알아봤습니다만, 그 이상은."

"스캔들이 났어요, 스캔들."

나카조는 버릇인지 또 입술 가장자리만 일그러뜨려 웃었다.

"정말 한심하지. 이름을 알리려는 젊은 애한테 완전히 놀아났어요. 해외로 드라마 로케촬영을 나갔을 때 그 여자애랑 밥을 두어 번 먹었습니다. 정말로 그냥 밥만 먹었어요. 겨우 열아홉, 스무 살 먹은 애인데 연애 상대로 삼기에는 너무 어리잖아요. 그런데 일본에 돌아와 보니 그때 사진이 주간지에 났지 뭡니까. 거기다 그 여자애의 인터뷰 기사까지 실렸더라고요. 그야말로 꼴좋게 당했습니다. 걔네 소속사에서 폐를 끼쳐서 미안하니 어쩌니 사과는 했지만, 분명히 소속사가 꾸민 짓이겠죠. 하필 왜 나를 이용했는지는 모르겠지만, 예전에 우리 소속사도 그쪽을 상대로 그런 일을 꾸민 적이 있었던 모양이니까 한 방씩 주고받은 셈이겠죠. 아무튼 주간지에게 쫓기랴 아내한테 괄시받으랴 지치더라고요. 하지만 그 자체가 제 연예계 활동에 큰 타격을 준 건 아닙니다. 그래도 20년이나 해온 일인걸요. 나름대로 인맥도 있었고 젊은 여자와 염문을 뿌리는 게 남자 연예인에게 나쁜 일만은 아닙니다. 다만 거기서 끝나지 않은 게 문제였어요. 실은 그 젊은 연기자에게 남자친구가 있었는데요. 보통 대학생이었습니다. 그 여자애가 이름을 알리기 위한 작전이라고 그 친구에게 제대로 설명했으면 됐을 것을, 아무 설명도 해주지 않은 모양이에요. 결국 잔뜩 열 받은 그 친구가 제가 출연한 생방송 스튜디오로 쳐들어왔죠…… 당시 제법 크게 보도됐는데 형사님들은 기억 안 납니까?"

적어도 아소의 기억에는 없었다. 애당초 연예계 스캔들에 전혀 흥미가 없으니 당연하다. 하지만 아이키와는 기억이 난 듯 그 사건이라면 안다며 맞장구를 쳐주었다.

"생방송이라 최악의 결과로 치달았죠. 뒤처리를 하느라 얼마나 고생했는지 모릅니다. 숙이지 않아도 될 머리를 숙이고 다니느라 목이 떨어지는 줄 알았습니다. 그런데 소속사끼리 협의해서 멋대로 화해하고 끝냈죠. 정이 뚝 떨어지더군요. 20년이나 열심히 일했지만 내가 몸담은 연예계 자체가 참으로 더럽게 느껴졌어요. 그래서 싹 정리하기로 결심했습니다. 마침 그 무렵에 학창시절 친구가 샌드위치 가게를 같이 해보지 않겠느냐고 제안했거든요. 투자금이야 그동안 저축한 돈으로 충당하면 되고, 40대를 앞두고 이쯤에서 인생의 방향을 바꾸어 보는 것도 나쁘지 않을 것 같았습니다. 다행히 가게가 대박이 났어요. 현재 지점이 열일곱 군데나 됩니다."

"청년 실업가로 멋지게 변신하셨군요."

"운이 좋았죠. 요즘 경기가 경기다 보니까."

"그런데 미나가와 씨와는 언제 다시 만나셨습니까."

"하라주쿠 지점 개업 파티 때였으니까. 2년 가까이 전이네요. 하라주쿠 지점은 일곱 번째 지점인데, 이전에 비해 인테리어에도 공을 들였고 돈을 꽤 많이 썼어요. 이를테면 그 가게로 승부에 나선 거죠. 그래서 성대한 개업 파티로 매스컴의 눈길을 좀 끌까 해서 옛날 연줄을 동원해 연예계 사람들을 많이 초대했습니다. 그중에 가케카와 에이전시의 사장도 있었는데, 사장이 그녀를 데리고 왔어요."

"만나자마자, 어, 그런 관계로?"

"아니요."

나카조는 후회하는 표정을 짓고 나서 웃었다.

"지금 돌이켜보면 만나서 바로 그랬어야 했는데 말입니다. 내가 우물쭈물하는 바람에…… 솔직히 저는 오랜만에 만난 그녀에게 몹시 끌렸어요. 하지만 그때는 아직 이혼하기 전이었거든요. 스캔들이 난 이후로 부부 사이가 냉각돼서 별거했지만, 아이 진학 문제 등으로 호적은 그대로 유지했어요. 아무래도 찔리는 구석이 있어서인지 그녀에게 먼저 연락을 하기가 힘들더라고요. 그러다가 그녀가 폭력단 간부의 애인이 됐다는 소문을 들었습니다."

"놀라셨겠군요."

"그야 놀랐죠. 하지만 가케카와 사장이 폭력단 간부와 친하다는 건 들어서 알고 있었어요. 그러니 그럴 수도 있겠다 싶기는 했죠. 하지만 슬펐습니다……. 좀 더 일찍 그녀에게 연락했어야 했는데…… 올 봄에 딸아이가 사립중학교에 입학한 걸 계기로 반년쯤 전에 아내와 정식으로 이혼했어요. 홀몸이 되자 미나가와 씨 생각밖에 안 나더군요. 꼭 한 번 더 만나고 싶었지만, 뭘 어떻게 해야 그런 남자의 애인이 된 그녀를 만날 수 있을지 모르겠더군요……. 그런데 운명이란 참 신기하더라고요. 어느 날 볼일이 있어서 긴자에 갔다가 와코 백화점 안에서 딱 마주쳤지 뭡니까."

"그때부터 교제를 시작하신 거로군요."

"뭐, 극히 간단히 말하자면 그런 셈이지만 만나서 커피 한 잔 마시기도 여간 힘든 일이 아니더라고요."

나카조는 대담하게 웃더니 다시 담배에 불을 붙였다.

"그녀는 완벽하게까지는 아니지만 생활을 감시당했어요. 니라사키 씨가 질투심이 강해서 그랬다기보다 그녀가 대립조직 사람과 내통해 정보를 제공할까 봐 경계한 게 아닐까 싶습니다만. 어쨌든 외출할 때는 반드시 경호원이 붙었습니다. 집 전화도 도청 중일 위험성이 있었죠. 그래서 우리 회사 광고 우편물을 사용해 연락을 취했어요."

나카조는 안주머니에서 봉투를 꺼내 아이카와 앞에 놓았다. 분명 샌드위치 가게의 상호가 들어간 광고 우편물이었다.

아이카와가 봉투 안을 확인하고 일어서서 아소에게 건넸다.

체인점 개점을 알리는 내용의 편지와 개점 기념 메뉴 안내, 할인티켓 등이 들어 있었다. 편지는 인쇄물이었는데, 아래 여백에 작게 9/18 4:00 미라는 만년필 글씨가 적혀 있었다.

"9월 18일 4시, 라는 뜻이군요. 미는 뭡니까?"

"미카사 회관을 줄여 쓴 겁니다. 미카사 회관 1층에 홍차 전문점이 있거든요. 거기서 자주 만났습니다. 아니면 어반호텔 카페에서요. 그럴 때는 끝에 어라고 적었어요. 그녀는 긴자에서 쇼핑할 때가 많았어요. 그래서 데이트라고 해봤자 긴자에서 만나 고작 한두 시간 이야기를 하는 게 다였죠. 하지만 우리도 이제 중학생은 아니니까요. 연애를 하면서 커피 값만 축낼 수는 없잖아요. 그래서 하룻밤만이라도 둘이서 보낼 수 있는 방법이 없을까 계속 고민했습니다."

"그런데 그날 밤에 기회가 온 거로군요."

나카조는 고개를 끄덕였다.

"그날 밤 니라사키 씨가 그녀 집에 가지 않는다는 것은 알고 있었습니다. 그녀가 니라사키 씨 수첩을 훔쳐보고 일정을 알아냈거든요. 그녀가 편지로 그 사실을 제게 알렸어요. 그렇다고 제가 그녀 집에 가는 건 너무 위험하죠. 하지만 그녀가 생활을 감시당한다고 해도 한밤중까지 감시자가 붙어 있는 건 아니거든요. 그녀의 운전기사 겸 심부름꾼인 젊은 남자는 오후 11시에 돌아갑니다. 그러니까 그 후에 그녀가 외출하면 되는데, 문제는 니라사키 씨의 전화였어요. 니라사키 씨는 그녀에게 그렇게 자주 연락하지는 않았으니 확률만 따지자면 무시해도 상관없을 정도였죠. 하지만 만에 하나의 경우라는 게 있으니까요. 그녀가 한밤중에 외출한 걸 알면 니라사키 씨는 당연히 그녀가 부정을 저지른 것 아닐까 의심하겠죠. 한 번이라도 의심받으면 끝장입니다. 어떻게 하면 좋을까 끙끙 앓고 있을 때 그야말로 기적 같은 일이 일어났어요."

나카조는 하하하 웃었다. 정말로 우스웠다기보다 그 '기적'이 일어났을 때의 기분이 생각나서 그런 것이리라.

"웬걸, 맨션 보안 시스템을 점검하느라 그날 밤 자정부터 오전 3시까지 전화가 불통이 될 수 있다는 통지서가 온 겁니다. 그녀에게 그 소식을 들었을 때 정말 신에게 감사하고 싶은 기분이었죠. 그 통지서만 잘 보관해두면 만약의 일이 생겨도 변명할 수 있어요. 이제 그날 밤이 아니면 안 되겠다 싶었죠. 그래서 일단 제가 먼저 그 호텔에 체크인하고 그녀가 쇼핑을 가장해서 호텔로 왔습니다. 경호원은 주차장에 대기시켰고요. 그리고 라운지에서 밤 일정에 관해 상의했죠. 설마 잡지 취재 사진에 찍혔을 줄은 몰랐네요."

"밤 일정을 구체적으로 말씀해주시지 않겠습니까?"

"트윈룸을 잡은 후에 프런트에 특별히 부탁해서 키를 두 개 준비했습니다. 그중 하나를 그녀에게 주고 시간을 정했죠. 오전 12시 반으로요. 그녀는 오전 3시까지는 집에 돌아가야 하니까요. 그것만 정하고 그녀는 일단 집에 돌아갔습니다. 그리고 그날 밤 호텔방에서 만났죠."

나카조는 어깨를 한 번 으쓱했다.

"자, 이게 다요, 형사님. 하나도 빼먹지 않고 이야기했는데, 아직도 더 듣고 싶은 게 있습니까? 설마 호텔방에서 만나서 그녀가 돌아갈 때까지 있었던 일도 상세히 말하라는 건 아니겠죠?"

"그런 취미는 없습니다."

아이카와는 여유 있는 표정으로 대답했다.

"하지만 몇 가지 확인하고 싶은 부분은 있군요. 일단 왜 그 호텔을 선택했는지가 제일 궁금합니다. 니시신주쿠는 니라사키가 소속된 조직의 사무소와 가까워요. 너무 위험하다고는 생각지 않으셨습니까?"

"그날 밤만은 반대였죠."

"……무슨 말씀이신지?"

"니라사키 씨의 수첩에 그날 밤 그 사람이 어디에 가는지 적혀 있었거든요…… 지금 생각해보면 왜 수첩에 일정을 가짜로 적었는지 신기합니다만."

아이카와가 아소의 얼굴을 보았다. 아소는 턱을 까딱하여 이야기를 재촉했다.

"수첩에는 어디에 간다고 적혀 있었습니까?"

"지바요."

아이카와가 또 아소를 보았다. 아소도 의외라서 놀랐다.

"모임, 지바 시, 라고 적혀 있었습니다. 아니, 물론 제가 직접 본 건 아니고 사치코 씨가 본 거지만요. 니라사키 씨가 지바까지 간다면 오히려 신주쿠가 안전하지 않을까 싶었어요. 니라사키 씨 같은 거물이 혼자서 그렇게 멀리까지 가겠습니까? 당연히 부하들도 모두 함께 가겠죠. 하지만 신은 정말로 희한한 장난을 칩니다. 지바 시에 갈 예정이 변경되어 니라사키 씨가 그 호텔에 묵었을 줄이야."

"미나가와 씨는 니라사키의 수첩을 언제 훔쳐보셨습니까?"

"두 주 전에 나한테 연락을 췄어요."

그렇다면 지바 시에서 모임이 있다는 것은 거짓말이라고 아소는 생각했다. 니라사키가 호텔을 예약한 시점에서 지바의 모임에는 참석이 불가능해진다. 그러니 수첩의 내용을 바꾸지 않으면 이상하다.

그런데 왜 니라사키는 자기 수첩에 거짓말을 적어둔 걸까…….

아소는 벽에서 몸을 떼고 방을 나섰다. 복도에서 야마세가 기다리고 있었다.

"네 일을 가로채서 미안해."

"그건 상관없습니다만, 계장님."

야마세는 주변을 의식하는지 존댓말로 말했다.

"나카조는 어떻습니까? 계장님 감에 걸려들었습니까?"

"아니."

아소는 야마세에게 귀엣말했다.

"그것보다 니라사키의 시체가 발견됐을 때 옷장에 웃옷이 걸려 있었잖아. 안주머니에 수첩이 있었는지 없었는지 기억나?"

"수첩이오?"

야마세는 자기 수첩을 꺼내서 펼쳤다.

"……없었던 모양인데요. 지갑과 면허증, 손수건, 휴대전화, 라이터, 담배. 이게 전부입니다."

"니라사키의 자택이나 다른 곳에서 수첩을 압수했다는 이야기도 없었지?"

"예. 압수했다면 당연히 무슨 내용이 적혀 있었는지 회의에서 언급됐겠죠. 니라사키가 수첩을 가지고 있었습니까?"

"그런가 봐. 미나가와 사치코에게 당장 확인해봐. 그리고 다른 애인들한테도. 오이카와를 통해서 조직 사무소도 확인해보고. 니라사키

의 일정이 적힌 수첩이 나오지 않는다면 범인이 가져간 거야. 문제는
왜 범인이 그런 걸 가져갈 필요가 있었느냐는 거지."

3

아소는 통화 연결음을 들으며 볼펜으로 메모지에 낙서를 했다. 초
조함이 치밀었다. 마음을 진정시킬 필요가 있었다.

"예."

드디어 사람 목소리가 들렸다. 하지만 마키는 아니었다.

"어…… 저기, 마키 씨는."

"사장님은 열이 좀 나서 병원에 들렀다가 오신답니다. 음, 이 목소
리는 아소 씨십니까?"

기억력이 좋은 주방장이라고 아소는 감탄했다.

"예."

"그럼 전할 말씀이 있습니다. 어, 잠깐만요."

뭔가 부스럭부스럭 찾는 소리가 나더니 다시 주방장 목소리가 들
렸다.

"바빠서 힘들 테니 모레 약속은 연기해도 돼. 너무 무리하지는 마."

주방장은 기계적으로 메모를 읽었다.

"이렇게 전해달라고 하셨습니다. 저기, 사장님 오시면 연락드리라
고 할까요?"

"아니요, 됐어요. 나중에 다시 걸게요. 고맙습니다."

수화기를 내려놓자 맥이 탁 풀렸다. 마키 목소리가 듣고 싶어서 전

화했는데.

모레 약속.

모레는 마키 생일이다. 도대체 몇 살일까. 여자에게 나이를 묻는
데도 타이밍이 있다. 만나 지 얼마 되지 않았을 때 넌지시 물어볼 걸
그랬다. 시기를 놓치고 이제 와서 묻는 것도 이상하다.

물론 사실 나이에는 아무 의미도 없다.

사람 위로 흐르는 세월의 길이와 무게는 아주 상대적이니까.

아소는 가방에 넣어 다니는 작은 상자를 떠올렸다.

정말로 오랜만에 여자에게 뭔가 사주고 싶은 마음이 들었다.

레이코는 아무 것도 바라지 않는 여자였다. 아니, 어떤 의미에서는
몹시 욕심쟁이였다. 집만은 꼭 사서 관사를 나가고 싶다고 했으니까.
그 대신에 여자라면 누구나 가지고 싶어 할 법한 호화로운 물건은 하
나도 사지 않았다.

화장품도 별로 없었다. 옷도 돌려 입었고, 미용실에 갈 돈이 아깝
다며 늘 자기 손으로 머리를 다듬었다. 그래도 레이코는 충분히 예뻤
다. 그래서 그걸로 됐다고 생각했다.

분명 뭔가를 틀린 것이리라.

아소는 레이코가 정말로 원하는 것이 무엇인지 몰랐다. 그리고 지
금도 모른다.

헤어져달라고 했을 때 레이코가 어떤 표정을 짓고 있었는지 아무
리 애를 써도 생각이 안 난다. 분명 얼굴을 보았을 텐데. 마주 앉아서

얼굴을 가만히 바라보았을 텐데. 기억 속에는 눈빛밖에 남아 있지 않다. 마치 작은 다이아몬드처럼 반짝반짝 빛나던 그 눈동자. 맺혀 있던 것은 눈물이었을까. 아니면 다른 뭔가였을까.

마키는 레이코를 닮지 않았다. 레이코보다 훨씬 윤곽이 뚜렷하다. 마키의 마음속에 물줄기 하나가 흐르고 있는 것처럼 느껴질 때가 있다. 눈석임물이 모여서 만들어진 시냇물. 아주 상쾌하고, 깨끗하고, 그리고 차갑다. 레이코는 봄바람 같은 여자였다. 따스하고 부드럽지만 종잡을 수가 없었다.

과거의 여자와 현재의 여자를 비교하는 건 비겁하고 한심한 짓이다. 아소는 머리를 흔들어 생각을 떨쳐냈다.

그때 내선전화 램프가 켜졌다.

***

담배 연기인 줄 알았는데 냄새가 달랐다. 여송연이었다. 감미로우면서도 쌉싸래한 연기가 콧구멍에 달라붙었다. 좁은 가게는 숨도 제대로 쉬기 힘들 만큼 연기로 자욱했다.

여자 손님이 있어서 좀 놀랐다. 이렇게 연기로 가득한데도 끄떡없는 걸까.

카운터에 반물색 양복을 입은 남자가 앉아 있었다. 반물색 양복은 자칫 잘못하면 신입사원처럼 어색한 분위기가 나기 십상이지만, 그 남자는 뒤태가 정말 멋졌다.

"늦어서 미안해."

아소는 카운터에 앉았다.

"수사회의가 길어져서."

"그건 내 알 바 아니고."

렌은 술잔의 얼음을 흔들었다.

"범인이 누구인지는 짐작이 가?"

아소는 대답하지 않고 맥켈란을 더블로 주문했다.

"용건이 뭐야?"

아소는 렌의 옆얼굴을 보았다.

"그냥."

렌은 앞을 본 채 대답했다.

"간밤에 술을 얻어먹었으니 답례를 하려고."

"아닐 텐데."

아소는 웃으면서 주문한 술을 입에 머금었다.

"누나 이야기 아니야? 연락받지 않았어? 날 조심하라고 하지?"

"이봐."

렌은 그제야 아소에게 고개를 돌렸다.

"뭘 하고 싶은 건데? 도대체 목적이 뭐야?"

"그런 거 없어. 그냥 알고 싶을 뿐이야. 하지만 폐가 된다면 그만두지. 너희 누나가 더 이상 세타가야 사건을 파헤치지 말라고 못을 박고 갔어."

"그 여자가 뭐라고 하든 나하고는 상관없어."

"누나를 그렇게 부르면 쓰나. 너희 누나랑 후지우라 변호사는 네가 무고하다는 사실을 증명하려고 하는가 봐."

"그러니까."

렌은 술을 추가 주문했다.

"그거고 저거고 전부 다 나랑은 상관없다고."

"즉 너는 판결에 불만이 없다?"

"어제 말했을 텐데. 난 그 사건에 대해서는 더 이상 떠들고 싶지 않아. 다만 그 여자가 자동응답기에 당신이 후지우라를 만나려 한다고 녹음해놨더라고. 그래서 무슨 생각인지 들어보려고."

"후지우라 변호사는 꼭 만날 생각이야. 너희 누나는 그것도 불만인 듯했지만 내가 맡은 일을 트집 잡았으니 나로서도 제대로 결말을 지어놓고 싶어서 말이야. 어때? 그것도 민폐인가? 네가 싫다면……."

"맘대로 해."

렌은 아소의 얼굴을 보며 픗 웃었다.

"어쨌거나 난 벌써 감방에 들어갔다 나왔으니까. 뭘 어쩌나 마찬가지지."

"될 대로 되라는 식이로군."

"뭐가? 끝난 일이니까 끝났다고 말하는 것뿐이잖아. 다만 당신이 너무 끈질기게 구니까 날 의심하는 거 아닌가 싶었지."

"의심하다니, 니라사키 살해 사건으로?"

"그것 말고 또 뭐가 있어?"

"너, 니라사키 살해 사건에 관여했어?"

"그걸 왜 나한테 물어? 그걸 조사하는 게 당신 일이잖아."

"기본적으로는 자백을 받는 게 바람직하지."

아소는 스카치위스키의 향을 입속으로 즐겼다.

"그러니까 일단 물어보는 거야. 네가 그랬어? 어때? 이렇게."

"즉, 폼만 잡는 거구나."

"아니야. 중요한 절차야. 스스로 죄를 인정했다고 기록으로 남겨두면 재판 때 판결에 영향을 주지. 자, 어때? 니라사키를 죽였어, 안 죽였어? 대답할 마음이 있다면 기록으로 분명히 남겨줄게."

"술맛 떨어지게 굴지 마, 이 아저씨야."

렌은 빨리빨리 술을 마셨다.

"뭐 마셔?"

아소가 묻자 렌은 집게손가락으로 카운터 뒤편의 선반을 가리켰다.

"와일드 터키라. 넌 버번위스키를 좋아하는군."

"고상한 술은 별로야. 퍼붓듯이 마셔도 숙취가 없잖아."

"왜 굳이 숙취를 겪어야 하는데?"

"일껏 술을 마셨으니 따끔한 맛을 봐야지."

아소는 웃으며 자신도 술을 한 잔 더 시켰다.

"뭐, 그런 생각을 모르는 바는 아니야. 나도 이왕 마실 거면 어중간하게 마시기는 싫거든. 다만 문제는 우리가 그렇게 젊지 않다는 거지."

"똑같이 취급하지 마셔."

렌이 담배를 물자 아소는 자기 라이터로 불을 붙여주었다.

"똑같아. 너나 나나 더 이상 어린애가 아니라고…… 그렇잖아, 야마우치. 너도 슬슬 앞날을 생각할 때야. 니라사키가 네 목숨을 구해준 건 맞아. 하지만 그렇다고 해서 니라사키의 업을 전부 짊어질 필요가 어디 있어? 간밤엔 나도 무신경했어. 니라사키를 깨끗이 잊어버리고 다시 시작하라고는 안 할게. 하지만 손을 씻으려면 지금이 기회야. 아니, 지금밖에 기회가 없어. 축제는 끝났어. 원래의 건실한 인생으로 되돌아가서 곱게 나이를 먹으려면 지금이 무엇보다도 중요하다고."

"또 설교냐. 작작 좀 해라."

렌은 그래도 웃으면서 술잔을 입에 댔다.

"뭐, 당신 입장에서는 그렇게 말할 수밖에 없겠지."

"입장은 상관없어. 친구라면 누구든지 불량한 생활을 그만두고 제대로 살라고 충고할 거야."

"공교롭게도 지금 내 친구는 모두 불량한 인간들뿐이라서 말이야."

렌은 술을 단숨에 들이켰다.

"그럼 난 이만 간다. 지금까지 마신 건 계산할게."

렌이 너무 재빨라서 허둥지둥 쫓아갔지만 따라잡는 데 시간이 걸렸다. 아소가 가게를 나서서 계단을 올라가자 렌의 뒷모습은 사람들 사이로 사라지는 참이었다.

"잠깐."

아소는 엉겁결에 손을 뻗어 렌의 팔을 잡았다.

"술 마시자고 불러놓고 갑자기 내빼는 게 어디 있어."

"술 마시자고 부른 거 아닌데. 당신 꿍꿍이속은 알았으니까 이제 됐어."

"꿍꿍이속이라니?"

"요컨대 자기 잘못은 없었다는 걸 확인하고 싶은 거잖아. 그래서 후지우라를 만나러 가는 거야. 그렇다면 난 상관 안 할게. 세이치 사건과 얽으려는 게 아니라면 멋대로 해."

"누나가 하는 일에는 관심 없어?"

"없어."

"어째서. 네 문제잖아?"

"아니야."

렌은 걸음을 멈추었다.

"그 여자는 자신을 위해서 그러는 거야. 나를 위해서가 아니라……
그저 자신을 구하고 싶을 뿐이지. 당신도 그 정도는 알 텐데. 당신이
랑 똑같아. 왜 내 과거가 궁금한가. 당신이 잘못하지 않았다는 확증을
얻고 싶으니까. 즉, 자신을 구하고 싶은 거야. 그뿐이지. 미안하지만
난 그런 일에는 관심 없어."

렌의 말이 진실이라고 아소는 생각했다. 하지만 그건 반쪽짜리 진
실이다.

"널 걱정하는 마음도 있을 텐데."

아소는 가자고 눈짓으로 렌을 재촉했다. 해가 진 가부키 초는 빠르
게 오가는 사람들로 붐벼서 가만히 서 있으면 어깨와 팔에 자꾸 부딪
친다.

렌은 다시 걸음을 옮겼다. 아소는 속도를 맞춰서 걸었다. 키는 렌
이 작지만 보폭은 그리 다르지 않았다.

"너희 누나도 그저 자신을 위해서만 몇 년이나 그 사건을 조사하는
건 아닐 거야. 네가 걱정돼서 그러지. 그건 너도 이해할 수 있을 텐데.
일단 그런 점에서는 나도 똑같아. 네가 걱정돼서 너에 대해 알고 싶
어. 사람에게는 그런 마음도 있다고. 늘 자신만 생각하며 사는 사람은
그리 많지 않아."

"당신이."

렌은 목적지를 정했는지 속도를 높여 인파를 헤치고 나갔다.

"왜 나를 걱정하는데?"

"왜냐니."

"지금까지 자기가 잡아넣은 놈들을 일일이 다 걱정하고 돌봐주며 살았어?"

"……아니. 상담을 해준 놈이 있기는 하지만."

"그런데 이번에는 왜 그렇게 걱정인데? 지금까지 다른 놈들한테 그랬듯이 무시하고 살면 되잖아?"

"어째서일까."

아소는 무심코 웃었다.

"사실 모르겠다."

렌의 표정이 누그러졌다. 미소를 지은 것처럼 보였다.

"본인이 모르겠다는데 뭐 어쩌겠어."

"그래, 어쩔 수 없지. 귀찮아?"

"엄청 귀찮아."

"좀 참아. 난 옛날부터 뭔가 하나에 빠지면 직성이 풀릴 때까지 해야 하는 성격이거든."

"참 성가신 아저씨다, 진짜."

보폭이 조금 좁아진 기분이 들었다. 렌은 발걸음을 늦추고 아소 옆에 나란히 섰다. 그리고 말없이 그때 택시 안에서 부른 콧노래를 다시 흥얼거렸다.

"그거 제목이 뭐야?"

"Because the night."

아소의 물음에 렌은 짧게 대답했다.

* * *

개의 숨소리가 거칠어진 것 같았다.

개는 목줄을 세게 당기며 엉뚱한 방향으로 달려갔다.

"야, 지로! 무슨 짓이야, 집은 그쪽이 아니잖아! 서, 거기 서라고!"

개가 멈춰서더니 이번에는 세차게 짖기 시작했다.

도대체 왜 그러는 걸까. 뭔가 심상치 않다.

개 주인은 개가 짖으면서 바라보는 강기슭으로 내려갔다. 강물이 얕은지 물이 흐르는 소리가 작게 들렸다. 둑에 가로등이 하나 서 있다. 가로등 불빛이 강가를 푸르스름하게 비추었다.

저건 뭘까?

지면에 희미하게 뭔가의 윤곽이 보였다.

개가 미친 듯이 짖었다.

개 주인은 시선을 모았다.

그리고 비명을 질렀다.

시체다.

여자 시체.

1995. 10 (9)

1

도중에 렌은 아소가 옆에 서서 걸어도 된다는 듯이 걸음을 늦추었
다. 아소는 그래도 렌보다 조금 비스듬히 뒤쪽에서 걸었다. 둘 다 바
지 호주머니에 손을 넣는 버릇이 있으므로 나란히 걸으면 팔꿈치가
닿을 것 같았다.

가부키 초를 빠져나와 야스쿠니 길을 동쪽으로 걷는 동안 아소는
아무 말도 하지 않았다. 입을 열면 일단은 기분 좋게 아소의 존재를
받아들인 듯한 렌이 골을 내며 당장 쌩하니 가버릴 것만 같았다. 물론
사람을 추적하는 데는 제법 자신이 있었다. 어지간해서는 놓치지 않
을 것이다. 하지만 훌쩍 사라지는 이미지가 머릿속에서 아른거렸다.

분명 렌의 말이 맞다. 왜 이렇게 이 남자가 걱정되는지 스스로도 설명하기가 힘들었다. 렌의 지적처럼 자기만족을 추구하고 있다는 사실은 부정할 수 없다. 자신이 지금까지 거둔 실적에 높은 자부심을 품고 있다는 것을 아소는 자각하고 있었다. 아소의 수사 방식에 노골적으로 반발을 드러내는 사람들은 그리 많지 않지만, 수사본부의 방침을 번번이 무시하고 행동하는 아소 수사반은 늘 주변의 경계를 받았으며 험담의 대상이기도 했다. 그래도 그러한 일들이 크게 신경 쓰이지 않는 것은 적어도 범죄 수사에 한에서는 자신이 틀리지 않았다는 믿음이 있기 때문이다.

렌이 재판에서 무죄를 주장한 사실은 적어도 아소에게는 충격이었다. 그 주장은 아소가 실시한 수사와 체포가 잘못됐을 수도 있다는 가능성을 암시한다. 게다가 렌의 누나와 당시 변호사까지 그 주장을 믿는다고 한다.

렌이 아소가 잘못한 게 아니라고 한마디 해주기를 바라는 마음을 품었다는 것은 인정한다.

하지만 그뿐만이 아니었다.

분명 그뿐만은 아니다.

인파 속을 나아가는 렌의 뒷모습은 회유어 무리에 섞여든 멋진 열대어 같아 보였다. 군살 없이 균형 잡힌 몸으로 부드러우면서도 민첩하게 움직인다. 이질적이었다. 어디가 어떻게, 라고 지적할 수는 없지만 특별했다. 특별한 그 모습을 보고 있으니 즐거웠다.

"뭐?"

아소의 생각을 읽기라도 한 듯이 렌이 뒤돌아보았다.

"뭐라고 했어?"

"아니."

아소는 어쩐지 쑥스러웠다.

"용케도 잘 피한다고 감탄했을 뿐이야."

"뭘?"

"사람을. 아까부터 부딪칠 것 같으면서도 절대로 안 부딪치더라고."

"나, 사람 싫어하거든."

렌은 고개를 앞으로 돌리고 쭉쭉 걸어갔다.

나도 그래, 하고 아소는 속으로 동의했다.

제법 많이 걸은 것 같았지만, 아직 이세탄 부근이었다. 거기서 렌은 지하로 이어지는 계단을 내려갔다. 상당히 오래 전부터 영업한 곳인지 가게 이름이 기억에 있었다.

나무문을 열자 그리운 느낌이 드는 록 음악이 흘러나왔다. 록은 잘 모르지만 70년대에 유행한 곡이라는 것은 알았다.

가게는 공기가 부옇게 탁해질 만큼 담배 연기로 자욱했지만 아까 전 가게와 달리 여송연 냄새는 나지 않았다. 싸구려 술과 흔해 빠진 담배와, 후줄근한 차림새의 대학생들.

20년 전에 시간이 멈춘 듯한 가게였다. 이러한 스타일을 유지하는 가게가 아직도 있다는 것이 아소는 놀라운 한편으로 은근히 기뻤다.

구석 테이블에 자리를 잡았다. 아르바이트생 같은 남자가 물이 든 컵을 들고 왔지만, 메뉴는 갖다 주지 않았다.

"버번위스키 괜찮아?"

아소가 고개를 끄덕이자 렌은 남자에게 병으로, 라고만 말했다.

"뭐 좀 먹을래?"

"뭐가 있는데?"

"별것 없는데."

"그럼 말길게."

도대체 몇 년 만에 이런 말장난 같은 대화를 해보는 걸까.

아소는 담뱃진으로 더러워진 벽에 등을 기대고 눈을 감았다.

"이거 누구 노래야? 들어본 적 있는데."

"이야."

렌은 입 끝으로 담배를 휙휙 휘둘렀다.

"이런 것도 아는구나. 슈퍼트램프야. 이건 대히트 친 앨범은 아닌데."

"아, 이 곡이다."

아소는 몸을 내밀었다.

"이거야. 기억나."

"〈Hide in your shell〉…… 언제 나왔더라. 아마 75년도쯤이었을 거야."

"75년이라."

"그때 뭘 했는데?"

"대학생이었지. 매일매일 검도만 했어. 달리 뭘 했는지는 전혀 기억이 안 나……. 그런데 어떻게 이 곡을 아는 거지?"

"록카페에서는 자주 틀어줬을걸."

"당시는 교토에 있었어?"

"응."

와일드 터키가 병으로 나왔다. 그래도 주변 손님의 테이블에 놓여 있는 술병의 상표를 보니 와일드 터키가 이 가게 술 중에서는 비싼 축에 드는 것 같았다. 렌이 물을 타서 마시지 않는다는 것을 아는지 얼음 통만 함께 나왔다.

"교토도 좋지. 괜찮은 재즈카페도 몇 곳 있었어."

"당신, 사쓰키 누나 팬이었다며?"

"그 사람한테 들었나? 한때 아자부 서에 있었거든. 그렇게 오래 있지는 않았지만…… 젊었을 때. 구도 사쓰키의 노래를 정말 좋아해서 틈만 나면 얼굴을 디밀었어. 그 일대를 관할하는 경찰이 들락날락하다니 지금 생각해보면 이만저만 영업 방해가 아니었겠지만."

"뭘 좋아해?"

"구도 사쓰키 노래 중에서? 보자…… 그 사람이 부르는 〈What A Wonderful World〉라든가."

"사치모(재즈 연주자이자 가수인 루이 암스트롱의 별명 ─ 옮긴이 주)의?"

"응."

"누나 애창곡 중에서는 수수한 편인데."

"열정적으로 내지르는 창법도 잘 소화하는 사람이지만, 역시 느릿하고 편안한 노래가 좋아. 〈Someone to watch over me〉, 〈Left Alone〉……."

"〈Smoke gets in your eyes〉."

"아아, 그건 최고야. 원곡보다 좋아."

버번위스키는 취향이 아닌데도 몸의 힘을 쭉 빼고 벽에 등을 맡긴 채 좋아하는 음악 이야기를 하며 마시자 버번위스키가 이렇게 맛있었나 싶었다.

벌써 몇 년이나 이런 시간을 가진 기억이 없었다. 일 이야기를 안 해도 되는 친구가 없다는 것을 아소는 깨달았다. 그렇다고 지금까지 쓸쓸했던 적은 없었고, 뭔가 곤란한 일을 겪지도 않았다. 버번위스키가 맛있다고 느낄 시간을 얻지 못했을 뿐이었다.

고작 그뿐인데도 아소는 아주 오랫동안 아주 많은 것들을 잃으며 살아온 듯한 허전함을 느꼈다.

"당신 여자는 보통 사람?"

뜬금없는 질문의 뜻을 이해하지 못해 아소는 되물었다.

"뭐라고?"

"당신이 사귀는 여자, 아마추어냐고 물었어."

"……물장사냐 아니냐는 의미라면 아마추어라고는 못하겠지. 그런데 왜 그런 걸 물어?"

"그냥."

렌은 계속 담배를 입으로 휙휙 돌려대기만 했다. 아소는 자기 라이터로 불을 붙여주었다.

"이상한 녀석이로군. 아니면 뭔가 꾸미는 거야?"

"꾸미다니 뭘?"

"몰라."

아소는 웃었다.

"하지만 너희들은 사람의 빈틈을 파고드는 게 직업이잖아. 뭔가 꾸민다고 해도 이상할 것 없지."

"역시 짭새랑은 대화가 안 통한다니까. 괜찮은 여자인가 싶어서 그냥 좀 물어봤는데 그러네."

"괜찮은 여자야."

아소도 담배를 피웠다.

"암, 괜찮은 여자고말고. 내게는 아까울 정도로 참해. 자기 힘으로
가게를 꾸려나가면서 잘 살아. 내게 무리한 요구를 하지도 않고, 속박
도 없어."

"결혼하자는 말은 안 해?"

"안 해. 그런 이야기는 나온 적도 없어. 아마 결혼 상대로 나 같은 건
딱 질색이겠지. 어쨌거나 내가 없어도 혼자 잘 살 수 있는 여자야……
가끔 내가 없는 편이 낫지 않을까 싶을 때도 있어."

"한심하기는."

"그래, 한심하지."

아소는 스스로 잔에 술을 따랐다.

"아무래도…… 거리감을 모르겠더라고. 자신이 없어."

"당신과 여자 사이의 거리?"

"응. 아내랑 살 때는 늘 지켜주고 싶었어. 뭐든지 해주고 싶었고. 바
라는 걸 다 이뤄주고 싶었지. ……내가 없으면 못 살 여자라고 착각한
거야. 그런데 어느 날 갑자기 집을 나가버렸어."

"그래서 이번에는 상대가 독립심 있는 존재라고 믿으려는 거구나."

"그럴 테지, 분명."

"그런데 이번에도 착각이면 어쩌려고?"

"글쎄, 어쩌지?"

아소는 한숨을 푹 쉬었다.

렌은 웃었다.

"낫살이나 먹고도 나잇값을 못하네."

"그냥 내버려둬."

아소도 웃었다. 사실 낫살이나 먹고도 나잇값을 못하는 건 틀림없다.

"그 노래 들어보고 싶은데."

아소는 테이블 위의 음악 신청 카드를 보고 말했다.

"네가 흥얼거린 노래."

"〈Because the night〉?"

렌은 카드에 곡명을 적어서 가게 남자에게 건넸다.

"당신이 상상하는 느낌이랑은 분명 다를걸. 난 느릿느릿 불렀으니까."

바로 노래가 나왔다.

확실히 상상과는 달랐다. 일단 여자 가수였다. 그리고 생각보다 훨씬 창법이 격렬했다.

"패티 스미스."

렌이 담배 연기를 후 뿜어냈다.

"펑크의 여왕님이야."

아까 그 가게에서도 술을 마시고 와서인지 취기가 적당히 올랐다.

"일하러 가봐야 하지 않아?"

노래가 끝나자 렌이 물었다.

"말해두는데 여기는 내가 데려온 거 아니야. 당신이 멋대로 따라온 거지."

"가보는 게 좋겠지."

아소는 손목시계를 보았다.

"하지만 벌써 술이 들어갔으니."

"피해자가 조폭이라 진지하게 일할 마음이 안 든다 그건가?"

"진지하게 일할 생각 없어. 사실 니라사키는 사형을 당해야 마땅한 놈이었으니까. 하지만 난 그렇다고 해서 허술하게 수사하는 인간은 아니거든. 운 나쁘게도 말이야. 쩝, 뭔가 새로운 움직임이 있으면 연락이 올 테지. 일단 난 현장에는 못 나가."

"왜?"

"경감 나리가 얼쩡거리면 다들 싫은 티를 내니까. 진짜 재미없어. 승진 제의를 받아들이는 게 아니었는데."

"왜 받아들였는데?"

"월급이 오르거든."

다른 노래가 끝나고 잠시 후에 아까 전 가수의 목소리가 다시 울려 퍼졌다.

"또 그 가수로군."

"응. 〈Frederick〉이라는 곡이야. 이게 패티 스미스 노래 중에서는 제일 인기 있지 않을까 싶은데. 누가 신청했을까. 어이, 진짜 안 돌아갈 거야?"

"적어도 술이 깰 때까지는 못 가지."

"그렇게 자꾸 마시면 영원히 안 깨."

"그런가."

아소는 술잔을 비웠다.

"그도 그렇군."

그때 마침 볶음우동이 나왔다.

"희한한 걸 시켰네."

"배고팠단 말이야. 아침부터 아무 것도 안 먹었어."

볶음우동은 소스로 대충 맛을 냈다고 주장하는 듯한 색깔이었다. 마키에게 이걸 보여주면 어떤 표정을 지을까. 특히 심도 빼지 않고 마구잡이로 썰어놓은 양배추를 보여주면.

마키라면 같은 재료로 훨씬 보기 좋고 맛있는 요리를 만들 텐데.

렌은 나무젓가락을 반으로 갈라서 우걱우걱 먹기 시작했다. 아소는 조금 안심했다. 렌의 알코올 의존증이 어느 정도 진행됐는지 불안했는데, 식욕이 전혀 없지는 않은 모양이었다.

아소도 작은 그릇에 약간 덜어서 먹어보았다. 예상대로 소스 맛밖에 안 났다.

"좀 더 맛있는 걸 먹지 그랬어?"

렌은 웃었다.

"맛있는 건 너무 먹어서 신물이 날 지경이야. 요즘 조폭은 비싸고 맛있는 것만 먹거든. 그래서 스와 씨는 당뇨병, 총장은 심장병에 걸렸고 무토 씨는 간장과 신장에 탈이 났지. 환자들 천지야."

"넌 어때? 술을 너무 많이 마시는 거 아닌가?"

"사돈 남 말 하시네."

렌은 입안 가득한 볶음우동을 버번위스키와 함께 삼켰다.

"당신이나 나나 장수할 생각이라면 지금 하는 일 때려치워야 해. 아니면 당신은 벌써 때려치웠나? 총에 맞지 않도록 책상 뒤에 숨어서 정년이 오기를 기다리고 있어?"

"그래도 맞겠지."

아소는 혼잣말하듯이 말했다.

"어디에 있어도 총에 맞을 때는 맞아."

"그렇지."

렌은 볶음우동을 먹어치우고 나서 담배를 입에 물었다.

"어디에 숨어도 총에 맞을 때는 맞겠지. 아주 품행방정하게 살아도 계단에서 미끄러져 목뼈가 부러져서 죽는 놈도 있어. 아무 짓도 안 했는데 교도소에 수감될 때도 있고."

아소는 렌의 옆얼굴을 보았다. 표정에는 전혀 변화가 없었다.

"내가 말해줬으면 하는 거지?"

"뭘?"

"그 여자와 후지우라가 하는 짓은 완전히 허튼짓이라고. 그들이 하는 일을 부정해주기를 바라잖아."

"말해줄 건가?"

"응."

아소는 렌이 문 담배에 또 불을 붙여주었다.

"얼마든지 말해줄게. 그 사건은 내가 저질렀어. 내가 그랬습니다. 제가 그랬어요. 제가 여자를 덮쳤습니다. 강간하려고 했는데 여자가 저항하자 화가 나서 커터칼로 얼굴을 그었습니다. 훨씬 전부터 여자를 덮치려고 했습니다. 칼로 얼굴을 죽 그으면 속이 시원할 것 같았습니다. 그 여자를 전부터 노렸습니다. 엉망진창으로 범하고 죽여버려야겠다고 생각⋯⋯."

"그만해."

아소는 렌의 위팔을 잡았다.

"그게 뭐야. 너 설마 재판에서 그런 말을 지껄인 건 아니겠지?"

"당신이 듣고 싶은 말을 들려줬을 뿐인데."

렌은 희미한 웃음을 지었다.

"애당초 당신이 보고 싶어 하는 진실은 어디에도 없어. 당신 입맛에 맞는 과거를 제공해줄 만큼 난 친절하지 않다고. 당신은 선택의 갈림길에 서 있어. 당신이 잘못했음을 알든가 아니면 내가 흉악한 인간임을 인정하든가, 둘 중 하나를 선택해야 해."

"왜 사실만 가르쳐주지 않는 거지?"

"사실이라면 당신도 알잖아. 내가 새삼 설명할 필요가 어디 있어? 재판이란 사실을 인정하는 시스템일 텐데, 그렇지? 재판 결과가 나왔으니 그게 무엇보다도 확실한 사실 아니야? 아니라면 경찰이니 검찰이니 법원에 무슨 의미가 있어? 무슨 존재 가치가 있느냐고?"

결국 다람쥐 쳇바퀴 도는 꼴이다.

아소는 포기하고 고개를 끄덕였다.

"알았어. 다시는 너한테 안 물을게."

"당신이 나한테 그렇게 말한 거 이번이 두 번째야. 다시는 잊어버리지 마."

"그래, 안 잊어버릴게…… 좀 더 마시다 갈 거야?"

아소는 자리에서 일어섰다.

"가려고?"

"조금 걸어서 술기운을 몰아내야겠어. 너랑 더 있으려면 술 없이는 안 되겠다. 하지만 당분간은 공무원에서 잘리면 안 돼. 아직 집 융자금이 남았거든."

"멋대로 따라와 놓고 먼저 가는구나."

아소가 만 엔짜리 한 장을 테이블에 내려놓자 렌은 돈을 손가락으로 탁 튕겨냈다.

"계집애처럼 삐치지 마."

아소는 돈을 주웠다.

"즐거운 대화는 끝났으니 헤어지는 편이 낫잖아."

"당신이 쓸데없는 소리를 꺼내서 그래."

"아니야. 네가 도발했어."

렌은 다리를 바꿔 꼬고 아소 반대 방향으로 몸을 휙 돌렸다.

아소는 그 모습을 보고 웃을 뻔했지만, 그냥 가게를 나섰다.

달이 예쁜 밤이었다. 웬일로 윤곽이 선명했다. 달이 꽉 차려면 아직 좀 더 있어야 하나, 아니면 이지러지기 시작한 걸까. 배가 불룩한 방향을 보고 달이 차오르는 중인지 이지러지는 중인지 구분하는 방법을 과학 시간에 배웠는데 이제 다 잊어버렸다.

잊어버린 게 너무나 많다.

달이 차고 이지러지는 것뿐만 아니라 인생을 살면서 잃은 기억은 무수히 많다.

렌에 관해서도 분명 뭔가 잊어버렸다.

물론 10년 전 약 이틀간 그에게 한 말과 한 일을 모조리 떠올릴 수는 없겠지만, 그래도 기억하고 있어야 할 뭔가를 잊어버린 듯한 감각이 머릿속을 떠나지 않았다.

정말로 알고 싶은 것은 그거다.

하지만 그에게 물어볼 수는 없다는 기분이 들었다.

니시신주쿠로 설렁설렁 걸어가는 동안 아소는 구도 사쓰키의 노래가 듣고 싶었다. 그녀가 부르는 〈Smoke gets in your eyes〉가.

신주쿠 역 동쪽 출입구 앞에서 가도교 아래를 통과해 서쪽으로 나가려다가 아소는 뒤돌아섰다. 혼잡한 가운데 누군가 자신의 발걸음에 맞추어 따라오고 있다는 것을 알아차렸다.

뒤돌아서서 웃고 나서 아소는 중얼거렸다.

"정말 계집애 같은 녀석이로군."

2

"좀 더 놀고 싶으면 그렇다고 말하지 그랬어?"

"거스름돈."

렌이 손을 내밀자 아소도 반사적으로 손을 내밀었다. 렌은 아소 손에 천 엔짜리 몇 장과 동전을 쥐어주었다.

"일부러 갖다 주다니 미안한걸."

"알긴 아나 보지?"

"그건 넘어가고, 무슨 일이야?"

렌은 분명 할 말이 있는 것처럼 보였다.

아소는 조금 긴장했다. 방금 전까지의 친근한 분위기가 아니라 좀
더 심각한 뭔가가 렌을 감싸고 있었다. 아소의 가슴속에서 형사의 직
감이 반응했다.

"······됐어."

렌이 등을 돌리고 걸음을 옮겼으므로 이번에는 아소가 황급히 쫓
아갔다.

"찜찜하게 왜 이래. 할 말 있거든 해봐."

"마음이 바뀌었어. 다음에 또 보자."

"기다려."

아소는 절대 놓치지 않으려고 렌의 팔을 잡았다.

"정보가 있어? 니라사키에 대해 무슨 정보가 있으면 가르쳐줘."

"정보라고 할 정도는 아니야."

"뭐든지 괜찮아. 아무리 사소한 거라도 상관없어. 너도 니라사키를
죽인 범인을 빨리 찾아내고 싶지? 부탁이야. 아는 게 있다면 숨기지
말고 말해줘."

렌은 어깨를 으쓱했다.

"나중에 볼 수 있어?"

아소는 손목시계를 들여다보았다.

"별다른 진전이 없다면 오늘 밤은 수사회의가 열리지 않을 거야.
하지만 자정에 우리 수사반의 보고를 들어야 해. 그게 끝나면 나올 수
있어."

"나, 3시쯤까지는 회사에 있을 거야."

"알았어. 거기로 가면 되는 거지?"

"어딘지 알아?"

"오이카와한테 물어볼게."

렌은 고개를 끄덕였다. 아소가 팔을 놓자 다시 걸어갔다.

꺼림칙한 느낌과 함께 가슴이 쿵쿵 뛰었다.

놓치지 않으려고 잡았던 팔을 놓아버림으로써 뭔가 되돌릴 수 없는 짓을 저질렀다는 기분이 들었다.

아소는 렌의 모습이 혼잡한 거리 속으로 사라질 때까지 제자리에 서 있었다.

* * *

"어디 다녀오셨어요?"

시즈카가 물었다. 시즈카는 아주 자연스레 물어보았을 뿐이다. 그건 알지만 아소는 그런 질문 자체가 짜증나서 그냥 여기저기, 라고만 대답했다. 시즈카는 더 이상 파고들지는 않았지만 표정에 희미한 불만이 드러났다.

아소는 미야지마 시즈카라는 여자를 가끔 이해할 수 없었다.

나이 탓으로 치부하려 해도 분명 그것만으로는 해결되지 않는 뭔가가 분명히 있었다. 그저 시즈카는 내가 마음에 드는 모양이라고 결론짓고 끝내고 싶었다. 하지만 날마다 함께 일하다가 한순간 시즈카의 열기를 접하면 호감을 받아서 쑥스러운 것과는 본질적으로 다른, 통증 같은 감정이 느껴진다.

경력과 외모, 분위기 등에서 사람의 성질이 전해져올 때가 있다.

하지만 내면 깊은 곳에 숨겨져 있어 그런 요소만으로는 완전히 전해지지 않는 본질은 어쩌다 가끔 표면으로 떠올라서 그것을 목격한 사람을 당황시킨다. 아소는 시즈카에게도 목격한 사람이 깜짝 놀랄 만큼 강하고 격한 본질이 있다고 느꼈다.

지금도 시즈카는 분명 뭔가를 꿰뚫어보았다. 아소가 남에게 드러내고 싶지 않은 뭔가를.

"보고해."

자정이 되려면 30분 남았지만 아소는 지시했다. 보기 드문 일이었으므로 야마세도 조금 의외라는 듯이 손목시계로 시간을 확인했다.

"어, 그럼 일단 긴 짱부터 시작해."

공식적인 회의가 아니므로 야마세는 아리타를 애칭으로 불렀다. 아리타는 그 애칭으로 불릴 때마다 멋쩍은 듯이 입을 오므린다.

"예. 홋카이도 도경에서 보고가 왔습니다. 본명 혹은 통칭이 구로다 유리에 해당하는 윤락여성은 두 명으로 추정된답니다. 한 명은 이름에 있을 '유'자와 마을 '리'자를 쓰는 구로다 유리. 나이는 24세, 스스키노의 〈카렌〉이라는 마사지방에서 일합니다. 거기서 부당한 요금을 청구한다는 고소가 들어와서 진술을 청취한 적이 있다니까 이름은 본명일 테고 나이도 확실하겠죠. 다른 한 명은 백합이라는 한자를 쓰는 구로다 유리입니다(일본어로 '유리'는 '백합'이라는 뜻이다 — 옮긴이 주). 이쪽은 본명인지 아닌지 아직 확인되지 않은 모양입니다. 역시 스스키노의 〈999〉라는 가게에 있습니다. 이쪽은 손님에게 목욕 서비스를 제공하는 소프랜드인데요. 소프랜드는 대개 경찰에 협력적인 가게가 많으니까 아마 여자의 정보도 금방 파악하겠죠. 구로다 유리는 가게에 취직할 때 본인이 댄 이름이랍니다. 요즘은 윤락업소도 나중에 문제가 발생할 소지를 없애고자 고용할 때 면허증이나 보험증을 확인하는 경우가 많으니까 어쩌면 이게 본명일 수도 있습니다."

"그 여자 나이는?"

"잠깐만요…… 스무 살입니다. 물론 이것도 본인이 그렇게 말한 모양이지만요."

"나이만 따지면 둘 다 에자키 다쓰야의 여자친구가 될 만하군."

"이 두 명의 얼굴 사진을 제공해달라고 요청해보겠습니다."

"긴 짱, 그냥 삿포로로 출장 다녀와. 계장님, 그게 낫지 않겠습니까?"

아소는 고개를 끄덕였다.

"그래. 도경을 너무 귀찮게 하는 것도 좀 그러니까. 두 명을 직접 만나서 얼굴 사진을 입수하고, 팩스로 하세카와 다마키에게 확인시키자. 만약 둘 중 한 명이 에자키 다쓰야의 여자친구로 밝혀지면 에자키 다쓰야에 대한 진술을 받아와. 만약 둘 다 아니면 잠시 거기 머무르며 해당하는 인물을 찾아보고."

"누구랑 같이 보낼까요?"

"아무나 괜찮겠지. 아리타, 같이 가고 싶은 사람 있어?"

"특별히는 없습니다."

"그럼 야마시타를 데려가."

야마세는 그렇게 말하고 아소를 보았다.

"그러면 되겠죠, 계장님?"

아소는 다시 고개를 끄덕였다. 미야지마 시즈카에 차여서 일에 집중하지 못하는 야마시타를 본부에서 멀리 떨어진 곳으로 보내 일을 시키다니 좋은 생각이었다.

"알겠습니다."

아리타는 바로 대답했지만 야마시타는 잠시 후에야 대답했다.

"다음, 시계."

"예, 하세가와 다마키의 신원에 대해 보고 드리겠습니다."

아소는 시게타 쪽으로 몸을 돌렸다. 아소는 현재 하세가와 다마키라는 여자의 정체에 제일 흥미가 있었다.

"어, 이스트흥업에 고용되기 이전의 경력을 보면, 아카사카의 회원제 클럽 〈심해〉에서 호스티스로 일한 건 사실입니다. 92년 4월에 〈심해〉로 옮겼습니다. 그 전까지는 긴자의 〈은령〉이라는 클럽에 있었고요. 〈은령〉과 〈심해〉는 아주 고급 클럽이라 돈 많은 손님들이 드나드는 곳입니다. 둘 다 니라사키가 좋아했던 가게지만 폭력단과 특별한 관련이 있다는 이야기는 없습니다. 하세가와 다마키가 언제부터 〈은령〉에서 일했는지는 확실치 않습니다. 가게 사람 이야기로는 아르바이트로 1년쯤 일한 후에 2년은 더 있었다고 하니까 적어도 89년경에는 일을 시작했겠지만, 호스티스가 워낙 자주 바뀌는지라 그만두고 2년쯤 지나면 이력서는 처분한다고 합니다. 다만 당시부터 일한 바텐더 이야기로는 〈은령〉 이전에는 물장사를 한 경험이 없지 않을까 싶답니다. 미즈와리(찬물을 섞어 술을 희석시켜 마시는 방법-옮긴이 주)를 만들 줄도 몰랐던 게 생각난다고 했습니다."

"이력서가 없다면 〈은령〉 이전으로는 거슬러 올라갈 수 없겠군."

"어렵겠죠. 하지만 당시 동료였던 호스티스와 이야기를 해보면 조금은 더 더듬어갈 수 있을 겁니다. 그리고 흥미로운 사실을 하나 알아냈는데요."

시게타는 헛기침을 하며 뜸을 들이다가 말했다.

"91년 여름에, 휴가를 받은 〈은령〉의 호스티스와 바텐더들이 괌으로 여행을 간 적이 있답니다. 이때 하세가와 다마키만 단체여행에 끼지 않고 개인적으로 비행기를 구해서 참가했다고 합니다."

"그게 무슨 소리야?"

"즉 가게 동료들과 비행기를 따로 타고 다녀왔다는 거죠. 호텔은 같았지만, 방도 혼자 따로 잡았고요. 하세가와 다마키에게 확인하니 여행사에 아는 사람이 있어서 염가로 비행기 표와 호텔방을 구할 수 있어서 그랬다는군요. 절약한 여행비로 현지에서 동료들에게 저녁밥을 샀답니다."

"여권 때문이로군."

아소는 수첩에 하세가와, 여권이라고 적으며 말했다.

"과연." 야마세가 손뼉을 쳤다. "역시 하세가와 다마키는 본명이 아닌 거야. 가게 사람에게 그걸 들키기 싫어서 비행기를 따로 탔어."

"그리고 알몸."

아소는 하세가와, 몸이라고도 적었다.

"계장님, 알몸이라니 그게 뭡니까?"

"같은 여자한테도 알몸을 보여주기 싫으니까 방을 따로 잡은 거 아니겠어?"

"문신을 한 걸까요?"

"긴자의 호스티스에게 문신은 흉이 아니야. 몸에 다른 흉터나 특징이 있겠지. 본명을 노출하기를 꺼리는 것과 같은 이유로 그 특징도 남에게 드러내고 싶지 않았던 거겠지."

"그 여자, 꽤 깊은 곡절이 있을 것 같습니다."

"아마 그렇겠지. 그런데 시게, 니라사키에게 몹쓸 짓을 당했다고 하세가와 다마키 본인이 주장한 이야기는 어때? 무슨 소문이라도 있었나?"

"전혀요."

시게는 어깨를 움츠렸다.

"하세가와 다마키가 〈은령〉에서 다마키라는 기명으로 일할 때 손님으로 드나들던 니라사키가 자주 지명했다고 합니다. 다마키는 〈은령〉을 그만둘 때 마담에게 〈심해〉로 옮긴다고 밝혔는데요. 〈은령〉의 마담은 다마키가 니라사키의 제안을 받고 〈심해〉로 옮긴 거라고 생각했답니다. 그 정도로 니라사키가 하세가와 다마키를 아끼는 것처럼 보였다는 뜻이겠죠. 하세가와 다마키는 〈심해〉에서도 다마키라는 기명을 썼는데, 손님의 평판이 아주 좋았던 것 같습니다. 미모와 몸매가 출중했기 때문이기도 하지만, 무엇보다 머리 회전이 빨라서 대화를 하면 재미있었다고 합니다. 그리고 〈은령〉과 〈심해〉의 마담 둘 다 다마키가 자잘한 데까지 신경을 잘 쓰고 눈치가 아주 빨랐다고 칭찬했습니다. 분위기를 잘 띄우고 눈치가 좋은 사람이라는 게 하세가와 다마키에 대한 주변의 일반적인 평가라고 할 수 있겠죠. 〈심해〉에는 이스트홍업의 야마우치도 니라사키와 함께 자주 드나들었으니 하세가와 다마키가 영리하고 눈치가 빠르다는 점을 높이 사서 자기 비서로 고용한 거 아니겠느냐는 것이 〈심해〉 관계자의 공통된 의견입니다."

"즉, 말썽이 있었던 적은 전혀 없었다는 건가?"

"현재까지 알아본 바로는 그렇습니다. 뭐, 표면적인 탐문만으로는 이면에 숨어 있는 애증 관계까지는 알아낼 수 없으니 좀 더 파고들어 봐야겠지만요."

"니라사키와 남녀 관계까지 갔었나?"

"불분명합니다. 적어도 동료들이 수군거릴 만한 소문은 돌지 않았던 것 같습니다."

"증거는 못 잡겠군."

"실은 〈심해〉의 마담이 니라사키의 친구 가케카와 준이치의 애인이라는 소문이 있습니다. 가케카와 준이치에게는 애인이 많은 모양이니 지금도 관계를 지속 중인지 아니면 이미 끝난 사이인지까지는 모르겠습니다만, 어쨌거나 니라사키가 하세가와 다마키를 〈심해〉로 부른 건 자신의 애인이었기 때문이 아니라 하세가와 다마키가 우수한 호스티스라서 스카우트한 것 아니겠습니까. 그런 감이 듭니다만."

"흠."

야마세가 고개를 힘주어 끄덕였으므로 아소는 더 이상 질문하지 않았다.

"그럼 다음은 시즈카. 너랑 다모쓰는 꽤나 재미있는 방향으로 조사를 진행 중이었지?"

미야지마 시즈카는 대답한 후 아소를 똑바로 보았다. 그 강한 시선을 받고 아소는 무심코 아래를 보았다. 시즈카가 이런 시선을 던지면 스스로도 한심하게 느껴질 만큼 쩔쩔맨다. 시즈카가 싫은 것은 결코 아니다. 오히려 탐탁하게 여길 정도인데.

"저희는 어제 수사본부에 정보를 제공하러 온 여성에 대해 조사했습니다. 이 여성은 차림새로 판단컨대 신주쿠 서에서 그리 멀지 않은 지역, 즉 도내나 전철을 갈아타지 않고 갈 수 있는 이웃 현에서 온 것으로 추정됩니다만, 단서는 본인이 말한 이름뿐입니다. 현재 전화번

호부에서 해당하는 성을 찾아 한 집씩 전화를 걸어 확인하고 있습니다만……."

시즈카의 말을 막듯이 내선전화 호출음이 울려 퍼졌다. 전화기 근처에 있던 아이카와가 수화기를 들었다.

"계장님, 시바마타 서에서 계장님께 내선으로 연락이 왔는데요."

"어디?"

"시바마타 서요. 가와구치 씨라고 하십니다."

아소는 수화기를 건네받았다.

"류 씨?"

일찍이 본청 동료였던 가와구치 고키치의 목소리였다.

"오랜만입니다."

"응, 3년 만에 목소리 듣는 것 같은데."

"잘 지내셨어요?"

"뭐 그럭저럭. 아, 느긋하게 인사나 하고 있을 때가 아니지. 류 씨, 지금 바로 여기로 올 수 있어?"

"여기라면 시바마타요?"

"응. 최대한 빨리. 아직 본부가 설치되지 않았으니까 지금이라면 개인적으로 자네한테 정보를 제공할 수 있어."

"도대체 무슨 일입니까?"

"시체가 발견됐어. 몸 앞쪽이 노릇노릇하게 구워졌다고."

3

전철 막차는 이미 출발했으므로 공용차로 달려갔지만, 도쿄 23구 서쪽 끝에서 동쪽 끝까지 가는 데는 역시 시간이 걸렸다.

시바마타 서에 도착하자 가와구치는 일부러 회의실을 하나 확보해놓고 기다리고 있었다. 드나드는 사람들이 많아 서내가 어수선했지만, 형사과 방에는 사람이 거의 없었다. 그야말로 살인 사건 같은 큰 사건이 벌어져 수사본부가 설치되기 직전의 관할서라는 분위기였다.

"가와구치 씨, 불탄 시체가 발견됐다고요?"

"응."

가와구치는 커피를 탄 종이컵 두 개를 들고 와서 하나를 아소 앞에 놓았다.

"한 시간 반쯤 전에 신고가 들어와서 우리 애들도 아직 현장에 있어. 본청은 짬이 나는 수사반이 없는 모양이던데."

"마침 저희 반만 사건이 종결돼서 손이 비어 있었는데, 니라사키가 살해되는 사건이 발생해서요. 뭐, 그래도 가시와기 씨 반이 맡은 사건은 슬슬 미궁에 빠질 것 같던데요."

"고마 씨? 온다면 그 사람인가?"

"아마도요. 그쪽에 인원을 조금 남겨놓고 이쪽을 같이 맡지 않겠어요? 아니면 안도 씨가 오거나."

"그 사람은 승진을 눈앞에 두고 있다고 들었어. 번거로운 사건은 담당하기를 꺼리지 않을까?"

"그런 사정은 전혀 모르겠습니다. 아무튼 저희는 못 와요."

"알아. 그래서 본부가 설치되기 전에 부른 거야."

가와구치는 방에 아무도 없는데도 목소리를 낮추었다.

"아무래도 이 시체에 대해 자네한테 귀띔해두는 편이 나을 것 같더라고. 본부가 설치되면 별 것 아닌 정보 하나 얻으려고 해도 공식적인 절차를 밟아야 하니까 귀찮잖아?"

"즉, 그 시체가 지금 제가 맡고 있는 니라사키 살해 사건과 무슨 관계가 있다는 겁니까?"

가와구치는 담배 한 대를 천천히 피웠다.

"옛날부터 나보다 류 씨가 감이 좋았지. 그런 류 씨라면 어떻게 생각할까 싶은 점이 있어서. 다만 사법부검하기로 결정돼서 시체는 벌써 대학에 실려 갔어."

가와구치는 사진 몇 장을 테이블에 내려놓았다.

"우리 수사원이 폴라로이드 카메라로 찍은 거야."

아소는 사진을 집어 들었다.

무심코 외면하고 싶어질 만큼 끔찍한 시체였다. 똑바로 누워 있어서 얼굴에서 다리까지 시커멓게 탔다는 것이 한눈에 들어왔다. 하지만 옆구리와 비틀린 팔 뒷면은 분명 하얗다. 주로 몸 앞면만 탔다.

"타 죽은 겁니까?"

"응, 감식과 이야기로는 앞에서 휘발유를 끼얹고 불을 붙인 게 아닐까 싶대."

"산 채로 태운 거군요."

"그건 틀림없을 거야. 현장은 돌멩이가 널린 강가야. 불덩어리가 된 피해자가 돌멩이 같은 데 발이 걸려서 똑바로 쓰러진 것 같아. 등과 엉덩이는 땅에 닿아 있어서 거의 안 탔어."

"난폭한 수법인데요."

아소는 고개를 저었다.

"하지만 니라사키 살해 사건과는 수법이 너무 다릅니다."

"그쪽은 수술에 쓰는 메스가 흉기라면서?"

"사건의 커다란 수수께끼 중 하나죠."

"음."

가와구치는 커피가 든 종이컵을 입에 댔다.

"그렇겠지. 의료용 메스를 흉기로 택하다니 확실히 별나."

"그런데 왜 이 시체를 니라사키 살해 사건과 결부시키셨어요?"

"그 밑의 사진을 잘 봐."

아소는 시커멓게 탄 시체 사진과 머리를 클로즈업한 사진 외에도 한 장 더 있던 사진을 눈앞으로 들어올렸다.

"자세히 안 보면 모를 거야…… 이 시체, 손에 이상한 걸 쥐고 있잖아. 거기, 오른손에."

과연 듣고 보니 시체가 오른손에 뭔가를 꼭 쥐고 있었다.

"이거 뭡니까? 금속처럼 보이는데 더러워서 잘 모르겠네요."

"라이터야."

"라이터?"

"실물은 감식과가 가지고 갔지만 스테인리스로 만든 일회용 라이터야."

"일회용 라이터인데 금속이라니 희한하네요."

"요즘은 편의점에서도 팔아. 멋지게 색칠을 해서 플라스틱 라이터보다는 고급스러워 보이지만 일회용은 일회용이지. 가스를 충전 못해. 하기야 검댕이 새카맣게 묻어서 나도 감식과한테 듣기 전에는 라이터인 줄 몰랐어. 자, 이제 이 사진을 봐."

가와구치가 사진을 두 장 더 꺼내서 아소에게 주었다.

"까만 게 현장에 있던 라이터고, 다른 쪽은 검댕을 닦아내고 찍은 거야."

"아아…… 가느다란 라이터네요."

"그건 시중에서 판매하는 물건이 아니야."

아소는 고개를 들었다.

"……그렇다면 출처를 확인할 수 있다는 겁니까?"

가와구치는 고개를 끄덕였다.

"가게 이름이 적혀 있더라고. 아카사카의 고급 클럽 〈심해〉에서 호스티스들이 쓰는 라이터지. 원래 그런 클럽에서는 성냥을 썼는데, 요즘은 유황 냄새가 나지 않도록 성냥을 켜는 방법을 호스티스들한테 가르치기가 귀찮은지 라이터도 많이 쓴다더라."

아소는 방금 전 보고 회의에서 나온 가게의 이름을 듣고 묘한 흥분을 느꼈다.

수사를 하다 보면 가끔 이럴 때가 있다. 한 가지 사항이 어딘가로 이어져서 연쇄 반응이 일어나듯 모든 것을 연결하고 얽어맨 실이 보일 때가.

"지난달에 완전히 다른 사건으로 〈심해〉를 수사했어. 우리 관할에 사는 부동산 중개소 사장이 몇 년 전에 〈심해〉에서 일했던 호스티스 출신 여자와 동거했는데, 그 여자가 행방불명돼서 가족이 수색원을 냈거든. 만에 하나 사건일 가능성을 고려해서 형사과가 움직였지. 결국 여자가 다른 남자와 달아났다는 게 밝혀져서 별 탈 없이 마무리됐어. 그런데 수사 도중에 〈심해〉가 가케카와 에이전시 대표 가케카와 준이치와 연결되어 있다는 걸 알아냈단 말씀이야. 그 사실이 기억에 남아 있어서 시체가 쥐고 있던 라이터가 〈심해〉의 물건인 걸 알았을 때 어라, 싶었어. 가케카와 준이치는 니라사키의 친구잖아?"

"맞습니다."

"니라사키가 살해당한 지 얼마 지나지 않아 한 여자가 살해당했어. 그 여자는 니라사키의 친구가 연관된 클럽의 라이터를 쥐고 있었지. 단순한 우연일지도 모르지만 난 아무래도 그렇지가 않은 것 같거든. 수사본부가 설치되면 당연히 신주쿠의 사건과 관련지어서 다루겠지만, 그러면 일단 이쪽 수사본부가 관련성이 있다고 판단한 후에야 류 씨 쪽에 연락하겠지? 그러면 최소한 사흘은 지나서야 류 씨가 이 사실을 알 수 있을 거야."

아소는 앉은 채 머리를 숙였다.

"가와구치 씨, 신경 써 주셔서 감사합니다."

"난 옛날부터 류 씨의 수사방법이 마음에 들었거든."

가와구치는 웃었다.

"니라사키 살해 사건을 하루라도 빨리 해결하지 못하면 조폭들이 보복전을 시작하겠지? 난 이제 관할서에 있는 몸인지라 1과장이라고는 해도 수사본부가 설치되면 본청 사람들 뒤치다꺼리나 해야 해. 그렇다고 수사본부가 있는데 그쪽을 통하지 않고 자네한테 직접 정보를 흘려줄 수는 없잖아. 뭐, 앞으로 한 시간쯤 지나면 본부가 설치될 테니 지금이 내가 자네한테 개인적으로 정보를 알려줄 수 있는 마지막 기회야."

"이 후의는 절대로 헛되이 하지 않겠습니다."

아소는 다시 고개를 숙였다.

"그런데 피해자의 신원은 아직?"

"못 알아냈어. 라이터가 유력한 단서겠지. 그리고 실은 이 피해자에게 아주 큰 특징이 있어. 검시관이 지적할 때까지 나는 알아차리지 못했지만."

"아주 큰 특징이요?"

"응. 솔직히 말해 난 이런 시체 처음 봤어. 우리는 현재 편의상 피해자를 여자로 가정하고 그녀라고 부르지만."

"여자인지 아닌지 모릅니까?"

"아니."

"가와구치는 어깨를 움츠렸다.

"남자야. 통상적으로 구분하자면."

"무슨 말씀이신지 모르겠는데요."

"음…… 시체를 발견한 사람도, 제일 먼저 현장으로 달려간 경찰관도 그 시체를 보고 여자라고 생각했어. 시커멓게 탔어도 몸의 윤곽은 알아볼 수 있으니까. 즉, 허리가 잘록하고 가슴이 나왔다는 뜻이지."

"그럼 몸매가 그런데도 남자 성기가 달려 있었다는 건가요?"

가와구치는 고개를 끄덕였다.

"검시관 말로는 어린아이 것 만하게 퇴화했다고 할까, 쪼그라들기는 했지만 분명 음경이 있대. 그런데 부검해봐야 정확하게 알 수 있다고 서론을 깔기는 했지만 이른바 남녀추니, 즉 양성구유는 아닌 모양이더라고. 유방이 너무 예쁘게 생긴 걸로 보아 유방확대수술을 받은 건 확실하고, 여성호르몬을 투여했을 가능성도 있대. 요컨대 원래 완전히 남자 몸이었는데 인위적으로 여자 몸으로 바꾸었을 가능성이 높다는 뜻이지. 간단히 말해 성전환자야. 여성호르몬을 대량으로 투여하면 고환에서 정자가 생성되지 않고, 남성적인 성적 욕구가 줄어

들어 발기도 되지 않는대. 그리고 음경도 어린아이 것만큼 작아진다는군."

"성전환자……."

"이렇게 큰 특징이 있으니 신원이 밝혀지는 건 시간문제겠지."

"아니요, 가와구치 씨."

아소는 천천히 고개를 저었다.

"신원 판명에 난항을 겪지 않을까 싶은데요."

"어째서?"

"몸에 이렇게 큰 특징이 있는데 범인이 굳이 얼굴과 몸을 태웠어요. 성전환자라는 점이 신원 확인에 결정적인 단서라면 일부러 얼굴을 태우는 수고는 하지 않았겠죠. 그럴 바에야 아예 발견되지 않도록 시체를 토막 내서 묻는 편이 나아요. 아무튼 범인이 얼굴만 태우면 당장 신원이 밝혀질 일은 없다고 여겼다면, 피해자는 아마도 자신이 성전환자임을 숨기고 생활한 게 아닐까요?"

"설마 그랬으려고? 성전환자는 수술받은 자기 몸을 뽐내고 싶어 하는 법 아닌가?"

"그건 성전환자라는 사실을 장사 수단으로 삼을 때만 그렇습니다. 성전환자임을 밝히지 않고 여자로 살고 싶어 하는 남자도 있다고 들었어요. 그런 남자가 여자로 보이도록 수술을 받는다면 남들에게 그 사실을 알리지 않겠죠. 그리고 여자로 살았을 겁니다. 여자의 삶을 지키고자 자신의 육체적 특징을 들키지 않게 최대한 노력했을 거고요……."

갑자기 아소의 머릿속에서 뭔가 번뜩였다.

자기 몸을 동료 호스티스에게 보이고 싶어 하지 않았던 여자.

여권도 절대 남에게 보여주지 않았던 여자!

"가와구치 씨!"

아소는 반쯤 일어서서 말했다.

"어쩌면 일이 커질지도 모르겠습니다."

"왜 그래, 류 씨."

"이 시체의 신원 말입니다. 짐작 가는 사람이 있어요. 그 사람은 니라사키 살해 사건에 깊이 관련되어 있지만, 경력은 확실치 않아요. 〈심해〉에서 일한 적이 있고, 최근에도 니라사키 주변에 있었죠. 그리고 어째서인지 동료 호스티스에게 자기 몸을 보여주기를 꺼렸습니다."

"류 씨, 그럼 역시 이쪽과 그쪽이 연결되는 건가!"

"확인해봐야죠. 가와구치 씨, 시체는 어느 대학으로 운반됐습니까?"

"J의대. 법의학교실의 다케이 교수가 집도할 거라고 들었는데."

아소는 부리나케 회의실 전화를 집어 들었다.

"야마 씨야?"

수화기에서 아소의 서슬에 놀란 듯한 야마세의 대답이 들렸다.

"즉시 이스트흥업의 야마구치에게 연락해! 그리고 1분 1초라도 빨리 J의대로 데려가서 시바마타 서 관할에서 벌어진 살인 사건 시체를 보여주고 신원을 확인해! 그래, 야마구치가 아니면 안 돼. 녀석이라면 분명 하세가와 다마키의 육체적 특징을 알고 있을 거야. 그래, 하세다와 다마키! 살해당했을 가능성이 있어!"

4

"일부러 여기까지 오게 해서 미안해. 하지만 도움이 됐어."

아소의 말에 렌은 한쪽 눈썹만 추켜올렸다.

"하세가와 다마키의 시체가 아니라서 한숨 돌렸어."

"그래."

렌은 천천히 고개를 설레설레 흔들었다.

"역시 그 여자도 성전환자였나?"

"다마키는 그렇게 부르는 거 싫어해. 자기를 그냥 여자라고 생각하거든. 음경도 오래 전에 제거했고."

"해외에서 수술하고 왔나보군."

"그렇겠지. 나도 자세하게는 몰라. 뭐, 아무럼 어때. 원래 남자였던 뭐였든, 지금 본인이 여자라고 하니까 그걸로 됐잖아."

"사적인 일에 관해 물어봐도 될까?"

아소가 묻자 렌은 어깨를 움츠리고 웃었다.

"경찰이 사적인 일 말고 또 뭘 물어보는데?"

아소도 웃었다. 렌은 인기척이 없는 대합실 소파에 앉았다.

"담배는 안 되겠지?"

"응. 조금만 참아. 나도 참는 중이야."

아소는 렌과 나란히 앉았다.

"널 여기로 부르고 나서 하세가와 다마키 집에도 우리 수사원을 보냈는데 없더라고. 혹시 오늘 밤에 연락 없었어?"

렌은 고개를 저었다.

"퇴근한 이후의 일은 몰라."

"몇 시쯤 퇴근했는데?"

"6시쯤이었나."

"너도 하세가와 다마키가 〈심해〉에서 일하기 전에 어떻게 살았는지 몰라?"

"긴자에 있지 않았어?"

"응, 긴자에서 일할 때까지는 거슬러 올라갔어. 하지만 거기서 꽉 막혔어. 아마도 해외에서 수술로 음경을 제거하고 질을 만든 후에 긴자로 왔겠지. 그렇다면 긴자 이전에는 외관상으로도 남자로 살았을 가능성이 있어."

"나한테 말해본들 몰라."

렌은 긴 다리를 바꿔 꼬고 발끝을 리듬 있게 흔들었다. 발로 무슨 리듬을 타면서 담배를 피우지 못해 답답한 기분을 달래는 것 같았다.

"걔, 옛날 이야기는 안 해."

"다시 사생활에 관한 질문인데. 그 여자랑 넌 무슨 관계야? 내가 보기에는 하세가와 다마키가 너한테 집착을 느끼는 것 같은데."

"걔의 머릿속까지 내가 책임질 수는 없어. 걔가 무슨 생각을 하는지 흥미도 없고. 다만 걔랑 그 짓을 하느냐고 묻고 싶다면 대답은 예스야."

렌은 한쪽 눈썹을 추켜올리고 쓴웃음 같은 표정을 지었다.

"걔 엄청 밝혀. 하지만 머리가 좋고 눈치가 팽팽 잘 돌아가니까 여러모로 도움이 되지."

"여러모로란 말이지."

아소는 자신의 턱을 쓰다듬었다.

"사랑 같은 감정은 없는 거지?"

"나는 없어. 걔가 어떻게 생각하는지는 몰라. 뭐, 내 생각에 나 말고
도 남자는 있을 거야. 그런데 왜 다마키에게 그렇게 연연하는 거야?
다마키 시체가 아니니까 이제 신경 꺼도 되잖아."

"우연으로 치부하고 넘어가기에는 너무 찜찜해."

아소는 혼잣말처럼 말했다.

"남자의 몸을 여자의 몸으로 바꾸려 한 사람이 두 명, 그것만으로
도 대단한 우연인데 한 명이 일했던 가게의 라이터를 다른 한 명이 손
에 쥐고 죽었어."

"즉 당신은."

렌은 시선을 앞에 고정한 채 물었다.

"다마키가 시커멓게 탄 그 시체를 만들었다고 생각하는 거야?"

"그렇게 단숨에 비약하지는 않아. 다만 하세가와 다마키의 시체가
아니었다고 해서 즉시 무관계하다는 결론을 내릴 만큼 난 단순하지
않다는 뜻이지. 그리고 난 하세가와 다마키가 적어도 니라사키 살해
사건에 관해서는 뭔가 중요한 사실을 쥐고 있다는 감이 들어."

"당신을 유혹하면서 다쓰야가 범인이라고 밀고해서?

"그 여자는 내 눈을 뭔가로부터 돌리려고 했어."

아소는 소파에서 일어섰다.

"상당히 절박하다는 인상을 받았지. 큰 문제에 휘말린 것처럼 느껴
지더라고. 넌 뭔가 짐작 가는 구석 없어?"

렌은 고개를 저었다.

"그렇군. 그럼 됐어. 바래다줄게."

"경찰차는 타기 싫어."

"택시 태워줄게."

어느덧 오전 3시가 다 되었다. 그래도 병원 택시 승강장에 빈 차가 몇 대 서 있었다. 진짜 불경기라는 것이 실감으로 다가왔다. 몇 년 전만 해도 심야에 빈 택시를 잡기가 하늘에 별 따기였는데, 요즘은 어딜 가도 택시를 못 잡아서 발을 동동 구를 일이 거의 없다.

"아까 전에 그 시체에 얽힌 사건도 당신이 담당해?"

렌의 질문에 아소는 고개를 저었다.

"피해자가 하세가와 다마키였다면 일말의 가능성이 있었겠지만. 아마 가시와기 경감의 수사반이 맡겠지. 가시와기 씨라고 알아?"

"내가 왜 본청 짭새의 이름을 일일이 기억해야 하는데?"

"그게." 아소는 담배를 꺼냈다. "너도 경찰에 이래저래 신세를 많이 지는 모양이니까 얼굴 정도는 본 적 있을까 싶어서. 한 번 보면 절대 못 잊어버릴 만큼 인상적으로 생겼거든. 신사에 있는 고마이누(신사나 절 입구 양쪽에 놓아두는 석상. 무서운 짐승의 형상이다 – 옮긴이 주)를 빼다 박았어."

렌은 웃었다.

"미행은 못하겠군."

"응, 무리지. 인파 속에 섞여 있어도 그 사람 얼굴만 부각되어 보일 걸. 하지만 얼굴에 어울리지 않게 수사는 꼼꼼하고 끈덕지게 잘해."

"누구나 장점이 하나씩은 있는 법이지."

렌은 하품을 했다.

"졸리면 회사 말고 집으로 돌아가는 게 어때?"

"일해야 해."

"또 변변치 않은 짓이나 하려고? 철야까지 하면서 더러운 방법으로 돈을 벌겠다는 거야?"

"자꾸 시비 걸지 마. 당신 돈을 훔치는 것도 아니고, 약한 사람을 괴롭히는 것도 아니니까. 돈이 남아도는 놈들한테 조금 뜯어내는 게 뭐 어때서 그래?"

아소는 일부러 한숨을 쉬었다.

"아아, 상관없지. 네가 정말로 약한 사람을 괴롭히지 않는다면야. 하지만 어디서 돈을 우려내든 그 때문에 곤란한 입장에 처하는 **약한 사람**은 반드시 존재하는 법이라고. 넌 그걸 몰라. 그것보다 나중에 회사로 가면 주겠다고 한 정보 있잖아."

"정보를 주겠다고 약속한 적은 없는데. 그저 난 회사에 있다고 했을 뿐이야."

"알았어."

아소는 손목시계를 보았다.

"그럼 지금 가자."

"돌아가봐야 하는 거 아니야?"

"보고고 회의고 이런 시간에는 무리지. 진전이 없으면 내일 수사회의 때까지 본부에 머무르지 않아도 될 정도야."

"아주 팔자가 피셨네. 그렇게 해서 세이치를 죽인 범인을 붙잡을 수 있겠어?"

"붙잡을 거야."

아소는 창문을 열었다.

동 트기 전의 맑고 차가운 공기가 기분 좋게 불어 들어왔다.

이스트흥업 건물에 들어가는 것은 처음이었다. 요 부근은 요쓰야서 관할일 테지만 건물 옆에서 불침번을 서고 있는 공용차가 어쩐지 눈에 익었다. 신주쿠 서 차량이었다.

"누가 드나드는지 확인하는 건가?"

"나뿐만 아니라 사원에게도 미행을 붙였어. 요쓰야 놈들과 교대로 하고 있지."

"뭐야. 그럼 오늘 밤 내가 근무 중에 술 마신 것도 다 들켰겠네."

아소는 웃었다.

"뭐, 어차피 오이카와가 보고를 받을 테니 상관없지만."

"당신이랑 오이카와 씨는 그냥 대학 선후배 사이야?"

"그냥에 무슨 뜻이 담겼는지는 모르겠지만, 끊을 수 없는 지독한 인연이라는 게 있다면 그 남자와의 관계를 그렇게 부르겠지. 뭐, 운동부 선배로서는 최악이라 할 정도는 아니었지만. 내 지인 중에는 지금도 검도부 선배였던 사람을 진심으로 죽이고 싶어 하는 녀석이 있어."

택시에서 내리자 대기하고 있던 공용차 속의 사람이 움직였다. 아소는 무시하기로 했다. 오이카와는 알고 싶은 일은 어떻게든 알아내는 사내다. 날이 밝으면 왜 한밤중에 이스트흥업에 갔느냐고 꼬치꼬치 캐묻겠지.

건물 자체는 그다지 크지 않았다. 하지만 제일 바깥쪽 문은 덤프트럭으로 들이받아도 뚫리지 않을 만큼 두꺼운 데다 이중이었다. 또한 입구 앞쪽에 난 길은 폭이 좁고 끝이 막혀 있었다. 현관문 유리는 방탄이고, 유리문 앞에는 적외선 탐지기의 희미한 불빛이 그물처럼 쳐져 있었다.

"꼴을 보니 창문도 없겠네."

아소가 농담 삼아 그렇게 말하자 렌은 어깨를 살짝 으쓱하며 웃었다.

"별로 없어."

이 역시 고의인지 정원이 여섯 명밖에 안 되는 작은 엘리베이터를 타고 7층으로 올라갔다. 건물에 특별히 첨단기술을 활용하지는 않았는지 복도 불도 렌이 직접 켰다.

이름판이 붙어 있지 않은 문을 열자 널찍한 방이 나왔다.

바닥에는 점잖은 느낌의 연지색 카펫을 깔았고 벽에는 그림도 몇 장 걸어두었다. 그림 중 한 장을 등진 거대한 책상에 컴퓨터가 두 대 놓여 있었다. 그중 한 대는 방에 아무도 없었을 텐데도 묵묵히 움직이고 있었다. 자잘한 숫자가 화면을 비처럼 흘러갔다.

"차를 내줄 사람이 없어."

"안 마셔도 돼."

"이걸로 할까."

렌은 책상 뒤쪽의 캐비닛 같은 물건으로 다가가서 서랍을 열었다. 놀랍게도 그것은 캔 맥주로 가득한 냉장고였다.

어이없게도 렌은 캔 맥주를 획 던져주었다. 아소는 탄산이 가라앉을 때까지 캔을 그냥 들고 있어야 했다.

아소는 응접실처럼 대형 소파가 디귿 자 모양으로 배열된 곳으로 가서 앉았다.

소파와 렌의 책상까지 거리가 제법 됐다.

대화에도 거리가 생길 것 같아서 마음에 걸렸지만, 렌은 이미 자기 책상에 앉아 맥주를 마시며 컴퓨터 화면을 보고 있었다.

"지금 꼭 해야 하는 일이야?"

"뭐?" 렌은 컴퓨터에서 고개를 들지 않았다. "뭐라고 했어?"

"그거. 지금 꼭 해야 하는 일이냐고 물었어."

"꼭 그런 건 아니야. 주가를 보고 있을 뿐이니까. 시뮬레이션이지만. 하지만 당신 말은 듣고 있으니까 물어보고 싶은 거 있으면 물어봐."

"방금도 안 들어놓고서는. 너, 니라사키 살해 사건에 관해 나한테 뭔가 말하려고 했지? 무슨 이야기였어? 혹시 표면화할 수 없는 일이라면 네 이름이 드러나지 않도록 조처할게. 자, 이야기해줄래?"

렌은 잠시 아무 말도 없이 컴퓨터 화면만 보다가 전원을 껐다.

그래도 소파로 오지 않고 자기 책상에 앉아 있었다.

"생각해보니."

렌의 목소리는 평소보다 작았다.

"역시 아무 관계도 없는 것 같아. 그러니까 이제 됐어."

"그렇게는 안 되지. 관계가 있는지 없는지는 저희가 판단하겠습니다, 이런 상황에서 우리가 지겹도록 되풀이하는 말이야. 관계없다면서 밝히기를 거부한 정보가 실은 중요한 경우는 얼마든지 있어."

"마음이 바뀌었어. 이야기할 마음이 없어졌다고."

"야마우치."

"그러니까."

렌의 목소리에서 답답함이 느껴졌다.

"이야기해봤자 아무 도움도 안 될 거야. 왜 관계가 있다고 여겼는지 나도 이유를 모르겠어."

"그래도 괜찮아. 네가 무의식중에 연관성을 이해하고 그렇게 판단했을 가능성도 있으니까."

렌은 그래도 망설임이 남았는지 턱을 괸 자세로 입을 다물었다.

그러다 결국 자리에서 일어나서 소파로 다가왔다.

"기타무라라는 남자가 있었어. 교도소에 있을 때 같은 방이었지."
아소는 메모를 시작했다.

"유카와 파라고, 지금은 해산한 조그마한 조직의 이인자였어. 그밖에 이나무라 예능이라는 연예기획사도 운영했고. 원래 이나무라 예능은 필리핀인 댄서를 이쪽 밤무대에 알선하는 일을 했는데, 우연히 에로비디오 쪽에 손을 댔다가 재미를 봤지. 소속 여배우가 인기를 얻어서 그 여배우가 출연하는 시리즈만은 제법 쏠쏠하게 이익을 올렸거든. 사실 그 여배우는 원래 가케카와 에이전시 소속의 무명 배우였어. 그런데 얼굴과 가슴을 성형하고 아르바이트 삼아 이나무라 예능이 제작한 에로비디오에 출연했다가 인기를 얻은 거야. 당연히 가케카와 에이전시는 그 여배우의 계약 위반을 문제로 삼아 이나무라 예능에 압력을 가했어. 여배우와 함께 이나무라 예능을 산하에 두고 경영도 가케카와 씨가 좌지우지하는 게 가케카와 에이전시의 최종적인 목적이었을 거야."

"언제 있었던 이야기야?"

"정확하게는 기억 안 나. 그리고 그 일이 한창 벌어지고 있을 때는 그런 사정을 전혀 몰랐어. 한 89년도쯤이 아니었을까 싶은데. 아무튼 기타무라는 그러한 거래를 모조리 거부했을 거야. 가케카와 에이전시의 사장이 세이치와 친하다는 사실은 알고 있었을 테니까."

"유카와 파는 가스가와 대립했나?"

"대립할 수 있을 만큼 큰 조직은 아니었어. 하지만 일단은 간자키 계열이었으니 가스가가 곱게 보이지는 않았겠지. 기타무라 입장에서는 이나무라 예능을 그렇게 쉽사리 내줄 수 없었을 거야."

"그래서 결국 어떻게 됐는데?"

"결국."

렌은 고개를 쳐들고 캔 맥주를 벌컥벌컥 들이켰다.

"기타무라는 죽었어…… 휘발유 범벅이 되어 산 채로 불타 죽었어."

5

"네 생각은 어때?"

상당히 오랫동안 말없이 맥주를 마신 후에야 아소는 물었다.

"니라사키가 죽인 것 같아?"

"모르겠어."

렌은 빈 캔을 손으로 찌그러뜨렸다.

"그랬다고 해도 놀랍지는 않지만…… 하지만 다무라는…… 다무라도 교도소에서 같은 방에 있었던 녀석인데 지금도 나랑 사이가 좋아. 현재 무토 씨 밑에 있는데 기타무라가 살해당했다는 이야기도 그녀석한테 들었어. 그리고 다무라는 틀림없이 세이치 짓이라고 했지."

"니라사키는 방해가 되는 놈들을 그야말로 산더미처럼 많이 정리했어…… 하지만 그 기타무라라는 놈은 니라사키가 직접 상대하기에는 너무 잔챙이 같은데……."

"다무라도 그랬어. 기타무라를 죽이지 않고서도 이나무라 예능을 가케카와 에이전시에게 넘겨줄 수 있었을 거라고."

"니라사키가 다른 이유로 그 놈을 죽였다는 뜻이야?"

렌은 빈 캔을 내버리고 소파에 드러누웠다.

"다무라 생각은 그랬지…… 나 때문에 그런 것 아니겠냐고 했어."

"너 때문에?"

"나, 기타무라를 싫어했거든…… 안에 있을 때 기타무라는 날 자기 소유물처럼 취급했어. 무슨 말인지 알지? 날 자기 여자로 삼았어. 뭐, 그 자체야 견딜 수 없을 정도는 아니었지만. 다만 뭐랄까…… 기타무라는 내가 무슨 생각을 하고 무슨 감정을 느끼든 전혀 개의치 않았어. 놈에게 필요했던 건 내 몸뚱이, 그것도 얼굴과 구멍과 냄새뿐이었지. 다른 건 아무래도 상관없다는 식이었어. 인간으로 취급받은 기억이 없어."

"그 이야기를 니라사키에게 했다 그거로군."

"확실하게 기억나는 건 아니야. 취했을 때 한 이야기는 기억을 잘 못하거든. 기타무라가 살해당했을 무렵에 분명 세이치와 같이 살기는 했지만, 그동안 세이치와 제대로 된 대화를 나눈 적은 없어."

"그건 무슨 뜻이야?"

"세이치에게 나는 대등하게 대화를 나눌 만한 대상이 아니었어. 죽은 거나 다름없는 놈을 주워 와서 살려놓는 대신에 잡일을 시키고 마음이 내키면 범했지. 가축의 일종이나 비슷했어. 그래도 세이치는 기분이 좋을 때면 술을 줬어. 내가 술 마시고 취해서 무슨 말을 해도 웃으면서 들어줬지. 이야기했다면 분명 그런 상태에서 기타무라에 대해 떠든 게 아닐까 싶어. 그래서 어떤 식으로 말했는지는 기억이 안 나."

"그래도 니라사키가 그 이야기를 듣고 기타무라를 참혹하게 죽일 가능성은 있다고 생각하는 거로군."

"당신이 이해할 수 있을지는 모르겠지만."

렌은 천장을 보며 길게 숨을 내쉬었다.

"세이치는 나를 되살려내려고 했던 거야."

"……되살려낸다고?"

"난 죽었어…… 선로에 드러누웠을 때가 아니라…… 그 판결을 받은 날에. 그날부터 내 눈에 보이는 세상에는 언제나 색깔이 없었지. 그저 흑과 백, 빛과 그림자뿐이었어. 이제 어찌 되든 상관없다고 막연히 생각하며 체념…… 바꿔 말하자면 절망과 함께 꾸벅꾸벅 졸듯이 흐리멍덩하게 지냈어. 뭔가 생각하거나 느끼거나, 어떻게든 해보려고 발버둥 치는 것보다 그게 더 편했거든. 가석방으로 나왔을 때 내 세상에 다시 색깔이 칠해졌다고 느낀 적도 있었어. 인쇄 공장에 취직해 착실하게 생활하며 다시 컴퓨터라도 만지작거려볼까 싶었던 시기, 고작 몇 달이었지만 내 주변 세상에 예전처럼 색깔이 돌아와서 어쩐지 따뜻하게 느껴졌어…… 아주 잠깐이었지만."

"왜 그대로 착실하게 살지 않은 거야?"

렌은 웃었다.

"운이 없었어…… 전과가 있다는 걸 폭로하지 않는 대신 자달라는 놈이 나타났거든. 화가 나서 두드려 패고 집을 뛰쳐나왔어. 한동안 방황하다 정신을 차려보니 공동화장실 앞에 앉아 있더라고. 세상은 다시 흑백으로 되돌아갔어. 그 후로는 다시 기어오르려는 마음을 먹지 않았지. 부유하며 천천히 바닥까지 떨어져 내리는 감각은 그렇게 나쁘지 않아. 바닥에 닿으면 그대로 썩어서 흙으로 되돌아가면 그만이야. 하지만 바닥에 닿았다고 생각한 순간 세이치가 날 주웠지. 세이치는 분명 내가 이미 죽었음을 알아차리고 어떻게든 되살려내려고 했던 거야⋯⋯ 어쩌면 기타무라 역시 날 죽음에 옭매어놓는 원인 중 하나라고 여기고 죽였을 수도 있지. 하지만 진짜 그런지는 모르겠어. 세이치는 이따금 생각지도 못할 만큼 충동적인 행동을 하곤 했거든. 기타무라가 세이치의 분노를 폭발시킬 만한 짓을 했는지도 모르지. 아무튼 내가 당신한테 이 이야기를 하는 이유는 딱 하나야."

렌은 일어서서 다시 책상 쪽으로 돌아갔다. 서랍식 냉장고 위에 달린 여닫이문을 열자 술병이 줄지어 있었다. 렌은 그중 하나를 꺼내서 병나발을 불더니 병을 들고 소파로 돌아왔다.

"당신도 마실래?"

아소는 술병을 받아들었다. 버번위스키였다. 병 주둥이에서 나무탄 냄새가 향긋하게 풍겼다.

"포어 로제스(Four Roses) 플래티너잖아. 사치스럽기는."

"와인에 비하면 껌 값이지. 스와 씨는 미식가랍시고 와인만 마시는데, 어떨 때는 한 끼 식사에 마시는 와인 값만 코스요리 가격의 열 배는 된다니까. 기도 안 차지?"

"스와라는 남자는 고급을 추구하는 모양이군."

"폼만 잡는 거야. 속은 빈 깡통이지. 하지만 세이치가 없으니 스와 씨가 뒤를 잇는 수밖에 없겠지. 뭐, 나랑은 상관없으니 알아서들 하라고 해."

"넌 가스가의 조직원이 될 생각 없어?"

"없어."

렌은 아소가 술을 한 모금 마시는 것을 보고 나서 다시 병을 빼앗아 목을 축였다.

"형제의 인연을 맺느니, 맹세의 잔을 나누느니 조폭들이 하는 짓은 죄다 성가시기 짝이 없어."

"그 말을 들으니 안심이 되는군."

아소는 렌이 건넨 병을 다시 입에 댔다.

"그런데 기타무라 이야기를 나한테 한 이유는 뭐야?"

"그게…… 생각난 일이 있어서."

"뭐가 생각났는데?"

"기타무라가 나한테 이야기해준 적이 있어…… 자기한테 딸이 있
다고. 나이도, 어떻게 생겼는지도 몰라. 어디 사는지도. 다만…… 간호
사라고 했어."

간호사.

아소는 렌이 무슨 말을 하고 싶은 건지 알아차렸다.

"……니라사키의 목을 그은 흉기가 의료용 메스라는 이야기, 어디
서 들었어?"

"저기."

렌은 어째서인지 미소 지었다.

"나한테도 말 못할 일이 있다고. 하지만 당신은 파고들어야 직성이
풀리는 성격이잖아. 그렇지? 하지만 파고들면 곤란해. 게다가 기타무
라가 불타 죽은 사건도 아직 시효가 성립되지 않았단 말이야. 가케카
와 씨한테 폐를 끼치기는 싫어. 그래서 아까 보험에 들어두기로 했어."

"……보험?"

그 말을 내뱉고 나서야 아소는 깨달았다.

손발이 차가웠다. 감각이 조금씩 마비됐다.

아소는 일어섰다. 하지만 몸을 일으킨 순간 힘이 쭉 빠져서 소파에

쓰러졌다.

"……뭘……."

말을 꺼내려고 했지만 혀가 제대로 돌아가지 않았다.

"……먹인……거……."

"독은 아니니까 안심해."

렌은 자리에서 일어나서 술병을 도로 캐비닛에 집어넣었다.

"몸이 잠깐 둔해질 뿐이야. 부작용도 없어. 내일 두통이 조금 남는 정도일걸."

아소는 고개를 돌려 렌의 움직임을 좇으려고 했지만, 고개도 잘 움직여지지 않았다. 온몸에 권태감이 가득했고 피가 끈적끈적하게 굳어버린 것처럼 느껴졌다.

갑자기 눈이 부셔서 눈을 뜨고 있을 수가 없었다. 눈을 감자 바로 몸이 무거워졌다.

"그냥 보험이야."

렌은 웃었다.

"당신이 계약만 위반하지 않으면 아무 문제도 없어."

6

지독한 졸음이 몰려왔지만 머리 한구석은 묘하게 냉정했다. 졸린데 잠들지 않으려고 애쓰면 머리가 맑아지는 것과 비슷한 감각이었다.

아소는 온몸에 힘을 주어 근육의 통제력을 되찾으려고 했다. 하지만 쓸데없는 데만 힘이 들어갔고, 자신이 움직이고 싶은 근육에는 뇌의 명령이 전해지지 않았다.

"그렇게 용쓸 것 없어."

렌의 목소리가 메아리치는 것처럼 웅웅 울렸다.

"힘을 빼면 금방 잠들 거야. 그냥 자는 게 편할 텐데. 뭐 깨어 있고 싶다면 그래도 상관없지만…… 수면제가 아니니까 깨어 있으려고 노력하면 잠들지 않을 거야. 당신이 그러고 싶다면 잠들기를 기다릴 필요는 없겠지."

"……무슨……하려……."

무슨 짓을 하려는 거냐고 고함을 질렀지만 목소리가 나오지 않았다. 입술도 마음대로 움직여지지 않았다. 그저 목구멍에서 공기가 작게 식식 새어나올 뿐이었다.

"어쩔 수 없어. 난 당신을 못 믿어. 당신으로 대표되는 경찰과 사법 제도도, 이 나라의 법률과 사람들의 윤리도 전부 다. 난 스스로를 지켜야 해. 날 나락으로 떨어뜨리려는 모든 것들로부터. 난 이제 두 번 다시 나락으로 떨어지기 싫어."

시야 속의 모든 것이 흐릿했다. 아소는 뭔가 하나라도 좋으니 똑똑히 보고 싶었다. 뭔가 하나만이라도, 가능하다면 렌의 눈만이라도.

살의는 있을까. 증오는. 속셈은. 자신의 운명을 쥐고 있는 사람이 무슨 생각을 하고, 뭘 바라고 있을까. 하나도 모르는 채 시간만 흘러갔다.

"당신이 기타무라 사건을 들쑤셔서 가스가 파 사람이 연행되기라도 하면 그놈들은 누가 정보를 누설했는지 찾아내려고 들겠지. 그 사건은 표면적으로는 이미 다 마무리됐어. 그러니까 당신이 쓸데없는 짓만 하지 않으면 아무 문제도 없어. 당신이 세이치의 과거를 조사하다가 우연히 기타무라의 딸에게 다다른 걸로 하면 된다고. 하지만 난 그렇게 해달라고 당신한테 부탁할 생각은 없어. 부탁해봤자 못 믿으니 매한가지지. 당신은 스스로 판단해서 행동하는 거야…… 난 그저 당신에게 판단 기준을 하나 더해줄 뿐이야."

희미해진 눈앞에서 허여멀건 한 것이 흔들렸다. 렌이 손을 흔들어 눈동자의 움직임을 확인하는 것이라고 아소는 생각했다.

"어릴 적에 치과 가는 거 좋아했어?"

아소의 입술에 뭔가 메마른 감촉이 어렴풋이 느껴졌다. 손끝일지도 모른다. 여전히 메아리치듯이 웅웅거리는 목소리였지만 어째서인지 그 말만은 또렷하게 들렸다.

"치과를 좋아하는 애는 없겠지. 내가 살던 곳에서 치과에 가려면 버스를 타야 했어. 귀찮은 데다 치료한답시고 이를 갈아내는 게 얼마나 무서웠는지 몰라. 그래서 늘 간다고 해놓고 빼먹었지. 결국 어느 날 아침에 치통으로 잠에서 깨어나 이불 위에서 데굴데굴 뒹굴었어."

치과라는 말을 듣고 이를 뺄 때 마취하는 것이 떠올랐다. 아소는 자기 입술과 입안 점막이 마취를 당했을 때처럼 마비되어 거의 무감각해졌음을 깨달았다. 하지만 렌이 입술에 댄 손가락에 힘을 주어 턱을 움직였다는 것을 알 수 있었다. 감각이 없을 입안에 공기가 느껴졌다. 느닷없이 몹시 차가운 것이 혀끝에 닿았다. 혀의 감각은 입술보다 조금 더 살아 있었다. 얼음인 줄 알았지만 수분이 느껴지지 않는 냉기였다. 그것은 혀에서 옆으로 미끄러져 왼쪽 위아래 어금니 사이에 끼워졌다. 하지만 그 부근은 완전히 무감각한 상태라서 뭘 물고 있는지 전혀 짐작이 가지 않았다. 오른쪽에도 같은 짓을 당했다. 자신이 어금니로 뭘 물고 있는지 알아내려고 머리를 마구 굴렸지만, 차갑고 매끄럽다는 것밖에 단서가 없었다. 다만 독극물이 아니라는 것은 직감으로 알았다. 양쪽 다 부피가 커서 감각이 돌아와도 입을 다물 수는 없으리라. 하지만 지금은 이물질이 이 사이에 끼워져 있지 않아도 턱을 움직이기가 불가능했다.

"힘들어?"

렌은 진심으로 걱정하는 투로 말했다.

"침이 역류해서 기관으로 들어가면 안 될 텐데…… 머리를 좀 높여줄까."

말이 끝나기가 무섭게 얼굴이 조금 들려 올라가서 시야 각도가 약간 바뀌었다.

"이제 당신이 무리하게 힘을 주지만 않으면 괜찮을 거야. 바로 끝날 거니까 조금만 참아. 이렇게까지 하지 않아도 못 움직이겠지만, 조심하는 게 최고니까. 깨물려서 잘리기라도 하면 어떻게 해."

렌이 멀어지는 것 같았다. 소리만 들렸다. 금속으로 된 뭔가를 움직이는 소리.

왜 귀만 이렇게 멀쩡한 걸까. 청각신경은 마비되는 걸 면했나.

참을 수 없을 만큼 졸렸지만 어떻게든 잠들지 않겠다고 아소는 결심했다. 무슨 일을 당하든 기억이 있느냐 없느냐가 중요하다. 혹시 재판이라도 벌어지면 기억의 유무에 따라 결과가 하늘과 땅만큼 달라진다.

재판이라도 벌어지면…….

이 남자는 그러지 못하도록 하려는 것이다. 거기에 생각이 미치자 어째서인지 몹시 우스워졌다. 껄껄 웃고 싶은 기분이었다. 하지만 웃을 때 사용하는 근육에는 더 이상 힘이 들어가지 않았다.

"준비 다 됐다."

비웃는 말투도, 평소처럼 조금 만만하게 대하는 말투도 아니었다. 고행에라도 임하기 전처럼 딱딱한 목소리였다.

"역시 눈은 감는 편이 낫겠어."

아소는 저항하려고 했다. 어렴풋한 형체만이라도 보고 싶었다. 하지만 렌이 손으로 눈을 감기고 나자 아무리 용을 써도 눈꺼풀을 들어 올릴 수가 없었다.

"이제 그만 자."

렌이 그렇게 말한 후 주변이 으스스할 만큼 조용해졌다. 모터가 작동하는 듯한 소리가 희미하게 들렸다. 비디오인가.

렌이 무슨 꿍꿍이속인지 다 알았다. 아소의 마음에는 그저 이 녀석도 별 수 없는 조폭이구나, 하고 막연하게 체념하는 기분만이 남았다.

이날 밤, 몇 시간만이나마 마음이 서로 통했다고 느낀 것은 착각이었다. 렌은 이미 뼛속까지 변질됐고 머나먼 기억 속의 청년은 더 이상 이 세상에 존재하지 않는다.

배 위가 묵직해졌다. 예민함은 사라졌지만 무게를 느끼는 감각은 남아 있는 것 같았다. 묵직한 감각이 이동하다가 때때로 사라졌다. 렌이 소파에 누운 아소의 몸에 올라타고 무릎으로 움직이며 위치를 조정하는 것 같았다. 가끔은 엉덩이로 깔고 앉기도 했다.

감각을 잃은 것이 다행인지도 모른다. 나중에 재판에서 증언이라도 해야 한다면 곤란하겠지만, 무슨 짓을 당하든 이 상태로는 인식할 수 있을 것 같지가 않았다. 그 또한 이 녀석이 계산한 바다.

뭔가가 혀 위를 규칙적으로 움직이고 있다는 것만 간신히 느껴졌다. 입안에 뭔가 들어왔다는 실감조차 들지 않았다. 입술과 뺨 안쪽에는 전혀 감각이 없었다. 아주 약간 남은 혀의 감각도 점차 사라졌다. 눈이 감겨져서 어둠이 찾아오자 졸음이 더 심하게 몰려왔다. 아소는 졸음과 싸우기를 포기했다.

의식을 해방시켜주자 어처구니없을 만큼 간단히 잠에 빠졌다.

* * *

깨어나자 기분이 최악이었다. 꿈을 꾼 기억은 없지만, 눈을 뜨고 나서도 온몸이 나른하고 두통이 났다.

아소는 자기가 어디 누워 있는지를 제일 먼저 확인했다. 판단을 내리는 데 시간을 꽤 잡아먹었다. 처음 보는 곳 같았다. 간소하지만 청결한 흰색 벽에 소박한 풍경화가 걸려 있다. 불은 켜져 있지 않았지만 방은 충분히 밝았다. 아소는 창문을 찾았다. 이 빛은 자연광이다.

창문은 있었다. 하지만 보통 창문은 아니었다. 두툼한 유리블록은 창문이라기보다 차라리 벽이었다. 그 유리블록을 보고 한순간 아오야마에 있는 렌의 맨션인가 싶었다. 하지만 바로 아니라는 것을 깨달았다. 눈앞에 응접 테이블이 있고, 탁상라이터와 재떨이가 보였다. 그 너머에는 커다란 소파가 자리 잡고 있었다.

응접실인가.

아소는 천천히 상반신을 일으켰다. 자기가 누워 있던 곳도 테이블 너머에 보이는 것과 똑같은 소파였다.

그렇다면 여기도 이스트훙업이리라.

유리블록으로 비쳐드는 햇빛만 보고서는 몇 시인지 정확히 알 수 없었다. 아소는 손목시계를 확인했다. 오전 7시 50분이 막 지났다. 생각보다 그리 오래 잠들지는 않았다.

손끝에 힘을 주자 문제없이 움직였으므로 일단 안주머니를 뒤졌다. 찌그러진 담뱃갑이 들어 있었다. 머뭇머뭇 눈을 내리뜨고 자신의 모습을 확인하자 어젯밤에 입었던 옷 그대로였다. 입은 채로 잠들어서 구겨지기는 했지만 옷매무새가 형편없이 흐트러지지는 않았다.

담배를 한 대 피우며 발끝부터 순서대로 조금씩 힘을 주어 몸이 뜻대로 움직이는지 확인했다. 특별히 이상이 생긴 것 같지는 않았다. 뼈가 부러지거나 타박상을 입은 곳도 없는 듯했다. 몸을 조금 틀고 항문에도 힘을 주어보았지만 각오했던 통증은 느껴지지 않았다. 등도 꼿꼿하게 펴졌고, 고개도 좌우로 잘 돌아갔다.

짧아진 담배를 끄려고 재떨이에 손을 뻗었다. 어깨에도 이상은 없었다. 그대로 일어서자 무릎도 멀쩡하게 움직였다.

여우에게 홀린 듯한 기분이었다. 도대체 그 녀석 나한테 무슨 짓을 한 거지?

문을 두드리는 소리가 나서 아소는 긴장했다.

"저."

여자 목소리였지만 하세가와 다마키는 아니었다.

"일어나셨어요?"

"아아, 예."

아소가 대답하자 문이 열리고 처음 보는 여자가 들어왔다. 커피 잔을 얹은 쟁반을 들고 있었다. 느닷없이 커피 생각이 간절해질 만큼 그윽한 향기가 풍겼다.

"드세요."

여자는 커피 잔을 테이블에 내려놓고 하얀 봉투를 그 옆에 놓았다.

"사장님이 드리는 편지입니다. 읽어보시라고 하셨어요. 그리고."

여자는 택시티켓(택시요금이 나중에 티켓 계약자에게 청구되는 후불제 방식–옮긴이 주) 한 장을 커피 잔 옆에 내려놓았다.

"괜찮으시다면 사용하라고 하셨어요. 돌아가실 때 저쪽 벨을 누르시면 택시를 불러드리겠습니다."

하세가와 다마키에 비해 부드러운 느낌이 드는 경어였다. 이스트홍업이 어떤 회사인지 모르고 들어온 아르바이트생인가 보다고 아소는 생각했다.

"저기, 사장님은?"

"오늘 아침 지바에서 골프를 치기로 하셔서요. 오후에는 돌아오실 예정입니다."

골프라. 이럴 때 참 태평하게 군다 싶었지만 바로 생각을 고쳐먹었다. 놈들에게는 골프도 사업의 일부분이다.

"일찍 출근했네요?"

여자는 난처한 듯이 웃으며 고개를 끄덕였다.

"오늘 아침에 사장님이 전화로 7시 반 전에 오라고 하셨거든요. 손님이 응접실에 주무시고 계시니까 일어나시면 커피를 드리라고 하셨어요."

"사장님께 친절에 감사드린다고 전해줘요."

"예, 알겠습니다."

여자는 고개 숙여 인사하고 나갔다.

미안하지만 오늘 아침 일찍 볼일이 있어서 편지로 실례. 어제 계약한 보험은 그쪽이 계약 내용을 위반하지만 않으면 아무 문제도 없을 거야. 나중에 계약 내용을 상세하게 적어서 보내줄 테니까 잘 부탁해. 세이치의 죽음에 책임이 있는 인물을 하루라도 빨리 찾아내길 바란다.   ㅡ 야마우치

아소는 편지를 구깃구깃 뭉쳐서 방구석에 있는 쓰레기통에 내던졌다.

커피 잔에 손을 뻗었을 때 희미한 불안감이 머리를 스쳤지만 아소는 개의치 않고 잔을 들어 커피를 마셨다. 아주 좋은 원두를 썼는지 정말 맛있었다. 사정을 모르고 고용된 아르바이트생이라도 커피 내리는 법만은 제대로 교육받은 모양이다.

천천히 커피를 즐기며 담배를 한 대 더 피우고 나서 아소는 일어섰다. 이제 될 대로 되라는 심정이었다.

7

“하세가와 다마키 말인데요, 출근을 안 했습니다.”

야마세가 목소리를 낮추었다.

“집에도 안 들어갔어. 고용주 야마우치는 골프를 치러 지바에 갔다더라고. 니라사키의 장례식 다음날인데 혼자 태평스럽기 그지없군.”

“야마 씨는 어떻게 생각해? 그 성전환자의 시체, 이쪽 사건과 관계가 있을 것 같아?”

“아직 단정은 못 내리겠어.”

야마세는 고개를 저었다. 그리고 목소리를 더 낮추었다.

“하지만 라이터가 나왔잖아. 관계가 있다고 보아도 되지 않을까 싶은데.”

“하세가와 다마키의 행방을 쫓아야 해. 일단 그게 최우선이야. 그런데 스스키노 쪽은 어때?”

“도경에서 수사에 협력하겠다고 서면으로 연락을 줬어. 저녁에 우리 수사원들도 도착할 테니 단숨에 진행되겠지. 남은 건 미나가와 사치코 쪽이로군. 수사 결과 전부 결백하면 앞으로 어떻게 하나. 시즈카가 찾고 있는 정체불명의 아줌마도 남아 있기는 하지만.”

“야마 씨.”

아소는 불을 붙이지 않은 담배를 만지작거리면서 속삭였다.

“날 믿어줄 거야?”

“뭘 이제 와서.”

야마세는 웃었다.

“진심으로 묻는 거면 화낼 거야.”

"미안. 실은 좀 조사하고 싶은 게 생겼는데…… 정보 제공자랑 거래를 해서 말이야. 당첨인지 꽝인지 확실해질 때까지는 본부에서 공식적으로 쫓을 수가 없어."

"흐흠."

야마세는 팔짱을 끼고 고개를 끄덕였다.

"그렇군. 뭐, 우리 수사원들은 다들 입이 무거워서 괜찮을 것 같기는 한데."

"야마시타를 데리고 내가 직접 알아보고 싶어."

"……왜 하필 야마시타를?"

"녀석 나한테 꽁해 있거든."

아소는 킥킥 웃었다.

"시즈카 일이 원인이겠지. 예전부터 개운하게 털어버릴 수 있는 기회를 주는 편이 좋을 것 같았어."

"류 씨가 그 녀석이 좋다면 난 이의 없어. 하지만 류 씨가 관리관 모르게 직접 움직이기는 힘들지 않을까. 내가 하는 게 낫지 않겠어?"

"여기 가만히 있는 것도 이제 지긋지긋해."

아소는 머리를 설설 흔들었다.

"나한테 관리직은 안 맞아. 절실히 깨달았어. 승진을 거절하고 현장에 머무르는 선배가 있다는 것도 이해가 가."

"경감 나리까지는 거절하는 사람 없대도 그러네."

야마세는 재미있다는 듯이 작게 웃었다.

"그렇게 말하자면 류 씨한테는 경찰이라는 조직 그 자체가 안 맞으니까 어쩔 수 없지. 하지만 류 씨만큼 형사질에 적격인 사람은 전국을 다 뒤져도 없을걸. 뭐, 류 씨가 나서고 싶다면 난 협력할 거야. 요컨대 관리관이 아소는 어디 갔느냐고 물으면 적당히 얼버무리고 바로 류 씨한테 연락하면 되는 거잖아."

"부탁할게. 그럼."

아소는 손목시계를 보았다.

"홋카이도에는 다른 사람, 그렇지, 긴토키나 이노우에를 보내고 오후 5시까지는 야마시타를 이쪽으로 돌려보내라고 해. 밤이어야 더 조사하기 편한 일이니까."

"그때까지는 어쩌려고?"

"개인적인 일이 있어서 좀 나갔다 올게."

* * *

"여기, 금방 아시겠던가요?"

변호사 후지우라는 들고 있던 포크를 내려놓고 웃었다. 머리가 좋아 보이는 남자라고 아소는 생각했다.

"좀 찾기 힘드셨을지도 모르겠네요. 하지만 그런 만큼 아는 사람만 아는 곳이라서 이 시간에는 손님이 별로 없습니다. 점심시간에는 붐빕니다만."

"왜 사무실이 아니라 여기서 만나자고 하셨습니까?"

"손님이 올 예정이었거든요. 제가 아니라 동료에게요. 저희 사무실에는 이소벤(개인사무실이 있는 변호사 밑에서 급료를 받으며 일하는 변호사를 가리킨다—옮긴이 주)이 저를 포함해서 세 명 있거든요. 당신은 경찰입니다. 그리고 저희는 다른 사무실보다 형사 사건을 많이 맡는 편이고요. 장래에 무슨 일로 얽힐 수도 있는 사람들과 얼굴을 마주치면 모양새가 좋지 않겠죠."

"즉."

안주머니에서 담뱃갑을 꺼낸 아소는 후지우라가 고개를 끄덕여
승낙하자 담배를 뽑았다.

"그 손님은 그쪽 바닥 사람이라는 뜻입니까?"

"그런 말은 한마디도 안 했습니다."

후지우라는 웃으며 다시 포크를 들었다.

"실례지만 먹으면서 이야기해도 될까요? 오전에 일이 밀려서 이제
야 점심을 먹거든요."

"예, 그러시죠."

"아소 씨, 식사는?"

"아침부터 두통이 나서 식욕이 없네요. 저는 괜찮으니 드시죠."

아소는 커피를 주문했다.

"그런데 전화로 문의한 일 말인데요, 변호사님은 절 직접 만나서
이야기하고 싶다고 하셨습니다. 즉 전화상으로 설명하고 치울 이야기
가 아니라는 뜻이겠죠. 각오는 단단히 하고 왔으니까 에두르지 말고
단도직입적으로 말씀해주시기 바랍니다. 변호사님은 그 사건에 대
해……."

"잠깐만요. 아소 씨, 성격이 참 급하시군요.

후지우라는 접시의 고기를 입에 넣고 물을 마셨다.

"그 이야기로 들어가기 전에 고다 히나코 씨께 무슨 이야기를 들었
는지 먼저 가르쳐주시지 않겠습니까? 어제 히나코 씨와 만나셨죠?"

아소는 묵묵히 고개를 끄덕이고 상대의 말을 기다렸다.

후지우라는 쓴웃음을 지었다.

"역시 형사는 함부로 말을 꺼내지 않는군요. 아차, 경감님께 형사라고 하면 실례인가요, 죄송합니다."

"실례는요. 저는 지금도 현역에서 뛰는 형사입니다. 그리고 괜히 심술을 부리려고 입을 다문 게 아니에요. 제가 어제 누구를 만나서 무슨 이야기를 했는지 변호사님께 말씀드릴 필요가 있는지 없는지 생각하던 중이었습니다."

"제 실수였어요."

후지우라는 포크와 나이프를 접시에 나란히 내려놓았다.

"어제 사무실에서 히나코 씨가 옆에 있을 때 통화를 하다가 아소 씨 이름을 꺼내고 말았죠. 히나코 씨가 그렇게 과잉 반응할 줄은 몰랐습니다."

"확실히 좀 과잉 반응이라는 느낌은 들었죠."

"저희는 지금 아주 예민한 국면을 맞이한 상태입니다. 그래서 다들 조금 신경이 날카로워졌죠. 사실 저도 아소 씨에게 연락이 와서 놀랐습니다. 물론 최종적으로는 저희가 아소 씨께 연락을 드리고 저희가 내린 결론을 말씀드릴 필요는 있습니다…… 재심청구를 하기 전에요. 하지만 지금은 아직 그럴 시기가 아닙니다."

"재심청구라고 하셨는데요."

아소는 담배를 한 개비 더 뽑아 물었다.

"어젯밤에 야마우치 본인을 만났습니다. 그는 재심청구를 할 생각이 전혀 없어 보이던데요. 뿐만 아니라 변호사님과 고다 씨의 행동에 대해서도 자신과는 상관없는 일이라고 일축했어요."

"야마우치 군을 설득하는 것이 분명 저희에게 마지막 고비겠죠."

후지우라는 동요하지 않았다.

"그 고비를 넘기 위해서라도 비장의 카드는 강할수록 좋습니다. 지금은 그 카드를 확실하게 준비하고 있는 참입니다."

"즉 본인 의사와는 관계없이 그 사건이 원죄였음을 입증하겠다 그거군요. 하지만 그 자체가 모순된 행위 아닙니까? 본인은 재심을 청구할 생각이 없다고 했어요. 그러니까……."

"그러니까 원죄가 아니었다? 그건 아니죠, 아소 씨."

후지우라는 종업원을 불러 커피를 주문했다.

"재심청구란 재판을 다시 열어달라고 부탁하는 겁니다. 현재 야마우치 군이 어떤 생활을 하고 있는지는 아소 씨도 잘 아시죠? 괜히 재판을 받아서 성가신 상황에 빠지기 싫다는 야마우치 군의 심정도 이해는 갑니다. 현재 야마우치 군이 하는 일을 보면 2년 미만의 형기를 살고 나온 건 아무 것도 아니거든요. 감싸봤자 소용없으니 말씀드립니다만, 제가 파악하고 있는 사항만 따져도 야마우치 군은 2년이 넘는 실형을 받을 가능성이 충분합니다. 만약 재심을 청구했다가 만에 하나 무죄 판결이 나오면 체면이 구겨진 검찰이 자존심을 걸고 야마우치 군의 현재 죄상을 입증해서 투옥시키려고 하겠죠. 그걸 아니까 야마우치 군이 재심청구를 하지 않겠다고 우기는 겁니다."

"단정적이시네요."

아소는 커피를 마셨다.

"본인이 죄를 인정하므로 재심청구를 하지 않는다는 해석은 아예 염두에도 두지 않는 거군요."

"예, 그렇습니다."

후지우라는 나지막한 목소리로 말했다.

"저희는 확신합니다. 85년에 세타가야에서 벌어진 사건은 원죄입니다. 야마우치 군은 아무 짓도 안 했어요. 아소 씨, 당신은 사람을 잘못 체포한 겁니다."

"간단히 승복할 수 있는 문제가 아닙니다."

아소는 그렇게 말했다.

"저도 제 일에 자부심과 자존심이 있습니다. 그 사건에는 목격자가 있었어요. 피해자를 포함해서 두 명이나요. 그 사건의 변호를 담당한 분께 이런 설명은 무의미하겠지만, 변호사님도 목격자가 그 사건에서 얼마나 중요한 위치를 차지하고 있는지는 잘 아실 텐데요. 만약 그 사건이 원죄였다면 목격자 둘 다 위증을 한 셈입니다."

"결과는 마찬가지입니다만 의식적인 위증과 사람을 착각하는 건 완전히 다르죠."

"말도 안 됩니다. 두 명이 동시에 사람을 착각했다고요? 아니면 제가 목격자들에게 선입관을 심어서 그릇된 방향으로 유도하기라도 했다는 겁니까?"

"말로 설명하기보다 이걸 보시는 게 빠르겠죠. 그래서 뵙자고 한 겁니다."

후지우라는 가방에서 갈색 봉투를 꺼내서 아소에게 내밀었다. 아소는 봉투를 들여다보았다. 사진이 한 장 들어 있었다.

약간 낡고 변색된 그 사진에는 교복 차림 남자의 상반신이 찍혀 있었다. 신분증명서에 사용된 것인지 남자의 표정은 딱딱했다.

렌이었다. 중학생, 아니 고등학생 때일까. 하지만 다음 순간 그 확신이 흔들렸다. 어딘가 달랐다. 아주 비슷하게 생겼지만 어쩐지……

렌보다 더 남성적이라고 할까, 눈썹이 짙고…… 얼굴선도 좀 더 굵으며 눈이 더 움푹 들어갔다. 코와 입도…… 설마…….

"놀랄 만큼 닮았죠? 뭐 닮았어도 전혀 이상할 것 없지만요. 그건 이와시타 게이고라는 사람 사진입니다. 이와시타의 어머니는 야마우치 군 어머니의 언니입니다. 즉 그 남자와 야마우치 군은 이종사촌이에요."

아소는 갑자기 히나코의 얼굴이 떠올랐다. 렌과 꼭 닮았으면서도 완전히 다른 누나다.
두 사람은 외탁을 했다. 그리고 이 남자도…….

"이와시타 게이고는 야마우치 군보다 나이가 세 살 많습니다. 시가 현 구쓰키 촌의 집 근처 아도가와 초에 있는 고등학교에 다니다가 2학년 때 가출한 후로는 행방이 묘연합니다. 같은 학교 여학생을 임신시켰다는 사실이 알려져 퇴학 처분을 받은 것이 가출의 원인인 듯해요. 그가 집을 나간 지 얼마 지나지 않아 이와시타 씨 부부는 이혼했고, 게이고의 어머니는 게이고의 여동생을 데리고 후쿠이 현의 친정으로 돌아가 4년 후에 재혼했습니다. 아버지는 이혼한 지 5년 후에 병으로 세상을 떠났고요. 즉 야마우치 군이 체포된 85년에 이와시타 가에 남은 사람은 여든두 살 먹은 게이고의 할머니뿐이었습니다. 요컨대 야마우치 군과 게이고가 아주 닮았다는 사실을 짚어줄 만한 사람이 없었다는 뜻입니다."

말문이 막혔다. 아소는 손으로 더듬더듬 컵을 찾아 물을 단숨에 반쯤 마셨다.

"덧붙여 말씀드리자면 게이고와 야마우치 군은 아버지끼리도 사촌형제입니다. 야마우치 군 어머니와 게이고 어머니 자매가 구쓰키 촌의 사촌형제에게 각각 시집을 간 거죠. 즉 야마우치 군과 게이고는 여느 사촌형제보다 혈연적으로 훨씬 가깝다고 할 수 있습니다. 하지만 세 살 차이니까 어릴 적에는 생김새에 차이가 있었을 겁니다. 주변 사람들도 닮았다는 것은 인정하지만 서로 판박이라는 평가는 내리지 않았을지도 모릅니다. 게이고가 열일곱 살에 집을 나갔을 때 야마우치 군은 열네 살이었으니까요. 야마우치 군은 스물여섯 살 때 체포됐죠. 12년의 세월이 흘러 게이고는 어떤 얼굴로 성장했는가. 그 답이 바로 세타가야 사건이었습니다."

"그런."
아소는 겨우 그렇게 말했다.
"그런 말도 안 되는 일이…… 그게 우연이었다니, 진심으로 말씀하시는 겁니까!"
"물론 우연이었다고는 생각지 않습니다."
후지우라는 깍지 낀 손에 턱을 얹었다.
"이와시타 게이고라는 존재에 다다른 것은 그러한 인물이 있지 않을까 추측하고 찾았기 때문입니다. 즉 야마우치 군의 대역으로 쓸 수 있을 만큼 그를 닮은 인물이라는 의미죠. 생판 남이 성형수술로 얼굴을 베긴다는 소설 같은 발상도 해봤습니다. 하지만 야마우치 군과 흡사하게 생긴 친척이 있을 가능성이 훨씬 높았죠. 그러한 친척이 있다는 걸 알아냈기 때문에 그들이 그러한 계획을 세운 것이 아닐까 싶어서 야마우치 군의 친척을 철저하게 조사한 결과, 뜻밖에도 아주 가까이에 존재가 잊힌 소년이 하나 있었습니다. 하지만 게이고의 할머니도 이미 돌아가시고 안 계셔서 후쿠이에 사는 게이고의 친어머니에게 간신히 그 사진을 빌릴 때까지는 저희도 반신반의했습니다만……그 사진 덕분에 저희의 가설은 대번에 신빙성을 얻었습니다."

"저도 이해할 수 있도록 설명해주시지 않겠습니까?"
아소는 끊어질 듯한 목소리를 겨우 이어나갔다.
"계획은 뭐고, 그들은 또 뭡니까…… 이 남자가 세타가야 사건의 진범이라는 근거는 도대체 뭐고요? 그저 야마우치와 얼굴이 흡사하게 생긴 남자가 있다는 것만으로는 야마우치가 범인이 아니라는 것을 적극적으로 증명할 수 없습니다."
"하지만 소극적이기는 해도 야마우치 군이 범인이 아니었을 가능성이 커진 건 사실이죠? 아소 씨도 아까 말씀하셨다시피 그 사건에서는 목격증언이 유죄 판결에 가장 큰 역할을 했으니까요. 피해자 여성은 자신이 아르바이트를 하는 빵집에 가끔 빵을 사러 온 야마우치 군의 얼굴을 기억하고 있었습니다. 그래서 그때 자신을 덮친 사람이 야마우치 군라고 단언한 겁니다. 또한 피해자를 구한 목격자도 진술 중인 야마우치 군을 매직미러로 보고 범인이라고 증언했고요. 하지만 진범이 이와시타 게이고라면 어떨까요. 과연 두 사람이 범인을 야마우치 군이 아닌 다른 사람이라고 식별할 수 있었을까요? 가로등은 켜져 있었지만 현장은 어두운 공사 현장이었습니다. 게다가 범행 시간

은 다 합쳐도 20분 이내였고, 피해자와 목격자는 범인과 격투를 벌이
느라 얼굴을 제대로 살펴보지 못했습니다. 경찰들이 이와시타 게이고
의 얼굴 사진과 야마우치 군 양쪽을 그들에게 보여주고 확인했다면
또 모르겠지만, 야마우치 군밖에 모르는 상황에서 범인은 이 남자냐
고 물었죠. 그래서는 그렇다, 라는 대답밖에 안 나옵니다. 아시겠습니
까? 그건 함정이었어요. 아무리 발버둥 쳐도 야마우치 군이 범인이
되도록 꾸며진 함정이었다고요."

"도대체 누가."
아소는 더 이상 아무 맛도 느껴지지 않는 커피를 기계적으로 다 마
셨다.
"야마우치를 함정에 빠뜨리려고 했습니까. 그는 극히 평범한 학생
이었어요. 그런 짓을 해서 도대체 누가 무슨 이득을……."
"야마우치 군은 그저 희생양이었습니다."
후지우라는 작게 한숨을 쉬었다.
"그들의 진짜 목적은 야마우치 군의 형 야마우치 소 씨였습니다.
이렇게 말씀드리면 어느 정도 이해가 가시지 않을까요?"
아소는 잔을 들었다가 텅 빈 것을 알고 다시 내려놓았다. 뭔가 쥐
고 있지 않으면 손이 떨릴 것 같았다.
"……선거입니까?"
아소의 대답에 후지우라는 고개를 살짝 끄덕였다.
"물론 그들도 소 씨의 자살이라는 비참한 결말을 바라지는 않았을
겁니다. 그저 그들은 소 씨를 파혼시켜 중의원 선거에 출마하지 못하
도록 방해하는 것만으로도 만족했겠죠. 동생 렌 군을 희생양으로 삼

았지만 그 정도 사건이면 집행유예를 받을 거라고 가볍게 여겼을지도 모릅니다. 하지만 집행유예를 받든 말든 친동생이 부녀자 성폭행 미수라는 파렴치한 범죄로 체포된 것만으로도 소 씨의 정치 생명은 풍전등화입니다. 이미 권력을 쥔 거물 정치가라면 또 모를까 처음으로 출사표를 던지려는 신인이니까요. 한 점의 오점도 있어서는 안 됩니다. 하지만 그들의 의도보다 사태가 너무 커졌습니다. 무엇보다 소 씨가 발작적으로 자살한 건 그들에게도 큰 오산이었을 겁니다. 일시적으로는 꿈이 꺾였다고 해도 10년쯤 후에는 렌의 사건이 사람들의 기억 속에서 사라져서 정치가가 되는 길이 다시 열렸을지도 모르는데, 소 씨는 너무나 성급했고 또한 마음이 여렸습니다."

후지와라가 다시 한숨을 쉬자 아소는 심장 언저리가 꽉 죄어드는 느낌이 들었다.

"소 씨에게 과연 자살하겠다는 확실한 의지가 있었는지 없었는지…… 그야말로 발작적인 행동이었을 겁니다. 야마우치 군이 1심 때 집행유예를 받았다면 소 씨가 죽음을 선택하지는 않았겠죠…… 그걸 생각하면 소 씨의 위패 앞에서 뭐라고 사죄를 해야 할지 모르겠습니다. 하지만 그때 제게는 다른 방법이 없었습니다. 야마우치 군 본인이 무죄라고 주장하는데 집행유예를 노려 죄를 인정하라고 할 수는 없었어요."

"역시."

아소는 바싹 마른 목에서 목소리를 쥐어짜냈다.

"그는 무죄를 주장했군요."

후지우라는 고개를 끄덕였다.

"국선변호인으로서 처음 만났을 때 그의 이야기는 종잡을 수 없이 애매했습니다. 하지만 죄질이 무겁지 않았고 기소 전 취조에서 자백했으니까 그리 골치 아픈 사건은 아니라고 대수롭지 않게 여겼죠. 일시적으로 정서가 불안정해진 탓에 그의 이야기가 명료하지 않은 것이라고 생각했어요. 그래서 긴장을 풀어주고 자신이 무슨 짓을 저질렀는지 천천히 돌아보게 하면서 자연스레 반성하는 태도가 나타나길 기대했습니다. 그의 경력과 피해자가 다친 정도로 판단하건대 그러면 충분히 집행유예를 받을 수 있을 것 같았습니다…… 저는 아직 젊었고, 미숙했습니다. 그가 사태를 이해하지 못해서 혼란스러워한다는 것을 늦게야 알아차렸죠."

"사태를 이해하지 못했다고요……?"

"예. 그는…… 송치되면 재수사가 이루어져 석방될 거라고 생각했어요, 아소 씨."

후지우라의 시선이 갑자기 날카로워졌다. 증오마저 느껴질 만큼 강한 눈빛이 눈동자에 깃들었다.

"아소 씨. 그는 당신 말을 믿었습니다. 자백을 얻어내기 위해 당신이 한 거짓말을요."

거짓말. 내가 한…… 거짓말?

"당신은 야마우치 군에게 자백을 받아내기 위해 일단 인정하면 송치되어 편해질 수 있다는 식으로 말했습니다. 야마우치 군은 그 말을 곧이곧대로 믿었고요. 확실히 검찰에는 수사권이 있으니까요. 재수사

가능성이 있다는 건 거짓말이라고까지는 할 수 없을지도 모르겠습니다. 하지만 일단 자백하고 나면 무고하다는 주장을 그렇게 쉽게 믿어주지는 않잖습니까? 당신은 잔혹한 짓을 했습니다, 아소 씨. 야마우치 군은 검사 앞에서 재수사를 받을 수 있느냐고 물었답니다. 검사는 필요가 있다면 그럴 거라고 대답했고요. 야마우치 군은 그때까지 경찰이나 재판과는 관계없이 살아온 사람이라 그러면 됐다고 생각한 모양이었습니다. 그러므로 그는 저와 처음 접견했을 때 자신이 어떤 입장과 상황에 처해 있는지 제대로 파악하지 못했습니다. 그래서……."

"잠깐만요."

아소는 후지우라의 말을 막았다.

"저는…… 그런 거짓말을 한 기억이 없습니다. 아니…… 결코 하지 않았다고 우길 생각은 아니지만, 기억에 없어요."

"그것도 무리는 아닙니다."

후지우라의 목소리가 조금 부드러워졌다.

"아소 씨께 야마우치 군의 사건은 다른 중대범죄에 비해 아주 사소한 범죄였습니다. 그를 취조하는 일은 매일 처리해야 할 업무 중 하나에 지나지 않았어요. 아소 씨 입장에서 사건의 진상은 아주 명백했으니, 야마우치 군의 자백만 받으면 한 건 마무리하고 다음 일로 넘어갈 수 있었습니다. 악의적으로 속였다는 게 아니라 그저 빨리 자백하면 좋겠다는 마음으로 그런 말을 할 법도 합니다. 그리고 그런 말을 했다는 것을 싹 잊어버렸다 해도 아소 씨만 탓할 수는 없겠죠. 저도 의뢰인과 변호를 맡은 피고에게 한 말을 전부 기억하는 건 아니니까요."

"저기, 못 믿으실지도 모르겠지만."

아소는 눈을 감고 관자놀이를 꾹꾹 누르면서 말했다.

"저는…… 평소에 그런 말을 안 합니다…… 취조하는 용의자에게 거래를 제안하는 식의 말은…… 안 해요."

아소는 고개를 저었다.

"죄송합니다…… 혼란스럽네요. 제가 무슨 성인군자도 아니고, 더러운 거래는 절대로 하지 않는다고 깨끗한 척할 생각은 없습니다. 다만 그게 제 방식입니다…… 저는 체포하기 전에 모든 증거를 확보해놓자는 주의예요. 자백은 받아낼 수 있으면 좋고 못 받아내면 그만이라는 정도로 생각하죠. 거래를 제안하면서까지 자백을 받아내야 송치할 수 있다니, 수사를 그렇게 어정쩡하게 하지는 않습니다. 적어도 그런 수사는 하지 않도록 유념해왔다고요. 야마우치 때도…… 세세한 증거를 갖추었을 겁니다. 가령 그가 자백하지 않아도 충분히 송치할 수 있을 만한 증거를……."

"제 설명이 부족했군요."

후지우라는 쓴웃음을 지으며 머리를 숙였다.

"아소 씨를 책망하듯이 말씀드려서 죄송합니다. 원죄 사건의 책임은 체포한 형사에게만 있는 게 아닙니다. 오인체포는 물론 있어서는 안 될 일이지만, 사람이 하는 일이니까 절대로 실수가 없을 수는 없죠. 그래서 만에 하나 오인체포 되더라도 누명을 벗을 수 있도록 검찰, 재판, 항소제도가 있는 거예요. 야마우치 군의 일에 관해서는 아소 씨도 저도 같은 죄를 저질렀습니다. 특히 저는 변호인이면서 그를 구하지 못했으니 책임이 막중하죠. 제가 하고 싶었던 말은 이겁니다…… 즉, 야마우치 군은 자백조서에 사인했지만 죄를 인정했다는 의식은 없었습니다. 검사가 재수사해주면 석방될 거라고 생각했어요.

그러나 야마우치 군은 큰 착각을 했습니다. 송치되어 검사에게 신문 받을 때 취조 당시 자백했다는 사실이 얼마나 중대한지 이해하지 못 하고 검사의 말에 그저 고개를 끄덕였던 모양입니다. 물론 검사도 자 백 내용에 문제는 없는지 본인이 무슨 짓을 저질렀는지 확실하게 알 고 있는지 다시 한 번 확인했겠지만, 야마우치 군이 무고함을 주장한 다는 것을 이해하지 못한 눈치였습니다. 야마우치 군은 분명 체포당 해 신문을 받고 송치된다는 예상치도 못한 사태에 직면해 반쯤 멍한 상태였을 겁니다. 그 당시 그는 말수가 적고 수줍음이 많은 청년이었 죠. 자신의 감정이나 생각을 표현하거나 주장하는 데 능한 유형이 아 니었어요. 영문도 모르는 채 구치소에 들어간 것만으로도 정신적인 충격을 받았을 겁니다. 아시다시피 구치소에 구류될 때는 알몸으로 항문 속까지 검사받고, 볼일을 볼 때도 사생활을 전혀 존중받지 못하 니까요. 아직 유무죄도 결정되지 않은 단계에서 그렇게 비인간적인 취급을 받다니 인권보호라는 입장에서 큰 의문이 듭니다만, 아무튼 그게 현실이에요. 한마디로 말해 소심했던 야마우치 군에게는 그야말 로 충격의 연속이었겠죠. 그 결과 그는 검사의 신문 때 무작정 고개를 끄덕였고, 하고 싶은 말도 제대로 못했죠. 무고함을 주장할 수 있는 기회를 놓친 겁니다. 검사는 자백조서에 문제가 없다고 판단했고 야 마우치 군은 즉시 기소됐습니다. 검찰도 사건을 산더미처럼 잔뜩 껴 안고 있으니까요. 상해와 부녀자 성폭행 미수는 명목상으로는 흉악범 죄에 속하는 사건이지만, 피해자가 비교적 경상을 입었고 용의자가 극악한 인간도 아니니까 최대한 빨리 마무리하고 싶었겠죠. 그 결과 재판이 시작될 때까지 야마우치 군은 자신의 무고함을 주장할 수 없 었습니다.”

"그래서."

아소는 눈을 뜰 수가 없었다.

"그는 언제 무고함을 주장했습니까?"

"지금 돌이켜봐도 그 점이 후회스럽습니다만."

후지우라의 목소리는 괴로움에 겨운 것처럼 잠겨 있었다.

"재판이 시작될 때까지 저는 그가 무고함을 주장하고 싶어 하는 줄 몰랐습니다…… 즉, 집행유예를 노리는 전략을 사용할 생각이었어요. 재판에서 함께 싸우려면 충분한 의사소통이 꼭 필요한데 저와 그는 그게 안 됐던 거죠. 저는 그 사건을 만만하게 봤습니다. 재판이 열려 죄상인부 절차를 밟을 때 사태가 급변했죠. 야마우치 군은 실제로 법정에 서서 판사와 대면한 후에야 자신이 어떤 상황에 처해 있는지 깨달은 듯합니다. 그는 검사가 낭독한 기소사유를 듣고 꽤 오랫동안 생각에 잠겼다가 이렇게 말했습니다…… 전혀 모르는 일입니다. 저는 아무 짓도 안 했습니다."

후지우라는 자조하는 듯한 목소리로 웃었다.

"그때 맛본 뭐랄까…… 공포감은 평생 못 잊어버리겠죠. 그때는 형사재판 경험도 적었고, 피고인이 느닷없이 협의사항과 다른 언동을 취하는 사태도 처음으로 겪었습니다. 그 후로 이런저런 경험을 쌓았으니 지금이라면 그만큼 당황하지 않고 대처할 수 있을 테지만…… 아무튼 제가 예상치도 못했던 상황이 벌어졌으니 그대로 재판을 진행할 수는 없었죠. 사건에 대한 피고인과 변호인의 인식에 차이가 있는 것 같다고 말하고 재판 연기를 신청해 처음부터 다시 시작했습니다. 하지만 야마우치 군의 이야기를 아무리 들어도 검찰 측 주장을 뒤집을 만한 재료를 찾지 못했고, 어느 부분부터 반론해 들어가야 할지도 몰랐어요. 생각하면 당연한 일이기는 하지만요…… 야마우치 군은 그저 자고 있었을 뿐이니까요. 그저 푹 잤다는 사실을 증명하기가 얼마나 힘든지…… 이쪽에는 아무 카드도 없었고 저는 미숙한 변호인이었습니다. 재판이 재개되어 검찰 측이 차례차례 증거를 내놓을 때마다 임기응변으로 응전하는 게 고작이었죠. 야마우치 군은 제시된 증거에 대해 거침없는 답변을 내놓았습니다. 대형 커터칼을 구입한 이유도 이해가 갔고, 야마우치 군의 왼손 가운뎃손가락에 베인 상처가 있었으므로 혈액 반응이 검출됐다는 사실에도 대처할 수 있었죠. 현장에 남아 있던 운동화 발자국도 마찬가집니다. 그 운동화는 캔버스 농구화였거든요. 당시는 그게 나이키 농구화보다 훨씬 대중적이었으니 발자국의 특징만으로 야마우치 군이 가지고 있었던 신발과 같은 물건으로 확정할 수는 없죠. 지금 생각해보건대 야마우치 군을 함정에 빠뜨린 놈들이 보름만 그를 미행하면 전부 다 간단히 갖출 수 있는 물건들뿐입니다. 하지만 그러한 자잘한 증거에는 어떻게든 대응할 수 있어도, 검찰 측의 최종병기에는 맞설 수가 없었습니다…… 목격 증언 말입니다."

"그래도 변호사님은 야마우치가 무죄라고 믿으신 거군요. 이유는 뭐였습니까?"

"아소 씨." 후지우라는 다시 조금 나지막한 목소리로 말했다. "극단적인 사견을 말씀드리자면, 변호인이 피고인을 믿는 데 이유는 필요 없습니다…… 아시겠습니까? 믿을 수 없다면 애당초 변호를 맡아서는 안 돼요. 하지만 물론 그런 건 이상론이죠…… 그때 제가 그를 어디까지 믿었는가. 솔직히 말씀드리자면 목격자 증언을 실제로 법정에서 들었을 때는 자신감이 흔들렸습니다. 야마우치 군이 틀림없이 범인이라고 피해자와 피해자를 구한 청년이 주장하고 있다는 사실은 물론 알고 있었습니다만, 법정에서 대치하면 경찰의 유도에 넘어가서 그러한 주장을 펼친다는 낌새가 드러나지 않을까 싶었습니다. 그런데 아니더라고요. 청년은 둘째 치고 피해자는 아르바이트를 하는 빵집에서 몇 번이나 야마우치군을 보면서 아무래도 그…… 몰래 호감을 품고 있었던 것 같더군요. 피해자가 법정에서 눈물을 흘리는 모습을 보고 호감을 품고 있던 상대에게 배신당해 마음에 깊은 상처를 입었다는 인상을 받았습니다. 그런 만큼 피해자가 경찰의 유도에 넘어가 그릇된 주장을 펼칠 가능성은 낮지 않을까 싶어…… 혼란스러웠죠. 결국 그 혼란이 재판의 패배로 이어진 겁니다."

후지우라는 잠깐 눈을 감고 침묵을 지켰다. 이윽고 다시 뜬 후지우라의 눈은 약간 젖은 채 빛났다.

"제가 야마우치 군에게 평생 갚아야 할 빚이 바로 그겁니다. 저는 믿어야 했어요. 뭐가 어떻든 간에 피고인의 말을 믿는다는 변호인의 대원칙을 잠깐이라도 잊어버리면 변호라는 행위 그 자체가 기만이 됩니다. 야마우치 군은 몹시 섬세한 청년이라 제가 그를 기만한다는 걸 깨달았어요. 그래서 제게 실망했죠. 아무도 자신의 말을 믿어주지 않는다는 절망에 빠졌습니다. 이건 변명이겠지만 그렇다고 야마우치 군이 전면적으로 거짓말을 한다고 여긴 건 결코 아닙니다…… 모순된 말이지만 저는 피해자도 야마우치 군도 거짓말은 하지 않았다는 느낌까지 받았어요. 뭔가, 이 사건에는 뭔가 내막이 있다고 생각했습니다. 하지만 재판은 이미 시작됐죠. 사건을 전부 재조사할 시간은 없었어요. 저는 그 시점에서 1심 패배를 각오했습니다. 2심까지 가면 그 사이에 사건을 조사할 시간이 생깁니다. 하지만 야마우치 군에게 그런 말을 해서 그를 절망으로 몰아넣은 건 순전히 제 책임이에요. 성격이 섬세한 야마우치 군이 느꼈을 불안함과 초조함을 헤아렸다면 최대한 빨리 풀려나게 해줄 테니 안심하라고 말했어야 했는데…… 야마우치 군은 제게 버려졌다고 믿었습니다. 그 후로 제게 강한 불신을 품고 제 말에 귀를 기울이지 않았죠. 변호인과 피고인 사이에 가장 필요한 신뢰 관계가 무너진 겁니다. 그리고…… 결심공판 때 검찰 측은 피고인이 악질적이게도 반성하는 빛을 보이지 않고 강경하게 무죄만 주장하고 있다고 변론했습니다. 그러자 야마우치 군은.”

후지우라가 다시 말을 끊었다. 얼굴을 가리고 가만히 있었다.
아소는 고개를 숙였다. 그 재판에서 ‘무슨 일이 있었느냐’라는 자신의 의문이 풀리기 직전이었다. 알고 싶지 않았던 그 사실이 밝혀지는 것이다.

“소리를 질렀습니다.”
후지우라는 겨우 입을 열었다.
“그래, 맞아. 난 여자는 다 싫어, 그래서 죽여버리고 싶었어! 라고요.”

“……설마…….”

“그렇게 말하고 웃었죠. 눈물을 흘리면서요. 완전히 히스테리 상태에 빠져서 판사가 야마우치 군에게 퇴정을 명령했죠. 물론 제가 바로 판사에게 사과하고 최종진술 기회를 한 번 더 달라고 부탁했죠. 다행히 부탁이 받아들여졌지만 야마우치 군이 최종진술은 그걸로 끝이라고 주장해서 결국 그대로 판결이 내려졌습니다. 판사도 야마우치 군이 히스테리 때문에 마지막에 그런 태도를 취했다는 것은 이해했을 겁니다. 하지만 인상이 결정적으로 악화된 것 또한 사실이겠죠. 판결은 실형 2년이었습니다. 어쩔 수 없다는 기분이 들더군요. 그런 소동을 일으켰으니 그 정도면 가벼운 편이었는지도 모르겠습니다. 아무튼 즉시 항소해서 2심에 모든 것을 거는 수밖에 없다고 생각했죠. 그런데…… 야마우치 소 씨가 판결이 나온 직후에 도내 호텔에서 자살했고, 그 소식을 들은 야마우치 군이 반쯤 광란해서……. 저는 항소 기한이 끝날 때까지 계속 설득하러 다녔습니다. 하지만 야마우치 군의 어머님은 장남을 잃은 충격으로 더 이상 제 이야기를 들을 상태가 아니셨고, 소 씨를 애지중지하셨던 아버님은 격노하셔서 항소심은 일절 지원하지 않겠다고 제게 통보하셨습니다. 히나코 씨만 마지막까지 항소하자고 주장하셨죠. 하지만 야마우치 군은 폐인처럼 변해 저와 히나코 씨 말에 귀를 기울이지 않았고…… 덧붙여 어머님이 이제 더 이상 이런 고역에 시달리고 싶지 않으니 빨리 끝내고 싶다고…… 결국 야마우치 군은 항소를 거부했습니다. 스스로도 이제 다 집어치우고 싶다는 기분이었겠죠. 아니면 항소해봤자 또 괴로움만 맛볼 뿐이다 싶어 포기했는지도 모르고요. 실형을 받으면 인생에 얼마나 큰 흠이 생기는지 제가 아무리 설명해도 자신의 인생은 이미 끝났으니까 내 버려두라고 하니 더 이상 뭘 어떻게 해볼 수가 없었죠. 정말…… 정말 한심한 이야기입니다. 변호사로서 최대의 패배를 겪었어요. 이 사람

은 무고하다는 걸 감각적으로는 알면서도 교도소에 수감되는 모습을
손가락만 빨며 지켜봐야 하다니……."

"죄송합니다만."
아소는 어느 틈엔가 구겨 쥔 하이라이트 담뱃갑을 보며 속삭이듯
말했다.
"그래도 아직…… 그게 제 잘못이라는 지적에는 저항감이 느껴지
는데요."

"당연하겠죠."
후지우라는 온화하게 말했다.
"저도 아소 씨에 대해 여러 소문을 들었습니다. 아소 씨는 이른바
막무가내로 범인을 만들어내는 유형의 유능한 형사는 아니에요. 지금
까지 유능하다고 칭송받은 형사들은 반드시라고 해도 될 만큼 원죄
가 아닐까 의심받는 대사건에 관여했죠. 즉 우수한 형사라는 평가를
받는 것 자체가 양날의 검입니다. 형사의 감은 뒤집으면 근거가 희박
한 믿음이나 편견, 선입관과 같은 위험한 발상과 똑같습니다. 하지만
지금까지 올린 실적을 간단히 조사해보니 아소 씨는 그러한 편견과
는 무관하게 실로 합리적이고 실제적인 방법으로 범인을 지적하셨더
군요. 직접증거제일주의라고 하면 될까요. 한 치의 틈도 없는 멋진 수
사였습니다. 그런 의미에서 저 역시 아소 씨가 수사를 적당히 한 탓에
야마우치 군이 누명을 썼다고 할 수는 없다고 봐요. 다만…… 이런 말
씀은 대단히 실례인 줄 알지만 역시 아소 씨는 그 사건을 간단하고 명
백한 사건으로 단정하고 야마우치 군의 말을 진지하게 들을 의무를

게을리하신 게 아닐까…… 방금 전에 드린 말씀으로 되돌아갑니다만, 그래서 아소 씨는 사건을 빨리 마무리하고자 무심코 야마우치 군에게 일단 인정하라는 의미가 담긴 말을 하신 것 아닙니까? 야마우치 군이 결심공판 때 분노를 표출한 상대는 물론 검찰과 저겠지만, 아소 씨께도 틀림없이 배신당했다는 감정을 품고 있었을 겁니다."

"……변호사님이 지금 들려주신 이야기가 전부 사실이라 치고, 한 가지 모르겠는 점이 있습니다…… 도대체 누가 야마우치 소 씨의 몰락을 바라며 그런 비열한 계획을 세운 겁니까? 변호사님이 말씀하신 그들이란 도대체 누굽니까?"

"그건 말씀드릴 수 없습니다."

후지우라는 딱딱한 목소리로 말했다.

"죄송합니다. 아소 씨를 믿지 못하는 건 아닙니다만…… 지금 단계에서는 그들에게 주목당해서 조사를 방해받고 싶지 않습니다. 만약 저희가 증거를 잡아서 야마우치 군에게 재심청구를 종용하려 한다는 사실이 그들의 귀에 들어가면 그들은 무슨 짓을 해서라도 저지하려 할 겁니다."

"즉, 현재 어느 정도 권력을 쥐고 있는 인물과 그의 동료라는 뜻이로군요."

"그렇게 받아들이셔도 무방합니다. 히나코 씨가 신경질적으로 아소 씨에게 손을 떼라고 부탁한 것도 그런 사정 때문이죠. 아무튼 85년 당시 야마우치 소 씨는 그들에게 아주 거추장스러운 존재였습니다."

"야마우치 소 씨가 이어받을 예정이었던 선거 기반과 관계가 있다는 뜻입니까?"

"거기서부터는 노코멘트입니다."

후지우라는 쓴웃음을 지었다.

"어쨌거나 저희는 아직 비장의 카드를 완벽하게 손에 넣은 게 아닙니다. 무엇보다 이와시타 게이고의 행방을 아직 모릅니다. 다만……그들이 이와시타와 접촉했다는 사실만은 파악했지만요. 최악의 경우…… 이와시타가 이미 이 세상에 없을 가능성도 각오해야겠죠. 그런 상황이에요. 아소 씨에게 나쁜 뜻이 없더라도, 경찰이 세타가야 사건을 재수사한다는 소문이 퍼지는 것만으로도 저희에게는 위험이 커집니다. 그러니 저도 다시 한 번 부탁드리겠습니다. 그 사건을 충분히 주의해서 다루어주셨으면 합니다. 원래 아소 씨가 맡았던 사건이니 두 번 다시 손대지 말라고 할 생각은 없습니다만, 부디 그 점을 배려해주시기 바랍니다."

후지우라는 손목시계를 보았다.

"슬슬 사무실에 돌아가야겠군요. 손님이 오시기로 했거든요. 아소 씨, 그럼 부디 잘 부탁드립니다."

후지우라는 일어서서 아소의 얼굴을 내려다보았다.

"저는 제 인생을 걸고서라도 야마우치 군이 쓴 누명을 벗길 작정입니다. 그렇게 못하면 변호사가 된 의미가 없으니까요."

(하권에 계속)

작가의 부탁

이 단편은 《성스러운 검은 밤》 단행본이 간행될 때 한정 제작한 소책자에 수록된 작품입니다. 본편과 같은 인물이 등장하지만, 본편에서는 언급되지 않은 등장인물의 심리를 그리고 있으므로 이 단편을 먼저 읽으면 본편을 읽을 때 지장이 생길 가능성이 있습니다. 본편을 다 읽으신 후에 읽어주시기 바랍니다.

시바타 요시키

보
도

현관이라고 부를 만한 것은 없었다. 그것은 그냥 문이었다. 요즘 보기 드문 나무문. 술김에 걷어차면 구멍이 뻥 뚫릴 것처럼 만듦새가 조잡했다.

다다미를 깔면 여섯 장은 들어갈 것 같은 방에는 다다미 대신 쪽매 붙임 세공을 모방한 싸구려 합판이 깔려 있었다. 집주인이 그걸 마룻 바닥이라고 설명했을 때는 웃음을 참느라 애먹었다. 다다미라면 세입자가 바뀔 때마다 새것으로 갈아야 하니까 비용을 절감하고자 이렇게 만들었으리라. 물론 다다미가 더 편하기는 하다. 다다미방에 고타쓰(열원을 넣은 틀 위에 이불을 덮은 일본 고유의 난방 기구—옮긴이 주)를 놓으면 이불도 많이 필요 없다.

하는 수 없이 렌은 제일 먼저 카펫을 샀다. 흐르르한 것은 직접 누워서 잘 수가 없어서 불편하므로 고리 모양의 털실 같은 화학섬유가 빼곡하게 들어찬 카펫으로 골랐다. 컴퓨터를 제외하면 지금도 이 카펫이 이 방에서 제일 비싼 물건이다.

6년이 지났다. 이 방으로 이사 온 지 6년이.

1년 재수를 하고도 지망 등급을 하나 낮추자 고향의 아버지는 기분이 영 별로였다. 현역 때 수험에 실패한 건 학력 탓이 아니었다. 홍역에 걸린 탓이다…… 나이를 열여덟 살이나 먹고서.

다행히 2기교 수험 일정에는 늦지 않았고, 원서를 넣은 곳은 전부 합격했다. 하지만 아버지는 재수를 해서라도 다시 1기교 수험에 도전하라고 렌에게 명령했다(1기교와 2기교는 1949~1978년까지 일본에서 실시된 국립대학 입시제도다. 1기교에 명문대학이 많아서 2기교는 미끄럼 방지용으로 취급되는 경향이 강했다─옮긴이 주). 그 명령에 거역할 수는 없었다. 학비를 내는 사람은 아버지였고, 아버지에게 의견을 내놓을 수 있는 사람은 형뿐이었다. 그리고 이미 도쿄대에 다니던 형은 그때만은 아버지 의견에 찬성했다.

하지만 1년 후 렌은 도쿄대에도 교토대에도 원서를 넣지 않았다.

렌은 재수를 하면서 자신의 진로에 대해 확고한 신념을 얻었다. 나아가고 싶은 방향은 확실하다. 자신이 뭘 하고 싶은지 안다. 그렇다면 당연히 그 진로에 최적인 대학을 골라야 한다. 아버지는 불같이 화를 냈지만 삼수를 하라고 할 수는 없었는지 학자금과 최소한의 생활비를 내주기로 했다.

최소한의 생활비. 기숙사에서 지낸 처음 1년은 쥐꼬리만 한 생활비로도 어떻게든 버틸 만했다. 하지만 선후배를 몹시 따지는 같은 방 2학년 남학생이 술을 먹으러 가자거나 번화가의 윤락업소에 놀러 가자고 자꾸 강요했다. 그게 너무 싫어서 1년 만에 기숙사에서 나왔다. 형에게 돈을 빌려서 연립주택을 찾았다.

산겐자야는 학생과 서민 동네였다. 방세가 싼 목조 연립주택이 많았고, 정식집도 있었다. 걸어서 시모키타 역까지 갈 수 있었고, 지하철을 타면 시부야에서도 금방이었다. 싸구려 **마룻바닥**은 마음에 들지 않았지만 싼 방세가 매력적으로 느껴져서 바로 결정했다.

6년 살았다. 동네도 방도 전부 익숙해졌다. 앞으로 반년하고 조금만 더 있으면 작별이라고 생각하자 약간 섭섭했다.

처음에는 취직해도 이사할 마음이 없었다. 회사 안내에도 본사는 신바시라고 적혀 있었고, 최종면접 때도 입사하고 2년은 전근이 없다고 들었다. 하지만 취직이 결정된 후에야 렌이 근무할 연구소가 사이타마 변두리에 있다는 사실을 알았다. 구마가야까지 신칸센으로 통근해도 산겐자야에서는 두 시간 가까이 걸린다. 연구소는 일찍 출근해야 하고, 야근도 제법 많을 것이다. 통근은 무리였다. 내년에는 연구소에서 적당한 거리에 새로 방을 얻어야 한다. 여러모로 귀찮을 것 같았다.

문을 열자 6월 끝자락의 습기와 찌는 듯한 더위가 얼굴을 뒤덮었다. 에어컨을 살 여유가 없어서 결국 6년이나 그냥 버텼지만, 다행인지 불행인지 연립주택이 4층짜리 맨션 그림자에 쏙 들어가 볕이 거의 안 들어서 직사광선에 시달릴 걱정은 없었다. 그래도 한여름이 되면 낮에는 방에 있기 힘들어서 대학이나 아르바이트를 하는 카페에서 대부분의 시간을 보냈다. 아르바이트도 슬슬 그만두어야 한다. 석사논문은 올 여름에 최종단계에 들어간다. 아르바이트를 할 시간은 도저히 없을 것 같았다.

기말시험이 끝나 여름방학이 되면 낮에는 계속 연구실에 있겠지. 거북이는 연구실에 가져가자. 이런 방에 놓아두면 더워 죽을지도 모른다.

빨갛게 녹이 슨 낡은 철제 난간을 무심코 만지고 렌은 혀를 찼다. 손을 펴자 풍화된 피처럼 빨간 가루가 손바닥에 줄무늬 모양으로 묻어 있었다. 바깥 계단을 내려가면 수도가 있다. 집주인이 가끔 와서 잡초 천지인 연립주택 앞 부지에 물을 뿌리거나 계단과 바깥 복도를 솔로 쓱쓱 청소할 때 쓰는 수도다. 수도꼭지를 비틀어 물을 틀자 예상외로 차가워서 기분 좋았다. 이건 우물물이구나 싶었다. 도쿄라고 해도 이 부근은 옛날에 전부 농가였으므로 우물을 파서 사용한 집이 많았으리라. 대부분은 이미 메워버렸을 테고, 사용한다고 해도 음용수 허가는 나지 않는다. 그래도 이렇게 청소나 물 뿌리기에 사용한다면 아무 문제없을 것이다.

차가운 우물물로 손을 씻으며 렌은 강을 떠올렸다.

고향에는 강이 흐른다. 군데군데 강기슭이 넓어지는 곳에서 자주 자갈을 주우며 놀았다. 자갈을 주워오면 누나가 잘 씻어서 그림을 그렸다. 집에 그런 자갈이 수두룩하다. 누나 히나코는 사실 미대에 가고 싶어 했다. 누나 그림은 개성적이고 비범해서 렌은 멋지다고 생각했다. 하지만 누나는 교토 소재의 전문대 영문과에 들어갔고, 졸업하자마자 맞선을 보고 결혼했다. 상대는 오사카에 근무하던 은행 직원으로, 2년쯤 후에 도쿄로 전근 발령이 나서 이사 갔다. 아버지는 딸이 멀리 떠나고 나자 늘 불평을 늘어놓았다. 간사이 지방의 좋은 혼처라서 결혼에 찬성했는데 도쿄로 가다니 사기를 당한 셈이라고. 아버지는 누나를 동네 사람에게 시집보내려고 했다. 언제까지나 자기 가까이에 두려는 속셈으로. 누나는 아버지의 그런 속셈에서 벗어나기 위해 맞선을 보자마자 바람처럼 재빨리 동네를 떠났는지도 모른다. 누나는 맞선을 봤을 때 첫눈에 반했다며 웃었지만.

누나가 집을 떠났을 때 렌은 열네 살이었다. 렌의 머릿속은 자신도 동네를 벗어나고 싶다는 생각으로 가득했다.

누나는 두 시간이나 걸려서 교토로 통학했다. 아버지가 자취를 허락하지 않은 탓이다. 하지만 형에게는 허락해주었다. 그래도 형은 현립 고등학교에 다녔으므로 대학에 입학할 때까지는 집에 있었다. 자기가 먼저 동네를 떠나겠다고 하면 형은 반대할까. 머뭇머뭇 상의하자 형은 웃으며 찬성해주었다. 너도 이제 나와 떨어져 살아보라면서.

렌은 교토의 사립고교에 입학해 기숙사 생활을 시작할 때까지 그 말의 뜻을 이해하지 못했다.

어릴 적부터 렌의 곁에는 늘 형이 있었다. 병약하여 초등학교에 입학하기 전에 큰 병을 차례차례 앓았던 렌은 몸집이 작고 허약한 울보였다. 남자아이들 사이에 끼면 괴롭힘을 당해서 여자아이들과 놀 때가 많았다. 아버지는 그런 렌을 끔찍이 싫어했다. 남자답게 굴어, 좀 더 남자답게. 남자답게, 남자답게, 남자답게······.

악마의 주문처럼 되풀이되는 남자답게, 라는 말은 고문이었다. 그때의 렌은 남자가 아니라고 부정하는 것이나 마찬가지였다. 그래도 렌은 분노의 감정이 솟지 않았다. 부정당해도 싸다고 막연하게 인정하고 아예 그러한 평가 속으로 도피하고자 했다. 그렇듯 약해 빠진 렌의 등을 떠받쳐준 사람은 언제나 형이었다.

"아버지 말은 너무 마음에 담아두지 마. 너한테는 너만의 장점이 있으니까 그걸 믿고 나아가면 돼. 온 세상이 아버지 말처럼 난폭하고 툭하면 싸우는 무신경한 남자로 넘쳐나면 얼마나 끔찍하겠어?"

형은 그렇게 말하며 웃었다.

형은 완벽했다.

형에게는 부족한 점이 없었다. 운동신경, 육체적인 외형, 신체능력 모두 뛰어났고 공부벌레도 아닌데 성적은 늘 1등이었다. 얼굴도 단정한 한편으로 야무지게 잘생겨서 중학생 때부터 여학생들이 형 얼굴을 보려고 집 주변을 얼쩡거리는 일이 드물지 않았다. 온 동네 사람들이 형에게 기대하며 언젠가 입신양명할 것이라고 믿었다.

수도꼭지를 잠그고 하늘을 올려다보았다.

역시 여름방학이 끝나기 전에 집에 한 번 다녀오자. 취직이 결정됐을 때 들은 조건대로 2년 후에 회사에서 MIT로 유학을 보내준다면 앞으로 몇 년이나 돌아오지 못할지 모른다. 아버지는 어쨌거나 어머니 얼굴만은 보고 가고 싶었다.

막연하게 오늘도 흐릴 거라 생각했던 하늘은 신기할 만큼 새파라니 맑았다. 아직 장마가 끝나려면 한두 주 더 걸릴 것이다. 그런데도 오늘 하늘은 한여름 빛을 띠고 있었다.

이제는 딱히 불쾌하지도 않을 만큼 도쿄의 뿌연 하늘에 익숙해졌지만, 이렇게 가끔 푸른 하늘을 보면 역시 하늘은 파란색이구나 싶어 신기한 기분이 든다.

연립주택 부지를 나서서 주택가를 나아갔다. 산겐자야 역을 향해 세타가야 길을 5분쯤 걸어가자 아르바이트를 하는 카페가 보였다.

6월을 끝으로 그만두겠다고 알리자 점장은 낙담하는 표정을 지었다. 내년 3월까지는 해줄 줄 알았다고 한다.

석사논문 때문이라고 말하자 점장은 고개를 끄덕였다. 논문을 쓰려면 이제부터 학교에 틀어박혀 죽어라 실험을 해야 할 테니 힘들겠다고 걱정해주었다.

이 카페는 실내에 흐르는 음악이 점장의 취향이라는 것 말고는 별다른 특징이 없는 아주 평범한 동네 카페다. 요즘 이렇듯 개성이 부족한 카페는 렌의 또래나 렌보다 나이가 어린 학부생들에게 전혀 인기가 없는 반면, 젊은이들이 우글거리는 가게를 꺼리는 조금 윗세대 회사원에게는 마음 편한 곳인 듯하다. 모닝 서비스를 실시하는 아침시간대와 런치타임 때는 제법 붐비고 가끔은 자리가 꽉 찰 때도 있다. 점장은 요리사도 겸하느라 거의 카운터 안에만 있으므로 손님 접대는 아르바이트생 둘이서 해야 한다. 렌은 4년쯤 전부터 이 카페에서 일했으므로 이제 아주 노련하다. 단골손님 얼굴은 대부분 기억하고 그 손님들의 커피 취향도 안다. 런치타임 때 쟁반에 세팅하는 식사 도구, 금전등록기 사용법, 거스름돈을 바꾸러 늘 가는 은행, 점장이 좋아하는 70년대 록 아티스트의 이름, 히트곡과 히트 앨범 제목, 가게에 놓아두는 주간지 제목…….

그러한 것들을 모조리 파악한 렌에게 이 카페는 제2의 집이나 같았다. 시급 6백 엔. 많지는 않다. 처음에는 5백 엔이었다. 패스트푸드점이라도 조금은 더 줄 것이다. 그래서인지 다른 아르바이트생은 정시제 고등학교에 다니는 17세 소년이었다. 사실 렌 정도 나이를 먹고 이런 카페에서 아르바이트를 하는 사람은 드물 것이다. 한 번에 두 시간씩 한 주에 두 번 과외를 하면 못해도 3, 4만 엔은 번다. 그렇게 두 명만 맡으면 방세와 식비를 마련할 수 있다. 학원 강사로 일하면 벌이가 더 좋다. 입시학원에서 정기적으로 아르바이트를 하는 대학원 동기는 월수입이 20만 엔을 넘는다고 들었다. 렌이 이 카페에서 거의 매일 네다섯 시간씩 일해서 버는 돈은 고작 몇 만 엔에 불과하다. 게다가 수업이나 실험 때문에 쉴 때도 있고, 시험 때는 몰아서 쉬므로 생활비에 보탠다는 면에서는 크게 도움이 안 된다.

그래도 렌은 이 카페가 성격에 맞았다. 과외와 학원 강사도 해보았지만 성격에 맞지 않았다. 남의 인생에 관여하는 일을 아르바이트로 하려니 강한 저항감이 들었고 시급이 높으면 그만큼 신경 쓸 일이 많아질 것을 각오해야 한다. 이 카페에서는 점장과 다른 아르바이트생하고만 잘 지내면 따로 신경 쓸 일이 별로 없어서 좋았다. 손님들은 아르바이트생을 거의 신경 쓰지 않는다.

그리고 가게에 있을 때는 먹고 싶다고 하면 언제든지 점장이 뭔가 만들어주었다. 혼자 사는 렌은 식사 걱정이 없다는 것만으로도 만족이었다.

그렇게 4년이나 여기서 일했다.

렌은 평소처럼 타임카드에 출근 시간을 기입하고 앞치마를 둘렀다. 런치타임까지 앞으로 30분. 점장은 벌써 카운터 안에서 부랴부랴 준비를 하느라 바쁘다. 가게가 바쁜 시간대에만 부정기적으로 일하는 렌과 달리 아침부터 저녁까지 가게에 있는 소년 아르바이트생은 카운터에 앉아 일찌감치 식사를 하고 있었다. 당일 런치메뉴의 맛을 보는 것이 이 소년의 역할이다. 1년 전에 이 소년이 오기 전에는 다른 소년이 있었다. 그 전에는 또 다른 소년이었다. 점장이 소년들이 다니는 정시제 고등학교 출신이라 학교 측과 교섭하여 일 없이 낮에 빈둥거리는 학생이 있으면 소개받기로 했다고 들었다.

성이 세노인 이 소년은 가게에서 이모 짱이라고 불린다. 그다지 귀에 착 감기는 느낌은 아니지만 본인은 초등학생 때부터 그렇게 불려서 괜찮다고 한다.

"맛있네요."

세노가 갓 튀겨낸 햄 커틀릿을 통째로 우물거렸다.

"이거 끝내줘요, 점장님."

"치즈가 들어갔는데 괜찮아?"

"맛있어요. 저 치즈 좋아하거든요."

"렌 짱."

점장이 불렀다.

"치즈를 싫어하는 손님을 위해 치즈를 넣지 않은 햄 커틀릿도 준비했으니까 처음에는 일단 손님들한테 물어봐줄래? 다 떨어지면 말할 테니까 그때부터는 안 물어봐도 되고. 메뉴에 치즈 햄 커틀릿이라고 적어놨으니 치즈가 들어갔다고 불평하지는 않겠지."

그럼 치즈가 들어가지 않은 햄 커틀릿은 굳이 만들지 않아도 될 텐데. 마스터의 성격이 너무 좋아서 렌은 절로 웃음이 머금어졌다. 성격이 이러니 손님들도 마음이 편해서 매일 오는 거겠지. 요리가 특별히 맛있는 건 아니지만.

손님이 없는 카페에 록 밴드 제쓰로 툴의 보컬 이안 앤더슨의 목소리가 흘렀다. ……too old to ROCK'N ROLL, too young to die……이 곡이 끝나면 좀 더 대중적인 곡으로 바꾸는 편이 낫겠다. 런치타임 때는 근처 회사와 사무실에서 일하는 여사원들도 제법 많이 온다. 여사원들은 들어본 적이 없는 음악이 나오면 불만스러운 표정을 짓는다. 남자 회사원들은 배경음악이 뭐든지 간에 신경 쓰지 않으므로 런치타임 때가 아니면 점장의 취향을 우선해도 상관없지만. 그렇지만 이 곡은 제쓰로 툴의 노래 중에서는 분명 제일 대중적일 것이다. 점장 입장에서는 그래도 제법 많이 양보해서 고른 노래일지도 모른다.

종이냅킨과 간장, 소스, 소금 등을 보충하는 사이에 노래가 끝날 때가 가까워졌으므로 렌은 재빨리 카세트덱으로 달려가서 다음 곡이 시작되기 전에 카세트를 슈퍼트램프로 바꾸었다. 제일 히트 친 앨범 《브렉퍼스트 인 아메리카》다. 이 역시 과연 손님 중에 몇 명이나 알고 있을지 의문이었지만 히트곡이 두세 곡 수록되어 있으므로 어디서 들어본 것 같다는 생각은 얼핏 들 것이다. 《브렉퍼스트 인 아메리카》는 78년쯤에 나왔던가. 10년이면 강산도 변한다는 말이 있는데, 그때로부터 벌써 10년 가까이 흘렀다니 어쩐지 믿기지 않는 기분이었다. 록과 재즈도 형에게 배웠다. 형은 우등생 취급을 받았지만 음악 취향은 잡다하고 진보적이었으며, 추리소설과 SF소설도 자주 읽었다. 미친 듯이 공부만 파고드는 공부벌레와는 완전히 달랐다. 도대체 형에게는 결점이란 게 있을까. 렌은 형 소를 생각할 때마다 신기하다는 생각에 사로잡혔다. 형은 너무나 완벽하다. 혹시 인간의 운명을 결정하는 신이 존재한다면 형을 이 세상에 내보낼 때 무슨 실수를 한 게 아닐까 싶을 정도였다. 인간에게는 반드시 결점이 있고, 그 결점을 보완하고자 강해진다. 누나 히나코가 그렇게 말한 적이 있었다. 어릴 적에 근처 아이에게 괴롭힘을 당하고 누나에게 울며 매달렸을 때였던가. 그 말이 진실이라면 형은 결점이 없는 까닭에 실은 몹시 약하고 무른 존재인 셈이다.

렌은 고개를 저었다. 말도 안 된다.

형은 강하다. 앞으로도 영원히.

런치타임이 시작됐다. 렌은 점장이 손수 적은 런치 메뉴를 이젤에 붙여서 카페 앞에 내놓았다. 그러자 기다렸다는 듯이 근처 미용실의 미용사 두 명이 들어왔다. 그리고 부티크 점원과 문방구 주인도. 붐비는 정오부터 1시를 피해 11시 반에 오는 손님도 제법 있다. 그들이 식사를 마치고 카페를 나설 무렵부터 회사원들이 밀어닥치기 시작하면 카페는 전쟁터처럼 바빠진다.

렌은 바쁜 시간이 좋았다. 바쁠 때는 쓸데없는 생각을 집어치우고 그저 움직이기만 하면 된다. 이모 짱도 쉴 새 없이 부지런히 돌아다녔다. 점장은 반다나를 머리에 두르고 이마에 땀을 흘리며 튀김과 격투를 벌였다.

오후 1시가 지나자 손님이 반으로 줄었고, 2시가 되자 더욱 조용해져 런치타임 전과 마찬가지로 테이블에 손님이 몇 명 드문드문 앉아 있는 정도였다. 런치타임은 2시 반에 끝난다. 앞으로 30분 남았다.

렌은 기대했다.

그 남자는 2년쯤 전 비 오는 날에 처음으로 카페에 나타났다.

남자는 살이 하나 부러진 하얀색 비닐우산을 쓰고 왔다. 그는 가게 밖 우산꽂이에 우산을 꽂은 후 문을 밀고 카페에 들어오자마자 한숨을 푹 쉬었다. 렌은 투명한 유리벽 너머로 그 모습을 가만히 쳐다보고 있었다.

키가 큰 남자였다. 마르지는 않았지만 뚱뚱하지도 않았다. 머리카락은 헝클어졌고, 수염까지 다보록하게 났다. 삐뚤어진 넥타이는 구깃구깃했다. 그래도 일단 회사원인지 회색 비즈니스 양복을 입었는데, 한눈에도 싸구려임이 분명한 그 양복이 나름대로 잘 어울렸다.

왜 그 남자가 마음에 걸리는지 렌도 이유는 잘 몰랐다. 다만 비가 내리는 가운데 처음 오는 카페에 뛰어 들어와서 한숨을 쉬는 모습을 보자 어릴 적의 자기 모습이 연상되기는 했다. 초등학교 저학년이 될 때까지 렌은 혼자 놀러 나간 적이 거의 없었다. 늘 누나나 형과 함께였다. 가끔 혼자 나가면 반드시 싫어하는 아이와 마주쳤다. 강가에서도, 농협 앞 광장에서도, 막과자를 파는 가게 앞에서도. 렌은 그 아이들을 보면 쏜살같이 도망쳤다. 쫓아올 때도 있었지만 렌은 발이 무척 빨랐다. 부리나케 달려서 숨을 헐떡이며 집에 돌아온다. 임업농가였던 렌의 집 현관에는 봉당이 있는데, 앞마당에서 봉당으로 뛰어들었을 때 늘 그 남자처럼 한숨을 쉬었던 기억이 났다.

밖에서 안 좋은 일이라도 있었나.

그런 생각이 들어서 잠시 눈을 떼지 못했는지도 모른다. 아니면 다른 이유가 있었던 걸까…… 이유가.

남자는 그 후로 가끔 커피를 마시러 오다가 런치타임이 있다는 걸 알고 점심때도 찾아왔다. 하지만 점심시간이 명확하게 정해진 일을 하는 것은 아닌지 오후 1시 반이 지나서 손님이 드문드문해질 무렵에 자주 왔다. 외근을 하는 영업사원이 아닐까 싶었다.

남자는 메뉴도 제대로 보지 않고 늘 런치세트를 시킨다. 런치세트에는 커피나 홍차가 같이 나가는데 홍차를 희망한 적은 한 번도 없다. 걸신들린 듯이 보이는 정도는 아니지만 남자는 식사를 아주 빨리 마쳤다. 그리고 쌀알 한 톨 남기지 않고 깨끗하게 먹는다. 겉보기보다 대식가라 밥은 항상 곱빼기다. 학창시절에 무슨 운동을 했는지도 모른다. 커피는 블랙, 어쩌다가 크림만 넣는다. 늘 신문을 읽는다. 문고본이나 주간지를 들고 있는 모습은 본 적이 없다.

아주 가끔 사람을 데리고 올 때도 있었다. 매번 똑같은 사람과 오는 것은 아니었지만 그중 몇 명은 눈에 익었다. 분명 회사가 근처에 있는 것이리라. 하지만 남자는 동료들과 친근한 느낌이 아니라, 우연히 가게 밖에서 마주쳐서 같이 왔다는 분위기일 때가 많았다. 회사에 친구가 없나, 하고 쓸데없는 걱정을 하기도 했다. 얼마쯤 지나서 남자와 같이 온 사람 대부분이 남자에게 경어를 쓴다는 사실을 깨달았다. 그렇구나, 저래보여도 제법 직책이 높구나. 그제야 이해가 갔다. 수직적인 회사원 사회에서는 자리가 높을수록 고독해지는 법이리라.

이렇듯 요 2년간 렌은 그 남자를 관찰하고 생각하며 지내왔다. 하지만 개인적으로 말을 나누어본 적은 한 번도 없다. 직장이 이 근처냐는 질문조차 꺼내지 못했다.

그렇지만 렌은 자신이 늘 그 남자를 기다리고 있다는 사실을 겨우 깨달았다.

남자는 런치타임에 올 때가 제일 많으므로 2시가 지나면 불안해진다. 남자는 마치 아주 변덕스러운 길고양이처럼 매일 연속으로 올 때도 있고 한 달 가까이 얼굴을 내밀지 않을 때도 있다. 장기 출장이라도 간 걸까. 설마 병에 걸린 건 아닐까…… 렌은 안절부절못하며 남자가 오기를 기다리는 자신의 마음을 주체할 수가 없었다.

지금까지 자신에게 동성애 성향이 있다고 의식한 적은 없었다. 중학생 때 반 아이들이 오카마(여성적인 남성 동성애자나 여장남자를 가리키는 멸칭-옮긴이 주)라고 부르며 괴롭힌 적은 있지만, 그것은 주로 자신의 외모 탓이었다. 얼굴이 문제라고 아버지는 사정없이 핀잔을 주었다. 네 얼굴은 계집애처럼 생겼어. 그렇게 생겨먹었으니 가부키에서 여자 역할이나 맡아야지. 나가서 좀 얻어터지고 와. 그럼 코가 삐뚤어져서 남자다운 인상이 될 테니까.

아버지가 그렇게 말할 때마다 어머니는 진심으로 화를 냈다. 여보, 그런 말씀 마세요. 렌은 날 닮았을 뿐이라고요. 누가 봐도 렌은 어머니를 쏙 빼닮았다. 그리고 누나도. 전혀 이상한 일이 아닌데도 아버지는 그게 마음에 들지 않는 모양이었다.

얼굴 말고는 딱히 여자 같은 구석이 없다고 렌은 진지하게 생각했다. 거울로 알몸을 보거나 자기 말투에 귀를 기울이며 신경을 썼고, 이 사람 저 사람 가릴 것 없이 나 여자 같지 않지, 하고 물어보며 돌아다녔다. 누나는 그렇게 신경 쓰는 렌을 보고 웃으며 여자 같은 게 뭐 어떠냐, 상냥하고 귀여우니까 괜찮다, 하고 머리를 쓰다듬어 주었다.

고등학교에 입학해 기숙사 생활을 시작했다. 지독할 만큼 입시를 중시하는 남학교였다. 동급생 중에 거칠고 난폭한 학생은 한 명도 없이, 다들 대학 수험만 생각하며 지냈다. 그래도 성적 호기심이 강할 나이였으므로 여자의 알몸이 실린 잡지나 과격한 성인만화가 비밀리에 나돌았고, 그러한 사진이나 만화를 보며 성기를 문지르면 발기는 물론 사정도 했다. 렌은 어디에도 이상이 없다는 판단을 내리고 마음속에 들러붙어 있던 불안감과 결별했다. 다만 동급생들만큼 여자 알몸 사진에 강하게 끌리지 않는다는 것도 그 무렵에 깨달았다. 그래서 친구와 함께 학교에서 출입을 금지한 누드 극장에 스트립쇼를 보러 갔을 때는 진짜 여자의 육체를 보면 몹시 흥분하지 않을까 반쯤 기대했다.

기대는 빗나갔지만 그것이 자신의 성적 취향 때문인지 아니면 그때 다리를 벌리고 성기를 보여준 여자가 어머니 또래로 보였기 때문인지 불분명했으므로 크게 실망하지는 않았다. 어머니 또래 여자의 성기는 아름답다는 말과는 동떨어지게 생겼지만, 그 신기한 모양새가 묘하게 마음을 자극했다. 사진으로 보는 것과는 완전히 달랐다. 거기에는 몸속에 받아들인 남자를 새 생명으로 바꾸어 잉태하는 신의 절대적인 메커니즘이 존재했다. 렌은 단순히 자신도 거기서 이 세상으로 나왔다는 감동을 느꼈다. 물론 그런 말을 꺼내면 친구들이 죽어라고 비웃을 것이 뻔하므로 아무에게도 말하지 않았지만.

즉 자신은 여성이라는 존재에게 강한 친근감을 품고 있다고 렌은 생각했다. 하지만 그것은 분명 성욕과는 조금 다른 감정이다.

그런데 만약 여성에게 성욕을 품지 않는다면 역시 자신은 아버지가 말했듯이 여자인 셈일까.

결국 지금까지 대답을 찾지 못한 채 개운치 못한 심정으로 살아왔다.

아마 대답을 알까 봐 무서운 것이리라. 자신이 호모임을 깨달을까 봐 무섭다. 아니…… 여자에게도 남자에게도 성욕을 느끼지 않는, 여자도 남자도 사랑하지 못하는 인간임을 깨달을까 봐 더 무서웠다. 언제 첫사랑을 했느냐고 물어보는 것이 정말로 무섭다는 사람을 그 누가 이해해주겠는가?

렌은 그게 첫사랑이었다고 돌이켜볼 만한 경험을 아직 해본 적이 없었다.

간단한 이야기일지도 모른다. 그냥 정신발달이 지체된 것이다. 아직 스물여섯 살이니 치명적일 정도로 늦지는 않았으리라. 분명 세상에는 자신처럼 아주 늦된 사람도 제법 많을 것이다.

그건 범죄도 아니고, 남에게 폐를 끼치는 일도 아니다.

머리로는 그렇게 받아들이고자 하지만 마음속에서 누군가가 이렇게 속삭인다. 넌 변태야. 넌 분명 어머니를 사랑해. 아니, 실은 누나지? 그렇지?

렌은 그럴지도 모른다고 자학적으로 생각하며 마음속에서 자라난 스스로에 대한 경멸을 반쯤 받아들였다. 어머니와 누나의 존재가 렌이 남자로 성장하며 구축되는 정신 구조에 강한 영향을 끼친 것은 분명하다. 그리고 렌은 아직 그 속박에서 자신을 해방시켜줄 사람을 만나지 못했다. 어쩌면 평생 만나지 못할지도 모른다.

성적인 체험만이라면 돈을 내고 언제든지 할 수 있다. 여자친구가 없는 동기 중에는 가부키 초 같은 데로 나가서 총각 딱지를 뗀 사람도 있다. 그렇게 좋아하지는 않지만 관계를 맺을 수 있다는 이유만으로 소개팅에서 만난 여자를 상대한 사람도 있고, 과외를 맡은 학생의 어머니와 관계했다는 사람까지 있다. 사람은 다 제각각이니만큼 그런 이야기를 들어도 별반 초조함은 느끼지 않는다. 하지만 어쩌면 초조함을 느끼지 않는다는 것 자체가 이미 보통과는 다를지도 모른다.

문이 열렸다. 렌의 심장이 크게 한 번 쿵 뛰었다. 남자가 어느 틈엔가 부스스한 머리로 들어왔다. 의자에 앉기 전에 렌의 얼굴을 보고 물었다.

"아직 런치 남았어?"

렌은 고개를 끄덕였다. 예, 하고 대답했지만 목소리가 나오지 않았다. 무슨 생각을 하고 있었는지 들키기라도 한 것처럼 허둥지둥했다.

물 컵을 앞에 놓자 남자는 고맙다고 말했다. 요 2년간 남자와 나눈 말은 아직 런치 남았어? 예, 고마워, 아니요. 그게 다다. 덧붙여 "잘 먹었어."와 "감사합니다."도.

남자가 밥을 먹는 동안 렌은 카운터 구석에서 종이냅킨을 접었다. 귀찮은 일이라서 이모 짱은 하기 싫어한다. 옛날부터 종이접기는 잘했다. 부지런히 종이냅킨을 접고 있는데 점장이 카세트를 바꾸었다. 홀 앤드 오츠가 맥도널드 앤드 자일스로 바뀌었다. 이 정도도 점장 입장에서는 많이 양보한 셈이다. 지금 카페에 있는 손님 중에 이게 누구 노래인지 알아맞힐 수 있을 만한 사람은 아무도 없겠지만.

점장의 마니아적인 선곡을 즐기러 오는 손님도 적기는 하지만 아예 없는 것은 아니다. 저녁녘부터 문을 닫는 8시까지는 손님이 적으므로 점장과 음악 이야기를 하고 싶어서 일부러 그 시간대에 들르는 사람도 있다. 모두 점장과 동년배로 양복을 차려입었지만 마음만은 장발과 지저분한 청바지로 멋을 부렸으리라.

문득 뜻밖의 모습이 눈에 들어왔다. 남자가 식사를 하면서 무릎을 흔들고 있었다. 처음에는 다리를 떠는 버릇이 있는 줄 알았는데, 음악에 맞추어 리듬을 타고 있다는 것을 깨닫고 렌은 깜짝 놀랐다. 살펴보니 남자 앞의 컵이 비었다. 카운터 자리에서 미끄러져 내려온 렌은 주전자를 들고 다가가 컵에 물을 따르면서 물었다.

"저기…… 이거 누구 노래인지 아세요?"

남자가 고개를 들었다. 남자가 렌의 얼굴을 제대로 본 것은 분명 이번이 처음이리라.

"맥도널드 앤드 자일스잖아."

남자는 씩 웃었다.

"내 친구가 엄청 좋아하거든. 집에서 자주 들려줬어. 난 킹 크림슨(이안 맥도널드와 마이클 자일스는 킹 크림슨의 멤버였다—옮긴이 주)은 《인 더 코트 오브 더 크림슨 킹》 정도밖에 잘 모르지만, 재즈 느낌이 나는 건 나쁘지 않더라."

"〈레드〉는요?"

렌은 거의 반사적으로 입을 열었다.

"저는 〈레드〉를 제일 좋아해요…… 킹 크림슨 중에서는."

"그렇구나."

남자는 고개를 끄덕였다.

"아마 들어본 적은 있을 것 같은데, 의식해서 들어본 적은 없어. 다음에 빌려서 들어볼게."

"식사 중이신데 방해해서 죄송합니다."

렌은 머리를 숙여 인사한 후 남자의 대답을 기다리지 않고 카운터로 돌아왔다.

"아는 사람이야?"

점장이 묻기에 렌은 고개를 저었다.

"이걸 아는 것 같아서요."

손가락으로 허공을 가리켰다. 점장은 한순간 기쁜 표정을 지었지만 다음 순간에는 고개를 숙이고 작은 목소리로 말했다.

"동지라고 생각하고 싶지만…… 아마 짭새일 거야."

렌은 놀랐다.

"짭새라면…… 형사요?"

점장은 목소리를 낮추라는 듯이 손가락을 입에 댔다.

"가끔 같이 오는 사람들이 죄다 세타가야 서 형사들이잖아. 뭐, 거기는 우리 단골이나 마찬가지니까. 사무직 사람들도 자주 오고. 문을 연 지 얼마 안 됐을 때였나, 배달은 하느냐고 묻더라고. 못 해줄 것도 없었지만 역시 경찰한테는 저항감이 들어서 말이야. 그래서 배달은 안 한다고 거절했지. 시시한 허세였어."

점장은 학생운동에 참가한 마지막 세대다. 전공투('전학공투회의'의 약자. 1960년대 말에 활동한 대학생 운동권 단체들의 연합조직이다-옮긴이 주) 가 도쿄대 야스다 강당을 점거했을 때 중학교를 졸업했다. 노동자가 되겠다며 부모에게 선언한 후 고등학교에 진학하지 않고 낮에는 공장에서 목장갑을 만들었다. 하지만 바로 좌절하고 빈둥거리다가 미국으로 건너가 1년간 방황한 끝에 돌아와서 정시제 고등학교에 입학해 낮에는 카페에서 일했다. 좌절과 타협의 인생이라며 점장은 웃었지만 이런 가게를 가지고, 좋아하는 음악을 틀어놓고 지낼 수 있으니 적어도 패배자는 아니다.

그래도 경찰이 싫은 것이다.

점장을 보고 있으면 이해가 갈 것도 같으면서도 무시하고 싶은 기분이 든다. 동경과 경멸이 뒤섞인다. 좋아하는지 싫어하는지 잘 모르겠다.

남자가 식사를 끝내고 일어섰다. 렌은 남자에게 계산서와 천 엔짜리를 받아들고 계산을 마친 후 거스름돈을 내주었다. "잘 먹었어.", "감사합니다."

앞으로 몇 번이나 더 이 말을 나눌 수 있을까…… 앞으로 몇 번. 6월은 이제 며칠 안 남았다.

렌은 갑자기 깨달았다. 왜 지금까지 몰랐는지 신기했다. 렌은 그것을 가만히 바라보았다. 그것은 남자의 관절이 툭 불거진 손가락에는 어울리지 않게 반짝반짝 빛났다.

백금 결혼반지.

처음에 왔을 때부터 기혼자였을까, 아니면 요 2년 사이에 결혼했을까. 어쨌거나 남자는 평소에 반지를 낀 적이 없다. 일본 기혼남성 중에 결혼반지를 끼지 않는 사람은 많다. 점장도 그렇다.

남자는 오늘 왜 반지를 꼈을까.

대답은 상상이 갔다. 오늘 밤 일을 마치고 아내와 만나서 식사를 하니까.

남자가 나가고 문이 닫혔다. 렌은 가슴이 답답했다. 뭐라 설명할 수 없는 욱신거림이 느껴졌다. 어째서인지 슬펐다.

아르바이트를 마치고 카페를 나섰다. 오후 4시. 카페는 이제 문을 닫을 때까지 그리 붐비지 않으리라. 5시에는 이모 짱도 학교에 간다. 점장은 문을 닫을 때까지 혼자서 커피를 보글보글 끓이고 좋아하는 음악을 틀 것이다.

밖은 아직 밝다. 지금이 1년 중에 낮이 제일 긴 계절이다. 더위도 공기에 진득하게 달라붙어 있었다. 아스팔트 보도에서 열기가 피어올랐다.

렌은 천천히 걸었다. 저녁 준비하기가 귀찮아서 역 근처 빵집에 들를 생각이었다. 여대생 같은 아르바이트생이 늘 웃으며 맞이해주는 곳이다. 예쁘게 생긴 사람이다. 가끔 어쩌면 내게 관심이 있나 싶을 때가 있다. 빵을 담은 쟁반을 카운터에 내려놓으면 꼭 뭐라고 한두 마디 건넨다.

그 사람과 사귀어 손을 잡고 영화를 보러 가는 모습을 상상해보았다. 이대로 그 사람에게 마음이 기울면 좋을 텐데. 그 사람을 좋아할 수 있으면 편해질 텐데. 마더 콤플렉스도, 호모도, 시스터 콤플렉스도, 변태도 아니라서 그 사람을 좋아할 수 있다면. 그리고 그게 첫사랑이었다고 몇 년 후에 돌이켜볼 수 있다면.

그렇지만 렌은 이미 알고 있었다.

자신의 첫사랑은 방금 전에 끝났다.

역까지 이어지는 보도에서 조금 벗어난 곳에 남자가 일하는 건물이 있다. 렌은 고개를 숙인 채 빠른 걸음으로 그 앞을 지나쳤다.

보도는 역을 향해 뻗어나간다. 렌은 한 발짝씩 힘주어 내디디며 걸음을 옮겼다.

앞으로 며칠만 지나면 렌은 카페, 이모 짱, 점장, 런치타임, 그 남자, 전부와 헤어져 다른 보도를 걷게 된다. 더 이상 이 길을 지나가지 않고서.

무수히 많은 보도가 전부 어딘가로 이어져 결국 그 보도 곁에서 자신의 존재를 맡길 만한 사람과 만날 수 있을까. 아니면 도중에 뚝뚝 끊어져서 어디에도 다다르지 못한 채 끝을 맞이할까.

어쨌거나 내 인생도 이제 곧 새로운 단계로 들어선다고 렌은 생각했다.

취직하고, 유학을 가서, 외국의 보도를 걸으며, 낯선 사람들과 만난다.

일단 지금은 거북이 사료를 잊지 않고 사 가는 것이 중요하다.

은색 반지의 환영이 한순간 보도 위를 스치고 지나갔다.

이제 막 시작된 무더운 여름의 첫머리를 장식하는 아지랑이였다.

성스러운 검은 밤 上

1판 1쇄 발행 2017년 4월 19일
1판 2쇄 발행 2017년 8월 22일

지은이 시바타 요시키
옮긴이 김은모

발행인 양원석
본부장 김순미
편집장 김건희
책임편집 지소연
디자인 RHK 디자인연구소 박진영, 김미선
일러스트 정석찬
해외저작권 황지현
제작 문태일
영업마케팅 최창규, 김용환, 이영인, 정주호, 양정길, 이선미, 이규진, 김보영, 임도진

펴낸 곳 ㈜알에이치코리아
주소 서울시 금천구 가산디지털2로 53, 20층(가산동, 한라시그마밸리)
편집문의 02-6443-8879　　**구입문의** 02-6443-8838
홈페이지 http://rhk.co.kr
등록 2004년 1월 15일 제2-3726호

ISBN 978-89-255-6120-2 (04830)
　　　978-89-255-6154-7 (Set)